Susanne von Berg

# DAS KAUFHAUS

## Zeit der Sehnsucht

ROMAN

atb aufbau taschenbuch

MIX
Papier | Fördert
gute Waldnutzung
FSC® C083411

ISBN 978-3-7466-3912-3

Aufbau Taschenbuch ist eine Marke
der Aufbau Verlage GmbH & Co. KG

2. Auflage 2023

Umschlaggestaltung www.buerosued.de, München
unter Verwendung von Motiven von
© mauritius images imageBROKER/Helmut Meyer zur Capellen und
© Ildiko Neer/Arcangel
Satz Greiner & Reichel, Köln
Druck und Binden CPI books GmbH, Leck, Germany
Printed in Germany

www.aufbau-verlage.de

# Kapitel 1

Unablässig trommelte der Regen auf das schräge Dach des kleinen Hauses in der Ossenreyer Straße. Das Gewittergrollen drang aus weiter Ferne an die Ohren des alten Mannes. Immer wieder schien das zuckende Wetterleuchten durch das kleine Fenster im Schlafzimmer. Das Unwetter war schnell ins Landesinnere weitergezogen, nachdem es sich über den Dächern von Stralsund ausgetobt hatte.

Nur der Regen war geblieben.

In dieser Nacht lag Albert Holst lange wach. Fröstelnd zog er sich die einfache Decke bis zum Kinn. Seine Bartstoppeln raschelten leise, als der Stoff seinen Hals streifte. Normalerweise hatte das monotone Pladdern der Tropfen eine beruhigende Wirkung auf ihn, doch diesmal ließen ihm seine Sorgen keine Ruhe. Mit klopfendem Herzen lag er auf dem Rücken und starrte an die Zimmerdecke, die sich als schwarzes Rechteck vom Grau des spärlich eingerichteten Schlafzimmers abhob.

Das kleine Geschäft für Kurz- und Weißwaren im Erdgeschoss des Hauses lief schlecht, seitdem seine Frau von ihm gegangen war. Margarete, die Liebe seines Lebens, war im vergangenen Herbst an einer mehrwöchigen Lungenlähmung im Alter von sechsundfünfzig Jahren gestorben. Sie hatte den Laden mit Herz und Verstand geführt, wusste um die Vorlieben ihrer vornehmlich weiblichen Kundschaft und kannte nahezu jede Kundin mit Namen. Seitdem ihr freundliches Lachen für immer verstummt war, waren auch die Kunden weggeblieben.

Doch wenn er ehrlich war, lief der Laden schon länger nicht mehr gut. Angefangen hatte es vor etwa vier Jahren. Mit der Eröffnung eines Kaufhauses der Familie Wertheim an der Mühlenstraße waren bei Holst die Umsätze eingebrochen. Halb Stralsund war geblendet von dem pompösen neuen Geschäft, das die Brüder Hugo und Georg Wertheim eröffnet hatten – unglücklicherweise mit dem gleichen Sortiment, mit dem sich Margarete und Albert Holst ihren Lebensunterhalt verdienten. Dennoch war es seiner Frau immer gelungen, ihre Kundinnen von den Vorteilen eines Einkaufs bei Holst zu überzeugen. Seit ihrem Tod wurden es täglich weniger Kunden, die den Weg in den kleinen Laden fanden.

Albert geriet mehr und mehr unter Druck, denn die Lieferanten warteten vergeblich darauf, dass er endlich seine Außenstände beglich. Tuchmacher, Färber und Knopfhersteller mahnten offene Rechnungen an und bereiteten dem in die Jahre gekommenen Geschäftsmann schlaflose Nächte.

*Warum*, dachte er verzweifelt, *warum bist du so früh von mir gegangen, meine Liebe?*

Nie würde er den keuchenden Husten vergessen, unter dem sie zuletzt gelitten hatte. Jede Nacht war er von ihrem Husten geweckt worden, hatte ihr Beistand geleistet, war bestrebt gewesen, ihre schweren Stunden ein wenig zu lindern. Alles vergeblich. Er hatte nichts tun können, um Margaretes Leben zu retten.

Achtundsechzig Jahre alt war Holst jetzt, sie waren neununddreißig Jahre lang verheiratet gewesen. Im nächsten Jahr hätten sie ihre Rubinhochzeit feiern können. Zwei Kinder hatten ihre Liebe besiegelt. Doch keins von beiden fühlte sich dazu berufen, in die Fußstapfen der Eltern zu treten. Während seine Tochter Johanna seit letztem August mit Heinrich Bolten, einem angesehenen Advokaten, verheiratet war und sich für ihr kleinbürgerliches Elternhaus zu schämen schien, verdingte sich Julius als Tagelöhner am Hafen. Er lebte von einem Tag auf den anderen und zeigte keinerlei Interesse am Geschäft der Eltern, das sie in jahrzehntelanger Arbeit mühevoll aufgebaut hatten. Julius arbeitete überall dort, wo Hilfe im Hafen gefragt war. An einem Tag entlud er Frachter, am nächsten half er den Männern in der Werft beim Bau neuer Schiffe, am dritten Tag schuftete er als Kesselreiniger unter Deck. Strukturen und ein geregelter Alltag waren ihm fremd. In den Augen seines Vaters war Julius ein Taugenichts, von dem er keine Unterstützung erwarten konnte. Auch eine Frau gab es nicht in Julius' Leben, jedenfalls wusste Albert Holst nichts davon. Und es wunderte ihn nicht, denn Julius versoff seinen Lohn üblicherweise gleich nach der Arbeit in einer der Schankwirtschaften am Hafen, um dann betrunken in seine sicherlich recht bescheidenen vier Wände zu wanken, wo er seinen Rausch ausschlief.

Albert Holst wusste nicht einmal genau, wo sein Sohn lebte, ob er ein einzelnes Zimmer zur Miete bewohnte oder ob er sich eine Wohnung leisten konnte, wovon aber nicht auszugehen war. Julius war und blieb ein hoffnungsloser Fall.

Es war zum Verzweifeln.

Als Margarete erkrankte, war ihm also nichts anderes übrig geblieben, als sich neben ihrer Pflege auch noch allein um den Laden zu kümmern. Oft hatte er tagsüber bis zur Erschöpfung geschuftet, um dann nachts vom Husten seiner Frau geweckt zu werden, wodurch ihm jede Möglichkeit verwehrt blieb, neue Kraft zu sammeln. Alles unter einen Hut zu bringen, war ihm nur leidlich gelungen. Die Warenbestände im Kontor waren inzwischen fast aufgebraucht, so dass er seinen Kundinnen nicht mehr allzu lange etwas verkaufen können würde. Es war nur noch eine Frage der Zeit, bis die Lieferanten sich von ihm lossagen würden und er keine neue Ware mehr geliefert bekäme.

Eine einsame Träne rann über sein Gesicht, während Albert sich an die letzten Wochen im Leben seiner Frau erinnerte. Von Tag zu Tag war es ihm schwerer gefallen, sowohl ihre Pflege als auch die

Arbeit im Laden zu bewältigen. Der letzte, schwerfällige Atemstoß, mit dem Margarete ihr Leben ausgehaucht hatte, war schließlich fast eine Erleichterung gewesen. In diesem Augenblick hatten ihre Gesichtszüge zum ersten Mal seit Langem wieder völlig entspannt gewirkt. Albert Holst hatte im Moment ihres Todes sogar geglaubt, den Ansatz eines Lächelns in ihren Mundwinkeln zu erkennen. Ein letztes Mal hatte er liebevoll über ihre Wangen gestreichelt, wie er es immer gern getan hatte. Mit einem Kuss hatte er sich von ihr verabschiedet, bevor seine Welt zusammengebrochen war. Von nun an galt es, sich im Leben allein zurechtzufinden.

Kalter Schweiß stand ihm auf der Stirn, als er die Bettdecke fortstieß und sich aufsetzte. »Nein«, sagte er laut, während er in die neben dem Bett stehenden Filzpantoffeln schlüpfte, »so geht das nicht weiter.« In ihm keimte ein Entschluss, der ihm das Herz brach.

Mit weichen Knien erhob er sich, um gebeugt in die Küche zu schleichen. Seine Entscheidung würde den Rest seines Lebens verändern. »Ich werde mich von dem Laden trennen müssen, Margarete«, krächzte er. »Auch wenn es ein schmerzlicher Verlust sein wird, so kann ich mit dem Erlös die Schulden abbezahlen und mir eine kleine Wohnung mieten.« Als er die kleine Küche erreichte, wo er sich ein Glas Wasser einschenkte, überlegte er, wer für einen so heruntergewirtschafteten Laden Geld bezahlen würde. Es waren schlechte Zeiten für einen kleinen Geschäftsmann wie ihn. Holst war sicher, dass bald schon große Kaufhäuser wie das der Brüder Wertheim die kleinen Läden verdrängen würden. Vielleicht hatte sein Schwiegersohn Heinrich eine Idee, an wen man den Laden verkaufen könnte. Immerhin arbeitete er in Schwerin als ein sehr erfolgreicher und angesehener Treuhänder.

»Was habe ich nur aus unserem Laden gemacht, Margarete?«, murmelte er. Der Gedanke daran, das gemeinsame Lebenswerk zerstört zu haben, brach Albert Holst fast das Herz.

# Kapitel 2

Kinderlachen schallte Flora Baumann entgegen, als sie um die Straßenecke bog. Eine ganze Reihe neuer Bürgerhäuser bestimmte in diesem Viertel von Stralsund das Stadtbild. Hier lebte der gehobene Mittelstand, zu dem sich auch die junge Frau zählen konnte – bei Weitem keine Selbstverständlichkeit, war sie doch erst vor wenigen Monaten mit ihrem Verlobten Leonhard aus dem beschaulichen Birnbaum in die aufblühende Hansestadt am Strelasund gezogen. Zwei Jahre hatte er sich Zeit gelassen, bevor er ihr einen Antrag gemacht hatte. Mit einem glücklichen Lächeln erinnerte sie sich an jenen Abend, als Leonhard vor ihr auf die Knie gegangen war und sie gefragt hatte, ob sie seine Frau werden wolle. Selten zuvor hatte Flora ihn so nervös erlebt. Vor Glück weinend hatte sie seine Frage mit einem lauten »Ja!« beantwortet.

Obwohl sie nun offiziell verlobt waren, hatte ihr Vermieter gezögert, dem jungen Paar einen Mietvertrag zu geben. Immerhin waren die beiden noch nicht verheiratet. Doch Leonhard konnte gut argumentieren. Floras Zukünftiger war mit wachem Verstand gesegnet, er war wortgewandt und voller Charme. Außerdem war er seit Neuestem ein angesehener Fabrikant, denn sie waren nach Stralsund gekommen, damit Leonhard hier an der Seite seines alten Schulfreundes Alfons Wagner die Leitung der angeschlagenen Firma »B. Winkelmann« übernehmen konnte, einem Unternehmen für die Herstellung von Weißwaren. Auch dass er sich zuvor von Floras Vater Abraham den Segen für die Hochzeit hatte geben lassen, war für das Ansehen beim Vermieter von Vorteil gewesen.

Jetzt lebten sie also in ihrer ersten gemeinsamen Wohnung.

Wann immer Flora an den Kompagnon ihres Mannes dachte, beschlich sie ein ungutes Gefühl. Sie mochte Alfons nicht sonderlich, was vermutlich an den lüsternen Blicken lag, mit denen er sie immer taxierte. Dabei war er selbst liiert mit seiner Lissy, einer arroganten Frau mit schriller Stimme und kalten Augen, die Flora nicht besonders mochte.

Sobald Flora mal mit Alfons allein war, machte er anzügliche Bemerkungen, die sie als sehr unangenehm empfand. Oft schon hatte sie ihn in die Schranken weisen müssen. Doch der Mut, Leonhard von dem seltsamen Verhalten seines Geschäftspartners zu erzählen, fehlte Flora bislang. Alfons Wagner war arrogant und selbstverliebt, doch Flora wollte nicht, dass etwas zwischen die beiden Kameraden kam, und so schwieg sie. Schließlich wusste sie um die langjährige Freundschaft der Männer und wollte ihr Verhältnis nicht trüben.

Flora blieb stehen und verdrängte die düsteren Gedanken. Sie hatte den Nachmittag im Haus ihrer Freundin Paula verbracht, um gemeinsam mit einigen anderen jungen Frauen zu musizieren, so, wie sie es zwei Mal in der Woche taten. Paula war die einzige Tochter der Malerin Antonie Biel, einer modern denkenden Frau, die mit ihrer Weltanschauung nicht nur auf Gegenliebe stieß, besonders bei den Herren der feinen Gesellschaft.

Beim Gedanken an die unterhaltsamen Stunden bei Paula huschte ein Lächeln über Floras volle Lippen. Sie blinzelte in das warme Licht der tief stehenden Sonne und erfreute sich an der milden Luft des Sommerabends. Es roch nach Lavendel, und wenn sie genau hinhörte, glaubte sie, den Gesang der Möwen am nahen Meer hören zu können. Flora setzte ihren Weg fort und schob dabei ihren ganzen Stolz, ein himmelblaues Veloziped, über den Bürgersteig. Dabei erfreute sie sich an den neugierigen Blicken der Jungen, deren Gelächter sie schon gehört hatte, als sie um die Straßenecke gebogen war. Als sie sich der kleinen Truppe näherte, unterbrachen die Knirpse ihr Spiel, um das Fahrrad der vornehm gekleideten Dame in Augenschein zu nehmen. Doch das Interesse der Kinder war nur von kurzer Dauer, dann wandten sie sich wieder ihrem Spiel zu und tollten vor einem der Bürgerhäuser herum. Es dauerte gar nicht lange, bis ein hagerer Mann mit Schiebermütze und einem grauen Arbeitskittel auf die Straße trat und die Kinder ungehalten fluchend verscheuchte.

Als Albert Krause, der Hausmeister, Flora erblickte, senkte er schuldbewusst das Haupt und murmelte eine Entschuldigung ob seiner harschen Worte in Anwesenheit einer Dame. »Man muss achtgeben, dass sie einem nicht auf dem Kopf herumtanzen«, fügte er rechtfertigend hinzu, nahm verlegen die Mütze vom Kopf und hielt sie eingerollt hinter dem Rücken.

Mit ihren vierundzwanzig Jahren konnte Flora sich noch gut an ihre eigene Kindheit erinnern. Die Streiche der Jungen hatten sie zum Lächeln gebracht. Mit erhobener Augenbraue wandte sie sich an den strengen Hausmeister. »Waren Sie denn niemals ein Kind?«, fragte sie. Bevor der verdutzte Mann antworten konnte, setzte sie ihren Weg fort. Im übernächsten Haus lag ihre Wohnung. Nicht in der *Beletage*, denn die war unbezahlbar für das junge Paar. Ihr Domizil befand sich in der zweiten Etage des großen Hauses. Die großzügig angelegten Räumlichkeiten besaßen keine eleganten Stuckornamente an den Decken, und auch die Fenster waren etwas kleiner als die der Wohnungen ein Stockwerk tiefer. Immerhin waren die Wände und Decken mit einer getönten Leimfarbe gestrichen worden, um ihrem Domizil ein wenig Behaglichkeit zu verleihen. Leonhard hatte seiner Verlobten sämtliche Freiheiten gelassen, um die Zimmer so gemütlich wie möglich einzurichten. Er war stolz auf sie gewesen, als er gesehen hatte, mit welchem Engagement sie sich dieser Aufgabe gewidmet hatte.

Dabei wurde Leonhard nicht müde, ihr zu versichern, dass es sich bei der Wohnung nur um eine Übergangslösung handele. Er hatte seiner Braut eine vornehme Stadtvilla versprochen, in der sie in naher Zukunft leben würden. Doch so eilig hatte es Flora damit gar nicht. Sie war glücklich in ihrem ersten gemeinsamen Zuhause und schon nach wenigen Tagen konnte sie sich einen Alltag ohne ihn gar nicht mehr vorstellen.

Hinter dem Rücken des Paares spekulierten die ganze Familie und ihre engsten Freunde bereits, wann sich wohl der Nachwuchs ankündigen würde. Doch damit wollten sich die jungen Leute noch ein wenig Zeit lassen. Flora Baumann und Leonhard Tietz standen momentan im Begriff, sich ihr gemeinsames Leben aufzubauen. Abgesehen davon war ihr Leo in manchen Belangen nicht gerade entscheidungsfähig. Immerhin hatte sie ganze zwei Jahre auf ihn warten müssen, bevor er ihr einen Heiratsantrag gemacht hatte.

Leonhard arbeitete viel. Seine Rolle als Teilhaber an »B. Winkelmann Nachfolger« verlangte ein hohes Maß an kaufmännischem Geschick, eine Herausforderung, der er sich aber voller Eifer stellte. Mit leuchtenden Augen schwärmte er ihr von der Villa vor, die er ihnen bald kaufen würde. »Dann werden wir auch genügend Platz haben, um unseren Kindern ein gutes Heim zu bieten«, sagte er immer dann, wenn sie über ihre gemeinsame Zukunft sprachen.

Inzwischen hatte Flora das Rad im Keller abgestellt. Als sie die Treppe in die oberen Stockwerke betrat, schallte ihr laute Musik entgegen. Sie ahnte, dass die Klänge aus ihrer Wohnung kamen. Die Befürchtung bewahrheitete sich, als sie oben angekommen war und die Tür öffnete. Schnell machte Flora, dass sie hineinkam und die Tür hinter sich schloss. Die Musikkapelle ertönte aus dem riesigen Blechtrichter des Grammofons, einer neuartigen Erfindung, mit der man Musik von einer Tonscheibe abspielen konnte. Emil

Berliner, ein Freund von Leo, hatte ihm einen Prototyp seiner Entwicklung anlässlich der bevorstehenden Hochzeit geschenkt. Für Leonhard, der Musik über alles liebte, war das ein Geschenk von unschätzbarem Wert. Er war sich sicher, dass Emil Berliner und seiner Erfindung noch ein Siegeszug um die ganze Welt bevorstand. Immer wieder hatte er seinem Freund empfohlen, ein Patent auf die einzigartige Maschine anzumelden.

»Leo!«, rief Flora gegen das Grammofon-Orchester an. »Leo, ich bin zu Hause!« Sie setzte den leichten Sommerhut ab und legte ihn auf die Kommode. Verliebt betrachtete sie das gute Stück, das Leo ihr von einer Reise nach Rügen im Frühjahr mitgebracht hatte. Seitdem trug sie den Hut an fast allen warmen Tagen. Dabei störte es sie nicht im Geringsten, dass diese Hutart eigentlich der Sommerfrische vorbehalten war.

»Leo!«, rief sie etwas lauter. Als sie keine Antwort bekam, durchschritt sie eilig den langen Korridor und fand ihren Verlobten schließlich im lichtdurchfluteten Wohnzimmer. Er schien sie noch nicht bemerkt zu haben und saß mit einem verzückten Lächeln in seinem bequemen Sessel am Fenster. Leonhard war völlig in seiner Musik versunken.

Kurz hielt Flora inne, um ihn zu betrachten. Leonhard war nicht sonderlich groß und von drahtiger Statur. Das dunkle Haar war dicht, der Spitzbart sorgsam gestutzt. Wenn sie ihn ansah, verliebte sie sich jedes Mal aufs Neue in ihn, denn obwohl sein Gesichtsausdruck mitunter streng wirkte, war er ein herzensguter Mensch mit einer guten Portion Humor, einer hohen Auffassungsgabe und vielseitigen Interessen. Sie liebte das warme, angenehme Timbre seiner Stimme und den Blick aus seinen braunen Augen. Sein herzliches Lachen war ansteckend, und sie konnten bis tief in die Nacht angeregte Gespräche miteinander führen, in denen sie über Gott und die Welt sinnierten. Gut erinnerte sie sich noch an ihr allererstes Treffen, das eher zufällig in einem kleinen Laden im verschlafenen Birnbaum, ihrem Heimatdorf, stattgefunden hatte. Flora war mit ihrer Schwester Julie dort gewesen, um Stoff und anderes Zubehör für ein neues Kleid zu kaufen. Als sie ein wenig ratlos vor dem Regal mit den Knöpfen standen, war Leonhard plötzlich hinter den beiden Frauen aufgetaucht. »Ich würde die mittelgroßen aus Elfenbein nehmen, sie passen hervorragend zum Stoff.« Der warme, wissende Klang seiner Stimme hatte Flora vom ersten Moment an berührt. Sie waren ins Gespräch gekommen, wobei sie und Leonhard sich begeistert über alles ausgetauscht haben, was mit Stoffen und Mode zu tun hatte. Währenddessen war der Besitzer des kleinen Geschäfts in eine wilde Feilscherei mit einer anderen Kundin verwickelt gewesen.

»So etwas müsste man verbieten«, hatte Leonhard befunden, als das Gespräch zwischen dem Ladenbesitzer und seiner Kundin immer lauter und hitziger geworden war.

Flora konnte ihm nur zustimmen und hatte seine Einladung zu einem gemeinsamen Kaffee am nächsten Tag nur allzu gern angenommen. Sie dachte sehr gern zurück an dieses erste Rendezvous.

Gedankenverloren hatte Leonhard nun die Fingerspitzen beider Hände aneinandergelegt und wiegte den Kopf leicht im Takt der Musik aus dem Lautsprecher. Mit einem glücklichen Lächeln trat sie von hinten an den Sessel, beugte sich über Leonhard und hielt ihm die Augen zu, um ihm einen Kuss auf die Wange zu hauchen. Erschrocken fuhr er auf und schüttelte ihre Hände ab. »Wer ist – was soll denn das?«

Als er sie erkannte, entspannten sich Leonhards Gesichtszüge. »Bella«, sagte er sichtlich beruhigt. Dennoch wirkte er für einen Moment verärgert. »Du hast mich erschreckt«, bemerkte er, ehe er ihr ein sanftes Lächeln schenkte. Flora trat an das Grammofon und nahm die Nadel von der Platte, bevor sie zu ihrem Mann zurückkehrte und sich schwungvoll auf die Lehne des Sessels setzte. Eine entspannende Stille breitete sich im Wohnzimmer aus. Nur das Kinderlachen von der Straße drang gedämpft an ihre Ohren.

»Die Musik war sehr laut«, sagte Flora schließlich.

»Man sollte jeden Tag ein schönes Lied hören, ein gutes Gedicht lesen und ein treffliches Gemälde sehen«, erklärte Leonhard. Als Flora nicht gleich antwortete, fügte er hinzu: »Das hat Goethe geschrieben, und seine Worte hätten trefflicher nicht sein können.« Er deutete auf ein Buch, das auf dem Tisch lag. »Gelesen habe ich bereits, danach in der Musik die nötige Zerstreuung gesucht … jetzt fehlt nur noch ein Gemälde.« Er schaute sich suchend um, schien aber kein passendes Bild zu finden.

»Ein Gemälde?«, wiederholte Flora. An den Wänden hingen Landschaftsbilder in Öl, die die Umgebung von Stralsund zeigten und von Flora bei der Einrichtung der Wohnung sorgsam ausgewählt worden waren.

»Ja.« Leonhard nickte. »Am liebsten wäre mir ein Gemälde von dir, Bella.«

»Von mir?« Flora legte die Stirn in Falten.

»Selbstredend, Liebste. Du bist in meinen Augen die schönste Frau der Welt, deshalb wäre es mehr als angemessen, ein Gemälde von dir anfertigen zu lassen. Indes, ein geeigneter Maler will mir partout nicht einfallen.«

Flora errötete. Insgeheim hatte sie schon darüber nachgedacht, sich malen zu lassen, um ihm das Bild irgendwann zu einem passenden Anlass zu schenken. Doch bisher hatte sich keine Gelegenheit ergeben, denn einen geeigneten Maler kannte sie ebenfalls nicht. Zwar war die Mutter ihrer Freundin Paula eine begnadete Malerin, jedoch hatte Antonie Biel sich auf Landschaftsbilder spezialisiert. Außerdem war es Flora ein wenig peinlich, sich von der Mutter ihrer Freundin malen zu lassen.

»Ein Bild von dir würde sicher unsere Wohnung verschönern«, schwärmte Leonhard gerade. Er hatte eine besonders liebenswerte Art, ihr Komplimente zu machen.

»Vielleicht lerne ich irgendwann einen Maler kennen, bei dem ich mich wohlfühle, und werde ihm Modell stehen – mit deinem Einverständnis natürlich.«

»Nichts lieber als das.« Leonhard nahm ihre Hand und hauchte einen Kuss auf den Handrücken. »Erzähl, wie war es bei Paula?«

»Wunderbar!«, schwärmte sie. Paulas Eltern lebten in einer vornehmen Villa am Stadtrand. Dort gab es einen eigenen Raum, in dem sich die jungen Frauen zum gemeinsamen Proben trafen. Die Instrumente blieben im Musikzimmer und mussten nicht ständig hin- und hertransportiert werden, das war sehr praktisch. Flora war die Violinistin der kleinen Damenkapelle. Sie musizierten allerdings mehr aus Freude an der Musik als aus der Ambition heraus, eines Tages vor Publikum zu spielen. Wahrscheinlich würde es nie zu einem öffentlichen Auftritt kommen, denn so etwas schickte sich für Damen nicht.

Die Gesellschaft sah selbstbewusste Frauen immer noch mit Argwohn, denn das sogenannte schwache Geschlecht sollte sich um das Haus und den Nachwuchs kümmern. Nur wenige waren berufstätig und unternahmen in ihrer Freizeit Dinge, die ihnen am Herzen lagen oder gar Spaß machten. Floras fast schon emanzipiertes Verhalten wurde von ihrem Vater kritisch beobachtet, doch die Haltung ihrer Mutter war anders. Flora hatte den Eindruck, dass Berta Baumann heimlich ein wenig stolz war auf ihre modern denkende Tochter, ohne darüber freilich jemals ein Wort zu verlieren.

»Paula wird zu unserer Hochzeit kommen«, fuhr Flora fort. »Ist das nicht wundervoll?«

»Wie schön.« Leonhard lächelte. »Sicher kommt sie nicht allein?«

»Es gibt keinen Mann in ihrem Leben.« Flora zuckte mit den Schultern. »Mein Gott«, stieß sie plötzlich hervor. »Mein Hochzeitskleid!«

Leonhard runzelte die Stirn. »Was ist damit?«

»Ich muss ein Kleid kaufen. Aber wo soll ich eines herbekommen? Der mir vertraute Schneidermeister in Birnbaum ist so weit weg.«

»Ich bin sicher, dass es in der Stadt zahlreiche Schneider gibt«, entgegnete Leonhard.

Flora druckste einen Moment lang herum. »Sie sind mir … alle nicht so recht sympathisch«, räumte sie ein.

Leo schenkte ihr ein verschmitztes Lächeln. »Dann näh dir selbst eins.«

»Wie bitte?«

»Näh dir dein eigenes Hochzeitskleid.« Leonhard vollführte eine ausladende Geste. Mit einer fiktiven Nadel nähte er ein imaginäres Kleid. »Du verfügst über das nötige Geschick und Können.«

Flora musste zugeben, dass sie über diese Möglichkeit noch nicht nachgedacht hatte. Aber sie gab ihrem Verlobten recht. Sie nähte tatsächlich gern und war eine begnadete Schneiderin. Warum also sollte sie sich nicht ihr eigenes Hochzeitskleid nähen können?

»Den Stoff kann ich dir aus der Fabrik mitbringen«, schlug Leonhard ihr vor. Er schien ihr anzusehen, dass ihr der Gedanke gefiel. Jetzt schweifte sein Blick durch den Raum zum Grammofon. »Sag, Bella, warum hast du die Musik ausgemacht?« Offensichtlich war er derart in seinen Gedanken an Floras Kleid versunken gewesen, dass er die Stille im Raum erst jetzt wahrnahm.

Flora musste lachen. Sie strich ihm zärtlich über das Gesicht. »Weil sie zu laut war. Ich habe befürchtet, dass sich die Nachbarn beschweren würden.«

»Das wäre bedauerlich.« Leo wirkte ernst. Sein Blick glitt ins

Leere. »Aber Musik hilft mir dabei, meine Gedanken zu ordnen.«

Flora betrachtete ihn und stellte fest, dass ihn etwas zu beschäftigen schien. »Welche Gedanken musst du ordnen?«

Leonhard seufzte und schien kurz nach den rechten Worten zu suchen, bevor er ihr antwortete. »Ich trage mich mit dem Gedanken, das Unternehmen zu verlassen.«

*Es ist wegen mir*, durchfuhr es Flora. Ihr Herz fing an zu rasen. *Leonhard und Alfons kommen nicht zurecht, weil ich zwischen ihnen stehe*. Ahnte Leonhard etwas vom fragwürdigen Verhalten seines Partners? Sie war von schweren Vorwürfen geplagt und versuchte, ihre Gedanken vor Leonhard zu verbergen.

»Aber eure Übernahme von ›B. Winkelmann‹ war doch einer der Gründe, warum wir nach Stralsund gekommen sind«, erinnerte Flora ihn. Sie trat an das Fenster und sah hinunter auf die Straße. Der Hausmeister war schon wieder damit beschäftigt, die spielenden Kinder zu verscheuchen, eine alte Frau schlurfte in gebückter Haltung in Richtung Innenstadt.

»Ich weiß«, nickte Leonhard. »Dennoch haben sich Dinge ergeben, die es sinnvoll erscheinen lassen, dass Alfons und ich beruflich getrennte Wege gehen.« Er erhob sich ebenfalls vom Sessel und trat neben sie. Im Spiegelbild des Fensters betrachtete Flora ihn.

»Habt ihr euch gestritten?«, fragte sie zaghaft.

Leo schüttelte den Kopf. »Nein, das ist es nicht. Wir sind nach wie vor gute Freunde.«

»Woran liegt es dann, dass du dich neu orientieren möchtest?« Flora verstand nicht, wie ihr Verlobter auf die Idee gekommen war, die gemeinsam geführte Firma nach so kurzer Zeit wieder verlassen zu wollen.

Leonhard hielt ihrem fragenden Blick stand, schien zerknirscht zu sein und schwieg. »Ich weiß nicht genau, wie ich es in Worte fassen soll«, sagte er schließlich.

»Sag es einfach.«

»Alfons sagte mir schon mehrmals, dass Lissy wohl Probleme mit dir habe.«

»Lissy?« Flora machte große Augen. »Das hat er gesagt?« Wagners Ehefrau war Flora gegenüber immer recht kühl gewesen, und wenn die beiden Frauen in der Begleitung ihrer Männer aufeinandertrafen, betrachtete Lissy Flora stets voller Argwohn und Eifersucht. Offenbar wusste sie, dass ihr Mann ein Schürzenjäger war und keine Gelegenheit verstreichen ließ, einer anderen Frau Avancen zu machen. Aber dass sie sich nun bei ihrem Mann offen über Flora beklagte, war neu.

»Lissy ist eine alberne Pute«, meinte Flora. »Hast du ihr gesagt, dass wir im Herbst heiraten werden?«

Jetzt musste Leonhard lachen. »Damit hat es wohl nichts zu tun. Ich werde die Firma verlassen, weil es äußerst unprofessionell ist, wenn private Probleme in den Geschäftsalltag einfließen und das gute Miteinander gefährden.«

»Aber die Geschäfte laufen doch gut«, gab Flora zu bedenken. »Alfons und du, ihr habt Winkelmann zu einem florierenden Unternehmen gemacht.« Sie fixierte ihren Verlobten mit ihrem Blick. »Warum willst du wirklich gehen, Leo?«

»Ich habe meine Gründe«, erwiderte Leonhard ausweichend. Flora fühlte sich immer unwohler. Erst als Leonhard sanft ihre Hand ergriff, wich die Anspannung etwas von ihr.

Jetzt wäre der richtige Zeitpunkt, um Leonhard vom Verhalten seines Geschäftspartners zu berichten, doch Flora brachte es nicht übers Herz.

»Meinst du, es ist die richtige Entscheidung, die Firma zu verlassen?«, fragte sie stattdessen.

»Ich bin mir sogar absolut sicher«, antwortete er. »Auch wenn ich gerade nicht weiß, was ich als Nächstes tun werde, finde ich zunehmend Gefallen an diesem Plan, der uns eine neue Freiheit bietet.« Leonhard beugte sich zu ihr herunter. »Ich will ehrlich sein: Es ist unerträglich, dass Lissy offenbar Probleme mit dir hat. Ich möchte nicht, dass familiäre Belange das Verhältnis zwischen Alfons und mir trüben.« Er lächelte sie an. »Deshalb, Bella, gibt es für mich nur diesen Ausweg.«

Flora spürte, wie sich ihre Kehle zuschnürte. Die Leichtigkeit, die sie durch den Nachmittag begleitet hatte, war längst verflogen, und sie fühlte sich schrecklich.

Leonhard kannte sie gut genug, um zu bemerken, dass Flora Bedenken hatte. »Sorge dich nicht«, sagte er beschwichtigend.

»Aber was willst du denn als Nächstes tun?«

Er seufzte und legte seinen Arm um ihre Schultern. »Ich würde als Ablösesumme dreitausend Taler bekommen, wenn ich mich von Alfons auszahlen lasse. Damit haben wir in der nächsten Zeit ein gutes Auskommen.«

»Das ist also der Preis für deine Unabhängigkeit«, murmelte Flora. Sie wusste, dass Leo seine Entscheidung bereits getroffen hatte. Wenn er sich einmal etwas in den Kopf gesetzt hatte, war es schwer, ihn von seinem Vorhaben abzubringen.

»Was denkst du?«, fragte Leonhard.

»Ich denke, du solltest deinem Herzen folgen«, erwiderte Flora, und meinte es auch so. Obwohl ihr der Gedanke, dass Leonhard vorübergehend kein Einkommen haben würde, Sorge bereitete, musste sie einfach daran glauben, dass er wieder Arbeit finden würde.

Leonhard lächelte dankbar. »Wir werden etwas Neues finden«, versicherte er ihr und gab ihr einen Kuss auf die Stirn.

Flora hätte ihn am liebsten in die Arme geschlossen, all ihre Probleme vergessen und sich einem richtigen Kuss hingegeben, doch die Sorge um ihre Existenzsicherheit war noch immer nicht ganz verschwunden. »Hast du denn schon eine Idee, was du machen möchtest?« Sie versuchte, in seinen Augen die Antwort zu lesen. Jetzt wusste sie, warum er in den letzten Tagen oft wortkarg und gedankenverloren durch das Haus gewandelt war. Mitunter hatte sie den Eindruck gehabt, dass er ihr gar nicht zugehört hatte, wenn sie mit ihm sprach. Offenbar hatte er sich tagelang mit seiner Entscheidung gequält.

»Wir finden bestimmt etwas, um unseren Lebensunterhalt auch in Zukunft zu bestreiten, ohne am Hungertuch nagen zu müssen«, witzelte er. »Ich werde schon keine Laufbahn als Zeesenfischer einschlagen müssen.« Er lachte leise. »Ohnehin streiten sich die pommerschen Fischer gerade mal wieder mit den Schleswig-Holsteinern wegen der Bestände. Das ist kein vielversprechender Beruf.«

»Ich mag aber Fisch.« Flora lächelte. »Natürlich sollst du nichts tun, was du nicht magst, Leo.«

»Das ist lieb von dir«, erwiderte er mit einem spitzbübischen Lächeln. »Aber mal im Ernst: Hast du Vorschläge?«

Sie schüttelte den Kopf. »Aber sicher werden wir etwas finden, das für einen gestandenen Geschäftsmann wie dich angemessen ist.«

»Wir könnten nach Amerika auswandern, so wie Onkel Hermann es getan hat, um …«

»Ich möchte nicht auswandern«, entgegnete Flora schnell. »Stralsund ist jetzt unsere Heimat, nicht Amerika.« Für Flora fühlte sich die Vorstellung, das Land zu verlassen, eigenartig an. Sie war in Deutschland aufgewachsen, hier lebte ihre Familie. Aber sie wusste, wie er auf diese Idee kam. Sie erinnerte sich noch gut an Leonhards Erzählungen, in denen er voller Stolz von seinem Onkel Hermann sprach, der ein Jahrzehnt lang in Nordamerika gelebt und der Familie in seinen Briefen von den neumodischen, großen Warenhäusern dort berichtet hatte. Flora erinnerte sich sogar daran, dass ihr künftiger Schwager Oscar den Wunsch geäußert hatte, auch hierzulande so ein riesiges Kaufhaus zu eröffnen.

»Hier sehe ich keine Zukunft für uns, deshalb erscheint mir der Gedanke an eine Auswanderung zumindest eine Überlegung wert«, erklärte Leonhard.

»Vielleicht hättest du besser den Fuhrbetrieb deines Vaters übernommen«, erwiderte Flora ein wenig trotzig.

Leonhard schüttelte den Kopf. »Das Geschäft hätte nicht viel abgeworfen.«

Insgeheim gab Flora ihm recht. Von ihrem Bruder Wilhelm, der ebenfalls einen kleinen Fuhrbetrieb in Posen besaß, wusste sie, dass der Transport von Waren kein sehr einträgliches Geschäft war.

»Bald werden die Pferdefuhrwerke von Automobilen abgelöst«, sagte Leonhard. »Das ist die Zukunft, die ganze Welt befindet sich im Wandel, Carl Benz arbeitet, seitdem er letztes Jahr einen Zweitaktmotor erfunden hat, mit Hochdruck an einem neuartigen Motorwagen. Falls du wirklich möchtest, dass ich Vaters Betrieb übernehme, könnten wir uns mit der Ablösesumme ein Automobil leisten, das in der Lage ist, Lasten zu befördern.«

Flora wusste um seine kaufmännischen Fähigkeiten. Er war scharfsinnig und pragmatisch und würde sicher das Beste aus dem Fuhrbetrieb herausholen. Wenn es ums Geschäft ging, konnte ihr Mann kämpfen wie ein Löwe. Dennoch sah sie ihn nicht in der Funktion eines Fuhrunternehmers. Sie beschloss, einzulenken und sich von seiner Zuversicht anstecken zu lassen. »Uns wird schon noch etwas Besseres einfallen«, sagte sie.

»Dann werden wir also nicht der erste Fuhrbetrieb mit Automobilen sein«, bemerkte er und legte seine Hände auf ihre Schultern. »Aber vielleicht fällt meiner klugen Frau etwas ähnlich Innovatives ein.« Er zwinkerte ihr zu.

Flora schüttelte amüsiert den Kopf. »Lass mir nur ein wenig Zeit zum Nachdenken, dann fällt mir ganz bestimmt etwas ein.« Flora hatte bereits eine Vorstellung, doch es war noch zu früh, mit Leonhard darüber zu reden. *Gute Ideen brauchen ihre Zeit*, hatte ihre Mutter immer gesagt.

*

Flora wusste nicht, wie lange sie schon so regungslos neben Leonhard lag. Sie hatte sich im Bett halb aufgerichtet und stützte ihr Kinn mit der Hand ab, um ihren künftigen Gatten besser betrachten zu können. Leonhard schien nicht zu bemerken, dass sie ihn im Schlaf beobachtete. Gleichmäßig hob und senkte sich sein Brustkorb, die Hände hatte er wie im Gebet gefaltet. Flora war versucht, die Hand auszustrecken, um ihm über die Haare zu streichen. Doch damit hätte sie ihn vielleicht geweckt, und das wollte sie nicht. Leonhard arbeitete hart, und er brauchte seinen Schlaf.

Obwohl es sicher schon sehr spät war, fand Flora keine Ruhe. Sie war hellwach und musste ständig an das Gespräch mit Leonhard und seine bevorstehende Trennung von Alfons Wagner denken. Sie war sicher, dass Alfons seinem Partner nahegelegt hatte, das gemeinschaftlich geführte Unternehmen zu verlassen. Vermutlich aus gekränkter Eitelkeit, da Flora ihm immer wieder eine Absage erteilt hatte, sobald er versucht hatte, sich ihr zu nähern. Vor ihrem geistigen Auge tauchte Wagner auf. Flora spürte förmlich seinen lüsternen Blick auf ihrem Körper. Ihr Herz klopfte ein paar Takte schneller, und am liebsten hätte sie ausgeholt, um ihm eine Ohrfeige zu verpassen.

Langsam verblasste das Bild wie eine Wolke am strahlend blauen

Himmel. Jetzt war da nur noch das fahle Licht des Mondes, das sich seinen Weg durch den Spalt der Gardine in das Schlafzimmer bahnte und das schwere Mobiliar in kaltes Licht tauchte.

Sie sorgte sich um die gemeinsame Zukunft mit Leonhard. Nur wegen der Firma hatten sie Birnbaum verlassen, um sich in Stralsund niederzulassen. Sie hatten vorgehabt, sich hier eine Existenzgrundlage für ihr gemeinsames Leben zu schaffen. Eine Grundlage, die in der Leitung der Firma »B. Winkelmann Nachfolger« ein trügerisch sicheres Fundament gefunden hatte.

Und nun drohte dieser Traum wie eine Seifenblase zu zerplatzen. Mit jedem Moment hasste Flora Alfons Wagner ein wenig mehr. Er würde die Schuld tragen, wenn Leonhard keine angemessene Stellung fand. Flora überlegte, ob sie Wagner zur Rede stellen sollte. Obwohl Leonhard ihr versichert hatte, dass der Entschluss, das Unternehmen zu verlassen, allein auf seinen Wunsch hin gefasst wurde, so war Flora sicher, dass Alfons Wagner ihn in seiner Entscheidung bekräftigt hatte.

# Kapitel 3

Unschlüssig stand Flora ein paar Tage später vor einem kleinen Geschäft in der Ossenreyer Straße, das mit Kurz- und Posamentierwaren handelte und alles anbot, was man zum Schneidern und Nähen brauchte. Paula hatte ihr empfohlen, den Kaufladen von Albert Holst aufzusuchen, um sich mit dem nötigen Material für ihr Hochzeitskleid auszustatten. »Geh zum alten Holst, da wirst du fündig«, waren ihre Worte gewesen.

Voller Vorfreude dachte Flora an die Hochzeit. Im Herbst war es so weit. Nur ihre ungewisse Zukunft warf einen Schatten auf den glücklichen Tag. Gestern war Leonhard sich mit Alfons Wagner einig geworden. Für die Ablösesumme von dreitausend Talern würde er das Unternehmen zum Monatsende verlassen. Dann lagen die Geschicke der Firma »B. Winkelmann Nachfolger« einzig und allein in den Händen von Alfons Wagner. Doch zuvor würde Leonhard eine mehrtägige Reise antreten, um sich bei den besten Kunden und Lieferanten persönlich zu verabschieden. Leonhard war sicher, dass er den einen oder anderen Kontakt zu einem späteren Zeitpunkt seiner Karriere noch einmal gebrauchen könnte, doch bisher fehlte ihm ein konkreter Plan.

Flora atmete tief durch und verdrängte die düsteren Gedanken. Eigentlich kannte sie ihren Verlobten gut genug, um zu wissen, dass Leonhard schon bald eine neue berufliche Aufgabe finden würde, mit der er ihren Lebensunterhalt sicherte. Sie hatte begriffen, dass es ihm wichtig war, auf eigenen Beinen zu stehen, ohne sich mit einem Geschäftspartner abstimmen zu müssen. Diese Gedanken irrten durch ihren Kopf, während Flora jetzt vor dem heruntergekommenen Haus stand, in dessen Erdgeschoss sich das Kurzwarengeschäft befand.

Vorgestern hatte sie damit begonnen, ihr Hochzeitskleid zu entwerfen. Das Schneiderhandwerk hatte Flora von ihrer Mutter Amalie gelernt, die aus einfachen Verhältnissen stammte und schon früher die Kleider ihrer Kinder selbst genäht hatte. Abgesehen davon, dass Flora so keine Unsummen für ein gekauftes Kleid ausgeben musste, bereitete es ihr große Freude, sich für ihre Hochzeit ein eigenes Kleid zu nähen, eines, das es nur ein einziges Mal auf der Welt geben würde. Flora hatte schon eine genaue Vorstellung, wie ihr Brautkleid aussehen sollte. Bei der Beschaffung des hochwertigen, pastellfarbenen Stoffes war ihr Leonhard behilflich gewesen. Aus seiner Lehrzeit und durch die Geschäftsbeziehungen, die er für »B. Winkelmann Nachfolger« unterhielt, kannte er zahlreiche Tuchmacher, die ihm noch einen Gefallen schuldeten. Die restlichen Materialien für das Kleid hoffte sie, hier im Geschäft von Albert Holst zu bekommen. Doch der Zustand des Hauses schaffte wenig Vertrauen. Die Fensterscheiben waren staubblind, die Farbe an Fenster- und Türrahmen blätterte bereits. Der Laden machte keinen sonderlich einladenden Eindruck, daran änderte auch das kleine Schild über dem Eingang nichts, das ein *außergewöhnlich gut sortiertes Warensortiment* anpries. Das Schild selbst war verwittert, und an den Kanten hatte sich unansehnlicher brauner Rost gebildet.

»Es ist ein Jammer, dass der Laden vielleicht bald schließen muss«, hörte sie eine Frauenstimme. Flora wandte sich um und sah zwei Frauen, die ein paar Meter weiter standen und sich angeregt unterhielten.

»Der alte Holst hat eben zu lange seine Rechnungen nicht beglichen, nun ist der Laden pleite und er kann bald nichts mehr verkaufen. Er ist ohnehin nicht mehr der Jüngste, vielleicht ist es an der Zeit, den Laden abzugeben«, meinte die jüngere der beiden Frauen.

Ihr Gegenüber, eine rundliche Dame im richtigen Alter, um die Mutter der Jüngeren zu sein, nickte. »Er arbeitet sonst bis zum Umfallen. Nach dem tragischen Tod seiner Frau steht er ganz allein da.«

»Hat er denn keine Kinder?«, fragte die Jüngere. Sie trug ein knöchellanges dunkelblaues Kleid und einen dazu passenden kleinen Hut, unter dessen Rand ihre blonden Locken hervorlugten.

»Das schon, aber was für welche!«, schnaubte die Ältere. »Der Julius ist ein Taugenichts, für den sich der Vater sicherlich schämt. Und die einzige Tochter hat einen Juristen in Schwerin zum Mann genommen und kümmert sich kaum um ihren Vater. Die Kinder vom alten Holst werden sich die Verantwortung für einen heruntergewirtschafteten Laden sicher nicht aufbürden wollen.« Sie kicherte, als hätte sie einen köstlichen Witz erzählt. Als ein Fuhrwerk mit klimpernden Milchkannen vorüberrumpelte, ging die Unterhaltung der beiden Frauen im Lärm unter. Der Kutscher schimpfte mit seinen Tieren, die müde und schwach wirkten und kaum mehr die Kraft hatten, das schwere Gefährt durch die engen Straßen der Stadt zu ziehen.

Floras Neugier war geweckt. Als das Pferdefuhrwerk weitergezogen war, trat sie zu den beiden Frauen und grüßte freundlich. »Sie werden entschuldigen«, sagte sie höflich, »aber zufällig habe ich Ihr Gespräch mitgehört. Der Laden soll verkauft werden?« Sie deutete auf die Front des kleinen Geschäfts.

»In der Tat, Fräulein, in der Tat.« Die ältere der beiden Fremden nickte. »Es ist ein Jammer, aber der Besitzer ist nun in einem Alter, wo er es gesundheitlich nicht mehr allzu lange schaffen wird, den Laden zu führen.« Sie seufzte. »Dabei habe ich hier immer so gern eingekauft.« Sie klang, als wäre die Schließung des Ladens bereits beschlossene Sache.

»Was macht diesen Laden denn so besonders?«, fragte Flora. »Sie werden verzeihen, aber sehr einladend sieht das Geschäft nicht gerade aus.«

Mit dieser Frage schienen die beiden Frauen nicht gerechnet zu haben, denn sie wechselten einen Blick miteinander, bevor die jüngere antwortete. »Das Sortiment«, sagte sie im Brustton der Überzeugung. »Man bekommt alles, was man sucht.«

Flora beschloss, diese Aussage gleich zu überprüfen. Sie war gespannt, ob der Ladeninhaber all ihre Wünsche erfüllen würde. »Mehr nicht?«, fragte sie skeptisch.

Die Frauen machten große Augen und betrachteten Flora, als wäre sie nicht recht bei Trost. »Was meinen Sie – mehr nicht?«, fragte die rundliche Dame fassungslos.

»Nun, es muss doch noch einen bestimmten Grund geben, warum Sie ausgerechnet hier«, Flora deutete auf die schäbige Fassade des Geschäfts, »Ihre Kurzwaren erstehen, und nicht in einem anderen Laden.«

»Nein, eigentlich nicht«, antwortete die Ältere. »Es liegt wohl vor allem an den lieb gewonnenen Gewohnheiten, dass dies meine erste Adresse ist.« Jetzt lächelte sie. »Und ich kann feilschen, wenn ich es für angebracht halte.«

»Und man kann anschreiben lassen«, fügte die Jüngere hinzu und fing sich sogleich einen bösen Blick von ihrer Begleiterin ein. »Der Herr Holst nimmt es dabei nicht so genau, wenn ich die Rechnung mal ein paar Tage später bezahle«, fügte sie hinzu.

Flora verabschiedete sich von den schwatzhaften Frauen. Am liebsten hätte sie den beiden gesagt, dass sie es mit ihrer schlechten Zahlungsmoral mit verschuldeten, wenn der Inhaber des Ladens um seine Existenz kämpfen musste, doch sie biss sich auf die Zunge. Sie raffte ihren Rock mitsamt der Schürze zusammen, um die beiden ausgetretenen Steinstufen zu erklimmen, die zum Eingang führten. Als sie die Hand auf die Türklinke legte, spürte sie förmlich die Blicke der beiden Frauen in ihrem Rücken. Kurz überlegte sie, sich noch einmal umzudrehen, entschied sich aber dagegen und betrat das Geschäft.

*Sollen sie doch denken, was sie wollen*, dachte sie noch, dann hatte sie die beiden auch schon vergessen. Eine kleine Glocke über der Ladentür kündigte ihre Ankunft an. Drinnen roch es muffig. Durch die winzigen Fensterscheiben drang nicht viel Sonnenlicht hinein. Der kleine Laden wurde beinahe von den dunkelbraunen, deckenhohen Regalen erdrückt. An einer Stellage lehnte eine Leiter. Am hinteren Ende des Verkaufsraums gab es eine hohe, ebenfalls dunkelbraune Verkaufstheke. Links befand sich ein Regal mit größeren Fächern, die unter der Last zahlreicher Stoffballen in allen nur denkbaren Farben ächzten.

Ein dunkelblauer, bodenlanger Vorhang trennte den Laden vom hinteren Teil des Geschäfts. Flora vermutete dort das Kontor und ein Büro. Insgesamt kein sehr ansprechender Ort. Sie überlegte, ob Paula ihren Rat, hier einzukaufen, wirklich ernst gemeint hatte. Im rückwärtigen Teil des Kaufmannsladens rührte sich etwas. »Ich komme.« Eine heisere Männerstimme, die vermutlich dem Inhaber gehörte und von einem krächzenden Husten begleitet wurde. Schwere, schlurfende Schritte näherten sich.

»In Ordnung«, entgegnete Flora mit erhobener Stimme, um einen freundlichen Ton bemüht. Am liebsten hätte sie das Geschäft fluchtartig verlassen. Es war eine eigenartige Beklemmung, die sie erfasst hatte. Wahrscheinlich lag das an der bedrückenden Enge des kleinen Ladens. *Noch ist es nicht zu spät*, dachte sie just in dem Moment, als der Vorhang zur Seite geschoben wurde und ein Mann mit wirren, ergrauten Haaren und einem Backenbart auf der Bildfläche erschien. Sein Alter vermochte sie nicht zu schätzen. Das musste Albert Holst sein. Er machte auf Flora den Eindruck, als laste ein tragisches Schicksal auf seinen Schultern. Es fiel ihr schwer, das Alter des Ladenbesitzers zu schätzen. Er mochte Ende fünfzig oder auch Mitte sechzig sein. In jedem Fall ein alter Mann, hart vom Leben gezeichnet.

Argwöhnisch musterte er sie über den Rand seines Zwickers und strich sich die schwulstigen Hände an der braunen Schürze ab. Dunkle Ringe lagen unter seinen wässrigen Augen.

Flora rang sich ein freundliches Lächeln ab.

Anstatt seine Kundin nach ihren Wünschen zu fragen, nickte er ihr bloß mit versteinerter Miene zu.

»Sicherlich können Sie mir Knöpfe verkaufen«, begann Flora.

Der Mann nickte. »Aber selbstredend.« Holst kehrte ihr den Rücken zu, um sich an einem der Regale hinter dem Tresen zu schaffen zu machen. »Welche Größe? Welche Farbe? Und aus welchem Material sollen die Knöpfe sein?« Während Flora noch überlegte, kehrte Holst mit einigen Musterplatten zum Tresen zurück, die er schweigend vor ihr ausbreitete. Auf den Platten waren Knöpfe aller Art und Couleur zu Präsentationszwecken befestigt. Flora betrachtete die Besätze, allesamt wunderschöne kleine Kunstwerke. »Suchen Sie sich etwas aus, das Ihren Anforderungen entspricht«, brummte Holst.

»Haben Sie vielen Dank.« Flora war überwältigt von der Vielfalt der Knöpfe, die Holst, der Inschrift der blassblauen Musterplatten nach zu urteilen, von einem französischen Hersteller gekauft hatte. *Jules Potelle*, so der Name des Fabrikanten, präsentierte Metallknöpfe mit gefälschten Diamanten, die im Zwielicht des Ladens kaum ihre ganze Schönheit entfalten konnten. Zudem gab es Knöpfe aus Strohpappe, aus Emaille und aus verschiedenen Edelmetallen. Flora tippte nach einigem Überlegen auf einen Scheibenknopf in Form einer Muschel aus glitzerndem Perlmutt. »Davon hätte ich gerne fünf Stück.«

»Ist recht.« Albert Holst trat wieder an das Regal und kehrte mit einem Setzkasten zurück, in dem sich wohl die gewünschten Knöpfe befanden. Durch den Zwicker auf seiner Nase studierte er die Aufschrift der vergilbten Etikette. Als er gefunden hatte, wonach er suchte, nahm er fünf Stück aus dem kleinen Fach und legte sie auf den Ladentisch. Seine Miene hellte sich ein wenig auf, als er Floras dankbares Lächeln sah. »Darf es sonst noch etwas sein?«

Kurz überlegte Flora, dann fiel ihr ein, was sie noch brauchte. »Ich suche Klöppelspitze, haben Sie welche da?«

»Aber natürlich.« Holst schien weiter aufzutauen. Seine verkniffenen Gesichtszüge entspannten sich ein wenig, und Flora glaubte sogar, den Ansatz eines Lächelns in seinem Gesicht zu sehen. Vermutlich lag es am Umsatz, den sie ihm gerade in Aussicht stellte. Klöppelspitze war recht teuer und konnte üblicherweise nur von wohlhabenden Damen erworben werden, doch für ihr Hochzeitskleid wollte Flora edle Materialien verwenden. Sie war glücklich über den Umstand, dass sie die aufwendige Sticktechnik von ihrer Mutter gelernt hatte. Damit würde sie dem festlichen Kleid sicher eine ganz besondere Note geben können.

»Was können Sie mir empfehlen?«, fragte Flora.

Holst überlegte nur kurz, dann sagte er: »Die *Brussels lace*, feinste Brüsseler Spitze, mit der Sie auf jedem Ball glänzen werden, meine Dame.«

Flora lächelte. Er konnte ja nicht ahnen, dass sie das Material für ihr Hochzeitskleid benötigte. Der knorrige Ladenbesitzer zwinkerte ihr zu. »Zwar ist *Brussels lace* nicht ganz günstig, doch Sie erhalten höchste Qualität für Ihr Geld.«

*Er hat meine Gedanken erraten*, freute sich Flora. *Vielleicht ist es seine Fähigkeit, den Kundinnen jeden Wunsch von den Augen abzulesen, die den Laden für manche zur ersten Adresse im Ort gemacht hat.* Zufrieden lächelte sie und nannte Albert Holst die Menge, die sie zur Verzierung ihres Kleides benötigte. Der Ladenbesitzer nahm ihre Bestellung entgegen und maß die Spitze ab, um sie danach neben die Knöpfe auf den Ladentisch zu drapieren. »Bitte sehr, die Dame.« Er rechnete die Summe zusammen und nannte Flora den Preis für ihren Einkauf.

»Ich würde gern anschreiben.« Flora kam sich ein wenig schäbig vor, doch sie wollte die Geduld des Kaufmanns auf die Probe stellen. Sie erinnerte sich an das Gespräch der zwei Damen vor dem Geschäft und wollte sehen, wie der Ladeninhaber auf ihre Bitte reagieren würde.

»Auf gar keinen Fall.« Mit grimmiger Miene schüttelte Albert Holst den Kopf.

»Warum nicht? Man erzählte mir, dass Sie bei Ihren Kundinnen anschreiben.«

Holst ließ sich von ihrer gespielt verzweifelten Miene nicht erweichen. »Eben«, grollte er. »Eben. Das habe ich viel zu lange gemacht, das ist jetzt nicht mehr möglich. Ich muss auf Barzahlung bestehen.« Nun rang er sich wirklich ein kleines Lächeln ab. »Ich kenne Sie doch gar nicht, Fräulein.«

*Noch nicht*, dachte Flora und beglich die Rechnung. Ihr war eine Idee gekommen. *Noch kennen wir uns nicht, Albert Holst, doch das wird sich schon bald ändern.* Als sie ihre Einkäufe eingepackt hatte und auf die Straße trat, waren die beiden schwatzhaften Damen von vorhin verschwunden. Ein letztes Mal wandte sich Flora um und betrachtete die Fassade des Geschäftshauses. Ja, das Haus befand sich in einer wahrhaft erbärmlichen Verfassung. Und dennoch spürte Flora, dass dieser kleine Laden das Potenzial für etwas ganz Besonderes hatte.

*

Am Abend saß Flora lange in der Stube, um an ihrem Kleid zu arbeiten. Sie hatte große Freude dabei, denn das Material aus dem Geschäft von Albert Holst ließ sich sehr gut verarbeiten. Während sie im Schein der Petroleumlampe auf dem Tisch fleißig nähte, dachte sie an das Gespräch der beiden Frauen, das sie am Vormittag mitgehört hatte. Flora musste sich eingestehen, dass sie das tragische Schicksal von Albert Holst bewegte. Wie schrecklich musste es sein, einen gemeinsam gelebten Traum nach dem Tod der geliebten Frau aufgeben zu müssen.

Kurz unterbrach Flora ihre Arbeit und ließ den Blick zum Fenster wandern. Die Dunkelheit hatte sich bereits wie ein samtenes Tuch über die Häuser der Stadt gelegt. In den Fenstern der gegenüberliegenden Häuser brannte schwaches Licht. Die Menschen saßen noch beisammen, um den Tag ausklingen zu lassen. Flora hingegen verbrachte den Abend allein. Leonhard war noch in der Fabrik, um die bevorstehende Reise zu planen. Es sollte seine letzte große Fahrt für »B. Winkelmann Nachfolger« werden. Flora graute es bei der Vorstellung, dass ihr Verlobter tagelang unterwegs sein würde. Sie war gerne mit ihm zusammen und gab ihn nur ungern her. Zu sehr hatte sie sich schon jetzt an den Alltag mit ihrem Leo gewöhnt.

Flora fiel es schwer, sich wieder auf die Arbeit an ihrem Hochzeitskleid zu konzentrieren. Über der Beschäftigung hatte sie längst die Zeit vergessen gehabt, doch nun spürte sie, dass ihr der Rücken schmerzte und die Augen brannten. Schwerfällig erhob sie sich aus Leonhards Lieblingssessel und musste lachen, weil sie sich wie eine alte Frau bewegte. Als der Schmerz nachließ, durchquerte sie die verlassene Wohnung, holte eine Packung Zündhölzer aus dem Büfett in der Küche und kehrte damit ins Wohnzimmer zurück. Sie nahm eines der Hölzer aus der Schachtel, riss es an und zündete zwei weitere Lampen an.

*Wo bleibt nur Leo?*, fragte sie sich mit einem sehnsüchtigen Blick aus dem Fenster. Da von ihrem Mann nichts zu sehen war, schloss sie die Vorhänge und betrachtete den anheimelnden Lichtschein in der Stube, der die unheimlichen Schatten vertrieben hatte. Die große Tasche für seine Reise hatte sie ihm bereits gepackt. Sogar an den kleinen Reisesekretär hatte sie gedacht. Leo liebte die Schatulle aus edlem, dunkel gebeiztem Vogelauenahorn. Er hatte das Schreibkästchen von seinem Vater zur bestandenen Kaufmannslehre geschenkt bekommen. Seitdem nahm Leo es auf all seine Reisen mit. So konnte er an jedem Ort der Welt Briefe schreiben und seinen Papierkram erledigen.

Als Floras Blick wieder auf das Nähzeug fiel, kam ihr das Gespräch mit Albert Holst in den Sinn. Sie erinnerte sich an die unendliche Trauer, die sich hinter seiner mürrischen Miene verborgen hatte. Holst war ein seltsamer alter Mann mit einem schweren Schicksal. Sie hatte es nicht gewagt, ihn darauf anzusprechen. Warum auch – er war für sie ein Fremder und sie eine Kundin, die er zum ersten Mal gesehen hatte. Warum hätte er sich ihr anvertrauen sollen?

Und warum bewegte sie sein Schicksal so nachhaltig?

Flora seufzte, während sie wieder in den Sessel sank und die einzelnen Teile ihres Hochzeitskleides durch die Finger gleiten ließ. Dabei stahl sich ein verzücktes Lächeln auf ihre Lippen. Wie angenehm weich der Stoff war, den Leonhard ihr mitgebracht hatte. Die Gedanken an Albert Holst gerieten schnell wieder in Vergessenheit. Mit den Einzelteilen des Kleides im Arm sprang sie vom Sessel auf und tanzte damit durch die Stube. Kurz überlegte sie, das Grammofon aufzuziehen, um ein wenig Musik zu hören. *Ach, wie schön wäre es, wenn Leo jetzt bei mir sein könnte*, dachte sie sehnsüchtig. Ohne ihn würde sie die Musik nicht richtig genießen können, und sie verwarf den Gedanken wieder. Sie blieb stehen und verharrte für einen Augenblick nachdenklich inmitten der großen Stube, dachte an die nahende Hochzeit und freute sich wie ein kleines Kind auf das Lichterfest. Ihr Blick fiel auf den achtarmigen Chanukkaleuchter auf der großen Kommode. Ein wenig freute sie sich auch auf diesen Winter. Es würde der erste Winter sein, den sie mit Leonhard in ihrer ersten gemeinsamen Wohnung verbringen konnte.

Flora erschrak, als es klingelte. Das Schrillen riss sie aus ihren Gedanken, und ihr Herzschlag beschleunigte sich. Sie blickte zur Haustür, die über eine moderne Seilzugklingel verfügte, so dass Besucher sich schon von der Straße aus ankündigen konnten. Doch wer kam um diese Zeit noch zu ihr? *Bestimmt ist es Leo*, dachte sie hoffnungsvoll. Vielleicht hatte er seinen Schlüssel vergessen. Sie warf die Einzelteile des Kleids auf die Sessellehne und durchschritt eilig das Wohnzimmer und den langen Korridor. Ohne zu zögern, riss sie die Wohnungstür auf. Im Treppenhaus stand eine groß gewachsene Gestalt, die Flora erschrocken zurückweichen ließ.

»Welch ein betörender Anblick zu später Stunde.«

»Du?« Um ein Haar hätte Flora dem Besucher die Tür vor der Nase zugeknallt. Vor ihr stand Alfons Wagner. Wie immer trug er einen perfekt sitzenden Anzug, das Haar war ordentlich gekämmt und die schwarzen Schuhe glänzten, als hätte er sie vor seinem Besuch mit einer Speckschwarte eingerieben. Alfons war ein stattlicher Mann, gut zwei Köpfe größer als Leonhard, dazu breitschultrig und mit stolz erhobenem Haupt. In seinen Augen lag eine Spur von Hohn, als er Flora jetzt betrachtete. Das Lächeln, das wie auf seinen Lippen festgemeißelt war, erreichte seine veilchenblauen Augen nicht. Eine Duftwolke von würzigem Tabak umgab ihn. Flora glaubte, sich daran zu erinnern, dass Alfons zu besonderen Gelegenheiten Zigarren rauchte.

»Ich nehme an, du bist überrascht, mich hier zu sehen, Fräulein Baumann?« Mit einem selbstverliebten Lächeln schickte er sich an, einen Fuß über die Schwelle zu setzen. »Hier, in deinem Refugium, *Fräulein Baumann?*« Seine Stimme triefte vor Spott.

»Was soll das?«, fragte Flora ihn spitz. Er sollte nicht bemerken, dass sie sich vor ihm fürchtete.

»Ich dachte, ich statte dir mal einen Besuch ab«, erwiderte er mit falscher Freundlichkeit. Er trat in den Flur, und nur die Höflichkeit hielt Flora davon ab, ihn nicht sofort wieder hinaus ins Treppenhaus zu komplimentieren. Sie bekam es mit der Angst zu tun und fragte sich, ob der Besuch ihr galt oder ob Wagner zu Leo wollte. »Leonhard ist nicht zu Hause«, sagte Flora schnell, um die unangenehme Situation so schnell wie möglich zu beenden.

»Ich weiß.« Wagner lächelte süffisant. »Er arbeitet auch in den letzten Wochen, die wir für ›B. Winkelmann Nachfolger‹ gemeinsam verantwortlich sind, bis zum Umfallen.« Wagner schüttelte den Kopf, wie um sein Bedauern auszudrücken. »Er macht sich den Abschied aus unserem Unternehmen wahrlich nicht leicht«, bemerkte er.

Wut mischte sich unter Floras Angst, mit Wagner allein zu sein. »Es liegt nicht an Lissy«, stellte sie fest. Sie hatte geahnt, dass Leonhard einen anderen Grund hatte, aus der Firma auszuscheiden. »Es geht gar nicht darum, dass deine Frau etwas gegen mich hat.«

»Du bist gescheit«, meinte Wagner voller Ironie. »Ein sehr schlaues Mädchen.« Ein humorloses Lachen kam über seine schmalen Lippen. »Er ist nicht blind, dein Leo«, fuhr er fort, während er die Wohnungstür hinter sich schloss.

*Ich sitze in der Falle*, schoss es Flora durch den Kopf. Mit angstgeweiteten Augen starrte sie ihn an. Er schien endlich doch ihre Angst bemerkt zu haben und schüttelte abfällig den Kopf. »Deinem Leo wird nicht entgangen sein, dass mir seine Braut gefällt.«

»Ich bin mit Leonhard verlobt und werde bald schon seine Frau sein«, erklärte Flora trotzig. »Von dir will ich absolut nichts wissen.

Und dass du mir so unverschämt den Hof machst, wird auch deiner Lissy nicht entgangen sein.« Wütend stemmte sie die Hände in die Hüften. »Außerdem bin ich mit Leo sehr, sehr glücklich, aber das weißt du natürlich selbst – immerhin seid ihr seit der Schulzeit befreundet.«

»Natürlich.« Wagner nickte. »Doch drängt sich mir bei allem Respekt die Frage auf, warum der gute Leonhard so lange arbeitet. Bleibt ihm denn nach Feierabend überhaupt noch die Kraft, sich auf angemessene Weise um seine bildschöne Verlobte zu kümmern?«

»Ich wüsste nicht, was dich das anginge«, entgegnete Flora.

»Welch ein Drama«, sagte Wagner mit gespielter Enttäuschung in der Stimme. »Wäre ich ein freier Mann, würde ich mich um deine Gunst bemühen.«

»Zu spät«, antwortete Flora schnippisch. »Ich nehme an, dass du ursprünglich gekommen bist, um Leonhard aufzusuchen.«

»Und ich sagte bereits, dass ich sehr wohl weiß, dass er noch im Kontor sitzt und arbeitet.« Wagner schüttelte den Kopf. »Nein, ich wollte schon zu dir, Flora.«

»Was hast du dir dabei gedacht, Leo so aus eurem gemeinsamen Unternehmen hinauszuekeln?«, zischte Flora.

»Was habe ich?« Wagner tat, als wäre er schwerhörig.

»Du hast ihm nahegelegt, die Firma zu verlassen.«

»Ich bewundere deine lebhafte Phantasie, liebste Flora.« Jetzt lachte er. »Vielleicht möchte dein Leo verhindern, dass wir uns ständig über den Weg laufen – fast, als wäre ihm daran gelegen, dich aus meiner Schusslinie zu bringen.«

Kurz zögerte Flora. Vielleicht enthielten Wagners Worte ein Stückchen Wahrheit. In der Tat verfügte Leonhard über einen ausgeprägten Beschützerinstinkt. Als sie aufschaute, blickte Wagner sie mit steinerner Miene an. »Also gib nicht mir die Schuld«, sagte er schneidend.

Flora schien es, als könne sein bohrender Blick bis in die Tiefen ihrer Seele vordringen. Schnell senkte sie den Kopf. »Wie dem auch sei«, sagte sie, »Sag, was du zu sagen hast, und verschwinde.«

»Warum bist du denn so ruppig?« Wagner ließ sich nicht aus der Ruhe bringen. »Dreitausend Taler habe ich deinem Leo versprochen, wenn er das Unternehmen verlässt.«

»Das hat er mir erzählt.«

»Dein Leo wird mir fehlen, wenn er wirklich geht«, behauptete Wagner.

»Du bist ein elender Heuchler«, spie Flora ihm entgegen. »Und jetzt raus mit der Sprache. Warum bist du hergekommen?«

»Um dir ein verlockendes Angebot zu machen, meine Liebe.«

»Da bin ich gespannt.«

»Dein Leo wird in wenigen Tagen eine Reise für ›B. Winkelmann Nachfolger‹ antreten«, eröffnete Wagner ihr. »Er nimmt die Strapazen der Reise auf sich, um von Kunden und Lieferanten persönlich Abschied zu nehmen.«

»Das weiß ich doch längst.« Das Gespräch begann Flora zu langweilen.

»Meine Lissy ist ebenfalls verreist«, fuhr Alfons fort. »Sie ist mit ihrer Schwester und der Frau Mama unterwegs und lässt mich allein in Stralsund zurück.«

»Wie grausam von ihr«, sagte Flora.

Wagner ging nicht auf die spitze Bemerkung ein. »Somit verbindet uns das gleiche Schicksal: Unsere geliebten Partner lassen uns allein zurück.«

»Ich werde es überleben.«

»Wir könnten ebenfalls verreisen und ein paar Tage aufs Land hinausfahren«, schlug Wagner vor.

»Wir?« Flora glaubte, sich verhört zu haben. Sie stellte sich dumm. »Wer ist *wir*?«

Mit einem schleimigen Lächeln deutete Wagner erst auf sich selbst, dann auf Flora. »Wir«, sagte er feierlich, »Also du und ich.«

»Wie kommst du bloß auf so eine absurde Idee?« Flora war außer sich vor Wut, doch er ließ sich nicht beirren.

»Wir könnten uns eine schöne Zeit machen, und wir wären beide nicht einsam.« Er lachte. »Und bekanntlich soll Reisen ja bilden.«

»Mit dir reise ich nirgendwohin, das ist doch lächerlich. Und jetzt scher dich zum Teufel!« Den letzten Satz schrie sie fast.

Wagner starrte sie finster an. »Nie«, sagte er leise, »nie hätte ich gedacht, dass du so arrogant sein würdest!«

Flora hatte genug. Sie holte aus und verpasste dem Geschäftspartner ihres Verlobten eine schallende Ohrfeige.

Wagner wich zurück und strich sich stumm über die schmerzende Wange, die langsam eine tiefrote Färbung annahm.

»Das, meine liebe Flora«, zischte er, »wirst du bereuen.« Ohne ihre Antwort abzuwarten, machte er auf dem Absatz kehrt und schritt aus der Wohnung.

Flora stand wie angewurzelt im Flur. Sie hatte den Schulfreund ihres geliebten Leos geohrfeigt. Erst als sie hörte, wie unten die schwere Haustür ins Schloss fiel, konnte sie sich wieder regen und schloss rasch die Wohnungstür. Ihr Herz raste wie verrückt. Sie war immer noch fassungslos angesichts Wagners Unverfrorenheit, ihr ein solches Angebot zu machen. Als sie ins Wohnzimmer zurückkehrte, zitterte sie am ganzen Leib. Wo blieb nur Leo?

*

In dieser Nacht fand Flora kaum Schlaf. Hellwach lag sie im Bett neben Leonhard und lauschte den gleichmäßigen Atemzügen ihres Verlobten. Sie hatte es nicht über sich gebracht, ihm von Wagners Besuch zu berichten. Wie gern hätte sie sich jetzt an ihn geschmiegt, um seine Nähe und seinen Schutz zu spüren. Doch wieder war die Furcht zu groß, dass er aufwachen könnte. Flora wusste, wie dringend er seinen Schlaf benötigte. Morgen schon würde er seine Reise antreten. Mit dem Zug würde er zunächst nach Berlin fahren und dort ein paar Tage bleiben, um die dortigen Geschäftsfreunde zu besuchen. Danach führte ihn sein Weg in den Westen. Schon jetzt wusste Flora, wie schmerzlich sie ihn vermissen würde.

Auch gab sie sich die Schuld an der Entscheidung ihres Verlobten, die Firma zu verlassen. Immer wieder fragte sie sich, ob sie einer der Gründe für die Trennung der Männer war.

Seit heute Abend hatte sie Angst, in der nächsten Zeit ohne Leos Schutz auskommen zu müssen. Der unverschämte Besuch von Wagner hatte sie verängstigt und ging ihr nicht mehr aus dem Kopf. Sie wagte kaum, sich auszumalen, zu welchen Taten er noch imstande war, wenn er sich in Sicherheit wiegen konnte. Floras Herz schlug wie verrückt. An Schlaf war nicht zu denken.

Flora wandte den Kopf zur Seite und betrachtete ihren Liebsten. Ihr Leo war so anders als dieser aufgeplusterte Alfons Wagner. Sie fragte sich, was die Männer trotz ihrer Unterschiede seit Jahren miteinander verband. Leo strahlte nicht denselben Stolz aus, wie Alfons es tat. Dennoch liebte sie ihn über alles. Sie war sicher, richtig gehandelt zu haben, als sie seinen Antrag angenommen hatte. An seiner Seite wollte sie alt werden, mit ihm wollte sie durch gute und schlechte Zeiten gehen. Floras Gesichtszüge entspannten sich ein wenig, als sie an die gemeinsamen Jahre dachte, die vor ihnen lagen.

Dennoch ließ die Erinnerung an Wagners Besuch sie nicht los. Lange hatte sie darüber nachgedacht, Leonhard vom Ansinnen seines Freundes zu erzählen. Allzu gern hätte sie seine Meinung dazu gehört, war auf seine Reaktion gespannt gewesen, doch sie hatte es nicht übers Herz gebracht, ihm davon zu berichten. Womöglich hätte Leo seine Reise dann nur mit einem schlechten Gefühl angetreten – oder sie gar in Gänze abgesagt. Dabei wusste Flora, wie wichtig diese Reise für ihn war. Es ging ihm nicht nur darum, die geschäftlichen Kontakte zu erhalten, es war ihm ein wahres Herzensanliegen, sich persönlich von allen zu verabschieden.

Aus diesem Grunde hatte sich Flora dazu entschieden, Stillschweigen zu bewahren. Sie wollte auf gar keinen Fall, dass er sich unnötig Sorgen um sie machte.

Doch was, wenn Wagner sich an ihr rächen wollte und seinerseits Leonhard davon berichtete, dass er Flora besucht hatte? Womöglich dächte Leo dann, Flora hätte seinen Besuch begrüßt oder ihn gar ermutigt. Andererseits war Flora sich fast sicher, dass Wagner sich mit so einer Aktion nur selbst ins Bein schießen würde, denn Leonhard vertraute ihr. Oder etwa nicht?

Ob Wagner wohl in der Lage wäre, seinem Freund davon zu erzählen, dass Flora ihm eine Ohrfeige verpasst hatte? Sie musste ihm wohl alles zutrauen. Der Gedanke machte ihr Angst. Sicher würde Leonhard sie fragen, warum sie ihm nicht gleich vom Besuch seines Geschäftspartners erzählt hatte. Was würde sie ihm antworten?

Sorgenvoll betrachtete sie Leonhard und überlegte, ob er sich bei seiner Heimkehr am späten Abend irgendwie eigenartig verhalten hatte. Doch er war ganz normal zu ihr gewesen, hatte sie liebevoll begrüßt und ihr von den Strapazen des langen Arbeitstages erzählt, so, wie er es immer tat, während sie das Abendessen servierte. Leonhard hatte noch eine Flasche vom guten Wein geöffnet, bevor sie zu Bett gegangen waren. Nein, er hatte sich nicht anders verhalten als sonst. Offensichtlich ahnte er nichts vom Besuch seines Partners. Also hatte Alfons ihm nichts von seiner fragwürdigen Aktion erzählt. Wut keimte in Flora auf, als sie daran dachte. Sie überlegte immer noch, ob die Trennung von Alfons und Leonhard mit ihr zu tun haben könnte. Es war nicht erst seit seinem Besuch offensichtlich, dass Alfons Gefallen an ihr fand. Doch sie hatte keinerlei Interesse an ihm. Sie fragte sich, ob sich die Männer über ihre Frauen unterhielten und wie Alfons wohl von seiner Lissy sprach. Immer noch bezweifelte sie, dass Leo die Firma freiwillig verlassen hatte. Womöglich hatten sich die Männer gestritten? Ein ungutes Gefühl verfolgte sie, wann immer sie an den unangenehmen Besuch von Leos Teilhaber zurückdachte.

Ein wenig schämte sie sich jetzt dafür, dass sie ihrem Verlobten keinen reinen Wein eingeschenkt hatte. Ihr schlechtes Gewissen quälte sie. Ruhelos wälzte sie sich im Bett hin und her und hoffte, Leo dabei nicht zu wecken. Erst in den frühen Morgenstunden kam Flora zur Ruhe und fiel in einen tiefen, traumlosen Schlaf.

# Kapitel 4

Es war ein trüber Tag, der gut zu Floras Stimmung passte. Die schlaflose Nacht forderte ihren Preis, sie war todmüde und stand völlig neben sich.

Doch von ihren Sorgen sollte Leonhard nichts mitbekommen. So blieb ihr keine andere Wahl, als gute Miene zum bösen Spiel zu machen.

Vor dem Bahnhof herrschte trotz der frühen Stunde schon geschäftiges Treiben. Der Kutscher, ein vierschrötiger Mann mit brauner Mütze, war gerade damit beschäftigt, Leos schweren Koffer vom Bock zu wuchten. »So«, sagte er keuchend. »Da wären wir, die Herrschaften.«

»Danke.« Leonhard lächelte seiner Verlobten aufmunternd zu und bezahlte den Kutscher, der sie in den frühen Morgenstunden abgeholt hatte.

Es fiel Flora schwer, Leonhards Lächeln zu erwidern. Zu viel beschäftigte sie. Für Leos Abschied hatte sie sich besonders hübsch gemacht. Die langen braunen Haare hatte sie mit einer Brennschere onduliert, um den Kopf dann mit einem dunkelblauen Hut zu schmücken. Dazu passend trug sie ein hellblaues Baumwollkleid mit Rückenschnürung, bei der Leonhard ihr behilflich gewesen war. Dabei hatten seine Finger die weiße Spitze verlassen, die den Saum der Schnürung veredelte, und waren liebevoll über ihre Haut gestrichen. Insgeheim fragte Flora sich, wie sie die Schnürung allein wieder öffnen sollte.

Jetzt standen sie mit dem großen Lederkoffer vor dem hölzernen Bahnhofsgebäude und wussten nicht, was sie zueinander sagen sollten. In zehn Minuten würde der Zug nach Berlin einfahren. Fünf breite Steinstufen führten zum Eingang des Bahnhofs, der durch massiv wirkende Säulen gestützt wurde. Auf dem Vorplatz reihten sich die Kutschen, um auf die ankommenden Fahrgäste zu warten.

Leonhard schnappte sich den Koffer und marschierte voran. Als er bemerkte, dass Flora ihm nicht folgte, hielt er inne und wandte sich zu ihr um. »Kommst du nicht mit?«

»Doch, doch.« Flora raffte ihr Kleid hoch und schloss zu ihm auf. Seite an Seite durchschritten sie die Ankunftshalle und standen schließlich an dem einfachen Bahnsteig. Flora atmete tief ein. Der Geruch von verbrannter Kohle, Dampf und heißem Öl hing schwer in der Luft. Ein uniformierter Schaffner schritt mit wichtiger Miene und hinter dem Rücken verschränkten Armen auf und ab. Jenseits der Gleise befand sich der Ringlokschuppen. Die Tore waren weit geöffnet, im Halbdunkel sah Flora, dass der Rangierbetrieb in vollem Gange war. Männer mit rußverschmierten Gesichtern riefen Befehle, die immer wieder vom Stampfen der mächtigen Stahlrösser und dem Quietschen der Schienen übertönt wurden.

»Nun ist es also so weit«, sagte Leo. Er hatte den Koffer abgestellt und lächelte sie an. »Du wirst mir fehlen, Bella.«

Flora seufzte. Schon jetzt sehnte sie den Tag seiner Heimkehr innig herbei. »Du mir auch, Leo.«

Ein schriller Pfiff ertönte und holte die wartenden Fahrgäste aus ihrer Lethargie. Als Flora aufblickte, sah sie den Zug kommen. Das stählerne Monstrum schob sich schnaufend auf den Bahnsteig zu. Sekundenlang verdeckte dicker, weißgrauer Dampf die Sicht. Flora konnte den Zugführer und seinen Heizer hoch oben im Führerstand der Dampflokomotive erkennen. Dahinter folgten einige Personenwagen, immer wieder getrennt durch einfache Güterwaggons. Die stählernen Räder kreischten auf den Gleisen und jagten

Flora einen Schauer über den Rücken. Sie hielt sich die Ohren zu, bis das tonnenschwere Ungetüm zum Stehen gekommen war.

»So, meine liebe Bella«, riss Leonhards sanfte Stimme sie aus den Gedanken, »jetzt müssen wir wohl Adieu sagen.« Sein Lächeln wirkte bemüht. Flora kannte ihn gut genug, um zu wissen, dass er sich auch nur ungern von ihr trennte. Schnell senkte sie den Blick. Er sollte nicht sehen, dass sich ihre Augen mit Tränen füllten. Doch als er sich zu ihr herabbeugte, um sie zärtlich zu küssen, bemerkte er es doch. »Weinst du?«, fragte er und stellte den schweren Koffer noch einmal ab, um sie zu umarmen.

Fest schmiegte sich Flora an ihren Mann, so fest, als wolle sie ihn gar nicht mehr loslassen. Schon seit ihrer Kindheit hasste sie Abschiede. »Nein«, sagte sie hastig und rang sich ein halbherziges Lächeln ab. »Ich muss wohl Rauch in die Augen bekommen haben – das brennt fürchterlich«, behauptete sie.

Jetzt musste Leonhard leise lachen. Er schüttelte den Kopf und küsste hastig ihre Tränen fort. »Hmmm«, sagte er, »das sind eindeutig Abschiedstränen, ich schmecke das sofort.«

»Du hast mich erwischt«, gab Flora zu.

»Ich werde schon bald wiederkommen«, versprach Leonhard ihr. »In ein paar Tagen schon werde ich wieder bei dir sein, Bella. Und dann werden wir in unser aufregendes neues Leben starten.«

Obwohl sie wusste, was er meinte, war dieser Neuanfang doch ein Sprung ins Ungewisse. Die Unsicherheit, die in dieser Zukunft auf sie wartete, nagte an ihr. Nach seiner Rückkehr würde er nur noch wenige Tage für »B. Winkelmann Nachfolger« arbeiten, bevor er als Privatier anfing. »Ich liebe dich, Leo«, sagte sie und war um einen festen Klang ihrer Stimme bemüht. »Bleib gesund und genieß die Reise.« Sie schlang die Arme noch fester um ihren Mann und schloss die Augen.

Der schrille Pfiff des Zugbegleiters zerschnitt den kurzen Moment der Zweisamkeit. Schweren Herzens lösten sie sich voneinander.

»Ich muss los«, sagte Leonhard und hauchte ihr einen letzten, süßen Kuss auf die Lippen, bevor er seinen Koffer nahm, um ihn zum Zug zu bugsieren. Bevor er den dunkelroten Waggon betrat, schaute er sich ein letztes Mal zu Flora um. Zum Abschied hob er die Hand und lächelte aufmunternd.

»Zurücktreten bitte – der Zug fährt ab«, gellte die Stimme des Schaffners über die Gleise.

Flora wich einen Schritt zurück. Sie erwiderte Leos Lächeln und winkte ihm zu. Mit tränenverschleiertem Blick sah sie ihn in den Zug steigen. Die Türen wurden geschlossen, überall in den Fenstern der Abteile tauchten die Gesichter der Fahrgäste auf, die noch einen letzten Blick auf ihre Angehörigen erhaschen wollten. Hastig zog Flora das Taschentuch aus feinster Brüsseler Spitze aus dem Dekolleté und winkte damit. Ob Leo das noch sah, wusste sie nicht. Sie suchte die Fenster des Waggons ab, in den er gestiegen war, sah ihn aber nicht.

Schnaufend setzte der Zug sich in Bewegung und schob sich wie ein stählernes Ungetüm aus dem Bahnhof. Flora war es, als würde sich ein Bleigürtel um ihre Brust legen. Jetzt war sie also auf sich allein gestellt. Als der Zug den Bahnhof verlassen hatte, zogen sich auch die Menschen am Gleis zurück. Der Schaffner verschwand in seinem Dienstzimmer. Durch das Fenster unter der großen Uhr konnte Flora sehen, wie er die Mütze absetzte, sie auf den Schreibtisch legte und sich mit gespreizten Fingern durch das Haar fuhr. Schwermütig verließ sie das Bahnhofsgebäude, ohne sich noch einmal umzusehen. Der Kutscher, der sie hergebracht hatte, hockte auf der Trittstufe seines Fuhrwerks und blickte ihr dienstbeflissen entgegen. Hastig sprang er auf – er witterte wohl eine weitere Tour. Er war ein hagerer Enddreißiger mit unrasiertem Kinn und machte eine einladende Geste in Richtung seiner Kutsche. »Darf ich Sie wieder nach Hause bringen, verehrte Dame?«

»Nein, danke.« Flora war sicher, dass ihr der kleine Fußmarsch jetzt guttun würde. Es war höchste Zeit, wieder ein wenig zu sich selbst zu finden.

*

»Sie schon wieder, Fräulein?« Albert Holst betrachtete Flora mit düsterer Miene, als sie wenig später das kleine Geschäft an der Ossenreyer Straße betrat.

»Sind Sie nicht daran interessiert, mir etwas zu verkaufen?«, entgegnete Flora kokett. Sie hatte nach Leonhards Abreise nicht nach Hause gewollt. Zu groß war die Angst vor dem beklemmenden Gefühl, die leere Wohnung zu betreten. So war sie zu der Entscheidung gekommen, sich mit einem Besuch bei Albert Holst abzulenken. Sicherlich fand sie hier noch das eine oder andere Zubehör für ihr Hochzeitskleid.

Als der Kaufmann grimmig schwieg, fuhr sie fort: »Soll ich wieder gehen? Wenn Sie jede Kundin so unfreundlich empfangen, dann dürfen Sie sich nicht darüber wundern, dass Ihre Geschäfte schlecht laufen, Herr Holst.«

Der alte Mann schien ihre Direktheit zu schätzen. Seine Miene hellte sich auf. »Womöglich haben Sie recht, mein Fräulein.« Jetzt musste er sogar ein wenig lachen. »Also – haben Sie etwas vergessen?«

Flora konnte dem alten Holst nicht böse sein. Sie wusste ja, warum er so verbittert war. »Die Knöpfe, die ich gestern erstanden habe, gibt es die auch in einer kleineren Ausführung?«

»Natürlich.« Holst wandte sich um und trat an das Regal, um mit einem Sortimentskasten zum Verkaufstresen zurückzukehren.

»Hier bei mir«, sagte er mit feierlicher Miene, »finden Sie alles, was Sie noch benötigen.«

Flora bat um vier Knöpfe und beobachtete Albert Holst, wie er die Ware in eine Papiertüte gleiten ließ. »Sagen Sie«, fragte sie zögerlich, »stimmt es, dass Sie den Laden aufgeben wollen?«

Holst brach seine Arbeit ab und musterte Flora. Seine buschigen Augenbrauen zogen sich zu einem durchlaufenden Strich zusammen. »Wo immer Sie das auch erfahren haben«, grollte er, »ja, ich habe darüber nachgedacht.« Nach einem schweren Seufzer fuhr er fort: »Dennoch wüsste ich nicht, was es Sie angeht, meine Dame.«

»Ich bin sehr zufrieden mit Ihrem Angebot«, antwortete Flora schnell. »Es wäre ein Jammer, wenn Sie die Türen des Ladens für immer schließen würden. Warum nur wollen Sie sich von Ihrer Existenz trennen?«, fragte Flora. Sie befürchtete, wegen ihrer Neugier von Holst zurechtgewiesen zu werden, doch er reagierte milde. Müde schüttelte er den Kopf und rieb sich seinen schmerzenden Rücken. »Junge Dame, Sie haben ja keine Ahnung.«

»Deshalb frage ich ja.« Flora schenkte ihm ein entwaffnendes Lächeln. »Erzählen Sie es mir.«

»Es gibt wohl keinen Grund, lange um den heißen Brei herumzureden«, brummte Holst. Mit der rechten Handfläche wischte er über die verschlissene Theke. »Ich komme nicht länger umhin, mich der Wahrheit zu stellen.«

»Welcher Wahrheit? Leben Sie denn nicht gut von den Einnahmen?«

»Von gut kann keine Rede sein«, behauptete Holst. »Es ist ein karges Auskommen, das mir kaum gestattet, den eigenen Herd zu richten, wie man so schön sagt.« Er deutete mit dem Daumen über die Schulter auf die deckenhohen Regale. »Was, denken Sie, hat all das Material hier gekostet?«

Flora hatte keine Ahnung, wie hoch sie den Wert der Einrichtung beziffern sollte. »Ich weiß es nicht.«

»Es sind fast tausend Taler«, sagte er. »Und die Lieferanten bestehen darauf, dass ich ihnen die Rechnungen bezahle.«

»Warum tun Sie es dann nicht?« Flora lächelte. »Sicher hätten Sie dann ein sorgenfreies Leben.«

»Weil es mir nicht möglich ist«, entgegnete der Kaufmann. »Unzählige Kundinnen stehen schon zu lange bei mir in der Kreide.« Er verschränkte die großen Hände ineinander und knetete seine Finger.

»Wie kann es sein, dass Sie darüber derart in Not geraten?«

Hilflos zuckte der alte Mann mit den Schultern. »Vielleicht, weil ich jahrelang zu gutmütig war. Und zu nachlässig.« Er lachte auf. »Sicherlich keine lobenswerte Eigenschaft für einen Kaufmann, der im Hintergrund die Geschicke im Laden seiner Frau führen soll. Außerdem kommen immer weniger Kundinnen, seit sie nicht mehr von meiner wunderbaren Margarete bedient werden.« Er reckte sich und musterte Flora. »Aber warum erzähle ich Ihnen das überhaupt? Ich sollte mit fremden Personen nicht über meine privaten Probleme sprechen.«

»Vielleicht haben Sie recht«, sagte Flora, während sie einige Münzen auf den Tresen legte. »Trotzdem, wenn ich Ihnen irgendwie behilflich sein kann …«

»Womit wollen Sie einem alten Mann wie mir denn helfen?« Wieder lachte er auf, diesmal aber klang es bitter und voller Trauer. Er machte eine ausladende Geste. »Kaufen Sie meine Bestände auf, und ich kann meine Außenstände begleichen.«

»Ich könnte Ihnen vielleicht im Laden helfen«, schlug Flora spontan vor. Sie schaute sich um. »Es gäbe genug zu tun.«

»Das wäre schön, doch ich fürchte, dass ich mir ein Ladenmädchen nicht leisten kann.«

»Es ginge mir gar nicht um den Lohn«, erwiderte Flora schnell. »Ich möchte mich einfach ein wenig hier einbringen und von Ihnen lernen.«

»Lernen?« Holst lachte. »Was denn lernen? Wie man falsche Entscheidungen trifft?« Als Flora nichts erwiderte, wurde er wieder ernst und betrachtete sie eingehend. »Und du willst einem alten Mann wirklich helfen?« Wie selbstverständlich war er zum vertraulichen Du übergegangen, jetzt, wo sie für ihn arbeiten wollte.

»Sicher«, sagte Flora. »Es wäre mir eine Freude, einen Einblick in das Geschäft zu bekommen.«

»Aber wie stellst du dir das vor?«, fragte Holst, immer noch etwas skeptisch. Doch Flora gewann den Eindruck, dass ihm ihr Vorschlag gefiel.

»Ich kümmere mich darum, den Laden aufzuräumen, könnte Kundinnen beraten und Sie ein wenig entlasten.«

»Na, von mir aus. Und was hast du davon, wenn ich dir doch kein Gehalt zahlen kann?«

»Erfahrung«, antwortete Flora. »Ich sammele Erfahrungen.«

»Worin?« Holst stemmte sich schwerfällig auf den Tresen und ließ seine junge Kundin nicht aus den Augen.

»Ich möchte lernen, wie man ein Geschäft führt.«

»Na gut, mir soll es recht sein.« Holst zuckte mit den Schultern. »Für die Hilfe wäre ich sehr dankbar.«

»Na bitte.«

»Wann kannst du anfangen?«

»Morgen.« Flora wusste mit ihrer freien Zeit während Leonhards Reise ohnehin nichts anzufangen. Ein wenig Ablenkung würde ihr guttun. Und als Albert Holst ihr die Hand reichte und offiziell einwilligte, stieg so etwas wie Vorfreude in ihr hoch.

»Dann sehen wir uns morgen«, brummte der Alte.

»Abgemacht.« Flora nickte und trat den Heimweg an.

# Kapitel 5

Die Wohnung fühlte sich zu leer und zu groß an, als Flora am späten Vormittag zurückkehrte. Minutenlang stand sie unschlüssig im langen Korridor, schloss die Augen und atmete durch die Nase ein. Sie bildete sich ein, dass Leos Geruch noch immer in der Luft lag. Doch als sie die Augen öffnete, war die angenehme Vorstellung schon verschwunden. Seufzend schloss sie die Wohnungstür, streifte den Mantel ab und nahm den Hut vom Kopf. Gedankenverloren strich sie über die Krempe, dann legte sie ihn auf die Kommode und begab sich in die Küche. Das Fenster lag zum Hinterhof des Bürgerhauses. Flora schaute hinab und sah mal wieder den Hausmeister, der damit beschäftigt war, das Kopfsteinpflaster im Hof zu kehren. Er schien ihren Blick zu spüren, unterbrach seine Tätigkeit und blickte sich um. Der alte Krause hatte einen siebten Sinn für so etwas. Als er an der Rückseite des Hauses emporschaute, sah er Flora am Fenster stehen. Leutselig grüßte er, bevor er seine Arbeit fortsetzte. Danach machte er sich an dem Holzhäuschen zu schaffen, in dem das Plumpsklo für die Bewohner untergebracht war.

Flora wandte sich vom Fenster ab und schaute sich ein wenig lustlos in der Küche um. Nachdem sie das Geschirr vom Frühstück gespült und weggeräumt hatte, verspürte sie ein leichtes Hungergefühl. Doch zu kochen, wenn Leonhard nicht da war, erschien ihr sinnlos. So machte sie sich daran, eine Scheibe Brot mit Käse zu belegen. Dann nahm sie am wackligen Küchentisch Platz und aß mit wenig Appetit. Ihre Gedanken kehrten zu Leonhard zurück. Wo er in diesem Moment wohl gerade war? Vermutlich saß er im Zug, denn Berlin dürfte noch nicht erreicht sein. Sie vermisste ihn jetzt schon.

Dann dachte sie an Albert Holst. Das Gespräch mit ihm ging ihr nicht aus dem Kopf. Der alte Mann tat ihr leid. Schon bald würde er das Geschäft schließen, doch bis es so weit war, würde sie ihm zur Seite stehen. Die Anstellung als Ladenmädchen kam ihr gerade recht, denn sie langweilte sich oft, wenn Leo arbeitete. Die Wohnung war täglich schnell auf Vordermann gebracht, und danach musste eine Beschäftigung her, die ihr die Zeit bis zu Leonhards Rückkehr verkürzte. Das Hausorchester bot ein-, zweimal die Woche ein wenig Zerstreuung, doch Flora sehnte sich schon länger nach einer richtigen Aufgabe, die sie forderte.

Nachdem sie ihr spärliches Mittagessen beendet hatte, räumte sie den Teller fort und machte sich an die restliche Hausarbeit. Während sie putzte und fegte, überkam sie wieder die Erinnerung an den unangenehmen Besuch von Alfred Wagner am Vorabend. Sie spürte den Kloß in der Kehle, als sie an sein fragwürdiges Angebot und an die Ohrfeige dachte, die sie ihm verpasst hatte. In Flora wuchs das Bedürfnis, sich jemandem anzuvertrauen. Doch sie wusste nicht recht, wem sie ihr Herz ausschütten konnte. Sie bekam Angst, dass Wagner ihr einen weiteren Besuch abstatten könnte.

Um sich abzulenken, nahm sie ihr Nähzeug und die Teile ihres Kleides aus dem Kabinett, legte sie auf das Sofa und machte sich daran, die Knöpfe anzunähen. Ein paarmal stach sie sich mit der Nadel in den Finger, fluchte leise und stellte dabei fest, dass sie sich wohl nicht so recht auf die Arbeit konzentrieren konnte. Immer wieder dachte sie an Wagner und daran, dass sie Leonhard nichts von dem Zwischenfall erzählt hatte.

Die schweren Gedanken trieben Flora aus dem Haus. Schnell packte sie die Sachen zusammen und machte sich ein wenig frisch. Sie musste mit jemandem sprechen, musste sich von der Seele reden, was sie unablässig beschäftigte. Schnell war der Entschluss gefasst, ihrer Freundin Paula einen Besuch abzustatten.

Wenig später schob Flora das blaue Veloziped auf die Straße. Seit sie nach Stralsund gekommen waren, verband sie mit Paula eine innige Freundschaft, wenngleich sie beide völlig unterschiedlich sein mochten. So stammte Paula aus gutem Hause, ihre Eltern waren wohlhabend, die Mutter Antonie war trotz aller Sanftheit, die sie zu Hause an den Tag legte, als streitbare Person in der von Männern dominierten Welt bekannt.

Flora hingegen stammte aus einfachen Verhältnissen. Ihre Eltern hatten einen kleinen Laden in Birnbaum betrieben und mussten jeden Monat ums Überleben kämpfen. Kurz dachte sie an die Sorgen von Albert Holst. Es waren dieselben Sorgen, die damals schon ihre Mutter und ihren Vater geplagt hatten. Sie stellte fest, wie sehr sich ihre Herkunft doch von der ihrer Freundin unterschied.

Während Flora sich auf die Hochzeit freute, hatte sich Paula für ein Leben ohne Ehemann entschieden: Sie absolvierte eine Lehrerinnenausbildung an der höheren Töchterschule von Stralsund, und es war üblich, dass Lehrerinnen dauerhaft im Zölibat lebten und ihren Alltag allein meisterten.

Flora erhoffte sich von dem Besuch bei ihrer Freundin ein wenig Zerstreuung. Von der See her wehte ein leichter Sommerwind ins Landesinnere, der die grauen Wolken vom Morgen schnell vertrieben hatte. Die Sonne blinzelte durch die Wolkenreste und trug dazu bei, dass sich Floras Laune besserte. In kürzester Zeit war es sommerlich heiß geworden. Nach einer guten Viertelstunde erreichte Flora Paulas imposantes Elternhaus, eine vornehme Villa am Stadtrand von Stralsund, die von einem parkähnlich angelegten Garten umgeben war. Flora erinnerte sich noch gut an ihren ersten Besuch hier und daran, wie ehrfürchtig sie damals vor der Villa gestanden hatte.

Paulas Eltern waren reiche Leute, sie gehörten zur besseren Gesellschaft Stralsunds. Wenn Flora sich recht erinnerte, besaß Hermann Biel, Paulas Vater, eine Schiffswerft im Hafen. Sehr zu Floras Verwunderung hatte Paula keine Ambitionen, eines Tages in das väterliche Unternehmen einzusteigen. Das überließ sie ihren Brüdern Hermann junior und Friedrich.

Paulas Mutter Antonie war eine bekannte Malerin. Lange Zeit hatte sie behauptet, aus purer Lust an der Kunst zu malen, nicht, um damit ihren eigenen Lebensunterhalt zu verdienen – was sie bei Weitem auch gar nicht nötig gehabt hätte. Denn zu arbeiten, das schickte sich nicht für eine reiche Dame. Paula hatte Flora vor einiger Zeit erzählt, dass ihre Mutter schon als junges Mädchen zu Wilhelm Schirner in die Ausbildung gegangen war, um ihr natürliches Talent zu perfektionieren. Inzwischen hatte sich Antonie auch öffentlich zu ihrer Leidenschaft bekannt. Ihre Werke waren Teil großer Ausstellungen gewesen, unter anderem der Kunstausstellung der Königlichen Akademie der Künste in Berlin. Zahlreiche Bücher hatte sie schon mit ihren Bildern illustriert.

Antonie konnte stolz auf ihr Schaffen sein. Doch die Frau an Hermann Biels Seite war bescheiden geblieben. Nichts lag ihr am materiellen Reichtum, den ihr Mann mit in die Ehe gebracht hatte. Er führte die Werft bereits in dritter Generation, und seine Schiffe fuhren um die ganze Welt. Ungeachtet dieser Erfolge hatte Antonie sich zielstrebig ihren eigenen Weg gebahnt, vielleicht auch, weil sie die eigene Mutter schon in jungen Jahren verloren und sich mit den Geschwistern durchs Leben gekämpft hatte.

Flora stieg von ihrem Veloziped und schob das Rad die letzten Meter zum Portal des prunkvollen Gebäudes. Sie lenkte das Gefährt neben die breiten Stufen und stellte es dort ab.

Ein junger, vornehm gekleideter Herr lief mit stolzem Schritt an ihr vorüber. Als sich ihre Blicke für einen Moment begegneten, lüftete er den Hut und grüßte Flora freundlich. Sie nickte dem Fremden zu, erklomm die breiten Stufen zu dem imposanten und von

Säulen gestützten Portal, wo ihr Blick an dem Türklopfer haften blieb, der einem brüllenden Löwen nachempfunden war. Kurz zögerte Flora, dann betätigte sie den schweren Ring. Einen Augenblick später wurde ihr geöffnet. Flora sah in das blasse Gesicht eines blutjungen Dienstmädchens. Wenn Flora sich recht erinnerte, hieß sie Minna.

»Guten Tag, meine Dame.« Das Mädchen kannte Flora bereits, deshalb gab sie den Eingang frei und bat die Besucherin mit einem angedeuteten Knicks ins Haus. »Fräulein Paula ist im Haus. Sie befindet sich in ihrem Zimmer.«

»Danke«, sagte Flora, »Ich komme allein zurecht.« Ohne die Antwort des Dienstmädchens abzuwarten, durchschritt Flora die lichtdurchflutete Eingangshalle, wo einige der prächtigen Gemälde der Hausherrin die Wände zierten. Sie warf im Vorbeigehen einen Blick auf die moderne Standuhr, bevor sie die breiten Treppen in die oberen Stockwerke der Villa nahm. Hier wurde ihr Weg gesäumt von Bildern, die Antonie in den letzten paar Jahren gemalt hatte. Die meisten zeigten die wilde Ostsee oder auch ein in die Dünen geducktes Fischerhaus mit Reet und Schiffe im Hafen. Obwohl sie viel gereist war, liebte Paulas Mutter offensichtlich keinen Ort so sehr wie ihre Heimat.

Kurz dachte Flora an Leonhards Wunsch nach einem Bild von ihr. Doch bisher hatte Flora es nicht recht gewagt, Paulas Mutter darum zu bitten. Es wäre ihr irgendwie unangenehm.

Nachdem Flora an Paulas Tür geklopft hatte und von drinnen ein leises »Herein« ertönte, betrat Flora den hellen Raum, der eine kuriose Mischung aus Schlafzimmer und Wohnzimmer darstellte. Es gab ein großes Bett im hinteren Bereich des Zimmers und Vitrinen aus Mahagoni, einen ovalen Tisch am Fenster, um den sich vier hölzerne Armlehnstühle gesellten. Beherrscht aber wurde Paulas Refugium von einer samtgrünen, mit Brokat bezogenen Ottomane.

Paula saß an einem verzierten Sekretär und war mit einer filigranen Stickerei beschäftigt. Als Flora eintrat, legte sie ihre Handarbeit fort und erhob sich. Die Freundin war fast genauso groß wie Flora, von schlanker Statur und mit blonden Locken. Aus ihren funkelnden blauen Augen strahlte die pure Lebensfreude.

Die Begrüßung der jungen Frauen fiel herzlich aus. Hatte Flora jedoch gehofft, ihre Sorgen hinter der Wiedersehensfreude verstecken zu können, hatte sie sich getäuscht. Paula kannte sie einfach zu gut.

»Was bedrückt dich?«, fragte Paula unvermittelt. Flora zögerte. Doch schließlich war sie hierhergekommen, um sich endlich jemandem anzuvertrauen.

»Komm schon«, forderte Paula sie auf. »Raus mit der Sprache. Man sieht dir an, dass dich etwas beschäftigt!«

Nun gab es wohl kein Zurück mehr. Flora setzte sich auf einen der Stühle am Fenster und schaute hinaus in den Park, der das Haus umgab. Ein Gärtner war damit beschäftigt, die Hecke zu stutzen, die das Grundstück der Biels umgab. Etwas abseits von dem Mann in Arbeitskleidung saß eine Frau auf einem Schemel vor einer Staffelei, um die Schönheit eines ausladenden Rhododendronbusches auf der Leinwand zu verewigen. »Sie bannt die Blütenpracht auf die Leinwand, um die Farben einzufangen, die uns der Winter in wenigen Monaten schon nehmen wird.« Paula war neben sie getreten und ihrem Blick gefolgt. Obwohl die Frau Flora den Rücken zukehrte, wusste sie, dass es Antonie sein musste.

»Nun erzähl schon, was dich bedrückt«, forderte Paula. Für sie war es offensichtlich, dass Floras Gedanken sich im Kreis drehten.

»Seit unserem Treffen im Damenorchester überschlagen sich die Ereignisse in meinem Leben«, begann Flora langsam, während ihr Blick durch den wundervollen Garten der Familie schweifte. Sie wusste nicht so recht, wie sie das Thema Wagner ansprechen sollte.

Paula nahm sich einen zweiten Stuhl und rückte ihn ebenfalls vor dem großen Fenster zurecht. »Am besten berichtest du der Reihe nach«, schlug sie vor, nachdem sie sich gesetzt hatte.

»Leo hat sich auszahlen lassen«, eröffnete Flora ihr. »Ende des Monats verlässt er ›B. Winkelmann Nachfolger‹.«

Paula machte große Augen. »Und dann?« Sie strich sich den ausladenden Rock glatt. »Was wird er künftig tun, um euren Lebensunterhalt zu verdienen?«

Hilflos zuckte Flora mit den Schultern. »Ich weiß es nicht«, gestand sie ihrer Freundin mit gesenktem Blick. »Es gibt keine konkreten Pläne für unsere Zukunft.«

»Was hat ihn zu dieser Entscheidung bewogen?«

»Angeblich liegt es an Lissy, der Frau seines Geschäftspartners Alfons Wagner«, antwortete Flora mit einem Seufzer. »Er behauptet, dass sie Probleme mit mir hätte.«

»Das ist schwer vorstellbar«, entgegnete Paula. »Dafür bist du doch viel zu sympathisch! Und mach dir keine Sorgen, dein Leo weiß schon, was er tut. Bestimmt wird er sich bald wieder als erfolgreicher Geschäftsmann verdingen. Vielleicht sogar in derselben Branche – wenn sich jemand mit Stoffen auskennt, dann ist es dein Verlobter.«

Flora wusste, was Paula meinte. Oft genug hatte sie ihr von Leonhards Lehrzeit erzählt, die er in den Gemischtwarenläden seines Onkels in Prenzlau absolviert hatte. Während der Ausbildung hatte er sich eine hohe Warenkunde angeeignet. Trotz seiner jungen Jahre durfte er seinen Onkel Hermann zu den großen Handelsmessen in Frankfurt und Leipzig begleiten. Alles, was man über den Ein- und Verkauf von Waren wissen musste, hatte ihm Hermann Tietz beigebracht. Später war Onkel Hermann nach Amerika aufgebrochen, um dort das Wirtschaftsleben der Neuen Welt kennenzulernen. Er war fasziniert gewesen von den Amerikanern und war randvoll mit Geschichten heimgekehrt, hatte der Familie von der modernen und offenen Lebensart erzählt und viele Ideen für seinen weiteren Werdegang als Geschäftsmann mitgebracht. *Hertie* hatten sie ihn in den Staaten genannt – die Abkürzung seines Vor- und Nachnamens Hermann Tietz. Scherzhaft nannte Leonhard ihn noch immer manchmal »Onkel Hertie«, und Hermann schien das durchaus zu amüsieren.

»Wir werden uns darüber Gedanken machen müssen, sobald Leo heimkehrt«, überlegte Flora, die sich wünschte, den Optimismus ihrer Freundin teilen zu können.

Paula musterte sie erstaunt. »Wenn er heimkehrt? Also ist er weg?«

»Ja, seit heute Morgen auf einer Geschäftsreise.« Flora lächelte wehmütig. »Er bringt es nicht übers Herz, die Firma zu verlassen, ohne sich von Kunden und Lieferanten zu verabschieden.«

»Dass er nicht nur Briefe geschrieben hat, wissen seine Geschäftsfreunde sicher zu schätzen«, vermutete Paula.

»Viele seiner Geschäftspartner kennt er schon seit seiner Lehrzeit bei Onkel Hermann«, sagte Flora. »Leo sind diese persönlichen Kontakte schon immer sehr wichtig gewesen.«

»Daran lässt sich vielleicht anknüpfen, wenn er ein neues Betätigungsfeld findet«, sagte Paula und musterte Flora dann mit einem bohrenden Blick. »Da gibt es aber noch etwas, das dich sehr bewegt, das sehe ich dir an, liebste Flora.«

»Ich habe die Befürchtung, dass ich die Schuld daran trage, dass die Männer sich getrennt haben.« Es war Flora, als falle eine zentnerschwere Last von ihr ab.

»Wie kommst du darauf?«, fragte Paula verwundert.

Flora nagte auf ihrer Unterlippe, während sie nach den richtigen Worten suchte. »Wagner hat ein Auge auf mich geworfen.«

Paulas Augen wurden groß. »Das musst du mir näher erklären. Hast du nicht erzählt, dass er verheiratet ist?«

»Allerdings. Ungeachtet dieser Tatsache hat er mir einen Besuch abgestattet und mir eine amouröse Affäre mit ihm angeboten.«

»Weiß Leonhard davon?«

»Nein, wo denkst du hin?« Flora schüttelte entrüstet den Kopf. »So etwas würde ich niemals zulassen.« Sie holte tief Luft, als Paula ihre Hand nahm, um sie zu drücken. Es tat gut, mit ihrer Freundin über Wagners Besuch zu reden. Sie scheute sich davor, Leonhard davon zu berichten. Sie wollte nicht schuld daran sein, dass die beiden im Streit auseinandergingen. Vielleicht, so überlegte sie, würde sie ihm davon erzählen, wenn Leo nicht mehr mit Wagner zusammenarbeitete.

»Also, noch mal von vorn«, riss sie Paulas Stimme aus den Gedanken. »Alfons Wagner hat dich besucht, und dann?«

»Er kam gestern Abend zu mir, ich dachte, es wäre Leonhard, der klingelte, und ...« Als es an der Zimmertür klopfte, brach sie ab.

»Herein!«, rief Paula. »Teatime«, sagte sie nach einem Blick auf die kleine Uhr auf dem Kaminsims an Flora gewandt, während sich die Tür öffnete und Minna eintrat. Das Dienstmädchen trug ein silbernes Tablett zum Tisch. Darauf befand sich ein Teegedeck, eine Schale mit Scheiben von wundervoll duftendem Früchtebrot, zwei Teller, zwei Tassen und eine große silberne Teekanne.

Nachdem Minna das Geschirr auf den Tisch am Fenster gestellt hatte, klemmte sie sich das Silbertablett unter den Arm, knickste und verschwand lautlos aus dem Raum.

Paula erhob sich, um an den Tisch zu treten. »Wie das duftet«, schwärmte sie. Sie fächerte sich den Dampf zu, der aus der Teekanne stieg. »Seitdem mein Vater ein Jahr lang in London gearbeitet hat, besitzt er ein Faible für guten Tee und lässt sich den feinsten Tee aus China nach Stralsund liefern.«

Flora setzte sich zu ihrer Freundin an den Tisch. Seit dem Käsebrot am Mittag hatte sie nichts mehr gegessen und verspürte nun großen Hunger. Sie beugte sich vor und nahm ein Stück von dem geschnittenen Früchtebrot, einem süßen Gebäck aus dunklem Teig, in dem man Dörrobst eingebacken hatte. Flora hielt die Schnitte hoch, um die Frucht- und Nussstücke zu bewundern. Bei dem Anblick lief ihr das Wasser im Munde zusammen. »Herrlich«, sagte sie begeistert und vergaß für den Moment Alfons Wagner. »Dein Vater hat einen hervorragenden Geschmack.«

»Er liebt die britischen Bräuche«, pflichtete Paula ihr bei. »Und jetzt erzähl mir mehr von deinem fragwürdigen Herrenbesuch.«

Beinahe verschluckte sich Flora an dem Früchtebrot. Sie unterdrückte einen Hustenanfall und trank eilig einen Schluck Tee hinterher. Als sie wieder richtig atmen konnte, berichtete sie Paula, was vorgefallen war. »Er macht mir den Hof, und das, obwohl er mit Lissy zusammen ist«, schloss sie ihre Ausführungen. Sie war froh, sich der Freundin anvertraut zu haben.

»So ein Widerling.« Paula war empört. Sie nahm einen Schluck Tee, legte das angebissene Früchtebrot zur Seite und verschränkte die Hände im Schoß.

»Man fühlt sich so erniedrigt, wie ein Vieh, das der gnädige Herr auf einer Auktion ersteigern möchte.« Flora schüttelte sich angewidert. »Als wäre ich Freiwild für ihn.«

»Eine unfassbare Frechheit«, stimmte Paula ihr zu. »Zumal jeder weiß, wie glücklich du und Leonhard seid.« Paula sah ihr tief in die Augen. »Das seid ihr doch, oder?«

»Selbstverständlich«, sagte Flora im Brustton der Überzeugung. »Niemals würde ich Leo hintergehen.« Sie legte eine Pause ein, bevor sie fortfuhr. »Obwohl … streng genommen habe ich genau das getan, indem ich Leo gegenüber nichts von Wagners Besuch erwähnt habe. Ich hatte Sorge, dass er während seiner wichtigen Reise in Gedanken immer bei mir sein könnte, anstatt sich auf seine Kontakte zu konzentrieren. Oder dass er sie gar nicht antreten würde.«

»Mach dir keine Vorwürfe«, winkte Paula ab. »Wenn du dir eurer Liebe sicher bist, kann nichts und niemand zwischen euch kommen.«

Paula sagte das, als sei es selbstverständlich, und vermutlich hatte sie sogar recht. Dennoch konnte Flora das ungute Gefühl nicht abschütteln. »Wagner ist ein einflussreicher Mann im Geschäftsleben der Stadt«, gab sie zu bedenken. »Er kann sicher unangenehm werden, wenn er seinen Willen nicht bekommt.«

»Na und?«, erwiderte Paula. Unsanft setzte sie ihre Teetasse auf dem Tisch ab. Der Tee schwappte über den feinen Goldrand und hinterließ einen unansehnlichen Kranz auf der Tischdecke. »Hast du etwa Angst vor diesem Schönling?«

»Es könnte zum Problem werden, wenn ich an Leos Neuanfang denke«, erwiderte Flora. »Ich meine, immerhin sind beide Männer erfolgreiche Kaufleute, wenngleich auch Leo aus einer nicht sehr wohlhabenden Familie stammt. Sicher werden sich ihre Wege noch öfter beruflich kreuzen.«

»Dieser Alfons Wagner ist nicht der Nabel der Welt«, antwortete Paula leichthin. »Lass dich von ihm nicht einschüchtern, Liebes.«

*Leichter gesagt als getan*, dachte Flora, wagte ihre Gedanken aber diesmal nicht auszusprechen. »Was, wenn er noch einmal kommt und mich bedrängt?«

»Dann gehst du zur Polizei. Auch ein Alfons Wagner darf nicht alles.« Paula zuckte mit den Schultern.

»Sicher hast du recht.« Flora war jedoch nicht ganz überzeugt. Sie fürchtete sich schon jetzt davor, später allein in die verlassene Wohnung zurückkehren zu müssen.

»Wagners Verhalten dir gegenüber ist unerhört«, schob Paula nach, die Flora ansah, dass ihre Worte die Sorgen der Freundin nicht vollständig verdrängt hatten. »Wenn er dir wieder zu nahe kommt, solltest du das vielleicht mal seiner Frau stecken.«

»Ich kenne Lissy nur flüchtig. Und sie mag mich nicht besonders«, antwortete Flora zögerlich.

»Das sollte dich nicht davon abhalten, ihr reinen Wein einzuschenken«, ermunterte Paula sie. »Sag ihr, was für einen aufgeblasenen Gockel und Weiberheld sie zum Mann hat.« Flora stellte fest, wie sehr Paula ihrer emanzipierten Mutter ähnelte. Antonie gehörte zu der Sorte Damen, die sich nicht den Mund verbieten ließ.

Flora zögerte. »Ich möchte keinen Unfrieden stiften.«

»Wagner hat nichts anderes verdient. Er muss mal von seinem hohen Ross geholt werden, sein Verhalten ist absolut inakzeptabel, Flora.«

Paula erhob sich von ihrem Stuhl und wanderte durch das Zimmer. »Vermutlich wäre sie dir sogar dankbar für deine Offenheit.« Zurück am Fenster blieb sie stehen und blickte sich zu Flora um. »Also zögere nicht, ihr die Wahrheit zu sagen.«

»Es wäre vielleicht gut, den Feind mit seinen eigenen Waffen zu schlagen.« Flora nickte.

»So ist es recht«, lachte Paula. »So kenne ich dich, das ist meine mutige Flora.« Sie trat an den Sekretär, um Flora die Stickerei zu zeigen, an der sie arbeitete. »Sieh mal«, sagte sie stolz. »Das wird ein Tuch, das ich auf deiner Hochzeit tragen werde.«

Flora war froh, dass sie nicht länger über Alfons Wagner sprachen, und betrachtete die Stickerei bewundernd.

»Sag mal, wie weit bist du eigentlich mit deinem Hochzeitskleid?«, fragte Paula. »Wie wird es aussehen?«

»Das, meine Liebe, werde ich dir nicht verraten, sonst ist es ja keine Überraschung mehr!«

*

Als Flora am Abend heimkehrte, war sie guter Dinge. Der Besuch bei ihrer Freundin hatte ihr wie erwartet gutgetan. Sie fühlte sich ein wenig erleichtert, weil sie sich ihrer Freundin anvertraut hatte. Der späte Nachmittag war von einer plötzlichen Hitze begleitet worden, und jetzt schien es, als würde die Luft über dem Kopfsteinpflaster der Straße flirren. Schweißperlen standen auf ihrer Stirn, als sie von ihrem Veloziped stieg und um die Straßenecke bog. Wie schon am Vorabend tönte ihr auch heute wieder Kinderlachen entgegen. Diesmal waren es drei Jungen zwischen sechs und elf Jahren, die Flora vom Sehen her kannte. Sie rannten über den Bürgersteig und trieben mit Stöcken einen rostigen Fassring vor sich her, der lustig über das Pflaster tanzte. Die Jungen achteten dabei stets darauf, dass der Reifen nicht zu nah an die Kellerfenster geriet. Sie schrien wild durcheinander und lachten laut. Erst als die Kinder Flora bemerkten, unterbrachen sie ihr Spiel, traten an den Rand des Bürgersteigs und grüßten freundlich. Flora schob das Rad an ihnen vorbei und amüsierte sich über die neugierigen Blicke der Jungen. Doch mit jedem Schritt, den sie in Richtung ihrer Wohnung tat, wuchs die Beklemmung. Würde Alfons heute einen weiteren Versuch starten, sie zu bedrängen, da er wusste, dass Leonhard auf Reisen war?

Nachdem sie ihr Veloziped in den Keller getragen und die Stufen ins obere Stockwerk des Bürgerhauses genommen hatte, machte sie, dass sie in die Wohnung kam, und schloss die Tür sofort hinter sich ab. Heute würde sie keinen Besuch mehr empfangen.

Nachdenklich betrachtete Flora das Mobiliar im Flur. Dann machte sie sich daran, die Kommode vor die Tür zu schieben. Der Dielenboden ächzte, dann war es vollbracht. Mit kritischem Blick beäugte Flora ihr Werk. Nun würde sich niemand unbefugt Zutritt zu der Wohnung verschaffen können. Fast musste sie schmunzeln. Sie verbarrikadierte sich gerade in ihren eigenen vier Wänden. Doch manchmal musste man eben zu drastischen Mitteln greifen. Und es half ihr, sich jetzt ein wenig sicherer zu fühlen.

*

Die Nacht hatte sich über Stralsund gesenkt. Vor einer Stunde hatten die Laternenanzünder ihren Rundgang begonnen, und nun tauchten die Petroleumlaternen am Straßenrand die Fassaden der Häuser in ein diffuses Licht.

Als er den Blick zum Abendhimmel richtete, glänzten dort unzählige Sterne. Obwohl er in der Stadt war, schien der Himmel nichts von seiner Leuchtkraft verloren zu haben. Auf den Straßen herrschte kaum Betrieb. Mit Einbruch der Dunkelheit zog es die Menschen in ihre Häuser, und wer nicht unbedingt musste, trat nicht mehr vor die Tür. Ihm sollte es recht sein.

Niemand beachtete ihn, als er die Straße erreichte, in der ihr Haus lag. Dennoch warf er immer wieder einen Blick über die Schulter, als rechne er damit, verfolgt zu werden. Doch da war niemand, der ihm nachspionierte. *Gut so*, dachte er zufrieden, während sein Blick über die Fassaden der modernen Bürgerhäuser streifte. *Sie hat es wohl zu etwas gebracht. Im Gegensatz zu mir …* Es war spät geworden, und er war glücklich, endlich am Ziel seiner langen und beschwerlichen Reise angekommen zu sein. Er wagte kaum, an den Anlass für diese Reise zu denken. Nun war er ja hier, und er war sicher, dass jetzt alles gut werden würde. Seine Füße schmerzten, sicher hatte er sich Blasen gelaufen. Sein Rücken fühlte sich an wie der eines krummen alten Mannes. Als wäre er gealtert auf der Reise nach Stralsund, um Jahre gealtert auf dem Weg zu ihr. Eine fast poetische Vorstellung, doch der Grund seiner Reise war alles andere als poetisch. Als er kurz innehielt, um an sich herabzublicken, kam er sich schmuddelig vor. Seine Kleider hatten auf dem weiten Weg gelitten. Die Schuhsohlen waren löchrig, sein Hemd schmutzig und die Hose war an den Enden der Hosenbeine aufgeschlagen und fleckig vom Morast. Er sehnte sich nach einem Bad und einem Stück Seife. Doch noch war es nicht so weit. Als er die letzten paar Meter seines Weges ging, spürte er jeden Knochen. Und er war schwach vor Müdigkeit, denn während der Reise hatte er kaum Schlaf abbekommen. Seine wichtigsten Habseligkeiten trug er in einer alten Ledertasche bei sich. Sie waren das Einzige, was er noch besaß. Alles andere hatte er hinter sich gelassen. Seine Kleider, seine Erinnerungen, seine Kindheit.

Der Gedanke, gleich am Ziel zu sein, verlieh ihm neue Kraft. Er straffte den schmerzenden Rücken und ignorierte das Stechen in seinen geschundenen Füßen. Bald würde ein besseres Leben beginnen.

# Kapitel 6

Es dauerte einen Moment, bis Flora begriff, dass das rhythmische Pochen nicht zu ihrem Traum gehörte. Langsam drängte sich die Wirklichkeit in ihren Tiefschlaf. Immer wieder glaubte sie, ihren Namen zu hören. Mit geschlossenen Augen tastete sie über die rechte Bettseite und hoffte, dass es sich um Leonhard handelte, der zu ihr sprach. Enttäuscht stellte Flora fest, dass die andere Hälfte des Betts verlassen war. Das Kissen fühlte sich ungewohnt kühl an. Schlaftrunken erinnerte sie sich daran, wie sie Leo am Vortag zum Bahnhof gebracht hatte und dass er sich auf seiner Geschäftsreise befand.

Zäh wie Sirup flossen die Gedanken durch ihren Kopf. Am Abend war sie völlig erschöpft ins Bett gefallen und sofort in einen tiefen Schlaf gesunken. Sie hatte jedes Zeitgefühl verloren und wusste nicht, wie lange sie geschlafen hatte.

*Poch, poch … poch.* Da war es wieder! »Flora!«, rief eine zischende Männerstimme nach ihr. Angst stieg in ihr hoch. Was, wenn es sich um Alfons Wagner handelte, der im Morgengrauen Einlass begehrte? Als sie zaghaft die Augen öffnete, war sie von einem tiefen Grau umgeben. Unten auf der Straße rumpelte ein Fuhrwerk über das raue Kopfsteinpflaster. Kurz hoffte Flora, dass es der wüst fluchende Kutscher war, der sie geweckt hatte. Doch sicher hatte der Mann nicht ihren Namen gerufen.

Regungslos lag sie auf dem Rücken und hielt den Atem an.

Nachdem sich das Gespann entfernt hatte, drang wieder das unheimliche Klopfen an ihre Ohren. *Jemand klopft an die Wohnungstür*, erkannte Flora. Mit wild schlagendem Herzen richtete sie sich im

Bett auf und lauschte. *Wenn Leo doch jetzt bloß hier wäre*, dachte sie, als sich das Klopfgeräusch wiederholte.

»Flora, bitte mach auf!« Es war eindeutig eine Männerstimme, was ihr einen Schauer über den Rücken laufen ließ. Erst nach einem Augenblick erkannte sie, dass es sich nicht um die Stimme von Alfons Wagner handelte. Vor Aufregung zitternd stieß Flora die Bettdecke fort und setzte die Füße auf den Boden.

»Flora, ich bin es, mach die Tür auf!« Flehentlich und ängstlich klangen die Worte, nicht fordernd. Jemand schien in Not zu sein. Barfuß schlüpfte sie in die Filzpantoffeln, raffte das Zugband ihres Nachthemds zurecht, streifte die am Fuße des Bettes liegende Strickjacke über und verließ das Schlafzimmer. In der Wohnung war es kühl, und Flora fröstelte trotz der Jacke. Im Halbdunkel durchquerte sie den Flur. Dort fiel ihr Blick auf die wuchtige Kommode, die sie gestern Abend vor die Tür geschoben hatte.

Sie legte ihr Ohr an das Holz der Tür. Atmete da jemand auf der anderen Seite? Sie glaubte, ein Keuchen zu hören.

»Wer ist da?«, fragte sie flüsternd.

»Ich bin es, Sally.«

Die Stimme klang wirklich wie die ihres kleinen Bruders, wenn auch etwas kieksend – vermutlich befand er sich inzwischen im Stimmbruch. Sally war das Nesthäkchen im Hause Baumann gewesen, das jüngste der insgesamt fünf Kinder. Nun war er zu einem Jugendlichen herangewachsen, der vor einem guten halben Jahr eine Lehre als Klavierbauer begonnen hatte. Mutter und Vater hatten große Hoffnungen in ihren kleinsten Sprössling gesetzt. Doch seit einer Weile war er das schwarze Schaf der Familie. Sally war schon immer hitzköpfig und aufsässig, doch mit den Jahren war es immer schlimmer geworden. Somit passte er nicht in das Weltbild der bürgerlichen Baumanns.

»Sally?«, fragte Flora, um sicherzugehen.

»Ja, ich bin es. Mach schon auf!«

»Moment!« Flora machte sich daran, die Kommode von der Tür wegzuschieben. Scharrend rutschte das schwere Möbel über die Dielen, dann konnte sie endlich die Tür öffnen.

Vor ihr stand Sally. Seinen jungenhaften Charme schien er seit ihrem letzten Treffen verloren zu haben. Er wirkte erwachsener, aber auch übermüdet und ausgemergelt. Die Mütze saß schief auf seinem Kopf, unter dem Rand lugten strubbelige und etwas zu lange Haare hervor. Sallys einfache Kleidung wirkte schäbig und war verdreckt, ebenso wie die Ledertasche mit den verschlissenen Riemchen zu seinen Füßen. Als Sally in das erstaunte Gesicht seiner Schwester blickte, grinste er. »Schön, dich zu sehen.« Dann fiel sein Blick auf die Kommode, die schräg im Korridor stand. »Was soll das denn?«

Peinlich berührt winkte Flora ab. »Eine lange Geschichte«, sagte sie leichthin. »Was um Himmels willen tust du hier?« Als Sally nicht gleich antwortete, fuhr sie fort: »Du siehst furchtbar aus, Bruderherz.«

»Na danke.« Er grinste und bückte sich nach der verschlissenen Tasche. »Darf ich denn jetzt reinkommen?«

Flora gab den Eingang frei. Als Sally sich an ihr vorbeischob, drang ein muffiger Geruch in ihre Nase. Er musste dringend ein Bad nehmen. Es machte den Anschein, als wäre er seit Tagen unterwegs gewesen, um hierherzukommen. Sie hoffte, dass ihm dabei nichts Schlimmes widerfahren war. Flora führte ihn in die Küche, zündete die Petroleumlampe an und machte sich am Herdfeuer zu schaffen. Seine Tasche hatte er im Flur stehen lassen.

»Was ist passiert?«, fragte sie, nachdem Sally erschöpft auf einen einfachen Holzstuhl gesunken war und den Kopf auf die Hände stützte.

»Es gab mal wieder Streit zu Hause.«

»Das ist nichts Neues«, entgegnete Flora, während sie ein Holzscheit in den Ofen warf. Das Feuer prasselte munter, und im Nu breitete sich eine wohlige Wärme in der kleinen Küche aus.

»Diesmal ist es besser, wenn ich mich eine Zeit lang nicht in Birnbaum blicken lasse«, erwiderte Sally mit vielsagendem Blick. »Vater wirft mir nächtliches Herumschwärmen, Ausgelassenheit und Zügellosigkeit vor.«

Nun musste Flora lächeln. Ihr kleiner Bruder war seit frühester Kindheit ein Hitzkopf und schon in so manche Prügelei verwickelt gewesen.

»Ich sollte sogar mit Stockschlägen gezüchtigt werden«, fuhr er voller Empörung fort. »Stell dir das mal vor: Man wollte mich in aller Öffentlichkeit mit einem Stock verprügeln.«

»Es täte dir vielleicht gut«, meinte Flora trocken.

»Was, denkst du etwa, sie wären im Recht?« Sally wirkte tief gekränkt.

»Vielleicht solltest du dich einem Turn-, Sport- oder Gesangverein anschließen, um nicht ständig auf dumme Gedanken zu kommen«, schlug Flora ihm vor. »Was ist wirklich vorgefallen?«

Sally betrachtete seine Schwester nachdenklich und nagte auf seiner Unterlippe. »Ich habe mich heimlich mit Lina getroffen, der Tochter des Rabbiners Joel.« Sally errötete leicht. »Flora, ich sage dir, sie ist so hübsch!«

Flora musste sich ein Lächeln verkneifen. »Willst du sie denn heiraten?«

»Nein – warum?« Sally blickte sie mit großen Augen an. Der Gedanke, sich fest zu binden, schien ihm noch gar nicht gekommen zu sein. »Ich werde dieses Jahr erst sechzehn.«

»Es ist an der Zeit, dass du erwachsen wirst«, tadelte Flora ihn. »Du kannst Frauen keine schönen Augen machen, wenn du keine ernsthaften Absichten hast.«

»Ich weiß«, seufzte Sally. »Doch ich möchte noch viel erleben, möchte reisen und Menschen kennenlernen. Das kann ich unmöglich, wenn ich mich mit der Tochter des Rabbiners einlasse.«

»Dann solltest du das tunlichst bleiben lassen«, erwiderte Flora, während sie aufstand und einen Kessel Wasser auf den Ofen hob.

»Jetzt klingst du wie Mutter«, stöhnte Sally kopfschüttelnd.

»Mutter weiß, wovon sie redet«, gab Flora zu bedenken. »Und Vater ist aktives Mitglied der jüdischen Gemeinde. Dass er es nicht gern sieht, wenn sein Sprössling die Tochter des Rabbiners umgarnt, hättest du dir denken können.« Sie setzte sich zu ihm.

»Deshalb wäre es wirklich besser, wenn ich mich eine Zeit lang nicht in Birnbaum blicken ließe«, wiederholte er mit einem frechen Grinsen.

»Ach, Sally.« Flora schüttelte den Kopf. »Du machst unserer Familie nur Scherereien.« Ihre Stimme klang jetzt weniger besorgt und mehr vorwurfsvoll.

»Pah!« Trotzig stierte Sally auf die Tischplatte, während er weitersprach. »Ich habe mich mit unseren Eltern zerstritten und werde fortan auf eigenen Beinen stehen.«

»Wie stellst du dir das vor? Ich dachte, du willst nur eine Zeit lang fortbleiben? Kannst du denn überhaupt dein eigenes Geld verdienen?«

»Aber sicher doch. Ich werde schon etwas finden.«

»Was ist mit deiner Klavierbauerlehre?«

»Abgebrochen«, gab er kleinlaut zu.

»Das spricht nicht eben für deinen Ehrgeiz und deine Zuverlässigkeit«, rügte Flora ihn. Als er nicht antwortete, sondern weiter mit gesenktem Blick dasaß, beugte sie sich zu ihm herüber, um ihm in die Augen blicken zu können. »Bist du ausgezogen, oder hat Vater dich vor die Tür gesetzt?«

Seine braunen Augen funkelten wütend. »Spielt das jetzt noch eine Rolle?«

»Nicht wirklich.« Flora musste ihm recht geben. Ihr war es egal, was sich im Haus ihrer Mutter ereignet hatte – jetzt war Sally jedenfalls in Stralsund, und sie würde ihn nicht fortschicken. Flora brachte es nicht übers Herz, ihn wieder vor die Tür zu setzen. Schon gar nicht in diesem erbärmlichen Zustand. Sie würde seine Wäsche waschen, seine Socken stopfen und ihn in ein Bad stecken müssen, bevor er wieder vorzeigbar war. Außerdem hatte er sicher Hunger. Er wirkte, als habe er seit Tagen nichts gegessen. Schweigend erhob sie sich, um ihm eine kleine Mahlzeit zu bereiten, dann schob sie ihm einen Teller und eine Tasse Tee hin. Sie setzte sich wieder zu ihm an den Tisch und beobachtete ihren Sally, wie er sich gierig über die Mahlzeit hermachte.

Ihrem Bruder beim Essen zuzuschauen, weckte ihren eigenen Appetit. Flora schnitt sich ebenfalls eine Scheibe Brot ab und belegte sie mit Wurst. Herzhaft biss sie hinein und sah Sally dabei zu, wie er sein eigenes Brot hinunterschlang. Gute Manieren besaß Sally wirklich nicht. Er hatte noch viel zu lernen.

»Darf ich eine Weile hierbleiben?«, fragte Sally kauend.

»Wie genau stellst du dir das vor?« Flora hätte diese Angelegenheit gern mit Leonhard besprochen, doch das war im Moment nicht möglich.

»Ich könnte hier in Stralsund arbeiten gehen und meinen Anteil zur Miete beitragen.«

Um ein Haar hätte Flora ihm geantwortet, dass das nicht nötig sei, weil sie auch so über die Runden kamen, doch vielleicht war es für Sally gut, wenn er ein Gefühl für den Wert von Geld bekam. »Was ist denn mit deiner Lehre? Kannst du die hier vielleicht wieder aufnehmen?«, fragte sie stattdessen.

Er machte eine wegwerfende Handbewegung. Mit dem Ärmel

wischte er sich den Mund ab und spülte mit einem Schluck Tee nach. »Vergiss es«, sagte er. »Das Klavierbauen ist eine Kunst, die ich wohl nie erlernen werde.«

»Und wie soll es sonst weitergehen in deinem Berufsleben?«

»Ich werde etwas Neues anfangen«, sagte er leichthin. »Vielleicht sollte ich Kaufmann werden, so wie Leo.«

»Ich fürchte, dass dir dazu der nötige Ernst fehlt«, sagte Flora.

»Das kommt auf meinen Lehrherrn an. Denk nur mal an Leos Bruder. Oscar ist bei Onkel Hermann in die Lehre gegangen. Das könnte ich auch!«

Nun musste Flora lachen. »Oscar ist ehrgeizig und zuverlässig, das unterscheidet euch voneinander«, stellte sie fest. »Bei dir mangelt es an Fleiß. Für dich ist das Leben ein einziges großes Spiel.«

»Ja, und ich werde dieses Spiel gewinnen«, beharrte Sally selbstbewusst. Er wirkte jetzt ganz ernst. »Ich möchte endlich erwachsen werden. Und ich bin mir durchaus darüber im Klaren, dass ich mich benehmen muss und den gewünschten Ehrgeiz an den Tag legen sollte. Aber ich werde das schaffen, glaub mir, Flora. Wenn ich mir Mühe gebe, und das werde ich, kann ich eigentlich sehr zuverlässig sein.«

»Das hast du Vater und Mutter auch schon oft versprochen«, sagte sie zweifelnd.

»Ich kriege das hin, Schwesterherz, diesmal wirklich.« Er schaute sie mit treuen Hundeaugen an. »Was ist mit Leonhard, meinst du, er hätte in der Firma Arbeit für mich?« Er lächelte Flora hoffnungsvoll an. »Mein Schwager wird mich schon nicht im Stich lassen.«

»Leo verlässt ›Winkelmann‹ Ende des Monats«, erklärte Flora ihm. Sie beschloss, Sally vorerst nichts von den Problemen zwischen Leonhard und seinem Geschäftspartner zu erzählen.

»Wie kommt das?« Sally deutete auf Floras angefangenes Frühstück. »Darf ich?«

Flora nickte und sah ihm zu, wie er das halbe Wurstbrot herunterschlang.

»Leo möchte etwas Neues anfangen.« Flora hatte auch nicht vor, ihrem Bruder von Alfons Wagners schrecklichem Verhalten zu berichten.

»Gibt es schon Pläne?« Sallys Augen funkelten unternehmungslustig. »Ich bin dabei, egal, was er vorhat.«

»Werd erst mal erwachsen, Brüderchen«, neckte Flora ihn sanft.

»Das werde ich, versprochen. Aber sag mal, was machst du eigentlich den ganzen Tag, jetzt, wo er auf Reisen ist? Meinst du, du könntest mir die Stadt zeigen?«

Siedend heiß fiel Flora ein, dass Albert Holst sie in seinem Laden erwartete. Hastig sprang sie auf und räumte den Tisch ab. »Ich bin spät dran«, rief sie, während sie mit dem Geschirr klapperte.

»Spät dran, wofür?« Sally wusste natürlich nicht, wovon sie sprach. »Außerdem, wo ist Leonhard? Ich würde gern meinen künftigen Schwager begrüßen. Schläft er noch, oder arbeitet er schon?«

»Er ist auf Geschäftsreise.« Flora berichtete ihm in knappen Sätzen davon. »Du kannst erst einmal hierbleiben und dich ausschlafen. Erhol dich von den Strapazen der Fahrt. Ich habe heute Vormittag zu tun.« Jetzt hob sie mahnend den Zeigefinger. »Aber wenn ich zurückkehre, möchte ich dich frisch gewaschen und in sauberer Kleidung antreffen.« Sie bedeutete ihrem Bruder, sich zu erheben und ihr zu folgen. »Komm«, sagte sie, »ich zeige dir kurz die Wohnung, dann muss ich auch schon los.«

*

Für Albert Holst war es die erste Nacht seit Langem gewesen, in der er einen erholsamen Schlaf gehabt hatte. Er redete sich ein, dass sogar der Rücken heute weniger schmerzte, als er aufstand, um sich für den Tag herzurichten. Nachdem er sich etwas frisch gemacht hatte, schlurfte er zur Küche, um einen Kaffee aufzusetzen. Mit dem großen Messer schnitt er ein Stück von dem trockenen Brot ab, um es sich mit einer Scheibe Käse zu belegen. Während er sich das einfache Frühstück zubereitete, dachte er an die junge Frau, die ihm ab heute im Geschäft zur Hand gehen wollte. Holst konnte sein Glück noch immer nicht fassen. Sie war gekommen, um ein paar Dinge für ihr neues Kleid bei ihm zu kaufen. Offenbar interessierte sie sich für den Laden und hatte ein großes Herz, sonst hätte sie ihm kaum spontan ihre Hilfe angeboten – und das, ohne dafür einen Lohn zu verlangen.

Während er auf seinem Brot herumkaute, fiel ihm auf, dass er nichts über das junge Ding wusste, nicht einmal ihren Namen. Kurz zog er in Erwägung, dass sie sich mit ihrer Hilfsbereitschaft nur einen Scherz gemacht hatte und er sich einer trügerischen Hoffnung auf Besserung hingab. Doch etwas tief in Holst sagte ihm, dass die junge Frau es ernst meinte. Für ihn bestand kein Zweifel daran, dass sie heute zu ihm in den Laden kommen würde, um ihm zu helfen.

Holst zog seine Taschenuhr hervor und klappte den Staubdeckel hoch, um einen Blick auf das emaillierte Zifferblatt zu werfen. Kurz wurde er von Wehmut gepackt, denn die goldene Uhr erinnerte ihn an Margarete. Sie hatte ihm das französische Schmuckstück von einer Reise mitgebracht. Er klappte die Uhr wieder zu und ließ seine Fingerkuppen liebevoll über die geriffelte Unterseite des Gehäuses gleiten. Dann fiel ihm ein, wie spät es der Uhr zufolge war. Es war höchste Zeit, den Laden aufzuschließen.

Eilig räumte Holst den Tisch ab, trat an das Küchenfenster und blickte auf die Dächer der Stadt, die im Licht der Morgensonne rot zu glühen schienen. Zum ersten Mal seit Langem freute sich der alte Mann auf den vor ihm liegenden Arbeitstag. Er wandte sich vom Fenster ab und trat in den Flur, wo die braune Schürze am Haken hing. Er band sie sich um und verließ die Wohnung.

Unten lag der Laden noch im Dämmerschlaf. Holst ließ den Blick über das in die Jahre gekommene Mobiliar schweifen und hoffte, dass seine junge Helferin ihn ein wenig darin unterstützen würde, den Laden wieder auf Vordermann zu bringen. Er trat vor den Tresen und sperrte die Ladentür auf. Kaum, dass er sich umgewandt hatte, klingelte das kleine Glöckchen über der Tür. Ein warmer Luftzug wehte in den Laden, als Flora Baumann hereintrat und fröhlich grüßte.

»Bin ich zu früh?«, fragte sie. Holst begutachtete sein neues Ladenmädchen. Sie war zwei Köpfe kleiner als er, von zierlicher Statur und hatte das lange dunkle Haar zu Zöpfen geflochten, die sie jünger wirken ließen. Ihre rehbraunen Augen funkelten unternehmungslustig. Das dunkelblaue, einfache Kleid umschmeichelte ihre schlanke Gestalt.

»Nein«, erwiderte er mit einem väterlichen Lächeln. »Du kommst genau zur richtigen Zeit.« Mit einer einladenden Geste winkte er sie näher. »Schön, dass du dein Versprechen gehalten hast und mir zur Hand gehen möchtest.«

Die junge Frau strich sich eine widerspenstige Haarsträhne aus dem Gesicht und lächelte. »Das ist doch selbstverständlich. Ich stehe immer zu meinem Wort.« Sie trat in die Mitte des Ladens und sah sich um. »Wo soll ich anfangen?«

Albert Holst spürte in diesem Augenblick eine tiefe Dankbarkeit. Am liebsten hätte er die junge Frau in den Arm genommen. So viel Tatkraft und Fürsorge kannte er von seinen leiblichen Kindern nicht.

# Kapitel 7

Obwohl ihm die Pflege seiner Kontakte großes Vergnügen bereitete, sehnte sich Leonhard Tietz nach seiner Verlobten. Seitdem sie in Stralsund lebten, hatte er nur wenige Nächte ohne sie verbracht. Schon jetzt freute sich Leonhard auf seine Rückkehr und auf das neue Leben, das sie bald beginnen würden.

Mit einer Droschke war er am Vortag vom Berlin Nordbahnhof ins *Victoria Hotel* an der Prachtstraße Unter den Linden gelangt. Beim *Victoria* handelte es sich um eine Unterkunft erster Klasse in bester Lage zwischen der Universität und dem Brandenburger Tor. Ihm selbst hätte auch die Herberge in einem einfachen Fuhrmannsgasthof genügt, doch Wagner hatte größten Wert auf eine angemessene Unterkunft gelegt, um seinem Geschäftsfreund die letzte Reise für »B. Winkelmann Nachfolger« so angenehm wie möglich zu gestalten. Am Abend hatte er sich mit anderen Herren im Billardsaal des zum Hotel gehörenden Cafés die Zeit vertrieben. Dort hatte Leonhard die gewünschte Zerstreuung gefunden, bevor er weinselig sein Gästezimmer im zweiten Stock des Hotels aufgesucht hatte, um im weichen Bett in einen tiefen Schlaf zu fallen.

Nach dem Frühstück, das er gemeinsam mit anderen Gästen eingenommen hatte, ging Leonhard auf sein Zimmer und nahm am Sekretär Platz. Ihm blieb noch ein wenig Zeit bis zu seinem Treffen mit dem Weißwaren-Fabrikanten. Als er sich in seinem Zimmer umschaute, kam er zu dem Schluss, dass er es mit dem *Hotel Victoria* sehr gut getroffen hatte. Trotzdem war es jammerschade, dass Flora jetzt nicht bei ihm sein konnte. Unwillkürlich fragte er sich, warum er sie nicht gebeten hatte, ihn zu begleiten. Sicherlich hätte

Flora keine Einwände gehabt. Doch nun war er allein unterwegs auf seiner letzten Geschäftsreise für »B. Winkelmann Nachfolger«. Er beschloss, sie bei seiner nächsten Geschäftsreise mitzunehmen.

So kam ihm die Idee, Flora einen Brief zu schreiben. Früher hatten sie sich oft Nachrichten geschickt. Das hatte ihm die Gelegenheit gegeben, seine Gefühle in Worte zu fassen und sich seiner Liebe zu Flora noch bewusster zu werden. Wortgewaltig und dennoch voller Romantik hatte er die Zeilen für sie verfasst und hatte dabei im Postskriptum nie den »Gruß für die Frau Mama« vergessen. Er hatte diese Briefe sehr gern geschrieben. Jetzt bedauerte er es fast, dass das Briefeschreiben mit ihrem Umzug nach Stralsund überflüssig geworden war.

Leonhard beschloss, dass es an der Zeit war, mal wieder einige Zeilen an Flora zu richten. Er wusste noch nicht genau, wie lange er noch unterwegs sein würde und wie viele Tage also noch vergehen mochten, bis er sie wiedersah.

Leonhard strich mit der Hand über den kleinen Reisesekretär, vor dem er saß. Er war ein Geschenk seines Vaters gewesen, das er seitdem immer im Gepäck hatte, wenn er nicht zu Hause sein konnte. Flora hatte ihm das kleine Holzkästchen aus edlem Vogelauenahorn in weiser Voraussicht eingepackt. Leonhard ließ sich tiefer in den bequemen Sessel sinken. Er langte in seine Hosentasche und zog einen kleinen Schlüssel hervor, schob ihn in das golden schimmernde Schloss und entriegelte es. Mit einer fast liebevollen Bewegung klappte er den Sekretär auf. Nachdem er die mit schwarzem Stoff bespannte Schreibunterlage ausgeklappt hatte, lagen die Fächer mit Stiften, der Feder und dem kleinen, fest verschlossenen Tintenfass vor ihm. Er zog ein Blatt Papier hervor und legte es auf die Schreibunterlage.

Er tauchte die Feder ins Tintenfass, seine sehnsuchtsvollen Gedanken bei Flora. Im Briefkopf befand sich der Schriftzug des Hotels, doch das störte Leonhard nicht. Kurz überlegte er, dann flog die Feder über das Papier. Leonhard sah fasziniert dabei zu, wie die Feder seine Gedanken niederschrieb, fast, als würde sie es von selbst tun. Ein verliebtes Lächeln erhellte sein Gesicht.

*Meine liebste Flora*, schrieb er in feinster Kurrentschrift, *kaum ist der erste Tag ohne dich an meiner Seite angebrochen, schon fehlst du mir wie die Sonne im Winter.* Seine Schrift war schlank und zeichnete sich durch schwungvoll gesetzte Ober- und Unterlängen aus. Er las den ersten Satz noch einmal durch, bevor er weiterschrieb:

*Berlin ist eine atemberaubende Stadt, doch was nutzt all das Imposante, wenn ich es der Frau, der mein Herz gehört, nicht zeigen kann? So bleibt mir nichts, als mich auf die Gespräche hier vor Ort zu konzentrieren und mich alsbald von den Geschäftspartnern zu verabschieden, um die Reise gen Westen fortzusetzen. Mein Weg führt mich als Nächstes nach Elberfeld, ich bin gespannt, was dort auf mich wartet. Es wird wohl bei Weitem nicht so beeindruckend sein wie Berlin.*

*Was soll ich sagen? Berlin muss man gesehen haben, und beim nächsten Mal werde ich dich mitnehmen, denn du gehörst an meine Seite. Wie gern würde ich dir das Brandenburger Tor zeigen und im Abendrot mit dir Unter den Linden entlangflanieren!*

*Sobald ich etwas Muße habe, beginne ich sofort, dich zu vermissen, meine liebe Bella. Sehr wohl habe ich deine Sorge um unsere Zukunft am Abend, als ich dir von meinem Abschied bei Winkelmann berichtete, bemerkt. Und eines lass mich dir sagen: Du sollst dir keine Sorgen machen, wir werden alsbald etwas Geeignetes finden. Und, je länger ich darüber nachdenke, umso besser könnte ich mir vorstellen, mit dir gemeinsam an unserem Lebenswerk zu arbeiten.*

*Liebste Bella, du hast unzählige Talente, bist mit einer hohen Auffassungsgabe und einem gescheiten Verstand gesegnet. Sicherlich würden wir uns gut ergänzen.*

Leonhard legte eine Pause ein. Mit einem versonnenen Lächeln schaute er ins Leere, sah Flora vor seinem geistigen Auge auftauchen, wie sie in einem strahlend weißen Kleid über eine prächtige Blumenwiese rannte. Schnell tauchte er die Feder wieder in das kleine Tintenfass und fuhr fort, seine Gedanken auf den edlen Papierbogen zu übertragen.

*Beide können wir uns wundervoll für Musik begeistern. Vielleicht liegt hier die Quelle unseres künftigen Schaffens? Ich sehne schon jetzt den Tag herbei, an dem wir Neues entstehen lassen. Nun aber werde ich mich auf den Weg machen, um einen meiner Geschäftsfreunde zu treffen. In Gedanken bist du stets bei mir, geliebte Flora. Ich zähle schon jetzt die Stunden, bis ich dich wieder an meiner Seite habe.*

*In hoffnungsvoller Vorfreude auf ein baldiges Wiedersehen,*
*dein dich liebender Leo*

Er legte die Feder zur Seite, nahm das Blatt in beide Hände und überflog die Zeilen mehrmals, bevor er den Brief sorgsam faltete und mit den Fingern über die Falz fuhr, um ihn in ein Kuvert zu schieben. Er fühlte sich ein wenig besser, nun, da er seine Gefühle und Gedanken niedergeschrieben hatte. *Musik*, dachte er, *vielleicht sollten wir tatsächlich irgendetwas machen, das mit Musik zu tun hat.* Gut gelaunt erhob er sich, nachdem er das Tintenfässchen verschlossen und die Feder in das dafür vorgesehene Fach zurückgelegt hatte. Jetzt freute er sich auf das Treffen mit seinem Geschäftsfreund. Es war, als würde jedes Gespräch die Heimkehr nach Stralsund ein Stückchen näher rücken.

*

»Wie gefällt Ihnen das?« Flora stellte den Eimer zur Seite und breitete die Arme in Richtung Fenster aus. Stolz betrachtete sie ihr Werk. Als Erstes hatte sie sich darangemacht, die Fensterscheiben vom Straßenschmutz und Staub zu befreien. Jetzt flutete das Sonnenlicht den kleinen Laden und ließ das schwere Mobiliar in warmem Braun erstrahlen. Unzählige Staubpartikel tanzten in der Sonne. Sie hatte sich eine Schürze von zu Hause mitgebracht, die sie nun bei ihrer Tätigkeit im Geschäft trug. Damit sah sie aus wie ein richtiges Ladenmädchen, und die Arbeit tat ihr gut.

Anfangs hatte Holst sie voller Argwohn beobachtet, fast so, als könne er immer noch nicht glauben, endlich eine tatkräftige Unterstützung zu haben, zumal Flora mit ihren vierundzwanzig Jahren für ein Ladenmädchen eigentlich bereits zu alt war. Doch sie hatte es sich in den Kopf gesetzt, dem mürrischen alten Mann unter die Arme zu greifen.

Albert Holst blickte sich mit bewundernder Miene um und strahlte. »Es tat wirklich not, einmal die Fenster zu putzen.«

»Der Laden wirkt gleich freundlicher, finden Sie nicht?«

»O ja.« Albert Holst umrundete die Verkaufstheke. »Du bist mir eine große Hilfe.« Kurz verdunkelte sich seine Miene. »Ich weiß nur nicht, wie ich das jemals wiedergutmachen soll. An Geld mangelt es mir, wie du weißt.«

»Uns wird schon etwas einfallen«, sagte Flora. »Ich schneidere mir gerade ein Kleid für meine Hochzeit. Sicherlich wird das eine oder andere Teil noch fehlen.« Sie schaute sich um. »Hier im Laden werde ich bestimmt fündig.«

Holst nickte und deutete auf die deckenhohen Regale hinter seinem Rücken. »Du darfst dich frei bedienen«, sagte er.

»Was kann ich als Nächstes tun?« Flora blickte sich suchend nach einer neuen Aufgabe um. Dabei bemerkte sie, dass die schweren Rollen mit der Brüsseler Spitze ungerade aufgewickelt waren.

Holst, der ihrem Blick gefolgt war, nickte. »Wir sollten das wertvolle Material neu aufrollen. So wird es niemand kaufen wollen, fürchte ich.«

»Gern. Soll ich …« Flora brach ab, als hinter ihr das Klingeln des Glöckchens über der Ladentür einen Besucher ankündigte. Als Flora sich umdrehte, erblickte sie eine Frau mittleren Alters, die mit hocherhobenem Haupt über die Schwelle trat. Flora fand, dass die Frau eher schwebte als lief und dabei eine kühle Arroganz ausstrahlte. Die Kundin trug ein blassgrünes Kleid mit dunkelgrünen, floralen Mustern. Unter dem Rocksaum lugten gebundene Lederschuhe hervor. Passend zu ihrer eleganten Erscheinung waren ihre Haare zu kleinen Löckchen gedreht, die neben der schmalen Krempe der Kapotte auf die Schultern fielen. Das Hutband war unter dem Kinn ein wenig eng geschnürt. Auf dem Rand des Hutes lockerte der bunte Blumenschmuck die strenge Erscheinung der Dame ein wenig auf.

»Herzlich willkommen«, sagte Flora freundlich, wurde von der Dame aber mit Missachtung gestraft. Stattdessen wandte sie sich an Albert Holst, der sich offensichtlich ebenfalls über das arrogante Gehabe der Frau ärgerte, denn seine Miene war düster geworden. Trotzdem fragte er die Kundin nach ihren Wünschen.

»Ich benötige Material für eine neue Tornüre«, flötete sie und trat an den Verkaufstresen. »*Cul de Paris* ist wieder modern«, fügte sie hinzu, wohl eher, um mit Fachausdrücken Eindruck zu schinden, als weil sie wirklich etwas von Mode verstand. »Können Sie das nötige Material für mich bestellen?«

»Nein«, sagte Holst. »Das muss ich gar nicht.« Offensichtlich hatte er Freude an der Reaktion der Frau, die kurz um Fassung bemüht war. »Alles Notwendige für *Cul de Paris* habe ich vorrätig.«

»Wie erfreulich.«

»Wie viel benötigen Sie, und welche Farbe wünschen Sie?«

Die Frau ließ den Blick über die Regale mit den Stoffballen schweifen. Dass sie mit einem Schritt zur Seite Flora fast auf die Füße trat, schien sie nicht zu bemerken. Es war, als wäre Flora Luft für sie. In letzter Sekunde wich Flora dieser unfreundlichen Person aus.

»Ich dachte an Rot«, antwortete die Kundin. »Oder bin ich dafür zu alt?« Sie beäugte Holst mit einer erhobenen Augenbraue, als wolle sie ihn warnen, jetzt bloß nichts Falsches zu sagen.

»Rot ist sicherlich eine der dankbarsten Lichtfarben«, sagte Holst, ohne auf ihre Frage einzugehen. »Soll es Zinnoberrot sein oder eher Scharlachrot? Letzteres hat eine besonders feurige Wirkung.«

»Ich denke, das ist mir zu kräftig«, entgegnete die Frau und trat noch näher an die Theke heran, um die dargebotenen Materialien besser in Augenschein nehmen zu können. »Vielleicht sollte ich für den Rock Stoff in einer anderen Farbe wählen?«

Holst nickte zustimmend. »Was halten Sie von einer Kombination aus rotbraunem und moosgrünem Stoff?«

Flora, die sich damit abgefunden hatte, von der Kundin ignoriert zu werden, beobachtete das Gespräch aus dem Hintergrund. Sie musste dem alten Holst bei der Auswahl seiner Farbvorschläge einen guten Geschmack einräumen.

»Zeigen Sie mir bitte die zwei Stoffe.«

»Sehr gern, meine Dame.« Holst zog die gewünschten Stoffballen aus dem Regal und schob sie unter schwerem Ächzen auf den Tresen, um jeweils eine Seite aufzuschlagen. »Bitte, schauen Sie selbst – beide Baumwollstoffe sind von bester Qualität und mit modernen synthetischen Färbeverfahren bearbeitet worden.«

Die Dame betrachtete die von Holst präsentierte Ware interessiert, strich prüfend über das Gewebe und wiegte den Kopf. »Den rotbraunen Stoff würde ich gern mit Spitze absetzen.«

»Auch das ist möglich.« Holst trat wieder ans Regal. Er musste nicht lange suchen, um der Kundin das gewünschte Material zeigen zu können. Die Dame befühlte die gefärbte Spitze kritisch, dann nickte sie und nannte die benötigte Menge.

Holst winkte Flora zu sich. »Geh mir doch bitte mal zur Hand, Flora.«

Sie freute sich, ihm bei der eigentlichen Arbeit helfen zu dürfen – nicht nur beim Putzen –, und trat an seine Seite. Gemeinsam nahmen sie Maß und stellten der Auftraggeberin die gewählten Stoffe zusammen. Zu guter Letzt versorgte Holst die Kundin mit Füllmaterial.

Als er mit Floras Hilfe alles verpackt hatte und der Dame den Preis nannte, fiel der vermeintlich vornehmen Kundin die Kinnlade herunter. »So teuer?«

»Was denken Sie denn?«, entgegnete Holst. »Qualität hat ihren Preis.« Auf seiner Stirn bildete sich eine steile Falte, doch das schien die Frau nicht zu beeindrucken. Flora fühlte sich unangenehm berührt.

»Ich würde gern anschreiben lassen.«

Holst zückte bereits einen einfachen Bleistift, doch Flora legte eine Hand auf seinen Unterarm und schüttelte unmerklich den Kopf. »Anschreiben ist nicht mehr möglich«, sagte sie, an die Käuferin gewandt. »Wir müssen leider auf Sofortzahlung bestehen.«

Die Kundin war fassungslos. Flora konnte erkennen, wie es hinter ihrer Stirn arbeitete. »Seit wann haben Ladenmädchen hier das Sagen?«, keifte sie.

»Sie handelt durchaus in meinem Interesse«, nahm Holst Flora in Schutz. Er zwinkerte ihr zu. Flora musste sich ein Lächeln verkneifen und senkte den Blick.

Kurz schnappte die Frau nach Luft, bevor sie mit schneidender Stimme sagte: »Dann verlange ich einen ansehnlichen Preisnachlass.«

»Das wird nicht möglich sein, da wir unsere Preise im Interesse unserer verehrten Kundschaft schon sehr knapp kalkulieren«, erwiderte Flora hastig. Sie wunderte sich dabei ein wenig über ihre eigene Courage. Insgeheim hoffte sie, später keinen Ärger für ihre Initiative zu bekommen.

Hatte Flora mit einem weiteren Widerspruch der arroganten Kundin gerechnet, so hatte sie sich geirrt. Die Dame zückte ihr Portemonnaie und legte den gewünschten Betrag auf den Tresen. Hastig verstaute sie Stoff, Spitze und Füllmaterial in ihrer Tasche und ging zur Tür.

»Vielen Dank für Ihren Einkauf«, rief Flora ihr freundlich hinterher. »Und einen schönen Tag noch.«

Die Kundin antwortete nicht. Schweigend trat sie aus dem Laden und schritt mit betont geradem Rücken die drei Stufen hinab zum Bürgersteig. Erst als sie sich außer Hörweite befand, prustete Flora los. »Die war ziemlich kompliziert«, stellte sie fest und rechnete damit, dass Holst sie nun für ihre forsche Art zurechtwies.

»Sie hat jetzt alles für ihren Wattehintern, glaubt allen Ernstes, dass sie damit großstädtische Mode nach Stralsund holen kann, und ahnt nicht, dass die Zeit der Tornüre längst vorbei ist.« Holst lachte. Es tat gut, ihn so erheitert zu erleben, fand Flora.

»Man wird sich hinter ihrem dicken Hintern über sie lustig machen«, fuhr er amüsiert fort und formte mit seinen Händen in der Luft ein ausladendes Hinterteil.

»War ich zu übergriffig?«, fragte Flora bange, als sich die Belustigung des Ladenbesitzers gelegt hatte. »Frech?«, schob sie schnell nach, als er schwieg. »Vorlaut?«

Holst wiegte nur den massigen Schädel. »Das Leben ist nicht leicht für einen Geschäftsmann wie mich«, sagte er schließlich.

»Die Frau sah nicht arm aus«, entgegnete Flora, und es klang wie eine Entschuldigung. »Es machte nicht den Anschein, als würde sie sich den teuren Stoff nicht leisten können. Deshalb habe ich mir erlaubt, sie zur direkten Zahlung anzuhalten.«

»Wenn es ans Bezahlen geht, werden die meisten Menschen komisch«, murmelte Holst. »Sie ist nur eine von vielen Kundinnen, die zu schlechter Zahlungsmoral neigen und mir das Leben schwer machen.«

»Wir werden uns etwas einfallen lassen, um Ihre Schulden bald zu begleichen«, versprach Flora ihm. »Das heißt, wenn ich weiter helfen darf?«

»Natürlich.« Holst lächelte matt. »Ich bin für deine Hilfe sehr dankbar.«

»Gut.« Flora blickte sich um. »Wo machen wir als Nächstes weiter? Gehen wir jetzt an die Rollen mit der guten Brüsseler Spitze?« Da Holst keine Einwände hatte, schob Flora sich die Leiter zurecht, lehnte sie an das erste der deckenhohen Regale und stieg die Sprossen empor. Sie war sicher, dass der alte Holst schnell wieder auf einen grünen Zweig kommen würde und seinen Lebensabend nicht im Armenhaus fristen musste. Doch bis dahin war es wohl noch ein langer und steiniger Weg.

# Kapitel 8

Sally hatte es nicht lange allein in der Wohnung von Flora und Leonhard ausgehalten. Nachdem er sich ein wenig ausgeruht hatte, war er in die Stadt gegangen, um sich Arbeit zu suchen. Schließlich hatte er es seiner Schwester versprochen. Wenn er sich schon bei ihr einnistete, konnte er auch seinen Anteil an den Kosten beitragen. Obwohl er die Hoffnung darauf, ein guter Klavierbauer zu werden, schon in Birnbaum aufgegeben hatte, war er bei der örtlichen Pianoforte-Fabrik »Lindner und Sohn« vorstellig geworden, um sich nach einer Anstellung zu erkundigen. Der Juniorchef Julius Lindner hatte ihm keine großen Hoffnungen gemacht, die in Birnbaum abgebrochene Lehre in seinem Betrieb fortsetzen zu können.

Nach der Absage hatte es den Jungen an den Hafen verschlagen. Zwischen den großen Segelschiffen lagen immer wieder auch moderne Dampfschiffe am Schwedenkai. Sally war beeindruckt vom geschäftigen Treiben hier – und von dem herben Ton, der unter den Schauerleuten und den anderen Hafenarbeitern herrschte. Männer wuchteten schwere Kisten, Fässer und Säcke von Bord der dickbäuchigen Schiffe, riefen sich Befehle zu und luden die Waren auf Handkarren, um sie zu einem der quaderförmigen Speichergebäude auf der anderen Seite des Kais zu transportieren. Einige der Männer wuchteten körbeweise Kohlen von einer am Kai liegenden Schute. Sie waren nass geschwitzt, ihre Haut vom Ruß geschwärzt, und sie schenkten dem Landei in ihrer Mitte kaum Beachtung.

»Steh uns nicht im Weg rum, Junge!«, wurde er angeblafft, nachdem man ihn mehrfach unsanft angerempelt hatte und Sally sich jedes Mal mit einem Schritt zur Seite in Sicherheit hatte bringen müssen. Sein Blick folgte dem Weg der Hafenarbeiter, die ihre Lasten in die Lagerhäuser verfrachteten. Majestätisch ragten die Silhouetten der Speicher- und Silogebäude in den blauen Sommerhimmel der Hansestadt.

Sally wandte den Blick zum Hafen. Der Strelasund glitzerte wie ein silbriges Band in der Sonne. Das Gewässer trennte die Stadt von der Insel Rügen. Am gegenüberliegenden Ufer des Sunds glaubte er, die Häuser von Altefähr zu erkennen.

Ein alter Mann, der Pfeife rauchend auf einer wuchtigen Holzkiste hockte und gedankenverloren auf den Strelasund hinausblickte, erregte Sallys Aufmerksamkeit. Der Kerl trug eine verschlissene Seemannsuniform. Sein Bart war wild und erinnerte an den eines Seeräubers, seine Haut war wie gegerbtes Leder. In seiner schwieligen Hand hielt er eine ehemals weiße Meerschaumpfeife. Der Pfeifenkopf war dem Haupt eines Furcht einflößenden Seeungeheuers nachempfunden.

Sally nahm den würzigen Duft von Nelkenholz wahr und atmete tief ein. »Entschuldigen Sie, mein Herr«, sprach er den Mann an.

Der Alte tat einen Zug an seiner Pfeife, dann wandte er ihm den Kopf zu. Sally sah eine unendliche Trauer und Sehnsucht in den strahlend blauen Augen des Mannes.

»Ich suche Arbeit«, sagte Sally. »Können Sie mir sagen, wo ich welche finden kann?«

»Im Stall.« Seine Stimme war sehr tief, sein Atem roch nach Rum und Pfeifenrauch. »Da sitzen die Treiber.« Mit der Hand, die seine Pfeife hielt, deutete er zu einem flachen Backsteingebäude, das sich zwischen die mächtigen Lagergebäude zu ducken schien.

Die Backsteinfassade wirkte schmuddelig, die kleinen Fenster waren schmutzig. Die Eingangstür stand weit offen.

»Bitte wer sitzt da?« Sally verstand kein Wort.

»Die Treiber.« Jetzt lachte der Alte meckernd. Er verschluckte sich und bekam einen Hustenanfall. Nachdem er sich beruhigt hatte, fuhr er fort. »Du bist neu hier, oder?«

»Ja, ich bin erst gestern in der Stadt angekommen.«

Der Alte paffte an seiner Pfeife, während er zu Sally aufblickte. »Das sieht man dir an. Bist ein wenig blass um die Nasenspitze, mein Junge. Um auf deine Frage zurückzukommen, dort drüben ist das Vermittlungskontor – wir nennen es den Stall. Da sitzen die Vizen, von denen du mit etwas Glück eine Arbeit bekommst.«

»Die … Vizen?« Sally glaubte, diesen Ausdruck schon einmal gehört zu haben. Er kratzte sich am Hinterkopf. »Was muss ich tun, um da Arbeit zu bekommen?«

Der Alte zuckte mit den Schultern. Er taxierte Sally mit einem abschätzigen Blick. »Frag einfach mal«, brummte er, »vielleicht haben sie ja was für ein Jüngelchen wie dich.«

Sally wagte nicht, dem Mann zu widersprechen. Er konnte schwer arbeiten und gut anpacken, trotz seines jungen Alters. »Danke.« Er nickte dem Alten zu und machte kehrt, um den Schwedenkai zu überqueren. Das Kontor erweckte keinen besonders einladenden Eindruck. Sally ahnte, warum der alte Mann es als Stall bezeichnet hatte. Etwas unschlüssig stand er im Türrahmen und zögerte, einzutreten, als er unsanft angerempelt wurde.

»Mach Platz, Junge!«, schnauzte ihn jemand von hinten an.

Bevor er der Aufforderung nachkommen konnte, wurde Sally grob an den Schultern gepackt und zur Seite geschoben.

»Was soll das?«, fragte Sally, und als er herumfuhr, blickte er in das sonnengebräunte Gesicht eines muskulösen Mannes von vielleicht Ende zwanzig. Er war unrasiert und roch unangenehm nach Schweiß. Auch seine Kleidung war schmutzig.

»Was das soll? Du bist hier im Weg, Bursche.«

Sally trat wortlos zur Seite und gab den Eingang ins Kontor frei. Vergeblich wartete er auf eine Entschuldigung des Hafenarbeiters.

Der Hüne musterte Sally feindselig. »Was glotzt du so?«

»Gibt es hier Arbeit?«, fragte Sally, anstatt die Frage seines Gegenübers zu beantworten.

Der Mann lachte laut. »Arbeit?« Er musterte Sally von oben bis unten. »Für einen Milchbubi wie dich?« Er schüttelte den Kopf, nahm die Mütze vom Kopf und fuhr sich durch das dichte Haar. »Wohl kaum, außerdem bist du spät dran.« Er deutete mit dem Kinn in das Innere der Vermittlung. »Aber bitte – versuch dein Glück. Die Vizen werden dich zum Teufel schicken!« Lachend trat er an Sally vorbei in das Gebäude.

Sally folgte ihm wie ein Schatten und fand sich im Halbdunkel des Kontors wieder. Es roch nach Staub und Tinte. Als Erstes fiel sein Blick auf zwei Männer, die an Schreibtischen saßen, und auf einen grob gezimmerten Holztresen.

»Wir sind fertig mit dem Kahn aus Hamburg«, sagte der Hüne.

»Sehr gut, Julius.« Einer der beiden Vormänner erhob sich und trat an den Tresen.

Julius grinste und hieb mit der flachen Hand auf die Holzplatte. Staub wurde aufgewirbelt. »Ich könnte noch etwas mehr Arbeit vertragen.«

»Du könntest die Schauerleute beim Löschen der *Mercedes* unterstützen. Die Mexikaner wollen im Morgengrauen ablegen und sind spät dran mit dem Entladen.«

»Das klingt gut.«

Der Vize schaute an Julius vorbei. »Wen hast du denn da im Schlepptau?«

»Das ist …«

»Sally«, unterbrach Sally ihn. »Sally Baumann. Ich möchte hier arbeiten.«

»Du?«

Jetzt blickte auch der andere Vize von seinem Schreibtisch auf. Er rollte die Augen und schüttelte den Kopf, dann widmete er sich wieder seinem Papierkram.

»Den habe ich nicht angeschleppt«, bemerkte Julius eilig.

»Wo auch immer er herkommt, du bist jetzt sein Untervize«, entgegnete der Mann mit einem strengen Blick auf Sally. »Nimm ihn mit zu den Mexikanern, da können sie jede helfende Hand gebrauchen.«

Julius stöhnte auf. »Das ist keine helfende Hand, das ist ein Hindernis.«

»Tu, was man dir sagt, Holst.« Der Vize duldete keinen Widerspruch und schob Julius eine Karte hin. »Hier steht alles drauf.«

»Muss das sein?« Julius nahm widerwillig die Karte entgegen. »Ich bin es gewohnt, mit erwachsenen Männern zu arbeiten, nicht mit Kindern, die nach dem ersten getragenen Sack unter der Last zusammenbrechen.«

»Entweder du nimmst ihn mit, oder ich suche mir einen anderen Untervizen, der sich mit seinen Männern um die *Mercedes* kümmert.«

Julius überlegte kurz, bedachte Sally mit einem wütenden Blick, doch dann nickte er. »Komm schon, Bursche«, sagte er.

»Ich heiße nicht Bursche, ich heiße Sally«, erinnerte Sally ihn. Er hielt Julius die Hand hin, die dieser jedoch geflissentlich übersah.

Stattdessen fing er an, schallend zu lachen. »Sally?«, fragte er. »Ist das nicht ein Mädchenname?«

»Da, wo ich herkomme, nicht«, antwortete Sally wahrheitsgemäß, dann folgte er Julius, seinem frisch ernannten Untervizen, zum Kai, wo ein mächtiges Segelschiff lag. Doch schon als er Julius über die Gangway an Bord des Frachters hinterherlief, fragte er sich, ob es eine kluge Idee war, sich im Hafen als Tagelöhner zu verdingen.

*

»Sag mal, was schleppst du da eigentlich alles in deiner Tasche herum?« Flora hatte sich spät am Abend noch die abgewetzte Ledertasche ihres Bruders aus der Kammer geholt und war im Begriff, den Inhalt ungesehen in einen Waschkübel zu geben. Auf die Schnelle hatte sie ihm die Kammer zurechtgemacht, so dass er sich zurückziehen und in einem frisch bezogenen Bett schlafen konnte. Die Wohnung war groß genug, um auch Gäste aufnehmen zu können. Jetzt hatte Flora Wasser aufgesetzt und die Seife bereitgelegt. Im gusseisernen Ofen prasselte ein munteres Feuer und verbreitete eine angenehme Wärme in dieser kühlen Sommernacht. Durch die offene Klappe des Ofens drang der Feuerschein in die Küche und tauchte das Mobiliar in ein geheimnisvolles Licht.

Eigentlich hatte Flora schon längst vorgehabt, Sallys Sachen zu waschen, war aber bisher nicht dazu gekommen. Das Sauberhalten der Wohnung und das Zubereiten eines ordentlichen Abendmahls gingen vor. Also hatte sie ihnen zuerst eine deftige Kartoffelsuppe zubereitet, über der sie noch eine Weile in der spärlich beleuchteten Küche beisammengesessen hatten, bevor Flora sich dem Inhalt der Tasche widmete.

Als er sah, was sie im Begriff war zu tun, sprang Sally von der Küchenbank auf. In seinem Blick lag die pure Angst. »Nicht!«, rief er laut und streckte die Arme nach seinen Sachen aus.

Flora erschrak und hielt in der Bewegung inne. »Was ist denn los?«

»Nicht ins Wasser werfen!«

»Warum denn nicht?« Flora wunderte sich über das eigenartige Verhalten ihres Bruders.

»Es darf nicht alles nass werden!« Sally riss ihr die Tasche mit einem energischen Ruck aus der Hand, atmete tief durch und stellte sie auf den Küchentisch. »Da ist nicht nur die alte Wäsche drin.«

»Was denn noch?« Floras Neugier war geweckt. Sie hatte sich bereits darüber gewundert, dass Sally die Tasche unter dem Bett in der Kammer versteckt hatte.

»Da ist meine Zeichenmappe drin.«

»Deine … was?« Flora stutzte. »Darum hast du deine Tasche gehütet wie einen Schatz?«

Sally nickte zerknirscht. Jetzt schien er sich für seine Geheimniskrämerei zu schämen. Er legte die Hände auf den Tisch und betrachtete sie nachdenklich. »Ich habe mit dem Zeichnen angefangen.«

Flora machte große Augen. »Du bist unter die Künstler gegangen?« Sofort dachte sie an Paulas Mutter, die einzige Malerin, die sie kannte. Ein Auskommen konnte man mit der Kunst aber nicht verdienen. Antonie Biel war eine moderne und eigenständige Frau, doch schien sie durchaus froh zu sein, dass ihr Mann wohlhabend war. Und sie erinnerte sich an Leonhards Wunsch, ein Gemälde von ihr zu besitzen. Kurz überlegte sie, ob Sally sie wohl malen würde, wenn sie ihn darum bäte, doch im nächsten Moment überwog die Skepsis. Wahrscheinlich war seine Leidenschaft für die Kunst nur ein Strohfeuer, das schnell wieder erlöschen würde.

»Ich male und zeichne, wann immer ich die Gelegenheit dazu habe«, erklärte Sally mit einem schiefen Grinsen. »Nicht besonders gut, aber es bereitet mir große Freude.«

»Was malst du denn?« Flora sank auf den einfachen Holzstuhl.

»Sieh selbst.« Sally steckte seinen Arm in die offene Tasche. Unter der muffig riechenden Wäsche befand sich eine blassgelbe Zeichenmappe, die er mit einer umständlichen Bewegung herauszog.

Flora beobachtete ihren Bruder, wie er erneut in die Tasche langte, um einen weiteren Gegenstand ans Licht zu bringen. Diesmal legte er ein kleines, ledernes Etui auf den Tisch. »Meine Utensilien.« Er öffnete das Etui und zeigte ihr seine Stifte, Kreiden und die Tusche. Offenbar kombinierte er unterschiedliche Zeichentechniken in seinen Werken.

Flora war verblüfft. Sie hatte nicht geahnt, welch künstlerischer Ehrgeiz offenbar in ihrem Bruder schlummerte. »Jetzt bin ich gespannt«, sagte sie ehrlich.

Sally lächelte stolz, als er die Mappe mit einer feierlichen Miene aufschlug und ihr eine ganze Reihe großformatiger Zeichnungen präsentierte. Flora beugte sich zu ihm herüber und betrachtete die Malereien und Zeichnungen. Sie zeigten die Kirchtürme von Stralsund, den Schwedenkai und immer wieder Menschen, die er offenbar porträtiert hatte. Wann er die Zeichnungen angefertigt hatte, wusste sie nicht. Er musste sehr schnell gearbeitet haben, schließlich war er noch nicht lange in der Stadt. »Die sind gut«, lobte sie schließlich. »Richtig gut. Du hast eine künstlerische Ader, Bruderherz.«

Sally zuckte mit den Schultern. Dennoch war er sichtlich stolz darauf, dass Flora seine Bilder gefielen. »Ich fürchte nur, dass sich damit kein Geld verdienen lässt«, murmelte er.

Flora gab ihm die Mappe zurück.

»Das Zeichnen ist eine brotlose Kunst«, fuhr er fort. »Deshalb werde ich nicht darum herumkommen, mir eine richtige Arbeit zu suchen.«

Flora nickte und gähnte. Es war spät geworden. Sie trat an den Ofen, um die Flamme herunterzudrehen. Höchste Zeit, ins Bett zu gehen, denn morgen stand ihr wieder ein anstrengender Tag bevor.

Den Waschzuber ließ sie so stehen, wie er war. Sie würde sich morgen um die dreckige Wäsche kümmern. Als sie kurz darauf das Licht löschten und sich in ihre Betten zurückzogen, dachte Flora voller Sehnsucht an ihren Verlobten. Es war höchste Zeit, dass er nach Hause kam. Sie hatte ihm so unendlich viel zu erzählen, außerdem konnte sie es kaum erwarten, ihn in die Arme zu schließen. Dann kam ihr noch eine Idee in den Sinn. Sie beschloss, Sally morgen darauf anzusprechen. Sicher würde er ihr helfen.

# Kapitel 9

Am nächsten Tag führte Leonhard noch zwei weitere Gespräche mit Geschäftspartnern, bevor er sich nachmittags von einer Droschke zurück zum *Hotel Victoria* bringen ließ. Morgen würde er Berlin verlassen. Sein Weg würde ihn ins Bergische Land führen. In Elberfeld und Barmen hatten zahlreiche Lieferanten ihren Stammsitz. Zwei Städte an der Wupper, die mit dem Beginn der Industrialisierung geradezu explodiert waren. Während in Elberfeld unzählige Bandweber und Garnfärber ihren Sitz hatten, befanden sich in der Nachbarstadt Barmen zahlreiche Garnfabrikanten, die mit ihren Litzen und Bändern unter dem Namen »Barmer Artikel« gerade die Modewelt revolutionierten. Leonhard war gespannt, die Fabriken mit eigenen Augen zu sehen, und freute sich auf die Gespräche mit den Fabrikanten, in denen offenbar unzählige neue Ideen schlummerten.

Nur die Sehnsucht nach seiner Flora ließ ihm das Herz schwer werden. Er vermisste seine Braut. Wie gern hätte Leonhard sie angerufen, doch Stralsund war noch nicht ans Telefonnetz angeschlossen. Zwar gab es seit einiger Zeit die »preußische Telegraphenstation« in der Frankenstraße, doch auf den Anschluss an das rasant wachsende Netz im Deutschen Reich warteten die Menschen in der Hansestadt bisher vergeblich. Wie schön wäre es gewesen, wenn Leonhard jetzt Floras warme Stimme hören könnte. So schnell wie möglich verdrängte er die schweren Gedanken und versuchte, die Kutschfahrt durch Berlin zu genießen.

An diesem milden Sommertag herrschte in den belebten Straßen eine Leichtigkeit, die seine Laune aufhellte. Der Weg zum Hotel führte sie an einer Reihe von Geschäften am Hausvogteiplatz vorbei, die Leonhard um einiges größer und stattlicher erschienen als die kleinen Läden in Stralsund. Hier hatte sich in den letzten Jahren offenbar ein wahres Konfektionsmilieu gebildet. Leonhard sah Werbeschilder von Valentin Manheimer, Nathan Israel und Herrmann Gerson, allesamt jüdische Konfektionäre mit einem gesunden Pioniergeist, die gerade die Modewelt auf den Kopf stellten. Riesige Fenster, einladende Häuserfronten und große Schilder, die das Angebot des jeweiligen Geschäfts anpriesen, zogen Leonhards Aufmerksamkeit auf sich. Das war wirklich nicht zu vergleichen mit dem kleinen Gemischtwarenladen seiner Familie im verschlafenen Birnbaum, den sie zusätzlich zum Fuhrbetrieb führten. Der Aufschrift des Schildes über dem Eingang von einem der Läden nach zu urteilen, handelte man hier mit Posamentierwaren und Berliner Konfektion.

Leonhard bat den Kutscher, anzuhalten. Schnaufend kamen die Pferde neben dem Bürgersteig zum Stehen. Leonhard entrichtete den Fahrpreis und stieg aus, bat den Fuhrmann aber, auf ihn zu warten. Im nächsten Moment stand er fasziniert vor dem Laden. Durch die außergewöhnlich großen Fenster konnte man das äußerst ansprechende Sortiment bestaunen. Wie an unsichtbaren Fäden gezogen, betrat Leonhard das Geschäft und fand sich in einer anderen Welt wieder. Er war beeindruckt von der scheinbaren Weite des Ladens und der einladenden Art der Warenpräsentation. Seine Schritte wurden von einem weichen Teppich gedämpft, der vom Eingang zu den Tischen führte, auf denen man den Kundinnen die neueste Mode der Berliner Konfektionäre darbot.

Leonhards Blick blieb an einer Tafel hängen, die eine aktuelle Kollektion anpries. *Das Kleid für Frau Jedermann*, las er die geschwungenen Lettern. *Chic, flott, tragbar und billig.*

So warb man also hier um die Gunst der Kundschaft. Flora würde hier sicherlich die Kauflust packen. Anstatt in engen Regalen bot man die Ware hier auf Tischen und in Vitrinen feil. Schweigend stand er in der Mitte des Ladens und ließ den Blick über das gut sortierte Angebot schweifen.

Das Ladenpersonal präsentierte meterlange Stoffbahnen in weinroten, olivgrünen und meerblauen Farbtönen, die sich förmlich über die großflächigen Tische ergossen. Es gab Säulen mit Hüten, Mützen, Schals und Handschuhen. In einer Ecke stand eine große Vitrine, in der goldene und silberne Broschen und Knöpfe glitzerten. An den Wänden wurden Pelzstreifen, aber auch feinste Brüsseler Spitze präsentiert, und kleine Schildchen verrieten unter jedem Artikel den Preis der Ware. So war Feilscherei von vornherein ausgeschlossen. Eine feine Duftwolke aus Jasmin hing in der Luft.

Zwei ausnehmend hübsche Ladenmädchen kümmerten sich um die Wünsche der größtenteils weiblichen Kundschaft, man beriet freundlich und mit Fachwissen, das stellte Leonhard fest, als er zufällig ein Verkaufsgespräch mitbekam.

Hier wagte sicher niemand, zu handeln und zu feilschen wie auf einem Marktplatz. Leonhard überlegte fieberhaft, ob es ein vergleichbares Geschäft in Stralsund gab, und kam schnell zu dem Schluss, dass nichts in der Hansestadt auch nur ansatzweise an diesen Kauftempel herankam. Mit fast ehrfürchtigem Staunen stand er einfach da und ließ die Atmosphäre des Ladens auf sich wirken. Eine derart ansprechende Präsentation feinster Stoffe und Moden war ihm nie zuvor begegnet. Prüfend trat er an einige Tische, ließ die Erzeugnisse mit einem verzückten Lächeln auf den Lippen durch seine Finger gleiten und begutachtete die Qualität der Materialien mit Kennerblick. So erkannte er einige Stoffe, die er selbst schon für »B. Winkelmann Nachfolger« gekauft hatte. Die Art, wie man hier Artikel zum Kauf anbot, gefiel ihm. Auch die angenehme Atmosphäre des Ladens lud zum Verweilen ein.

»Wie kann ich Ihnen behilflich sein, mein Herr?«

Leonhard erschrak, als er die sanfte Stimme direkt hinter sich vernahm. Seine Hand, die gerade über den Ärmel eines tiefroten Mantels gestrichen hatte, zuckte zurück. Hastig verschränkte er die Arme hinter dem Rücken und fuhr auf dem Absatz seiner Schuhe herum.

Er schaute in das freundlich lächelnde Gesicht eines jungen Ladenmädchens. Im Licht der Lampen schimmerten ihre grünen Augen wie winzige Smaragde. »Sicher sind Sie auf der Suche nach einem Geschenk für die werte Frau Gemahlin«, vermutete das Ladenmädchen. Er fragte sich, wie lange sie ihn schon bei seinem Besuch in diesem Geschäft beobachtet hatte, und fühlte sich ein wenig wie ein Spion. Denn er war ohne Kaufabsicht gekommen, ein Umstand, der ihm jetzt ein schlechtes Gewissen bereitete.

»Äußerst aufmerksam, jedoch ich bin nicht auf der Suche«, erwiderte Leonhard entschuldigend. »Ich habe das Geschäft aus reiner Neugier aufgesucht, da ich etwas Vergleichbares noch nie gesehen habe.« Leonhard blieb nicht verborgen, wie die Verkäuferin einen halben Schritt zurücktrat. Ihr hübsches Lächeln verblasste ein wenig. »Sie dürfen sich natürlich auch nur umschauen, wenngleich das eher unüblich ist.«

»Haben Sie vielen Dank«, sagte Leonhard und entschuldigte sich noch schnell, bevor er sich verabschiedete und den Laden, ohne etwas gekauft zu haben, verließ. Als er wieder an der frischen Luft war, wärmte die Nachmittagssonne sein Gesicht. Sekundenlang stand Leonhard und versuchte, seine Gedanken zu ordnen. Ein solches Geschäft hatte er wirklich noch nie in seinem Leben gesehen. Und als er zurück zur brav wartenden Kutsche ging, fragte er sich, warum es ein derartiges Warenhaus nicht im heimischen Stralsund gab.

*

»Was verdient man eigentlich als Ladenmädchen?«, fragte Sally kauend, als sie abends beim Essen in der Küche saßen. Er löffelte gierig seinen Kartoffelbrei mit Speck, den Flora nach ihrer Heimkehr am frühen Abend zubereitet hatte. Jetzt freute sie sich über den gesunden Appetit ihres Bruders.

»Viel zu wenig«, antwortete Flora ausweichend und rührte in einem Topf, der auf dem Herd stand. Als zweiten Gang hatte sie eine dicke Bohnensuppe vorgesehen, zum Nachtisch gab es Apfelkraut. Es war ihr ein Bedürfnis gewesen, ihnen ein kleines Festmahl zu bereiten. Vielleicht würde Sally ihr dann ein wenig mehr über den Familienstreit verraten, der ihn aus Birnbaum vertrieben hatte.

Sally schnitt das Brot, das Flora auf dem Heimweg vom Bäckermeister Eckert in der Heiliggeiststraße mitgebracht hatte, in dicke Scheiben, und legte es in eine Schale aus Ton. »Weiß Leonhard eigentlich, dass du arbeiten gehst?«

Jetzt unterbrach Flora ihre Tätigkeit. Tatsächlich war ihr am Abend in den Sinn gekommen, dass sie überhaupt keine Gelegenheit gehabt hatte, mit Leo über ihr Vorhaben zu sprechen. Eigentlich war es üblich, dass der Mann die Entscheidung traf, ob seine Frau außerhalb des Hauses arbeiten durfte. Aber noch waren sie nicht verheiratet, außerdem kannte sie ihn gut genug, um zu wissen, dass er sicherlich keine Einwände hatte. Andere Frauen betätigten sich in sozialen Projekten. Sie half einem alten Geschäftsmann, der um seine Existenz bangen musste, wenn ihm niemand zur Hand ging. Streng genommen war es also auch ein soziales Projekt, bei dem sie sich engagierte.

»Er wird nichts dagegen einzuwenden haben«, sagte Flora bestimmt. »Jetzt geht es aber darum, was aus dir wird, Bruderherz.« Sie ahnte schon, was er ihr mitteilen würde. »Die Arbeit im Hafen liegt dir nicht, richtig?«

Sally nickte. »Ich werde morgen wieder hingehen, um ein paar Groschen zu verdienen«, versprach er. »Aber ich möchte etwas anderes machen.« Seine Miene erhellte sich. »Meinst du, dein Leo hätte Arbeit für mich?«

»Er kennt viele Leute«, überlegte Flora. »Womöglich weiß er jemanden, bei dem du anfangen könntest. Aber auch der alte Holst wäre sicherlich dankbar für die Hilfe eines starken Mannes.« Die Vorstellung, dass ihr kleiner Bruder im Geschäft von Herrn Holst aushalf, gefiel ihr.

Doch Sally schien keine große Lust darauf zu haben. »Was soll ich schon arbeiten in einem Kaufmannsladen für Weißwaren?«, fragte er und schüttelte den Kopf. »Da helfe ich lieber den Männern im Hafen beim Laden der Schiffe.«

»Wie du meinst«, seufzte Flora. »Ist vielleicht auch besser so. Herr Holst kann nicht mal mich bezahlen, weißt du. Aber es ist mir eine Herzensangelegenheit, ihn in seinem Laden zu unterstützen, um ihn vor dem Armenhaus zu bewahren.«

»Das ist lieb von dir.« Sally nickte anerkennend. »Aber ich werde mich nach bezahlter Arbeit umtun.«

»Das kann ich dir nicht verübeln.«

»Ich könnte ja nach der Arbeit vorbeikommen, um euch zu helfen.«

Flora schüttelte den Kopf. »Lass gut sein, Sally. Erst einmal ist wichtig, dass du einer regelmäßigen Beschäftigung nachgehen kannst, mit der du ein paar Taler verdienst.« Sie lächelte. »Vielleicht möchtest du deine freie Zeit auch lieber nutzen, um ein wenig deine Fähigkeiten beim Zeichnen zu vertiefen?«

Sally nickte. »Was hältst du davon, wenn du mir Modell stehst?«

Flora bezweifelte, dass sie ein geeignetes Motiv war. »Ich weiß nicht.«

»Warum nicht?« Er grinste. »So hässlich bist du doch nicht. Lass mich dich malen – mit dem Bild kannst du Leonhard eine schöne Überraschung bereiten.«

Er sagte es so leichthin, dass Floras Zweifel nachließen. »Wir werden sehen.«

Sally schien sich mit dieser Antwort zu begnügen. »Und morgen werde ich mich um richtige Arbeit kümmern. Schließlich bin ich jetzt erwachsen.«

»Dass deine Tätigkeit als Tagelöhner aber auf lange Sicht genügen wird, bezweifle ich«, entgegnete Flora skeptisch, die sich Besseres vorstellen konnte, als ihren Bruder unter der Fuchtel eines derben Vorarbeiters zu wissen. »Du brauchst eine Lehre, die du abschließen kannst.«

Sally seufzte. »Leichter gesagt als getan.«

»Wir werden mit Leo sprechen, sobald er wieder zu Hause ist«, versprach Flora ihm. Sie hoffte, dass ihr Verlobter Rat wissen würde, wie man ihren Bruder in Lohn und Brot bringen könnte. Schließlich kannte Leonhard Gott und die Welt – sicherlich gab es jemanden, der in seinem Betrieb einen Lehrling brauchte.

# Kapitel 10

Am frühen Morgen hatte Leonhard Berlin mit dem Zug gen Westen verlassen. Das Tal der Wupper war die nächste Station seiner Reise. Die Fahrt war lang und strapaziös gewesen, und erst gegen Abend erreichte er sein Ziel. Im Hotel *Kaiserhof*, nur einen Steinwurf vom Elberfelder Bahnhof entfernt, wartete ein komfortables Zimmer auf ihn. Er nutzte die Gelegenheit, sich frisch zu machen und neue Kleider anzuziehen. Gut gelaunt streifte er den eleganten, schwarzen Gehrock über und suchte dann das Foyer auf, um den Zimmerschlüssel beim Portier zu hinterlegen.

Nach dem Abendessen vertrieb sich Leonhard die freie Zeit mit einem kleinen Spaziergang. Nachdem er das geschäftige Treiben rund um den Bahnhof hinter sich gelassen hatte, schlenderte er bergab zur Döppersberger Brücke, die sich über die Wupper spannte. Unter ihm gluckste der Fluss. Als er sich in der Mitte der prächtigen Überführung befand, erhob sich ein Reiher mit ausladenden Flügelschwingen in die Lüfte. Leonhard blieb stehen, um sich an dem Naturschauspiel zu erfreuen, dann verschränkte er die Arme hinter dem Rücken und setzte seinen Weg fort. Als er sich am Ende der Brücke umwandte, musste er sich eingestehen, dass Elberfeld einen gewissen Charme hatte. Oberhalb war die Silhouette der Stadt geprägt vom formidablen Bahnhofsgebäude, dem Hotel und der vor wenigen Jahren errichteten Direktion der *Königlichen Eisenbahn*. Darunter duckten sich die windschiefen Fachwerkhäuser der Fuhr an das Flussufer. Hier lebten die Ärmsten der Armen. Dicht an dicht reihten sich die heruntergekommenen Gebäude aneinander und schienen von der Bahndirektion fast erdrückt zu werden. Leonhard sah spielende Kinder und Frauen, die am Ufer der Wupper ihre Wäsche wuschen, während wenige Meter weiter prächtige Fuhrwerke entlangratterten und elegant gekleidete Herrschaften über das Steinviadukt flanierten. *Wenn Flora das alles doch nur sehen könnte*, dachte er melancholisch, als hinter ihm Hundegebell ertönte.

»Leonhard, alter Freund, bist du es wirklich?«

Beim Klang der rauen Stimme verharrte Leonhard und sah sich um. Er hatte nicht damit gerechnet, hier erkannt zu werden. Vor ihm stand ein hochgewachsener Mann im schwarzen Gehrock, der einen großen Hund an der Leine führte. Das Tier beschnupperte Leonhard schwanzwedelnd. Sein Herrchen rief den Hund zur Ordnung und streichelte ihm mit lobenden Worten das dichte Fell.

»Emil, welch eine Freude!« Leonhard trat einen Schritt auf sein Gegenüber zu. Emil Hermann Weyerbusch war Fabrikant. An der Seite seines Vaters führte er die Elberfelder Knopffabrik »Carl Weyerbusch & Co«, die ihren Sitz nur einen Steinwurf von der Döppersberger Brücke entfernt hatte. In der Fabrik wurden mit Stoff überzogene Metallknöpfe, Steinnuss- und Büffelhornknöpfe hergestellt. Für die in der Produktion benötigten Stoffe gab es sogar eine eigene Weberei. Leonhard glaubte sich daran zu erinnern, dass die Firma zahlreiche Patente besaß und bis zu sechshundert Arbeiter beschäftigte. Weyerbusch vertrieb seine Knöpfe in der ganzen Welt, zeitweise rühmten sie sich sogar, die Knöpfe an jedem zweiten Herrenanzug in Europa hergestellt zu haben. Für »B. Winkelmann Nachfolger« kaufte Leonhard bei Emil Unmengen an Knöpfen. Über die geschäftliche Beziehung hinaus war im Laufe der Jahre eine Freundschaft zwischen ihnen entstanden, die schon zu Leonhards Ausbildungszeiten ihren Ursprung hatte. Da Emil leidenschaftlich gern reiste, war er schon mehrmals in Stralsund gewesen, einige Male sogar mit seiner Frau Mathilde.

»Hattest du vor, uns in der Fabrik zu besuchen?«, fragte Emil nun. Gemeinsam setzten sie ihren Weg in Richtung Innenstadt fort.

»Eigentlich erst morgen, da ich heute aus Berlin gekommen bin und morgen mit frischen Kräften im Betrieb vorbeischauen wollte«, erwiderte Leonhard ehrlich. Doch seiner Müdigkeit zum Trotz freute er sich über das zufällige Treffen. »Jetzt, wo wir uns schon über den Weg gelaufen sind, sollten wir das Wiedersehen feiern.«

Emil strahlte. »Ich kenne eine gute Wirtschaft, gar nicht weit von hier. Gern lade ich dich auf ein Getränk ein.«

»Dagegen habe ich wahrlich nichts einzuwenden«, lachte Leonhard. Ihm war es recht, dass seine eben aufgekommene Sehnsucht nach Flora durch das Treffen mit Emil vertrieben wurde. Dennoch ließ es sich Leonhard nicht nehmen, dem Geschäftsfreund voller Stolz von seiner bevorstehenden Hochzeit zu berichten. Emil gratulierte ihm überschwänglich.

»Welch schöne Neuigkeit«, schwärmte er. »Ihr seid sicher ein wunderschönes Paar, mein Freund. Ich freue mich sehr für euch!«

Wie gern hätte Leonhard Emil jetzt seine künftige Frau präsentiert, die dieser lange nicht gesehen hatte. Doch das musste warten. Er beschloss, den Freund auf die Gästeliste für die Hochzeit im Herbst zu setzen.

»Und wie geht es euch?«, fragte er. »Was macht Mathilde?« Emil war mit der Tochter eines Elberfelder Bankiers verheiratet.

»In diesem Jahr feiern wir schon unseren zehnten Hochzeitstag«, berichtete Emil voller Stolz.

Nach einem kurzen Fußmarsch erreichten sie das Wirtshaus am anderen Wupperufer. Nacheinander traten die Männer ein. Leonhard blickte sich im Schankraum um. Hinter dem Tresen stand der Wirt, ein fülliger Endfünfziger mit Glatze und einer strahlend weißen Schürze. Leutselig grüßte der Mann seine neuen Gäste. An den Tischen herrschte nur wenig Betrieb, größtenteils hockten Männer beim Feierabendbier und betrachteten die Ankömmlinge voller Neugier. Es roch nach kaltem Rauch. Das Licht der tief stehenden Sonne zauberte durch die bunten Fenster einen prächtigen Farbregen auf die dunklen Möbel des Schankraums.

Emil führte seinen Freund zu einem freien Tisch in Fensternähe. Seinem Hund bedeutete er mit einer Geste, zu seinen Füßen Platz zu nehmen. »Was führt dich nach Elberfeld?«, fragte Emil, als sie sich gegenübersaßen.

»Meine Abschiedsreise«, eröffnete Leonhard ihm. Prompt erntete er einen überraschten Gesichtsausdruck von seinem Freund.

»Was hat das zu bedeuten?«, fragte Emil.

»Ich werde ›Winkelmann‹ verlassen. Ich habe mich dazu entschlossen, mich zuvor persönlich von guten Kunden und meinen besten Lieferanten zu verabschieden.«

»Das ehrt dich sehr, doch was hat dich zu der Entscheidung bewogen, bei ›Winkelmann‹ auszusteigen?«

Leonhard hatte eigentlich keine große Lust, sich Emil zu erklären. Es war ihm recht, dass der Wirt an den Tisch trat, um sich nach ihren Wünschen zu erkundigen, und so das Gespräch der Freunde verstummen ließ.

Doch der Fabrikantensohn hatte seine Frage nicht vergessen. »Also«, nahm Emil den Faden auf, nachdem sie wieder allein waren. »Warum willst du ›B. Winkelmann Nachfolger‹ verlassen?«

»Es sind persönliche Gründe«, antwortete Leonhard ausweichend. »Es hat keinen Streit gegeben zwischen Alfons und mir, falls du das denkst. Er wird das Unternehmen nach meinem Ausscheiden wohl in gewohnter Manier fortführen.« Jetzt zwinkerte er Emil zu. »Für dich und eure Geschäftsbeziehung wird sich also nichts verändern.«

»Dann werde ich jetzt also mit Alfons vorliebnehmen müssen«, antwortete Emil nachdenklich. Der Wirt trat wieder an den Tisch, um ihnen die Getränke zu bringen. Er servierte das Bier in robusten Steinkrügen. Die Männer prosteten sich zu und tranken.

»Ist das von Nachteil für dich, mein Freund?« Leonhard war ein wenig überrascht über die Reaktion des Fabrikanten.

»Ich weiß nicht recht, wie ich es ausdrücken soll«, sagte Emil und zupfte an seinem Bart. »Er war bei unserem letzten Besuch in Stralsund ein wenig zu freundlich zu meiner Frau, wenn du verstehst?«

»Ich fürchte nicht«, entgegnete Leonhard ehrlich. »Worauf willst du hinaus?« Er erinnerte sich gut an den Besuch von Emil und seiner Frau im letzten Herbst. Nachdem sie die geschäftlichen Dinge besprochen hatten, waren sie zum vergnüglichen Teil des Treffens übergegangen. Sie hatten sich im Stadttheater am Alten Markt *Lohengrin* von Wagner angesehen. Auch Flora war dabei gewesen.

»Er hat meiner Mathilde schöne Augen gemacht«, erwiderte Emil, nachdem er sich mit einem Blick vergewissert hatte, dass niemand ihr Gespräch mithörte. Leonhard sah dem Freund an, dass ihm die Angelegenheit unangenehm war. »Wir haben an diesem Abend alle dem Wein zugesprochen, auch ich war leicht benebelt. Dennoch habe ich mitbekommen, wie Alfons sich meiner Frau in unsittlicher Weise genähert hat.«

Leonhard konnte kaum glauben, was er da hörte. »Er war doch in Lissys Begleitung.«

»Das hat ihn offensichtlich nicht davon abgehalten, meiner Mathilde an den Busen zu fassen.«

»Wie bitte?«

»Er hat sie begrabscht.« Emils Gesicht hatte eine tiefrote Färbung angenommen. Beide Hände ruhten auf der massiven Tischplatte. Jetzt ballte er sie zu Fäusten. »Fast hätte ich mich nach dem Theaterbesuch mit ihm geprügelt.«

Leonhard war fassungslos. »Warum hast du mir nichts davon erzählt?«

»Weil es eine Sache zwischen ihm und mir war.« Er zuckte mit den Schultern. »Außerdem wollte ich nicht, dass eure Beziehung unter dem Zwischenfall leidet, mein Freund.«

»Ich hätte mit Alfons gesprochen«, versicherte Leonhard ihm. Das unsittliche Gebaren seines Kompagnons war ihm äußert unangenehm. So ein Verhalten war vollkommen inakzeptabel. Wut kam in ihm auf, und er beschloss, Alfons nach seiner Rückkehr darauf anzusprechen.

»Was hätte das gebracht?« Emil schüttelte den Kopf. »Lass gut sein, alter Freund. Ich möchte eigentlich auch gar nicht darüber sprechen.« Er trank einen Schluck aus seinem Krug und wischte sich den Schaum mit dem Handrücken aus dem dichten Bart. »Aber erzähl mal, was hast du vor, wenn du ›Winkelmann‹ verlassen hast? Gibt es schon Zukunftspläne?«

Damit sprach er einen wunden Punkt an. Obwohl Leonhard in den letzten beiden Tagen stundenlange Bahnreisen unternommen hatte, die ihm reichlich Gelegenheit zum Nachdenken geboten hatten, war ihm noch keine zündende Idee gekommen. Sicherlich würde Flora ihm nach seiner Rückkehr die gleiche Frage stellen. Sie machte sich Sorgen um ihre gemeinsame Zukunft, das wusste er. Leonhard nahm ebenfalls einen tiefen Schluck, dann schüttelte er den Kopf. »Leider nicht«, gab er zu. »Wo würdest du mich sehen, alter Freund?«

»Lass mich kurz nachdenken.« Emil wiegte den Kopf hin und her. »Du hast eine Ausbildung zum Kaufmann, wenn ich mich recht erinnere. Du hast schon viel von der Welt gesehen, durftest die Messen in Berlin, Frankfurt und Leipzig besuchen und konntest dir im Laufe der Jahre eine große Materialkunde aneignen. Du bist mit einem wachen Geist gesegnet, du besitzt eine hohe Auffassungsgabe und großes kaufmännisches Geschick.«

Damit erzählte er Leonhard nichts Neues, und dennoch fühlte es sich fast so an, als würde Emil einen ihm fremden Menschen beschreiben – einen Mann, der sich vor der Zukunft keine Sorgen machen brauchte. Emil besaß die Fähigkeit, die Vorzüge seines Gegenübers sachlich und ohne Schönmalerei in Fakten zusammenzufassen, und seine Worte verliehen Leonhard neuen Mut.

»Du solltest der Branche erhalten bleiben«, schlussfolgerte Emil, nachdem er seine Gedanken sortiert hatte. »Nutze deine Fähigkeiten, um etwas Neues aufzubauen. Ein Unternehmen, in dem du dich nicht mit einem schwierigen Partner herumärgern musst. Sei dein eigener Herr, Leo!« Emil leerte seinen Bierkrug und winkte den Wirt an den Tisch, um Nachschub zu ordern. »Kommt doch nach Elberfeld, die Stadt befindet sich momentan in einem rasanten Wachstum, hier ist viel Geld zu machen, alter Freund.« Emil zwinkerte ihm zu. »Und es lässt sich hier recht gut leben, die Stadt ist von saftigem Grün umgeben, Wälder und Parks sind fußläufig zu erreichen und laden zum Erholen ein.«

»Eigentlich fühlen wir uns sehr wohl in Stralsund«, gab Leonhard zu bedenken. »Das Meer liegt vor der Haustür, und Rügen ist nur einen Steinwurf entfernt.«

»Es würde sich lohnen«, beharrte Emil und lehnte sich zurück, als der Wirt neue Steinkrüge auf den Tisch stellte. Leonhard nutzte die Zeit, um Emils Worte sacken zu lassen. Ambitionen, die Hansestadt nach wenigen Monaten schon wieder zu verlassen, hatte er eigentlich nicht. Und er fragte sich, was Flora wohl von dieser Idee halten würde. »Auf jeden Fall werde ich etwas Neues gründen, bei der ich allein das Zepter in der Hand habe«, sagte Leonhard schließlich.

»Mit einem Kompagnon zu arbeiten, hat viele Nachteile«, stimmte Emil ihm zu, nachdem der Wirt sich zurückgezogen hatte. »Davon kann mein Vater ein Lied singen. Er hat seine Firma mit einem Freund gegründet, damals hieß das Unternehmen ›Langenbeck und Weyerbusch‹.«

Leonhard versuchte, sich in Erinnerung zu rufen, was er über einen seiner besten Lieferanten wusste. »Von Erfolg gekrönt war das Unternehmen, seitdem ihr euch auf der allgemeinen deutschen Gewerbe-Ausstellung in Berlin einem großen Fachpublikum präsentiert habt, richtig?«

Emil nickte. »Das war 1844, vor einer halben Ewigkeit.« Er hob eine Hand und spreizte alle Finger. »Fünf Jahre«, fuhr er fort, »fünf Jahre lang ist das gut gegangen, dann haben sie sich voneinander getrennt. Mein Herr Papa sagt, dass er das bis zum heutigen Tage nicht bereut hat.«

Leonhard hätte ihm sagen können, dass es sich bei Alfons Wagner um einen alten Freund handelte, den er seit seiner Schulzeit kannte. Doch das änderte nichts daran, dass die beiden Fabrikanten inzwischen andere Ansichten vertraten, wie man ein Unternehmen zu führen hatte. Der gemeinsame Geschäftsalltag hatte sie verändert, und sicher war Leonhards Entscheidung, sich von ihm auszahlen zu lassen, die richtige gewesen.

Dass Wagner ein Schwerenöter erster Güte war, kam jetzt erschwerend hinzu. Leonhard seufzte, als er seinen Freund betrachtete.

»Was könntest du dir für mich vorstellen – was sollte ich tun, um der Branche treu zu bleiben?«, fragte Leonhard.

Emil beugte sich zu ihm herüber und runzelte nachdenklich die Stirn. »Was könnte ich mir für dich vorstellen?«, wiederholte er. »Also, du bist ein brillanter Kaufmann, der sich in allen Belangen der Textilbranche auskennt. Die Einwohnerzahl von Elberfeld explodiert förmlich. Seit einem Monat leben hier mehr als hunderttausend Menschen, damit ist Elberfeld ganz offiziell eine Großstadt. Überleg doch mal … die Menschen, die hier leben, wollen versorgt werden. Sie brauchen Waren für den täglichen Bedarf.«

»Soll ich einen Gemüseladen eröffnen?«, fragte Leonhard amüsiert. Er zog zweifelnd die Augenbrauen hoch.

»Warum nicht?«, fragte Emil.

»Meine Eltern betreiben neben dem eigenen Fuhrbetrieb auch einen kleinen Gemischtwarenladen. Weder das eine noch das andere wirft viel ab.«

»Es muss ja kein Gemüseladen sein«, erwiderte Emil beschwichtigend. »Aber wie wäre es mit einem Geschäft, in dem du mit all den Artikeln Handel betreibst, die du jetzt schon bei ›B. Winkelmann Nachfolger‹ unters Volk bringst?«

*

Flora wusste schon gar nicht mehr, wie oft ihre Augen die liebevollen Zeilen von Leonhard überflogen hatten. Mit einem verzückten Lächeln auf den Lippen stand sie am großen Fenster im Wohnzimmer, strich zärtlich die Ecken des Papiers glatt und las seinen Brief noch einmal. Ihr Herz schlug schwer vor Sehnsucht, als er ihr in seinen Sätzen von Berlin berichtete. Die Hauptstadt musste wundervoll sein, eine Weltstadt, die man unbedingt gesehen haben musste. Zu Floras Verlangen nach Leo gesellte sich das Fernweh und die Lust, Neues zu entdecken.

»Flora, kommst du?«

Unbemerkt war Sally hinter seine Schwester getreten. Schnell drehte sie sich um und blickte in sein jungenhaft grinsendes Gesicht. Er schien den Inhalt von Leos Brief zwar nicht mitgelesen zu haben, dennoch konnte er sich offenbar denken, was die an sie gerichteten Zeilen in Flora auslösten.

»Er fehlt dir, dein Leo, was.«

Flora nickte. »Und wie. Ich sehne den Tag herbei, an dem er nach Hause kommt und wir wieder zusammen sein werden.«

Sallys Miene wurde ernst. »Muss ich gehen, sobald Leonhard wieder in Stralsund ist?«

Flora musste sich eingestehen, dass sie sich über die Aufenthaltsdauer ihres Bruders in ihrer Wohnung noch gar keine Gedanken gemacht hatte. Das schlechte Gewissen packte sie, weil sie Leo nicht um sein Einverständnis gebeten hatte, Sally für eine Weile bei ihnen aufzunehmen, bis sich die Wogen im elterlichen Haus wieder geglättet hatten. Sie ließ die Hand, die den Brief aus Berlin hielt, sinken und seufzte. »Ich denke, dass Leo nichts dagegen hat, wenn du übergangsweise hier lebst.«

»Genau, es ist ja nicht für immer.« Sally wirkte sichtlich erleichtert. »Oder meinst du, er wird mich vor die Tür setzen, sobald er heimkehrt?«

Jetzt musste Flora lachen. »Wenn es so wäre, dann würde er mich wohl gleich auch rausschmeißen.« Sie wuschelte Sally durch das wirre Haar. »Keine Angst, Bruderherz, Leo ist nicht so eiskalt. Er wird schon damit einverstanden sein, dass wir dich erst einmal hier beherbergen.« So recht überzeugt war sie von ihren eigenen Worten nicht, denn sie konnte sich vorstellen, dass Leo nach seiner Heimkehr lieber mit ihr allein gewesen wäre. Doch es nutzte nichts – sie konnte Leonhard jetzt nicht nach seiner Meinung fragen, also blieb ihr keine andere Wahl, als diese Entscheidung selbst zu treffen.

Sie sehnte die Heimkehr ihres Verlobten herbei, doch es würde noch zwei Tage dauern, bis Leonhard wieder nach Stralsund kam. Flora seufzte sehnsüchtig, faltete den Brief zusammen, strich liebevoll mit den Fingerkuppen über das Papier und legte die Nachricht auf die kleine Kommode im Flur.

»Können wir dann?«, fragte Sally.

Flora überkamen wieder Zweifel, als sie die Stifte auf dem Tisch liegen sah, daneben Sallys Zeichenmappe. »Muss ich lange still sitzen?«

»Du wirst es überleben.« Sally bat sie, auf dem Sofa Platz zu nehmen. Er ließ sich ihr gegenüber in den Sessel fallen, der Leonhard sonst zum Entspannen diente, griff nach den Stiften und betrachtete seine Schwester über den Rand des Papiers hinweg. Dabei hatte er eine Augenbraue hochgezogen. Dass er auch die Lippen geschürzt hatte, als wolle er gleich lospfeifen, sah Flora erst beim zweiten Hingucken. Sie musste sich ein Lachen verkneifen und tat ihr Bestes, eine Position zu finden, in der sie lange ruhig dasitzen konnte. Dabei drückte sie den Rücken durch, wandte ihm mit leicht vorgestrecktem Kinn den Kopf zu und legte die Hände übereinander in den Schoß.

»Viel Anleitung muss ich dir gar nicht geben«, bemerkte Sally zufrieden, während er mit der Arbeit begann. Flora hörte, wie der Stift über das Papier kratzte, und wurde neugierig.

»Ist schon etwas zu sehen?«

»Sei nicht so ungeduldig«, mahnte er mit strengem Blick. Er ließ sich nicht beirren und setzte sein Werk fort. »Du bist wirklich ein hervorragendes Modell, Flora«, bemerkte er schließlich, »und schlecht aussehen tust du auch nicht. Ich bin sicher, dass sich dein Leo über das Bild freuen wird – vorausgesetzt, du bist zufrieden mit meinem Können.«

»Ich vertraue dir da vollkommen«, sagte Flora, bestrebt, weiterhin regungslos zu bleiben. »Und ich bin sicher, dass du mich von meiner besten Seite darstellen wirst.«

»Natürlich werde ich das«, versprach Sally und verstummte dann, um sich ganz auf seine Arbeit konzentrieren zu können. Während er malte und Flora ihm Modell saß, vergaßen beide die Zeit. Erst als er den Stift beiseitelegte, wagte Flora einen Blick auf die Uhr.

»Oje«, stieß sie erschrocken hervor. »Weißt du, wie spät es schon ist?« Sie sprang auf. »Komm, wir müssen los.«

Sally klappte die Zeichenmappe zu und erhob sich. Ohne große Eile ging er in den Flur, streifte seine Jacke über und setzte sich die Mütze auf. »Von mir aus kann es losgehen.«

Flora brauchte zwei Minuten, bis auch sie bereit war. Dann eilten sie durch das Treppenhaus, holten Floras himmelblaues Veloziped aus dem Keller und standen wenig später auf der Straße. Keiner der Passanten schenkte ihnen Beachtung. Seite an Seite gingen sie in Richtung Hafen. Die Sonne hatte trotz der frühen Stunde schon eine wärmende Kraft, die Flora fürchten ließ, dass ihnen ein heißer Sommertag bevorstand. Weil Sally sie begleitete, schob sie ihr Veloziped heute neben sich her.

Das Gespräch in der Wohnung schien Sally noch zu beschäftigen. Er wirkte wortkarg und nachdenklich. Offenbar machte er sich Sorgen um seine Zukunft, wenn Leonhard heimkehrte. An einer Straßenecke blieb er stehen und blickte mit zerknirschtem Gesicht zu Flora auf. »Weißt du schon, wann dein Leo nach Hause kommt?«

»Nein – leider nicht.« Flora seufzte. Sie sehnte sich von Tag zu Tag mehr nach ihrem Mann. Kurz dachte sie an Alfons Wagner und war froh, dass er bisher von einem weiteren Besuch bei ihr abgesehen hatte. Sie fühlte sich ein wenig sicherer in der Wohnung, seit Sally bei ihr war. »Ein paar Tage wird seine Reise sicher noch dauern«, sagte sie an ihren Bruder gewandt. »Mach dir also keine Sorgen, wir werden eine Lösung finden.«

Sally nickte. Als sie die Ossenreyer Straße erreicht hatten, trennten sich ihre Wege. »Dann mach's gut, Schwesterherz«, sagte Sally und winkte zum Abschied. »Ich bin spät dran und muss mich jetzt beeilen.« Ohne ihre Antwort abzuwarten, drehte er sich um und rannte zum Hafen hinunter. Flora stand noch einen Moment auf dem Bürgersteig und schaute ihrem jüngsten Bruder hinterher, bis er um die nächste Straßenecke verschwunden war.

Während Flora ihren Weg zum Laden von Herrn Holst fortsetzte, kam ihr wieder Leonhards Brief in den Sinn. Ein wehmütiges Lächeln stahl sich auf ihre Lippen, ihr Herz schlug gleich ein paar Takte schneller. Sie sehnte sich gedankenverloren nach Leos Heimkehr und schenkte dem Mann, der ihr entgegenkam und sie aufmerksam musterte, keine Beachtung. Als sich im Vorbeigehen ihre Ellbogen berührten, murmelte der hochgewachsene und mit einem vornehmen Gehrock bekleidete Herr eine Entschuldigung, die Flora erwiderte, ohne sich zu ihm umzudrehen. Sie fragte sich, ob Leo inzwischen im fernen Elberfeld, der aufblühenden Stadt an der Wupper, angekommen war, und wie seine Reise verlief.

Wenig später erreichte sie den Laden. Sie erklomm die ausgetretenen Steinstufen und fand sich kurz darauf im Geschäft wieder. Das Glöckchen an der Tür kündigte ihr Eintreten an.

»Guten Morgen«, rief Flora gut gelaunt. Sie wunderte sich, dass Holst nicht in den Verkaufsraum trat, obwohl die Türglocke geklingelt hatte. Sie hätte auch eine Kundin sein können – oder gar ein Dieb, der sich in Abwesenheit des Ladenbesitzers selbst bediente. Ein seltsames Gefühl beschlich sie. Etwas war heute Morgen anders als bei ihrem letzten Besuch. Als sie tief einatmete, bemerkte sie den Duft nach starkem Tabak. Sie hatte Albert Holst noch nie rauchen sehen. Hatte er Besuch und hielt sich in seinem Büro im hinteren Bereich des Kaufladens auf? Warum hörte sie dann nichts?

Die Stille im Geschäft bereitete ihr Unwohlsein.

»Guten Morgen, Herr Holst, entschuldigen Sie, es ist ein wenig später geworden heute. Wo sind Sie?« Als sie in die Stille des Geschäfts lauschte und keinen Mucks hörte, wuchs ihre Sorge. »Hallo?« Wieder erhielt sie keine Antwort. Flora spürte, wie ihr Herz zu rasen begann. Die Härchen auf ihren Unterarmen richteten sich auf. Was, wenn dem alten Mann etwas zugestoßen war?

Flora zwang sich, Ruhe zu bewahren. Sie hielt kurz den Atem an, um besser lauschen zu können, und glaubte, ein leises Stöhnen zu vernehmen. »Herr Holst?«, rief sie besorgt und trat hinter die Theke. Ihre Angst um den alten Mann verdeutlichte ihr, wie sehr sie ihn in so kurzer Zeit schon ins Herz geschlossen hatte.

»Wo sind Sie?« Flora schob den schweren Vorhang zur Seite, der das Ladenlokal vom Kontor und dem Büro trennte. »Herr Holst?« Eilig durchschritt Flora den engen Korridor. Als sie die Tür zum Warenlager erreicht hatte, hielt sie kurz inne, um zu lauschen. Doch das Stöhnen kam aus dem Büro. Sie zitterte am ganzen Leib, als sie ihren Weg fortsetzte und in das Arbeitszimmer trat. Der Duft nach Tabak war hier hinten noch intensiver als im Laden selbst. Ihr Blick fiel auf einen Aschenbecher aus Marmor und silbernen Reliefs, in dem sich ein Zigarrenstummel und kalte Asche befand.

Flora erschrak, als sie Holst erblickte. Zusammengesunken hockte er auf dem einfachen Stuhl zwischen seinem Schreibtisch und dem kleinen Fenster zum Hof. Als der alte Mann zu ihr aufblickte, wurde es Flora heiß und kalt vor Schreck: Sein Gesicht wirkte aschfahl und ausgemergelt. Er zitterte am ganzen Leib und presste sich beide Hände auf den Brustkorb. Ein feiner Speichelfaden rann aus seinem Mundwinkel, sein Gesicht war zu einer schmerzerfüllten Fratze verzerrt. »Mein Herz«, keuchte er.

Flora war mit einem langen Schritt bei ihm, doch sie konnte nicht verhindern, dass Albert Holst im nächsten Augenblick zusammensackte. Er rutschte vom Stuhl und landete unsanft auf dem staubigen Dielenboden. »Herr Holst!«, schrie Flora erschrocken. Doch Holst lag leblos am Boden und rührte sich nicht.

*

»Du bist zu spät, Kleiner.« Der Vormann grinste Sally überheblich an, als der Junge den »Stall« betrat und wieder nach Arbeit fragte. In dem Schuppen roch es nach Alkohol und Schweiß. Angewidert rümpfte Sally die Nase. Der groß gewachsene Mann hinter der einfachen Theke zog mit einer ausladenden Bewegung eine Proletarieruhr aus der Tasche und warf einen kritischen Blick auf das Zifferblatt, dann schüttelte er den Kopf und wandte sich Sally zu. »Wer wirklich arbeiten will, der ist schon vor Sonnenaufgang hier und kümmert sich.«

Jetzt ärgerte sich Sally, dass er am Morgen noch das Porträt seiner Schwester angefangen und wertvolle Zeit verschwendet hatte. Doch das Licht im Wohnzimmer war so wunderbar gewesen, so perfekt zum Zeichnen, dass er nicht hatte widerstehen können. *Mit dieser Einstellung wird aus mir nichts werden*, dachte er traurig und mahnte sich zu mehr Disziplin. »Es tut mir leid«, sagte er kleinlaut an den Vorarbeiter gewandt. »Morgen bin ich früher hier.«

Der Mann lachte schallend. »Es tut dir leid?« Er schien sich köstlich zu amüsieren. »Das hätte dir früher einfallen müssen, Kleiner.«

Die Enttäuschung stand Sally ins Gesicht geschrieben. Er fragte sich, wie er heute Geld verdienen konnte. Er wollte, dass seine Schwester stolz auf ihn war, wenn sie sich am Abend wiedersahen und er das hart verdiente Geld auf den Tisch legte. »Kann ich nicht warten, ob noch Arbeit für mich kommt?« Sally wollte die Hoffnung nicht aufgeben. Insgeheim beschloss er, morgen zeitiger im Hafen zu sein, um einen der heiß begehrten Aufträge zu ergattern. Malen und zeichnen konnte er immer noch, wenn das Tagwerk getan war.

»Vergiss es, und jetzt raus mit dir!«

Sally überhörte das geflissentlich. »Hören Sie, ich kann warten, bis neue Arbeit kommt«, bettelte er noch einmal. Sally wollte nichts unversucht lassen, doch noch ein paar Taler zu verdienen.

Doch der Vorarbeiter hatte kein Erbarmen mit ihm. Mit wichtiger Miene schüttelte der Mann den Kopf. »Willst du etwa auch noch hier rumlungern?« Der Treiber, wie sie ihn im Hafen nannten, behandelte Sally wie ein lästiges Insekt. Tatsächlich waren Sally bei seiner Ankunft im Hafen die zahlreichen Männer aufgefallen, die an einer Ecke des benachbarten Speichers herumstanden und ihn voller Argwohn beäugt hatten, als er sie freundlich gegrüßt hatte. Darauf, dass die Männer bei der Arbeitsvergabe ebenfalls leer ausgegangen sein könnten, war Sally nicht gekommen.

»Verschwinde endlich, du hältst mich von der Arbeit ab«, behauptete der Treiber und zeigte zur Tür des Stalls. »Raus!«

Sally ließ sich nicht davon beeindrucken. Er hatte nicht vor, sich so schnell abwimmeln zu lassen. »Wo ist Julius?«, fragte er den Mann, auf dessen hoher Stirn Schweißperlen glänzten. Offensichtlich machte ihm die stickige Luft im Innern des Gebäudes zu schaffen.

»Da, wo er um diese Zeit immer ist – im Wirtshaus.«

Sally staunte nicht schlecht. »So früh?«

»Er tut das, um neue Arbeiter für morgen zu finden.« Der Vormann sagte es so, als sei es das Normalste der Welt, Arbeitskräfte in einer Schankwirtschaft aufzutreiben.

»Was macht das für einen Sinn?« Sally legte fragend den Kopf schräg. »Die Männer stehen hier morgens in der Schlange, und er geht ins Wirtshaus, um sie zu rekrutieren?«

»Das ist halt das Geschäft«, sagte der Vize achselzuckend. »Du bist noch zu klein, um das zu verstehen. Aber wenn du mir nicht glaubst, zieh los und vergewissere dich.«

»Das werde ich tun.« Sally nickte energisch, machte auf dem Absatz kehrt und stand im nächsten Augenblick wieder am Schwedenkai. Eine Mischung aus Trauer und Wut trieb ihn zu den Docks.

»Na, Junge, hast du nichts mehr abbekommen?«

Sally fuhr herum und sah in das faltige Gesicht des alten Mannes, der schon gestern am Kai gesessen hatte. Auch heute dampfte die Meerschaumpfeife in seinem Mund nicht, der Tabak im Kopf war kalt. Die Pfeife wippte bei jedem seiner Worte auf und ab, das Meerungeheuer schien Sally anzugrinsen. *Eigentlich eine interessante Gestalt, die es sich lohnte, zu zeichnen*, dachte Sally. Doch ihm war nicht nach künstlerischer Betätigung. Er ärgerte sich immer noch darüber, dass er heute Morgen wertvolle Zeit vertrödelt hatte.

»Nee, ich war zu spät«, antwortete Sally niedergeschlagen. »Man sagte mir im Stall, dass der Untervize durch die Wirtshäuser zieht, um neue Arbeiter zu rekrutieren. Ist das wahr?«

»Natürlich«, brummte der Mann und schob sich die Mütze in den Nacken. »So ist das jeden Tag hier. Julius und die anderen Vorarbeiter ziehen los, um sich aushalten zu lassen. Wer ihnen ein Bier spendiert, hat gute Chancen, am nächsten Tag eine bezahlte Arbeit zu bekommen.«

»Aber warum?« Sally verstand die Welt nicht mehr. Wenn es stimmte, was der alte Seefahrer da erzählte, dann gaben die anderen Arbeiter ihr hart verdientes Geld in den Wirtshäusern am Hafen aus, um ihre Vorarbeiter freizuhalten. Wohl auch, um sich so Vorteile bei der Vergabe neuer Aufträge zu sichern.

»Der Schwager eines Vizen ist Schankwirt«, brummte der alte Mann mit einem wissenden Lächeln auf den Lippen. »Der Vize treibt ihm die Leute in die Wirtschaft, wo sie ihr Geld versaufen, und er ködert sie mit neuer Arbeit, um das Geld auch am nächsten Tag wieder im Gasthaus auszugeben.« Er lachte meckernd. »Ja, Junge, so läuft das nun mal.«

»Und das machen die Arbeiter so mir nichts, dir nichts mit?«

»Sieh's dir doch selbst an, Junge.« Der Alte nahm die Pfeife aus dem Mundwinkel und deutete damit in Richtung Stadt. »Zieh los und überzeug dich – und wenn du es genau wissen willst, lad deinen Vormann ein und du wirst sehen: Morgen hast du Arbeit.«

*

Niemand beachtete den Jungen aus Birnbaum, als er missmutig vom Schwedenkai verschwand, um enttäuscht zurück zur Innenstadt zu trotten. In seinem Kopf hallten die Worte des alten Seebären nach. Die erste Schankwirtschaft fand Sally wenige Meter vom Hafen entfernt. Von drinnen hörte er Stimmengewirr und Gelächter auf die Straße dringen. Sally zögerte. Er war noch nie zuvor allein in einer Gastwirtschaft gewesen. Geld besaß er auch keines, also hatte er eigentlich nichts dadrinnen zu suchen. Und er zweifelte keine Sekunde, dass im Innern des Gasthauses raue Sitten herrschten. Sally zögerte, dann nahm er all seinen Mut zusammen und betrat den Schankraum. Es dauerte einen Moment, bis sich seine Augen an das Halbdunkel gewöhnt hatten. Drinnen roch es nach kaltem Rauch, Schweiß und abgestandenem Bier. Angewidert rümpfte Sally die Nase und kämpfte sich zum Tresen durch.

»Was willst du hier, Junge?«, wurde er vom Wirt angeraunzt. Der Mann war dick und kahlköpfig, seine grauen Augen funkelten Sally feindselig an. »Kinder dürfen hier nicht rein.«

Sally ließ sich nicht verunsichern. »Ich suche Arbeit.«

»Arbeit?« Der Wirt stellte das Glas, das er eben poliert hatte, in ein Regal und beugte sich zu Sally herüber. Dabei kam er ihm so nahe, dass Sally jede Pore seiner Haut erkennen konnte. Sally hielt dem Blick des Wirtes stand. »Ja«, sagte er mit fester Stimme. »Ich suche eine Arbeit.«

»Hier?« Der Betreiber der Schankwirtschaft breitete seine muskulösen Arme aus. »Was willst du hier arbeiten?«

»Nicht hier«, entgegnete Sally. »Im Hafen. Ich suche den Vizen, der den Männern die Arbeit zuteilt.«

»Ach so.« Lachend richtete sich der Mann zu seiner vollen Größe auf und verschränkte die Arme vor der Brust. »Geht es auch ein wenig genauer?«

»Wie – genauer?«

»Welchen Vizen suchst du – es gibt so einige Vizen und Untervizen, die sich hier Tag für Tag herumtreiben.«

»Julius«, antwortete Sally hastig. »Ich bin auf der Suche nach Julius.« Als er die Hände auf den Tresen legte, spürte er, dass die Oberfläche von Getränkerückständen klebte. Angewidert zog er sie zurück und schob sie in die löchrigen Hosentaschen. Sally konnte nicht verstehen, dass erwachsene Männer den Feierabend in diesen düsteren Spelunken am Hafen verbrachten.

»Julius, soso.« Der Wirt verengte die Augen zu Schlitzen. »Da bist du zu spät, Kleiner. Julius ist längst weitergezogen.«

»Wo finde ich ihn?«

»Such in den anderen Gaststätten.« Der Wirt deutete zur Tür.

»Danke.« Sally machte Anstalten zu gehen.

»Und noch etwas, Kleiner.«

»Was denn?«

»Julius Holst liebt guten Rum.«

Sally war sich nicht ganz sicher, was der Wirt ihm damit sagen wollte, aber es klang wie ein Ratschlag, also nickte er mit einem verständigen Lächeln, bedankte sich und verließ die Wirtschaft. Wieder im Freien atmete er ein paarmal tief durch. Er würde wohl nie verstehen, was Männer in Gasthäuser trieb. Während er die wärmenden Sonnenstrahlen auf seiner Haut genoss, ordnete er seine Gedanken, dann marschierte er weiter. Er würde einen Weg finden, heute Geld zu verdienen. Koste es, was es wolle.

# Kapitel 11

Das elende Pack am Hafen widerte ihn an. Rauchend lehnte er an einem Stapel von zentnerschweren Mehlsäcken, den er selbst vorhin abgeladen hatte, um die grölenden Männer zu beobachten, die sich zielstrebig in Richtung Innenstadt aufmachten. Tagelöhner, die von der Hand in den Mund lebten. Grobschlächtige Kerle, die das schwer verdiente Geld in Alkohol und Huren investierten, um dann irgendwo mehr schlecht als recht die Nacht zu verbringen und am nächsten Tag wieder im Hafen aufzutauchen, um von vorne anzufangen. Diese Männer schreckten auch vor Verbrechen nicht zurück, sie taten nahezu alles, um an ein wenig Geld zu gelangen.

Er wollte nicht mehr sein wie sie. Ihm stand anderes zu, das wusste er genau. Und er war nicht mehr bereit, hinter den Leistungen und dem Verdienst seines Vaters zurückzustehen. Heute würde er sich holen, was ihm zustand. Was ihm noch fehlte, war ein Plan. Doch ihm würde sicher noch etwas einfallen. Längst schon hatte er es satt, als der verstoßene Sohn zu gelten, der sich im Stralsunder Hafen als einfacher Arbeiter verdingte. Nein, er war sicher, für Größeres geboren zu sein. Mit dem Geld seines Vaters würde er ein neues Leben beginnen. Vielleicht nicht hier, in Stralsund. Die Welt war groß, und es stand ihm frei, sich andernorts niederzulassen. Eine Frau und Kinder gab es nicht in seinem Leben, er war sein eigener Herr.

Als die Männer das Werftgelände verlassen hatten, stieß er sich von den Säcken ab, zog ein letztes Mal an seiner Zigarette, betrachtete die aufglimmende Glut und schnippte die Reste des Stummels ins Wasser. Er verspürte Durst und beschloss, ein Wirtshaus aufzusuchen. Vielleicht war er ja doch noch ein wenig so wie die anderen Männer im Hafen, die er verabscheute. Doch er war zuversichtlich, dass sich das schon bald ändern würde, immerhin zahlten sie oft genug seine Zeche, um in seiner Gunst zu stehen, und besserten so sein Einkommen auf. Er machte sich auf den Weg in Richtung Innenstadt. Höchste Zeit, Pläne für seine Zukunft zu schmieden. Niemand beachtete ihn, als er den Schwedenkai hinter sich ließ, auf der Suche nach einem geeigneten Wirtshaus. Eines, in dem es Männer gab, die ihn einladen würden, damit er ihnen Arbeit beschaffte.

*

»Einen Arzt kann ich mir doch gar nicht leisten.« Obwohl Dankbarkeit in Holsts Blick lag, spürte Flora auch seine Angst. Sie saß im Stuhl neben seinem Bett und hielt die Hand des alten Mannes. Mithilfe des eilig herbeigerufenen Arztes war es ihr gelungen, Holst in die Wohnung unter dem Dach zu schaffen. Flora lächelte sanft und hoffte, dass es Holst schnell besser ginge. Vorhin war sie losgerannt, als wäre der Teufel hinter ihr her, um die Praxis von Johannes Benthien in der Langenstraße aufzusuchen. Atemlos dort angekommen, hatte sie dem Mediziner geschildert, was geschehen war. Das hatte Benthien, einen drahtigen Endvierziger mit bereits schütterem Haar, dazu bewogen, die alte Dame, die er gerade untersuchte, stehen zu lassen, nach seinem Arztkoffer zu greifen und an Floras Seite zur Ossenreyer Straße zu laufen, so schnell er konnte. Mit großer Effizienz hatte Benthien sich des angeschlagenen Holst angenommen und eine erste Diagnose gestellt. Das Herz des alten Kaufmanns war schwach.

Der Arzt nahm nun die edle Fischbein-Brille von der Nase, klappte sie vorsichtig zusammen und verstaute sie in einem eisernen Etui mit filigranem Blumenmuster. Ohne die Brille wirkten seine stahlgrauen, wachsamen Augen noch heller, fand Flora. »Sie sollten Ihrem Ladenmädchen dankbar sein«, sagte der Arzt zu Holst, während er das Stethoskop in dem abgewetzten Lederkoffer verstaute. Seine Stimme passte nicht recht zu seinem nüchternen Aussehen, sie war warm und hatte ein angenehm tiefes Timbre. »Fräulein Baumann hat Ihnen das Leben gerettet, mein Herr.« Der Arzt lächelte Flora aufmunternd zu. Er stand hemdsärmelig neben dem Bett und musterte seinen Patienten aufmerksam.

»Ich kann mir das doch gar nicht leisten«, jammerte Holst immer wieder. Natürlich hatte Flora sich im ersten Moment keine Gedanken darüber gemacht, wer die Rechnung des Mediziners zahlen würde. Notfalls würde sie Leo nach seiner Rückkehr bitten, für das Honorar von Johannes Benthien aufzukommen.

Der Arzt lächelte sanft. »Ihr Wohlergehen steht doch an erster Stelle«, sagte er an Holst gewandt.

»Aber wie soll ich Sie denn bezahlen?« Holst schaute zu dem Mediziner auf. »Die Geschäfte laufen schlecht, meine Ersparnisse sind längst aufgebraucht und …«

Benthien schüttelte den Kopf. »Gesundheit ist das Schweigen der Organe«, erklärte er. »Ihr Herz hat nicht geschwiegen, Sie benötigen Hilfe. Und deshalb bin ich jetzt hier.« Er drückte die Hand des Kaufmanns. »Außerdem dürfte es Ihr Herz nicht interessieren, wie es finanziell um Sie bestellt ist, mein Herr.«

Holst nickte. Unruhig wischte seine freie Hand über die Bettdecke, um Falten glatt zu streichen. »Wie soll es denn nun mit mir weitergehen?«

»Ich bedaure, Ihnen Ruhe verordnen zu müssen, Herr Holst.«

»Wie soll ich das denn …«, setzte Holst an, doch im rechten Moment sprang Flora von ihrem Stuhl auf. »Das ist sicherlich machbar. Ich werde mich um die Geschicke des Ladens kümmern, während Sie gesund werden.«

»Na, sehen Sie, Herr Holst.« Doktor Benthien lächelte seinem Patienten aufmunternd zu. »Sie können stolz sein auf Ihr Ladenmädchen.«

»Sie ist nicht …«, setzte Holst an, doch Flora unterbrach ihn.

»Schon gut, ich bin da und helfe, wo ich kann.« Gern würde sie dem alten Kaufmann auch weiterhin helfen. Solange er krank war, stand sie ihm zur Seite.

Der Arzt räusperte sich, während er die Riemen seines Lederkoffers verschloss. »Wie dem auch sei: Passen Sie auf sich auf, und nehmen Sie ruhig die Dienste der jungen Dame hier in Anspruch.«

»Na gut.« Holst krächzte noch seinen Dank, verabschiedete sich von Doktor Benthien und ließ sich in die Kissen zurückfallen.

Flora begleitete den Arzt zur Tür, und auch sie bedankte sich noch einmal für seinen schnellen Einsatz. »Ich werde für Ihr Honorar aufkommen«, versprach sie ihm.

Doktor Benthien stutzte und sah sie zweifelnd an. »Bitte sehen Sie mir meine Indiskretion nach, aber wie wollen Sie meine Rechnung bezahlen? Mit dem Gehalt eines Ladenmädchen?« Fragend hob er eine Augenbraue.

»Ja, ich …«, setzte Flora an, doch als sie stockte und peinlich berührt zu Boden sah, winkte der Arzt ab. »Mir soll es gleich sein, Hauptsache, das Geld kommt beizeiten.« Benthien lächelte sie väterlich an. »Höchste Zeit, dass Bismarck endlich die gesetzliche Krankenkasse einführt. Viel zu lange schon wird in Berlin Politik gemacht, ohne sich für das Wohl der einfachen Menschen einzusetzen.« Der Mediziner rollte die Augen. »Es ist ein Drama, dass Ladenmädchen nun schon für die Arztkosten ihrer Arbeitgeber aufkommen müssen.«

Flora hörte kaum auf das, was der Mediziner sagte. Sie bewegte vielmehr die Sorge um den Gesundheitszustand von Holst. »Darf ich Sie etwas fragen?« Sie durchschritten den verwaisten Laden, und Flora schloss Benthien die Tür auf.

»Gern.« Er blieb im Türrahmen stehen und wandte sich zu ihr um.

»Wie steht es um die Gesundheit von Herrn Holst?«

»Er hatte einen Herzanfall, ich kann nicht sagen, wie er genesen wird, jedoch sollte er sich bis auf Weiteres schonen, sonst könnte schon der nächste Anfall tödlich enden.« Jetzt sah er sie mit ernster Miene an. »Wenn Sie ihn mögen, dann sollten Sie auf Herrn Holst gut aufpassen, junge Dame.«

»Das werde ich.« Flora rang sich ein Lächeln ab, obwohl sie am liebsten geweint hätte. Sie war heute Morgen gerade noch rechtzeitig gekommen und dachte daran, dass sie früher hier gewesen wäre, wenn sie sich nicht von Sally hätte zeichnen lassen. Warum hatte sie sich nur darauf eingelassen? Jetzt schämte sie sich für ihre Unzuverlässigkeit. Obwohl es nicht rational war, gab sie sich eine Mitschuld an Holsts Herzanfall, den der alte Mann während ihrer Abwesenheit erlitten hatte.

Benthien schien ihre Gedanken zu erraten. »Machen Sie sich keine Sorgen, er wird es schaffen, wenn Sie ihm jetzt unter die Arme greifen und er sich erholen kann.«

»Dafür werde ich sorgen«, versicherte Flora ihm.

Der Arzt verabschiedete sich. Nachdem die Ladentür hinter Johannes Benthien ins Schloss gefallen war, drehte Flora den Schlüssel und schaute sich nachdenklich im Laden um. Sie fragte sich, was Holst schon am frühen Morgen so aufgeregt hatte. Sie beschloss, ihn danach zu fragen, sobald es ihm ein wenig besser ging.

*

Sally war schon im dritten Wirtshaus, als er Julius endlich fand. Es handelte sich dabei um eine düstere Spelunke, in der die Luft von Zigarettenrauch und Bier geschwängert war. Sallys Augen brannten von der dicken Luft. Sein Vorarbeiter stand, umgeben von einer Schar wild aussehender Männer, am Tresen und hob gerade einen Bierhumpen in die Höhe. Die Männer grölten, als Julius einen Schluck nahm und sich den Schaum mit dem Handrücken von den Lippen wischte.

»Sieh da«, rief Julius, als er Sally erkannte. Er lachte polternd. »Unser Nachwuchs ist auch eingetroffen. Dann kann es ja jetzt richtig losgehen.« Er winkte Sally zu sich und legte ihm jovial einen Arm um die Schultern. Angewidert wandte der Junge den Kopf zur Seite, als ihn der alkoholgeschwängerte Atem des Vorarbeiters traf. Warum manche Männer so früh am Tag Alkohol trinken wollten, war ihm schleierhaft.

»Das hier«, sagte Julius und machte eine ausladende Handbewegung, »sind meine Arbeiter für den morgigen Tag. Sie waren so gescheit und haben mich hier zu einem kleinen Umtrunk eingeladen.« Er lachte. »Und das hier«, jetzt zeigte er mit dem Steinkrug auf Sally, »das ist …« Er überlegte, runzelte die Stirn. »Wie war noch gleich dein Name?«

»Sally«, antwortete Sally ein wenig kleinlaut. Die Situation war ihm unangenehm, und die Männer am Tresen waren ihm unsympathisch. Nicht einen einzigen der Kerle würde er zum Freund haben wollen. Er war jung und wild, aber er besaß gute Manieren, das konnte man von den Arbeitern nicht behaupten. Allein schon die Art, wie sie ihn ansahen, bereitete ihm Unbehagen.

»Was ist denn jetzt«, riss ihn die raue Stimme von Julius aus den Gedanken. »Spendierst du mir auch einen?«

»Ich habe …« *kein Geld*, wollte Sally gerade sagen, als er die schwere Hand des Wirts auf seiner Schulter spürte. »Lass gut sein«, brummte er, »ich schreibe an. Du kannst ihm einen ausgeben, dann hast du morgen eine Arbeit im Hafen, und die Rechnung darfst du danach bei mir begleichen.«

Kurz erinnerte sich Sally an die Worte des alten Mannes am Schwedenkai. Also mussten sich die Männer ihre Arbeit tatsächlich auf diese Weise erkaufen. Und nun fühlte er sich genötigt, seinem Vorarbeiter ein Getränk zu spendieren. Doch dann verdrängte er seine Bedenken. Solange er keine richtige Anstellung fand, würde ihm nichts anderes übrig bleiben, als im Hafen zu schuften und das seltsame Spiel der anderen Arbeiter mitzuspielen.

»Einverstanden«, nickte Sally. »Ich spendiere dir einen Rum, dann sind wir im Geschäft?«

»Du bist ein schlaues Kerlchen«, grinste Julius, der sich offensichtlich freute, dass der Junge seinen Geschmack kannte. »Ich bevorzuge kubanischen Rum, gereift in Eichenfässern.« Er leerte den Bierkrug und schob ihn mit einem lauten Poltern dem Wirt entgegen. Der vollleibige Mann nahm das Gefäß, um es auszuspülen.

»Bring ihm einen Rum.« Sally nickte dem Wirt zu, der sich umwandte und eine Flasche aus dem Regal nahm, um damit einen Krug zu füllen.

»Geht doch«, grinste Julius, nahm den Kelch, führte ihn an die Lippen und trank einen tiefen Schluck. »Also«, sagte er danach und beugte sich zu Sally herab. »Du willst arbeiten bei mir?«

Sally wich zurück, als er schon wieder den vom Alkohol geschwängerten Atem seines Gegenübers abbekam. »Ja«, sagte er. »Ich mache alles, was getan werden muss. Schiffe laden und entladen, von mir aus reinige ich auch die Kessel der Dampfschiffe.«

Julius trank wortlos einen weiteren Schluck. Die anderen Männer hatten das Interesse an Sally verloren. Sie unterhielten sich, sie lachten und grölten. »Gut«, sagte Julius schließlich. »Dann möchte ich mehr über dich erfahren. Wer bist du, wo kommst du her?« Er leerte das Glas, leckte sich genießerisch über die Lippen und schob Sally den leeren Krug hin. Sally nahm ihn und reichte das Gefäß an den Wirt weiter. Dieser füllte neu ein.

»Ich komme aus Birnbaum in Posen. Derzeit lebe ich bei meiner Schwester hier in Stralsund.«

»Ist sie hübsch?« Julius grinste anzüglich.

»Sehr sogar.« Sally nickte stolz. Kurz überlegte er, ob er dem Vorarbeiter davon erzählen sollte, dass er sie am Morgen gezeichnet hatte. Dann besann er sich eines Besseren und setzte eine ernste Miene auf. »Aber vergiss es – sie ist so gut wie verheiratet, und in ihren Verlobten ist sie schwer verliebt.«

»Das denkst du.« Julius zwinkerte ihm vielsagend zu. »Erzähl mir mehr von deiner Schwester.«

»Sie arbeitet als Ladenmädchen«, erzählte Sally bereitwillig. »Dort hilft sie dem Besitzer, der alt und wohl auch krank ist.«

»Wie edel.« Julius zog spöttisch die Mundwinkel nach unten. »Was ist das denn für ein Geschäft?«

Sally musste kurz nachdenken, um sich an Floras Worte zu erinnern. »Das von Albert Holst. Er handelt wohl mit Weiß- und Kurzwaren.«

Julius zuckte kaum merklich zusammen. »Deine Schwester arbeitet beim alten Holst?« Nun schien er zum ersten Mal ehrliches Interesse an dem Jungen zu haben.

»Ja.« Sally nickte und sah dem Vorarbeiter dabei zu, wie er sich einen weiteren Schluck Rum gönnte. »Er scheint Probleme zu haben, der Laden läuft nicht richtig.«

»Warum das?« Julius hielt seinen Bierkrug umklammert und ließ Sally nicht aus den Augen.

»So genau weiß ich das auch nicht«, erwiderte Sally. »Es geht ihm wohl nicht gut, er hat Schulden, und sie hilft ihm ein wenig bei der Arbeit, weil ihn seine Kinder im Stich gelassen haben.«

»Ach was.« Julius' Blick verfinsterte sich. »Sie scheint ja nett zu sein, deine Schwester.«

»Sie ist aber schon so gut wie verheiratet«, wiederholte Sally.

»Jaja, das hast du bereits erwähnt.« Erneut nahm Julius einen tiefen Schluck von seinem Rum. Als der Kelch geleert war, gab er dem Wirt ein Zeichen, nachzuschenken. Dann wandte er sich wieder an Sally. »Wie kam sie denn ausgerechnet an Holst, deine Schwester?« Er runzelte die Stirn. »Wie heißt sie eigentlich?«

»Flora«, sagte Sally offenherzig. »Sie heißt Flora.« Er bemerkte nicht, dass das Interesse seines Vorarbeiters nicht nur seiner großen Schwester galt, sondern auch dem Mann, dem Flora seit einigen Tagen ohne Bezahlung aushalf, und er gab Julius bereitwillig Auskunft. Vielleicht gelang es ihm ja so, in der Gunst des Untervizen ein wenig aufzusteigen. Der morgige Tag würde sicher nicht ohne Arbeit für ihn bleiben, da war Sally sich nach dem Gespräch mit Julius sicher.

# Kapitel 12

An diesem milden Abend war es spät geworden, als Flora sich auf den Heimweg machte. Nur wenige Fenster der umliegenden Häuser waren noch beleuchtet. Einzelne Blütenblätter taumelten zu Boden, ein leichter Wind wehte vom Strelasund her in die Stadt. Als Flora sich über die Lippen leckte, schmeckte sie Salz. Schon vor Stunden hatte sich die Dunkelheit wie ein samtenes Tuch über die Hansestadt gelegt, und nur in den Tavernen rund um den Hafen herrschte noch Hochbetrieb. Auf ihrem Fahrrad fühlte sich Flora einigermaßen sicher vor betrunkenen Männern, die sie unter Umständen in die Bredouille bringen konnten. Sie dachte an Leonhard. In zwei Tagen würde er endlich heimkehren.

Unheimlich hallte das Läuten der Glocken durch die menschenleeren Straßen von Stralsund. Der schwache Schein der Nachtflammen tauchte ihre Umgebung in ein gespenstisches Zwielicht, das nur die Backsteinfassaden einzelner Häuser rot erglühen ließ. Es war höchste Zeit für die Umstellung auf die modernen Gaslaternen, wie es sie schon in anderen Städten gab. Dann würde sich das Gesinde auch nicht mehr nachts auf die Straße wagen.

Gerade rund um die Hafeninsel hörte man immer von schrecklichen Verbrechen, die sich in der Nacht zutrugen. Flora erschauderte und schüttelte die finsteren Gedanken ab. Das Kopfsteinpflaster wurde holpriger. Mehrmals rissen ihr die Unebenheiten im Boden fast den Lenker aus der Hand und sie wäre um ein Haar gestürzt. Als sie das Kütertor erreicht hatte, stieg Flora darum lieber von ihrem Veloziped. Während sie ihren Weg zu Fuß fortsetzte, glitt ihr Blick über die Fassaden der umliegenden Häuser. Dunkel hoben sich die hohen Rundbogenfenster des Stadttores vom schwachen Schein der wenigen Nachtflammen ab. Eine Wolke zog weiter, so dass nun auch der Mond spärliches Licht schenkte. Flora fühlte sich unbehaglich, als sie das Rad durch den Torbogen schob.

Die große Glocke am Lenker klingelte bei jeder Unebenheit des rauen Kopfsteinpflasters.

Eine dumpfe Vorahnung überkam Flora. Es fühlte sich an, als würde sie jemand verfolgen. Im Gehen wandte sie sich um. Schatten strichen über die Gemäuer und das Pflaster. Doch hinter ihr war niemand, der ihr folgte, also richtete sie den Blick wieder nach vorn.

Aus einer Schankwirtschaft zu ihrer Linken drangen gedämpftes Stimmengewirr und lautes Lachen aus durstigen Männerkehlen an ihre Ohren. Sicher waren es die Hafenarbeiter und Tagelöhner, die trotz später Stunde noch feierten und ihren Lohn in Alkohol umsetzten.

Ihr Herz raste, als Flora aus dem Augenwinkel einen huschenden Schatten bemerkte. Eine Gestalt löste sich aus dem Dunkel einer Toreinfahrt. »Hallo, schöne Frau, sicher haben Sie etwas Zeit für ein Gespräch?«

Flora dachte nicht daran, stehen zu bleiben. Die unheimlichen Geschichten, die man sich über diese Gegend der Stadt erzählte, schossen ihr durch den Kopf. Ihr Herz klopfte bis zum Hals. Erschrocken stellte Flora fest, dass sie weit und breit keine anderen Menschen sah – umzudrehen wagte sie aber nicht, mit dem sperrigen Fahrrad hätte das zu viel Zeit gekostet. Also blieb ihr nur die Flucht nach vorn.

Hätte sie sich doch bloß früher auf den Heimweg gemacht! Jetzt ärgerte sie sich, dass sie bei der Arbeit im Laden alles um sich herum vergessen hatte, sogar die Uhrzeit. Noch nie war sie so spät abends allein unterwegs gewesen.

Ein einziges Mal war es später geworden als gewohnt, und prompt sollte sie einem Trunkenbold in die Arme fallen?

Hastig setzte sie ihren Weg fort, stolperte ein paarmal über das unebene Kopfsteinpflaster, konnte einen Sturz aber immer in letzter Sekunde verhindern.

Der Fremde folgte ihr. Deutlich waren seine Schritte hinter ihr zu hören, doch Flora blieb nicht stehen.

»Schöne Frau, so warten Sie doch!« Der Mann rannte ihr hinterher, seine Stimme kam ihr beängstigend nahe.

Flora wagte kaum, sich umzuschauen. Unbeirrt setzte sie ihren Heimweg fort, doch ihr Herz raste wie verrückt. *Er wird mich nicht einholen*, versuchte sie, sich selbst Mut zu machen. *Bitte, lieber Gott, lass ihn mich nicht einholen!*

»Hey, Sie meine ich!«

Dem Klang seiner Stimme nach hatte er sie gleich erreicht. Flora beschleunigte ihre Schritte noch mehr, brachte wieder etwas Abstand zwischen sich und den Mann und hoffte, bald auf andere Menschen zu treffen, auf irgendjemanden, der sie beschützen konnte. Doch niemand war zu sehen, und sie fühlte sich furchtbar allein. Inzwischen war sie außer Atem. Ohne es zu wollen, wurde sie langsamer. Ihr Verfolger schien rasch aufzuholen. Als sie sich einmal kurz umwandte, sah sie einen hochgewachsenen Mann in einfacher Kleidung, der wild gestikulierte. »Bleiben Sie doch stehen!«

Es stand außer Frage, dass der fremde Mann ihr nicht gut gesonnen war, sonst hätte er sie nicht durch die dunklen Straßen verfolgt. Jedem anständigen Mann wäre aufgefallen, dass er ihr Angst machte, und hätte sie in Ruhe gelassen. Doch sie hatte viel kürzere Beine als er und weniger Ausdauer. Nach Luft ringend blieb sie schließlich stehen. Sie spürte ein Stechen in der Seite. Vielleicht sollte sie sich einem Frauenturnverein anschließen, um etwas für ihre Kondition zu tun. Flora umklammerte den Lenker des Fahrrades fester, wandte sich um und hielt dem stechenden Blick des Fremden stand. »Was wollen Sie?«, fragte sie, um einen festen Klang ihrer Stimme bemüht.

Der Fremde kam näher. Anstatt ihr zu antworten, lachte der Mann hämisch. Jetzt standen sie sich direkt gegenüber. Er hätte nur die Hand ausstrecken müssen, um sie zu packen und ihr etwas anzutun. Sein Atem roch ekelerregend nach Tabak und Bier. Flora vermutete, dass er gerade aus einer Schankwirtschaft gekommen war.

»Fräulein Baumann, nehme ich an?«

Flora fragte sich, woher der Fremde ihren Namen kannte. Sosehr sie auch überlegte, war sie sicher, dem Mann nie zuvor im Leben begegnet zu sein. »Wer sind Sie? Was wollen Sie von mir?«

»Julius Holst«, stellte er sich vor, trat einen halben Schritt zurück und hielt ihr die Hand hin, die Flora aber ignorierte. In der Hoffnung, endlich jemanden zu sehen, der ihr aus dieser unangenehmen Situation helfen konnte, blickte sie an dem Fremden vorbei. Immer noch schien sich niemand in der Nähe aufzuhalten. Selbst die Laternenwärter lagen längst in ihren Betten. Kurz überlegte sie, ob es übertrieben wäre, um Hilfe zu rufen. Doch der Fremde hatte sich ihr vorgestellt. Das würde er wohl kaum tun, wenn er Böses im Schilde führte. Erst jetzt drang der Name des Mannes in ihr Bewusstsein vor.

»Julius Holst?«, wiederholte sie mit bebender Stimme. »Sind Sie mit Albert Holst verwandt?«

Ihr Gegenüber ließ die ausgestreckte Hand sinken. Er grinste. »Das ist mein alter Herr.«

*Der missratene Sohn*, durchzuckte es Flora. Sehr genau erinnerte sie sich an die Worte von Albert Holst. Der Kaufmann hatte kein gutes Haar an seinem Sohn gelassen. Ein Nichtsnutz und ein Tagedieb sei er, hatte Holst immer wieder betont. Und nun stand dieser missratene Sohn des einst stolzen Geschäftsmannes vor ihr. Was wollte er von ihr?

Offensichtlich hatte der Kerl ihr aufgelauert. Die Angst beschlich sie wieder. Sicher führte er nichts Gutes im Schilde. Nur langsam normalisierte sich Floras Atmung. Sie hatte nicht vor, ihm Schwäche zu zeigen. Während sie flach atmete, begegnete sie wieder seinem bohrenden Blick. »Was kann ich für Sie tun, mein Herr?«

»Was Sie für mich tun können?« Er lachte, als hätte Flora einen guten Witz erzählt. »Am besten wäre es, wenn Sie nichts tun.«

»Ich fürchte, das müssen Sie mir erklären.« Flora ärgerte sich, dass ihre Stimme vor Aufregung zitterte. Sie war es nicht gewohnt, von einem fremden Mann derart in die Enge getrieben zu werden. »Woher kennen Sie mich und was wollen Sie von mir?«

»Das werden Sie gleich erfahren.« Julius Holst schaute sich um. Dabei bekam er Probleme mit dem Gleichgewicht. Er taumelte und ruderte wild mit den Armen, um nicht umzufallen.

»Sie sind betrunken«, stellte Flora fest. Ihr Gegenüber ging nicht auf die Bemerkung ein, sondern fixierte sie mit seinem glasigen Blick. »Lassen Sie den alten Holst in Ruhe.«

Floras Angst wich Empörung. »Na, erlauben Sie mal, was geht Sie das an?« Sie fragte sich, woher Julius davon wusste, dass sie seinem Vater im Laden aushalf.

»Mehr als Sie denken, meine Dame.« Das Wort Dame spie er förmlich aus, wie ein Schimpfwort. Er kicherte hämisch. »Und es liegt in meinem Interesse, dass Vater künftig wieder allein die Geschicke in seinem Geschäft lenkt.«

»Er ist ein alter Mann und dringend auf meine Hilfe angewiesen«, rief Flora wütend. Es ärgerte sie maßlos, dass ihr der Fremde Vorschriften machen wollte. Er trat näher und baute sich bedrohlich vor ihr auf. Sein Atem roch nach Alkohol. Angeekelt drehte Flora den Kopf zur Seite.

»Sie erschleichen sich die Gunst meines Vaters«, behauptete er leise und trat noch näher an Flora heran. »Was erhoffen Sie sich davon?«

»Ich habe eine sinnvolle Aufgabe und kann ihn unterstützen, das ist alles.« Flora hatte nicht vor, sich von Julius Holst einschüchtern zu lassen. »Es geht ihm nicht gut seit dem Tod seiner Frau, das müssten Sie doch eigentlich am besten wissen.«

Holst junior spuckte vor Flora auf das Pflaster. »Was geht Sie das an, werte Dame?« Spott und Hohn lagen in seinem Ton.

»Sie kümmern sich nicht um ihn«, sagte Flora unbeeindruckt. »Sie sollten sich schämen, den eigenen Vater so im Stich zu lassen.« Flora bemerkte, wie sie sich in Rage redete. »Und, nur falls es Sie interessiert – Ihr Vater hatte heute einen Herzanfall.«

Jetzt stutzte Julius Holst. Seine Augen wurden groß, kurz wirkte sein Blick trotz des Alkohols klar. »Sie scherzen.«

»Mitnichten.« Flora schüttelte den Kopf. »Bei so etwas erlaube ich mir keine Scherze zu machen.«

»Das tut mir leid.« Holsts Sohn schien einen Moment lang wirklich betroffen zu sein.

»Das sollte es auch.« Langsam gewann Flora ihre Selbstsicherheit zurück. »Sie sollten sich um Ihren Vater kümmern. Da Sie es aber nicht für nötig halten, werde ich ihm helfen, und das lasse ich mir nicht von Ihnen verbieten, ist das klar?« Sie war laut geworden und stellte zufrieden fest, dass ihre Courage ihn offenbar beeindruckte. Er trat einen Schritt zurück.

»Was geht Sie das überhaupt an?«, fragte er trotzig. »Es ist mein Vater, Sie müssen ihm gar nicht helfen, hören Sie?«

»Und ob ich ihm helfen werde.« Flora wurde immer wütender.

»Das wirst du nicht!« Der breitschultrige Mann nahm eine drohende Haltung ein. »Ich werde den Laden übernehmen, wenn Vater ihn nicht mehr führen kann, und sonst niemand.«

»Dann hättest du dich viel früher um ihn kümmern sollen, sofort nach dem Tod deiner Mutter, als dein Vater am meisten auf deine Hilfe angewiesen war«, erwiderte Flora. »Und wage es ja nicht, deinen Vater jetzt in Bedrängnis zu bringen. Wenn er sich aufregen muss, wird er einen weiteren Herzanfall erleiden, der womöglich seinen Tod bedeutet.«

»Dann erbe ich sein Geschäft.«

»Ja, das wirst du«, bestätigte Flora. »Mitsamt all den Schulden, die sich seit dem Tod deiner Mutter angehäuft haben.«

Der junge Holst, der gerade zu einer Erwiderung ansetzte, verstummte plötzlich. Er stierte Flora verblüfft an. Eine steile Falte bildete sich auf seiner Stirn. »Was soll das bedeuten?«, fragte er schließlich.

»Was schon?«, fragte Flora herablassend. »Der Laden ist hoch verschuldet, weil dein Vater bis zur Erschöpfung arbeitet, ohne dass der Laden Gewinn abwirft. Die Lieferanten bestehen darauf, dass die Rechnungen beglichen werden, die Kundinnen bleiben aus, weil deine Mutter sie nicht mehr bedienen kann.«

»Warum sollte das der Alte nicht übernehmen können?«

»Weil Frauen gern von Frauen kaufen – besonders, wenn es um frauenspezifische Dinge geht, wie eben den Kauf von Stoffen und Nähzeug.« Flora wunderte sich nicht darüber, dass Albert Holst nicht viel von seinem eigenen Sohn hielt. Er schien nicht unbedingt der Schlaueste zu sein.

Julius runzelte die Stirn und dachte angestrengt nach, dann zuckte er mit den Schultern. »Wie dem auch sei: Ich werde es zu verhindern wissen, dass du dich bei uns einmischst.« Er drohte ihr mit einer geballten Faust. »Halt dich aus unseren Angelegenheiten heraus, sonst wirst du es bereuen.«

Flora war versucht, zurückzuweichen, um sich aus der Gefahrenzone zu bringen, doch sie blieb standhaft und sah ihm kühn in die

Augen. Der Kerl war tumb und betrunken und stellte trotz seiner großen Statur keine große Gefahr für sie dar. »Du wirst mich nicht davon abbringen, deinem Vater zu helfen«, sagte sie betont ruhig.

Der junge Mann sackte in sich zusammen, die Stärke, die er eben noch versucht hatte zu projizieren, verließ ihn nun endgültig. Julius schüttelte müde den Kopf, dann sah er Flora tief in die Augen. »Dafür wirst du büßen«, knurrte er und machte auf dem Absatz kehrt. Ohne Flora eines weiteren Blickes zu würdigen, lief er unsicheren Schrittes in Richtung Hafen davon. »Der Laden gehört mir«, murmelte er, während er sich von Flora entfernte. Erst als seine Silhouette um die nächste Straßenecke verschwunden war, atmete sie erleichtert auf.

*Höchste Zeit, nach Hause zu kommen*, dachte sie und schwang sich auf ihr Veloziped, um den Heimweg fortzusetzen. Von einem dahergelaufenen Trunkenbold würde sie sich nicht ins Boxhorn jagen lassen, so viel stand fest.

*

Als Flora wenig später atemlos und mit klopfendem Herzen die Wohnungstür öffnete, war sie froh, ohne weitere Zwischenfälle zu Hause angekommen zu sein. Unterwegs hatte sie sich immer wieder umgeschaut, um sicherzugehen, dass ihr niemand folgte. Der Moment, in dem sie ihr Veloziped in den düsteren Keller des Hauses geschoben hatte, war besonders unheimlich gewesen. Eine Maus, die über den unbefestigten Lehmboden gehuscht war, hatte ihr einen gehörigen Schrecken eingejagt.

»Sally«, rief sie jetzt in den dunklen Flur, »ich bin zu Hause!« Hastig drückte sie die Tür ins Schloss und schob den Riegel vor. Erst jetzt fiel ihr auf, dass in der Wohnung kein Licht brannte.

»Sally, wo steckst du?«

Lauschend legte Flora den Kopf schief, hörte aber keinen Mucks. Sie begann, sich Sorgen zu machen. War ihr kleiner Bruder so spät noch unterwegs? Nachdem sich ihre Augen an die Dunkelheit gewöhnt hatten, ging Flora in die Küche und nahm Zündhölzer aus einer Schublade im Büfett. Ihre Finger zitterten, als sie die Petroleumlampe auf dem Tisch entzündete. Sekundenlang starrte sie in das Licht, dann nahm sie die Lampe und kehrte damit in den Flur zurück. Der Widerschein der Flamme geisterte über die Wände und das Mobiliar. Lange Schatten krochen über den Boden. Es war seltsam, dass Sally ihr nicht antwortete. War er auf dem Sofa eingeschlafen? In der Stube fand sie ihn nicht. Floras Sorge wuchs. War ihm auf dem Heimweg etwas zugestoßen? Hastig durchschritt sie die gesamte Wohnung, die ihr plötzlich riesengroß erschien.

Flora fand ihn in der kleinen Kammer. In voller Montur lag er auf dem einfachen Bett und schnarchte wie ein alter Bär. Als Flora die Kammer betrat, stieg der penetrante Duft von Alkohol in ihre Nase. »Sally, hast du etwa getrunken?« Hastig stellte Flora die Lampe auf der Kommode neben dem Bett ab und setzte sich auf die Bettkante.

Ein unwilliges Brummen kam über die Lippen ihres Bruders, als sie eine Hand auf seine Schulter legte und sanft auf ihn einredete.

»Lass mich«, murmelte er schlaftrunken, ohne die Augen zu öffnen. Das dunkle Haar hing ihm strähnig ins Gesicht.

»Nur wenn du mir erzählst, was passiert ist«, erwiderte Flora, während sie sich fragte, ob ihr kleiner Bruder gerade zum ersten Mal die Auswirkungen von Alkohol am eigenen Leibe erfuhr. Sie konnte sich nicht vorstellen, dass Vater und Mutter es toleriert hätten, wenn ihr Nesthäkchen betrunken ins Elternhaus zurückkehrte, um seinen Rausch auszuschlafen. »Komm schon!« Jetzt rüttelte Flora ihn etwas energischer.

»Lass mich schlafen«, bat Sally und schüttelte widerwillig den Kopf. Er machte Anstalten, sich auf die andere Seite zu drehen, doch Flora packte beherzt zu und hielt ihn fest.

»So einfach mache ich es dir nicht«, sagte sie lauter, als nötig gewesen wäre. »Wenn du jetzt nicht zu dir kommst, werde ich einen Eimer Wasser holen müssen, um dich wach zu bekommen.«

»Das tust du nicht.« Sally blinzelte. Sein Blick war glasig, als er zu ihr aufschaute. »Ich habe zu viel getrunken«, seufzte er.

»Das sehe ich. Sally, du bist sechzehn Jahre alt! Was hast du dir nur dabei gedacht?«

»Ich musste es tun«, erwiderte ihr kleiner Bruder mit schwerer Zunge. »Alle Tagelöhner im Hafen müssen das tun, um am nächsten Tag arbeiten zu können.« Schwerfällig wie ein alter Mann richtete sich der Junge auf.

Mitleid brauchte er von Flora nicht erwarten. »Was soll das heißen?«, fragte sie. »Warum musst du dich betrinken, um Arbeit zu bekommen?«

»Das ist kompliziert«, behauptete Sally ausweichend. Er senkte den Blick und wischte mit einer fahrigen Handbewegung über das Kopfkissen.

»Ich denke, ich werde es verstehen, wenn du es mir erklärst, Bruderherz«, sagte Flora streng.

In knappen Worten berichtete Sally ihr, wie man im Hafen durch Bestechung der Vorgesetzten an Arbeit kam.

Flora war empört. »Und dafür geht ihr hart arbeiten? Um dem Vorarbeiter von eurem schwer verdienten Geld die Zeche zu zahlen?«

Sally betrachtete seine Schwester nachdenklich. Im zuckenden Schein der Flamme wirkte sein jungenhaftes Gesicht erwachsener, als es tatsächlich war. Flora war sicher, dass eines Tages ein stattlicher Mann aus ihm werden würde.

»Ja«, sagte er nach einer kleinen Pause. »Das ist so üblich – und bevor du fragst, nein, ich finde das auch nicht gut.«

»Aber du machst trotzdem mit.« Vorwurf schwang in Floras Stimme mit. Sie war sich darüber im Klaren, dass sie die Verantwortung für ihren Bruder trug, während er sich in Stralsund aufhielt. »Und warum musst du mittrinken, nur um deinem Vorarbeiter einen auszugeben?«

»Die anderen Arbeiter haben auch alle mitgetrunken …« Sally wirkte hilflos.

»Du brauchst eine Festanstellung«, sagte Flora mit fester Stimme und drückte Sallys Hand. »Morgen werden wir uns nach einer neuen Arbeit für dich umsehen.«

Sally nickte. Er wagte nicht, seiner großen Schwester zu widersprechen. »Und wie war dein Tag?«

»Anstrengend, aber gleichzeitig erfüllend.« Flora seufzte, als sie an die hinter ihr liegenden Ereignisse dachte. »Die Arbeit beim alten Holst bereitet mir große Freude, allerdings benötigt er meine Hilfe jetzt mehr als je zuvor.« Sie war ernst geworden. In den letzten Stunden war sie sich darüber klar geworden, wie sehr sie schon jetzt am Laden von Albert Holst hing. Sie hoffte, dass er bald gesund wurde und wieder die Geschicke seines Geschäfts in die Hand nehmen konnte. Doch zunächst war der alte Mann auf ihre Hilfe angewiesen, um gesund werden zu können.

»Was ist passiert?« Sally zupfte sich das Kopfkissen so zurecht, dass er sich sitzend dagegenlehnen konnte.

»Holst hatte einen Herzanfall«, eröffnete Flora ihm und erzählte vom langen Arbeitstag, der mit einer bösen Überraschung begonnen hatte.

Ihr Bruder hing aufmerksam an ihren Lippen und unterbrach sie kein einziges Mal. Schließlich berichtete sie ihm noch von der unangenehmen Begegnung mit Julius Holst. Erst als sie geendet hatte, räusperte er sich und sagte mit tonloser Stimme: »Schwesterherz, ich glaube, ich habe einen großen Fehler gemacht.«

»Morgen lässt du dich auf dieses Spiel nicht mehr ein«, sagte Flora energisch.

»Was meinst du?«

»Dass du deinem Vorarbeiter nicht einen Whisky nach dem anderen spendieren wirst, um in seiner Gunst zu stehen.«

»Das meine ich nicht.« Sally senkte den Blick. Es blieb Flora nicht verborgen, wie zerknirscht er war.

»Wovon sprichst du denn dann?«, hakte sie nach.

»Ich habe dem Vizen erzählt, wo ich lebe und wer meine Familie ist.«

»Du solltest mit Fremden nicht über dein Privatleben sprechen«, tadelte Flora ihn.

»Ich weiß, aber Julius interessierte sich so brennend dafür, da ist es einfach aus mir herausgesprudelt.«

»Moment«, rief Flora und hob eine Hand. »Sagtest du, dein Vorarbeiter heißt Julius?«

»Ja.«

Floras Gedanken schlugen Purzelbäume. »Dein Vorarbeiter ist der Sohn von Albert Holst, und du hast ihm erzählt, dass ich bei seinem Vater im Laden aushelfe?«

»Ja.« Sally brachte kaum einen Ton über die Lippen. »Ich allein trage die Schuld daran, dass Julius dir aufgelauert hat.«

Flora schüttelte den Kopf. »Ich kann das nicht glauben«, sagte sie. »Woran hat er mich denn bloß erkannt?«

»Ich habe ihm von deinem ganzen Stolz berichtet, deinem himmelblauen Veloziped. Nicht viele Leute, geschweige denn Frauen, fahren Rad.« Sally betrachtete sie voller Sorge. Ihm war anzusehen, dass er sich sehr schuldig fühlte.

»Jetzt ist alles klar«, murmelte Flora.

»Ich bin so ein Hornochse!« Sally schlug sich mit der flachen Hand auf die Stirn, dass es klatschte. »Es ist alles meine Schuld, Flora!«

»Das war zugegebenermaßen nicht sonderlich klug«, stimmte Flora ihm mit versteinerter Miene zu. Sie war aufgewühlt, doch es wäre unfair, Sally jetzt die Schuld für den Zwischenfall zu geben. Schließlich war ihr Bruder noch ein halbes Kind, zu jung und zu naiv, um zu wissen, mit wem er über private Dinge sprach und mit wem besser nicht. Sie konnte ihm einfach nicht böse sein.

»Es tut mir wirklich leid«, beteuerte Sally mit betroffener Miene.

»Ich weiß.« Flora betrachtete ihn nachdenklich. Bei all seiner Wildheit war Sally eine ehrliche Haut – manchmal sogar zu ehrlich, wie der Abend gezeigt hatte. Sie strich ihm zärtlich über die Wange und atmete flach, um seinen Alkoholdunst nicht zu inhalieren. Dann erhob sie sich und griff nach der Petroleumlampe. »So«, sagte sie. »Und jetzt schlaf erst mal deinen Rausch aus.« Nachdem sie ihn auf die Stirn geküsst hatte, verließ sie die Kammer. Es war höchste Zeit, ins Bett zu kommen. Morgen würde wieder ein anstrengender Tag sein, so viel stand nach den Ereignissen von heute fest.

Als sie kurze Zeit später in das große Bett im Schlafzimmer kroch, zog sie die Bettdecke bis zum Kinn. Ihre Hand glitt über die leere Betthälfte. Die Sehnsucht nach ihrem Verlobten wurde nahezu unerträglich. Morgen, spätestens übermorgen würde er endlich zu ihr zurückkehren. Sicher hatte er viel von seiner aufregenden Abschiedsreise zu erzählen. Flora war gespannt, was er zu ihrer ehrenamtlichen Tätigkeit als Ladenmädchen bei Albert Holst sagen würde. Und dazu, dass sie Sally Unterschlupf in Stralsund gewährt hatte. Flora atmete tief durch, schloss die Augen und träumte sich zu Leonhard. Wenige Minuten später sank sie in einen tiefen Schlaf.

# Kapitel 13

Die Fassaden der Lagerhäuser wirkten grau und trist. Zu dieser frühen Stunde herrschte noch kein Betrieb am Schwedenkai. Heute war Sally einer der ersten Arbeiter im Hafen. Obwohl er sich nach der durchzechten Nacht wie gerädert fühlte, war er schon im Morgengrauen aufgestanden, um sich so leise wie möglich anzuziehen und auf Zehenspitzen die Wohnung von Flora und Leonhard zu verlassen.

Er hatte Flora nichts von seinem Vorhaben erzählt. Sally wollte Julius heimzahlen, was er seiner Schwester am Vorabend angetan hatte. Ihr in der Dunkelheit aufzulauern und sie zu bedrohen, das war einfach fies gewesen. Außerdem fühlte Sally sich schuldig. Wäre er nicht so schwatzhaft gewesen, wüsste Julius gar nicht, dass Flora für seinen alten Herrn arbeitete.

Vor dem Verlassen des Hauses hatte Sally an der Tür zum Schlafzimmer innegehalten. Die gleichmäßigen Atemzüge, die an seine Ohren gedrungen waren, gaben ihm die Sicherheit, dass er sie nicht versehentlich geweckt hatte. So konnte er unbemerkt die Wohnung verlassen, um sich müde, aber voller Tatendrang auf den Weg zum Hafen zu machen.

Auf den Straßen von Stralsund herrschte um diese Zeit kaum Betrieb. Nur ein paar Fuhrwerke waren schon unterwegs. Die zumeist grimmig dreinblickenden Männer auf den Kutschböcken schenkten ihm keinerlei Beachtung. So hatte er unbehelligt das Hafengebiet erreicht. Jetzt hieß es, auf Julius zu warten.

Er lehnte sich an einen Stapel aus Kisten und Säcken, die für die Beladung der *Brigge Conrad* aus Fanø bereitstanden. Majestätisch wie eine hölzerne Festung lag die *Brigge Conrad* am Schwedenkai. Gleich nach der Ankunft am Vortag hatte die Mannschaft die Segel eingeholt. An Bord herrschte noch eine trügerisch friedliche Ruhe. Er vermutete, dass die Besatzung sich unter Deck aufhielt, um ihren Rausch auszuschlafen.

Das imposante Segelschiff war auf dem Weg nach Hongkong und hatte für einen Zwischenstopp im Hafen von Stralsund gehalten, um zusätzliche Ladung aufzunehmen. Die Dänen hatten in den letzten Jahren neue Handelswege in weit entfernte Gefilde erschlossen. Kurz wurde Sally von Fernweh gepackt, doch er verdrängte die aufkommende Sehnsucht nach fremden Ländern und konzentrierte sich auf seine Mission. Sein Blick glitt hinüber zu dem imposanten Segelschiff. Die fast armdicken Taue, mit denen der Segler am Kai festgemacht war, ächzten leise bei jeder Bewegung des Rumpfes auf den seichten Wellen der Ostsee. Die See war ungewöhnlich ruhig an diesem Morgen, nur ein schwacher Wind wehte vom Meer in Richtung Innenstadt.

Die frische Seeluft tat ihm gut. Sally atmete tief ein und massierte sich den schmerzenden Schädel. Alkohol war nichts für ihn. Mit angewiderter Miene zog er sich die dunkle Mütze weiter ins Gesicht. Er war froh, dass die Morgensonne heute noch nicht durch die tief hängenden Wolken drang, um ihn zu blenden. Die Luft roch frisch und würzig. Wahrscheinlich, so mutmaßte er, hatte es in der Nacht geregnet, denn das Kopfsteinpflaster glänzte feucht.

Eine Schar Möwen zog kreischend ihre Bahnen über dem Hafenbecken.

»Baumann – da bist du ja schon!«

Er wirbelte herum und bereute die schnelle Bewegung sofort. Sein Schädel dröhnte. Sally stieß sich von den Kisten ab und trat einen Schritt nach vorn. Mit einer lässigen Bewegung schob er sich die Mütze in den Nacken, um seinem Gegner in die Augen schauen zu können. Breitbeinig und mit verschränkten Armen stand Sally da und wartete, dass sein Gegenüber näher trat.

»Bist du aus dem Bett gefallen, Kleiner?« Julius Holst grinste breit.

Sally nickte mit grimmiger Miene. »Wer saufen kann, der kann auch arbeiten.«

»Schön, dann kannst du gleich an die Arbeit gehen.« Er deutete mit dem Kinn auf den Stapel, an dem Sally gelehnt hatte. »Das Zeug muss auf die *Brigge Conrad*.« Jetzt lachte der Vize gefällig. »Dein Einsatz gestern hat sich also gelohnt, wie du siehst.« Sekundenlang maßen sie einander mit Blicken. Sally spähte an seinem Vizen vorbei, doch Julius war allein gekommen. Niemand in der Nähe, der Moment war also günstig für sein Vorhaben.

»Ich fürchte, die Arbeit im Hafen ist nichts für mich«, entgegnete Sally abweisend. Bevor Julius etwas entgegnen konnte, holte der Junge aus und ließ seine geballte Faust gegen das Kinn des Vorarbeiters schnellen.

Völlig überrumpelt taumelte Julius zurück, rieb sich die schmerzende Stelle und beäugte den Jungen mit hass- und schmerzverzerrter Miene. »Was soll das?«

Sally nutzte das Überraschungsmoment, um mit der linken Faust nachzusetzen. Er hieb dem Vizen ins Gesicht und traf die Nase, die beim Aufschlag hässlich knackte. Ein dumpfer Schrei kam über Julius' Lippen. Noch während Holst junior in die Defensive ging, trat Sally näher und platzierte seine Faust ein weiteres Mal unterhalb des Kinns.

Sallys ganzer Körper war angespannt. Er funktionierte wie eine Maschine und dachte nicht über das nach, was er gerade tat. »Ich erzähle dir aus meinem Leben, und du hast nichts Besseres zu tun, als meiner Schwester abends aufzulauern und ihr zu drohen?« Sally war außer sich vor Wut. Er redete sich immer mehr in Rage. »Du hast sie verängstigt.« Bevor der immer noch völlig verdutzte Vorarbeiter etwas erwidern konnte, hieb Sally ihm eine Faust in die Magengegend. Mit einem ächzenden Laut auf den Lippen krümmte sich Julius zusammen.

»Ich habe ihr nur gesagt …«

»Es war unangebracht, so behandelt man keine Frauen!« Sally spie ihm die Worte förmlich ins Gesicht. Sein Herz raste vor Wut und Aufregung.

Aus dem Augenwinkel erspähte Sally eine Schar wild aussehender Männer, die sich ihnen näherten. Stimmen wurden laut. Jetzt musste es schnell gehen.

»Da prügelt jemand auf Julius ein«, rief eine tiefe Stimme. »Kommt, Männer, wir müssen ihm helfen!«

»Ist das nicht dieser Neue?«

Die herannahenden Stimmen drangen wie durch Watte an Sallys Ohren. Seine volle Konzentration war bei seinem Gegner. Dadurch nahm Sally nicht wahr, dass sich Gefahr anbahnte, und hieb dem Vorarbeiter wieder in die Magengegend – diesmal mit beiden Fäusten. Julius entwich mit einem zischenden Laut die Luft. Er ging auf die Knie. Ein tiefroter Blutfaden rann aus seiner Nase und hinterließ eine unansehnliche Spur auf seinem unrasierten Gesicht. Die Unterlippe des Vizen war aufgeplatzt.

Sally war außer sich vor Zorn. Hätte er sich in diesem Moment selbst gesehen, wahrscheinlich hätte er sich nicht wiedererkannt. Sonst ein lebensfroher Tunichtgut vom Land, rächte er nun mit aller Gewalt seine Schwester. Hart, brutal und ohne Erbarmen. Um ein Haar wäre Sally vor sich selbst erschrocken. Doch er gönnte sich keine Ruhe. Mit beiden Fäusten hämmerte er auf den Gegner ein, der Flora gestern Abend so in Bedrängnis gebracht hatte. Schritte näherten sich eilig, das Stimmengewirr der Arbeiter, die Julius zu Hilfe eilten, kam schnell näher. Sally schlug erneut zu, sah nicht einmal mehr, wo er seinen Vorarbeiter traf, hörte nur dessen Keuchen und Jammern. Erst als er von kräftigen Händen gepackt und nach hinten gezogen wurde, kam er wieder zur Besinnung. Hart griffen die Arbeiter zu und boxten Sally in den Magen und ins Gesicht. Er sah grelle Lichtblitze vor seinen Augen tanzen und spürte, dass ihm die Luft wegblieb. Übelkeit stieg in ihm hoch, er fühlte, wie seine Knie weich wurden und er zu Boden sackte. Man riss ihn weiter von Julius Holst weg und drückte ihm die Arme auf den Rücken, so brutal, als wolle man sie ihm aus den Schultern reißen. Unsanft kam er auf dem Pflaster auf. Dabei schlug er mit dem Hinterkopf auf den harten Boden, seine Mütze flog in hohem Bogen davon. Ein Schrei kam über Sallys Lippen. Ihm wurde innerhalb eines Sekundenbruchteils erst heiß, dann kalt. Doch die Männer ließen nicht von ihm ab. Sally schrie erneut auf, als sie ihn zu Boden hielten und ihm die Hände auf das raue Pflaster drückten.

Währenddessen stand Julius einfach da und beobachtete das Geschehen. Die Arbeiter mussten ihm auf die Beine geholfen haben. Er grinste überheblich. »Geschieht dir recht, Kleiner.« Er versuchte, sich den Blutfaden am Kinn mit dem Handrücken fortzuwischen, verschmierte ihn aber nur und bot nun einen skurrilen und Angst einflößenden Anblick. Doch Sally hatte keine Kraft mehr, um sich vor ihm zu fürchten. Ihm schwanden langsam die Sinne. Als er den Blick nach oben richtete, schien sich der Himmel zu drehen. Ein schmerzvoller Laut entrang sich seiner Kehle, dann wurde es dunkel um ihn herum.

*

Mit einem unguten Gefühl betrat Flora das Geschäft an der Ossenreyer Straße. Obwohl sie sich auf die Arbeit im Laden freute, fürchtete sie doch, dass sich Holsts Gesundheitszustand über Nacht verschlechtert haben könnte. Gestern hatte sie mit dem Arzt verabredet, dass er heute im Laufe des Tages noch einmal nach dem angeschlagenen Ladeninhaber sehen würde. Wie gern hätte sie sich Holst anvertraut und ihm von ihrem unfreiwilligen Treffen mit seinem Sohn berichtet. Doch daran war nicht zu denken. Der alte Mann sollte sich in der nächsten Zeit schließlich schonen und sich nicht noch zusätzlich aufregen. So beschloss sie, Holst nichts von ihrem Gespräch mit Julius zu erzählen. Vorerst jedenfalls nicht, denn sobald es ihm besser ging, würde sie nicht umhinkommen, Holst von dem unerfreulichen Gespräch zu erzählen.

Flora fand es unheimlich, dass das Läuten des kleinen Glöckchens das einzige Geräusch war, das im Laden zu hören war. Unwillkürlich fragte sie sich, ob Holst noch im Bett lag. Doch er musste bereits aufgestanden sein, um den Laden aufzuschließen. Warum hörte sie ihn dann nicht?

»Guten Morgen«, rief sie in die Stille und versuchte, das ängstliche Zittern in ihrer Stimme zu unterdrücken.

Jetzt tat sich im hinteren Teil des Ladens etwas. Ein Stuhl wurde bewegt und scharrte über den Holzboden. »Ich sitze bereits beim Tee.«

»Sehr gut.« Erleichtert schloss Flora die Ladentür und trat mit einer Selbstverständlichkeit, die sie selbst verwunderte, hinter den Verkaufstresen. Der schmale Gang hinter dem braunen Vorhang des Ladens wirkte an diesem Morgen düster und beklemmend. Und irgendwie länger als sonst. Möglicherweise lag das am fehlenden Sonnenlicht des trüben Tages. Kurz dachte sie an Sally. Er war, als sie erwacht war, schon unterwegs gewesen. Wahrscheinlich hatte er sich im Morgengrauen aus dem Haus geschlichen. Flora konnte nur hoffen, dass er nicht wieder irgendwelchen Unfug vorhatte. Schnell verdrängte sie den Gedanken und konzentrierte sich auf die Arbeit und auf Holst.

Der Duft des frisch aufgesetzten Tees drang in ihre Nase und linderte ihre aufkommende Beklemmung. Flora fand Holst auf einem einfachen Hocker in seinem Büro sitzend. Als er sie bemerkte, erhellte ein Lächeln sein Gesicht.

Flora deutete einen Knicks an und trat über die Schwelle des Büros. *Kaum zu glauben, dass er erst gestern einen Herzanfall hatte,* dachte Flora und war erleichtert, dass es dem alten Mann bereits besser zu gehen schien.

»Guten Morgen, mein Kind.« Er lächelte und hob grüßend seine Tasse. »Möchtest du auch einen Tee, bevor es an die Arbeit geht?«

Flora überlegte kurz, verneinte dann aber. »Mich würde vielmehr interessieren, wie es Ihnen in der Nacht ergangen ist.«

Holst senkte kurz den Blick und zuckte mit den Schultern. »Wie soll es einem armen alten Mann schon nach einem Herzanfall gehen?«

Flora wusste nicht recht, was sie darauf erwidern sollte, und schwieg. Manchmal war es besser, die Leute erzählen zu lassen. Sie zog sich auch einen Stuhl heran, um sich zu ihm zu setzen. Er beobachtete sie stumm und nippte von seinem Tee. »Ich will gar nicht klagen«, sagte er mit krächzender Stimme. »Wenn ich überlege, dass ich tot sein könnte … du hast mir das Leben gerettet, Mädchen.«

»Das hätte jeder getan.« Flora war versucht, seine Hand zu nehmen.

»Doch um auf deine Frage zurückzukommen«, sagte er schließlich, »es geht mir um einiges besser als gestern. Dennoch spüre ich, dass ich langsam zu alt werde für das Geschäft. Die Zeiten ändern sich, und der Alltag als Kaufmann ist kein Zuckerschlecken.« Er wirkte zerknirscht. Flora glaubte sogar, eine Träne im Augenwinkel des alten Mannes schimmern zu sehen. Besorgt sah sie ihn an. Holst stellte die Teetasse auf dem Sekretär ab und rang mit den

Händen. Er wirkte um Jahre gealtert und war sehr geschwächt, was kein Wunder war nach dem, was er gestern durchgemacht hatte. Flora wusste, dass er eigentlich ins Bett gehörte, um sich auszukurieren und neue Kraft zu sammeln. Doch sie bezweifelte, dass sie den Laden schon allein bewirtschaften konnte.

»Wenn ich Ihre Sorgen so höre«, sagte sie vorsichtig, »hat Ihr Anfall etwas mit dem Laden zu tun?«

»Du verfügst über eine gute Auffassungsgabe«, sagte Holst erfreut. Doch das sanfte Lächeln verblasste langsam, seine Miene war plötzlich steinern. »Mit dem Laden, mit den Existenzsorgen und mit den nicht ausgeglichenen Rechnungen meiner Lieferanten.« Er seufzte schwer. »Eines einzelnen Lieferanten, um genau zu sein.«

»Ein einzelner Lieferant? Denken Sie da an jemand Bestimmten?«

Albert Holst nickte mit grimmiger Miene. »Wäre der Herr Wagner gestern nicht so energisch aufgetreten und hätte mit Nachdruck auf das Begleichen der Außenstände gedrungen, ich weiß nicht, ob ich …«

»Moment«, fuhr Flora dazwischen, »Herr Wagner? Alfons Wagner von ›B. Winkelmann Nachfolger‹?«

»Ja.« Holst warf Flora einen verwunderten Blick zu. »Sie kennen ihn?«

»Und ob.« Flora verzog das Gesicht. »Ein äußerst unangenehmer Zeitgenosse.« Sie hoffte, dass sie nicht zu viel verraten hatte, und fragte sich, wie sie antworten konnte, wenn Holst wissen wollte, woher sie sich kannten. Ihr war es unangenehm, dass ihr künftiger Mann die Firma gemeinsam mit Wagner betrieb. Insgeheim reifte ein Entschluss in ihr. So konnte es nicht weitergehen mit Alfons Wagner. Er war nicht nur ein selbstverliebter und rechthaberischer Fatzke, den man dringend zur Räson rufen musste, sondern auch unfassbar aufdringlich. Es war kaum zu glauben, dass Leonhard mit einem derart furchtbaren Menschen schon seit seiner Schulzeit befreundet sein konnte. Ihre Wut auf Leonhards Geschäftspartner flammte erneut auf. Mit seinem rücksichtslosen Verhalten gefährdete Wagner jetzt auch noch die Existenz von Albert Holst und seinem kleinen Laden.

»Er tauchte gestern hier auf, arrogant wie ein Gutsherr«, klagte Holst. »Forderte den umgehenden Ausgleich der letzten Rechnung.« Er seufzte. »Woher soll ich das Geld denn nehmen?«

Flora schüttelte mitleidig den Kopf.

»Ansonsten würde er die nicht bezahlten Waren abholen lassen.«

»Aber Sie können ihn doch im Augenblick gar nicht bezahlen«, warf Flora ein.

»Das ist ja die Misere«, sagte Holst. »Ich habe ihm das zu verstehen gegeben und um einen letzten Zahlungsaufschub gebeten.«

Flora ahnte, wie das Gespräch zwischen Holst und Wagner verlaufen sein musste. »Er hat sich nicht darauf eingelassen.«

Holst lachte humorlos auf. »Natürlich nicht.«

»Das sieht ihm ähnlich.« Flora erhob sich, als vorne das Glöckchen an der Tür erklang. »Kundschaft«, rief sie und war insgeheim froh, dass Holst sie nicht fragen konnte, woher sie Alfons Wagner kannte. »Ich muss nach vorn.«

*

Als Sally zu sich kam, spürte er jeden einzelnen Knochen. Der schwere Geruch von Kaffee, Tee und Gewürzen lag in der Luft und kitzelte seine Nase. Er hatte den süßlichen Geschmack seines eigenen Blutes auf der Zunge, während er rücklings auf dem rauen Pflaster des Schwedenkais lag und verzweifelt gegen die aufkommende Übelkeit ankämpfte.

Es dauerte einen Moment, bis er sich an das Geschehene erinnern konnte. Wohl in einem Anfall von Größenwahn hatte er sich mit seinem Vorarbeiter angelegt, um ihm eine Abreibung zu verpassen. Dumm nur, dass er ihm körperlich unterlegen war und nicht damit gerechnet hatte, dass die anderen Tagelöhner, allesamt raue Kerle, sich auf die Seite ihres Vorgesetzten schlagen würden.

Ein Stöhnen kam über seine aufgeplatzten Lippen, als er sich schwerfällig aufrichtete und in das trübe Sonnenlicht blinzelte. Geblendet kniff er die Augen wieder zusammen und versuchte, seine Gedanken zu ordnen.

»Da bist du ja.«

Die krächzende Stimme drang wie durch Watte an seine Ohren, begleitet von einer schweren Whiskyfahne. Als Sally den Kopf zur Seite drehte und vorsichtig die Augen öffnete, blickte er in das Gesicht des seltsamen alten Mannes. Übergroß erschien er ihm in diesem Moment, so nah war ihm der Alte gekommen. Aus dieser kurzen Distanz konnte er jede Falte seiner gegerbten Haut erkennen. Sally sah, wie die kalte Pfeife bei jeder Silbe in seinem Mundwinkel wippte. »Schön, dass du wieder wach bist.« Ein Lächeln lag auf seinen Lippen.

»Ich weiß nicht so recht, ob ich mich wirklich darüber freuen kann«, erwiderte Sally mit schmerzverzerrtem Gesicht, während er vorsichtig die Wunden abtastete, die man ihm zugefügt hatte. Er nahm sich vor, in Zukunft weniger überstürzt zu handeln und seine Grenzen besser kennenzulernen.

»Das Leben ist eine Menge wert, Kleiner. Man sollte es nicht so mutwillig riskieren.« Der Alte half Sally beim Aufstehen. »Komm«, sagte er, »ich werde mich um deine Wunden kümmern.«

»Bist du Arzt?« Sally betrachtete ihn zweifelnd.

»Nein, aber ich sehe hier niemanden, der dir ein besseres Angebot macht. Komm schon, oder willst du hier bis zum Jüngsten Gericht liegen bleiben? Dort drüben«, sagte er und deutete mit dem Kinn auf einen windschiefen Holzschuppen. »Da wohne ich. Du bist dort in Sicherheit.« Er brummte noch etwas Unverständliches, bevor er sich wieder an Sally wandte. »Ich werde deine Wunden versorgen, bevor sie sich entzünden.«

»Jaja, du hast recht«, stöhnte Sally. Der alte Seefahrer half ihm auf die Beine, und mit seiner Hilfe humpelte der angeschlagene Hitzkopf zu der heruntergekommenen Behausung. Die anderen Hafenarbeiter würdigten sie keines Blickes. Es schien, als hätten sie den Zwischenfall längst vergessen. Jeder Schritt bereitete Sally Höllenqualen. »Vielen Dank für Ihre Hilfe«, sagte er. »Einen richtigen Arzt kann ich mir ohnehin nicht leisten.«

»Es muss ein Anfall von Wahnsinn gewesen sein, der dich dazu bewogen hat, dich mit dem Vize anzulegen«, brummte der alte Mann kopfschüttelnd.

»Er hat meine Schwester bedroht«, verteidigte sich Sally. In wenigen Worten schilderte er, was er von Flora erfahren hatte.

»Das sieht ihm ähnlich.« Der Blick des alten Mannes verfinsterte sich.

»Wie heißt du eigentlich?«, fragte Sally.

»Konrad, einfach Konrad.« Der Alte zuckte mit den Schultern, als würde er sich für seinen Vornamen entschuldigen müssen. Nachdem Sally ihm seinen Namen genannt hatte, führte Konrad den jungen Gast in seine einfache Behausung. Er lebte in einem windschiefen Schuppen am Rande des Schwedenkais, der offenbar früher als Kontor gedient hatte. »Sally«, brummte Konrad nachdenklich. »Ist das nicht ein Mädchenname?«

Sally schüttelte den Kopf. »Dort, wo ich herkomme, nicht.«

»Dann musst du Jude sein.«

»Ja, ist das ein Problem?«

»Unsinn, Kleiner. Ich hab nichts gegen Juden, aber eure Namen sind manchmal gewöhnungsbedürftig.«

Sally hatte keine Lust, sich mit Konrad über ungewöhnliche Namen zu unterhalten, anhand derer man auf die Religion schließen konnte. Er fühlte sich schwach und ausgebrannt. In Konrads armseliger Behausung roch es muffig. Sally rümpfte die blutverkrustete Nase. Die Einrichtung war spärlich. Durch die kleinen, schmutzigen Fenster drang nur wenig Licht in das Innere des Schuppens.

»Ich dachte, du bist Seefahrer«, bemerkte Sally, während er Konrad dabei beobachtete, wie er die quietschende Tür verschloss. Unaufgefordert sank Sally auf einen wackligen Stuhl an einem Tisch.

»Ein Seefahrer war ich, doch das ist eine Ewigkeit her.« Als Konrad an den Tisch trat, lag Wehmut in seinem Blick. »Eine lange Geschichte. Doch die Seefahrt reizt mich noch immer, und hier, in der Nähe der Schiffe, fühle ich mich wohl. Deshalb habe ich mir auch den alten Schuppen zu einer bescheidenen Bleibe gemacht. Damit habe ich die Bude vor dem Abriss bewahrt.« Er lachte meckernd und trat an einen Schrank, um dort etwas zu suchen. Kurz darauf kehrte er mit einem Glas Honig, einer Flasche Schnaps und einigen Stofffetzen zurück.

»Was hast du vor?«, fragte Sally, dem beim Anblick dieser Dinge etwas flau wurde.

»Ich werde dich verarzten. Du musst keine Angst haben, Junge – das haben wir auf hoher See auch immer selbst gemacht, wenn sich einer meiner Leute verletzt hat.« Er grinste. »Schließlich ist nicht immer ein Quacksalber an Bord, um sich um die Wehwehchen der Mannschaft zu kümmern.«

»Wie willst du mich denn verarzten?« Sally blickte skeptisch auf die Gegenstände, die Konrad zwischen ihnen auf dem Tisch drapierte.

»Weißer Rum zur Desinfektion, danach werde ich deine Wunden mit Honig bestreichen und sie verbinden. Du wirst sehen, das wirkt Wunder.«

»Wenn es wirklich sein muss.«

»Ja, es muss sein, wenn dir deine Gesundheit am Herzen liegt. Und davon gehe ich aus, schließlich bist du noch ein junger Bengel.« Konrad zeigte auf eine einfache Pritsche. »Leg dich hin«, sagte er. »Du musst dich entspannen und ich muss deine Wunden in Augenschein nehmen.«

Sally fügte sich seinem Schicksal. Das Stroh raschelte unter dem dreckigen Leinenstoff, der als Überzug diente. Er fragte sich, wie Flora reagieren würde, wenn sie ihn am Abend sehen würde. Mit unsachgemäß verbundenen Wunden, einer angebrochenen Nase und einem geschwollenen Auge.

»Künftig solltest du dir gut überlegen, mit wem du dich anlegst«, empfahl Konrad ihm mit einem schiefen Grinsen. Er schien Sallys Gedanken gelesen zu haben. »Dann musst du zu Hause auch nicht so viel erklären.« Umständlich zog er seine abgewetzte Uniformjacke aus und warf sie über den Stuhl. Dann krempelte er die Hemdsärmel hoch und folgte Sally zu der Pritsche.

»Versprochen«, sagte Sally und sank auf die fleckige Matratze. Als sich der alte Mann über ihn beugte, um sich seiner Wunden anzunehmen, betete Sally, dass er etwas von seinem Handwerk verstand.

# Kapitel 14

Leonhard kam nicht umhin zuzugeben, dass das quirlige Leben von Elberfeld eine einzigartige Faszination auf ihn ausübte. Die Straßen waren den ganzen Tag über voller Menschen. Pferdebahnen beförderten unzählige Frauen und Männer zu ihren diversen Zielen, die alle irgendwo in den verwinkelten Straßen unweit des schwarzen Flusses lagen. Rauch quoll aus den verklinkerten Schornsteinen der Fabriken, die sich eng an das Wupperufer schmiegten. Männer schoben Handkarren über das Kopfsteinpflaster, vornehm gekleidete Damen flanierten über die Straßen und unterhielten sich angeregt. Dabei begegneten sie gelegentlich einigen Herren, die freundlich grüßten und ihnen einen schönen Tag wünschten.

Elberfeld war nicht zu vergleichen mit dem maritimen und verschlafenen Stralsund. Doch Leonhard hatte sich gut überlegt, wo er künftig leben wollte, als er damals Birnbaum verlassen hatte, um an Floras Seite ein neues Leben zu beginnen, und er war im Grunde nicht geneigt, seinen Wohnort zu ändern.

Während er durch die belebten Straßen schlenderte, dachte er an das gestrige Gespräch mit seinem Freund Emil Weyerbusch, der ihm vom Elberfelder System vorgeschwärmt hatte. Man kümmerte sich ehrenamtlich um die zahlreichen zugezogenen Menschen, denen es nicht so gut ging, von denen manche sogar an der Grenze zur Armut lebten. Ein Armenviertel lag nur einen Steinwurf von seinem Hotel entfernt. Am Wupperufer gab es zahlreiche baufällige Häuser, in denen Menschen der Arbeiterschicht unter teils menschenunwürdigen Bedingungen hausten. Dadurch, dass die Industrialisierung in Elberfeld in einem schwindelerregenden Tempo vonstattenging, kamen immer mehr Menschen in das enge Tal. Sie lebten unter katastrophalen hygienischen Bedingungen und waren anfällig für Krankheiten, die nicht selten tödlich endeten. Sie waren den Gefahren von Seuchen, aber auch Bränden und dem ständigen Hochwasser der Wupper nach langen Regengüssen schutzlos ausgeliefert. Erst das Elberfelder System brachte etwas Besserung. Ehrenamtliche Armenpfleger kümmerten sich um die Belange des Proletariats und halfen, wo sie konnten. Die hilfsbereiten Menschen stammten aus der Mittelschicht, waren kleinere Beamte, Kaufleute oder Handwerker, denen das Wohl der Menschen in dem Elendsviertel am Herzen lag.

*Das würde Flora gefallen*, dachte Leonhard mit einem Lächeln auf den Lippen. Seine geliebte Bella war stets hilfsbereit und half gern bei sozialen Projekten mit. Man kümmerte sich hier umeinander, und dieser Gedanke gefiel auch Leonhard.

So schwer es ihm fiel, verdrängte er die warmen und sehnsüchtigen Gedanken an seine Liebste, um sich auf das Gespräch am Nachmittag vorzubereiten. Er würde sich mit dem Besitzer einer Färberei treffen, die ihm in seiner Zeit bei »B. Winkelmann Nachfolger« wertvolle Dienste geleistet hatte. Morgen würde er dann der Nachbarstadt Barmen einen Besuch abstatten, bevor er sich auf den langen Rückweg nach Stralsund machen würde. Die letzten Tage ohne Flora würden dank all seiner Termine wie im Flug vergehen. Und danach stand ihrem Neuanfang nichts mehr im Weg. Leonhard blickte dem kobaltblauen Eisvogel hinterher, der im Tiefflug über der Wasseroberfläche der Wupper seine Bahnen zog. Manchmal wünschte er sich die Leichtigkeit eines Vogels. Doch er war ein Mensch, der Verantwortung trug. Und im Grunde seines Herzens wusste er, dass er die Herausforderung brauchte und ohne sie nicht glücklich wäre.

*

Ungeduldig marschierte Flora vor dem viergeschossigen Gebäude mit der taubengrauen Fassade auf und ab. Das Veloziped hatte sie an eine Hauswand gelehnt. Während sie hin- und herwanderte, warf sie immer wieder Blicke auf die braune Holztür, die sich hoffentlich gleich öffnen würde. Um einen besseren Überblick zu haben, wechselte sie die Straßenseite.

In dem Haus an der Mühlenstraße war die höhere Töchterschule untergebracht, wo Paula das Lehrerinnenseminar besuchte. Schon oft hatte sie Flora davon berichtet.

Flora konnte sich beim besten Willen nicht vorstellen, den Rest ihres Lebens allein und im Zölibat zu verbringen, ohne ihren Leo. Doch das musste jeder für sich entscheiden, und da Paula immer wieder betonte, dass es in ihrem Leben keinen Mann gab, der würdig war, an ihrer Seite alt zu werden, sah sie das drohende Zölibat nicht als unüberwindbares Hindernis für ihre berufliche Laufbahn an.

Als das Schrillen einer Glocke durch die offenen Fenster der Schule auf die Straße drang, dauerte es nicht lange, bis eine Schar junger Mädchen auf die Straße strömte. Sie redeten wild durcheinander, kicherten und lachten albern, ohne Flora zu beachten. Nachdem einige Minuten vergangen waren, erschien auch Paula auf der Straße. Als sie sich umsah, erblickte sie Flora winkend auf der gegenüberliegenden Straßenseite. Nachdem ein Fuhrwerk vorbeigerumpelt war, überquerte Paula die Straße und lächelte Flora freudig an. »Was machst du denn hier?«, fragte sie. »Hast du dich umentschieden und möchtest auch Lehrerin werden?«

»Auf gar keinen Fall«, antwortete Flora voller Überzeugung, während sie ihr Rad holte. »Auf das Zölibat kann ich verzichten, auf meinen Leonhard nicht.« Flora wurde ernst. »Darf ich dich ein wenig begleiten?«

»Nichts wäre mir lieber.«

Seite an Seite schritten die beiden jungen Frauen durch die Straßen der Stadt. Die neugierigen Blicke einiger Männer ignorierten sie. »Was beschäftigt dich?«, fragte Paula schließlich. Flora merkte, dass sie nicht so unbefangen sprechen konnte, wie sie es sich vorgenommen hatte, als sie die Arbeit heute vorzeitig verlassen hatte. »Es geht wieder um Alfons Wagner.«

Paula blieb stehen. »Hat er dich schon wieder belästigt?«

»Nein, das nicht.« Flora schüttelte den Kopf. »Alfons hat Albert Holst Scherereien bereitet. So sehr, dass der arme Mann einen Herzanfall erlitten hat.«

»O mein Gott, ist er tot?« Paulas Gesicht war von einer Sekunde zur anderen kalkweiß geworden. Sie blieb wie angewurzelt stehen.

»Nein, es geht ihm den Umständen entsprechend gut. Er muss sich schonen, und eigentlich müsste ich jetzt bei ihm sein, um ihm im Laden zu helfen.«

»Was ist passiert?«, fragte Paula. Sie gingen weiter, und Flora erzählte der Freundin, was sich zugetragen hatte. Dabei redete sie sich wieder in Rage und konnte nicht verhindern, dass sich ihre Wut auf den schrecklichen Alfons Wagner mit jedem Satz steigerte. Sie konnte einfach nicht verstehen, warum Leonhard eine derart lang anhaltende Freundschaft zu ihm pflegte. Sie war sicher, dass es mit der Verbundenheit vorbei sein würde, wenn sie ihm erst berichtete, wie sich sein Freund während seiner Abwesenheit aufführte.

»Das hat er nicht getan.« Paula schüttelte ungläubig den Kopf, als Flora ihre Ausführungen beendet hatte.

»Leider doch«, sagte Flora gepresst. Paula stand das Entsetzen ins Gesicht geschrieben. Sie war erneut stehen geblieben und sah Flora mit großen Augen an. »Was bildet sich dieser aufgeblasene Kerl nur ein?«

»Er wird Albert Holst noch ins Grab treiben«, sagte Flora und umklammerte fest den Lenker ihres Fahrrads.

»Das wäre äußerst kurzsichtig, denn dann würde er das Geld für die gelieferten Waren natürlich nie bekommen«, entgegnete Paula. Sie dachte einen Moment lang angestrengt nach. »Besteht die Möglichkeit, dass er erfahren hat, dass du für Holst arbeitest und er sich so an dir rächen will?«

Flora zuckte die Schultern. »Du meinst, er will sich über den armen Herrn Holst an mir rächen?« Als ihre Freundin nicht antwortete, fuhr sie fort: »Denkst du, er will, dass Holst seinen Laden schließen muss und er mich so in die Arbeitslosigkeit treibt?«

»Es wäre doch möglich, oder?«

»Ich halte das für unwahrscheinlich.« Flora dachte nach. »Von wem sollte er überhaupt erfahren haben, dass ich dem Herrn Holst als Ladenmädchen zur Hand gehe?«

»Nichts einfacher als das«, erwiderte Paula. »Dazu muss er nur zufällig an dem Geschäft vorbeigekommen sein, dich durch die Fenster gesehen und eins und eins zusammengerechnet haben. Oder er hat dir aufgelauert und ist dir auf dem Weg zum Laden gefolgt, ohne dass du es bemerkt hast.«

»Er weiß aber wohl nicht, dass ich von Holst keinen Lohn bekomme und ich ihm meine Dienste ehrenamtlich zur Verfügung stelle. Sonst ergibt sein Plan wenig Sinn. Oder?«

»Wir werden es herausfinden«, sagte Paula mit einem festen Unterton in der Stimme.

Manchmal war Paula ihr fast ein bisschen unheimlich. Sorgenvoll betrachtete Flora ihre Freundin, die offenbar etwas ausheckte. »Was hast du vor?«

»Was schon? Wir gehen zu ihm und stellen den feinen Herrn Wagner zur Rede.«

»Meinst du, das ist der richtige Weg?«

»Wie willst du ihm sonst Einhalt gebieten?«, entgegnete Paula. »Er wird immer wieder über die Stränge schlagen, um dir Schaden zuzufügen. Er tobt vor Wut, weil du ihn zurückgewiesen hast.«

»Und dabei ist er jetzt schon fast über Leichen gegangen«, erwiderte Flora. Vielleicht hatte ihre Freundin recht und es war tatsächlich an der Zeit, Alfons Wagner zur Rechenschaft zu ziehen.

»Weißt du, wo er wohnt?«, fragte Paula.

»Natürlich. Ich habe Leo ein paarmal zu ihm begleitet.«

Paula nickte und schritt wütend voran. Als Flora ihr nicht gleich folgte, blieb sie ein paar Meter weiter stehen und sah sich zu ihr um. »Na los«, forderte sie Flora auf. »Oder willst du hier Wurzeln schlagen und tatenlos zusehen, bis dieser Widerling den alten Holst ins Grab getrieben hat?«

*

»Man sollte sich niemals mit seinem Vizen anlegen«, riet Konrad Sally, als er sein Werk vollendet hatte. Ein väterliches Lächeln erhellte sein von zahllosen Furchen durchzogenes Gesicht. »Erst recht nicht, wenn man neu in der Stadt ist und keine Vorstellung hat, wer sich alles auf die Seite seines Vorarbeiters schlägt, wenn es ihm an den Kragen geht.«

Sally schüttete das Wasser aus dem massiven Steinkrug, den der Alte ihm gereicht hatte, gierig in seine Kehle. Er spürte, wie seine Lebensgeister zurückkehrten. Als er sich etwas zu schnell aufrichtete, fühlte er einen stechenden Schmerz in der Hüfte. Er verzog das Gesicht. »Da war ich wohl etwas voreilig«, murmelte er und rieb sich die schmerzende Stelle.

»Dann merk dir das gut für die Zukunft«, empfahl Konrad dem Jungen. Er erhob sich schwerfällig, schlüpfte in seine Seefahrerjacke und klopfte den Staub vom dunkelblauen Ärmel. »Du hättest niemals mit ihm über dein Privatleben sprechen sollen. Julius ist ein Hitzkopf, nicht sonderlich schlau, dafür aber stark wie ein Bär. Und dass er sich den Laden seines alten Herrn unter den Nagel reißen will, dürfte dir auch nicht entgangen sein.«

»Jetzt helfen mir deine schlauen Ratschläge auch nicht mehr«, meinte Sally, während er sich schwerfällig von der Pritsche erhob.

»Pass nächstes Mal einfach besser auf, mit wem du dich anlegst.«

»Worauf du dich verlassen kannst.« Sally streifte sein zerrissenes Hemd über und fuhr sich durch das dichte, etwas zu lange Haar. Obwohl es ihn nach Hause zog, mochte er sich gar nicht ausmalen, was Flora sagen würde, wenn sie ihn so lädiert sah. Sicherlich würde sie mit ihm schimpfen, dabei hatte er sie nur verteidigen wollen.

»Wo willst du hin?«

»Nach Hause«, antwortete Sally zerknirscht. Er rang sich ein schiefes Grinsen ab. »Daran führt wohl kein Weg vorbei.«

»Nun denn. Reisende soll man nicht aufhalten.« Konrad kratzte sich am Kinn. »Dann will ich hoffen, dass deine Schwester nicht zu hart mit dir ins Gericht geht.«

»Ja, das hoffe ich auch«, sagte Sally. »Danke für deine Hilfe, ich weiß nicht, wie viel mehr meine Wunden schmerzen würden, wenn du sie nicht so schnell versorgt hättest.«

»Schon gut.« Konrad winkte ab. »Ich bin wahrlich kein Arzt, hoffen wir also, dass sich nichts entzündet.«

Bei dem Gedanken wurde Sally ein wenig flau im Magen. Dann nickte er Konrad zu und machte, dass er den düsteren Schuppen verließ. Draußen blendete ihn die Mittagssonne, die sich ihren Weg durch die tristen Wolken gebahnt hatte. Bevor Sally einen Fuß auf den Schwedenkai setzte, blickte er sich vorsichtig um. Wie immer um diese Zeit herrschte im Hafen Hochbetrieb. Das ständige Geschrei der Möwen über dem Hafenbecken mischte sich mit den Flüchen und Rufen der Männer, die ihn zusammengeschlagen hatten.

Jetzt taten sie so, als würden sie Sally gar nicht kennen. Sie blickten nur kurz auf, als er humpelnd ihren Weg querte, und widmeten sich dann sofort wieder ihrer Arbeit. Trotzdem glaubte Sally, ihre Blicke in seinem Rücken zu spüren. Er besaß aber nicht den Mut, sich zu ihnen umzudrehen. Er gab sich Mühe, seine Schmerzen nicht allzu sehr zur Schau zu tragen. Erst als er das Hafengelände verlassen hatte und den Weg zum Kütertor einschlug, atmete er erleichtert auf. Sally wusste nicht, ob er morgen noch einmal herkommen sollte, um sich eine schlecht bezahlte Arbeit im Hafen zu suchen – mit Männern, die ihn windelweich geprügelt hatten.

*

Flora war ein wenig überrascht, als ihnen die Tür der mondänen Stadtvilla ausgerechnet von Wagners Frau Lissy geöffnet wurde. Die Dame des Hauses trug eine Schürze über dem hellgrünen Musselinkleid, unter dem Rocksaum blitzten schwarz glänzende Schnürstiefel heraus. Das rostrote Haar hatte sie im viktorianischen Stil zu einem Zopf geflochten, der zwischen ihren Schulterblättern ruhte. Flora war erstaunt – Alfons hatte doch behauptet, dass seine Angetraute verreist sei. Das sei für ihn der Anlass gewesen, Flora zu einer Landpartie einzuladen.

»Welch netter Besuch«, sagte Lissy mit aufgesetzter Freundlichkeit, während sie Flora und ihre Begleiterin musterte. Das Lächeln auf ihren Lippen vermochte nicht ihre Augen zu erreichen. »Was führt euch zu uns?«

Flora bezweifelte plötzlich wieder, ob Paulas Idee, Wagner auf der Stelle mit seinem schäbigen Verhalten zu konfrontieren, richtig gewesen war. Doch Paula hatte sich nicht davon abhalten lassen, sofort zum Haus der Wagners zu marschieren. Die Villa lag am Stadtrand, Paula hatte ihnen die Fahrt in einer Kutsche spendiert. Jetzt, wo Lissy ihnen die Tür geöffnet hatte, fühlte sich Flora äußerst unwohl in ihrer Haut.

Lissy blickte sie immer noch fragend an.

Flora räusperte sich. »Wir müssen mit deinem Mann sprechen.«

»Warum?« Lissy machte keine Anstalten, den Eingang freizugeben.

»Weil er sich schlecht benommen hat«, mischte Paula sich nun ein. »Mein Name ist Paula Biel. Ich bin Floras Freundin und musste mir Schreckliches über Ihren Mann anhören. Sein Verhalten ziemt sich nicht für einen angesehenen Fabrikanten.«

»Das ist eine Frechheit«, rief Lissy, nun doch die Fassung verlierend. Ihr blasses Gesicht war fast so rot geworden wie ihr Haar, die feingliedrigen Hände zitterten.

»Lissy, wir möchten mit Alfons sprechen«, drängte Flora. »Es ist wichtig.«

»Was soll er denn angestellt haben?« Jetzt klang sie wie eine empörte Mutter, der man vorwarf, dass sich ihr Kind danebenbenommen habe. Die Kälte, die Lissy so oft ausstrahlte, war jetzt deutlich spürbar. Trotz der sommerlichen Temperaturen fröstelte es Flora. »Lass uns herein«, sagte sie. »Bitte.«

»Nein.«

Flora wusste nicht, wie sie darauf reagieren sollte. Kurz wandte sie sich zu Paula um. Ihre Freundin stand einen Schritt hinter ihr. Ein mit hellen Steinplatten belegter Weg führte von der ruhigen Seitenstraße durch einen kleinen Vorgarten hinauf zum Portal des Hauses, an dem sie standen und das von zwei massiven Steinsäulen flankiert wurde. Zwei mächtige Kastanien spendeten den Frauen Schatten. In den Baumkronen zwitscherten zwei Amseln um die Wette.

»Wir können auch gehen und mit der Polizei zurückkehren«, drohte Paula unbeeindruckt. »Also, bitten Sie uns jetzt vielleicht hinein?« So energisch hatte Flora sie selten erlebt. Es musste die selbstbewusste Art ihrer Mutter sein, die Paula derart geprägt hatte.

Sekundenlang herrschte eisiges Schweigen zwischen den Frauen. Lissy schien nachzudenken und gab Flora so die Gelegenheit, sie näher zu betrachten.

Lissy war Flora noch nie sympathisch gewesen. Sie war sehr eitel, und das, obwohl sie nicht einmal besonders hübsch war. Zwar war sie schlank und gut gebaut, doch ihr blasses Gesicht wurde von einer viel zu langen Nase beherrscht, die Augen wirkten schmal und schienen immer ein wenig listig in die Welt zu blicken, die Lippen glichen schmalen Strichen. Das rote Haar trug sie meist streng zurückgebunden.

»Kommt herein.« Widerwillig bat Lissy Wagner ihren ungebetenen Besuch schließlich ins Haus. »Ich weiß aber nicht, ob Alfons Zeit hat, um euch zu empfangen.«

»Das wird er sicherlich«, entgegnete Paula und schritt mit siegessicherer Miene an Lissy vorbei über die Schwelle, während Flora noch ganz überrascht war vom plötzlichen Erfolg. Sie folgte ihrer Freundin und schaute dabei ein letztes Mal an der Fassade der Stadtvilla hinauf. Sie war erstaunt, dass Leonhards Kompagnon sich eine derartig stattliche Bleibe leisten konnte, während sie und Leo noch davon träumten.

Die Deckenhöhe im Innern des Hauses war beeindruckend, ebenso wie die riesigen Gemälde an den Wänden, die alle den Strelasund aus verschiedenen Perspektiven und in seiner ganzen Schönheit zeigten und fast bis zu den opulenten Stuckornamenten unter der Decke reichten. Eine breite Treppe führte in die oberen Stockwerke. Während Flora sich von dem luxuriösen Prachtbau beeindruckt zeigte, schien Paula den Wert der Immobilie gar nicht bewusst wahrzunehmen. Wahrscheinlich lag es daran, dass ihre

Freundin selbst aus einem wohlhabenden Haus stammte und den allgegenwärtigen Luxus nicht als Besonderheit empfand.

Dagegen lebten Leonhard und Flora eher bürgerlich bescheiden, und doch waren sie glücklich mit ihrer Wohnung. *Luxus muss man sich erarbeiten*, sagte Leo immer, wenn er ihr von der Stadtvilla vorschwärmte, die sie eines Tages besitzen würden. Doch noch war es nicht so weit, und Flora übte sich gern in Geduld.

Lissy war mitten in der Enfilade stehen geblieben und wandte sich mit regungsloser Miene zu den Besucherinnen um. »Hier könnt ihr warten.« Sie seufzte theatralisch. »Ich werde Alfons jetzt fragen, ob er Zeit hat, euch zu empfangen.«

»Das wird er«, wiederholte Paula mit einer Stimme, die keinen Widerspruch duldete.

*

Leonhard lag voll bekleidet auf dem Bett seines Hotelzimmers, nur den Gehrock hatte er über die Lehne des Mahagonistuhls am Fenster geworfen. Gedankenverloren zupfte er an seinen Hosenträgern, sah zur hohen Decke empor und zeichnete mit seinen Blicken das Stuckmuster nach.

Das Gespräch mit Emil Weyerbusch ging ihm nicht aus dem Kopf. Sein Freund und Geschäftspartner hatte ihm Dinge berichtet, die Leonhard seinem alten Schulfreund niemals zugetraut hätte. Vermutlich war es die richtige Entscheidung gewesen, das gemeinsame Unternehmen zu verlassen und etwas ganz Neues zu beginnen.

Ein Schwerenöter sei Wagner, hatte Emil immer wieder betont. Und ein arroganter Zeitgenosse, mit dem nicht gut Kirschen essen war. So hatte Leonhard seinen Kompagnon noch nie gesehen. Für ihn war Alfons immer ein treuer Kamerad gewesen, einer zwar, der viel Wert auf sein Äußeres legte und in Anbetracht der anfangs schleppend laufenden Geschäfte einen auf dicke Hose gemacht hatte, ohne dass viel dahintersteckte, der aber sein geschicktes Händchen bei der Leitung der Firma mehrfach unter Beweis gestellt hatte. Gemeinsam hatten sie »B. Winkelmann Nachfolger« aus der tiefen Krise geholt, in der das Unternehmen gesteckt hatte, als sie es von seinem Vorbesitzer übernommen hatten. Längst schrieb die Firma wieder schwarze Zahlen.

Sollte sich Leonhard in seinem Jugendfreund so sehr getäuscht haben? Er verschränkte die Arme hinter dem Kopf, schloss kurz die Augen und erinnerte sich zurück an ihre Schulzeit. Als Jugendlicher war Alfons noch ganz anders gewesen. Gute Manieren hatten ihm seine Eltern beigebracht, er war fleißig und strebsam gewesen. Nicht zu vergleichen mit dem Verhalten, das Alfons offenbar jetzt an den Tag legte. Da Emil ihm erzählt hatte, wie Alfons seiner Angetrauten zu nahe gekommen war, überlegte Leonhard, ob sein Geschäftspartner wohl auch Flora in der Vergangenheit so behandelt hatte. Die Vorstellung war schrecklich, doch er konnte sich beim besten Willen nicht daran erinnern, dass Alfons sich je unsittlich benommen hätte – zumindest nicht in Leonhards Anwesenheit. Er war entschlossen, Flora nach seiner Rückkehr danach zu fragen, und hoffte, dass sie diese Frage verneinen würde.

Dennoch blieb ein mulmiges Gefühl zurück. Er setzte sich im Bett auf und nahm sich vor, Flora nach seiner Heimkehr zu fragen, was sie von Alfons hielt. Plötzlich hatte es Leonhard sehr eilig, zurück nach Stralsund zu kommen. Doch einige wichtige Termine standen noch auf dem Plan, und er wollte diese unbedingt noch einhalten. Seufzend trat Leonhard an das Fenster, von dem aus er den Elberfelder Bahnhof sehen konnte. Gerade fuhr ein Zug ein. Der Kessel schnaufte, die Radreifen schliffen über die Schienen.

Eine dichte Rauchwolke schwebte über dem Gleis, ein Pfiff ertönte und Stimmengewirr drang an Leonhards Ohren. Er wünschte sich, in den Zug steigen zu können, um so schnell wie möglich wieder bei seiner Flora sein zu können.

*

Alfons Wagner empfing die beiden jungen Frauen in seiner imposanten Bibliothek mit Blick in den Garten. Mit einem selbstgefälligen Lachen auf den Lippen erschien er auf der Bildfläche.

»Was verschafft mir die Ehre?«, fragte er lauter, als nötig gewesen wäre, und breitete die Arme aus, als wolle er die beiden Besucherinnen umarmen. Sein Auftritt glich dem eines überzogenen Zirkusdirektors, fand Flora. Theatralisch und mit aufgesetzter Freundlichkeit näherte er sich den Freundinnen.

Flora empfand alles an ihm, von der arroganten Miene bis zum tiefen Klang seiner Stimme, als unangenehm. Feindselig blickte sie ihm entgegen und war sicher, dass Leonhard nicht ahnte, wie sein alter Freund hinter seinem Rücken die Geschicke der Firma lenkte. Sie empfand eine tiefe Abneigung für den Geschäftspartner ihres Verlobten. Unwillkürlich fragte sie sich, wie Leonhard sich all die Jahre hatte täuschen können von der blendenden Fassade seines vermeintlichen Freundes.

»Ich dachte, Lissy wäre verreist?«, fragte Flora provokant. Im nächsten Moment bereute sie ihre Worte, denn sie hatte nicht vorgehabt ihm zu suggerieren, dass sie doch mit ihm aufs Land wollte.

Prompt fing sie sich von Paula einen mahnenden Blick ein.

Wagner stutzte und sah Flora mit lauerndem Blick an. »Hast du deine Meinung geändert?« Er schien sich ernsthaft Hoffnungen auf Floras Zuneigung zu machen. Er bedachte sie mit einem gönnerhaften Lächeln und schob die Daumen unter seine Hosenträgern.

Paula indes ignorierte er einfach, seine ganze Aufmerksamkeit galt Flora.

»Eher sterbe ich«, zischte Flora.

»Aber deshalb sind wir auch gar nicht hier«, mischte sich Paula nun ein, bevor das Gespräch außer Kontrolle geriet. Erstmals schien Wagner ihre Anwesenheit zu bemerken. Er betrachtete sie mit spöttisch hochgezogener Augenbraue. »Und Sie sind …?«

»Paula Biel«, stellte sie sich vor. »Die beste Freundin von Fräulein Baumann.« Flora bemerkte, dass sie keinen Knicks machte, wie es sich eigentlich schickte. »Ich leiste meiner Freundin seelischen Beistand.«

»Soso.« Wagners Lächeln war wie weggewischt. »Das Töchterlein von Antonie und Hermann Biel. Sieh an, sieh an, welch hoher Besuch in meinem bescheidenen Hause.«

»Sparen Sie sich Ihre Spötteleien.« Paula blickte ihn finster an.

Wagner nickte mit gespielt nachsichtiger Miene. »Wenn wir nicht über unsere kleine gemeinsame Landpartie reden wollen – worum geht es dann?« Er zog eine goldene Taschenuhr hervor, klappte mit dem Daumen den Deckel hoch und warf einen Blick auf das elfenbeinfarbene Zifferblatt. »Meine Zeit ist begrenzt.«

»Wir werden dich nicht länger aufhalten als nötig«, versicherte Flora ihm. »Was hast du dir nur dabei gedacht, den alten Herrn Holst derart zu bedrängen?« Sie spürte, wie ihr das Blut in den Kopf schoss, und ballte die Hände zu Fäusten.

Wagner tat überrascht, als Flora ihn mit dem Namen seines Kunden konfrontierte. »Ihr kennt euch?«

»Das tut nichts zur Sache«, erwiderte Paula mit schneidendem Unterton in der Stimme. »Bitte beantworten Sie die Frage von Fräulein Baumann.«

»Ich denke, dass ich dir keine Rechenschaft darüber schuldig bin, wie ich die Außenstände bei unserer Kundschaft eintreibe«, entgegnete Wagner von oben herab, während er Flora missbilligend betrachtete. »Im Gegensatz zu deinem Leo liegt mir etwas an der Firma, deshalb bin ich stets darauf bedacht, dass unsere Kunden ihre Rechnungen pünktlich bezahlen, ansonsten sehe ich mich gezwungen, unsere gelieferten Waren wieder abzuholen, um sie anderweitig zu verkaufen.« Wagner rieb vielsagend Daumen und Zeigefinger aneinander. »Wir benötigen die Umsätze, um das Überleben von ›B. Winkelmann Nachfolger‹ auch künftig gewährleisten zu können.«

»Holst steckt in massiven Schwierigkeiten. Er kann im Moment einfach nicht zahlen«, stellte Flora trotzig klar. Wagners herablassende Art nervte sie.

Er zeigte sich unbeeindruckt. »Ich kann mich nicht um die Probleme unserer Kundschaft kümmern«, gab er kühl zurück. »Ansonsten wäre ›B. Winkelmann Nachfolger‹ schneller pleite, als wir bis drei zählen können. Außerdem bin ich Fabrikant und führe kein Wohltätigkeitsunternehmen.« Wagner durchmaß die Bibliothek mit sorgsam gesetzten Schritten. Die Hände hatte er auf dem Rücken verschränkt, den Blick zum Boden gerichtet. So erinnerte er Flora an einen dozierenden Professor. Am Fenster blieb er stehen und blickte kurz nach draußen. Ruckartig wandte er sich dann zu seinen Besucherinnen um und maß sie mit seinen Blicken. »Ich habe nichts Unrechtes getan, als ich dem alten Holst ankündigte, die unbezahlte Ware abholen zu lassen.«

»Du hast ihn unter Druck gesetzt«, warf Flora ihm vor. »Der arme Mann hatte, nachdem du bei ihm warst, einen Herzanfall.«

Wagner legte den Kopf schräg. »Das habe ich nicht beabsichtigt.« Sekundenlang herrschte Stille in der Bibliothek. Flora bildete sich ein, ihr vor Aufregung laut klopfendes Herz hören zu können. Sie war nicht sicher, ob Wagner das Schicksal von Albert Holst wirklich berührte oder ob er sich hinter einer scheinheiligen Fassade versteckte. »Gib ihm einen Zahlungsaufschub, sonst muss er sein

Geschäft schließen«, bat Flora eindringlich, als Wagner sich weiter in Schweigen hüllte. Sie war darum bemüht, ihre persönliche Abneigung gegen Leonhards Partner auszublenden. Für den Moment konnte sie sogar verdrängen, wie er sie bedrängt hatte. »Holst wird sonst im Armenhaus landen.«

»Das liegt nicht in meiner Macht«, behauptete Wagner ungerührt. »Und in diesen Zeiten muss jeder, der ein Geschäft betreibt, sehen, wo er bleibt. Albert Holst muss das, und ich muss das ebenfalls, um die Fabrik nicht in den Ruin zu treiben.«

Paula räusperte sich. »Ich fürchte, Sie verstehen nicht, was meine Freundin Ihnen erklären möchte.«

»Halten Sie mich für dumm?« Wagner betrachtete Floras Begleiterin wie ein lästiges Insekt.

»Es steht mir nicht zu, über Ihren Verstand zu urteilen«, gab Paula unbeeindruckt zurück. »Doch sollten Sie bei allem Geschäftssinn ein wenig mehr Menschlichkeit zeigen.«

»Sie verlangen Barmherzigkeit von mir?«

Paula schüttelte den Kopf. »Ich appelliere lediglich an Ihren Verstand. Ein toter Kunde wird nie wieder bei Ihnen kaufen und für Umsatz sorgen.«

»Dann wird er sich auch nicht mehr neu verschulden«, gab Wagner mit einem kalten Blick zurück.

»Ich möchte doch nur, dass du Albert Holst die Gelegenheit gibst, deine Waren zu verkaufen«, bat Flora ihn eindringlich. »Erst dann wird er zahlungsfähig sein und dir die Außenstände begleichen können.« Sie rang die Hände und hoffte, dass sie Alfons erweichen konnte.

»Von meiner Forderung werde ich nicht abweichen«, sagte Wagner schließlich. Er sprach leise, wohlartikuliert und ohne jede Regung in der tiefen Stimme. Dabei war sein Blick wieder aus dem Fenster gerichtet.

»Nun gut«, sagte Paula mit einem Blick zu Flora. »Wir können Sie offenbar nicht dazu bewegen, auch nur eine Spur Anstand zu zeigen.«

»Ich bedaure«, erwiderte Wagner, ohne die Freundinnen anzusehen.

»Wir bedauern auch«, sagte Paula und ergriff Floras Hand. »Dann werden wir uns jetzt mal mit Ihrer Frau unterhalten.«

Da lachte Wagner, doch die Art, mit der er wie vom Blitz getroffen zusammenzuckte und herumwirbelte, ließ Flora und Paula erahnen, dass sie ihn in die Enge getrieben hatten. Sein Gesicht hatte eine dunkelrote Färbung angenommen. »Was erhoffen Sie sich von einem Gespräch mit Lissy?«, fragte er an Paula gewandt. »Wem, meinen Sie, wird sie mehr Glauben schenken?« Er baute sich bedrohlich vor seinen Besucherinnen auf und betrachtete sie abschätzend. »Ihrem Mann, oder zwei dahergelaufenen Frauen, die ihr ein Märchen auftischen wollen, das völlig an den Haaren herbeigezogen ist? Ich werde Lissy schnell davon überzeugen können, dass diese Geschichte eurer Phantasie entsprungen ist.«

»Das mag sein«, erwiderte Paula in einem gefährlich leisen Tonfall. »Aber es wird Ihre Frau sicher brennend interessieren, dass Sie meine Freundin zu einer Landpartie einladen wollten.«

»Ihr wagt es nicht …« Seine Augen schienen Feuerstrahlen auf Paula und Flora abzufeuern. »Das würdet ihr bitter bereuen.«

»Das hättest du dir vorher überlegen sollen«, entgegnete Flora, während sie vergeblich versuchte, ihre Aufregung zu verbergen. »Es ist höchste Zeit, dass Lissy endlich erfährt, wie sich ihr Mann benimmt, wenn sie nicht in der Stadt ist – wenn es überhaupt stimmt, dass sie auf Reisen war.«

Wagner ging nicht darauf ein.

»Unser Gespräch hat niemals stattgefunden«, zischte er, zitternd vor Wut. »Ich lasse nicht zu, dass ihr beiden«, er deutete mit dem ausgestreckten Zeigefinger erst auf Paula, dann auf Flora, »mir mein Leben ruiniert.«

»Fast hättest du das Leben von Herrn Holst auf dem Gewissen, doch das war dir gleichgültig«, entgegnete Flora. »Und ich lasse mir keine Avancen mehr machen von einem verheirateten Mann. Du bist mir zuwider!«

Sie stapfte wütend aus der Bibliothek und zog Paula hinter sich her.

»Ich werde alles abstreiten«, rief Wagner ihr nach.

Paula löste sich von Flora und blieb stehen. »Du kannst es nicht abstreiten, sie wird dir kein Wort glauben. Lissy kennt dich sicher schon gut genug, um zu ahnen, was für ein Schwerenöter du bist. Außerdem … warum sollte sie meine Worte anzweifeln? Meine Familie sind respektierte und wohlhabende Mitglieder der Gesellschaft.«

»Ich werde …«

»Holst die Waren bis zur vollständigen Bezahlung überlassen?«, fragte Flora, während sie den Geschäftspartner ihres Mannes wachsam musterte. In seinem Gesicht regte sich etwas, das sie nicht gleich deuten konnte. Die tiefrote Färbung verblasste, seine Gesichtszüge entspannten sich etwas. Dann lachte er laut los. »Ihr könnt mir nichts nachweisen! Und jetzt verlasst mein Haus, sonst werde ich die Polizei rufen!«

»Du nimmst deine Drohung beim alten Herrn Holst zurück und entschuldigst dich für deinen rüpelhaften Auftritt, sonst werden Paula und ich Lissy von deinem Besuch bei mir erzählen«, sagte Flora leise. Sie wollte nicht, dass Lissy den Streit mitbekam und schon jetzt die Wahrheit erfuhr – das hätte ihre Drohung Wagner gegenüber wenig effektiv gemacht. »Gleich morgen wirst du ihn aufsuchen, um dich bei ihm zu entschuldigen. Sei der ehrenwerte Geschäftsmann, den du Leonhard schon viel zu lange vorgaukelst.«

Als sie Alfons Wagner zurückließen, hatte Flora längst den Entschluss gefasst, Lissy nichts von den Eigenarten ihres Mannes zu berichten. Früher oder später würde sie selbst darauf kommen, was er für ein Schürzenjäger war. Flora hatte sich vorgenommen, den unangenehmen Zwischenfall möglichst schnell zu vergessen.

*

»Meinst du, er entschuldigt sich bei Holst?«, fragte Paula, als sie wenig später wieder auf der Straße standen. Sie suchte den Schatten einer weit ausladenden Kastanie auf und fächerte sich frische Luft zu. Es war in der letzten Stunde fast unerträglich warm geworden, dabei hatte der Tag eher trübe begonnen.

Flora zuckte mit den Schultern. Sie wusste noch nicht, ob es richtig gewesen war, Alfons Wagner derart in die Enge zu treiben. Womöglich reagierte er unter Druck anders, als es sich die beiden Freundinnen erhofften. »Wir hätten es Lissy sagen sollen«, bemerkte sie. »Nicht, um Alfons unter Druck zu setzen und ihm das Leben zur Hölle zu machen, sondern weil sie ein Recht auf die Wahrheit hat und wissen sollte, wie sich ihr Mann hinter ihrem Rücken benimmt.«

»Seid ihr denn befreundet?«

»Nein, das nun nicht gerade.« Flora suchte nach den richtigen Worten. »Aber keine Frau hat es verdient, belogen und hintergangen zu werden.«

Paula dachte kurz nach. »Früher oder später wird sie es sowieso erfahren«, behauptete sie dann. »Alles kommt ans Licht. Entweder verrät er sich, vielleicht wurde er auch auf dem Weg zu deiner Wohnung gesehen, obwohl sich dein Verlobter auf Reisen befindet – oder sie erfährt es … anders.«

Flora überlegte. Sie fühlte sich nicht gut nach dem Gespräch mit Wagner und fragte sich, was Leo wohl zu ihrem brüsken Auftritt sagen würde, wenn er davon erfuhr. Sie wurde aus den Gedanken gerissen, als vom gegenüberliegenden Bürgersteig Kindergeschrei ertönte. Ein Mann im taubengrauen Gehrock züchtigte einen kleinen Jungen in ärmlicher Kleidung. Die braune Hose wies Löcher an den Knien auf, die schwarzen Hosenträger waren abgewetzt. »Schlagen Sie mich nicht!«, jammerte der Junge, als ihm seine rote Schiebermütze vom Kopf rutschte und er sich danach bückte, um sie aufzuheben.

»Hab ich dich endlich, du kleiner Dieb!«, dröhnte die Stimme des schlanken Mannes, dessen Alter Flora auf Ende vierzig schätzte. Er machte den Eindruck eines gut situierten Herren aus der oberen Bürgerschicht und wirkte gepflegt. »Wo hast du meine Uhr?«

»Was geht da vor?«, fragte Paula empört und machte bereits Anstalten, die Straße zu überqueren, als ein uniformierter Polizist um die Ecke kam.

»Der Bengel hat meine Taschenuhr geklaut«, behauptete der Mann im feinen Zwirn erbost und widmete seine Aufmerksamkeit dem Polizeibeamten, der sich den Helm aus der Stirn schob und sich der Sache annahm. Routiniert hielt der Wachtmeister den zappelnden und jammernden Jungen an beiden Händen fest.

»Kennen Sie sich?«, fragte der Wachtmeister mit strengem Blick. Er musterte erst Paula, dann Flora.

»Nein, wir haben nur gesehen, wie der Mann hier …« Paula zeigte auf den Fremden, »den Jungen gegen seinen Willen festgehalten hat.«

»Weil der Lümmel ein Taschendieb ist«, behauptete der Mann im Gehrock erbost. »Er hat mir meine Taschenuhr gestohlen.«

»Das ist nicht wahr«, zeterte der Junge. »So lassen Sie mich doch los, Herr Wachtmeister.«

»Hauptwachtmeister«, verbesserte der Polizist den Kleinen. »So viel Zeit muss schon sein.« Dann wandte er sich an den vornehm gekleideten Herrn, dessen Gesichtszüge gerade etwas von ihrer Aggressivität verloren. »Ich werde mich des Jungen annehmen«, versprach der Polizist. »Gestatten – Hauptwachtmeister Holzapfel, Jakob Holzapfel«, stellte er sich in militärischem Tonfall vor und legte die freie Hand an den Schirm seiner dunkelblauen Pickelhaube. »Wenn Sie nichts mit dem Geschehen zu tun haben, gehen Sie weiter, es gibt hier nichts zu sehen.«

Seine Stimme duldete keinen Widerspruch. Flora betrachtete den Jungen, den der Mann am Schlafittchen hatte. Er tat ihr leid, doch sie wagte nicht, sich mit dem strengen Wachtmeister anzulegen. »Gehen Sie nicht zu hart mit ihm ins Gericht, Herr Wachtmeister.«

»Hauptwachtmeister«, verbesserte Holzapfel sie.

»Hauptwachtmeister«, wiederholte Flora. »Auf Wiedersehen.«

»Auf Wiedersehen. Und machen Sie den Weg frei!« Der Polizist hielt den Jungen fest an der Hand, der jetzt dem Mann im taubengrauen Gehrock die Zunge herausstreckte.

Flora entfuhr ein Geräusch der Belustigung. Als sie den strengen Blick des Polizisten sah, entschuldigte sie sich kleinlaut und machte, dass sie Paula folgte, die schon vorgegangen war. Sie hoffte, diesem Polizisten so schnell nicht wieder zu begegnen.

# Kapitel 15

Als Flora in Begleitung ihrer Freundin Paula nach Hause kam, stockte ihnen der Atem: An der Wohnungstür hockte eine Gestalt im Türrahmen. Die Beine angewinkelt und mit den Armen umschlungen, ruhte der Kopf des Fremden auf seinen Knien. Flora erkannte Löcher in der Hose und Blutflecken auf dem zerrissenen Hemd, das irgendwann einmal weiß gewesen sein musste. Regungslos hockte der Mann da. Sie fragte sich, wie er überhaupt ins Haus gekommen war und warum er jetzt ausgerechnet vor ihrer Wohnungstür saß. Wartete er auf sie? Doch warum regte er sich dann nicht?

Flora wandte sich zu ihrer Freundin um und legte stumm den Zeigefinger auf die Lippen. Paula blickte an ihr vorbei und sah, was Floras Aufmerksamkeit in Anspruch nahm. »Lebt er?«, hauchte sie.

Flora betrachtete die Gestalt im Türrahmen. Sie rührte sich nicht, auch nicht, als sie ihr vorsichtig näher kam. Ihr Herz raste, ihre Nerven waren zum Zerreißen gespannt. Sie zog in Erwägung, sich Unterstützung vom Hausmeister zu holen. Der Mann, der zusammengekauert vor der Tür saß, atmete gleichmäßig. War er eingeschlafen?

»Komm schon«, forderte Paula sie flüsternd auf. »Sieh nach, ob er noch lebt.«

Flora nahm allen Mut zusammen, beugte sich über den fremden Mann, streckte eine Hand aus und tippte ihm auf die Schulter. »Hallo?«, sagte sie zaghaft. Flora blickte sich ängstlich um, fand aber im kärglich eingerichteten Treppenhaus keinen geeigneten Gegenstand, den sie im Zweifelsfall als Waffe einsetzen konnte, um sich zur Wehr zu setzen, sollte der Mann aggressiv werden. Sie wusste, dass Paula ihr beistehen würde, doch würde das reichen?

Als sie ihn vorsichtig an der Schulter berührte, kehrte das Leben in den Fremden zurück. Er atmete tief durch, hob den Kopf – und blickte sie verängstigt an.

»Sally«, rief Flora, »mein Gott, was ist mit dir geschehen?« Eine tiefe Wunde befand sich unter seinem rechten Auge, das linke war zugeschwollen, die Haut schimmerte in allen erdenklichen Farben. Beide Handrücken waren von getrocknetem Blut verkrustet.

»Flora«, krächzte er heiser und erhob sich schwerfällig wie ein alter Mann. Ein Stöhnen kam über seine aufgeplatzte Unterlippe.

»Das ist Sally, mein kleiner Bruder«, erklärte Flora erleichtert und sah aus den Augenwinkeln, wie Paula sich entspannte. Dann wandte sie sich wieder Sally zu. Er machte einen besorgniserregenden Eindruck, wirkte geschwächt und eingeschüchtert. »Bist du gestürzt oder hattest du einen Unfall im Hafen?« Beide Frauen halfen dem Jungen auf die Beine.

Er grinste schwach und deutete ein Nicken an. »Unfall«, krächzte er, wobei die geschwollene Unterlippe ihm das Sprechen erschwerte, »so könnte man es beinahe nennen.«

»Du siehst aus, als wärst du unter ein Ochsenfuhrwerk geraten«, stellte Flora fest und öffnete die Wohnungstür. »Wo ist deine Mütze?«

»Oje.« Sally tastete wie in Trance seinen Kopf ab und verzog das Gesicht. »Die muss ich verloren haben.«

»Komm erst einmal rein, und dann erzählst du uns alles.« Flora bugsierte ihren kleinen Bruder in die Wohnung, warf Paula einen entschuldigenden Blick zu und drückte die Tür ins Schloss, nachdem alle im Korridor standen.

*

Er konnte es drehen und wenden, wie er wollte: Die Zahlen versprachen nichts Gutes. Als wäre das noch nicht schlimm genug, plagten ihn schon wieder die Schmerzen in der Brust. Es war, als hätte man ihm einen unsichtbaren Bleigürtel umgelegt, der ihm das Atmen erschwerte.

Albert Holst hockte vorgebeugt an seinem Schreibtisch im Büro und studierte die Umsätze der letzten Tage, um sie seinen laufenden Kosten gegenüberzustellen. Auffallend war, dass sich die Einnahmen der vergangenen Tage leicht verbessert hatten. Das schrieb der Geschäftsmann der tatkräftigen Hilfe der jungen Flora Baumann zu, die ihm selbstlos ihre Unterstützung angeboten hatte. Ein Seufzen kam über die Lippen des alten Mannes, als er an sein Ladenmädchen dachte. Wäre sie nicht zur rechten Zeit gekommen, hätte er den Herzanfall womöglich nicht überlebt, sinnierte er. Seine Gedanken kreisten um Julius, seinen missratenen Sohn. Hätte der Junge nicht eine gescheite Frau nach Hause bringen können, die ihm das Geschäft führte, wenn schon der Sohn selbst nicht in der Lage war, sich um den Laden zu kümmern?

So ging es nicht weiter. Und vielleicht war es sogar eine Fügung des Schicksals, dass Alfons Wagner ihm die Abholung der nicht bezahlten Waren angekündigt hatte. Damit nahm er Holst die schwere Entscheidung, seinen Laden endgültig zu schließen, ab.

Jede Rechnung, die er jetzt noch bezahlen konnte, war nur ein Tropfen auf dem heißen Stein. Nichts würde ihn noch vor dem Untergang retten. Holst atmete schwer. Der Gedanke, das Lebenswerk seiner Frau aufgeben zu müssen, brach ihm fast das Herz. Doch es half nichts. Wenn kein Wunder geschah, würde er kapitulieren müssen.

Er würde auch den Mut aufbringen müssen, Flora Baumann in seine Überlegungen einzubeziehen. Sie hatte es verdient, dass er offen und ehrlich mit ihr war. Aufopferungsvoll hatte sich das

Mädchen in den letzten Tagen darum gekümmert, den Laden auf Vordermann zu bringen und die Kundschaft zu bedienen. Sie war eine kluge junge Frau, die fleißig und ambitioniert war, die in der Lage war, schnell zu lernen, um den Kundinnen mit Rat und Tat zur Seite zu stehen.

Morgen würde er ihr mitteilen müssen, dass er ihre Hilfe nicht länger brauchen würde. Bei diesem Gedanken holte er tief Luft und spürte auf der Stelle wieder das Stechen in der Brust. Flora Baumann war ein guter Mensch. Es war ein Jammer, jetzt, wo sich Licht am Ende des Tunnels abzeichnete, aufgeben zu müssen. Doch es nutzte nichts. Holst besaß trotz aller Rückschläge und Niederlagen noch genug Stolz, um den Zeitpunkt der Geschäftsaufgabe selbst zu bestimmen. Er wollte nicht warten, bis die Leute von »B. Winkelmann Nachfolger« kamen, um die Warenbestände zu beschlagnahmen, und so das Ende des kleinen Ladens besiegelten. Alfons Wagner war ein harter Geschäftsmann, der Außenstände nicht duldete. Fast hatte Holst Verständnis für Wagners Handeln, schließlich konnten verstrichene Zahlungsfristen sein Unternehmen gefährden. Er tat an sich nichts Unrechtes, so liefen die Geschäfte eben. Es gab Sieger, und es gab Verlierer. Holst wusste sich auf der Seite der Verlierer. Der alte Geschäftsmann warf den Füller resignierend auf den Schreibtisch. Ein Tintentropfen spritzte auf die vor ihm liegende Rechnung und hinterließ einen unansehnlichen, tiefblauen Fleck auf dem Papier, genau dort, wo sich Wagners geschwungene Signatur befand.

Holst fluchte ungestüm und erhob sich von seinem Stuhl. Während er im Büro auf und ab marschierte, am Fenster stehen blieb, zum Hinterhof hinausblickte und sinnierte, bevor er seine Wanderung durch das Büro fortsetzte, fasste er einen Entschluss. Zeit zu trauern fand er allerdings nicht, denn als das Glöckchen an der Ladentür klingelte, fiel ihm ein, dass Flora nicht da war, um sich um die Kundschaft zu kümmern. Er musste selbst nach vorn und die Wünsche seiner Kunden erfüllen. Als ihm bewusst wurde, dass er sich nicht mehr lange um die Bedürfnisse der Damen würde kümmern können, presste er die Lippen zu einem schmalen Strich zusammen. »Ich komme«, rief er und wunderte sich ein wenig darüber, dass niemand antwortete. Schwerfällig wie ein Greis schlurfte Holst in den vorderen Bereich des Ladens, um zu sehen, wer gekommen war.

*

»Also, der Reihe nach.« Paula machte sich in der Küche zu schaffen, während Flora sich um die Wunden ihres Bruders kümmerte. Der alte Konrad hatte ihn mehr schlecht als recht verbunden, aber immerhin hatte er ihrem Bruder geholfen. Flora beschloss, sich bei Konrad zu bedanken, sobald sie dazu Zeit fand. Er musste eine Art Faktotum des Hafens sein, ein menschgewordenes Original. So hatte Sally es den Freundinnen mit wenigen Worten erzählt. Flora hatte keinen Hehl daraus gemacht, was sie von Konrads medizinischen Fähigkeiten hielt. Vorsichtig tupfte sie das bereits getrocknete Blut von der geschundenen Haut ihres Bruders, während Paula ihm einen kalten Lappen reichte, mit dem er sich das geschwollene Auge kühlen konnte. Sally ertrug sein Schicksal tapfer und gab sich große Mühe, seine Schmerzen zu verbergen.

»Es war Julius, und es ist meine Schuld«, begann er zu erzählen. »Ich habe mich mit ihm angelegt.« Stockend berichtete er, wie er seinem Vorarbeiter am Morgen aufgelauert hatte, um Julius Holst für dessen Verhalten zur Rechenschaft zu ziehen. Die beiden Freundinnen unterbrachen ihn kein einziges Mal, warfen sich nur ab und zu vielsagende Blicke zu. Flora spürte, wie Wut in ihr aufstieg.

»Dieser Julius ist gefährlich«, sagte Paula schließlich, nachdem sie Sally einen Pott mit Tee hingeschoben hatte. Er kauerte auf der Bank neben dem Küchenfenster und stierte auf die große Tischplatte. Als der würzige Teeduft an seine Nase drang, nahm er die Tasse und trank in kleinen Schlucken. Dann schaute er erst Paula, dann Flora mit treuem Hundeblick über den Rand der Tasse an. »So was kann der doch nicht ungestraft mit dir machen.«

Flora, die ihm gerade die Stirn abgetupft hatte, ließ die Hand sinken. »Was kann er mit mir nicht machen?«

»Na, dir abends auflauern und dir Angst einjagen.«

Flora wusste nicht, ob sie lachen oder weinen sollte. Sie brachte den Lappen zum Spülstein, zog sich einen Stuhl heran und setzte sich zu ihrem Bruder. »Du wolltest dich rächen, weil er mir Angst eingejagt hat?«

Sally nickte und schaute zu ihr auf. »Natürlich. Ich muss meine Schwester doch beschützen. Was wäre denn, wenn er sich nicht vor mir fürchten muss? Dann würde er es wieder und wieder tun.«

Flora war gerührt, und ihr wurde zum ersten Mal bewusst, wie sehr ihr Bruder ihr gefehlt hatte. »Dass du dich aber ausgerechnet mit dem Vorarbeiter anlegst, grenzt schon an Größenwahn, das musst du zugeben.«

»Ja.« Schuldbewusst senkte Sally den Kopf. »Aber er kann doch nicht einfach …«

»Moment«, rief Paula dazwischen. Sie stand zwischen dem Spülstein und dem schmalen Küchenfenster und beobachtete die ungleichen Geschwister. »Das ist ein Fall für die Polizei«, stellte sie energisch fest. »Was, wenn wir nichts unternehmen? Wie schlimm fällt seine Rache beim nächsten Mal aus? Dieser Julius muss doch jetzt vor Wut kochen. Erst zeigst du«, sie deutete auf Flora, »ihm die kalte Schulter, und dann«, jetzt zeigte sie auf den geschundenen Sally, »versuchst du ihn zu verprügeln.«

»Aber die anderen Männer im Hafen waren auf seiner Seite«, gab Sally kleinlaut zurück. »Ich hatte keine Chance.«

»Deshalb ist der Schwedenkai ab sofort tabu für dich«, beschloss Flora. »Du wirst dir eine andere Arbeit suchen.«

Sally wich ihrem Blick aus. Flora konnte seine Gedanken nicht lesen, doch sie ahnte, dass er schon morgen wieder bei seinem Vizen sein würde, um sich zu entschuldigen und um Arbeit für einen weiteren Tag zu bitten. Sie wandte sich an ihre Freundin. »Wie meintest du das mit der Polizei?«

»Es kann nicht sein, dass dieser verzogene Holst-Sprössling erst dir auflauert, um dich zu bedrohen, und dann Sally verprügelt.«

»Das war er ja eigentlich gar nicht«, gab Sally zu bedenken. »Die anderen Arbeiter haben mich für ihn verprügelt. Er selbst musste nichts tun, er stand nur daneben. Außerdem habe ich angefangen, während er sich ja nur gewehrt hat.«

»Wie dem auch sei, Julius Holst sollte das Handwerk gelegt werden.« Paula dachte kurz nach, dann wandte sie sich an Flora. »Da war doch vorhin der kleine Junge, der von dem vornehm gekleideten Herrn des Diebstahls bezichtigt wurde, erinnerst du dich?«

»Wachtmeister Holzapfel – Hauptwachtmeister Holzapfel meine ich.« Flora kicherte. »Natürlich.« Sie erinnerte sich an die Szene, die sich vor Alfons Wagners Haus zugetragen hatte. »Offen gestanden möchte ich diesem aufgeblasenen Polizisten nicht noch einmal begegnen. Und jetzt willst du ihn in unsere Angelegenheiten hineinziehen?«

Paula blieb beharrlich. »Das ist sein Beruf, Flora – er muss für Recht und Gerechtigkeit sorgen.«

»Wenn es sein muss.« Flora konnte sich nicht recht mit dem Gedanken anfreunden, Holzapfel um Hilfe zu bitten. »Du findest die Polizeiwache im Rathaus, beim Buttergang.«

»Ach was.« Paula winkte ab. »So weit muss ich gar nicht laufen.«

»Du meinst, dass du ihn noch auf Streife abfangen kannst?«

»Ich werde es versuchen.« Paula nickte ihr entschlossen zu, schenkte Sally ein aufmunterndes Lächeln, dann stürmte sie aus der Wohnung.

»Mensch, Sally, was mache ich bloß mit dir?« Flora drückte ihren Bruder an ihre Brust. Er antwortete nicht, schlang nur seine Arme um ihre Hüfte und genoss ihre Nähe. Nur am Zucken seiner Schultern bemerkte Flora, dass ihr kleiner Bruder lautlos zu weinen begonnen hatte.

*

»Was willst du hier?« Feindselig blickte Albert Holst seinem Gast entgegen. Er ahnte, dass Julius nichts Gutes im Schilde führte. Mit dem Besuch seines Sohnes hatte er nicht gerechnet, entsprechend schwer fiel es ihm, seine Überraschung zu verbergen. Das beklemmende Gefühl in seiner Brust verstärkte sich. Er massierte die schmerzende Stelle und versuchte, so gut es ging, den Schmerz zu ignorieren.

»Wo ist sie?«, fragte Julius, ohne die Frage seines Vaters zu beantworten. Breitbeinig hatte er sich vor dem Verkaufstresen aufgebaut. Trotz der frühen Stunde – es war gerade mal später Nachmittag – war sein Atem schon von Alkohol geschwängert. So wie Holst seinen Sohn kannte, hatte Julius schon wieder getrunken. Angewidert wich er einen halben Schritt zurück und drehte den Kopf so, dass er die Schnapsfahne nicht riechen musste. Julius setzte nach und grinste seinen Vater überheblich an. Der Geschäftsmann betrachtete seinen Sohn wachsam. »Wo ist wer?«

»Dieses Ladenmädchen.« Julius blickte sich suchend um und legte lauschend den Kopf schräg. »Wo steckt das Mädchen?«

»Sie ist nicht hier.« Holst fragte sich, woher sein Sohn wusste, dass er seit einigen Tagen Unterstützung von Flora bekam.

»Warum nimmst du sie in Schutz?«

»Tue ich das?«

»Sicher. Sonst würdest du mich nicht anlügen.« Julius' Gesicht hatte eine tiefrote Färbung angenommen. »Wo versteckt sich dieses Miststück?«

»Sie ist nicht hier«, wiederholte Holst mit einer stoischen Ruhe. Es war an der Zeit, in die Offensive zu gehen. Holst hatte nicht vor, sich von seinem eigenen Sohn einschüchtern zu lassen. »Allerdings würde ich gerne wissen, was dich hierhertreibt.« Er legte eine Pause ein und musterte seinen Sohn. »Nach all der Zeit.« Holst legte seine schwieligen Hände auf den Tresen und atmete tief durch. Es fiel ihm immer schwerer, den stechenden Schmerz in seiner Brust zu ignorieren.

Julius ging nicht auf die Frage seines Vaters ein. »Sie will sich den Laden erschleichen.«

»Wie bitte?« Holst glaubte, sich verhört zu haben. War sein Sohn jetzt von allen guten Geistern verlassen? »Junge, wovon redest du?«

»Sie biedert sich mit ihrer Hilfe an, buhlt um deine Gunst und hofft, den Laden eines Tages übernehmen zu können.«

Jetzt musste Holst lachen. Es war ihm neu, dass sein Sohn nicht nur ein Taugenichts war, sondern auch noch Gespenster sah. »Wie kommst du denn auf so einen Blödsinn?« Kurz ließ der stechende Schmerz in der Brust nach. Der Geschäftsmann nutzte den Moment, um ein paarmal tief durchzuatmen. »Was weißt du denn …«

»Was sollte die künftige Frau eines Fabrikanten dazu bewegen, ausgerechnet dir zu helfen?«

»Sie ist mit einem Fabrikanten verlobt?« Holst bereute, dass ihm die Frage herausgerutscht war. Eigentlich hatte er nicht vor, Julius seine Unwissenheit zu offenbaren. Dass Flora einen Fabrikanten heiraten würde, hatte er nicht geahnt. Womöglich erklärte das auch ihren ehrenamtlichen Einsatz, denn auf den Lohn konnte sie unter diesen Umständen wohl verzichten. Viele Frauen von wohlhabenden Männern brachten sich karikativ in die Gesellschaft ein.

Albert Holst fragte sich, woher sein Sohn diese Informationen hatte.

»Natürlich. Und tu nicht so, als wüsstest du nichts davon.«

»Ich hatte keine Ahnung«, beteuerte Holst seinem Sohn. Die Gedanken rasten durch seinen Kopf. Was hatte Flora bewegt, sich ausgerechnet um ihn zu kümmern? Gab es denn keine richtigen Wohlfahrtsverbände, denen sie sich anschließen konnte? Warum ausgerechnet er diese Hilfe bekam, erschloss sich ihm nicht. Holst verstand die Welt nicht mehr. Flora arbeitete freiwillig und unentgeltlich bei ihm, im Gegenzug durfte sie sich die Materialien für ihr Hochzeitskleid aus dem Regal nehmen. Mehr wusste er nicht über sie. Doch die paar Materialien dürften nicht der Grund für ihren Einsatz bei ihm sein.

»Der kleine Bruder deines Ladenmädchens hat geplaudert«, riss ihn Julius' spöttische Stimme aus seinen Gedanken. »Im Suff hat er mir erzählt, dass seine Schwester bei dir arbeitet, angeblich, um dich vor der Pleite zu bewahren. Doch das ist Unfug. Sie will den Fuß in der Tür haben, wenn du den Laden nicht länger halten kannst.«

»Wozu soll das gut sein?«

»Was weiß ich?« Julius Holst zuckte die Schultern und winkte ab. »Interessiert mich aber auch gar nicht. Ich will einfach nur meinen Anteil am Geschäft, dann bist du mich wieder los.«

»Wovon soll ich dich auszahlen?« Holst kratzte sich am Hinterkopf. »Meine Lieferanten sind zu Gläubigern geworden. Sie stehen quasi Schlange und drohen mir, damit ich endlich meine Rechnungen begleiche. Sehr zu meinem Bedauern sind die Umsätze mit dem Tod deiner Mutter zurückgegangen, und ich allein werde es wohl nicht schaffen, mit dem Laden zu überleben.« Er lachte humorlos auf. »Geschweige denn, meinen missratenen Sohn auszuzahlen, der es jahrelang nicht für nötig gehalten hat, seinen Eltern im Geschäft zu helfen, um das Handwerk von der Pike auf zu lernen und um den Laden eines Tages übernehmen zu können. Stattdessen wurde er zum Trinker und Tagelöhner.«

»Ich bin Vorarbeiter, Vater«, verbesserte Julius ihn. »Ein verdammt guter Vorarbeiter sogar.« In seinen Augen lag ein gefährliches Leuchten, das Holst nicht recht deuten konnte. In diesem Moment hatte er zum ersten Mal Angst vor seinem eigenen Sohn. Er fragte sich, was Julius bewogen hatte, hier zu erscheinen und Forderungen zu stellen. Doch das würde er jetzt nicht ergründen können.

»Sie hat es eigentlich nicht nötig, sich Anteile am Laden zu sichern«, behauptete Julius. »Angewiesen ist sie darauf nämlich nicht. Ihr Verlobter ist Teilhaber bei ›B. Winkelmann Nachfolger‹.«

»Was?« Holst spürte, wie ihm schwindelig wurde. Er krallte die Hände in die Kante des Tresens, um nicht das Gleichgewicht zu verlieren. Weiß traten die Knöchel seiner Finger unter der dünnen Haut hervor. Schwarze Punkte tanzten vor seinen Augen. Wenn es stimmte, was sein Sohn ihm da erzählte, dann war Flora Baumann die Verlobte des Mannes, der ihm das Leben gerade zur Qual machte: Alfons Wagner. Konnte er sich so in der jungen Frau getäuscht haben? Oder war das der Grund, warum sie ihm heute nicht im Laden half?

War sie deshalb nicht erschienen, weil sie fürchten musste, dass ihre Tarnung aufflog? Egal, wie er es drehte und wendete, eines passte nicht zum anderen, und ihm erschien Floras ehrenamtliche Hilfe plötzlich in einem ganz neuen Licht.

Seine Knie wurden weich, der Raum schien sich plötzlich zu drehen. Dann sackte Albert Holst zusammen. Das Letzte, was er spürte, war der harte Schlag am Hinterkopf, mit dem er an dem Regal in seinem Rücken aufschlug. Dann wurde es dunkel um ihn herum.

*

»So, jetzt noch mal der Reihe nach.« Hauptwachtmeister Jakob Holzapfel schob sich die Pickelhaube in den Nacken und legte den Notizblock auf den Küchentisch. Die silbernen Knöpfe seiner dunkelblauen Uniform blitzten im Licht der tief stehenden Sonne, das durch das Fenster in den Raum drang. Auf seiner hohen Stirn glänzten winzige Schweißperlen. Durch das geöffnete Küchenfenster drang das Lachen von Kindern herauf, die im Hof spielten. Nachdenklich betrachtete der Polizist erst die beiden Frauen, dann den Jungen. »Du wolltest das schäbige Verhalten von Julius Holst deiner Schwester gegenüber rächen, ist das korrekt?«

Sally Baumann nickte. »Ja«, sagte er leise. »So ist es. Ich meine, er kann ihr doch nicht im Dunkeln auflauern und ihr Angst einjagen.« Jetzt rang sich Sally ein Lächeln ab und sah zu Flora auf. »Deshalb wollte ich ihm eine Abreibung verpassen.«

Flora war unendlich stolz auf ihren kleinen Bruder, der sich so tapfer den Fragen des strengen Wachtmeisters stellte und sein Verhalten mutig verteidigte.

»Das wäre eine Sache der Polizei gewesen«, belehrte ihn Hauptwachtmeister Holzapfel in mahnendem Ton. »Niemand muss sich prügeln, um für Gerechtigkeit zu sorgen.« Kurz entspannten sich die Gesichtszüge des Beamten, den Flora auf Anfang fünfzig schätzte. »Mir ist durchaus bewusst, dass im Hafen andere Gesetze gelten – jedenfalls nach Auffassung vieler Männer, die dort arbeiten.« Jetzt tippte sich der Polizist auf die Brust. »Aber das stimmt nicht, denn ich bin das Gesetz, und sonst niemand.«

Flora zweifelte keine Sekunde an seiner Autorität. Viele Polizisten hatten früher beim Militär gedient, sie waren Vertreter der staatlichen Macht und die Bürger ihre Untertanen. Doch Holzapfel schien unter der harten Schale ein gutes Herz zu haben. Und er bewies trotz seiner Position das nötige Feingefühl für Konflikte, das machte ihn ihr irgendwie sympathisch.

Sally räusperte sich verlegen. »Ich weiß.« Er senkte den Blick. Flora sah ihm an, dass ihrem Bruder die Angelegenheit unangenehm war. »Aber ich hatte Angst um meine Schwester. Was, wenn er es wieder getan hätte?«

»Junge«, sagte der Polizist, »was du getan hast, ist durchaus verständlich, trotzdem kommt man zur Polizei, wenn etwas Unrechtes geschehen ist.« Er machte eine bedeutungsschwere Pause, bevor er mit strenger Miene fortfuhr. »Selbstjustiz ist nämlich streng verboten.«

Jetzt ruckte Sallys Kopf hoch. Hilfe suchend sah er zu Paula und seiner Schwester, dann schaute er wieder den Wachtmeister an. »Muss ich jetzt ins Gefängnis?«

»Ich lasse noch einmal Gnade vor Recht ergehen«, erklärte der Polizist gönnerhaft. »Aber ich werde mir die Aussage von diesem …«, er blätterte in seinen Aufzeichnungen, bevor er fortfuhr, »von diesem Julius Holst noch einmal genau anhören müssen.«

»Selbstverständlich«, nickte Flora. »Er darf keinesfalls ungestraft davonkommen.« Die Vorstellung, dass sich Holsts Sohn für sein Verhalten verantworten musste, gefiel ihr.

»Moment«, sagte der Hauptwachtmeister gedehnt und erhob warnend den Zeigefinger. »Das habe ich zu entscheiden, denn ich bin für die öffentliche Ordnung zuständig und verantwortlich, nicht du, mein Junge.« Wachtmeister Holzapfel erhob sich schwerfällig, zupfte den Rock seiner Uniform zurecht und betrachtete den Jungen und die beiden Frauen argwöhnisch. Er war ein stattlicher Mann, Flora konnte sich ihn gut als Soldaten vorstellen.

Der Polizist schob Papier und Stift in die Tasche seiner Uniform und nickte in die Runde. »Sie hören von mir.« An der Küchentür wandte der Gendarm sich zu Sally um. »Und um das klarzustellen: Noch einmal dulde ich so ein Fehlverhalten von dir nicht, ist das klar, junger Mann?«

»Natürlich, glasklar«, beteuerte Sally dem Polizisten. Flora sah ihm an, dass sich ihr kleiner Bruder elend fühlte, was nicht nur an den sicherlich noch immer schmerzenden Wunden liegen dürfte.

Nachdem sich Jakob Holzapfel von Sally und Paula verabschiedet hatte, ließ er sich von Flora zur Tür bringen. »Was wird jetzt mit Julius Holst passieren?«, fragte sie halblaut, als sie sich im Korridor gegenüberstanden.

Nun wirkten die Gesichtszüge des Beamten ein wenig freundlicher. Flora glaubte sogar, den Ansatz eines Lächelns zu erkennen. »Ihr Bruder sorgt sich offenbar sehr um Ihr Wohlergehen«, sagte er leise, »das ehrt ihn, Selbstjustiz hin oder her.«

»Danke«, sagte Flora ernst. »Dennoch mache ich mir Sorgen, dass er …«

»Ich werde ihn nicht wegen eines kleinen Fehltritts belangen«, versprach Holzapfel beschwichtigend.

Flora fiel ein Stein vom Herzen. »Haben Sie vielen Dank«, sagte sie erleichtert. Doch ganz hatte sie ihre Sorge nicht überwunden. In Gedanken sah sie ihren kleinen Bruder schon im Gerichtssaal sitzen, während er seine Aussage gegen Julius Holst machen musste. »Wie wird es denn jetzt weitergehen?«

Offenbar hatte Hauptwachtmeister Holzapfel nicht vor, sich in die Karten schauen zu lassen. »Ich werde Julius Holst besuchen, mir seine Geschichte anhören und dann entscheiden, wie ich mit ihm verfahre.«

»Fragen Sie im Hafen«, empfahl Flora ihm. »Und erkundigen Sie sich bei seinem Vater, bei Albert Holst, über seinen Sohn.«

»Das werde ich machen.« Der Wachtmeister hob die Hand und legte sie zum militärischen Gruß an den Schirm der Pickelhaube, dann verabschiedete er sich und verschwand im Treppenhaus. Flora stand nachdenklich im Türrahmen und atmete erst auf, als die schweren Schritte des Polizisten unten angekommen waren und sie die Haustüre schließen hörte.

*

»Was geht hier vor?« Die strenge Stimme drang gedämpft an Albert Holsts Ohren. Nur langsam erwachte er aus der Ohnmacht. Ihm war übel, und als er die Augen öffnete, kam es ihm einen Moment lang so vor, als würde er dem Leibhaftigen ins Antlitz schauen, doch es war das tiefrote Gesicht eines Mittfünfzigers mit einem strengen, preußischen Schnurrbart. Unter dem Kinn spannte ein Lederriemen, die Stirn war von einem Schirm überschattet. Es dauerte einen weiteren Moment, bis Holst begriff, dass es sich bei dem Mann, der neben ihm in die Knie gegangen war und ihm jetzt die Wangen tätschelte, um einen Wachtmeister handelte. Holst fragte sich, wie der Polizist in seinen Laden gekommen war. Als er den Kopf zur Seite drehte, sah er, dass er auf dem Rücken lag, direkt vor dem Verkaufstresen in seinem kleinen Laden. Es grenzte an ein Wunder, dass er sich bei dem Sturz nichts gebrochen hatte. Dennoch schmerzte ihm jeder Knochen.

»Ich habe nichts gemacht«, ertönte eine ihm bekannte Stimme, die er aber nicht gleich zuordnen konnte. »Gar nichts, Herr Wachtmeister.«

»Hauptwachtmeister«, verbesserte der Gendarm, ohne sich zu dem Sprecher umzudrehen. Seine volle Aufmerksamkeit galt Albert Holst. »Wie geht es Ihnen?«

»Nicht so gut«, murmelte Holst wahrheitsgemäß. »Mein Herz macht mir zu schaffen.« Er blinzelte, als ein Sonnenstrahl sein Gesicht in dem Moment traf, als der Polizist ein wenig zurückwich und sich zu dem Sprecher umwandte.

»Was stehen Sie da rum und halten Maulaffen feil? Holen Sie Ihrem Vater lieber ein Glas Wasser, junger Mann!«

Langsam kehrte beim alten Holst die Erinnerung zurück. Der Sprecher im Hintergrund, der offenbar nichts Besseres zu tun hatte, als seine Unschuld zu beteuern, musste sein missratener Sohn sein. Doch warum war der Taugenichts in seinem Laden?

»Ich bin unschuldig!« Julius klang ungewohnt weinerlich. Zäh wie dickflüssiger Honig rannen die Gedanken durch Holsts Kopf. Er dachte angestrengt nach und erinnerte sich schwach an einen Streit mit Julius. Er war hier aufgetaucht, um seine Anteile am Geschäft einzufordern. Einem Geschäft, das keinen Gewinn abwarf. Bei diesem Gedanken spürte Holst einen stechenden Schmerz im Kopf. Er hob den Arm und massierte sich seine Stirn.

»Sie sind bewusstlos geworden«, attestierte ihm der Polizist. »Können Sie aufstehen?«

»Nein.« Holst schüttelte den Kopf, bereute diese Bewegung jedoch gleich wieder, weil der Kopfschmerz dadurch an Intensität zunahm. Er verzog das Gesicht, was dem Schutzmann offensichtlich Sorge bereitete.

»So bewegen Sie sich doch – Ihr Vater braucht dringend etwas zu trinken!«, herrschte er Julius über die Schulter an. Holst schloss die Augen, kämpfte gegen die Übelkeit an und hörte im nächsten Moment Schritte. Julius lief an ihnen vorbei, rief noch einmal: »Ich hab nichts gemacht!« und verschwand im hinteren Bereich des Ladens.

»Wer sind Sie, und wie kommen Sie hierher?«, fragte Holst den Polizisten mit schwacher Stimme. Vergeblich versuchte er, sich an Einzelheiten zu erinnern, doch über seiner Erinnerung lag ein dichter, trüber Schleier.

»Hauptwachtmeister Jakob Holzapfel«, stellte sich der Uniformierte in zackigem Ton vor. »Ich bin gekommen, um Sie nach Ihrem Sohn zu befragen. Dass ich ihn allerdings gleich persönlich in Ihrer Gesellschaft antreffe, hätte ich nicht erwartet.«

»Schön«, log Holst, während ihm das schiefe Grinsen misslang. »Er ist ein Nichtsnutz, mein Sohn.« Der alte Mann fühlte, wie die Wut den körperlichen Schmerz verdrängte. »Was hat er denn angestellt?«

»Das gilt es herauszufinden«, beschied ihn Holzapfel. »Jetzt aber geht es erst einmal um Sie, Herr Holst.« Der Polizist packte ihn an den Armen und half Holst dabei, sich aufzusetzen.

»Das verdammte Herz macht mir das Leben schwer, und ich reagiere allergisch auf Aufregung«, murmelte Holst, während er ins Leere starrte. Ihm war, als hätten es plötzlich alle auf ihn abgesehen. Erst der unangenehme Besuch von Alfons Wagner, dann der Auftritt seines Sohnes, der ihn zu der Erkenntnis geführt hatte, dass sein Ladenmädchen ausgerechnet mit Wagner liiert war. Unwillkürlich fragte er sich, was er dem lieben Gott wohl getan hatte, dass er ihn derart strafte.

»Und der Besuch Ihres Sohnes hat Sie wohl in Aufregung versetzt«, mutmaßte der Hauptwachtmeister.

»Allerdings.« Holst griff nach dem Glas Wasser, das ihm gereicht wurde. Gierig trank er. Das kühle Nass erfrischte ihn und ließ die Lebensgeister zurückkehren. Wütend blickte er zu Julius auf, der neben dem Polizisten stand und hilflos wirkte wie ein kleiner Junge, auf den eine Menge Ärger wartete.

»Ich habe nichts gemacht«, beteuerte er immer wieder.

»Halten Sie doch mal Ihr verdammtes Mundwerk«, herrschte Holzapfel ihn an. »Und anstatt hier Reden zu schwingen, sollten Sie loslaufen, um einen Arzt zu holen.« Jetzt schaute der Hauptwachtmeister zu dem jungen Mann auf. »Aber flott, oder soll ich Ihnen Beine machen?«

»Nein, nein, bin ja schon weg.« Julius verließ eilig das kleine Geschäft. Als das Glöckchen der Ladentür ertönte, war Albert Holst allein mit dem Polizisten. Er sammelte alle seine Kräfte und versuchte, den Schmerz in der Brust und seine Übelkeit zu verdrängen. Doch die Hand, mit der er das leere Wasserglas hielt, zitterte. »Und jetzt raus mit der Sprache: Was hat er nun schon wieder angestellt, mein missratener Sohn?«

*

Flora fühlte sich unwohl, seitdem Wachtmeister Holzapfel die Wohnung verlassen hatte. Sicher hatten die Nachbarn mitbekommen, dass ein Polizist im Haus gewesen war. Da niemand ahnen konnte, warum Holzapfel gekommen war, würden sie sich jetzt hinter ihrem Rücken die Mäuler zerreißen. Floras Kehle schnürte sich bei dem Gedanken an das Getratsche zu. Immerhin lebte sie mit Leonhard gemeinsam in der Wohnung, obwohl sie noch nicht verheiratet waren. Den Vermieter davon zu überzeugen, hatte Leonhard einiges an Überredungskunst gekostet.

Immerhin hatte Jakob Holzapfel ihr versprochen, sich der Sache mit Julius Holst anzunehmen. Der Hauptwachtmeister würde dafür sorgen, dass weder Sally noch sie etwas von Julius zu befürchten hatten. Er würde seine verdiente Strafe bekommen.

Flora war gespannt, was Leonhard sagen würde, wenn sie ihm von dem Zwischenfall berichtete. Einmal mehr spürte sie, wie ihr Herz vor Sehnsucht nach ihrem Verlobten ein paar Takte schneller schlug, einmal mehr entwich ihr ein sehnsüchtiger Seufzer. Sally, der wie auf der Anklagebank am Küchentisch hockte, blickte auf und fragte sie nach dem Grund ihres Seufzers, doch Flora winkte ab und bemühte sich, unbekümmert zu wirken.

Paula hatte sich, kurz nachdem Holzapfel verschwunden war, ebenfalls verabschiedet. Jetzt saß Flora mit ihrem Bruder allein in der Küche. Die Sonne stand bereits tief, unter den leichten Schäfchenwolken zogen einige Möwen kreischend ihre Bahnen.

»Du fürchtest dich vor dem Getratsche der Leute im Haus«, stellte Sally fest. Er war ein aufmerksamer Beobachter und schien ihre Gedanken erraten zu haben.

Flora fühlte sich ertappt. »Aber es ist an der Zeit, dass Julius Holst für sein Verhalten bestraft wird. Ich habe große Angst, dass er seinem eigenen Vater gegenüber auch so auftritt und ihn in Angst und Schrecken versetzt.« Die Erinnerung an die Begegnung mit dem Sohn des Geschäftsmanns ließ sie erschaudern. Sie entsann sich des eigenartigen Gesichtsausdrucks und des bohrenden Blicks, mit dem Julius sie gemustert hatte. Flora wünschte sich, diesem Fiesling nie wieder begegnen zu müssen. Sie betrachte ihren kleinen Bruder nachdenklich. »Der arme Herr Holst hat ein schwaches Herz. Jede zusätzliche Aufregung kann tödlich für ihn enden.« Sie hatte ein mulmiges Gefühl in der Magengegend. Flora konnte sich ausrechnen, was geschehen würde, wenn Vater und Sohn aufeinandertrafen. So abwegig war das gar nicht, denn Julius Holst hatte ihr unmissverständlich zu verstehen gegeben, dass er auf seine Anteile beim Verkauf des Ladens bestehen würde. Der Kerl ahnte ja nicht, wie es um die finanzielle Situation seines Vaters stand. Je länger sie darüber nachdachte, umso größer wurde ihre Sorge um den alten Kaufmann.

»Hast du Hunger?«, fragte sie, als Sallys Magen sich mit einem überlauten Knurren zu Wort meldete. Mit einem verlegenen Lächeln nickte er. »Ein wenig.«

»Ich bereite uns schnell eine Mahlzeit zu«, versprach Flora und erhob sich vom Tisch, um sich an dem gusseisernen Herd zu schaffen zu machen. Leonhard hatte ihr einen dieser neumodischen Sparherde gekauft, der über eine Luke verfügte, in der man Wasser aufwärmen oder Brot backen konnte. Während sie ein Holzscheit aus dem Korb neben dem Ofen nahm und ihn durch eine Öffnung in das Herdfeuer schob, lauschte sie einen Augenblick lang dem munteren Prasseln der Flammen. Sekundenlang verlor sich ihr Blick in dem kleinen Feuer, dann schloss sie die schwere Klappe in der gefliesten Front und verdrängte die düsteren Gedanken, die sie bewegten. Flora nahm mit dem eisernen Haken einen Topfring aus der Herdfläche und setzte einen passenden Kochtopf hinein, gab Milch und eine Prise Salz in den Topf und wandte sich zu ihrem Bruder um, der sie voller Neugier beobachtete. »Was hältst du von Griesbrei?«

»Ich liebe Griesbrei«, schwärmte Sally und erhob sich ebenfalls, um ihr zur Hand zu gehen. »Hör zu, Schwesterherz«, sagte er, während er Zucker in den Topf schüttete und durch die Milch rührte. »Ich bin dir dankbar dafür, dass du mich aufgenommen hast. Aber ich möchte dir keine Scherereien bereiten, ich will nicht, dass die Leute über euch reden, weil ich in eine Prügelei verwickelt war und die Polizei heute im Haus war.«

Flora hörte ihm aufmerksam zu und staunte, wie einfühlsam ihr kleiner Bruder doch war. Schweigend gab sie Rosinen, Zucker, zwei Eigelb und gehackte Nüsse in eine Tonschüssel, um die Masse sorgsam zu verrühren. Am liebsten wäre sie ihrem Bruder um den Hals gefallen. Als sie sich ihm zuwandte, sah sie ihm an, dass ihm der Zwischenfall mehr als unangenehm war.

»Ich wollte diesem jungen Holst eine Abreibung verpassen, damit er meine Schwester ein für alle Mal in Ruhe lässt«, verteidigte sich Sally, während er mit dem Holzlöffel im Topf rührte. Ein süßlicher Duft, der Flora an ihre Kindheit erinnerte, breitete sich in der Küche aus.

»Das war lieb von dir, Kleiner«, bemerkte sie mit einem feinen Lächeln auf den Lippen. »Und du hast recht, ich fürchte das Gewäsch der Leute ein wenig, auch wenn es dazu überhaupt keinen Grund gibt.« Sie unterbrach ihre Tätigkeit und blickte Sally tief in die braunen Augen. »Trotzdem müssen wir ein wenig vorsichtig sein. Leo und ich sind neu in Stralsund, wir müssen uns noch einleben, wir leben ohne Trauschein zusammen in dieser Wohnung. Und wir sind Juden, darüber sind sicher einige Nachbarn nicht sonderlich glücklich mit uns.«

»Was willst du damit sagen?« Sally verstand nicht, worauf seine große Schwester hinauswollte.

»Dass einige Menschen immer noch Probleme mit uns, mit unserer Religion, haben«, erwiderte Flora geduldig. »Die Gleichstellung in der Gesellschaft ist seit elf Jahren im Gesetz verankert, aber die Leute stellen sich immer noch quer und beschimpfen uns.«

»Das ist ungerecht«, stellte Sally trotzig fest. »Wir sind doch gleichberechtigte Bürger vor dem Gesetz.«

»Ja, das ist ungerecht, Bruderherz, in der Tat. Aber leider ist die Welt nicht immer ein gerechter Ort.« Flora senkte den Blick. »Deshalb bin ich glücklich, dass man uns bisher in Frieden hier wohnen lässt.«

»Ich werde zurück nach Birnbaum gehen«, murmelte Sally mit gesenktem Blick. »Ich möchte euch keine Scherereien mehr machen, Flora.«

»Das ist Unsinn.« Flora hatte nicht vorgehabt, ihrem Bruder ein schlechtes Gewissen einzureden. Vielleicht war es falsch gewesen, ihn an ihren Gedanken teilhaben zu lassen, doch nun war es zu spät. »Vielleicht hätten wir den Polizisten nicht herbitten sollen«, überlegte sie und ärgerte sich ein wenig darüber, dass sie Paulas Idee so schnell zugestimmt hatte.

Sie gab weitere Rosinen und ein Stück Butter in die Schüssel, vermengte die Masse und kippte den Inhalt der Steinschüssel in den Milchtopf, um den sich Sally kümmerte. Er rührte den Brei, so dass er nicht anbrennen konnte, und sog die Luft genießerisch durch die Nase ein. Ein herrlicher Duft breitete sich in der Küche aus. Während er rührte, betrachtete Flora ihren kleinen Bruder von der Seite. Eigentlich war er noch ein Kind, nicht bereit, sich dem oft harten und ungerechten Leben der Erwachsenen zu stellen. Doch jetzt war er hier, und eigentlich konnte sie sich gar nicht vorstellen, ihn wieder zu ihren Eltern nach Birnbaum ziehen zu lassen. »Wir werden uns von den Leuten nicht unterkriegen lassen«, beschloss sie und fuhr Sally aufmunternd durch das Haar. Er erwiderte ihr Lächeln und schwieg. Sie sah, dass ihm die ganze Geschichte noch immer unangenehm war. Als sie wieder an Albert Holst dachte, überkam sie ein schlechtes Gewissen. Sie hätte sich bei ihm melden sollen, um nach dem Rechten zu sehen. »Ich muss nach dem Essen noch mal los«, sagte sie zu Sally.

Er stellte keine Fragen, sondern machte sich am Schrank zu schaffen und platzierte die einfachen Teller auf dem Küchentisch. »Ich werde hierbleiben und keinen Unsinn machen«, versprach er, während er die silbernen Löffel ordentlich drapierte. Als Flora sich zu ihm umwandte, wurde ihr warm ums Herz. Sie glaubte ihrem geliebten Bruder aufs Wort.

# Kapitel 16

Johannes Benthien hatte die Arztpraxis an der Langenstraße vor vielen Jahren von seinem Vater übernommen. Während er im Erdgeschoss des fast hundert Jahre alten Putzbaus seine Patienten versorgte, befand sich im oberen Stockwerk die Wohnung. Hier lebte er mit seiner Frau Helene, den Kindern und einem Hausmädchen, die sich um die Erziehung der beiden Mädchen und des Jungen kümmerte, während Helene ihm in der Praxis zur Hand ging.

Nebenan, an der Straßenecke, befand sich die Reparaturwerkstätte von *Wagen Lager*. Der Lärm aus der Werkstatt im Untergeschoss seines Nachbarn drang nur gedämpft durch die dicken Wände seines Elternhauses. Es war früher Abend, und Helene war bei ihm in der Praxis, um die Instrumente, mit denen Benthien heute seine Patienten behandelt hatte, zu reinigen. Ein scharfer Geruch nach Alkohol, den sie zur Desinfektion nutzte, hing in der Luft. Johannes war damit beschäftigt, die Dokumentation zu führen. Dazu saß er an seinem schweren Mahagonischreibtisch. Seine Augen brannten und sein Rücken schmerzte. Mit seinen siebenundvierzig Jahren war er nicht mehr der Jüngste, doch seine Patienten mochten ihn, und er dachte noch lange nicht an den Ruhestand.

»Es ist an der Zeit, die Arbeit zu beenden«, sagte Helene, die ihren Mann gut genug kannte, um zu wissen, dass er sich nach einem kühlen Bier und einer kräftigenden Mahlzeit sehnte.

»Allerdings, meine Liebe, da hast du recht.« Benthien zog die Taschenuhr hervor, klappte sie auf und warf einen Blick auf das Zifferblatt. »Schon fast sechs Uhr. Höchste Zeit, Schluss zu machen.« Er lächelte seiner Frau zu, die gerade eine Zange mit dem weißen

Baumwolltuch trocknete und sie in eine Schale legte. Sie war sehr gründlich, und als Frau eines modernen Arztes kannte sie sämtliche Hygienevorschriften. Über dem dunklen Kleid hatte sie eine strahlend weiße Schürze gebunden, und sie trug eine Haube auf dem Kopf, die ihre langen blonden Haare verdeckte.

Benthien blickte erschrocken auf, als jemand wie besessen an die schwere Haustür hämmerte. »Aufmachen«, rief eine Männerstimme. »Sie müssen mir helfen!«

Helene unterbrach ihre Tätigkeit. Sie warf ihrem Mann einen besorgten Blick zu. »Ich hatte bereits zugesperrt.«

»Ich fürchte, es befindet sich jemand in Not.« Benthien erhob sich von seinem bequemen Sessel. »Ich werde nach dem Rechten sehen.« Er gab seiner Frau im Vorbeigehen einen Kuss, verließ die Praxis und stand im nächsten Moment im halbhoch gefliesten Flur des Hauses. Das Trommeln an der Tür wurde lauter und fordernder.

»Herr Doktor, bitte öffnen Sie die Tür!«

Eine Männerstimme, die Benthien nicht kannte. Kurz überlegte er, ob er öffnen sollte, dann trat er an die Tür und zog den schweren Eisenriegel zurück. Auf dem Sims stand ein junger Mann Mitte zwanzig. Er trug schwere Stiefel, eine weite Hose mit verschlissenen Hosenträgern, die sich über das einst weiße Hemd spannten. Den Hemdkragen trug der Mann offen, die Ärmel waren hochgekrempelt und gaben den Blick auf muskulöse Oberarme frei. Die schwarze Schiebermütze saß schief auf dem kantigen Schädel, das markante Gesicht mit den hohen Wangenknochen war unrasiert. Der Mann hatte ein blaues Auge, das den Arzt vorsichtig werden ließ. Offenbar war der Besucher in eine Schlägerei verwickelt gewesen. Das erklärte auch die Blutflecken auf der Hose, die Benthien erst jetzt bemerkte.

»Was um Himmels willen …«, setzte der Arzt an, doch der Fremde fiel ihm ins Wort.

»Kommen Sie schnell, Doktor Benthien!« Er deutete über seine Schulter. »Mein Vater hatte einen Herzanfall, Sie müssen ihm helfen, bevor es zu spät ist!«

»Nun mal langsam«, bat der Mediziner. »Ich muss zumindest meinen Arztkoffer mitnehmen, sonst bin auch ich machtlos, fürchte ich.« Er bat den verwegen wirkenden Mann in den Flur. »Währenddessen sollten Sie sich beruhigen und mir berichten, was genau vorgefallen ist.« Ohne eine Antwort abzuwarten, ging Benthien voran in die Praxisräume, wo er auf seine Frau traf, die mitgehört hatte. Helene war bereits damit beschäftigt, den Arztkoffer aus dem Schrank zu holen und ihn auf den Schreibtisch zu stellen.

»Ein Notfall«, murmelte Benthien. »Es wird wohl doch nichts mit dem Abendessen, ich muss noch einmal los.«

»Wir warten auf dich«, versprach Helene ihm mit einem aufmunternden Lächeln auf den Lippen, doch Benthien hörte ihr nur mit einem Ohr zu. Eilig rannte er mit dem alten Lederkoffer am langen Arm aus dem Haus. Der junge Mann, der ihn alarmiert hatte, stand bereits auf dem Gehweg und gestikulierte wild. »Mein Vater hat sich aufgeregt, und nun ist er ohnmächtig geworden.«

»Wie kam es zu der Aufregung?«, fragte Benthien, der trotz seiner langen Beine seine Schwierigkeiten hatte, dem jungen und kraftstrotzenden Mann zu folgen.

»Es ist wohl meine Schuld«, erwiderte der Fremde. »Wir haben gestritten, doch ich wusste nicht um den schlechten Gesundheitszustand meines Vaters. Und wenn ihm jetzt etwas zustößt, werde ich meines Lebens nicht mehr froh.«

»Das kann ich gut verstehen«, sagte Benthien ein wenig atemlos, als sie die Ecke zur Jakobiturmstraße erreichten. Die neugierigen Blicke der Menschen auf der Straße beachtete er nicht. »Allerdings hätten Sie sich vielleicht vorher überlegen sollen, wie Sie mit Ihrem

Herrn Papa reden.« Benthien machte eine Pause. »Wo genau müssen wir überhaupt hin?«

»In die Ossenreyer Straße.«

»Zu Albert Holst etwa?«

»Ja.« Der Mann wandte sich zu dem Arzt um. »Woher wissen Sie das?«

»Weil ich dort kürzlich schon war. Wenn es dem alten Holst nicht gut geht, haben wir keine Zeit zu verlieren.« Benthien beschleunigte seine Schritte. »Wie heißen Sie überhaupt, wenn ich fragen darf? Ich hatte bisher nur mit Holsts Ladenmädchen zu tun.«

»Mein Name ist Julius Holst«, stellte Julius sich vor. »Aber das tut jetzt nichts zur Sache. Beeilen Sie sich bitte.«

»Natürlich, natürlich«, stimmte Benthien ihm zu, während er im Laufschritt seinen Weg zur Ossenreyer Straße fortsetzte. Er hoffte, dass er dem alten Kaufmann noch rechtzeitig zu Hilfe kam. Schon heute Morgen stand es nicht sonderlich gut um ihn. Wenn er sein Ladenmädchen richtig verstanden hatte, wurde der Geschäftsmann von zahlreichen Sorgen geplagt. So ignorierte Benthien den stechenden Schmerz in der Seite. Er nahm sich vor, sich einem der zahlreichen Sport- und Turnvereine, die überall in Stralsund aus dem Boden schossen, anzuschließen, um seinen Körper in Form zu halten. An guter Kondition mangelte es ihm, das musste er dringend ändern. Vielleicht lag es am guten Essen, das Helene ihm täglich servierte. Sobald er dazu Zeit fand, würde er sich mit ihr über eine gesündere Ernährung unterhalten. Doch jetzt galt es zunächst, Albert Holst das Leben zu retten. Und dabei spielte es natürlich keine Rolle, wer dafür die Kosten übernehmen würde. Der Arzt war erstaunt, als Julius Holst vor dem Geschäft seines Vaters von einem Wachtmeister in Empfang genommen wurde. Doch Benthien blieb keine Zeit, mit Hauptwachtmeister Holzapfel zu sprechen. Sein Beruf war es, Menschen gesund zu machen und, so wie im Fall von

Albert Holst, vor dem Tod zu bewahren. In aller gebotenen Eile packte er seinen Arztkoffer aus, um sich um seinen Patienten zu kümmern.

*

Von einem eigenartigen Gefühl getrieben, holte Flora wenig später das Veloziped aus dem Keller und schob es auf die Straße. Die Sonne stand schon recht tief, und die Schatten wurden länger. Flora zog die breite Krempe ihres Sommerhutes weiter in die Stirn und überprüfte, ob die Schleife des Kinnbandes festsaß, dann stieg sie auf ihr Rad und fuhr los. Das Ruckeln der dünnen Räder auf dem ungeraden Kopfsteinpflaster erschien ihr heute lauter als sonst, und auch die Kinder, die kurz vor ihr auf die Fahrbahn rannten, um die Straßenseite zu wechseln, irritierten Flora. Sie war in Gedanken schon bei Albert Holst. Die Sorge um den alten Mann hatte sie noch einmal vor die Haustür getrieben. Es war höchste Zeit, nach dem Rechten zu sehen. Flora fühlte sich nicht gut, weil sie Albert Holst am Vormittag hastig und ohne Erklärung verlassen hatte. Sie hätte sich zwischenzeitlich bei ihm melden sollen, doch die Ereignisse an diesem Tage hatten sich derart überstürzt, dass sie keinen klaren Gedanken hatte fassen können. Nun plagte sie das schlechte Gewissen. Aufgrund des halsbrecherischen Tempos, das sie an den Tag legte, folgten ihr die neugierigen Blicke der Passanten, doch daran störte sich Flora nicht. So erreichte sie schon nach wenigen Minuten die Ossenreyer Straße. Hastig sprang sie vom Rad und lehnte es an die Fassade des kleinen Geschäftshauses. Dabei bemerkte sie, dass die Ladentür weit offen stand. Die innere Unruhe, die sie schon seit dem späten Nachmittag plagte, verstärkte sich.

*Da muss etwas passiert sein*, fuhr es ihr durch den Kopf. Mit klopfendem Herzen nahm sie die ausgetretenen Steinstufen und betrat das menschenleere Geschäft. Aus dem hinteren Bereich vernahm sie gedämpfte Stimmen.

»Hallo?«, rief Flora in die Leere. »Wo sind Sie? Herr Holst, geht es Ihnen gut?« Das Herz schlug ihr bis zum Hals, als sie auch das Büro und die engen, fensterlosen Lagerräume verlassen vorfand. »Herr Holst, wo stecken Sie?«

»Wir sind oben!«, ertönte eine tiefe Männerstimme, die nicht Albert Holst gehörte. »In der Wohnung!«

Erst jetzt bemerkte Flora die offen stehende Tür ins Treppenhaus. Sie eilte hinaus und nahm die Stufen in die Wohnung, die sich gleich über dem Ladenlokal befand. Auch hier stand die Tür offen. Die Wohnung erschien ihr in diesem Moment noch enger und verwinkelter zu sein, als sie die Privaträume von Holst sonst empfand. Kurz hielt sie im Flur an und sah sich suchend um.

»Im Schlafzimmer!«

Flora stürzte los und wusste im nächsten Moment, wem die Stimme gehörte. Johannes Benthien, der Arzt, den sie schon am Morgen zu Hilfe geholt hatte, befand sich bei Holst. Als Flora ins Schlafzimmer stürmte, sah sie als Erstes das besorgte Gesicht des Mediziners. Als sie an Benthien vorbeischaute, sah sie Holst im Bett liegen. Sein Gesicht wirkte eingefallen, dunkle Ringe lagen unter seinen starren Augen. Er schien ihre Anwesenheit nicht zu bemerken, denn sein Blick war an die Zimmerdecke gerichtet. Die Hände ruhten auf der dünnen Bettdecke. Würde sich sein Brustkorb nicht gleichmäßig heben und senken, hätte Flora gedacht, dass er tot war.

»Was ist passiert?«, fragte sie mit tränenerstickter Stimme.

Benthien zog die Mundwinkel herunter. »Herr Holst hatte leider einen erneuten Herzanfall. Wir können von Glück sagen, dass sein Sohn mich schnell benachrichtigt hat.«

Floras Blick ruhte auf Holst, und sie sah, wie der alte Mann leicht zusammenzuckte, als die Sprache auf seinen Sohn kam. Sie ahnte, was geschehen war.

»Julius war hier?«

Benthien nickte. »Es muss zu einem äußerst unangenehmen Gespräch zwischen den beiden Herren gekommen sein.«

»Er will mein Geld«, krächzte Holst. »Dabei habe ich doch keines.«

»Denken Sie nicht daran«, empfahl Flora. Sie trat an das Bett, nahm die Hand des Alten und drückte sie. »Julius hat keine Ahnung«, sagte sie. »Machen Sie sich keine Sorgen, ich werde mich darum kümmern, dass er Sie nicht unter Druck setzt.«

Der Arzt trat einen Schritt zur Seite und nickte zustimmend. »Es gilt dringend, jede Aufregung zu vermeiden.«

»Der Junge macht mir nichts als Scherereien«, krächzte Holst und schüttelte den Kopf. In seinen Augen standen Tränen. »Womit habe ich das verdient?« Als er den Kopf zur Seite wandte und Flora ansah, war etwas in seinem Blick, das Flora nicht zu deuten vermochte. Etwas Fremdes, Feindseliges. »Und du«, sagte er mit heiserer Stimme, »bist auch nicht besser, Mädchen.«

»Ich?« Flora wich einen halben Schritt vom Bett zurück und warf Johannes Benthien einen Hilfe suchenden Blick zu. Als er nicht antwortete oder einschritt, widmete sie sich wieder dem alten Mann im Bett. »Was habe ich getan, Herr Holst?«

»Du hast mich hintergangen.«

Flora verstand die Welt nicht mehr. »Ich? Aber wie denn?« Sie wusste nicht, was in Holsts Kopf vorging. »Herr Holst«, sagte sie und war um einen festen Klang ihrer Stimme bemüht, »ich bin mir keiner Schuld bewusst.« Sie rang mit der Fassung und spürte, wie ihre Augen feucht wurden. Ihre Hände begannen zu zittern.

»Sie sollten wirklich jegliche Aufregung vermeiden«, mischte sich der Arzt ein.

»Papperlapapp«, rief Holst. »Du«, er zeigte auf Flora, »bist die Frau von diesem Halsabschneider.«

»Mein Leo ist kein Halsabschneider«, schoss es aus ihr heraus. »Wie kommen Sie darauf?« Flora war erschrocken über den Sinneswandel. Sie wusste nicht, was im Kopf des alten Mannes vor sich ging.

»Leo?«, krächzte Holst, der gerade im Begriff gewesen war, sich aufzurichten. Mit einem Seufzer sank er wieder in die Laken zurück. Eine steile Falte entstand zwischen seinen buschigen Augenbrauen. »Welcher Leo?« Seine Miene war versteinert.

»Mein Verlobter, Leonhard.« Flora holte tief Luft. »Leonhard Tietz, er ist Fabrikant.«

»Du bist nicht die Frau von diesem Alfons Wagner?« Holst blickte mit zusammengekniffenen Augen zu ihr auf.

Wenn die Lage nicht so ernst gewesen wäre, hätte Flora gelacht. »Mitnichten«, sagte sie bestimmt. »Alfons Wagner ist ein Scheusal.«

Jetzt musste Holst heiser lachen. Seine Gesichtszüge entspannten sich. »Allerdings«, stimmte er ihr zu. »Ein wahrer Widerling.«

»Aber wie kommen Sie darauf, dass ich mit ihm liiert sei, Herr Holst?« Flora versuchte vergeblich, eine Erklärung für Holsts Gedankengänge zu finden.

»Mein Sohn«, krächzte er schließlich, »Julius sagte mir, dass Sie mit dem Inhaber von ›B. Winkelmann Nachfolger‹ liiert sind.« Er schüttelte ungläubig den Kopf und musterte Flora, jetzt wieder misstrauisch. »Was ist das für ein Spiel, das hier gespielt wird?«

Flora war erleichtert. Sie verstand langsam, was geschehen sein musste, ergriff die Hand des alten Mannes, drückte sie fest und lächelte. »Das ist ein Missverständnis, Herr Holst.«

Der Geschäftsmann musterte sie zweifelnd. »Was soll daran missverständlich sein?«

»Alfons Wagner, der Mann, der Ihre Existenz gefährdet und Ihre Gesundheit aufs Spiel setzt, ist nicht mein Verlobter.« Sie machte eine kleine Pause, warf Doktor Benthien einen Blick zu und lächelte Holst aufmunternd zu. »Ich bin mit Leonhard Tietz verlobt, dem Kompagnon von Wagner. Und, um das klarzustellen: Alfons Wagner ist ein schrecklicher Mensch, den ich hasse. Mein künftiger Mann kennt ihn zwar schon seit ihrer gemeinsamen Schulzeit in Birnbaum, jedoch scheint er von dessen dunklen Wesenszügen noch nichts mitbekommen zu haben.«

»Dein Verlobter ist der Geschäftspartner von Wagner?«

»Ja. Es ist mir allerdings ein Rätsel, wie er über all die Jahre ihrer Freundschaft verkennen konnte, was für ein Scheusal Wagner wirklich ist.«

Holst dachte angestrengt nach. Sein Blick glitt sekundenlang ins Leere, dann nickte er verstehend. Ein schwaches Lächeln erhellte sein eingefallenes Gesicht. »Und ich habe dich für eine Betrügerin gehalten.« Er schüttelte den Kopf. »Was für ein Idiot ich doch bin.«

Jetzt räusperte sich Doktor Benthien. Er trat neben Flora. »Der Besuch von diesem Herrn Wagner hat Herrn Holst in größte Gefahr gebracht. Es bleibt zu hoffen, dass er sich von dem Schrecken erholt.«

»Ich denke, es wäre ein sinnloses Unterfangen, am Erhalt des Ladens noch länger festzuhalten«, bemerkte Holst mit schwacher Stimme. »Aus dem, was vorgefallen ist, sollte ich meine Konsequenzen ziehen.«

Doktor Benthien wiegte den Kopf. »Etwas Ruhe wäre sicherlich für Ihre Genesung dienlich.«

»Diese Ruhe wäre nur von kurzer Dauer, würde ich den Laden ein paar Tage schließen, um mich zu erholen.«

»Was haben Sie vor?« Flora ahnte, welch folgenschwerer Entschluss in ihm reifte.

»Was schon?« Er warf ihr einen Blick zu und wischte mit fahrigen Handbewegungen über die Bettdecke. »Ich werde den Laden wohl dauerhaft schließen müssen.«

Flora glaubte, sich verhört zu haben.

Doktor Benthien räusperte sich. »Es ist sicherlich der rechte Augenblick, um darüber nachzudenken, wie es weitergehen könnte, wenn ich mir die Bemerkung gestatten darf.«

Flora konnte kaum fassen, dass Alfons Wagner jetzt auch das Ende des kleinen Ladens von Albert Holst auf dem Gewissen haben würde. Sie war wütend und enttäuscht zugleich. Es war höchste Zeit, dass Leonhard heimkehrte. Sie nahm sich vor, ihm klarzumachen, um was für einen schrecklichen Menschen es sich bei seinem Geschäftspartner handelte.

Doktor Benthien begann, seinen Arztkoffer einzupacken, dann wandte er sich noch einmal seinem Patienten zu. »Sie müssen sich schonen, mein Herr, die Lage ist äußerst ernst, und es ist nicht gut um Ihre Gesundheit bestellt.«

»Ich habe verstanden.« Albert Holst nickte und schloss die Augen, just in dem Moment, als sich eine Träne aus seinem Augenwinkel stahl. »Man muss erkennen, wann man am Ende seiner Kräfte ist.« Er seufzte, blickte kurz zu Flora auf und schloss die Augen wieder. »Es ist vorbei.« Kraftlos sank er in das Kissen. Dass Flora lautlos weinte, sah Holst schon nicht mehr.

# Kapitel 17

Zunächst hatte Flora gewartet, bis sich Sally in das Gästezimmer zurückgezogen hatte, um sich zu erholen und das Schlafdefizit der vergangenen Nacht auszugleichen. Flora fühlte sich müde und ausgebrannt nach den Strapazen des Tages, doch sie war innerlich viel zu aufgewühlt, um sich einfach ins Bett zu legen. Die ruhigen Stunden des späteren Abends nutzte sie, um an ihrem Hochzeitskleid zu nähen. So hoffte sie, die dringend notwendige Zerstreuung zu finden. Da sich die Dunkelheit bereits über der Stadt ausgebreitet hatte, zündete Flora die Petroleumlaterne auf dem Tisch an und machte sich anschließend daran, die Einzelteile auf dem Sofa, dem Tisch und auf dem Dielenboden auszubreiten. Dabei strichen ihre Finger liebevoll über den Stoff, den Leonhard ihr mitgebracht hatte. In Vorfreude auf den großen Tag schlug ihr Herz schneller. Sie fragte sich, was Leonhard wohl sagen würde, wenn er sie zum ersten Mal im Brautkleid zu sehen bekam.

Während sie arbeitete, schweiften ihre Gedanken immer wieder zu Albert Holst ab. Sie empfand tiefes Mitleid für den einst stolzen Geschäftsmann, der nun vor den Trümmern seines Lebenswerkes stand und keinen anderen Ausweg sah, als das kleine Geschäft für immer zu schließen. Unwillkürlich fragte sie sich, wie der Tag wohl verlaufen wäre, wenn Leonhard zu Hause gewesen wäre. Hätte er den Besuch von Alfons Wagner bei Holst verhindert? Sicher hätte er die Dinge souveräner geregelt.

Flora hoffte, dass sich Holst erholen würde und er seinen Lebensabend noch genießen konnte. Sie beschloss, ihn gleich morgen früh zu besuchen, um nach dem Rechten zu sehen.

Auch die Schlägerei zwischen Sally und Julius beschäftigte sie, während sie die Einzelteile ihres Kleides zusammensteckte. Ihr kleiner Bruder hatte im Grunde nichts Unrechtes getan, als er seine Schwester verteidigt hatte. Dennoch waren die Dinge aus dem Ruder gelaufen. Auch der Besuch bei Alfons Wagner erschien ihr im Nachhinein töricht. Sicher wäre es schlauer gewesen, auf Leonhards Rückkehr zu warten, um ihn die Dinge auf seine Weise regeln zu lassen. Doch nun war es zu spät, und Flora musste in den nächsten Tagen Stärke beweisen. Sie ließ die Näharbeit in den Schoß sinken und sah zum Fenster. Seit Leo verreist war, hatten sich die Ereignisse überschlagen. Sie hoffte, dass alles einen guten Ausgang nahm.

*

Auch Leonhard lag an diesem Abend lange wach. In dem weichen Bett des Hotelzimmers in Elberfeld sah er zur Decke empor, während er über seine Zukunft nachdachte. Die Abschiedsreise für »B. Winkelmann Nachfolger« neigte sich ihrem Ende entgegen, und seitdem er nach dem Abendessen sein Zimmer aufgesucht hatte, beschäftigte ihn der Ausstieg aus dem Unternehmen. Gründe, die Firma zu verlassen, gab es viele. Doch jetzt wurde ihm ein wenig mulmig, denn der Tag des Abschieds rückte näher. Ihm standen alle Türen offen, schließlich war sein Ansehen in der Stralsunder Geschäftswelt durchweg gut. Er war gebildet und fleißig und musste sich eigentlich keine Sorgen um seine Zukunft machen. Das hatte ihm Emil Weyerbusch vor Augen geführt.

Trotzdem schwangen in seinen Gedanken immer wieder auch Wehmut und Unsicherheit mit. Ihm standen so viele Türen für einen beruflichen Neuanfang offen, dass es schwer war, die richtige Richtung zu finden. Vielleicht sollte er sich bei Gelegenheit mit

Onkel Hermann treffen. Gemeinsam mit seinem Bruder Oscar arbeitete er gerade an einer Geschäftsidee, die nach den stolzen Worten von Onkel Hermann die Welt des Einkaufens revolutionieren sollte. Hermann hatte zwei Jahrzehnte in Amerika gelebt und gearbeitet, um in der Neuen Welt Erfahrungen zu sammeln. Es wäre wünschenswert, wenn Onkel Hermann ihn an diesen Erfahrungen teilhaben ließe. Vielleicht hatte sein Onkel Anregungen und Inspiration für Leonhards Zukunft. Er seufzte, verschränkte die Hände hinter dem Kopf und hing weiter seinen Gedanken nach. Die Reise war anstrengend gewesen, doch er war sicher, dass er richtig gehandelt hatte, als er sich bei seinen Kunden und Lieferanten persönlich verabschiedet hatte. Immerhin besagte ein Sprichwort, dass man sich immer zwei Mal im Leben traf.

Er dachte an Flora und fragte sich, was sie wohl in diesem Moment tat. Morgen Abend würde er sie endlich wieder im Arm halten können. Der Tag ihrer Hochzeit rückte immer näher. Es war an der Zeit, das große Fest vorzubereiten. Unzählige Dinge mussten noch erledigt werden, sie mussten eine Gästeliste schreiben und die Einladungen verschicken, Hotelzimmer buchen, um alle Gäste unterbringen zu können.

Und er musste sich einen festlichen Anzug zulegen. Kurz überlegte Leonhard, ob er den alten Rabbiner aus Birnbaum bitten sollte, die Trauung vorzunehmen. Sicherlich hatte die Vorstellung ihren Charme, doch Leonhard wusste nicht, ob er es dem Rabbiner zumuten konnte, eigens für die Zeremonie nach Stralsund zu reisen. Wer auch immer die Trauung vornahm, Leonhard konnte den Tag kaum erwarten, bis Flora seinen Namen trug und er ihr den Ring aufstecken konnte, der ihre Liebe besiegelte und für jedermann sichtbar machte. Siedend heiß fiel ihm ein, dass er sich auch um den Ring kümmern musste. Es war höchste Zeit, nach Stralsund zurückzukehren.

# Kapitel 18

»Das Geschäft bleibt bis auf Weiteres krankheitsbedingt geschlossen.« Am nächsten Morgen stand Flora ein wenig unschlüssig auf dem Treppenabsatz des kleinen Ladens an der Ossenreyer Straße. Sie schaute sich um, doch die Menschen um sie herum schenkten ihr keine Beachtung. So lehnte sich Flora gegen die Ladentür, doch sie war verschlossen. Was hatte sie auch erwartet?

Nachdem Holst gestern verkündet hatte, den Laden bald zu schließen, hatte sie eigentlich nicht ernsthaft damit gerechnet, dass er heute schon zum Alltag zurückkehrte. Doch von Hoffnung getragen, hatte sie den Weg hierhergenommen. Abgesehen von der sicher folgenschweren Entscheidung des alten Geschäftsmanns, über die sie gerne noch einmal mit ihm sprechen wollte, musste sie auch sehen, wie es Holst heute ging und wie er die Nacht überstanden hatte.

Doch nun stand sie vor verschlossener Tür und wusste nicht, was sie tun sollte. Suchend sah sie sich um. Es gab eine Klingel, die offenbar zur Wohnung im Dachgeschoss gehörte. Der eiserne Knopf lag etwas versteckt in einer Ecke. Flora streckte die Hand aus, zögerte dann aber. Sie fragte sich, ob es in Ordnung war, wenn sie den alten Mann aus dem Bett klingelte, nur, um sich nach ihm zu erkundigen. Was, wenn er gerade schlief? Würde ihm das Rasseln der Klingel einen Schrecken einjagen, der möglicherweise erneut zu einem Herzanfall führte?

Unschlüssig stand sie einen Augenblick lang da und überlegte. Was, wenn es Holst über Nacht schlechter gegangen war und er dringend ihre Hilfe benötigte? Ihre Sorge wuchs. Sicher würde Doktor Benthien heute noch nach Holst sehen, doch er hatte sich gestern nicht festlegen können, wann er Zeit finden würde für einen erneuten Hausbesuch.

Wenn sich der Zustand von Holst über Nacht verschlechtert hatte, konnte es gut sein, dass sie keine Zeit verlieren durfte. Flora überlegte nicht länger und betätigte den abgewetzten Klingelknopf in der Nische. Sie glaubte, unter dem Rasseln eines vorbeirumpelnden Fuhrwerks das Schrillen der Glocke unter dem Dach des Hauses hören zu können. Sie wartete einen Moment, der ihr wie eine Ewigkeit erschien, und klingelte erneut.

Trotz des Straßenlärms bildete sich Flora schließlich ein, dass sich im oberen Stockwerk des Hauses etwas tat. Sie übte sich in Geduld und wartete eine gefühlte Ewigkeit, bis Albert Holst ihr die Tür öffnete. Er war leichenblass, die Augen lagen in tiefen Höhlen, sein Kinn war unrasiert. Als er seine Besucherin erkannte, huschte ein schwaches Lächeln über sein Gesicht. »Es sollte mir unangenehm sein, dir in meinem desolaten Zustand die Tür zu öffnen«, bemerkte er, während er sich mit gespreizten Fingern durch das wirr vom Kopf abstehende Haar fuhr. »Aber ich bin ein alter, kranker Mann, und ich bin …«

»Schon gut, Sie müssen sich nicht entschuldigen«, unterbrach Flora ihn erleichtert. »Wie geht es Ihnen?« Wie selbstverständlich suchte sie die kleine, unaufgeräumte Küche des Kaufmannes auf und machte sich am Herd zu schaffen. Sie setzte Wasser auf und kramte nach einer Teedose.

Holst schien es nichts auszumachen, dass sie sich selbst bediente. Lächelnd beobachtete er seine Besucherin bei der Arbeit. »Es ist schrecklich«, sagte er, während er sich seufzend auf die einfache Holzbank am Fenster sinken ließ. »Zwar bin ich dem Leibhaftigen in der Nacht erneut von der Schippe gesprungen, aber der Gedanke, den Laden aufgeben zu müssen, quält mich und stellt den Sinn meines erbärmlichen Lebens infrage.«

»Wenn Ihr Leben bis heute lebenswert war, ist es das morgen auch noch.« Flora suchte in einem Schrank nach Geschirr. »Das Leben ist mehr als der Erfolg eines Geschäfts, Herr Holst.« Als sie fündig wurde, nahm sie zwei einfache Tassen und stellte sie auf den Tisch. Als das Wasser kochte, nahm sie den Kessel vom Herd und setzte ihnen einen Tee auf. Schnell hatte sie gelernt, dass Albert Holst ein leidenschaftlicher Teetrinker war. »Ein Leben ohne den Laden erscheint Ihnen sinnlos, doch es beginnt auch ein Leben ohne Sorgen für Sie.«

Er betrachtete sie nachdenklich und schüttelte das Haupt. »Wer sagt, dass es sorgenfrei sein wird? Nach all dem, was sich gestern ereignet hat, bin ich wohl auch nach der Schließung des Ladens nicht ohne Sorgen, mein Kind.« Er faltete die Hände auf dem Tisch. »Allein die Arztrechnungen stellen mich vor neue Herausforderungen.«

Die auf dem Tisch gefalteten Hände erinnerten Flora an ein stummes Gebet. »Wissen Sie«, begann sie, »es gibt immer eine Lösung, das sagt mein Leo immer, wenn mich Ängste plagen. Warum sollte es bei Ihnen anders sein?«

»Vielleicht, weil ich keinen Leo habe, der hinter mir steht. Ich bin allein für mich verantwortlich.« Der alte Mann betrachtete sie nachdenklich. Dann lächelte er wieder. »Aber vielleicht hast du recht, und ich sehe alles viel zu schwarz. Ich mache mir einfach Sorgen um meinen Lebensabend.«

»Ich denke, ich verstehe Sie.« Flora nickte, als sie sich zu ihm setzte. »Möchten Sie, dass ich heute hierbleibe, um Ihnen den Laden zu führen?«

Er schüttelte den Kopf. »Ich schätze deinen Fleiß und deine Gegenwart sehr, Kind. Aber meine Gesundheit lässt es nicht zu, dass ich auch nur einen Gedanken daran verschwende, den Laden noch länger aufrechtzuerhalten. Aus diesem Grunde ist es wohl am vernünftigsten, jetzt einen Schlussstrich zu ziehen.« Als er Flora ansah, glänzten seine Augen feucht. »Ich werde den Laden wohl für immer schließen. Und jetzt ist der richtige Augenblick dafür.«

Flora nahm seine Hand und drückte sie, so fest sie konnte. Insgeheim hatte sie mit dieser Entscheidung gerechnet, dennoch seine Worte gefürchtet. »Ich werde Sie nicht allein lassen, Herr Holst.« Als sie sein dankbares Lächeln sah, wusste Flora, dass sie ihm damit eine große Last abnahm. Sicher würde es ihm nicht leichtfallen, die Restbestände des Lagers zu verkaufen und das Geschäft schließlich ganz aufzugeben. Längst hatte sie sich vorgenommen, Albert Holst in dieser schweren Phase nicht im Stich zu lassen. Er war ihr sehr ans Herz gewachsen, und Flora überlegte, ihn zu ihrer Hochzeit im Herbst einzuladen. Doch jetzt gab es erst einmal andere Dinge zu regeln.

*

Als sich der Zug schnaufend in Bewegung setzte, nahm Leonhard auf der Bank am Fenster Platz. Auf dem Bahnsteig wurden Taschentücher geschwenkt, ein kleines Mädchen lehnte sich weit aus dem Fenster und winkte den Menschen neben dem Gleis. Von Elberfeld aus führte der Weg nach Barmen. Zwei interessante Städte, die sich in einem massiven Umbruch befanden.

Hier pulsierte das Leben, und Leonhard nahm faszinierende Eindrücke mit nach Hause, als er in die Polster des Abteils sank und kurz die Augen schloss. Zahlreiche Fabriken entstanden am Ufer der Wupper, die Straßen waren voller Fuhrwerke, Handkarren, Fußgänger und Ochsenkarren, die Güter von einem Ort zum anderen transportierten. Unzählige Menschen waren in den vergangenen Jahren ins enge Tal der Wupper gezogen, um hier ein neues Leben zu beginnen. Das hatte ihm Emil Weyerbusch erzählt, und er erinnerte sich gern an das Gespräch mit seinem Freund. Allerdings hätte er es sich gewünscht, dass Emil ihm schon zu einem früheren Zeitpunkt von dem fragwürdigen Gebaren seines Kompagnons berichtet hätte. Es war an der Zeit für ein ernstes Gespräch mit Alfons. Dass er ein Schürzenjäger war, wunderte Leonhard zwar nicht, allerdings dachte er, dass die Sturm- und Drangzeit seines Freundes vorbei war, seitdem er sich für Lissy entschieden hatte. Und dass er nicht so weit sinken würde, sich an Frauen heranzumachen, die vergeben waren und kein Interesse an ihm zeigten.

Leonhard schaute sich im Abteil um und blickte in die gelangweilt dreinschauenden Mienen seiner Mitreisenden. Ein Mann im feinen Zwirn blätterte in der neuesten Ausgabe der *Elberfelder Zeitung*. Das Rascheln des Papiers gefiel Leonhard. Er liebte es, zu lesen, und überlegte, ob er den Mann später bitten sollte, ihm die Zeitung zu überlassen. *Vielleicht sollte ich eine eigene Zeitung gründen*, dachte er. Der Gedanke daran, sich mit den verschiedensten Themen zu befassen und Nachrichten zu veröffentlichen, hatte durchaus seinen Reiz. Vielseitig interessiert war er, Flora hatte ein gutes Gespür für Kultur und war durchaus wortgewandt. Er konnte sich gut vorstellen, dass sie in der Zeitung zum Beispiel über Konzerte berichtete. Leonhard überlegte, ob es wohl viel Aufwand war, eine Zeitung zu gründen. Er benötigte Schriftsetzer, Reporter und Fotografen, einen Drucker und Boten, die seine Zeitung zum Leser brachten. Mit einem verzückten Lächeln phantasierte Leonhard über die Namensfindung seiner Zeitung. Ihm gefiel *Stralsunder Bote* ausnehmend gut. Er war gespannt darauf, wie Flora reagierte, wenn er ihr von seiner Idee erzählte. Er war sich durchaus darüber im Klaren, dass er der gefestigten *Stralsundischen Zeitung* und deren Herausgeber Jakob Engels Konkurrenz machen würde. Und da er Jakob Engels über alle Maßen schätzte, zweifelte Leonhard, ob die Idee, eine weitere Zeitung in der Stadt zu etablieren, eine gute war.

Er lehnte sich im Sitz zurück und betrachtete die Fassaden der Häuser von Barmen, an denen der Zug gerade vorbeifuhr. Als sie auch Barmen hinter sich gelassen hatten, wurde die Gegend ländlicher. Der Zug rollte durch Westfalen. Durch die geöffneten Fenster wehte ein Wind herein, der die geblümten Gardinen aufblähte. Leonhard atmete die frische Luft ein und freute sich auf die Heimkehr nach Stralsund und auf seine Verlobte. Leonhard fragte sich, wie es Flora in den letzten Tagen ergangen war und ob sie den Brief, den er ihr geschrieben hatte, erhalten hatte.

Tausend Gedanken schwirrten durch seinen Kopf, tausend Worte, die er ihr sagen wollte, sobald er wieder bei ihr war. Doch bis dahin erschien ihm die Zeit zu lang. Als der Zug volle Fahrt aufgenommen hatte, erhob sich Leonhard von seinem Sitz, um den kleineren seiner beiden Koffer aus dem Gepäcknetz über seinem Kopf zu ziehen. Er setzte sich, legte den Koffer auf den Schoß und öffnete ihn. Nachdem er sich die Schreibutensilien herausgenommen hatte, verstaute er den Koffer wieder im Gepäcknetz. Dann machte er sich daran, seine sehnsuchtsvollen Gedanken niederzuschreiben. Er fand einfühlsame Worte, in denen er seiner Verlobten erzählte, wie sehr sie ihm an seiner Seite fehlte, dass er sich ein Leben ohne sie schon jetzt nicht mehr vorstellen konnte, und ihr seine ewige Liebe schwor. Während die Feder über das Papier flog, hatte er plötzlich Wagners Walkürenritt im Kopf. Im Geiste hörte er Hörner, Trompeten und Posaunen, schaute kurz aus dem Fenster und sah die sanften Hügel des Bergischen Landes an sich vorbeifliegen. Kurz ließ er den Stift sinken, legte die Hände in den Schoß und schloss die Augen. Bald würde er seine Liebste in die Arme schließen können.

*

Flora blieb nicht verborgen, wie schwer es dem alten Mann fiel, sein Geschäft endgültig aufzugeben. Gemeinsam arbeitete sie sich mit Albert Holst durch die zahlreichen Briefe und die offenen Rechnungen. Es galt, mit den Lieferanten Verhandlungen zu führen, um längere Zahlungsziele auszuhandeln. Sie überlegte, ob es sinnvoll war, Mahnungen zu schreiben, um die säumigen Kunden dazu zu bewegen, ihre Außenstände zu begleichen. Es war ein sehr mühseliges Geschäft, das nichts damit zu tun hatte, den Kundinnen im Laden die besten Materialien anzubieten. Zum ersten Mal bekam Flora eine Ahnung von all den Dingen, die dazugehörten, ein Weißwarengeschäft zu betreiben. Sie beneidete den alten Mann nicht, diese Verantwortung so lange allein getragen zu haben.

»Siehst du nun, wie schwer es ist, den Laden am Laufen zu halten?« Holst saß neben ihr am Sekretär und betrachtete sie aufmerksam. »Es ist mühsam, allen Kundenwünschen gerecht zu werden und gleichzeitig ein Augenmerk darauf zu haben, genügend Material vorrätig zu halten und die Rechnungen der Lieferanten zu bezahlen, um nirgendwo in der Kreide zu stehen.« Er schüttelte den Kopf. »Letzteres ist mir leider nicht gelungen.«

»Ich verstehe all Ihre Sorgen, Herr Holst.« Flora legte den Stift, mit dem sie die Außenstände summiert hatte, beiseite. »Wir sollten überlegen, wie wir die Lagerbestände veräußern können. Dann das Mobiliar, sobald wir es nicht mehr benötigen. Es geht darum, möglichst viel Geld aus dem Verkauf des Ladens zu erwirtschaften, um Ihnen einen sorgenfreien Lebensabend zu ermöglichen.«

Holst nickte und lächelte ihr dankbar zu. »Du bist in der kurzen Zeit, seit wir uns kennen, wie meine Tochter geworden«, sagte er.

Nun musste Flora lachen. »Das wird Julius nicht gern hören.«

Holsts Miene war versteinert. »Reden wir nicht von diesem Taugenichts. Ich bin gespannt, was Hauptwachtmeister Holzapfel mit ihm angestellt hat.«

»Soll ich mich nach ihm erkundigen?«

»Später vielleicht.« Holst winkte ab. »Zunächst einmal müssen wir hier weitermachen – das heißt, wenn du mir immer noch helfen willst. Julius hat mich viele Jahre lang im Stich gelassen. Jetzt ist es an der Zeit, dass auch ich mich ein wenig rar in seinem Leben mache.« Seine Stimme klang verbittert, doch Flora sah an seinem traurigen Blick, dass ihm der Gedanke an seinen Sohn das Herz brach. »Warum hat er sich von mir abgewandt?«, fragte er traurig.

»Wir werden es wohl nie erfahren.« Flora warf einen Blick aus dem Fenster. Es war spät geworden. Sie fragte sich, was Sally wohl gerade tat. Hoffentlich machte er keine Dummheiten.

*

Hauptwachtmeister Holzapfel schaute genervt auf, als die Tür der Wache am Rathaus mit einem lauten Knall zuschlug.

»Entschuldigung«, rief eine Frauenstimme. Von seinem Arbeitsplatz am Schreibtisch aus konnte er nicht sehen, wer die Wache betreten hatte. Stöhnend erhob er sich von seinem Stuhl und drückte den Rücken durch. Kurz schielte er auf den Helm, der auf seinem Schreibtisch lag. Sollte er ihn aufsetzen?

Holzapfel entschied sich dagegen. Hier war er Hausherr, und niemand konnte ihm vorschreiben, wie er die preußische Polizeiuniform zu tragen hatte – außer der Kaiser persönlich vielleicht. Aber der würde um diese Zeit sicher keine kleine Polizeiwache besuchen.

Holzapfel durchschritt das Büro und trat in den vorderen Bereich der Wache. Hier standen zwei verwaiste Schreibtische. Die Wachtmeister befanden sich auf Fußstreife, während Holzapfel Dienst auf der Wache schob.

Die Frau, die nun an die hölzerne Theke trat, kannte er flüchtig, wusste aber nicht recht, wo er sie zuletzt gesehen hatte. Unsicher kratzte er sich am Hinterkopf und runzelte die hohe Stirn.

»Guten Tag, Herr Hauptwachtmeister«, sagte die Frau und schenkte ihm ein freundliches Lächeln. »Vielleicht erinnern Sie sich an mich? Mein Name ist Flora Baumann, ich arbeite bei Herrn Holst als Ladenmädchen.«

Jetzt dämmerte es dem Polizisten. »Wie geht es Holst?«

Flora Baumann zuckte die Schultern. »Er ist anfällig, sein Herz gibt Grund zur Sorge. Nun möchte er sich nach seinem Sohn Julius erkundigen.«

»Er hat Sie bedroht, nicht wahr.« Holzapfel musterte die Frau mit zusammengekniffenen Augen. Langsam erinnerte er sich an den Vorfall.

»Richtig. Und er war bei seinem Vater, um ihn nach der Abfindung für den Laden zu fragen.«

»Er sitzt.« Holzapfel war kein Mann vieler Worte.

»Wie bitte?«

»Ich habe ihn in die Zelle gesteckt.« Der Wachtmeister seufzte. »Julius Holst hat Sie massiv bedroht in jener Nacht. Allein das gibt Anlass für eine Freiheitsstrafe. Er sitzt jetzt in der Zelle und hat Gelegenheit, über seine Fehler nachzudenken.« Holzapfel deutete ein Lächeln an. »Sie können also beruhigt sein, Fräulein Baumann. Julius Holst wird Sie künftig nicht mehr behelligen, Ihnen auflauern oder seinen eigenen Vater in Gefahr bringen.« Damit war der Fall für ihn erledigt. Er musste noch Berichte schreiben und verspürte wenig Lust auf eine Plauderei mit der jungen Frau. »War das alles?«

Flora wirkte ein wenig überrascht ob dieser Knappheit, nickte dann aber, bedankte sich für die Information und verabschiedete sich.

»Übermorgen ist er wieder auf freiem Fuß«, gab der Hauptwachtmeister ihr mit auf den Weg. »Sie können davon ausgehen, dass er Sie dann in Ruhe lässt.«

»Das will ich hoffen«, erwiderte die Frau, dann war sie schon wieder verschwunden. Holzapfel blickte noch einen Moment auf die schwere Tür, die sie diesmal vorsichtig hinter sich ins Schloss gezogen hatte, dann wandte er sich ab und machte, dass er die lästige Büroarbeit abschließen konnte. Seine Frau wartete sicher schon längst mit dem Essen auf ihn. Im nächsten Moment hatte er den Besuch von Flora Baumann schon wieder vergessen.

*

Sally fuhr erschrocken vom Sofa hoch, auf dem er es sich in der Stube gemütlich gemacht hatte, um sich von seinem Tagewerk zu erholen. Er musste eingeschlafen sein, denn erst ein metallisches Geräusch hatte ihn geweckt. Die Dämmerung hatte inzwischen eingesetzt, die Schatten der Möbel im Zimmer wurden länger.

Da war es wieder, dieses metallische Rasseln im Flur.

*Einbrecher*, durchzuckte es den Jungen, während er sich nach einem Werkzeug umsah, mit dem er sich verteidigen konnte. Als er nichts anderes fand als den fünfarmigen Kandelaber auf dem Tisch, griff er nach dem Kerzenständer, zog die Kerzen heraus und legte sie auf den Tisch. Derart bewaffnet, schlich er auf seinen löchrigen Socken in den dunklen Flur, um hinter der Wohnungstür Stellung zu beziehen.

*Na warte*, dachte er und hob den Arm mit dem eisernen Kandelaber, *dir werde ich einen gebührenden Empfang bereiten. Wag dich nur in die Wohnung meiner Schwester!*

Die Tür wurde geöffnet. Zaghaft und fast geräuschlos. Leise

quietschten die Türangeln, dann erschien ein hochgewachsener Schatten im Türspalt. Draußen, im Treppenhaus, brannte Licht. Der Fremde setzte einen Fuß in die Wohnung.

Sallys Nerven waren zum Zerreißen gespannt. Er umklammerte den Kerzenhalter so fest, dass seine Knöchel weiß unter der Haut hervortraten.

Als der Fremde den zweiten Fuß in den Flur setzte, wagte es Sally nicht einmal, zu atmen. So stand er mit angehaltener Luft hinter der Wohnungstür und war bereit, den Kerzenhalter niedersausen zu lassen.

»Hallo?«, rief der Fremde in die Wohnung.

Sally überlegte fieberhaft, woher er die Stimme des Mannes kannte.

»Flora, bist du zu Hause?«

Mit einem lauten Ächzen wich die Spannung aus Sally. Er atmete aus und verließ sein Versteck hinter der Tür. Der Hausherr betrachtete ihn mit einem überraschten Gesichtsausdruck, was sicher nicht nur an dem Veilchen lag, das Sallys geschundenes Gesicht verunstaltete.

»Du? Hier?« Leonhard Tietz staunte nicht schlecht, als er seinen zukünftigen Schwager erblickte, der noch immer den Kerzenhalter umklammerte. Schnell ließ Sally die Hand, die den Kandelaber festhielt, sinken. »Ich meine, wie bist du hereingekommen?« Leonhards Augen weiteten sich verblüfft, als er die behelfsmäßige Waffe erblickte. »Was willst du mit unserem Kerzenhalter, Sally? Bist du etwa unter die Diebe gegangen?«

»Leonhard!« Sally lachte erleichtert auf. »Wie idiotisch ich mich verhalten habe – ich dachte doch wirklich, dass du ein Einbrecher bist.«

Leonhard wandte sich um, schob die beiden Koffer aus dem Hausflur in die Wohnung und schüttelte den Kopf. »Mitnichten, mein junger Freund. Ich bin es, der Hausherr.« Nachdem er die Koffer in die Wohnung bugsiert hatte, drückte er die Tür ins Schloss und blickte sich suchend um. »Wo steckt Flora?«

»Sie arbeitet.«

»Sie … arbeitet?« Leonhard schüttelte den Kopf. »Davon müsste ich wissen.«

»Eine lange Geschichte«, sagte Sally.

Jetzt erst schien sein Schwager wirklich wahrzunehmen, dass Sallys Gesicht von Wunden übersät war. Er betrachtete den Jungen mit erhobener Augenbraue. »Was ist denn da passiert?«, erkundigte er sich besorgt. »Verzeih mir den Vergleich, aber du siehst aus, als wärst du von einem Ochsengespann überrollt worden.«

Sally lachte. So unauffällig wie möglich stellte er den kerzenlosen Kandelaber auf der Kommode ab. »Genau so hat es Flora auch ausgedrückt.«

»Sieh an, sieh an.« Leonhard, der noch immer gegen die Überraschung anzukämpfen schien, blickte an Sally vorbei. »Wo steckt Flora denn nun?« Er wirkte enttäuscht. »Ursprünglich wollte ich sie mit meiner frühen Rückkehr überraschen.«

»Das wird dir auch gelingen, sobald sie heimkehrt«, versicherte ihm Sally. »Jetzt komm aber erst einmal an.«

»Sicher, sicher«, murmelte Leonhard. »Und wie ich angekommen bin.« Ihm war anzusehen, dass er mit der Situation überfordert war, das bemerkte sogar Sally mit seinen sechzehn Jahren. »Wie bist du denn nun zu diesem Veilchen gekommen?«

Es war höchste Zeit, Leonhard alles zu erzählen. »Ich bin verprügelt worden, aber das ist eine lange Geschichte.«

»Eine weitere lange Geschichte also«, stellte Leonhard fest. »Nun denn, ich habe für den Rest des Abends nichts anderes vor, insofern habe ich genügend Zeit für lange Geschichten.« Jetzt lächelte er den Jungen an. Die ungleichen Männer umarmten sich.

»Es gibt viel zu berichten«, versicherte Sally ihm, nachdem sie sich voneinander gelöst hatten.

Leonhard streifte den Mantel ab und hängte ihn sich lässig über den Arm. »Daran zweifle ich keine Sekunde.«

*

Flora staunte nicht schlecht, als sie zwei Stunden später heimkehrte und schon im Flur den Lichtschein sah, der aus der Küche drang. Nachdem sie die beiden Koffer im Flur entdeckt hatte, stand fest, dass Leo heute nach Hause gekommen sein musste. Ihr Herz vollführte einen Freudensprung. Hastig warf sie den Strohhut auf die Kommode, wunderte sich nur für den Bruchteil einer Sekunde darüber, dass der Kandelaber vom Wohnzimmertisch ohne Kerzen hier herumstand, zog den Mantel aus und stürmte freudestrahlend in die Küche.

»Leo, mein Leo!«, rief sie überglücklich, als sie die beiden Männer im Schein der Petroleumlampe am Küchentisch sitzen sah. Zwischen ihnen stand eine Flasche des Elsässer Muskatweins, den Leo so sehr liebte. Er öffnete ihn nur zu ganz besonderen Anlässen. Die beiden Römergläser waren halb leer, Sallys Wangen glühten bereits rot, und Flora konnte nicht ausmachen, ob das am edlen Tropfen oder am warmen Licht der Laterne lag.

Leonhard hatte sich erhoben. Breit lächelnd stand er da, bereit, sie in die Arme zu schließen. Flora rannte auf ihn zu, schmiegte sich an ihren Verlobten und fühlte sich zum ersten Mal seit vielen Tagen wieder vollständig.

»Liebste Bella«, wisperte Leonhard, während er ihr Haar küsste.

»Leo, endlich bist du wieder bei mir.« Vergeblich kämpfte Flora gegen die Freudentränen an. »Es ist so viel geschehen, seitdem du Stralsund verlassen hast.«

»Das ist wohl noch eine Untertreibung.« Leonhard lächelte sanftmütig. Als er Floras fragenden Blick bemerkte, deutete er auf den Küchentisch. »Darf ich dir auch ein Gläschen des feinsten Muskatweines anbieten?«

»Gern.« Mit geröteten Wangen setzte sie sich auf die Bank zu ihrem Bruder. Er wirkte schon wieder recht munter, fand sie, während sie das Weinglas betrachtete. »Bist du sicher, dass es ihm guttut, Wein zu trinken?«

»Nur ein Gläschen«, beeilte sich Leonhard zu sagen, während er ein weiteres Glas aus dem Regal neben dem Herd nahm und es vor Flora auf den Tisch stellte. »Ich habe schon ein Augenmerk darauf, dass Sally nicht zu viel trinkt, denn das dürfte er in den vergangenen Tagen zur Genüge getan haben, nicht wahr, wertester Schwager?« Leonhard zwinkerte Sally vergnügt zu.

Nachdem Leonhard Floras Glas gefüllt hatte, stießen sie zu dritt an. »Auf einige ereignisreiche Tage«, sagte Leonhard gespielt feierlich. »Es gibt wahrlich viel zu berichten, nicht wahr?«

»Und ob.« Flora nickte und trank einen Schluck. Sie genoss die trockene Note, die ihn so sehr von den Muskatweinen unterschied, die im Süden Frankreichs angebaut wurden, und schmeckte das fruchtige Aroma des Elsässers.

»Wie ist es dir ergangen auf deiner Reise?«, fragte sie schließlich. »Ist dir der Abschied von deinen Geschäftsfreunden schwergefallen?«

»Der Abschied war ausgesprochen herzlich«, erwiderte Leonhard. »Und ich brauche sicher noch etwas Zeit, um die zahlreichen Eindrücke zu verarbeiten.« Er nippte an seinem Wein und betrachtete sie mit einem verliebten Lächeln. »Aber hier haben sich während meiner Abwesenheit die Ereignisse ja … *überschlagen*«, jetzt warf er Sally einen Seitenblick zu und grinste. »Bitte entschuldige das kleine Wortspiel.«

»Ich habe Leonhard schon berichtet, wie es mir am Schwedenkai ergangen ist«, gestand Sally kleinlaut und strich vorsichtig über die Wunde an der Stirn, über die sich eine Kruste gebildet hatte.

»Ja, es hätte besser laufen können. Übrigens muss ich mich morgen bei Hauptwachtmeister Holzapfel nach Julius erkundigen.« Sie seufzte. Die Entscheidung von Albert Holst, den kleinen Laden zu schließen, brach ihr fast das Herz, so sehr hatte sie sich an ihre Arbeit und an den alten Mann gewöhnt. *Zu schade, dass das alles schon bald vorbei sein soll*, dachte sie in einem Anflug von Trauer.

»Wie ich hörte, engagierst du dich ehrenamtlich im Geschäft des Herrn Holst«, sagte Leonhard schließlich, und es kam Flora vor, als hätte er ihre Gedanken erraten.

Flora senkte den Blick. »Das stimmt.« Sie wusste nicht, ob Leonhard erfreut über ihren freiwilligen Einsatz war, den sie eigentlich mit ihm abstimmen hätte sollen. Doch nun gab es kein Zurück mehr. Ein wenig nervös glitten ihre Finger über den gerippten Schaft des Römers, dann führte sie den vergoldeten Rand zum Mund und trank einen Schluck, bevor sie Leonhard erzählte, wie sie zu ihrer Anstellung als Ladenmädchen bei Albert Holst gekommen war. Leonhard hörte ihr zu und unterbrach sie kein einziges Mal, nippte nur immer wieder von seinem Wein und sah seine Verlobte interessiert an. Erst als sie ihre Ausführungen beendet hatte, hob er das Glas, betrachtete die waldgrüne Glaskuppa und nickte nachdenklich. »Ich bin froh, dass du dich sozial engagierst und dem werten Herrn Holst hilfreich unter die Arme greifst«, sagte er. »Wenngleich es auch eher unüblich ist, eine Anstellung in einem kommerziell betriebenen Geschäft anzunehmen, ohne das übliche Gehalt zu erhalten, spricht es Bände über dein gütiges Wesen, liebste Bella.«

Flora fiel ein Stein vom Herzen. Sie war zutiefst erleichtert über die Reaktion ihres zukünftigen Mannes, der Albert Holst offenbar persönlich kannte.

»Er tut mir einfach leid«, sagte sie leise. »Er hat niemanden mehr, der ihm zur Hand geht und an seiner Seite steht.«

»Das ehrt dich, meine Liebe, dennoch solltest du dich mit dem Gedanken anfreunden, dass die Tage des kleinen Ladens bald gezählt sind.«

»Es fällt mir zugegebenermaßen noch sehr schwer.« Flora überlegte, ob sie von Wagners Besuch bei Albert Holst berichten sollte, entschied sich jedoch dagegen. Auch den ungebetenen Besuch in der Wohnung ließ sie unerwähnt. *Alles zur rechten Zeit*, dachte sie und nahm sich vor, Leonhard einzuweihen, sobald sich ein günstiger Moment dafür ergab. »Es ist so bedauerlich, weil der kleine Laden sein Lebenswerk ist«, gab sie zu bedenken. »Seit dem Tod seiner geliebten Frau kämpft er wie Don Quichotte gegen die Windmühlen.«

»Ich fürchte, das Geschäftsleben ist mitunter grausam und ungerecht.« Leonhard überlegte kurz. »Ich werde aber sehen, ob ich irgendetwas tun kann, um seinen Sturz zu lindern.«

*Wie gern würde ich ihm sagen, dass er das tun kann, indem er Herrn Holst einen weiteren Zahlungsaufschub gewährt*, dachte Flora aufgeregt, doch sie blieb ihrem Vorsatz treu, in einem ruhigen Moment mit ihm darüber zu sprechen. Um nichts in der Welt wollte sie den wunderschönen Abend zerstören.

»Und wie ich sehe, haben wir während meiner Abwesenheit einen Untermieter gewonnen.« Leonhard betrachtete Sally mit einem süffisanten Lächeln auf den Lippen. »Seine Einladung hat er sicher auch meiner äußerst hilfsbereiten Verlobten zu verdanken, oder irre ich mich?«

»Es gab einen furchtbaren Streit daheim in Birnbaum«, antwortete sie wahrheitsgemäß. »Deshalb konnte ich Sally nicht einfach wegschicken.« Liebevoll wuschelte sie ihrem Bruder durch das viel zu lange Haar.

»Das hat er mir bereits gestanden«, lachte Leonhard. »Auch hier werden wir eine Lösung finden.« Er nahm einen Schluck Wein, bevor er fortfuhr. »Aber nun sag schon, Sally: Wie genau hat sich die Sache am Hafen zugetragen?«

Sally berichtete, was er zuvor noch nicht erzählt hatte. Auch diesmal erwies sich Leonhard als ein guter Zuhörer. Er ließ den Jungen reden, ohne ihn zu unterbrechen. Erst danach ergriff er das Wort. »Ich kann dem nichts Gutes abgewinnen, dass man seinen Tageslohn in eine der schmuddeligen Schankwirtschaften am Hafen trägt«, brummte Leonhard skeptisch.

»Inzwischen habe ich das Spiel der Vizen durchschaut, also musst du dir keine Sorgen machen, Leonhard.« Sally winkte ab.

»Der Trunksucht wird durch diese üblen Machenschaften ein bedauerlicher Vorschub geleistet«, betonte Leonhard streng. »Du solltest dich dem Treiben auf keinen Fall länger anschließen.«

»Ich habe nicht vor, länger dort als Tagelöhner zu arbeiten«, versprach Sally ihm. »Aber was kann ich tun, um meinen Teil zur Miete beizutragen?« Flora sah ihm an, dass sich ihr kleiner Bruder nach einem Beruf sehnte, der ihn erfüllte, und setzte ihre Hoffnungen auf Leonhard und seine Kontakte.

»Mein Freund Julius Phillip Lindner betreibt hier in Stralsund die Pianoforte-Fabrik«, überlegte er, während er Sally über den Rand des Weinglases hinweg ansah. »Allerdings setzt er Fleiß und Zuverlässigkeit für eine Anstellung voraus.« Flora sah ihm an, dass Leonhard seinem künftigen Schwager den nötigen Fleiß noch nicht zutraute.

»Das werde ich ihm zusichern«, versprach Sally, dem die Zweifel von Leonhard offenbar nicht aufgefallen waren, »allerdings habe ich mich dort bereits vorgestellt, um meine Lehre bei ihm abzuschließen – leider vergebens.«

Flora warf ihrem Verlobten einen Blick zu, den er mit einem unauffälligen Nicken erwiderte. Als er sich Sally zuwandte, wirkte er überzeugt. »Ich werde mit Lindner reden und bin zuversichtlich, dass er dir eine zweite Chance gibt.« Leonhard zwinkerte dem Jungen verschwörerisch zu. »Und jetzt sollten wir auf uns anstoßen und dann bald zu Bett gehen. Morgen wird wieder ein anstrengender Tag.« Er lächelte Flora an. »Außerdem rückt der Tag unserer Hochzeit immer näher, und es gibt vieles vorzubereiten.« Er legte eine Pause ein, bevor er fortfuhr. »Ich hatte überlegt, ob uns der Rabbi aus Birnbaum trauen sollte.« Jetzt lachte er und warf seinem Schwager einen Blick zu. »Nach all dem, was in Birnbaum zwischen dir und seiner einzigen Tochter vorgefallen ist, werde ich davon wohl absehen.«

»Danke.« Sally wirkte erleichtert, und Flora ahnte, dass Sally dem Rabbiner in der nächsten Zeit nicht unbedingt begegnen wollte.

»Wir werden schon jemanden finden, der uns traut«, sagte Leonhard voller Optimismus. »Und wenn ich die Wertheims fragen muss.«

*

Sie saßen dann doch bis spät in die Nacht bei einer zweiten Flasche des wundervoll fruchtigen Muskatweins aus dem Elsass beisammen und feierten ihr Wiedersehen. Sally allerdings hatten sie ins Bett geschickt. Leonhard war sicher, dass der Junge seinen Schlaf dringend benötigte, auch, um seine Heilung zu beschleunigen.

Als sie allein in der Küche waren, berichtete Leonhard Flora von der Abschiedsreise, die nun hinter ihm lag. Seine Tage bei »B. Winkelmann Nachfolger« waren gezählt, nun gab es kein Zurück mehr. Wie gebannt hatte Flora an den Lippen ihres Verlobten gehangen, während er ihr von den Erlebnissen der Reise berichtete. Als die

Sprache auf das Treffen mit Emil Weyerbusch kam, schaute Flora nachdenklich in ihr Glas und nagte auf der Unterlippe.

»Es ist schwer vorstellbar, wie sich Alfons bei seiner Frau aufgeführt hat«, schloss Leonhard sichtlich bewegt seine Erzählung. »Dass er ein derartiger Schürzenjäger mit schlechten Manieren ist, war mir neu. Es scheint, als hätte mir Emil Weyerbusch erst die Augen geöffnet.«

»Leo, mein Liebster, ich weiß gar nicht, wie ich es sagen soll.« Flora drehte das Weinglas am Fuß auf der Tischplatte, während sie im Gesicht ihres Verlobten auf jede Regung achtete. »Auch mir ist etwas Ähnliches widerfahren.«

»Wovon sprichst du, Bella?« Leonhard beugte sich weit zu ihr herüber und nahm ihre Hand. »War Alfons dir gegenüber etwa auch übergriffig?«

»Ich konnte Schlimmeres verhindern.« Als sie sah, wie Leonhard erleichtert aufatmete, berichtete sie ihm von dem unangenehmen Besuch seines Kompagnons. Er hörte ihr zu und unterbrach sie kein einziges Mal. Während sie sprach, ballte er die freie Hand auf dem Tisch zur Faust. Ein zorniges Funkeln trat in seine Augen. »Ich werde ein ernstes Wort mit Alfons reden«, brummte er. »Wie sehr ich doch geblendet war von seiner makellosen Fassade eines feinen Menschen und korrekten Geschäftsmannes«, murmelte er verbittert. Flora kannte ihn gut genug, um zu wissen, dass er nicht impulsiv reagierte. Sie war sicher, dass andere Männer jetzt wütend aufgesprungen wären, um ihren Kontrahenten aufzusuchen und ihn zu verprügeln. Doch das war nicht Leos Art. Er klärte Dinge sachlich, auch wenn sie noch so unangenehm waren.

Flora empfand Mitleid für ihn. »Wir alle haben uns in ihm getäuscht.« Sie strich Leonhard durch das dichte Haar und blickte tief in seine Augen. »Es ist gut, dass sich eure Wege bald trennen.«

Sie seufzte. »Allerdings ist es trotz allem traurig, einen Freund zu verlieren.«

»Die Zeit der Freundschaft ist vorbei.« Leonhard presste die Lippen zu einem Strich zusammen. »Je länger ich darüber nachdenke, umso sicherer bin ich, dass Alfons eine Tracht Prügel verdient hätte.«

»Lass gut sein, du änderst damit nichts.«

»Vermutlich hast du recht, Bella.« Er unterdrückte ein Gähnen. »Es ist spät geworden.«

Flora nickte. Sie hauchte ihm einen Kuss auf die Stirn und erhob sich, um die leeren Weingläser wegzuräumen. »Du musst hundemüde sein von den Strapazen der langen Reise.«

Er lächelte und zwinkerte ihr zu. »Umso mehr freue ich mich darauf, heute wieder in meinem eigenen Bett zu liegen – und das nicht allein.«

# Kapitel 19

Es fühlte sich eigenartig an, den kleinen Laden an der Seite von Leonhard zu betreten. Ihr Zögern blieb ihm nicht verborgen. Leonhard nickte ihr bestärkend zu, als Flora endlich die Ladentür öffnete. Sie war ihm unendlich dankbar dafür, dass er sich für Albert Holst einsetzen wollte.

»Ich kenne ihn nur vom Hörensagen«, hatte er beim Frühstück gesagt, »doch ich werde sehen, was ich für ihn tun kann.« Er hatte darauf bestanden, Flora zu dem kleinen Haus an der Ossenreyer Straße zu begleiten, um den Ladenbesitzer persönlich kennenzulernen.

»Herr Holst?«, rief Flora in das verlassene Geschäft. Sie wunderte sich, dass der alte Mann den Laden nicht abgeschlossen hatte, obwohl er sich nicht in den Geschäftsräumen aufzuhalten schien. Das konnte nur bedeuten, dass er ihr Kommen bereits erwartete.

Jetzt scharrte im hinteren Bereich des Ladens ein Stuhl. »Ich bin hinten im Büro.«

Nachdem sie die Ladentür abgesperrt hatte, nahm sie Leonhards Hand und zog ihn hinter die Theke. Er schaute sich neugierig um, und an seinem Blick konnte Flora erkennen, dass er sich nicht sonderlich wohlfühlte. Dennoch ließ Leonhard sich nichts anmerken, als er ihr in den hinteren Teil des Ladens folgte. Er schaute sich neugierig um. Die Dielen knarzten leise unter ihren Schritten.

»Ich bringe jemanden mit, erschrecken Sie sich nicht, Herr Holst.« Flora blieb im Türrahmen des kleinen Büros stehen und klopfte gegen das dunkle Holz.

Der alte Mann hockte hemdsärmelig auf seinem Stuhl am Sekretär und studierte die Aufzeichnungen und Kassenbücher der vergangenen Jahre. Die Zahlen, die sich ihm boten, schienen ihm nicht zu gefallen. Als er Floras Klopfen hörte, setzte er die einfache Brille ab und wandte sich zu seinen Besuchern um. Floras Anwesenheit zauberte ihm kurz ein Lächeln auf die Lippen, während er Leonhard misstrauisch beäugte.

»Ich hoffe, es macht Ihnen nichts aus, dass ich nicht allein komme«, setzte Flora an. Gerade als Holst etwas erwidern wollte, trat Leonhard in den kleinen Raum und nahm seinen Zylinder vom Kopf. »Bitte entschuldigen Sie den Überfall«, sagte er freundlich. »Gestatten Sie, dass ich mich vorstelle: Mein Name ist Leonhard Tietz, ich bin der Verlobte Ihres ... Ladenmädchens.«

Flora musste schmunzeln, als sie sah, wie ihm das Wort ein wenig schwer über die Lippen kam.

Holst blickte zu Leonhard auf und schien nicht recht zu wissen, was er antworten sollte. Dann erhob er sich schwerfällig, nannte seinen Namen und reichte Leonhard die Hand. Der Händedruck der Männer war fest und wurde von einem gegenseitigen Blick in die Augen des jeweils anderen begleitet.

»Angenehm«, sagte Holst schließlich.

»Ebenfalls.« Leonhard deutete mit der freien Hand auf den Stuhl am Sekretär. »Bitte, so nehmen Sie doch Platz. Wie ich hörte, müssen Sie sich schonen, mein Herr.«

»Bedauernswerterweise stimmt das.« Holst ließ sich nicht zweimal bitten und sank mit einem schwerfälligen Seufzer auf den Holzstuhl zurück. Nun blickte er zu seinen Besuchern auf, eine Position, die ihm nicht sonderlich zu gefallen schien. »Sie sind der andere Inhaber von ›B. Winkelmann Nachfolger‹«, stellte er schließlich fest, während er Leonhard mit einem schwer zu deutenden Blick maß.

»Das ist korrekt«, bestätigte Leonhard. »Wie ich hörte, hatten Sie bereits einen sehr unerfreulichen Besuch von meinem Geschäftspartner.«

»Allerdings. Er war …«

»Das bitte ich in aller Form zu entschuldigen, Herr Holst. Es ist keine Art, unsere Kunden unter Druck zu setzen, wenn sie in Zahlungsschwierigkeiten stecken, ich kann mich nur immer wieder für das rüpelhafte Auftreten meines Partners entschuldigen.«

Albert Holsts Blick glitt ins Leere. Er rang mit den schwieligen Händen und nickte nachdenklich. Dann ruckte sein Kopf hoch, und er sah Leonhard wieder an. »Ihre Aufrichtigkeit in allen Ehren, Herr Tietz, aber ich denke, dass sich die Ausgangssituation für mich nicht ändern wird.« Jetzt sah er Flora an. »Auch wenn es dir das Herz bricht, Mädchen: Euer Besuch ändert nichts an meinem Plan, den Laden ein für alle Mal zu schließen.« Seine Augen schimmerten feucht, und Flora empfand tiefes Mitleid für ihn.

»Wenn mir dazu eine Bemerkung gestattet ist«, mischte sich Leonhard ein, »ich könnte mit Alfons Wagner sprechen und ein für alle Seiten vertretbares Zahlungsziel vereinbaren.«

»Ihr Einsatz in allen Ehren, Herr Tietz.« Holst schenkte Leonhard ein dankbares Lächeln. »Doch ich weiß nicht, wie ich meinen Verpflichtungen in absehbarer Zeit nachkommen soll. Es steht schlecht um meine Gesundheit, daraus hat Doktor Benthien in den vergangenen Tagen keinen Hehl gemacht. Und ich habe den Entschluss gefasst, mich von dem Laden zu trennen, bevor es für mich zu spät ist.«

»Sicherlich eine weise, wenngleich auch eine bedauerliche Entscheidung«, stellte Leonhard fest. »Dennoch verbindet unsere Unternehmen eine langjährige Geschäftsbeziehung. Aus den Büchern weiß ich, dass Sie schon bei unseren Vorgängern ein guter Kunde waren. Wenn an Ihrer Entscheidung, den Laden zu schließen, nichts mehr zu ändern ist, so liegt es in meinem Interesse, Ihnen für all die Jahre zu danken – wir sollten nicht im Streit auseinandergehen, Herr Holst.«

Der alte Geschäftsmann schaute zu Leonhard auf und nickte. »Wissen Sie, Herr Tietz, mit Ihnen habe ich keinen Streit. Was aber Ihr werter Kompagnon getan hat, ist nicht zu entschuldigen.«

»Auch dafür werde ich ihn zur Rechenschaft ziehen«, versprach Leonhard. Flora sah ihm an, dass seine Wut auf den vermeintlichen Freund wuchs. »Aber ich bin gekommen, um mich zu entschuldigen und um eine Lösung für Sie zu finden, Herr Holst.«

»Das weiß ich sehr zu schätzen.« Holsts Stimme klang versöhnlich. »Aber leider wird sich an meiner Entscheidung wie gesagt nichts mehr ändern.«

Flora spürte einen dicken Kloß in der Kehle. Sie kämpfte gegen die Tränen an. Bis zuletzt hatte sie gehofft, dass Holst seine Entscheidung noch einmal überdenken würde, wenn Leonhard ihm die Hand reichte. Sosehr sie die Angst des Geschäftsmannes verstehen konnte, fühlte es sich doch seltsam an, dass sich die Türen des kleinen Ladens bald schon für immer schließen würden.

»Natürlich habe ich Verständnis für Ihre Situation«, versicherte Leonhard ihm.

»Lassen Sie die Waren abholen«, bat Holst ihn mit steinerner Miene. »Ich werde dafür Sorge tragen, dass das Material bereitsteht und sich die Liste meiner Gläubiger so verkürzt. Wissen Sie, ich bin einfach zu alt, um weiter so hart zu arbeiten. Es ist an der Zeit, der jüngeren Generation Platz zu machen.«

»Julius?«, entfuhr es Flora. »Soll Ihr Sohn nun doch den Laden übernehmen?«

Holst sah sie überrascht an und schüttelte den Kopf. »Julius? Er könnte den Laden niemals vernünftig führen, so viel steht fest.«

»Was wird dann aus dem Geschäft?«, fragte Flora.

Der alte Mann zuckte hilflos die Schultern. »Offen gestanden weiß ich es nicht.« Er senkte den Blick.

»Wir werden Sie unterstützen«, versprach Leonhard so energisch, dass selbst Flora ein wenig verblüfft war. »Egal, was Sie planen, ich werde Ihnen meine Unterstützung geben – wenn Sie es wünschen.«

Flora schaute ihren Verlobten dankbar an. Am liebsten wäre sie ihm auf der Stelle um den Hals gefallen.

*

Albert Holst blickte noch einen Moment auf die Tür des kleinen Büros, durch die das junge Paar eben verschwunden war. Er atmete tief durch und hatte das Gefühl, sich zum ersten Mal seit einer Ewigkeit ein wenig freier zu fühlen. Der alte Geschäftsmann hatte keine Ahnung, woran es lag, doch dieser Tietz gab ihm ein Gefühl von Sicherheit, und das, obwohl er gut und gern sein Sohn hätte sein können. Leonhard Tietz und seine Frau waren offensichtlich Juden, doch das störte Holst nicht im Geringsten. Die religiöse Gesinnung der jungen Leute war zweitrangig. Nachdem Baden vor mehr als zehn Jahren die Gleichstellung von Juden und Christen bekanntgegeben hatte, galten die einst strengen Regeln nicht mehr. Holst selbst war schon lange nichts mehr von Anfeindungen gegenüber Juden zu Ohren gekommen. Zwar war die Zeit der *Salons des freien Denkens*, die vor Jahrzehnten von zahlreichen jüdischen Frauen ausgerichtet worden waren, längst vorbei, doch insgesamt hatten Frauen immer mehr Rechte in der Gesellschaft, und das fand Holst durchaus richtig.

Er mochte Flora, und auch ihr Verlobter war ihm durchaus sympathisch. Sie waren nicht nur ein schönes Paar, sondern auch feine Menschen, denen er vertraute.

Als Albert Holst sich von seinem einfachen Holzstuhl erhob, fühlte er sich zum ersten Mal seit Langem ein wenig leichter. Es war, als wäre eine zentnerschwere Last von ihm abgefallen. Und das, obwohl dieser Tietz ihm noch keinerlei konkrete Vorschläge unterbreitet hatte, wie seine Hilfe wohl aussehen könnte. Holst betrat den engen Flur hinter dem Laden, hielt kurz inne, bevor er den schweren Vorhang zur Seite schob, der den hinteren Bereich vom Ladengeschäft abteilte. Die Sonne des Vormittags drang durch die kleinen Fenster und tauchte das schwere Mobiliar in ein warmes Licht. Staubpartikel tanzten in der Sonne. »Siehst du, Margarete«, sagte er leise, »es wendet sich alles zum Guten. Ich glaube zwar nicht an Engel und diesen Blödsinn, aber die beiden jungen Leute kommen Engeln schon sehr nahe. Ich bin gespannt, wie es nun weitergeht.« Holst durchmaß den Laden mit wenigen Schritten, um die Eingangstür abzusperren. Dabei fiel sein Blick durch eines der beiden Fenster hinaus auf die Straße. Dort stand das junge Paar noch immer. Sie betrachteten sein Haus, und es fiel ihm schwer, zu beurteilen, worüber sie gerade sprachen. Ihm konnte es egal sein, es gab viel zu tun. Heute würde er keine Kunden mehr bedienen. Es galt, alles zu einem guten Abschluss zu bringen.

# Kapitel 20

»Komm mal mit.« Leonhard nahm ihre Hand, als sie wieder vor dem windschiefen Geschäftshaus standen, und zog sie auf die gegenüberliegende Straßenseite. Dabei wären sie fast von einem Fuhrwerk überfahren worden. Der Mann auf dem Kutschbock schickte ihnen wüste Beschimpfungen hinterher, die Leonhard weltmännisch überhörte.

»Was hast du vor?«, fragte Flora verwundert.

Leonhard beantwortete ihre Frage nicht, tat so, als hätte er sie gar nicht gehört. Stattdessen positionierte er sie mit den Händen auf den Schultern so, dass sie das kleine Geschäft gut sehen konnte.

»Und?«, fragte er hinter ihr. »Was siehst du?«

»Ein kleines Haus, in dem sich im Erdgeschoss der Laden von Herr Holst befindet.«

»Mehr nicht?« Leonhard wirkte enttäuscht, als sie sich zu ihm umwandte. »Ist das dein Ernst, Bella?«

Sie stutzte und wusste nicht, was er ihr sagen wollte. »Wovon redest du, Leo?«

»Ein Haus mit einem Geschäft.« Er verdrehte die Augen. »Mehr nicht?«

»Nein.«

»Der Laden«, sagte er betont. »Also bitte: Schau ihn dir doch einmal genau an.«

»Und?«

»Könntest du dir vorstellen, dass es unser Laden wäre?«

Als sich Flora zu ihm umwandte, lächelte er spitzbübisch.

»Unser Laden?« Flora glaubte, sich verhört zu haben.

»Sieh noch mal hin, Liebes. Da ist dieser kleine Laden. Oben die Wohnung. Habe ich dir eigentlich schon gesagt, dass mir unsere Wohnung viel zu groß ist? Zu unpersönlich? Ich könnte mir gut vorstellen, dort oben mit dir zu wohnen.«

»Das ist viel zu klein für uns. Wir werden irgendwann Kinder bekommen. Und du hast doch immer von einer Villa geträumt.« Floras Einwände waren halbherzig.

»Villen werden überschätzt, und die Kinder spielen vor dem Haus.« Leonhard machte eine wegwerfende Handbewegung. »Es scheint mir, als würdest du nicht das sehen, was ich gerade sehe. Dein Laden, Flora. Es könnte dein Laden sein. Und unser Haus. Gefällt dir der Gedanke nicht?«

»Ich finde unsere Wohnung großartig«, sagte Flora. »Wir sind noch nicht lange dort, haben uns eben erst eingelebt und …«

»Schon gut, schon gut.« Mit einem Nicken winkte Leonhard ab. »Es sollte vielleicht nicht dort gewohnt werden, wo gewirtschaftet wird.«

Flora war froh, dass er offenbar bereit war, bei seiner frisch entstandenen Vision ihrer gemeinsamen Zukunft Kompromisse einzugehen.

Leonhard schaute an der Fassade des Hauses empor. »Lassen wir Albert Holst doch dort wohnen, damit bescheren wir ihm einen angenehmen Lebensabend.« Er nickte, schien von seinen eigenen Überlegungen sehr überzeugt zu sein. »Während wir uns um den Laden kümmern, bleibt er in seiner Wohnung. Und nachdem wir unser Tagewerk beendet haben, nutzen wir die Rückzugsmöglichkeit unserer jetzigen Wohnung – Bella, das wird perfekt!«

Flora war überwältigt von den Ideen ihres Verlobten. Die Gedanken in ihrem Kopf schlugen Purzelbäume. Obwohl ihr der kleine Laden in den letzten Tagen ans Herz gewachsen war, hatte sie bisher nicht im Traum darauf zu hoffen gewagt, sie könnte die neue

Besitzerin werden. »Du willst … ich meine, wir wollen den Laden übernehmen?«

»Übernehmen ist vielleicht nicht das richtige Wort«, überlegte Leonhard. Seine Miene war ernst geworden. »Herr Holst steht sicher nicht umsonst vor der Pleite. Es gibt in der Stadt viele kleine Läden wie diesen.« Er deutete mit dem Kinn auf die gegenüberliegende Straßenseite. Kurz sahen sie Holst hinter einem der Fenster auftauchen. Er schaute geradewegs in ihre Richtung. Flora fühlte sich ertappt, doch als der Kaufmann freundlich winkte, erwiderte sie den Gruß, bis Holst wieder verschwunden war.

»Was können wir tun, um uns gegen die anderen Läden in der Stadt durchzusetzen?«, fragte sie schließlich.

»Spontan bin ich mit dieser Frage überfordert«, räumte Leonhard ein und verschränkte die Hände hinter dem Rücken. »Doch ich bin sicher, dass uns viele Dinge einfallen werden, die wir besser machen können.«

»Wie willst du das alles finanzieren?«

»Ich habe die Abfindung von ›Winkelmann‹«, erinnerte er sie. »Der kleine Laden könnte unsere neue Existenzgrundlage werden – wenn wir es richtig anpacken.« Leonhard seufzte sehnsüchtig, so, als könne er es kaum erwarten, in ihr neues Leben zu starten. »Auf meiner Reise hatte ich viele Gelegenheiten, mir Gedanken über unsere Zukunft zu machen. Es gibt eine Zeit nach ›Winkelmann‹, und diese Zeit beginnt schon bald.«

»Welche Ideen sind dir dabei gekommen?« Floras Wangen glühten rot. Am liebsten wäre sie ihrem Zukünftigen um den Hals gefallen, doch das wagte sie auf offener Straße nicht. Noch waren sie nicht verheiratet, und sie wollte auf keinen Fall riskieren, dass sich die Leute hinter ihrem Rücken die Mäuler zerrissen.

»Zu meiner Schande muss ich gestehen, noch keine konkreten Pläne geschmiedet zu haben.« Kurz wirkte er zerknirscht, dann erhellte sich seine Miene wieder. »Allerdings habe ich mich mit unzähligen Einfällen beschäftigt.« Leonhard zuckte mit den Schultern. »Kurz war ich von dem Gedanken beseelt, eine Zeitung herauszugeben. Doch wirklich fasziniert hat mich der Besuch eines Ladens für Kurz- und Weißwaren in Berlin. Ein großartiges Geschäft, Bella. Man findet dort eine völlig neuartige Präsentation der Waren. So stelle ich mir den Laden der Zukunft vor.«

»Der Laden von Herrn Holst ist etwas klein für eine angemessene Warenpräsentation, fürchte ich.« Floras Blick schweifte wieder zur anderen Straßenseite.

»Wir müssen uns eben etwas einfallen lassen, Liebste.« Leonhard zwinkerte ihr zu. »Könntest du dir denn überhaupt vorstellen, ein derartiges Geschäft an der Seite deines Mannes zu führen?«

Jetzt gab es kein Halten mehr für Flora. Sie fiel ihm um den Hals und gab ihm einen Kuss auf die Wange. »Und ob«, sagte sie überglücklich. »Wir beide werden Geschäftsleute, Leo. Ich kann es kaum erwarten.«

*

Dem Steward des Raddampfers *Altefähr* war nicht entgangen, dass Sally Baumann gegen die aufsteigende Übelkeit ankämpfte, seitdem sie den Fähranleger verlassen hatten. Verkrampft klammerte sich der Junge an die eiserne Reling und schaute auf die Wellen, gegen die das Schiff ankämpfte. Er hatte gehört, dass der Raddampfer nicht gerade das zuverlässigste Schiff der Ostsee war. Zahlreiche Ausfälle der Dampfmaschine und Konstruktionsmängel hatten in der Vergangenheit immer wieder dazu geführt, dass der Raddampfer mitten auf offener See antriebslos von den Wellen über das Meer getrieben wurde, während die Mechaniker krampfhaft versuchten, die Dampfmaschine im stählernen Bauch wieder flottzubekommen. Sally hoffte inständig, dass ihm ein solcher Zwischenfall erspart blieb. Eine kreischende Möwenschar begleitete die *Altefähr*. Ein kleines Mädchen war damit beschäftigt, ihrem Bruder, der eine dunkelblaue Seemannsuniform trug, Brotstückchen zuzustecken, die der Junge voller Freude in die Luft warf und die Möwen so zu waghalsigen Flugmanövern verleitete. Sally hatte gehört, dass sie eine Bahnlinie bauen wollten, die ganze Züge mit einem Schiff auf die kleine Insel befördern konnte. Doch noch war es nicht so weit, und so musste er mit dem schwankenden Dampfschiff vorliebnehmen.

Unerschütterlich stampfte die Dampfmaschine im Rumpf gegen die Ostseewellen an, und obwohl das Ufer von Altefähr schon in Sicht war, erschien es Sally, als würde er den ganzen Ozean überqueren. Dichter schwarzer Rauch quoll aus dem vorderen der beiden stählernen Schornsteine und zog in den strahlend blauen Himmel. Das Stahlblech unter Sallys Füßen vibrierte. Eilig richtete er den Blick wieder nach vorn. Dabei schien ihm die Sonne ins Gesicht. Sally blinzelte, als er die Hand des Bediensteten auf der Schulter spürte. Als er sich dem jungen Steward, Sally schätzte ihn nur wenige Jahre älter als sich selbst, zuwandte, lächelte er krampfhaft.

»Geht es Ihnen nicht gut, mein Herr?«

Sally zuckte die Schultern. »Ich glaube, ich bin seekrank.«

»Dann machen Sie es schon ganz richtig«, sagte der Steward. »Bei aufkommender Seekrankheit halte man sich auf dem Promenadendeck in frischer Luft, nicht in der Kajüte, auf, vermeide in die Wogen zu sehen und richte den Blick auf einen entfernten Punkt, so dass man die schwankende Bewegung des Schiffes nicht so sehr bemerke.«

»Ich fürchte nur, das alles hilft mir nicht.«

»Sodann empfiehlt es sich, dem Magen etwas Konstantes anzubieten.« Der Steward lächelte ihn verbindlich an.

»Was soll das heißen?« Sally verstand den Steward nicht.

»Es darf ein Gläschen Portwein sein«, half der Angestellte ihm auf die Sprünge. »Auch ein guter Cognac wäre in Ihrer Situation sicher nicht zu verachten.«

»Alkohol?« Sallys Übelkeit nahm zu. »Nein, danke.« Er schüttelte den Kopf und kam der Empfehlung des Stewards nach, den Blick in die Ferne zu richten. Soeben tauchte Rügen aus dem sommerlichen Dunst auf. Lange würde die Überfahrt also wohl nicht mehr dauern. Seine Schwester und sein künftiger Schwager hatten ihm Geld gegeben, ihn zum Fährhafen gebracht und ihm eine schöne Zeit auf Rügen gewünscht. Sie mussten angeblich einige wichtige Dinge besprechen und erledigen, bei denen er sie nicht stören durfte. Ihm konnte es recht sein, eine kleine Sommerfrische zu genießen. An der Seeluft würden die Wunden der Schlägerei sicher schnell verheilen. Und er würde sich Gedanken über seine Zukunft machen können. Zurück nach Birnbaum zu seinen Eltern wollte er aber bestimmt nicht mehr, so viel stand für Sally bereits fest. Doch um gänzlich auf eigenen Füßen zu stehen, war es noch zu früh. Es war einfach zum Verzweifeln.

»In Kürze erreichen wir den Fähranleger Altefähr«, sagte der Steward ihm nun. »Sie werden den Rest der Überfahrt sicher gut überstehen.«

»Danke.« Insgeheim bewunderte Sally den jungen Steward für seine sorgsam gewählten Worte, die ihm Reife und einen Hauch Souveränität verliehen. Es bestand kein Zweifel daran, dass er sich ausdrücken konnte. Nachdenklich sah er ihm hinterher und bewunderte die schicke strahlend weiße Uniform mit den silbernen Knöpfen am Jackett, die in der Sonne glänzten.

Als der Steward seinem Sichtfeld entschwunden war, überlegte Sally, ob er auch auf einem Fährschiff anheuern sollte. Sicherlich war der Posten eines Stewards um ein Vielfaches besser bezahlt als der eines einfachen Hafen- oder Werftarbeiters. Er würde eine schicke Uniform tragen anstatt der einfachen Arbeiterkluft, er würde den ganzen Tag an der frischen Luft sein und mit Menschen in Kontakt treten. Und er würde viele hübsche Mädchen an Bord kommen sehen. Der letzte Gedanke gefiel Sally ganz besonders. Doch als er daran dachte, den ganzen Arbeitstag lang auf See zu sein, verwarf er die Idee schnell wieder. Solange er seekrank wurde, sobald die Ostsee ein bisschen wilder wurde, konnte er sich nicht vorstellen, mit einem Dampfschiff in See zu stechen.

Das dumpfe Tuten des mächtigen Horns riss ihn aus seinen Überlegungen. Sally seufzte, als das Schiff die Fahrt verlangsamte und auf den Anleger von Altefähr zusteuerte. Erleichtert dachte Sally daran, dass er schon bald wieder festen Boden unter den Füßen haben würde. Prompt ließ die Übelkeit ein wenig nach. An die Rückreise wagte er trotzdem noch nicht zu denken. Jetzt freute er sich erst einmal auf einen Besuch in einer der beiden neuen Badeanstalten. Und der Rest würde sich finden, da war er sicher.

*

Endlich war er wieder an der frischen Luft. »Auf Wiedersehen«, sagte er mit einem süffisanten Grinsen zu Hauptwachtmeister Holzapfel und tippte sich mit zwei Fingern an die Schläfe.

Der Polizist stand auf dem Treppenabsatz der Polizeiwache und schüttelte den Kopf. »Darauf kann ich verzichten!« Danach machte der Vorsteher der Polizeiwache am Rathaus, dass er ins Gebäude kam und die Tür mit einem lauten Knall hinter sich zuschlug.

Julius Holst starrte auf die breiten Steintreppen, die hinauf zur Wache führten. In seinem Blick lag der blanke Hass. Man hatte ihn eingesperrt und ihm das Wichtigste in seinem Leben genommen: die Freiheit. Angeblich, weil er dieses Ladenmädchen bedroht hatte. Als wäre das Grund genug für einen Aufenthalt im Zuchthaus. Wütend ballte er die Hände zu Fäusten und sah zu, dass er von hier verschwand. Dicke Wolkentürme hatten sich über der Stadt aufgebauscht. Die Fassaden der umliegenden Häuser wirkten in diesem surrealen Licht grau und trist. Wind kam auf und kündigte ein Unwetter an. Das Geschrei der Möwen war verstummt, die Stimmung war ihm unheimlich. Fröstelnd stopfte er die Hände in die löchrigen Taschen seiner ausgebeulten Hose. Eine Jacke wäre jetzt gut gewesen, doch die besaß er nicht. Ziellos stapfte er los. Die verwinkelten Straßen lagen verlassen da.

Je weiter er sich vom Rathaus entfernte, desto unsicherer wurde er. In ihm brannte die Frage, wo er bleiben konnte. Da er die Miete für seine erbärmliche Kammer nicht bezahlt hatte, wagte er sich nicht nach Hause. Es wäre undenkbar, seiner Vermieterin über den Weg zu laufen. Und zum Hafen wollte er nicht. Am Schwedenkai würden ihn die Jungs erwarten, um ihm dumme Fragen zu stellen. Am liebsten würde er nie wieder dorthingehen. Einmal mehr verspürte er blinden Hass auf seinen Vater. Warum zahlte ihn der Alte nicht endlich aus? Dann könnte er ganz von vorn anfangen, anstatt sich mit Tagelöhnern herumzuärgern. Es musste eine andere Möglichkeit geben, an Geld zu kommen.

Die Nacht stand bevor, und irgendwo musste er eine Bleibe finden.

Voller Wut dachte er an diese Frau, die sich in sein Leben eingemischt hatte. Seitdem sie bei seinem Vater arbeitete, konnte er die Hoffnung, etwas Geld von seinem alten Herrn zu bekommen, völlig vergessen.

»Miststück«, zischte Julius. Sie war schuld, dass er keine Chance hatte, mit dem Geld seines Vaters in ein geordnetes Leben zu finden. Der Alte hatte den Laden in den Ruin getrieben, und dieses Ladenmädchen hatte sich irgendwie in sein Herz geschlichen und damit den leiblichen Sohn völlig verdrängt. Wenn es entgegen jeder Erwartung noch etwas beim alten Holst zu holen gab, dann würde diese Flora davon profitieren und nicht er.

Julius Holst spürte, dass er seinen Zorn kaum noch zügeln konnte. Er überlegte, zum Laden zu gehen, um den Alten zur Rechenschaft zu ziehen, verwarf den Gedanken aber schnell wieder. Erst einmal musste ein Plan her. Wenn er jetzt erneut impulsiv handelte, saß er schneller wieder im Gefängnis, als er blinzeln konnte, davon war er überzeugt. Doch er würde nicht aufgeben, um das zu kämpfen, was ihm zustand. So schnell würde er sich nicht unterkriegen lassen. »Einen Julius Holst speist man nicht so einfach ab«, grollte er und überlegte fieberhaft, wie er weiter vorgehen konnte. Jetzt würden sie ihn so richtig kennenlernen.

*

Sie waren in einer Gaststätte außerhalb der Stadt mit dem klangvollen Namen »Grashof« eingekehrt und saßen im schattigen Biergarten. Vögel zwitscherten in den Bäumen über ihren Köpfen, der Duft nach frisch gebrautem Kaffee und gebackenem Kuchen hing verführerisch in der Luft.

Flora blickte verzückt auf den kleinen Teich am Rande des Gasthofes, auf dessen Oberfläche sich zwei stolze Schwäne treiben ließen. Kinder spielten an der Böschung, eine streng dreinschauende Gouvernante wachte über das Spiel ihrer Schützlinge, während die Eltern am Tisch neben Flora und Leonhard Platz genommen hatten. Sie war gespannt, was genau Leonhard mit ihr besprechen wollte. Anfangs war es ihr etwas befremdlich vorgekommen, ihren Bruder fortzuschicken, doch Leo hatte immer wieder betont, dass er ein wenig Ruhe mit ihr brauche, um alles Weitere planen zu können.

Kellner in schwarz-weißen Uniformen wieselten geschäftig zwischen den Tischen herum und jonglierten mit beladenen Tabletts. So idyllisch der Biergarten auch war – die harten Streben des Gartenstuhls in ihrem Rücken schmerzten schon nach kurzer Zeit. Es war später Nachmittag geworden, und Flora verspürte ein leichtes Hungergefühl.

Ihr Leo war ein aufmerksamer Beobachter. Er kannte seine Verlobte gut genug, um ihr ein großes Stück Erdbeerkuchen mit Schlagsahne zu bestellen. Floras Spannung wuchs, während sie auf den Kuchen wartete, denn sie ahnte, dass Leonhard bereits Pläne hatte, die er ihr gleich unterbreiten würde.

»Es zieht ein Unwetter auf«, bemerkte Leonhard mit einem Blick in den Himmel. Der aufkommende Wind spielte mit der blütenweißen Tischdecke.

»Hoffentlich zieht es vorbei«, erwiderte Flora und strich sich eine widerspenstige Haarsträhne aus der Stirn, als ein Kellner an den kleinen Tisch trat, um ihnen Kaffee und Kuchen zu servieren. Die Erdbeeren dufteten herrlich. Flora bedankte sich bei Leonhard für die Einladung, dann machte sie sich etwas stürmischer, als er es von ihr gewohnt war, über den Kuchen her. Leonhard beobachtete sie amüsiert dabei, bevor auch er zur silbernen Gabel griff. »Nun, liebste Bella, es scheint dir zu schmecken«, stellte er zufrieden fest, während er seine Gabel zwischen den Fingern auf und ab wippen ließ.

»Der Kuchen ist fabelhaft«, sagte Flora. Doch dann wurde sie ernst. »Was möchtest du mit mir besprechen?« Sie tupfte sich den Mund mit der Serviette ab und betrachtete ihren Verlobten voller Neugier.

Leonhard tat, als hätte er ihre Frage nicht gehört. Mit einem verzückten Lächeln auf den Lippen genoss er nun seinerseits den Kuchen, während sein Blick in die Ferne gerichtet war. »Es ist mir ein

Anliegen, dich glücklich zu wissen, zumal der Tag unserer Hochzeit immer näher rückt und wir die Planungen nicht mehr auf die lange Bank schieben dürfen.«

»Wir heiraten erst im Oktober«, erinnerte sie ihren Verlobten.

Leonhard nickte. Er legte die Gabel zur Seite und tupfte sich die Lippen mit der strahlend weißen Serviette ab. Nachdem er sie ordentlich gefaltet und neben dem Teller abgelegt hatte, beugte er sich zu ihr herüber. »Aber es gibt noch eine Vielzahl anderer Dinge, die es zu besprechen gilt.« Jetzt setzte er ein feierliches Lächeln auf. »Ich weiß, wie sehr du an dem kleinen Laden von Albert Holst hängst, und meine Pläne haben sich gefestigt.«

»Ist das dein Ernst?« Floras Aufregung wuchs ins Unermessliche. Sie kannte Leonhard gut genug, um zu wissen, dass er keine unüberlegten Dinge aussprach. »Du möchtest den Laden übernehmen?«

Leonhard hielt ihrem drängenden Blick stand. Dabei lag ein feines Lächeln auf seinen Lippen. »Es wäre eine Option, die uns beide sehr glücklich machen könnte, oder irre ich mich?«

»Nein, es wäre wunderbar!« Flora hatte etwas zu laut gesprochen und damit die Aufmerksamkeit der anderen Gäste auf sich gezogen. Peinlich berührt senkte sie den Blick.

Als die Menschen an den benachbarten Tischen wieder das Interesse an dem jungen Paar verloren hatten, nahm Leonhard ihre Hände. »In wenigen Tagen werde ich Privatier sein. Dann werde ich eine neue berufliche Herausforderung brauchen, der ich mich widmen kann.« Er drückte sanft ihre Hände, bevor er fortfuhr. »Wie du weißt, bin ich mit neun Jahren bei meinen Verwandten in die Lehre gegangen, die ebenfalls ein kleines Textilwarengeschäft besaßen. Neben Birnbaum habe ich die Geschäfte in Prenzlau kennengelernt.« Er zog die Mundwinkel nach unten und fuchtelte mit der Gabel in der Luft herum. »Der Fuhrbetrieb meiner Eltern hatte nie einen Reiz für mich, das Handeln mit Waren hingegen sehr.«

»Aber möchtest du tatsächlich einen Laden übernehmen, der schon jetzt kurz vor dem Aus steht?« Floras erste Euphorie wich einer tiefen Sorge. Sie hatte in den letzten Tagen sehr mit Albert Holst gelitten und wollte dessen Schicksal auf keinen Fall teilen.

»Es bedarf eines Kraftaktes, um den Laden aus den roten Zahlen zu wirtschaften«, räumte Leonhard ein. »Doch mit einigen guten Ideen und dem nötigen Einsatz wird es uns gelingen, daraus eine kleine Goldgrube zu machen.« Jetzt zwinkerte er ihr zuversichtlich zu. Flora liebte seinen unerschütterlichen Optimismus. Sie ahnte, was ihren Verlobten antrieb. »Der Laden, den du in Berlin besucht hast, lässt dich nicht los, oder?«

»So ist es.« Leonhard nickte. Kurz richtete er den Blick nach oben, um zu sehen, in welche Richtung die unheilvollen Wolken zogen. Dann konzentrierte er sich wieder auf Flora und das Gespräch. »Ich war tatsächlich zutiefst beeindruckt von der Art, wie man dort Waren präsentiert und sich um die Wünsche der Kundschaft sorgt.«

»Das Geschäft an der Ossenreyer Straße ist wie gesagt sehr klein«, gab Flora erneut zu bedenken. »Ob sich dort neue Konzepte umsetzen lassen, wage ich zu bezweifeln.«

Jetzt lachte Leonhard. »Liebste Flora«, sagte er, »um neue Ideen umzusetzen, braucht es nicht unbedingt viel Platz.«

»Leo, was heckst du da nur aus?«

»Ich? Gar nichts!« Leonhard setzte eine spielerische Unschuldsmiene auf. Er nahm die Gabel in die Hand und aß weiter. Dabei nahm sein Gesicht einen verzückten Ausdruck an. »Ist der Erdbeerkuchen nicht fabelhaft?«

Flora musste lachen. Sie aß ebenfalls weiter, ohne ihn aus den Augen zu lassen. »Raus mit der Sprache«, forderte sie ihn mit gespielter Strenge auf.

»Man müsste sich über den Preis einig werden.« Leonhard unterbrach das Essen und blickte an Flora vorbei in die Ferne. »Vielleicht könnte man sich mit einem neuen Konzept gegen die Konkurrenz beweisen.«

Sie beobachtete Leonhard und sah ihm an, dass er sich in Gedanken in dem Berliner Laden befand, der ihn so faszinierte. »Große, breite Gänge, viel Licht, eine äußerst ansprechende Art, die Waren zu präsentieren, freundliche Ladenmädchen …« Er schüttelte den Kopf. »Obwohl sich der Laden mit seinem Sortiment eindeutig an eine weibliche Kundschaft richtet, so empfand ich meinen Aufenthalt dort als äußerst angenehm. Obwohl der Laden in der Ossenreyer Straße so klein ist, finden wir sicher einen Weg, wie man die Dinge optimieren kann«, überlegte er.

Am liebsten wäre Flora vom Tisch aufgesprungen, um sich auf seinen Schoß zu setzen, die Arme um ihn zu schlingen und ihn zu küssen. Doch so etwas gehörte sich nicht in der Öffentlichkeit. Dennoch hielt es sie kaum an ihrem Platz. »Sag schon, Leo«, forderte sie ihn auf. »Was hast du vor?« Der frische Wind von der Küste ließ sie frösteln. Als sich ihre Blicke trafen, sah sie, dass ihr Verlobter sehr ernst geworden war. Er schob den Teller ein wenig von sich und legte die Hände auf den Tisch. »Während meiner Lehre erhielt ich unzählige Einblicke in die Gegebenheiten des Handels«, sagte er schließlich. »Nach all dem, was du mir von Albert Holst berichtet hast, bin ich zu dem Schluss gekommen, dass der Einzelhandel in dieser Form seine Möglichkeiten nicht vollständig ausnutzt.«

»Was willst du damit sagen?« Flora tupfte sich die Lippen mit der Serviette ab, um sie neben den Teller zu legen. Sie schenkte Leonhard ihre volle Aufmerksamkeit.

»Seitdem ich zuletzt in Berlin war, habe ich mich mit den Läden, wie wir sie kennen, und deren Besitzern auseinandergesetzt.« Er wiegte nachdenklich den Kopf, bevor er fortfuhr. »Leider bin ich bei meinen Beobachtungen zu dem Schluss gekommen, dass die Ladenbetreiber oft über keine gute Bildung verfügen. Sie weisen nur in seltenen Fällen die nötige Risikobereitschaft und Warenkenntnisse auf.«

Kurz wollte Flora ihm widersprechen. Holst ging volles Risiko ein, und er kannte sein Sortiment wie kaum ein anderer. Dennoch entschied sie sich, Leonhard aussprechen zu lassen.

»Die Optimierung des Einzelhandels ist möglich«, sagte er, »sie wird jedoch kaum umgesetzt. Und hier sehe ich unsere Chance, Bella. Um es auf den Punkt zu bringen: Wir würden es besser machen. Und deshalb könnte ich mir vorstellen, den Laden von Albert Holst zu übernehmen, um die Kundschaft von unserer Art, ein Geschäft zu führen, zu überzeugen.«

*Kneif mich mal*, hätte Flora ihn am liebsten aufgefordert, *ich glaube zu träumen*. Doch sie schwieg noch immer, um seine Worte nachwirken zu lassen. Oft hatte sie in den letzten Tagen daran gedacht, wie es wäre, wenn der kleine Laden ihr gehören würde. Doch es war leider illusorisch für eine Frau, ein Geschäft allein zu führen, besonders für eine Jüdin. Noch immer waren jüdische Frauen dafür zuständig, auf die Einhaltung der jüdischen Rituale zu achten und für koscheres Essen zu sorgen. Da war kein Raum für Träumerei, geschweige denn dafür, einen Laden zu führen.

»Du bist sicher, dass wir aus Holsts Geschäft etwas machen könnten?«, vergewisserte sie sich, als sie bemerkte, wie Leonhard sie forschend betrachtete, um ihre Reaktion zu sehen.

Jetzt lächelte er. »Warum nicht? Wir werden hervorragende Geschäftsleute sein, Bella.«

Flora dachte über seine Worte nach. Ihr Verlobter war kein naiver Träumer, ganz im Gegenteil: Als erstgeborener Sohn seiner Eltern hatte er früh Verantwortung übernommen, er war gelernter Kommis und hatte nach seiner Ausbildung im elterlichen Betrieb

»Gebrüder Tietz« gearbeitet, einem Unternehmen, in dem er Erfahrungen im Großhandel sammeln konnte. Der Fuhrbetrieb, den die Eltern nebenbei führten, warf kaum Gewinn ab, doch im Handel war Leonhard gewieft, und so hatte er sich schon früh auf diesen Geschäftszweig konzentriert. Nach dem Wegfall der Zollgrenzen hatte er mehr und mehr Handel betrieben, auf Handelsmessen und unzähligen Reisen konnte er unterschiedliche Handelsgüter kennenlernen. Über sämtliche industriellen Angebote war er ein stets gut informierter Kaufmann mit unzähligen wertvollen Kontakten in viele unterschiedliche Branchen. Somit brachte er jedes nur denkbare Rüstzeug mit, einen Laden verantwortungsvoll führen zu können. Ihren gemeinsamen Laden, um genau zu sein. Sie selbst kannte sich hervorragend mit Stoffen, dem Nähen und der Schneiderei aus und war sicher, die Kundschaft mit ihrem Fachwissen gut beraten zu können.

Als eine Windböe die Decken der umliegenden Tische aufblähte, stellten sie fest, dass es die anderen Gäste bereits ins Innere des Gasthofes gezogen hatte. »Und wir sollten uns jetzt beeilen, wenn wir nicht vom Unwetter erwischt werden wollen«, sagte er und deutete mit der Gabel in der Hand gen Himmel. Flora nickte nur, denn sie war sprachlos vor Glück und genoss die letzten Stücke des wundervollen Erdbeerkuchens, während Leonhard bereits den Kellner an den Tisch winkte, um die Rechnung zu begleichen. Dann bat er den Mann, eine Kutsche kommen zu lassen, die sie zurück nach Stralsund bringen würde.

*

Auf Rügen herrschte bestes sommerliches Wetter. Die grauen Wolken waren über die Insel hinweg in Richtung Festland gezogen. Sally genoss den warmen Wind auf seiner Haut, während er sich wohlig im hölzernen Liegestuhl räkelte und auf die Ostsee hinausschaute. Rügens Luft schmeckte salzig, der Wind spielte in seinem dichten Haar. Er war seiner Schwester und seinem künftigen Schwager sehr dankbar für die kleine Auszeit auf der Insel. Sie sollte ihm helfen, seine Gedanken zu ordnen und über seine Zukunft nachzudenken. Das hatte ihm Leonhard mit auf den Weg gegeben. Jetzt musste sich Sally eingestehen, dass er seit der Überfahrt keinen weiteren Gedanken daran verschwendet hatte. Nun beschlich ihn das schlechte Gewissen. Nach einem erfrischenden Bad in der Ostsee hatte er es sich am Strand der Badeanstalt gemütlich gemacht, hatte in der Sonne gedöst und die hübschen Mädchen beobachtet.

Wenn er den Blick nach rechts richtete, konnte er auf die Landungsbrücken von Altefähr blicken. Ein großes Segelboot hatte dort festgemacht und schaukelte nun auf den seichten Wellen. Vor dem Holzschuppen waren herrenlose Handkarren abgestellt, ein alter Mann stand am Ende der Landzunge und schaute mit hinter dem Rücken verschränkten Armen hinaus auf die Ostsee. Es schien, als habe er am gegenüberliegenden Ufer von Stralsund etwas Faszinierendes entdeckt.

Hinter Sally hob sich die Fassade des *Hotel Putbus* majestätisch in den wolkenlosen Himmel. Der Name des mondänen Hauses war mit seinen großen und geschwungenen Lettern schon vom Schiff aus zu sehen gewesen. Es war neben der Kirche das größte Gebäude am Ufer der Insel. Windschiefe Bauernhäuser mit weiß getünchten Fassaden schienen sich in die Landschaft zu ducken. Gemüsefelder erstreckten sich bis an die Steilküste.

Sally atmete tief durch und blinzelte in die Sommersonne. Das Leben hier gefiel ihm und war nicht zu vergleichen mit den Jahren seiner Kindheit, die er im langweiligen Birnbaum verbracht hatte. Er wusste nicht, ob er sich jemals wieder mit Vater und Mutter vertragen konnte. Sally hatte das Elternhaus der Fuhrleute fluchtartig verlassen, und nun fehlte es ihm an vielen Dingen. Schuhe, Kleidung, eine neue Mütze. Er wagte nicht, Flora um Geld zu bitten. Nicht nach alldem, was in Stralsund geschehen war. Das schlechte Gewissen breitete sich in ihm aus, und kurz verflog die Leichtigkeit, die er eben noch genossen hatte. Es war höchste Zeit, sich um eine neue Arbeit zu kümmern. Sollten Leonhard und Flora es ihm gestatten, eine Weile bei ihnen zu bleiben, würde er seinen Anteil an der Miete und den Kosten für das Logis mittragen. Eine feste Anstellung in Stralsund bedeutete aber auch, dass sich der Junge gänzlich von seinem Leben in Birnbaum verabschieden musste. Den wehmütigen Seufzer, der über seine Lippen kam, konnte er nicht unterdrücken.

Vielleicht konnte Leonhard wirklich erreichen, dass Sally die Klavierbauerlehre bei Lindner beenden konnte. Irgendwann überkam ihn eine wohlige Müdigkeit. Er lehnte sich zurück, schirmte die Augen mit einem angewinkelten Arm vor der Sonne ab und entspannte sich. Es dauerte nur einen kleinen Augenblick, bis ihn das Meeresrauschen, die Möwen über seinem Kopf und das Stimmengewirr um ihn herum nur noch wie aus weiter Ferne erreichten und er einschlief.

Sally wusste nicht, wie lange er in der Sonne gedöst hatte, als ihn eiskalte Wassertropfen am nackten Oberkörper trafen und ihn jäh aus den Träumen rissen. Erschrocken fuhr er von seiner Liege auf und erblickte zwei hochgewachsene, schlanke Schatten im Gegenlicht der Sonne. »Hey«, rief er empört, als er sah, dass es sich bei den Gestalten im Gegenlicht um zwei Mädchen handelte, die sich nach einem Bad ausgelassen schüttelten. »Was soll denn das?«

Jetzt wandten sich die beiden Mädchen zu ihm um. Eine der beiden war groß und blond, ihre Kameradin ein wenig untersetzt und dunkelhaarig. Beide waren ausnehmend hübsch und in Sallys Alter, die Blonde vielleicht ein, zwei Jahre älter. Nachdem er sich vom ersten Schrecken erholt hatte, schaute er fasziniert in ihre strahlend blauen Augen, die ihn neugierig ansahen.

»Oh, Verzeihung«, sagte sie nun und klang dabei aufrichtig, während ihre Begleiterin, die sich halb hinter ihr befand, albern kicherte.

»Selbst schuld«, flüsterte die Dunkelhaarige. Sie trug einen etwas altbacken wirkenden Baderock mit weit ausladendem Matrosenkragen, der ihr beim Schwimmen sicherlich hinderlich war. Das Markanteste war das mit weißem Garn aufgestickte, überdimensionale Steuerrad eines Schiffes, das auf ihrer Brust prangte. Die Badehaube auf ihrem Kopf passte in Farbe und Machart zwar zu ihrem Badekostüm, doch ihre blonde Freundin wirkte alles in allem eleganter und graziler auf Sally.

Das marineblaue Badekleid schmeichelte ihren sehr weiblichen Formen. Am weiß abgesetzten Kragen und am Dekolleté waren filigrane Anker aufgestickt, um die Hüfte herum wurde der Stoff von einem weißen Gürtel zusammengerafft.

»Entschuldigung, aber Sie befinden sich im Frauenbereich«, sagte die Blonde nun, während sie auf einen Bretterzaun zeigte, dem Sally bei seiner Ankunft keine weitere Beachtung geschenkt hatte. Erst jetzt las er die Aufschrift »Nur für Frauen«.

Er setzte sich aufrecht hin und runzelte die Stirn. »Verzeihung«, sagte er nun selbst etwas kleinlaut, »das habe ich nicht gesehen.« Als er den Blick über die anderen Badegäste schweifen ließ, bemerkte er, dass er tatsächlich das einzige männliche Wesen in diesem Bereich war. Am liebsten wäre er vor Scham im Boden versunken. Warum hatte ihn der streng dreinschauende Bademeister vorhin nicht auf seinen Fehler hingewiesen? Jetzt saß er, nur mit seiner Unterhose bekleidet, auf der Holzliege und fühlte sich völlig deplatziert. Doch er wollte sich die Schwäche nicht anmerken lassen und trat selbstbewusst die Flucht nach vorn an. »Störe ich Sie denn?«

Tuschelnd berieten sich die beiden jungen Frauen. »Es gehört sich einfach nicht für Männer, sich auf dieser Seite der Abtrennung aufzuhalten«, beschied ihm die Dunkelhaarige schließlich. »Wir ziehen es vor, abgeschirmt von den Blicken der Herren zu baden.«

»Um offen zu sein«, konterte er grinsend, »stört mich der Anblick badender Frauen nicht, ganz im Gegenteil.«

»Aber uns stört es, beim Baden von Männern beobachtet zu werden.« Empört stemmte die Dunkelhaarige ihre Hände in die Hüften und erinnerte Sally an seine Mutter, wenn sie ihm eine Standpauke hielt. Er musste sich ein Lachen verkneifen. »Noch dazu in Unterhosen.«

Jetzt blickte Sally peinlich berührt an sich herab. In Ermangelung einer Badehose hatte er es sich in der Unterhose gemütlich gemacht. »Besser als nackt«, konterte er, um sich keine Schwäche anmerken zu lassen.

Die blonde Freundin der Rednerin schien ihren Spaß zu haben. Sie hielt sich eine Hand vor den Mund, doch in ihren Augen konnte Sally ihr Lachen sehen. In dem Augenblick, als sich ihre Blicke begegneten, prusteten sie gleichzeitig los.

»Anna!«, rief die feindselige Schwimmerin erbost. »Was soll das? Warum lachst du mich aus?« Mit hochrotem Kopf funkelte sie ihre Freundin an.

*Anna heißt dieses entzückende Wesen also*, durchzuckte es Sally erfreut. *Ein schöner Name für ein schönes Mädchen.*

»Ich kann nicht anders«, entgegnete Anna und hob entschuldigend beide Hände. »Bitte verzeih mir mein kindisches Verhalten, Elisabeth.«

»Schon gut, schon gut!« Sally erhob sich von seiner Strandliege und raffte seine mitgebrachten Habseligkeiten zusammen. Lässig schlang er das Badetuch, das Flora ihm mitgegeben hatte, über seine Schulter. »Ich möchte nicht, dass ihr euch meinetwegen streitet, und trete hiermit den geordneten Rückzug an.«

»So warte doch«, rief Anna ihm hinterher. »Ich würde gern … hast du auch einen Namen?«

»Ich gehe lieber«, meinte Sally kopfschüttelnd, ohne sich umzudrehen. »Und: Ja, ich habe einen Namen.« Damit machte er, dass er wegkam. Es war Zeit, ans Abendessen zu denken.

*

In Stralsund wurde es langsam dunkel. Leonhard saß im Schein der Petroleumlampe am Sekretär in der Stube und blätterte in seinen handschriftlichen Aufzeichnungen, während Flora sich mit Handarbeit beschäftigte. Sie konnte natürlich nicht in Leonhards Anwesenheit an ihrem Hochzeitskleid arbeiten, und so hatte sie sich ein Knäuel Wolle geholt, aus dem sie jetzt einen Schal häkelte, den sie Sally schenken wollte. Davon wusste ihr jüngster Bruder noch nichts, es sollte eine Überraschung werden. Die Kleidung, mit der er nach Stralsund gekommen war, bot einen jämmerlichen Anblick. Es war an der Zeit, ein paar neue Kleidungsstücke für ihn zu beschaffen. Der Schal würde der Anfang sein, und Flora hatte sich vorgenommen, ihm eine Hose und ein neues Hemd zu besorgen.

Das Unwetter hatte die Stadt erreicht, gerade tobte ein beängstigendes Gewitter über Stralsund. Blitze zuckten vom tiefschwarzen Himmel, gefolgt von ohrenbetäubenden Donnerschlägen, die Flora zusammenzucken ließen. Der Regen rann in dichten Bahnen am Wohnzimmerfenster herab und ließ sie frösteln. Flora spürte, dass sie müde wurde, was sie auf die Aufregung des hinter ihnen liegenden Tages zurückführte. Sie unterdrückte ein Gähnen. »Wenn du nichts dagegen hast, würde ich jetzt zu Bett gehen«, sagte sie an Leonhard gewandt. »Auch wenn es sehr schön ist, hier mit dir zu sitzen, nachdem du so lange fort warst.« Er blickte von seiner Arbeit auf und nickte verständnisvoll. »Natürlich, schlaf schön, liebste Flora.«

Sie trat hinter ihn und schlag die Arme um seine Brust. Er schmiegte sich an sie und schloss einen Moment lang die Augen. »Wenn du nichts dagegen hast, arbeite ich noch ein wenig an unserem gemeinsamen Traum.«

»Ich liebe dich, Leo.«

»Ich liebe dich, Bella.«

Flora hatte größte Mühe, ein Gähnen zu unterdrücken. Liebevoll streichelte er ihre Hand, nahm sie und hauchte einen Kuss auf den Handrücken. »Geh ruhig zu Bett, dann ist das Bettzeug später schon angewärmt, wenn ich mich zu dir geselle.« Leonhard zwinkerte ihr zu und beobachtete sie dabei, wie sie den Korb mit den Stricknadeln und den Wollknäueln in den Schrank räumte. Dann verließ sie die Stube, um sich bettfertig zu machen.

Nachdem Flora sich zurückgezogen hatte, widmete Leonhard sich wieder seinen Aufzeichnungen. Auf dem Rückweg vom »Grashof« waren sie von dem Unwetter eingeholt worden. Doch die Fahrt in der Kutsche war ohne Zwischenfälle verlaufen, und so hatten sie Stralsund unbeschadet erreicht. Schon unterwegs hatte Leonhard Flora davon vorgeschwärmt, wie er sich ihre gemeinsame Zukunft vorstellte. Ihm war nicht entgangen, welch große Freude seine Verlobte daran gehabt hatte, dass er ihre Begeisterung für den kleinen Laden teilte.

Trotz später Stunde fand Leonhard auch jetzt keine Ruhe. Zu sehr hatte ihn die Idee vom eigenen Laden beseelt. Unzählige Ideen spukten ihm im Kopf herum. Er freute sich darüber, dass Flora hinter ihm stand und bereit war, mit ihm in eine gemeinsame Zukunft aufzubrechen.

Je länger er darüber nachdachte, umso sicherer war er, dass man aus dem kleinen Laden von Albert Holst etwas machen konnte. Bei der Umsetzung der Ideen würde er Flora freie Hand lassen.

Schon während der Rückfahrt in die Stadt hatte Flora einige Dinge angesprochen, die sie ändern könnten, um mehr Umsatz zu generieren. Leonhard musste lächeln, als er sich daran erinnerte, wie rot ihre Wangen vor Aufregung gewesen waren, wie sehr ihre Augen geglänzt hatten.

Sie würden sich hervorragend ergänzen, denn während er durch das Land reiste, um mit den künftigen Lieferanten neue Konditionen auszuhandeln, würde sich Flora mit viel Herzblut und Engagement um die Kundschaft kümmern. Sie war eine moderne junge Frau mit der Fähigkeit, sich in ihre Mitmenschen hineinzudenken. Diese Empathie war Gold wert, da war Leonhard sicher. Er könnte sich um die Reklame kümmern und dafür Sorge tragen, dass ganz Stralsund davon erfuhr, dass es schon bald ein neues Geschäft für Kurz-, Weiß- und Posamentierwaren geben würde.

Sein Herz schlug vor Freude schneller. Sicher würde die Ablösesumme von »B. Winkelmann Nachfolger« reichen, um den kleinen Laden eine Zeit lang zu führen, bevor sie Gewinn erwirtschafteten. Immer wieder ging Leonhard die Zahlen durch, errechnete den nötigen Wareneinsatz und die möglichen Gewinnmargen. Um einen Umbau des Ladenlokals würden sie wohl nicht herumkommen, fürchtete er. Es galt, den Stralsunder Einzelhandel zu revolutionieren. Die Kosten vermochte er nicht zu beziffern, dafür benötigte er bald schon Angebote verschiedener Gewerke. Doch dann, so war er sicher, würden sie mit neuem Konzept für Begeisterung sorgen. Eine Aufgabe, der er sich gemeinsam mit Flora allzu gern stellte.

Leonhard lehnte sich mit einem zufriedenen Lächeln auf den Lippen zurück, nippte von seinem koscheren Rotwein und gönnte sich zur Feier des Tages ein Stückchen Schokolade aus der hölzernen Schachtel von *Fry's*, die ihm ein Geschäftsfreund von einer Englandreise mitgebracht hatte. Genießerisch kauend betrachtete er seine Notizen, blätterte durch die Zahlenkolonnen, die er gleich nach ihrer Heimkehr zusammengestellt hatte. Leonhard war voller Tatendrang. Am liebsten hätte er seine Verlobte wieder geweckt, um ihr sofort von seinen Visionen zu erzählen. Doch zunächst würde er sich mit seinem neun Jahre jüngeren Bruder Oscar treffen, der bei ihrem Onkel Hermann in die Lehre gegangen war.

Oscar war aufgrund seiner teilweise revolutionären Ansichten das schwarze Schaf der Familie, doch vielleicht hatte er ein paar gute Ideen, die Leonhard in das Konzept aufnehmen konnte. »Jetzt hast du deine Lehrzeit beendet, nimm deinen Hut und deinen Stock und sei ein guter Kommis, aber nicht bei uns«, so hatte sein Onkel Chaskel ihn seinerzeit verabschiedet. Leonhard musste schmunzeln, als er an diese Anekdote dachte, die sein Bruder immer wieder gern zum Besten gab, obwohl er sich eigentlich nicht damit rühmen sollte. Doch so war er halt, sein kleiner Bruder.

Erbarmen hatte nur Onkel Hermann mit ihm gehabt, und so waren die beiden eine eingeschworene Gemeinschaft geworden. »Onkel Hertie« war in den letzten Jahren so etwas wie ein Mentor für den rebellischen Tietz-Sprössling geworden, er sah ihm nach, wenn Oscar seine wilden Ideen in die Tat umzusetzen versuchte. Womöglich, so überlegte Leonhard, wäre der Kampfgeist seines Bruders nun hilfreich. Leonhard beschloss, ihm schon morgen einen Brief zu schreiben, in dem er ihm seine Idee von der geplanten Geschäftsgründung mitteilen würde. Auch Onkel Hermann war sicher eine gute Adresse, um sich Anregungen zu holen.

Natürlich stand auch noch ein ganz anderes großes Ereignis bevor, das sein Leben für immer verändern würde: Die Hochzeit mit Flora. Leonhard wusste gerade nicht, worauf er sich mehr freute. Kurz dachte er nach, dann schlug sein Herz bei dem Gedanken an seine Braut schneller, und er war sicher, welches Ereignis er mehr herbeisehnte.

Mit einem Blick auf die Uhr stellte er erschrocken fest, wie spät es über seine Überlegungen geworden war. Inzwischen war das Gewitter weitergezogen. Der Abstand zwischen Blitz und Donner verlängerte sich, nur der Regen war geblieben. Vereinzeltes Donnergrollen hallte noch aus der Ferne über die Dächer von Stralsund. Mit einem glücklichen Lächeln leerte er das Weinglas, streckte sich und erhob sich von seinem Stuhl. Rasch löschte er das Licht, bevor er sich ins Schlafzimmer begab, wo er jeden Lärm vermied, um Flora nicht zu wecken.

# Kapitel 21

Julius Holst schlich auf dem Weg zum Hafen müde und schlecht gelaunt zur Ossenreyer Straße. Die Turmuhr der Nikolaikirche läutete die volle Stunde, und keiner der vorbeieilenden Menschen beachtete den schäbig aussehenden Mann mit der fleckigen Schiebermütze. Alle waren mit sich selbst beschäftigt. Die Hände in den Taschen versenkt, die Mütze tief ins Gesicht gezogen, lief Julius auf der gegenüberliegenden Straßenseite vor dem Laden seines Vaters auf und ab. Kaum zu glauben, dass er dort, in der kleinen Wohnung oberhalb des Ladens, seine Kindheit verbracht hatte. Nichts verband ihn mehr mit dem Elternhaus. Er empfand nur noch Wut für dessen Bewohner.

Die Nacht hatte er im Schutz der Dunkelheit im Eingang des Geschäfts verbracht, sich einfach vor die Tür gelegt, um dort ein wenig zu dösen. Jetzt war er froh, dass ihn weder die Laternenwärter noch ein Wachtmeister gefunden und vertrieben hatten. Geschlafen hatte er dennoch kaum.

Jetzt lungerte er hier herum und beobachtete das Haus. Täuschte er sich, oder war es heute ungewöhnlich dunkel im Geschäft? Und noch etwas zog seine Aufmerksamkeit auf sich: Da war ein kleines, handgeschriebenes Schild an der Tür. Warum hatte er das Schild gestern nicht schon bemerkt? Hatte sein Vater es über Nacht aufgehängt? Dann wäre ihm sicherlich aufgefallen, dass sein Sohn im Eingang genächtigt hatte. Und wenn das so war, warum hatte er ihn dann nicht ins Haus geholt?

Zu viele Fragen bewegten Julius. Sie bereiteten ihm Kopfschmerzen. Der Umstand, dass er keine plausiblen Antworten fand, ließ die Wut in ihm auf ein Neues erwachen. Er musste sich zügeln und begnügte sich damit, das Haus aus sicherer Entfernung zu beobachten.

Der verwaiste Laden ließ nur einen einzigen Schluss zu: Heute blieb das Geschäft geschlossen. Sein Verdacht bestätigte sich, als eine Frau in einem ausladenden weinroten Kleid erschien. Zielstrebig bewegte sie sich auf den Laden zu, legte eine Hand auf die Klinke, rüttelte daran, doch die Ladentür öffnete sich nicht. Die Frau sah sich hilflos und enttäuscht um. Julius wich zurück. Auf keinen Fall wollte er vor dem Laden seines Vaters gesehen und womöglich erkannt werden. Hastig duckte er sich in den Schatten einer Hofeinfahrt und spähte vorsichtig um die Ecke.

Von hier aus konnte er alles beobachten, ohne selbst entdeckt zu werden. Die Frau stand noch immer vor der Tür. Jetzt fiel ihr Blick auf das kleine Schild. Sie las es, zuckte die Schultern und wandte sich zum Gehen. Im nächsten Moment war die Frau um eine Straßenecke verschwunden.

So würde sein alter Herr sicherlich keine Gewinne machen. Vermutlich lag er noch im Bett, um sich auszukurieren. Julius konnte es recht sein. Je mehr sein Vater um seine Existenz bangte, umso früher würde er bereit sein, ihm den Laden zu vererben. Und dann hatte er ganz andere Pläne mit dem heruntergewirtschafteten Geschäft, dem ehemaligen Lebenswerk seiner Eltern. Viel, so hatte es den Anschein, war von diesem Werk nicht übrig geblieben.

*

»Und wir wollen es wirklich wagen?« Flora betrachtete ihren Verlobten mit ungläubigem Gesichtsausdruck. »Den Laden von Herrn Holst übernehmen?« Sie stellte die gusseiserne Pfanne zurück auf den Ofen, bevor sie ihm gegenüber am Küchentisch Platz nahm, wo Leonhard sich wie ausgehungert über die noch warmen Pfannkuchen hermachte und sie mit selbst gemachter Rosenkonfitüre bestrich. Am frühen Morgen hatte er ihr mitgeteilt, dass sein Entschluss zur Gründung eines eigenen Geschäfts im Hause von Albert Holst endgültig feststand.

»Selbstredend wagen wir es.« Nach einer viel zu kurzen Nacht war Leonhard noch müde. Dunkle Ringe lagen unter seinen Augen, doch er war bemüht, frisch und munter zu klingen. »Wir werden neu anfangen, dazu braucht es jedoch einen sauberen Abschluss.« Er fuchtelte mit der Gabel in der Luft herum. »Dazu muss man alte Zöpfe abschneiden, wenn du so willst.«

Flora verstand nicht auf Anhieb, was er damit meinte, und beschloss, später mit ihm darüber zu reden. Jetzt war sie viel zu glückselig, um möglicherweise schwierige Themen anzusprechen. Für ihren Bräutigam gab es ohnehin keine Probleme, die unlösbar waren, vor allem nicht, wenn er sie an seiner Seite hatte. »Jetzt muss nur noch Herr Holst einverstanden sein.« Sie griff zu der Rosenkonfitüre, um ihren Pfannkuchen damit zu bestreichen, und begann zu essen.

»Warum sollte der alte Herr nicht einverstanden sein? Etwas Besseres, als an uns zu verkaufen, kann ihm nicht passieren.« Leonhard zuckte mit den Schultern. »Wir werden ihm einen guten Preis für den Laden anbieten, der ihm mit einem Schlag ein schuldenfreies Leben ermöglicht.«

»Hast du denn eine Vorstellung, wie viel der Laden wert ist?«

»Offen gestanden nein, Bella. Doch daran sollte es nicht scheitern. Ich werde zusehen, dass alle Seiten mit dem Abschluss zufrieden sind.« Jetzt lächelte er zuversichtlich. »Hast du heute etwas vor?«

»Ich wollte gleich zu Herrn Holst, um nach ihm zu schauen. Magst du mich vielleicht begleiten?« Flora erhob sich, nachdem sie ihre Mahlzeit beendet hatte, und machte sich daran, den Tisch abzuräumen.

Leonhard nickte. »Gerne, Bella. Ich brenne geradezu darauf, Albert Holst ein Angebot zu unterbreiten.« Voller Tatendrang trommelte er mit den Fingern auf dem Küchentisch herum. »Es gilt schließlich, die Weichen für unsere Zukunft zu stellen.«

*

Die Sonne schien durch die großen Fenster des Frühstücksraumes im *Hotel Putbus* und tauchte die Einrichtung in ein helles und freundliches Licht. Das Klappern von Besteck und Geschirr war allgegenwärtig. Es mischte sich unter das freudige Stimmengewirr der anwesenden Gäste, die bei Kaffee und französischen Croissants zusammensaßen und Pläne für den bevorstehenden Urlaubstag schmiedeten. Es duftete nach würzigem Kaffee und fruchtigem Tee. Blutjunge Kellnerinnen wieselten zwischen den gedeckten Tischen umher, um die Hotelgäste zu bedienen.

Er hatte hervorragend geschlafen in seinem weichen Hotelbett und durch das geöffnete Fenster dem Rauschen der Ostsee gelauscht, bevor er in einen tiefen Schlaf gefallen war.

An dieses mondäne Leben konnte Sally sich gewöhnen, doch er war sich durchaus darüber bewusst, dass er diesen Luxus seinem künftigen Schwager und seiner großen Schwester zu verdanken hatte. So genoss er das Frühstück ganz besonders und erschrak, als jemand an seinen Tisch trat und ihn aus seinen Gedanken riss. Als Sally aufblickte, sah er in die wunderschönen blauen Augen des blonden Mädchens, das er gestern am Badestrand kennengelernt hatte. Im Nachhinein hatte er sich ein wenig über seinen Rückzug geärgert, denn er wusste nichts von ihr. Jetzt sah er seine Gelegenheit gekommen, mehr über sie zu erfahren.

Er lächelte sie an und wusste nicht recht, wie er das Gespräch beginnen sollte, spürte sein rasendes Herz und schämte sich ein wenig für seine Verlegenheit.

»Guten Morgen«, sagte Anna freundlich. Ihr weißes Kleid mit den Rüschen wirkte verspielt und romantisch. Wohl auch, weil sie das lange blonde Haar heute offen trug, erinnerte sie Sally an einen Engel. Normalerweise war er nie um eine Antwort verlegen, doch jetzt stotterte er herum und ärgerte sich über sich selbst. Er fühlte, wie ihm das Blut in den Kopf schoss, und zeigte auf den freien Stuhl zu seiner linken Seite. »Setz dich doch.« Er hatte den Eindruck, dass sie sich über die Einladung freute. Anna sank auf den Stuhl, ihr Rücken gerade. Sie wirkte wie eine Tochter aus gutem Hause. *Kein Wunder*, dachte Sally, *denn sonst könnte sie sich einen Aufenthalt in diesem Hotel wohl auch kaum leisten.* Kurz fühlte er, der Sohn einer Fuhrmannsfamilie, sich deplatziert an diesem vornehmen Ort.

Anna legte die Hände auf den Tisch und musterte ihn interessiert. Schnell wischte er sich den Mund mit der Stoffserviette ab und räusperte sich. »Möchtest du auch einen Tee? Oder einen Saft?«

»Nein danke.« Sie schüttelte den Kopf und zögerte kurz, bevor sie mit ihrem Anliegen herausrückte. »Du schuldest mir noch etwas.« Jetzt war es an ihr, zu erröten. Sie senkte den Blick.

»Ich schulde dir etwas?« Sally war nicht klar, worauf sie hinauswollte. »Nicht dass ich wüsste.«

Annas Lachen klang hell wie ein Glöckchen, und bei dem Geräusch schaute das ältere Ehepaar vom Nebentisch zu ihnen herüber, bevor es sich wieder seinem üppigen Frühstück widmete und das Interesse an dem ungleichen Paar verlor.

Sally mochte ihr Lachen. »Was meinst du denn?«

»Denk nach«, forderte Anna ihn auf. »Du kennst meinen Namen und sogar den meiner Cousine.«

»Und?« Sally war versucht, sich wieder um sein Frühstück zu

kümmern. Er war gerade damit beschäftigt gewesen, sein Croissant mit der köstlichen Erdbeerkonfitüre zu bestreichen, als sie an den Tisch getreten war. Unauffällig schielte er auf das Croissant. So etwas Leckeres hatte er noch nie zum Frühstück bekommen. Sally konnte nicht länger widerstehen. Er nahm das Croissant und biss hinein. Der zarte Blätterteig schmeckte vorzüglich, die sicherlich hausgemachte Konfitüre darauf war ein Genuss. »Was schulde ich dir denn nun?«, fragte er kauend.

Anna musste schon wieder lachen. »Lass es dir erst mal schmecken.«

»Also«, sagte Sally, »ich weiß, dass du Anna heißt. Deine Cousine ...« Er dachte kurz nach. Den Namen von Annas Begleiterin hatte er sich nicht gemerkt, sie war ihm zu uninteressant erschienen. »Elisabeth«, fiel es ihm plötzlich ein. »Sie heißt Elisabeth und sie ist ...«

»... heute leider schon abgereist«, vollendete Anna seinen Satz.

»Wie schade«, brummte Sally. Mit seiner ironischen Äußerung rief er noch mehr Heiterkeit hervor. Anna grinste ihn an, was bei Sally Verwunderung hervorrief, hatte er doch mit Empörung gerechnet. Immerhin hatte er sich über Annas Cousine lustig gemacht.

»Du schuldest mir noch deinen Namen«, erinnerte Anna ihn.

»Ach so.« Sally tupfte sich wieder den Mund ab, spülte mit einem Schluck Tee nach und lehnte sich im Stuhl zurück. Er betrachtete Anna mit geheimnisvoller Miene.

»Verrätst du ihn mir?«

Er mochte ihre Direktheit und die Art, wie sie ihn ansah. »Sally«, sagte er schließlich. »Ich bin Sally Baumann aus Birnbaum.«

»Sally?« Anna wiegte den Kopf. »Ist das nicht ein Mädchenname?«

»Nicht da, wo ich herkomme.«

»Ich kenne keinen Ort namens Birnbaum.«

Jetzt musste Sally lachen. »Da hast du nichts verpasst.« Er zwinkerte ihr verschwörerisch zu. »Das ist ein verschlafenes Nest, meine Eltern betreiben dort einen kleinen Fuhrbetrieb.«

»Wir kommen aus Schweinfurt, kennst du das?«, fragte Anna ihn.

»Wir?« Er runzelte die Stirn, ohne auf ihre Frage einzugehen. Gab es etwa einen männlichen Begleiter, den er bisher nicht kennengelernt hatte? Das wäre äußerst schade, denn Anna begann, ihm zu gefallen.

Sie nickte. »Meine Eltern und meine Geschwister verbringen hier mit mir die Sommerfrische. Da meine Geschwister aber noch klein sind und meine Eltern sie beaufsichtigen müssen, bin ich ein wenig auf mich allein gestellt.« Sie seufzte so tief, als hätte sie ein schweres Schicksal zu ertragen. »Deshalb bedaure ich es, dass meine Cousine mit ihrer Familie bereits abgereist ist.«

»Damit kann ich leben«, meinte Sally leichtherzig.

»Du bist immer sehr ehrlich, nicht wahr?«

Sally nickte. »Du etwa nicht? Ich wurde zur Ehrlichkeit erzogen.«

»Das gefällt mir, auch wenn es nicht alle Menschen mögen, immer die Wahrheit zu hören.« Sie musterte ihn interessiert und schien ebenfalls Gefallen an ihm zu finden. »Du lebst also in Birnbaum?«

»Momentan nicht. Es gab ein paar Probleme, ich lebe jetzt bei meiner großen Schwester in Stralsund. Ihr Mann ist dort Fabrikant, und die beiden wollen im Herbst heiraten, und Leo will sich gerade umorientieren und …«

Beruhigend legte Anna ihre Hand auf seine. »Du redest wie ein Wasserfall.«

Ihm war, als würde ihn ein winziger Blitz durchzucken. Um ein

Haar hätte er die Hand zurückgezogen. Erst im letzten Moment hielt er sich zurück. Ihre Berührung war sehr angenehm, und er begann, sie zu genießen. »Entschuldige.« Sally senkte den Blick und schalt sich insgeheim einen Narren. Er stockte und wusste nicht recht, was er sagen sollte. Es wäre denkbar unpassend, ihr jetzt zu erzählen, dass er sich bis vorgestern als Tagelöhner im Hafen verdingt hatte. Und dass er sich mit seinem Vorarbeiter eine Schlägerei geliefert hatte. Er wollte nicht, dass sie schlecht von ihm dachte, denn er wollte mehr Zeit mit ihr verbringen.

»Was machst du heute?«

Sie sah ihn erstaunt an. »Wie bitte?«

»Nun … ich meine, hast du etwas vor heute?«

»Du fällst wohl immer mit der Tür ins Haus.« Sie bedachte ihn mit einem tadelnden Blick.

»Warum sollten wir Zeit verlieren?«, gab er zurück. »Die Zeit ist hier auf Rügen nicht unendlich, oder wirst du den Rest deines Lebens hier verbringen?«

»Nein … aber …« Anna suchte nach den richtigen Worten, und Sally nutzte die Gelegenheit, um seine Frage loszuwerden. »Magst du mich gleich an den Strand begleiten?«

Sie warf einen Blick zu der langen Fensterreihe mit Meerblick. »Das Wetter heute ist wirklich wundervoll.«

Sallys Fähre zurück nach Stralsund fuhr erst in den Nachmittagsstunden. Warum also sollte er die Zeit bis dahin nicht an Annas Seite genießen? Frei und unbeschwert?

»Dann sind wir uns also einig«, sagte er zufrieden. »Erzählst mir dann noch etwas von dir?«

Jetzt war es an Anna, zu erröten. »Nicht alles, natürlich.« Wie selbstverständlich nahm sie seine Hand. »Aber ein wenig werde ich dir schon von mir verraten, Sally.« Sie erhob sich und stellte den Stuhl wieder an den Tisch. »Wir sehen uns in einer halben Stunde am Badestrand.« Ohne seine Antwort abzuwarten, wandte sie sich von ihm ab. Er blickte ihr mit trockener Kehle und klopfendem Herzen hinterher. Anna war wunderschön. Selbst von hinten hatte es den Anschein, als würde ein Engel durch den Raum schweben.

*

Albert Holst schaute Flora und Leonhard verdattert an. »Sagen Sie das noch einmal.« Der Ladeninhaber hatte eine offensichtlich schlaflose Nacht hinter sich. Er wirkte geschwächt und übernächtigt, die grauen Haare standen ihm wieder wirr vom Kopf ab, seine Augen lagen noch tiefer als sonst in ihren Höhlen. Die Luft in der kleinen Schlafkammer unter dem Dach war stickig. Flora öffnete mit seiner Erlaubnis das Fenster, um frische Luft in den Raum zu lassen. Sie machte sich große Sorgen um Holst. Ihr kamen Zweifel, ob es der rechte Moment war, mit ihm über die Zukunft des Ladens zu sprechen, geschweige denn, Verkaufsverhandlungen zu führen. Ihr Verlobter jedoch war voller Tatendrang und bemühte sich sichtlich, seine Euphorie im Zaum zu halten. Er hatte bisher geschwiegen und sich im Hintergrund gehalten.

Holst trug sein einfaches Nachtgewand. Er hatte sich, nachdem er das junge Paar ins Haus gelassen hatte, mit einer Entschuldigung auf den spröden Lippen, wieder ins Bett gelegt.

Leonhard zog sich nun einen Stuhl heran und setzte sich zu dem alten Mann ans Bett. Er lächelte Flora aufmunternd zu und wandte sich an den Geschäftsmann, der wohl ahnte, warum Flora heute in Begleitung kam. »Wir würden Ihren Laden gern übernehmen«, wiederholte Leonhard geduldig. Flora sah ihm die innere Anspannung an. Nach außen hin wirkte ihr Verlobter gefasst und entspannt, doch sie kannte ihn gut genug, um zu wissen, wie es gerade in ihm aussah.

Holst richtete sich im Bett auf, nahm Floras Hilfe dankbar an, als sie ihm das Kopfkissen aufschüttelte, um es ihm in den Rücken zu schieben. Der alte Mann betrachtete seine Besucher und musste plötzlich lachen. »Sie müssen den Verstand verloren haben, verzeihen Sie mir diese despektierliche Einschätzung, werter Herr Tietz, aber ich kann es mir nicht anders erklären.«

Flora beäugte ihren Verlobten von der Seite, denn kurz war sie unsicher, wie er auf Holsts Äußerung reagieren würde. Doch Leonhard blieb ruhig. Er lächelte gewinnend und schien nicht erbost zu sein. »Ich sage ja nicht, dass wir den Laden so, wie er ist, weiterführen werden. Wir werden einige Dinge verändern und neue Kunden anwerben.«

Albert Holst nickte nachdenklich. »Das würde ich auch gern.« Er seufzte und wandte sich an Flora, bevor er fortfuhr. »Deshalb bin ich dir überaus dankbar für deinen Einsatz in den letzten Tagen, Mädchen.«

Flora errötete. »Es war mir eine Herzensangelegenheit.«

»Mir fehlt die Kraft dazu, großartige Veränderungen in die Tat umzusetzen«, murmelte Holst niedergeschlagen.

»Und genau dort möchten wir ansetzen«, nickte Leonhard.

»Der kleine Laden ist mir in den wenigen Tagen bei Ihnen sehr ans Herz gewachsen«, fügte Flora hinzu.

Jetzt lächelte Albert Holst. »Das ist mir nicht entgangen.«

»Was soll ich sagen?« Leonhard blickte erst zu Flora auf, dann sah er Holst an. »Andere Frauen engagieren sich in wohltätigen Projekten, meine Verlobte hat es vorgezogen, Ihnen im Laden zur Hand zu gehen.«

»Ich würde so gern weitermachen«, beteuerte Flora mit roten Wangen.

»Daher unsere Offerte«, bemerkte Leonhard. »Ich bin bereit, Ihnen ein attraktives Angebot für die Übernahme des Ladens zu machen.«

Albert Holst schaute Leonhard lange mit regungsloser Miene an. Seine Kiefergelenke mahlten, und Flora sah, wie es hinter seiner Stirn arbeitete. Ihm war anzusehen, wie sehr er mit sich rang. »Und jetzt auch noch die Arztrechnungen«, sagte er schließlich. Der alte Mann stöhnte, als würde er einen plötzlichen Schmerz spüren. Die Sorge stand ihm ins Gesicht geschrieben.

»Das Honorar für Doktor Benthien werde ich selbstverständlich übernehmen«, bot Flora ihm an. »Immerhin habe ich ihn auch hierherbestellt.«

»Das würdest du tun?« Holst blickte erstaunt zu ihr auf. Als Flora stumm nickte, seufzte er erneut und betrachtete Leonhard. »Hören Sie, Herr Tietz, ich wohne in diesem Haus«, gab er zu bedenken. »Wenn Sie den Laden übernehmen, bin ich obdachlos.«

»So wird es nicht werden«, beruhigte Leonhard ihn. »Selbstverständlich werde ich dafür Sorge tragen, dass Sie eine neue Unterkunft bekommen.«

Flora achtete auf jede Regung im runzeligen Gesicht des alten Mannes. Fahrig strichen seine faltigen Hände über die Bettdecke, während sein Blick in die Ferne schweifte. Seine grauen Augen schimmerten feucht. Der Gedanke, umziehen zu müssen, schien ihm nicht zu behagen.

Flora warf ihrem Verlobten einen Blick zu. »Kann ich dich kurz sprechen?«

»Sicher.« Leonhard erhob sich und nickte Holst zu. »Entschuldigen Sie uns für einen Augenblick.« Er ging voran. Flora folgte Leonhard auf den engen Flur. »Wir hatten doch besprochen, dass wir ihn hier wohnen lassen«, raunte sie ihm zu.

Leonhard beugte sich zu ihr hinunter. Er wirkte unentschlossen. »Ich könnte mir gut vorstellen, dass es mit Problemen verbunden sein könnte, wenn wir unten das Geschäft betreiben, während er selbst weiterhin hier wohnt.«

»Was soll daran Probleme bereiten?« Flora begriff nicht, woher sein plötzlicher Sinneswandel kam. »Er ist froh, wenn er hierbleiben darf. Sicher tut es ihm gut, wenn wir sein Haus mit Leben füllen. Er ist ein einsamer alter Mann, Leo.« Sie nahm seine Hand. »Bitte.«

Leonhard schien kurz nachzudenken, dann sah er sie mit ernster Miene an und nickte. »Also gut«, sagte er. »Einverstanden.«

»Ich liebe dich!« Überglücklich gab Flora ihm einen Kuss auf die Wange. Dann nahm sie seine Hand und zog ihn zurück ins Schlafzimmer.

»Wir haben eine Lösung für Ihr Problem gefunden«, verkündete sie Holst, der ihnen neugierig entgegenblickte.

»Ich bin gespannt«, erwiderte der alte Mann mit einem hoffnungsvollen Lächeln auf den Lippen.

»Sie können hier wohnen, solange Sie mögen«, teilte Leonhard ihm mit. »Sie bleiben in Ihrer gewohnten Umgebung und können den Ruhestand genießen.« Er lächelte den alten Mann gewinnend an. »Na – wie wäre das?«

Holst nickte schließlich zustimmend. »Wenn Sie meinen, dass wir uns unter einem Dach vertragen, wäre dem nichts entgegenzusetzen.«

»Ich bitte Sie«, sagte Leonhard weltmännisch. »Wir sind doch erwachsene Menschen, warum sollte es da zum Streit kommen?« Als er sich kurz zu Flora umwandte, lächelte sie ihn amüsiert an. Wie schnell er ihre Ansichten übernommen hatte und nun tat, als wären sie die ganze Zeit auch die seinen gewesen. *Typisch Mann*, dachte Flora.

»Ich weiß nicht, ob ich mir die Miete überhaupt leisten kann«, gab Holst zu bedenken, verstummte jedoch, als Leonhard eine beschwichtigende Geste machte.

»Lassen Sie das unsere Sorge sein.«

Albert Holst schaute zu Flora auf, die hinter ihrem Verlobten stand und eine Hand auf dessen Schulter gelegt hatte. »Was hältst du von ihm?«, fragte er und zeigte auf Leonhard.

»Er ist ein sehr guter Kaufmann«, versicherte sie Holst. »Was Leo anpackt, das hat in der Regel Hand und Fuß.«

»Und sonst?« Die Antwort schien Albert Holst nicht zu genügen. Er musterte sie mit zusammengekniffenen Augen.

Jetzt verstand sie, was er meinte. »Er ist ein wundervoller Mann, der mich auf Händen trägt und mir jeden Wunsch von den Lippen abliest.« Floras Wangen nahmen eine rote Färbung an. Sie musste lächeln, als Leonhard sich etwas überrascht zu ihr umwandte.

Holst nickte. »Das wollte ich hören. Dann ist er der richtige Mann für dich. Und er wird dir helfen, den alten Laden wieder zu einem florierenden Geschäft zu machen.« Er betrachtete Leonhard mit einer steilen Falte auf der Stirn. »Oder irre ich mich?«

»Absolut nicht, mein Herr«, versicherte Leonhard ihm im Brustton der Überzeugung. »Ich kann Ihnen versprechen, dass ich alles daransetzen werde, dass Flora hier glücklich wird und dass sie den Laden in Ihrem Sinne weiterführt – nur mit einem neuen Konzept.«

»Wenn Sie sich zum Verkauf entschließen sollten, dann ist Ihr Laden in guten Händen, das verspreche ich Ihnen«, beteuerte Flora.

»Dann bin ich zufrieden.« Holst sank mit einem schwachen Lächeln auf den schmalen Lippen in seine Kissen zurück, schaute kurz zur Decke und wandte sich dann wieder dem jungen Paar zu. »Jetzt sollten wir nur noch über Zahlen sprechen.«

»Dagegen ist nichts einzuwenden«, erwiderte Leonhard. »Das heißt, wenn es Ihr gesundheitlicher Zustand im Moment zulässt.«

»Und ob«, versicherte Holst ihm. Ächzend richtete er sich wieder im Bett auf und wandte sich an Flora. »Würdest du uns einen Tee kochen, mein Kind?«

»Natürlich.« Flora wandte sich zum Gehen, hielt dann aber im Türrahmen inne. Sie wollte eigentlich gern bei den Verhandlungen dabei sein. Leonhard nickte zustimmend, als sie ihren Wunsch äußerte. Auch Holst lächelte gutmütig und zwinkerte Leonhard zu. »So sind sie, die Frauen von heute«, bemerkte er. »Sie entscheiden schon in wichtigen Dingen mit.«

Leonhard lachte. »Und das ist auch gut so.«

Flora nahm Platz und drückte Leos Hand, dann wandte sie sich Albert Holst zu. »Den Tee mache ich uns, sobald die Formalitäten abgewickelt sind«, versprach sie ihm, und der alte Mann bekundete nickend sein Einverständnis.

*

Anna wagte nur zu flüstern, als sie Sally am Ärmel festhielt. »Bist du sicher, dass es in Ordnung ist, wenn ich dich auf das Zimmer begleite?« Sie schaute sich um, als fürchte sie, beobachtet zu werden, doch sie waren allein. Der Hotelflur im ersten Stock des *Putbus* lag im Halbdunkel vor ihnen. Rechts und links reihten sich die Türen der Gästezimmer aneinander. Hier roch es nach Putzmitteln, und die Zimmermädchen hatten ihr Tagwerk auf diesem Flur offenbar bereits abgeschlossen.

Sally nickte. »Natürlich ist es in Ordnung.« Als er bemerkte, dass auch er selbst flüsterte, räusperte er sich verlegen. »Muss ja trotzdem niemand mitkriegen, dass ich Damenbesuch habe.« Das Blut schoss ihm bis unter die Haarwurzeln, doch er grinste. »Wird unser Geheimnis sein. Also, was ist nun?«

Anna nickte kurz entschlossen. »Also gut.« Suchend sah sie sich um. »Wo müssen wir hin?«

»Zimmer Nummer zwölf ist meins.« Sally nahm ihre Hand. Sie fühlte sich gut an. Als er ihr für den Bruchteil einer Sekunde noch näher kam, schien die Luft zwischen ihnen zu knistern. *Wie gut ihr Haar duftet*, stellte er fest, während er mit der freien Hand den Schlüssel seines Gästezimmers hervorzog. Die Hand zitterte in freudiger Erwartung, als er das Zimmer aufschloss. Der goldene Schein des gleißenden Sonnenlichts drang in einer breiten Bahn durch das Fenster in den Raum und strahlte bis in den Flur hinein.

»So«, sagte Sally, »da wären wir.« Er machte eine einladende Geste in sein Zimmer, doch Anna blieb an der Türschwelle wie angewurzelt stehen.

»Na komm«, forderte er sie auf, »worauf wartest du?« Um ihr Mut zu machen, setzte er einen Fuß in das Hotelzimmer und strahlte sie an.

»Meinst du wirklich?«

Sally wunderte sich, wie unsicher und zerbrechlich sie plötzlich schien. Hatte sie vorhin noch den Eindruck einer starken und selbstsicheren jungen Frau gemacht, war sie nun viel unsicherer und musste mit sich ringen, bevor sie eine Entscheidung traf.

»Also gut«, sagte sie schließlich und folgte ihm in sein Zimmer. »Ich vertraue dir, Sally.«

Er nickte ernst. »Das kannst du auch.« Rasch schloss er die Tür und beobachtete, wie sie sich umschaute. Ihr Blick streifte das breite, frisch gemachte Bett, den Sekretär am Fenster und den Holzstuhl, ihre Fingerkuppen glitten über die halbhohe Holztäfelung, während sie durch den Raum schritt wie eine Göttin. Sally ließ ihr Zeit, sich umzusehen, dann nahm er wieder ihre Hand und führte sie zu dem Blickfang seines großzügig ausgestatteten Zimmers, der cremefarbenen Chaiselongue. »Du bist wunderschön«, murmelte er schwärmerisch, als sie sich darauf niederließ. »Und nun gilt es, diesen ganz besonderen Moment für immer festzuhalten.«

*

Als sie das Haus von Albert Holst verließen, fühlte sich Flora, als würde in diesem Augenblick ein neues Leben für sie beginnen. Sie hatte sich an den Verhandlungsgesprächen zwischen Leo und Holst beteiligt und immer wieder festgestellt, dass ihr Verlobter ein brillanter Kaufmann war. Voller Stolz besiegelten sie den Abschluss ihrer Verhandlungen mit einem Handschlag. Erst danach war Flora in der Küche verschwunden, um Tee zu kochen.

Jetzt schlug ihr Herz vor Freude ein paar Takte schneller. »Es fühlt sich großartig an, aber so unglaublich«, sprudelte es aus ihr hervor. »Fast so, als würde ich träumen.«

Leonhard zwinkerte ihr vergnügt zu. »Soll ich dich mal zwicken?«

Lachend schüttelte Flora den Kopf. »Du kannst mich mal küssen.«

Das ließ er sich nicht zweimal sagen. Leonhard zog sie mitten auf der Straße fest an sich, presste seine Lippen auf ihren Mund und ignorierte das Fluchen eines Mannes, der einen schwer beladenen Handkarren hinter sich herzog und einen Bogen um sie beide machen musste.

Nachdem sie sich voneinander gelöst hatten, sah Flora Leonhard tief in die Augen. »Und?«, fragte sie voller Tatendrang. »Wie geht es jetzt weiter mit der Geschäftsübernahme?«

Leonhard wurde einen Moment lang ernst. »Zunächst werde ich die Zahlen von Franz Pfeiffer, einem befreundeten Bankier aus dem Süddeutschen, überprüfen lassen. Soviel ich weiß, hält er sich gerade in Stralsund auf. Wenn er keine Einwände gegen unsere Planungen hat, werde ich die Abfindung von ›Winkelmann‹ in unseren Neuanfang investieren.« Jetzt seufzte er. »Eine Entscheidung, die gut überlegt sein will, wenn wir keine Bruchlandung hinlegen wollen.«

»Ich habe so unendlich viele Ideen, wie man aus dem kleinen

Geschäft einen gut laufenden Laden machen kann«, sprudelte es aus Flora heraus.

»Ich weiß, Bella, darauf baue ich. Ohne dich und deine Kreativität würde ich diesen Schritt gar nicht wagen, meine Liebe.« Leonhard warf einen Blick auf seine Taschenuhr und runzelte die Stirn. »Es ist spät geworden, und ich habe noch sehr viel zu tun.«

»Dann los – worauf warten wir?«

Seite an Seite gingen sie die Ossenreyer Straße hinunter. Flora sah Leonhard an, dass ihn das Gespräch mit Holst noch beschäftigte. Er wirkte nachdenklich, schien ihre Euphorie aber durchaus zu teilen. »Ich muss mich jetzt daranmachen, um unsere Gewinnchancen zu analysieren. Seit der Schleifung der Stadtbefestigung ist Stralsund gewachsen, die Einwohnerzahl hat zugenommen. Dennoch möchte ich auch das Umland nicht außer Acht lassen. Was müssen wir tun, um unser Angebot nicht nur für die wohlhabenden Menschen in der Stadt, sondern auch für die Arbeiter und die Bauern auf dem Land attraktiv zu gestalten?« Während er sprach, war Leonhard stehen geblieben. »Wie erreichen wir den gewünschten Bekanntheitsgrad für unser Geschäft und wie heben wir uns von anderen Läden ab, die ein ähnliches Sortiment anbieten?«

»Ich werde mir weiter Gedanken machen«, versprach Flora. »Wir werden Tag und Nacht arbeiten müssen, doch es wird mir eine Freude sein, unserer genialen Idee zum gewünschten Erfolg zu verhelfen.«

Leonhard sah sie mit dem sanften Lächeln an, das sie so an ihm liebte, dann nahm er ihre Hand. »Daran habe ich nicht den geringsten Zweifel, meine geliebte Bella.« Jetzt wurde er ernst. »Dennoch sollten wir unser privates Glück nicht aus den Augen verlieren: Im Herbst werden wir heiraten, und langsam wird es Zeit, das Fest vorzubereiten.«

*Die Hochzeit*, schoss es Flora durch den Kopf. *Tatsächlich hätte ich unsere Hochzeit fast vergessen.* Und ihr fiel ein, dass sie schon seit ein paar Tagen nicht mehr an ihrem Kleid genäht hatte.

*

Sally nahm am späten Nachmittag die letzte Fähre, die nach Stralsund ablegte. Selbst die hätte er um ein Haar verpasst. Atemlos nahm Sally im letzten Augenblick die Gangway, fing sich einen vorwurfsvollen Blick des Stewards ein und reichte ihm die Fahrkarte, die er schon auf der Fahrt nach Rügen mitgelöst hatte. Sally nahm diesmal auf einer der grün gestrichenen Holzbänke am Bug Platz und klemmte die Ledertasche zwischen seinen Füßen ein. Dann beugte er sich vor und rückte die Tasche zurecht. Um nichts in der Welt durfte der wertvolle Inhalt Schaden nehmen.

Die Sonne stand bereits tief, als die *Altefähr* für ihre bescheidenen Verhältnisse recht zügig Fahrt aufnahm. Heute fand Sally keine Zeit, sich über die seicht auf den Wogen schwankende Fähre Gedanken zu machen. Er lehnte sich auf der Bank zurück und verschränkte die Arme hinter dem Kopf, während er die salzhaltige Meeresluft tief in die Lungen sog. Während sich schon bald die Silhouette von Stralsund aus dem Dunst schälte, kreisten seine Gedanken um Anna. Sie war einfach zauberhaft, und immer, wenn er die Augen schloss, tauchte ihr schönes Gesicht mit dem warmen Lächeln vor seinem geistigen Auge auf. Obwohl sie kaum Zeit gefunden hatten, sich besser kennenzulernen, waren sie sich schnell nähergekommen.

Den Nachmittag hatten sie noch gemeinsam auf der Strandpromenade verbracht, bevor sie sich schweren Herzens voneinander getrennt hatten. Bei der Frage, ob er sie jemals wiedersehen würde, spürte der Junge einen leichten Stich im Herzen. Er nahm sich vor,

Anna noch einmal zu besuchen. Dafür würde er sogar die Überfahrt mit dem schwankenden Kahn in Kauf nehmen. Zwei Wochen war sie mit ihrer Familie noch auf Rügen. Was danach kam, daran wollte Sally nicht denken. Sie hatte ihm von ihrer Lehre als Ladenmädchen erzählt und davon, dass sie sich nach der Sommerfrische eine neue Anstellung suchen würde. Bei seinen eigenen Planungen war er dagegen noch keinen Schritt weitergekommen. Das schlechte Gewissen beschlich ihn, denn sicher würden ihn Leonhard und Flora am Abend fragen, wie er sich seine Zukunft vorstellte. Spontan fiel ihm nur wieder die Lehre als Klavierbauer ein, die er nach seinen Erfahrungen als Tagelöhner nun doch gern fortgeführt und abgeschlossen hätte.

Sally fuhr sich durch das dichte Haar und seufzte sehnsüchtig, als die *Altefähr* mit einem dumpfen Tuten in den Stralsunder Fährhafen einlief. Der Alltag hatte ihn zurück. Trotzdem ging ihm Anna nicht aus dem Kopf. Er sehnte schon jetzt den Augenblick herbei, an dem er sie wiedersehen konnte.

*

Es war früher Abend, als Flora aufgeschreckt wurde, weil die Seilzugklingel schrillte. Über ihrer Arbeit am Hochzeitskleid hatte sie die Zeit völlig aus den Augen verloren. Mit klopfendem Herzen warf sie die Stoffbahn, an der sie gerade arbeitete, auf das Sofa und sprang auf. Hastig stopfte sie das Garn und die Nadel in das kleine Körbchen auf dem Tisch und warf einen Blick auf die Uhr. Leonhard konnte es nicht sein, er war doch noch mit dem Bankier Franz Pfeiffer verabredet, um ihm ihr Geschäftskonzept vorzulegen.

Flora zog die Tür des Wohnzimmers hinter sich zu, trat in den langen Flur und öffnete vorsichtig die Tür, um ins Treppenhaus zu spähen. Der Geruch nach Gebratenem hing schwer in der Luft. Sie sah, wie unten eine Gestalt ins Haus trat. Eine schmale Männerhand legte sich auf den hölzernen Handlauf. Als der Ankömmling den Kopf durch das Geländer nach oben steckte, atmete Flora erleichtert auf. Es war Sally, der von seinem Kurzurlaub auf Rügen heimkehrte.

»Bruderherz«, rief sie erfreut, als er vor der Wohnungstür stand und die abgewetzte Ledertasche auf den Boden stellte. Mit einem schiefen Grinsen schob er die Mütze in den Nacken. »Flora«, sagte er und nahm seine Schwester herzlich in den Arm, so, als wäre er wochenlang unterwegs gewesen. »Es ist schön, wieder hier zu sein.«

Sie bat ihn in die Wohnung. Er nahm die Tasche und folgte ihr. »Also war Rügen nicht schön?«

Jetzt musste Sally lachen. »O doch, und wie. Rügen ist schön, sehr schön sogar!«

Flora drückte die Wohnungstür ins Schloss und musterte ihren kleinen Bruder. Da war etwas in seinem Blick, das ihr bekannt vorkam. »Du hast mal wieder ein Mädchen kennengelernt.« Es war keine Frage, sondern eine Feststellung.

»Du bist und bleibst eine Hexe, der ich nichts verheimlichen kann.« Sally nahm die Mütze vom Kopf, warf sie auf die Kommode und fuhr sich mit einer lässigen Bewegung durchs Haar.

*Er sieht verwegen aus*, bemerkte Flora plötzlich. *Kein Wunder, dass die Mädchen einen Narren an ihm gefressen haben.*

»Sie ist so wunderschön«, schwärmte Sally ihr vor, während er ihr ins Wohnzimmer folgte und interessiert die Teile ihres Hochzeitskleides in Augenschein nahm. Er ließ den Stoff durch die Finger gleiten und nickte anerkennend. »Das sieht edel aus«, sagte er. »Du wirst eine wunderschöne Braut sein, Schwesterherz.«

»Komm nicht vom Thema ab«, mahnte sie ihn mit gespielter Empörung. »Erzähl mir von dem Mädchen, das dir innerhalb weniger Stunden den Kopf verdreht hat, du Schwerenöter.« Eigentlich hatten sie ihn nach Rügen geschickt, um ihm Zeit zu geben, Pläne für die Zukunft und sein Leben zu machen. Dass er sich dort in ein Mädchen verliebte, war nicht vorgesehen gewesen.

»Sie ist einfach die schönste Frau der Welt«, nahm Sally den Faden auf. »Schlank, groß und blond. Ihr Haar gleicht dem eines Engels.« Seine Wangen glühten rot vor Aufregung.

Flora lachte. »Wie viele Engel sind dir in deinem jungen Leben denn schon begegnet?«

»Du weißt, was ich meine«, sagte Sally, ein wenig gekränkt. »Sie ist nicht nur schön, sondern auch sehr klug und lacht viel. Ihr Name ist Anna und sie lebt in Schweinfurt im Frankenland.«

»Das klingt nicht nach dem Beginn einer glücklichen Liebe«, meinte Flora nüchtern.

»O doch, denn sie ist noch zwei Wochen auf der Insel.« Er setzte sich unaufgefordert auf Leonhards geliebten Sessel, blickte kurz zum Fenster und dann zurück zu seiner Schwester.

»Und bis dahin möchtest du ihr einen Antrag machen?«

»Na ja, mal sehen.« Sally wirkte ein wenig bedröppelt. »Ich muss sie auf jeden Fall wiedersehen.«

»Du verliebst dich oft und schnell«, stellte Flora sachlich fest. Sie schob die Stoffbahnen ihres Hochzeitskleides zur Seite und setzte sich vorsichtig auf die Sofakante.

»Diesmal ist es mir ernst«, sagte ihr Bruder mit seinem treuen Hundeblick. »Ehrlich.«

»Wie stellst du dir das vor?«

»Ich weiß es nicht.« Er war entwaffnend ehrlich, und Flora konnte ihm einfach nicht für seine Naivität böse sein. »Aber ich glaube, ich bin diesmal wirklich verliebt, Flora.«

»Erzähl mir mehr von ihr.« Längst hatte sie eingesehen, dass es im Moment ein hoffnungsloses Unterfangen war, ihrem Bruder diese Anna auszureden.

Anstatt zu antworten, sprang Sally vom Sessel auf und durchschritt den Flur. Er bückte sich über die Tasche, öffnete die Schnallen und zog die Zeichenmappe hervor.

Flora musste lachen. »Du hast sie gemalt?« Als Sally nicht gleich antwortete, setzte sie hinzu: »Sie hat sich von dir zeichnen lassen?« Anerkennend zog sie die Mundwinkel hoch. »Darauf kannst du dir etwas einbilden, Bruderherz. Ich ließe mich nicht schon nach einem einzigen Tag von einem wildfremden Mann malen.«

Sally lachte amüsiert, während er die Mappe aufschlug, um seiner Schwester voller Stolz die Zeichnungen seiner Urlaubsbekanntschaft zu präsentieren. Dabei achtete er auf jede Regung in Floras Gesicht.

»Sie ist … bildschön«, musste Flora beeindruckt zugeben, während sie die junge Frau betrachtete. Ihr junger Bruder war sehr talentiert. »Und du bist wirklich ein begabter Maler, Sally.« Sie schaute auf. »Vielleicht sollte ich dich Paulas Mutter vorstellen.«

Sally runzelte die Stirn. »Ist die nicht ein wenig alt für mich?«

»Unsinn, du Quatschkopf.« Flora tippte sich lachend an die Stirn. »Antonie Biel ist Malerin.«

»Eine Frau, die malt?«

»Und wie sie malt. Seit einigen Jahren hat sie sich ganz ihrem Hobby verschrieben und von großen Meistern gelernt, darunter auch Johann Wilhelm Brüggemann. Anfangs musste sie heimlich malen, inzwischen richtet sie ganze Kunstausstellungen aus, sogar in Berlin.«

Sallys Gesicht nahm eine rote Farbe an. »Und du meinst, sie wird mich nicht auslachen?« Er betrachtete seine eigenen Werke mit skeptischer Miene.

»Unsinn.« Flora warf erneut einen Blick auf das Porträt. »Du bist wirklich gut, Sally.«

»Wie du meinst.« Er schien ihren Worten nicht recht zu glauben. »Vielleicht traue ich mich ja irgendwann …«

»Du solltest mal ihre *Fischer am Ostseestrand* sehen, ein wundervolles Ölgemälde!« Flora bemerkte, dass sie beim Gedanken an Antonies neuestes Werk ins Schwärmen geriet.

»Ich glaube, damit werde ich mich nicht messen können.« Etwas verunsichert blätterte Sally durch die Mappe mit seinen gesammelten Bildern.

»Erzähl mir erst mal mehr von dieser Anna«, forderte Flora ihn auf.

»Sie ist neunzehn Jahre alt, hat kleinere Geschwister und in Frankfurt eine Lehre als Ladenmädchen absolviert. Gegen den Willen ihres Vaters übrigens, der seine Tochter lieber in einem besser angesehenen Beruf gewusst hätte.«

Flora wurde hellhörig. »Ladenmädchen?«

»Ja, warum?« Sally warf seiner Zeichnung von Anna einen letzten, sehnsüchtigen Blick zu, bevor er die Mappe zuklappte und auf den Wohnzimmertisch legte.

»Das ist eine längere Geschichte«, erwiderte Flora nachdenklich. Sicher war es zu früh, jetzt schon über Ladenpersonal nachzudenken. »Leo und ich haben die Zeit genutzt, um Pläne für unsere Zukunft zu schmieden.«

»Und – was ist dabei herausgekommen?« Sally lehnte sich im Sessel zurück und schlug die Beine übereinander.

Flora berichtete ihrem Bruder, dass sie den Laden von Albert Holst übernehmen wollten. Er staunte nicht schlecht, unterbrach sie aber kein einziges Mal.

»Und jetzt geht Leo mit diesem Bankier die Zahlen durch«, schloss sie ihre Ausführungen. »Franz Pfeiffer ist gerade auf einem Besuch in Stralsund, eigentlich kennen sich die beiden aus Bayern.«

Sally nickte. »Und wenn dieser Bankier keine Bedenken äußert, ist die Sache in trockenen Tüchern?«

»So ist es. Ich kann es kaum erwarten.« Flora hielt es nicht länger auf dem Sofa. Sie sprang auf.

Sie erinnerte sich daran, dass Leonhard sich ein Gemälde von ihr wünschte und sie ihm diesen Wunsch erfüllen wollte. Spätestens zur Hochzeit sollte das Bild fertig sein. Hatte es bisher an einem geeigneten Künstler gemangelt, wusste sie nun, wer sie malen sollte. Oft schon hatte sie mit dem Gedanken gespielt, Paulas Mutter um diesen Gefallen zu bitten. Doch Antonie war eine leidenschaftliche Landschaftsmalerin, keine Porträtistin.

»So«, sagte Flora und deutete auf Sallys Zeichenmappe. Es war höchste Zeit, ihm ihr Anliegen zu verkünden. Immer war in den letzten Tagen etwas dazwischengekommen, doch jetzt schien ihr der rechte Moment zu sein. »Und da du ein so talentierter Maler bist, möchte ich mich von dir zeichnen lassen. So richtig, nicht nur als Zeichenstudie.«

Er schaute verdattert zu ihr auf. »Jetzt?«

Flora nickte. »Wann sonst? Ich möchte Leonhard ein Bild von mir schenken. Meinst du, dass du mich so zeichnen kannst, wie du deine Anna gezeichnet hast?«

»Sie ist nicht *meine* Anna«, widersprach er halbherzig, erhob sich jedoch, um sein Etui zu holen. Sein Kopf war rot, als er zurückkehrte. »Außerdem kann ich dich nicht so malen wie Anna. Das wäre wirklich seltsam.« Er grinste.

Flora war ein wenig beleidigt. Er hatte ihr ein Bild von Anna gezeigt, das ihr Gesicht im Halbprofil zeigte und auf dem sie wunderschön dargestellt war. So wollte sie für Leo auch aussehen. »Warum wäre das denn seltsam?«

»Weil ich sie auch nackt gemalt habe.«

# Kapitel 22

»Ich kaufe sämtliche Materialbestände, mit denen Albert Holst bei uns in der Kreide steht.« Nachdem er am späten Nachmittag an den hölzernen Türrahmen von Wagners Büro geklopft hatte, trat Leonhard ein. Er hatte mit der überraschten Reaktion seines Partners gerechnet, der die Feder, mit der er eben noch geschrieben hatte, in die Halterung steckte, um die gepflegten Hände auf der Schreibtischplatte zu falten. Das Rattern der Webstühle aus der angrenzenden Fabrik drang gedämpft an ihre Ohren. Für eine lange Zeit war das Musik in Leonhards Ohren gewesen, als er noch die Geschicke der Firma geleitet hatte. An der Seite eines Mannes, den er viele Jahre lang völlig falsch eingeschätzt hatte. Diese Zeit war nun vorbei, und doch zog es ihn, nachdem er sich mit Albert Holst handelseinig geworden war, aus einem nostalgischen Impuls zurück an den alten Ort seines Schaffens. Aber es war kein Freundschaftsbesuch, den Leonhard seinem ehemaligen Geschäftspartner abstattete. Es hatte eine Weile gedauert, bis sich Leonhard gänzlich mit dem Gedanken angefreundet hatte, seinen Lebensunterhalt künftig nicht mehr als Fabrikant, sondern als Geschäftsmann zu verdienen, doch inzwischen konnte er es kaum abwarten, »B. Winkelmann Nachfolger« endgültig hinter sich zu lassen.

»Ich fürchte, ich habe dich nicht verstanden, alter Freund.« Alfons Wagner setzte ein unverbindliches Lächeln auf.

Leonhard erwachte aus seinen Gedanken. Zum ersten Mal, seit sie sich kannten, empfand er die Freundlichkeit seines ehemaligen Schulfreundes als oberflächlich. Er fragte sich, was nur aus Alfons geworden war. Sein Kompagnon war kein Jude und hatte eine andere Erziehung genossen, dennoch hatten seine Eltern immer darauf geachtet, dass der junge Alfons Anstand und gute Manieren lernte. Jetzt, so hatte es den Anschein, war aus ihm ein eiskalter und berechnender Geschäftsmann geworden – und ein Schürzenjäger, den es nicht scherte, dass die Damen, denen er seine Avancen machte, verlobt oder verheiratet waren und nichts von ihm wissen wollten. Leonhard empfand eine tiefe Abneigung gegenüber seinem ehemaligen Jugendfreund. Doch er zwang sich, ruhig zu bleiben und rational zu handeln.

Leonhard trat näher, um den Satz zu wiederholen, mit dem er das Büro betreten hatte. »Ich kaufe sämtliche Bestände auf, mit denen Albert Holst bei uns in der Kreide steht.« Er griff in die Tasche seines schwarzen Rocks und legte ein Bündel Geldscheine auf den Schreibtisch zwischen ihnen. »Hier«, sagte er, »ich habe die Höhe der Außenstände berechnet.« Leonhard deutete auf die Scheine. »Das reicht, um Holsts Geschäft schuldenfrei fortführen zu können.« Leonhard hatte nicht vor, Alfons zu verraten, dass er und Flora den Laden fortführen wollten. Das ging seinen ehemaligen Kompagnon nichts an.

»Sind denn alle Menschen verrückt geworden?« Alfons seufzte und schüttelte den Kopf.

»Einige sind herzlos und egoistisch geworden«, erwiderte Leonhard kühl. »Eines möchte ich jedoch klarstellen: Wäre ich noch aktiv im weiteren Geschehen der Firma involviert gewesen, hätte ich es nie zugelassen, dass du bei Albert Holst vorstellig wirst, um ihm die Abholung unserer Ware anzudrohen.« Er schüttelte den Kopf. »Ich weiß nicht, welcher Teufel dich geritten hat, als du ihm einen Besuch abgestattet hast, der arme Mann steht vor den Trümmern seiner Existenz und ist nicht in der Lage, seine Rechnungen ad hoc zu begleichen.«

Anstatt zu antworten, nahm Alfons Wagner das Bündel mit den

Geldscheinen. Er blätterte es zwei Mal durch, zählte und wiegte den Kopf. Dann schaute er zu seinem ehemaligen Freund auf und nickte. »Der Betrag stimmt.«

»Hättest du etwas anderes von mir erwartet?« Leonhard verschränkte die Arme vor der Brust und brachte so seine innere Ablehnung zum Ausdruck. »Wir sind quitt, mein *Freund.*« Auf das letzte Wort legte er eine sarkastische Betonung. Er empfand eine tiefe Abscheu für den Mann, der über viele Jahre hinweg zu seinen engsten Vertrauten gezählt hatte. Leonhard ärgerte sich einmal mehr, wie sehr er sich in Alfons Wagner getäuscht hatte. Eigentlich verfügte er über eine bessere Menschenkenntnis.

Als Alfons ihm nicht antwortete und nachdem sich die Männer sekundenlang schweigend mit Blicken gemessen hatten, wandte sich Leonhard um. Offenbar hatte Alfons Wagner nichts zu seiner Verteidigung zu sagen. Als Leonhard das Gewicht auf den linken Fuß verlagerte, knarzten die Dielen leise unter seinen Schritten. Fast konnte er die Blicke seines ehemaligen Geschäftspartners im Rücken spüren. Er zögerte einen Moment, bevor er weiterging, wollte ihm eine letzte Gelegenheit geben, wenigstens Stellung zu seinem Verhalten zu beziehen, doch Wagner hüllte sich hartnäckig in Schweigen. An der Tür angekommen, wandte sich Leonhard ein letztes Mal zu ihm um. »Eines noch«, sagte er mit lauerndem Unterton in der Stimme. »Kommt mir noch ein einziges Mal zu Ohren, dass du dich in einer unsittlichen, beleidigenden oder gar bedrohenden Weise meiner Verlobten näherst, breche ich dir sämtliche Knochen.« Er hatte gefährlich leise gesprochen, doch immer noch zeigte Wagner keine Gefühlsregung. Also öffnete Leonhard die Tür des Büros und trat hinaus in den langen Korridor, der die Verwaltung der Firma von der Fabrik trennte. Das Rattern der Webstühle drang nun nahezu ungefiltert an seine Ohren. Es hielt ihn hier nichts mehr. Mit einer energischen Handbewegung schlug er die Bürotür hinter sich zu und atmete tief durch. Dann durchmaß er den Korridor mit der halbhohen Holztäfelung und machte, dass er an die frische Luft kam. Erst als er vor dem Gebäude mit den hohen Schornsteinen stand und sich umwandte, um einen letzten Blick auf die Fabrik mit der tristen Backsteinfassade zu werfen, fühlte er sich frei. Jetzt konnte sein neues Leben beginnen.

*

Erschrocken sprang Flora vom Sofa auf, als die Wohnungstür geöffnet wurde. »Leonhard«, zischte sie ihrem Bruder zu, der hastig die Zeichenmappe zuschlug und die Stifte in die Schatulle schob. Die Skizze, die er von seiner Schwester angefertigt hatte, ließ er mitsamt der Mappe in der Ledertasche verschwinden und stopfte seine Utensilien hinterher.

»Bella«, erklang Leonhards Stimme im Flur der Wohnung, nachdem er lautstark die Tür ins Schloss gedrückt hatte. »Bist du zu Hause, Liebes?« Seine Schritte im Flur näherten sich der Stube.

»Ich bin hier«, rief Flora und konnte ein leichtes Zittern in der Stimme nicht unterdrücken. Hastig raffte sie das Kleid zurecht und schüttelte das Kissen auf, das sie eben noch als Stütze benutzt hatte. Das Bild, das Sally von ihr anfertigte, sollte schließlich eine Überraschung werden.

In dem Moment, als Leonhard die Wohnzimmertür öffnete, war von der Sitzung der Geschwister nichts mehr zu sehen. Leonhards Miene erhellte sich, als er Flora erblickte. »Hier steckst du also …« Erst jetzt bemerkte er die Anwesenheit seines jungen Schwagers, der halb hinter der Tür an der Kommode stand. »Sally«, rief er erfreut aus, während er ganz in die Stube trat. »Schön, dass du zurück bist!« Die Männer schlossen sich in die Arme. »Sicher hast du uns viel zu erzählen.«

Flora, die hinter Leonhard stand, zwinkerte ihrem Bruder verschwörerisch zu und legte den Zeigefinger auf die Lippen. Sally deutete ein Nicken an.

»Wie ist dein Gespräch mit Wagner verlaufen?«, fragte Flora. Sie spürte, dass Leonhard etwas beschäftigte, und beschloss, ihn unter vier Augen darauf anzusprechen.

»Lass uns später darüber sprechen«, sagte er. Dann wandte er sich Sally zu. »Wie war es auf Rügen?«

»Sonnig«, antwortete Sally ausweichend. Flora sah den Moment gekommen, die Männer allein zu lassen. »Ich werde jetzt das Abendessen zubereiten«, sagte sie. Als Leonhard ihr zunickte, verließ sie den Raum und machte sich in der Küche zu schaffen. Die Stimmen der Männer drangen gedämpft an ihre Ohren.

*

Sally plagte das schlechte Gewissen, ließ aber zu, dass Leonhard ihm freundschaftlich auf den Rücken klopfte. »Ich kann dir nichts Neues sagen«, eröffnete er seinem Schwager kleinlaut und achtete dabei auf jede Regung in Leonhards Gesicht.

Leonhard setzte sein geliebtes Grammofon in Betrieb. Blecherne Orchestermusik einer Operette, die Sally nicht kannte, erfüllte den Raum. Mit einem zufriedenen Lächeln sank Leonhard in seinen Sessel und schlug entspannt die Beine übereinander. Er betrachtete Sally fragend. »Wozu kannst du nichts sagen?«

Sally druckste herum. »Ich habe mir keine konkreten Gedanken zu meiner beruflichen Zukunft gemacht«, gab er zu. Er senkte den Blick und studierte das Muster des weinroten Teppichs. »Die Zeit auf Rügen war wunderbar, Leo, dafür muss ich mich noch einmal ausdrücklich bedanken, doch konnte ich die Auszeit nicht nutzen, um mir Gedanken zu machen, wie es in meinem Leben weitergeht.

Die Klavierbauerlehre bei Lindner wäre gut, aber sicher bin ich mir nicht, weil er mich schon einmal weggeschickt hat und ich …« Sally fuhr sich durchs Haar und schüttelte den Kopf. »Ich bin ein Taugenichts. Ihr gönnt mir eine kleine Sommerfrische, die ich zum Nachdenken nutzen soll, und dann komme ich ohne neue Ideen zurück.« Er schaute auf und hielt dem Blick seines künftigen Schwagers stand. »Es tut mir leid, Leo.«

Entgegen seiner schlimmsten Befürchtung zeigte sich Leonhard verständnisvoll. Er lächelte sogar, als er Sally in die Augen sah. »Das ist nicht mehr von Belang.«

»Wie bitte?« Sally traute seinen Ohren nicht. Er fürchtete, dass Leonhard und Flora ihre Meinung über ihn geändert hatten, während er in Altefähr gewesen war. Womöglich würden sie ihn sogar rauswerfen – und ihn postwendend zurück nach Birnbaum zu den Eltern schicken.

»Wir haben Pläne für dich«, sagte Leonhard und sprach so Sallys schlimmste Befürchtungen aus.

»Ich muss also gehen?«

»Wie bitte?« Leonhard legte den Kopf schräg, dann verstand er, lachte und winkte ab. »Ach was, nein.« Er trat an das Mahagoni-Büfett und nahm zwei Gläser heraus. Offenbar gab es einen Anlass zu feiern, von dem Sally nichts wusste. Warum hatte Flora nichts erwähnt?

Sally schaute Leonhard dabei zu, wie er dem Büfett eine Flasche Whisky entnahm und ihnen zwei Gläser einschenkte. Als er sich damit in den Händen zu Sally umwandte, sah er in dessen Gesicht das pure Entsetzen stehen. Offenbar hatte Sally seine schlechten Erfahrungen mit Alkohol noch nicht vergessen.

»Nur den einen«, lachte Leonhard und reichte ihm das Glas. Zögernd griff Sally zu und fasste den Entschluss, nur einmal von dem Whisky zu nippen.

»Also gut«, sagte er. Die Männer prosteten sich zu. »Es geht weiter mit dir, Kleiner, du wirst Karriere machen«, erklärte Leonhard danach mit feierlicher Miene. Genießerisch leckte er sich über die Lippen und hielt das Glas vor sein Gesicht. »Hat der nicht eine einmalige Farbe? Wie flüssiges Gold – oder Bernstein, hast du jemals in deinem Leben Bernstein gesehen?«

»Mutter hat eine Kette aus Bernstein«, antwortete Sally. Einen Schluck nahm er noch, dann ließ er die Hand, die das Glas hielt, sinken. »Es tut mir leid, dass ich die Zeit auf Rügen nicht zum Nachdenken genutzt habe, so, wie ihr es mir ans Herz gelegt habt.«

Leonhard lächelte verständnisvoll. »Dafür gibt es nur einen Grund.« Er prostete Sally zu und zwinkerte vergnügt. »Eine Frau steckt dahinter.«

»Wie bitte?« Sally fühlte sich ertappt.

»Nicht so schüchtern, mein Lieber«, ermunterte Leonhard ihn. »Ein Mädchen auf Rügen wird dir den Kopf verdreht haben, so dass du keinen klaren Gedanken fassen konntest.«

Als Sally daraufhin schwieg, hatte er sich bereits verraten.

»Natürlich ist es so.« Leonhard klopfte ihm auf die Schulter. »So, und jetzt erzähl mir von ihr. Was gefällt dir an ihr?« Er nahm einen tiefen Schluck aus dem Glas, dann setzte er sich in seinen Lieblingssessel am Fenster und schaute mit übereinandergeschlagenen Beinen zu Sally auf.

»Sie ist älter – schon neunzehn. Sie heißt Anna – und sie ist einfach wunderbar, Leo.« Sallys Herz vollführte einen Freudensprung, als er an das Mädchen aus dem fernen Schweinfurt dachte. Er wusste nicht, wie weit es bis nach Schweinfurt war, es erschien ihm aber wie eine Reise zum anderen Ende der Welt. Irgendwann hatte er gehört, dass die kleine Stadt am Main lag und dass die Menschen dort für den Weinanbau arbeiteten, mehr wusste er nicht über den Ort. Unwillkürlich fragte er sich, ob Annas Eltern Winzer waren, und beschloss, sie bei der nächsten Gelegenheit danach zu fragen. Wenn er sie denn jemals wiedersah. Sally hatte ein schweres Gefühl in der Herzgegend, das er noch nie verspürt hatte.

»So sind die Frauen«, riss ihn die warme Stimme seines Schwagers aus den sehnsuchtsvollen Gedanken. »Im Handumdrehen stehlen sie sich in unsere Herzen und verdrehen uns den Kopf.«

Sally nickte und freute sich insgeheim, dass Leonhard ihn so gut verstand. Überhaupt mochte er Leonhard. Er war fleißig, hilfsbereit und überaus intelligent. Von ihm würde er eine Menge lernen können. Sein Herzschlag beschleunigte sich, als ihm eine Idee kam, die er aber nicht auszusprechen wagte. Jedenfalls nicht in diesem Augenblick. Vielleicht gab es in den kommenden Tagen einen geeigneten Moment, Leonhard darauf anzusprechen.

»Es tut mir leid, dass ich mir noch keine Gedanken gemacht habe, wie es in meinem Leben weitergehen könnte«, beteuerte Sally erneut, verstummte aber, als Leonhard abwinkte.

»Schon gut, schon gut«, sagte er schnell. »Es gibt neue Pläne für Flora und mich, die aber, wenn du einverstanden bist, auch dich betreffen könnten.«

*

Flora hatte dem Gespräch der Männer nicht gelauscht. Die Musik aus dem Grammofon verhinderte, dass sie mithören konnte. So waren es nur einzelne Wortfetzen gewesen, die zu ihr in die Küche drangen. Sie war damit beschäftigt, das Abendessen zuzubereiten, während Leonhard ihrem Bruder vorschlagen sollte, sie nach der Geschäftsübernahme im Laden zu unterstützen. Leo wollte ihm sogar eine Lehrstelle als Kaufmann anbieten. *Es geht eben nichts über die Familie*, dachte sie glücklich. Sie war froh darüber, dass Leonhard keine Einwände gehabt hatte, den alten Herrn Holst zunächst in seinem Haus wohnen zu lassen. *Alte Bäume verpflanzt man nicht*, hieß es doch so schön. Und im Fall von Albert Holst traf das besonders zu, denn ihn verbanden unzählige Erinnerungen an das Haus, in dem er seit vielen Jahrzehnten lebte, in dem er gute und schlechte Zeiten verbracht hatte. Nun würde er miterleben, wie Flora und Leonhard seinen Laden übernahmen, wie sie ihn modernisieren und mit einem völlig neuen Konzept wieder aufbauen wollten. Und Holst würde sehen, wie sich sein Haus wieder mit Leben füllte. Womöglich war das eine gute Sache, die ihn von seinen traurigen Gedanken ablenken würde.

*

In Stralsund war die Dämmerung hereingebrochen, so dass die Schatten in dem kleinen, spärlich eingerichteten Krankenzimmer länger wurden. Durch das Fenster drang auch tagsüber nur wenig Licht. Ein mächtiger Ahorn ragte mit seinem sattgrünen Blattwerk genau vor dem Fenster in den Himmel über der Hansestadt.

Albert Holst hatte ihn gesehen, als er hierhergekommen war. Selbst ein stattlicher Mann wie er wäre nicht in der Lage, den dicken Stamm mit beiden Armen gänzlich zu umschließen.

Im Zimmer roch es nach Putzmitteln und nach Medizin oder Äther, so genau konnte er den penetranten Gestank nicht zuordnen. Holst lag erschöpft in seinem Krankenbett und stierte an die Decke. Angewidert rümpfte er die Nase. Die Tage im Spital taten ihm gut, hier kam er endlich zu der Ruhe, die er schon so lange herbeigesehnt hatte. Wenn doch nur dieser bestialische Gestank nicht wäre. Ab und zu sah Doktor Benthien nach ihm. Der Arzt äußerste sich nur selten über den Gesundheitszustand seines Patienten, doch an seiner besorgten Miene während der Untersuchungen sah Holst immer, dass es nicht allzu gut um ihn stand.

Er musste kannenweise Tee trinken. Die Tasse auf dem kleinen Tisch am Fenster wurde nicht leer. Längst schon hatte er aufgegeben, zu zählen, wie viele Tassen Tee man ihm über den Tag verteilt reichte. Holst bezweifelte die heilende Wirkung des Tees, doch er fügte sich seinem Schicksal und trank davon.

Mittlerweile war es ihm egal, wie viel Zeit ihm noch blieb. Er hatte Margaretes Tod nicht überwunden. Sie hatte eine Lücke in seinem Leben hinterlassen, die sich nicht mehr schloss. Und er hatte sich schweren Herzens von ihrem geliebten Laden verabschieden müssen. Das Einzige, was ihm geblieben war, war Julius. Allein der Gedanke an seinen missratenen Jungen bereitete ihm Qualen. Mit schmerzverzerrter Miene massierte er sich die Brust und versuchte, gleichmäßig zu atmen. Holst schloss die Augen. Er dachte an seine geliebte Frau, an all die Hürden, die sie in ihren vielen gemeinsamen Jahren zusammen gemeistert hatten. Und er dachte an ihre Kinder. Die Tochter, die fortgezogen war und andere Dinge zu tun hatte, als die Sorgen ihres Vaters zu teilen. Den Gedanken an Julius verdrängte er, so gut es ging. Doch da waren all die schönen Zeiten, die sie in ihrem Haus an der Ossenreyer Straße verbracht hatten. Die Geschäftsgründung, der Aufstieg und das Ansehen, das sie bei der Kundschaft genossen hatten.

Alles endete mit Margaretes Leben.

Holst spürte die Träne, die sich aus seinem Augenwinkel stahl und über sein von zahlreichen Falten durchzogenes Gesicht rann. Als sie seine Lippen erreichte, schmeckte er Salz.

Er musste eingeschlafen sein. Als er blinzelte, war es dunkel geworden im Raum, das einfache Mobiliar konnte er nur schemenhaft erahnen. Das kalte Licht des Mondes bahnte sich den Weg durch das Astwerk des Ahorns. Holst versuchte, sich aufzurichten, doch es wollte ihm nicht gelingen. So sank er nach einigen vergeblichen Versuchen stöhnend zurück in die Laken.

Was war nur aus ihm geworden?

Ein alter, gebrechlicher Mann. Kraftlos und vom Leben gezeichnet. Er seufzte, als er die Augen wieder schloss. Warum ließ ihn der liebe Gott nicht einfach gehen? Warum musste er sein jämmerliches Dasein weiter hier auf der Erde fristen? Hart ging er mit seinem Herrn ins Gericht, spürte, wie sich sein Herzschlag beschleunigte, und er fühlte wieder diesen stechenden Schmerz, der von der Stelle ausging, wo sein Herz war. Der Schmerz breitete sich rasend schnell aus, schien seinen gesamten Oberkörper zu verbrennen. Holst riss panisch die Augen auf und rang nach Luft, doch mehr als ein Japsen kam nicht über seine spröden Lippen. Schweiß perlte auf seiner hohen Stirn, als er kraft- und leblos in sich zusammenfiel und er die Ohnmacht, die ihn überkam, als lang ersehnte Erlösung empfand. Danach umfing ihn eine friedliche Stille.

*

»Flora, Liebes, es gibt gute Nachrichten.« Fast lautlos war Leonhard in der Küche aufgetaucht. Erschrocken unterbrach Flora ihre Arbeit. Leonhard lehnte lässig im Türrahmen, Sally stand hinter ihm im Flur.

»Das freut mich.« Flora lächelte ihn verliebt an. Sie ahnte bereits, was Leo mit ihrem Bruder besprochen hatte. Lächelnd deutete sie auf den gedeckten Küchentisch. Zum Abendessen gab es Brot mit koscherem Belag. Dazu hatte sie einen *Vorschmack* zubereitet. Das Rezept hatte ihr ihre Mutter verraten, kurz bevor sie mit Leonhard nach Stralsund gezogen war. Aus Heringen, Zwiebeln und Äpfeln bestand dieser schmackhafte, traditionell jüdische Salat. Leo hatte sie Bier hingestellt, sie und Sally würden Wasser trinken.

Flora hatte es ihnen gemütlich gemacht. In der Mitte des Tisches brannte eine Kerze. »Ihr seid gerade zur rechten Zeit gekommen, das Essen ist fertig.« Sie machte eine einladende Geste. Sally und Leonhard setzten sich mit freudigen Mienen.

»Ich habe mit deinem Bruder ein Gespräch von Mann zu Mann geführt«, eröffnete Leonhard ihr und warf seinem künftigen Schwager einen verschwörerischen Blick zu. »Er hat die kleine Sommerfrische auf Rügen nicht nur zum Nachdenken genutzt.«

»Das hat er bereits erzählt«, sagte Flora und füllte die Teller.

Leonhards Miene verdunkelte sich, doch sie kannte ihn gut genug, um zu erkennen, dass es nicht echt war. »Er ist nicht in der Lage gewesen, sich in seiner Freizeit Gedanken um seine berufliche Zukunft zu machen.« Seine Stimme klang streng. Er legte die Hände auf den Tisch und musterte Sally mit gespieltem Vorwurf. »Ein Mädchen scheint ihm den Kopf verdreht zu haben.« Als Flora auch diesmal nicht antwortete, fuhr er fort: »Also habe ich mir überlegt, wie wir mit Sally verfahren sollten. Ich bin zu dem Schluss gekommen, dass er uns im Laden zur Hand gehen wird.«

Flora legte Löffel bereit, dann rutschte sie auf die Bank am Fenster. »Das ist großartig.« Sie lächelte Sally an. »Ich bin so froh, dass du uns bei der Verwirklichung dieses Traums unterstützen wirst.«

»Ich kann es kaum erwarten«, sagte Sally strahlend. »Wann geht es los?«

»Sobald alle bürokratischen Hürden überwunden sind, werden wir mit dem Umbau des Geschäfts beginnen«, sagte Leonhard.

Sie aßen schweigend weiter, jeder am Tisch schien seinen Gedanken nachzuhängen.

»Das Essen ist köstlich, Bella«, schwärmte Leonhard schließlich, während er sich den Mund mit einer Serviette abtupfte, um mit einem Schluck Bier nachzuspülen. »Also, Liebste, was uns beide betrifft, beginnt mit der Übernahme des kleinen Ladens eine arbeitsreiche Zeit. Du wirst im Laden stehen und die Kundinnen bedienen, ich werde den kaufmännischen Teil erledigen und Lieferanten suchen, ich werde Verhandlungen führen und öfters unterwegs sein – ja, ich weiß, die Zeit ohneeinander wird uns beiden schwerfallen, aber das Reisen gehört nun mal dazu. Und so werden wir ohne Hilfe nicht auskommen, fürchte ich.« Jetzt schaute Leonhard zu Sally, der wie gebannt an seinen Lippen hing. »Und diesem Nichtsnutz hier werden wir zu einer sinnvollen Aufgabe verhelfen, indem er uns zur Hand geht.« Leonhard strubbelte seinem baldigen Schwager durch das viel zu lange Haar. »Und nicht nur das«, fuhr Leonhard fort. »Ich werde ihn ganz offiziell zu mir in die Lehre nehmen. Dein kleiner Bruder möchte Kaufmann werden. Das bedeutet, dass ich ihm alles beibringen werde, was dazu vonnöten ist.« Als er seinem baldigen Schwager einen kurzen Blick zuwarf und sah, dass Sally grinste, hob er warnend eine Hand. »Aber, wertester Schwager in spe, eines lass dir schon jetzt gesagt sein: Lehrjahre sind keine Herrenjahre. Es wird nicht immer leicht sein, doch wenn du dich anstrengst und den nötigen Fleiß und Ehrgeiz an den Tag legst, könnte es dir gelingen, am Ende ein gelernter Kaufmann zu sein, dem viele Türen im Geschäftsleben offenstehen.«

Flora war begeistert. Leonhard bot Sally, der nichts als Flausen im Kopf hatte und den die Familie schon fast aufgegeben hatte, eine Lehrstelle im neuen Geschäft an, um ihn so auf den rechten Weg zu bringen. Sie warf ihrem kleinen Bruder einen schnellen Blick zu. Sally wirkte überrascht, doch dann nickte er voller Freude. »Ja, Leonhard, ich bin dabei. Und ich freue mich über den Vertrauensvorschuss, den du mir mit diesem Angebot einräumst.« Er trommelte voller Euphorie auf der Tischplatte herum. »Und ich schwöre, dass ich dich nicht enttäuschen werde.«

Flora hielt nichts mehr an ihrem Platz. Sie sprang von der Bank auf und trat an Leonhards Seite, um ihn zu umarmen. »Ich liebe dich«, flüsterte sie ihm ins Ohr.

*

Spät am Abend saßen sie noch bei einem Glas Muskatwein in der Stube beisammen. Sally hatte sich entschuldigt und war bereits zu Bett gegangen. Für ihren Bruder würde bald ein neues Leben beginnen, eines, bei dem sie und Leonhard ein wachsames Auge auf den Jungen haben würden, so viel stand fest. Sally war jung und ein Hitzkopf und trotz seiner jungen Jahre ein richtiger kleiner Schürzenjäger. Sowohl Flora als auch Leonhard waren sich darüber im Klaren, dass sie den Jungen unter ihre Fittiche nehmen mussten, wenn mal was aus ihm werden sollte. Nach der Lehre wäre er ein richtiger Kommis, ein kaufmännischer Angestellter, der sich im Büro ebenso wie im Kontor gut einsetzen ließe. Vielleicht hatte Sally ja sogar das Zeug zum Handelsreisenden. Leonhard würde sicher Hilfe brauchen, was seine Reisen betraf. Er würde nicht ständig unterwegs sein können, wenn er sich mit ihr um den eigenen Laden zu kümmern hatte – und sie irgendwann auch eine Familie gründen wollten.

»Vielleicht ist es gut, dass er sich jetzt auf Rügen verliebt hat«, überlegte Leonhard. »Womöglich wird ja etwas Ernstes daraus.« Er musste schmunzeln, als er Floras überraschtes Gesicht sah. »Womöglich schließt er sogar Frieden mit deinen Eltern, wenn er sich ernsthaft für eine Frau interessiert.«

»Das wäre wünschenswert.« Flora nickte. Vermutlich hatte Leonhard recht. Sobald Sally eine feste Freundin hatte, würde er wahrscheinlich ein bisschen zur Ruhe kommen – zumindest hoffte sie das.

Sie betrachtete ihren Verlobten nachdenklich. In manchen Momenten hatte sie fast ein wenig Angst vor ihrer Zukunft und überlegte, ob sie sich mit der Geschäftsübernahme nicht zu viel zumuteten. Doch da war noch etwas, das sie mit Leonhard besprechen wollte. Sie suchte nach den rechten Worten, während er schweigend seinen Gedanken nachzuhängen schien.

»Da fällt mir ein, wir sollten uns an die Gästeliste für die Hochzeitsfeier begeben«, bemerkte Flora. Zwar hatte sie sich bereits Gedanken gemacht, wer zu ihrer Feier im Herbst eingeladen werden sollte, aber bisher hatte es keine Gelegenheit gegeben, mit Leo darüber zu sprechen.

»Du hast recht, Bella.« Leonhard schaute auf und nickte. »Die Zeit fliegt geradezu. Lass uns am Sonntag gemeinsam überlegen, wen wir einladen wollen.«

Flora nickte. »Gern.«

Im Wohnzimmer brannte nur die kleine Lampe auf dem Sekretär. Der spärliche, aber warme Lichtschein ließ das Mobiliar geheimnisvoll erscheinen. Nachdem Flora die bodenlangen Gardinen zugezogen hatte, setzte sie sich zu ihrem Verlobten. »Dich schien vorhin beim Essen etwas zu beschäftigen.«

Er schaute sie mit einem schwachen Lächeln an. »Du kennst mich gut«, stellte Leonhard fest, während er das Glas in den Händen drehte und den tiefroten Wein im Schein der Petroleumlampe betrachtete. »In der Tat ist mir das Treffen mit Alfons nähergegangen, als ich vermutet hatte.«

»Er ist widerlich«, kam es ungewollt über Floras Lippen. Als Leonhard ihr nicht widersprach, fuhr sie fort: »Erst hat er mich besucht und mich in eine sehr unangenehme Situation gebracht, dann hat er Herrn Holst unter Druck gesetzt.« Sie seufzte. »Ich weiß, er ist dein Freund, doch …«

»Er *war* mein Freund«, verbesserte Leonhard sie schnell. Er schüttelte den Kopf. »Wir sind nicht länger miteinander verbunden, da ich das geschäftliche Verhältnis schon mit dem heutigen Tage aufgehoben habe.« Er nahm einen Schluck von seinem Wein, bevor er fortfuhr. »Und offen gestanden kann ich meine eigene Blindheit nicht erklären. Warum ist mir nicht vorher schon aufgefallen, was für ein schrecklicher Mensch er ist?«

Flora fühlte mit ihm. »Du dachtest, ihn zu kennen, weil ihr seit eurer Kindheit Kameraden wart.«

»Mag sein.« Er wiegte den Kopf. »Jedoch ist mir verborgen geblieben, welche Veränderungen bei ihm stattgefunden haben.«

»Wie fühlst du dich jetzt?«

»Erleichtert«, erwiderte Leonhard. »Viel besser und sehr erleichtert. Ich bin froh, dass mein Name künftig nicht mehr mit ihm in Verbindung gebracht werden wird.« Er wechselte das Thema. »Wie kommst du eigentlich mit deinem Hochzeitskleid voran?«

»Ich mache große Fortschritte«, antwortete Flora. Wie gern hätte sie ihm jetzt die Ergebnisse ihrer Arbeit gezeigt, doch sie hatte sich vorgenommen, dass er ihr Kleid erst am Tage ihrer Hochzeit zu sehen bekommen würde. »Du weißt, es bringt Unglück, wenn der Bräutigam das Hochzeitskleid vor dem großen Tag zu Gesicht bekommt und ...«

»Ich weiß, liebste Flora, ich weiß.« Er winkte lächelnd ab und unterdrückte ein Gähnen. »Es ist spät geworden«, sagte er nach einem Blick auf die Uhr. »Die nächsten Wochen werden anstrengend, wir sollten mit unseren Kräften haushalten.«

Flora hatte keine Einwände. Sie trank ihren Wein aus, streckte sich und erhob sich vom Sofa. Bevor sie den Raum verließ, trat sie an Leonhards Sessel, in dem er immer noch saß und seinen Gedanken nachhing. Sie nahm sein Gesicht in beide Händen, strich über seine Haut und küsste ihn auf die Stirn. »Danke«, sagte sie glücklich.

Er schaute verwundert zu ihr auf. »Danke?«, fragte er, »wofür?«

»Dafür, dass du den Neuanfang mit mir wagst, dafür, dass du an meiner Seite stehst, wenn es darum geht, meinen Traum vom eigenen Laden wahrzumachen, und dafür, dass du meinem kleinen, verrückten Bruder eine Chance gibst.«

»Ach das.« Leonhard trank den letzten Schluck aus seinem Weinglas. »Das ist doch selbstverständlich, wenn man jemanden liebt, so wie ich dich.« Dann erhob er sich und folgte ihr ins Schlafgemach.

*

Die kommenden Tage brachten eine angenehme Betriebsamkeit mit sich. Während Flora immer, wenn Leonhard das Haus verließ, an ihrem Kleid arbeitete und sich Gedanken über die Gästeliste machte, war Leonhard damit beschäftigt, sich mit künftigen Geschäftspartnern zu treffen, um Verhandlungen zu führen. Ihm war es wichtig, dass man ihnen beste Konditionen einräumte, die sie im Laden an ihre Kunden weitergeben konnten.

Leonhard legte größten Wert darauf, dass Sally ihn dabei begleitete. Der Junge sollte ein Gespür für geschäftliche Besprechungen bekommen und später sein eigenes Verhandlungsgeschick entwickeln. Doch bevor Sally seinen Schwager in spe begleiten konnte, war Leonhard mit ihm losgezogen, um ihn bei einem Herrenausstatter neu einkleiden zu lassen. Die alten Kleider, mit denen er aus Birnbaum gekommen war, bezeichnete Leonhard als Lumpen, mit denen der Junge unmöglich an geschäftlichen Treffen teilnehmen konnte.

Gegen Mittag legte Flora ihre Materialien beiseite. Sie beschloss, Doktor Benthien einen Besuch abzustatten, um sich bei ihm nach dem Gesundheitszustand von Albert Holst zu erkundigen. Die

Sonne brannte vom wolkenlosen Himmel, als sie ihr Veloziped aus dem Keller holte, um zur Langenstraße zu fahren. Sie hatte das Band ihres leichten Strohhutes unter dem Kinn fester gebunden als sonst, da sie heute schneller unterwegs sein würde als üblich. Eine innere Unruhe hatte sie gepackt, die erst von ihr abfiel, als sie vor dem Haus des Mediziners angekommen war.

Sie lehnte das himmelblaue Rad an die Hauswand und nahm die beiden Stufen zum Eingang. Die Tür war nur angelehnt, so dass Flora sich im angenehm kühlen Hausflur wiederfand. Es dauerte einen Moment, bis sich ihre Augen an das schummrige Zwielicht gewöhnt hatten, dann sah sie das Schild an einer Tür, das auf den Empfangsbereich der Arztpraxis hinwies. Nachdem sie angeklopft hatte, trat sie auf ein freundliches »Herein« in den Vorraum und blickte in das fragende Gesicht einer Frau mit Schürze und einer Haube auf dem Kopf. »Sie wünschen?«

»Mein Name ist Flora Baumann, ich würde gern mit Doktor Benthien sprechen.«

Die Frau schaute mit unverwandter Miene zu ihr auf. »Geht es Ihnen nicht gut?«

»Doch, doch. Mir geht es gut, ich bin hier wegen Albert Holst, er ist beim Herrn Doktor in Behandlung, und ich …«

Die Frau erhob sich von ihrem Stuhl. »Ich werde sehen, was ich tun kann.« Ohne eine Antwort abzuwarten, verschwand sie im Nebenraum. Flora hörte sie mit gedämpfter Stimme sprechen und vernahm kurz darauf die warme Stimme des Arztes. »Sie soll reinkommen.«

Als die Frau wieder im Raum erschien, deutete sie auf Tür. »Mein Mann hat gerade einen Moment Zeit.«

»Vielen Dank.« Flora lächelte ihr dankbar zu, dann betrat sie das Behandlungszimmer des Arztes. Neben einem großen Schreibtisch erblickte sie eine Pritsche und eine überdimensionale Zeichnung des menschlichen Körpers. Doktor Benthien empfing sie an seinem Schreibtisch aus edlem, dunkel gebeiztem Holz, auf dem sich zahlreiche medizinische Instrumente befanden, deren Funktion sich Flora nicht erschlossen. Ein dickes, in Leder gebundenes Buch lag vor ihm. An der Wand in seinem Rücken gab es ein Holzregal, in dem sich Gefäße mit unterschiedlichen Mixturen befanden.

»Fräulein Baumann, was verschafft mir die Ehre?« Benthien lächelte ihr freundlich entgegen und deutete einladend auf den Thonetstuhl vor dem Schreibtisch. »Nehmen Sie bitte Platz.«

Als Flora auf das Rattan sank, knirschte die Sitzfläche leise. Sie konnte sich nicht daran erinnern, schon einmal auf einem echten Thonetstuhl gesessen zu haben. Diese Möbel bestachen durch ein elegantes Aussehen, das für zahlreiche Cafés längst zum Markenzeichen geworden war. Entsprechend teuer waren diese Stühle. Der Arzt schien gut zu verdienen, überlegte Flora.

»Also, was führt Sie zu mir, junge Dame?« Mit einem freundlichen Lächeln schob Benthien das Buch an den Rand des Schreibtisches, um die gepflegten Hände auf der Tischplatte zu falten.

»Es geht um Albert Holst«, erklärte Flora ihm. »Ich bin in größter Sorge, was seinen Gesundheitszustand betrifft.«

Benthien wurde ernst. »Das ist in der Tat eine berechtigte Sorge.«

»Wie steht es um ihn?«

Benthien erhob sich und trat an einen Schrank, dessen Türen offen standen. Darin befanden sich zahlreiche handgeschriebene Kladden. Doktor Benthien suchte nicht lange und kehrte mit dem Patientenaufschrieb an den Schreibtisch zurück. Er schlug die Akte auf und überflog die schwungvoll verfassten Zeilen, bevor er sich wieder seiner Besucherin zuwandte. Sorge lag in seinem Gesicht. »Er hat einen erneuten Herzanfall erlitten.«

»Was genau geschieht bei einem Herzanfall?« Floras Angst um den alten Mann wuchs.

»Der Anfall ist kurz und einem Sturm sehr ähnlich«, beschrieb der Arzt. »Während man bei manchen anderen Krankheiten mit den Leiden der Krankheit zu kämpfen hat, kämpft man bei einem Herzanfall gegen den Tod.«

»Bitte seien Sie ehrlich zu mir«, bat Flora. »Wie steht es um Herrn Holst?«

»Das ist schwer zu sagen.« Benthien blickte kurz zur Decke. »Ich weiß nur, dass es die richtige Entscheidung war, den Laden jetzt zu verkaufen, um sich dem Stress nicht länger aussetzen zu müssen. Neben dem seelischen Schmerz hat es Herr Holst auch mit dem geschäftlichen Druck von außen zu tun, aber das wissen Sie sicher besser als ich, junge Dame.« Benthien schenkte ihr ein warmes Lächeln. »Fest steht, dass er froh sein kann, Sie gefunden zu haben, Fräulein Baumann.«

»Was kann ich für ihn tun?« Sie faltete die Hände im Schoß.

»Vielleicht versorgen Sie ihn mit Obst. Und über einen Besuch im Krankenhaus würde er sich sicher freuen.«

»Moment«, rief Flora erschrocken. »Er ist im Krankenhaus?« Sie spürte, wie sich ihre Kopfhaut zusammenzog.

»Ja«, nickte Benthien. »Ich dachte, Sie wüssten davon?«

»Nein, ich hatte keine Ahnung.«

»Sein Gesundheitszustand hat sich bedauerlicherweise so verschlechtert, dass ich es für angebracht hielt, ihn ins Heiliggeistspital bringen zu lassen.« Benthien machte eine bedeutungsschwangere Pause, bevor er fortfuhr. »Dort wird man sich um ihn kümmern, er wird die dringend nötige Ruhe bekommen und erholt sich hoffentlich von den Strapazen der vergangenen Zeit.«

»Wird er wieder gesund?«

»Wenn er im Spital zur nötigen Ruhe findet, könnte er es schaffen«, mutmaßte Benthien. »Machen Sie sich keine allzu großen Sorgen, Fräulein Baumann. Sie haben alles in Ihrer Macht Stehende getan, sich um sein Wohl zu kümmern.«

Die Antwort beruhigte Flora kaum. »Was kann ich noch tun?«

»Wie gesagt, statten Sie ihm einen Besuch ab, versorgen Sie ihn mit Obst, alles andere übernehmen die Schwestern und Ärzte im Spital.«

»Das werde ich tun.« Flora kämpfte gegen die Tränen an, als sie sich erhob. Sie bedankte sich bei dem Arzt für seine Bemühungen. An der Tür angekommen, wandte sie sich noch einmal zu ihm um. »Die Rechnung für Ihre Aufwendungen übernehme ich natürlich.«

»Das ist sehr ehrenwert.« Benthien nickte anerkennend. »Noch habe ich die Abrechnung nicht geschrieben, es eilt also nicht. Und ich möchte Sie bitten, bei Ihrem nächsten Besuch bei Herrn Holst Ruhe zu bewahren, oder soll er ahnen, wie groß Ihre Sorge um ihn ist?«

Flora schüttelte den Kopf. »Nein«, sagte sie leise, bevor sie sich von ihm verabschiedete. »Natürlich nicht.«

*

Der aufkommende Sturm konnte den Kutscher nicht dazu bewegen, das Tempo seines Fuhrwerkes zu drosseln. Mit knallender Peitsche trieb er seine Tiere zu mehr Tempo an. Mit geradezu halsbrecherischer Geschwindigkeit rumpelte die schwarze Kutsche über die schlecht ausgebaute Chaussee in Richtung Rostock.

Im Innern der Kutsche saßen sich Leonhard und Sally gegenüber. Die beiden Männer mussten sich festhalten, um nicht durch die ruppige Fahrt von den Sitzbänken zu fallen. Dennoch freute sich Leonhard, dass sie gemeinsam unterwegs waren. Die beiden hatten sich viel vorgenommen für den heutigen Tag.

Es galt, einige Verhandlungen mit möglichen Lieferanten für ihr Geschäft zu führen. Und schon am Abend wollten sie zurück in Stralsund sein. Leonhard betrachtete Sally voller Stolz. In den letzten Tagen war es ihm gelungen, einen Mann aus ihm zu machen. Er war erwachsener geworden. Nicht nur, dass der Besuch beim Frisör für einen weniger verwegenen Eindruck sorgte, auch sein neuer Anzug stand ihm ausgezeichnet, was nicht zuletzt daran lag, dass er die geliebten Kniebundhosen gegen lange Hosenbeine eingetauscht hatte. Beim Kauf hatte Leonhard auf beste Stoffqualität Wert gelegt. Unter der schwarzen Weste mit filigranen Stickereien zeigte sich das blütenweiße Hemd mit aufgestelltem Kragen, um den er ein ebenfalls schwarzes Halstuch trug. Das Sakko trug Sally offen, die schwarze Melone lag neben ihm auf der Sitzbank, während der Junge aus dem Fenster schaute. Er war blass geworden, was augenscheinlich am Fahrstil des Kutschers lag, doch er blieb tapfer. Draußen flogen Felder und Wälder an ihnen vorüber.

Neben Leonhard lag die kleine Ledertasche, in der er den Reisesekretär verstaut hatte. Seine rechte Hand ruhte darauf, damit sie nicht von der Sitzbank rutschte.

»Wie willst du es eigentlich schaffen, unseren Kunden die besten Preise anbieten zu können?«, fragte Sally, als sie die Abzweigung nach Blankenhagen erreicht hatten. Die Sonne hatte sich hinter unheilschweren Wolken versteckt, immer wieder wurde das Fuhrwerk von heftigen Windböen gepackt. Sicher würde es heute noch ein Unwetter geben. Das grüne Dach der Chaussee säumte ihren Weg.

Leonhard fiel auf, dass Sally schon von *unseren* Kunden sprach. Er hielt sich mit der linken Hand am Messinggriff fest, als die Kutsche durch ein tiefes Loch rumpelte. »Wie du weißt, befinden wir uns auf dem Weg zu Gustav Hammerschmidt, einem namhaften Tuchmacher aus der Region.«

»Also ist er der Hersteller und kein Händler?«

Leonhard nickte. Der Kleine hatte eine schnelle Auffassungsgabe. »Darin liegt das Geheimnis. Ich werde versuchen, unsere Waren gleich bei den Herstellern zu beziehen. So spare ich Geld und Zeit für den Zwischenhandel, so dass ich die guten Konditionen an unsere werte Kundschaft weitergeben kann.«

»Leo, Leo, du bist auf Zack«, lachte Sally vergnügt. »Und zum Glück hast du nichts mehr mit Wagner zu tun.«

Mit einem flauen Gefühl im Magen dachte Leonhard an Alfons. »Er ist von nun an weder mein Geschäftspartner noch mein Freund.«

»Ich weiß.« Sally war ernst geworden. »Wenn ich ihn dabei erwischt hätte, wie er Flora bedrängt hat, hätte ich ihm sämtliche Knochen gebrochen.«

Fast hätte Leonhard ihn für seine rauen Worte zurechtgewiesen, doch ihm ging es ja genauso. »Das gehört zu unserer Vergangenheit, jetzt ist es an der Zeit, nach vorn zu blicken«, sagte er stattdessen und versuchte, die Gedanken an seinen ehemaligen Kompagnon zu verdrängen. Doch er war innerlich aufgewühlt und kämpfte gegen seine immer noch große Wut an.

»Ja, jetzt wird alles besser«, stimmte Sally ihm zu. Es dauerte einen Moment, bis Leonhard sich auf das bevorstehende Treffen mit Gustav Hammerschmidt konzentrieren konnte. Hammerschmidt betrieb vor den Toren Rostocks eine der größten und modernsten Maschinenanlagen der Gegend und war in der Lage, beliebige Mengen an Wolle, Garn und gefärbten Tüchern zu liefern. Doch bisher lieferte er nur an Zwischenhändler und andere Fabrikanten. Dass Leonhard als Kaufmann bei ihm bestellen wollte, hatte Gustav Hammerschmidts Neugier erweckt. An einen Einzelhändler hatte er seine Waren noch nie verkauft, zu gering waren die Mengen, die Geschäftsleute bei ihm ordern würden. Doch Leonhard Tietz hatte sein Interesse geweckt, denn er verfolgte einen ehrgeizigen Plan, der Gustav Hammerschmidt gefiel. So hatte der Fabrikant ihn eingeladen, um Tietz und seinen jungen Schwager kennenzulernen. Noch ahnte Hammerschmidt nicht, was genau die beiden Männer aus dem fernen Stralsund planten und wie sie sich eine Zusammenarbeit mit ihm vorstellten, doch der Fabrikant hatte in einem kurzen Briefwechsel durchblicken lassen, dass er für neue Geschäftsideen immer offen war – sofern beide Seiten davon profitieren.

Während Leonhard den Blick aus dem Fenster richtete, ordnete er seine Gedanken. Für das bevorstehende Gespräch wollte er gut vorbereitet sein. Er musste Hammerschmidt von seiner Vision überzeugen. In Gedanken ging er den möglichen Gesprächsverlauf durch, überlegte sich Antworten auf denkbare Fragen des Fabrikanten und legte sich Argumente zurecht, mit denen er Hammerschmidt von seiner Idee überzeugen wollte. Leonhard war zuversichtlich, dass er den Tuchmacher für sich und sein Konzept gewinnen konnte. Zufrieden lehnte er sich zurück.

Als er den Kopf wieder nach vorn wandte, war Sally trotz der waghalsigen Fahrt eingeschlafen.

*

Erst am späten Nachmittag wagte Flora sich ins Spital. Mit dem Veloziped fuhr sie nach Sankt Spiritus in der Heiliggeiststraße. Es war ein beklemmendes Gefühl, die Anstalt zu betreten. Ein eigenartiger Geruch, eine Mischung aus Sauerkraut, blakenden Lampendochten und Ammoniak, hing schwer in der Luft und ließ Flora flach atmen. Eiligen Schrittes nahm sie den Kirchgang, bevor sie sich vor einem Dienstzimmer des Spitals wiederfand.

Schmerzensschreie hallten markerschütternd über den langen, nackten Flur des Krankenhauses, als sie eine grimmig dreinblickende Schwester ansprach, um sich nach Albert Holst zu erkundigen. Wortkarg wies sie Flora den Weg, ohne sie zu fragen, in welchem Verhältnis sie zu Holst stand. Flora folgte den Anweisungen der Schwester und befand sich schon bald in einem Krankenzimmer mit mehreren Betten. So traf sie Albert Holst nicht allein an. Sie konnten nicht ungestört reden. Ein alter Mann im Nebenbett wimmerte unentwegt vor sich hin.

Flora fühlte sich hilflos und überlegte, eine Schwester zu bitten, bei dem Patienten nach dem Rechten zu sehen, doch Holst, der ihre Gedanken offenbar erraten hatte, winkte ab. »Lass nur, Mädchen. Er bekommt gleich seine Medizin, dann wird er ruhiger.«

»Wie geht es Ihnen?«

»Schon besser. Ich versuche, mich gesund zu schlafen.« Dann wurde er ernst. »Nein«, sagte er. »Ich will ehrlich mit dir sein, Mädchen. So gut geht es mir nicht. Heute Nacht zum Beispiel habe ich geglaubt, zu sterben. Ich empfand plötzlich eine tiefe Stille, ein Frieden, wie ich ihn schon lange nicht mehr gespürt habe. Ich schlief ein, glaubte ins Nichts zu fallen, ohne jedoch den Aufprall zu spüren, und dachte, ich sei gestorben.« Jetzt kicherte Holst. »Doch Unkraut vergeht nicht. Und so bin ich heute Morgen erwacht, als wäre ich von den Toten auferstanden.« Er blickte zur Decke. »Es ist, als würde mich der Herr noch nicht haben wollen.«

Flora wusste nicht, was sie darauf sagen konnte, und kaute sekundenlang auf der Unterlippe, bevor sie das Thema wechselte. »Doktor Benthien bat mich, Ihnen Obst zu bringen.« Flora griff sich den Korb, den sie mitgebracht hatte, und legte ihm zwei Äpfel auf den Nachttisch.

Holst lachte. »Mir wäre eher nach Bier und Zigaretten.«

»Die bekommen Sie aber nicht von mir.« Flora lachte. Es tat gut, Holst wieder scherzen zu hören. Sie war froh, dass sich sein Gesundheitszustand offensichtlich ein wenig stabilisiert hatte. Sie wagte es, ihn nach seinem Sohn zu fragen. »Hat Julius Sie schon im Spital besucht?«

Holst schüttelte den Kopf. »Der Taugenichts war wohl wieder im Zuchthaus, weil er Probleme im Hafen hatte.«

Flora zog sich einen Stuhl heran und setzte sich zu ihm ans Krankenbett. »Probleme?«, fragte sie.

»Er hat doch ständig Scherereien.« Holst nickte mit grimmiger Miene. »Man sagt ihm nach, dass er sich an einigen Gütern, die er im Hafen umgeschlagen hat, bereichert haben soll. Kaffee hat er unter der Hand verhökert und Whisky.« Der alte Mann schüttelte den Kopf, als könne er selbst nicht glauben, zu welchen Taten sein Sohn imstande war. »Mein Junge ist ein gemeiner Dieb.«

Floras nächtliche Begegnung mit Julius Holst tauchte kurz vor ihrem geistigen Auge auf. »Und deshalb sitzt er im Gefängnis?« Zwar kannte sie sich im preußischen Strafrecht nicht aus, allerdings hatte sie gehört, dass Diebe oft mit einer Geldstrafe davonkamen.

Holst nickte. »Da er die Geldstrafe nicht entrichten konnte, hat ihn der Richter zu einer Woche Zuchthaus verurteilt.«

Floras Gedanken überschlugen sich. Wenn Julius Holst im Gefängnis saß, weil er kein Geld hatte, dann würde ihn das unweigerlich gleich nach seiner Entlassung wieder zu seinem Vater führen. Für sie stand es fest, dass er den alten Mann wieder bedrängen würde. Oder er würde sich an Leonhard wenden, wo er eine Abfindung verlangen könnte. Sie mussten in Erwägung ziehen, Julius Holst auszuzahlen, sonst würde er immer wieder bei ihnen oder dem alten Holst aufkreuzen, um an Geld zu kommen. Vielleicht war es gut, dass Albert Holst sich im Sankt Spiritus befand. So würde sein Sohn ihn nicht unter Druck setzen können. Eine Schwester trat in den Raum. Sie brachte den Patienten einen stark duftenden Minztee. Der Mann im Nachbarbett hörte auf zu wimmern und richtete sich schwerfällig in seinem Bett auf.

»Und wenn er wieder rauskommt, wird Hauptwachtmeister Holzapfel ein wachsames Auge auf ihn haben«, fuhr Albert Holst fort, als die Schwester den Raum verlassen hatte. »Julius wird sicher unter Polizeiaufsicht gestellt werden, schließlich war es nicht das erste Mal, dass er mit dem Gesetz in Konflikt geraten ist.«

»Was bedeutet das konkret?« Flora fand die Vorstellung, dass sich Julius fortan unter polizeilicher Aufsicht befand, durchaus reizvoll. Sie erhob sich, um Holst Tee aus der Kanne einzuschenken. Er griff nach der Tasse und bedankte sich.

»Dass er seine Wohnung nachts nicht verlassen darf, zum Beispiel«, erklärte Holst und stierte in die Tasse mit dem dampfenden Tee. »Das geschieht ihm recht, dann kann er wenigstens kein Unheil mehr anrichten.«

# Kapitel 23

»Und das alles gehört uns.« Flora breitete die Arme aus und drehte sich überglücklich einmal im Kreis. Sie stand im Laden und beobachtete ihre Freundin, die ein wenig verwirrt an der Eingangstür des kleinen Geschäfts verharrte. Am Abend hatte Flora sich im Laden mit Paula verabredet. Unter einem Vorwand hatte sie sie hierhergelockt. Natürlich wusste ihre Freundin da noch nicht, dass Leonhard und Flora den Laden von Albert Holst übernommen hatten. Die Überraschung war Flora gelungen. »Was sagst du dazu?«, fragte sie.

»Ich fürchte, ich verstehe nicht ganz«, erwiderte Paula Biel.

»Wir haben den Laden gekauft«, half Flora ihr auf die Sprünge. »Leo hat sich von Alfons auszahlen lassen, und mit einem Teil der Ablösesumme konnten wir den Laden übernehmen.«

Langsam begriff Paula, dass Flora sich keinen schlechten Scherz mit ihr erlaubte. »Dann bist du jetzt eine richtige Geschäftsfrau?«

»So ist es. Wir werden alles umbauen und modernisieren, ich werde es zu einem richtig schönen Geschäft machen. Und Leo sorgt dafür, dass wir die Waren direkt von den Herstellern beziehen können und so bessere Konditionen erhalten als die gesamte Konkurrenz. Wir werden nicht mit uns handeln lassen, es besteht kein Kaufzwang, und wir geben volles Umtauschrecht.«

»Das klingt großartig, wenngleich auch etwas gewagt«, meinte Paula.

»Mein Leo ist ein guter Geschäftsmann. Und wir werden natürlich keine unnötigen Risiken eingehen.« Flora machte eine einladende Handbewegung. »Komm«, forderte sie ihre Freundin auf, »ich zeige dir alles.«

Paula schien zu zögern. »Wo bleibt bei alldem Herr Holst?«

»Er wohnt weiterhin in der Wohnung über dem Geschäft«, antwortete Flora. »Doch Doktor Benthien hat dafür gesorgt, dass er aufgrund seines schwachen Herzens ins Spital kommt, wo er sich schonen kann. So wird er auch vom Umbau des Ladens nicht allzu sehr gestört werden.«

»Aber es geht ihm doch gut?«

»Er ist auf dem Weg der Besserung. Es bleibt zu hoffen, dass sein Sohn nicht davon Wind bekommt, wo er seinen kranken Vater derzeit finden kann. Bei seinen schlechten Manieren wäre es unter Umständen tödlich für Herrn Holst, wenn die beiden aufeinandertreffen.«

»Ich verstehe.« Paula folgte ihrer Freundin nur zögerlich in den Laden, und Flora hatte den Eindruck, sie scheue sich, in das Refugium von Albert Holst einzudringen. Dabei war sie selbst mit von der Partie gewesen, als Flora den Laden mit dem Schlüssel aufgesperrt hatte. »Leo hat große Pläne für das Geschäft«, schwärmte Flora ihr vor. »Wir sind sicher, dass wir in diesen Mauern etwas beginnen, wie es die Stadt noch nicht gesehen hat.« Am liebsten hätte Flora die ganze Welt umarmt. Sie konnte den Tag ihrer Eröffnung kaum erwarten und hoffte, dass jetzt alles ganz schnell ging.

*

Spätabends gab Leonhard dem Kutscher ein Zeichen, anzuhalten. Die Kutsche rumpelte durch die verlassen daliegende Ossenreyer Straße, als er verwundert feststellte, dass in den Fenstern des Ladens noch Licht brannte. Besorgt tippte er Sally, der neben ihm eingedöst war, auf die Schulter.

»Siehst du, was ich sehe?« Auch Sally schien überrascht zu sein, dass sich um diese Zeit noch jemand im Laden aufhielt.

»Ja, und ich hoffe, dass sich hier keine Einbrecher zu schaffen machen.«

»Oder der verkorkste Sohn«, überlegte Sally. Er ballte die Hände zu Fäusten, bis sie unheilvoll knackten.

Leonhard war trotz der stundenlangen und recht strapaziösen Fahrt hellwach, als das Fuhrwerk vor dem Geschäft zum Stehen kam. Er öffnete den Wagenschlag und sprang hinunter auf das Pflaster. »Kommst du mit?«, rief er in das Innere der Kutsche.

»Selbstredend.« Sally erhob sich und kletterte ins Freie. Er schien sich schon darauf zu freuen, Julius Holst an der Seite seines Schwagers eine Abreibung verpassen zu können.

»Warten Sie hier«, wies Leonhard den Kutscher an, der stumm nickte. Seiner Miene war anzusehen, dass es ihm nicht passte. Sein Feierabend musste trotz der langen Fahrt noch ein wenig warten.

Leonhard trat an die Ladentür, legte die Hand auf die Klinke und drückte sie hinunter. Es war abgeschlossen.

»Was hat das zu bedeuten?«, raunte Sally hinter ihm.

Leonhard zuckte mit den Schultern. »Wenn ich das nur wüsste.« Er vermutete, dass sich Albert Holst hier unten aufhielt. Beim Aussteigen aus der Kutsche hatte er festgestellt, dass in der Wohnung über dem Laden kein Licht brannte. Ihm drängte sich der Gedanke auf, dass es sich womöglich einfach um Holst selbst handelte, der nach Einbruch der Dunkelheit durch das Haus wandelte. Vielleicht hatte den alten Mann die Sehnsucht nach seinem Geschäft überkommen. Leonhard würde ihm die nötige Zeit geben. Er hatte nicht vor, ihm Vorwürfe zu machen, weil er sich nach dem Verkauf noch Zutritt zum Laden verschaffte.

Dennoch blieb ein mulmiges Gefühl. Leonhard wollte lieber nach dem Rechten sehen und klopfte gegen das Glas in der Ladentür. Sally stand so dicht hinter ihm, dass er dessen Atem in seinem Nacken spüren konnte.

»Hallo?«, rief Leonhard und klopfte erneut, als sich drinnen nichts tat. Er wandte sich schulterzuckend zu seinem Schwager um. »Und jetzt?«

Sallys anfänglicher Mut war verflogen. Er schaute sich bange um. »Vielleicht sollte ich loslaufen und die Polizei holen?« Leonhard musste schmunzeln. »Lass gut sein«, sagte er. »Wir regeln das allein.«

*

»Hast du das auch gehört?« Paula warf Flora einen ängstlichen Blick zu. Sie standen im hinteren Bereich des Ladens, als sie von einem dumpfen Pochen aufgeschreckt wurden. Beide Frauen hielten den Atem an und lauschten in die Stille des Raumes.

»Ja, aber was war das?« Flora spürte, wie sich die Härchen auf den Unterarmen aufstellten. Sie wagte nur, zu flüstern.

»Ist im Haus etwas umgefallen?«, fragte Paula.

Flora schüttelte den Kopf. »Das glaube ich nicht.«

»Vielleicht hat jemand geklopft?« Auch in Paulas Blick lag jetzt Verunsicherung.

»Einbrecher?« Flora zuckte ratlos die Schultern.

Trotz des Schreckens, der ihr ins Gesicht geschrieben stand, musste Paula leise lachen. »Meinst du ernsthaft, die würden sich vorher mit einem Klopfen ankündigen?«

»Womöglich wollen sie sich erst versichern, dass das Haus leer steht und sie freie Bahn haben.« So schnell ließ Flora sich sonst nicht ins Boxhorn jagen, doch diesmal war Paula die mutigere der beiden jungen Frauen. Sie ging energisch voran. »Lass uns nachsehen.«

»Das traust du dich?« Flora sah sich suchend um. Vergeblich hielt sie nach einem Gegenstand Ausschau, den sie als Waffe verwenden konnte, fand aber nichts Brauchbares.

»Ob ich mich traue?« Paula nickte unbeirrt. »Natürlich.«

Flora folgte ihr zögernd und mit klopfendem Herzen, als es erneut an der Ladentüre klopfte. Sie dachte an Julius Holst, der ihr Angst einjagen wollte. Doch es waren zwei Gestalten, beide nicht sonderlich groß, die vor dem Laden standen. Als sie durch das Glas in der Tür spähte, fiel Flora ein Stein vom Herzen, denn der vordere der beiden Männer winkte ihr fröhlich zu. Nun erkannte sie die zwei.

»Das ist Leo mit meinem Bruder«, sagte sie und schob sich an ihrer Freundin vorbei, um die Tür aufzusperren. Ihre Stimme zitterte noch vor Aufregung.

Die beiden Männer betraten den Laden. »Haben wir euch erschreckt?«, fragte Leonhard erstaunt, der auf den ersten Blick bemerkte, dass Flora etwas durcheinander war. Er schloss sie liebevoll in den Arm. Flora genoss den Augenblick der Nähe nach dem langen Tag, dann schaute sie ihm tief in die Augen. »Ich dachte, jemand bricht ein.«

»Sehen wir etwa aus wie Einbrecher?«, fragte Leonhard in gespielter Empörung und lachte. »Fräulein Biel«, fuhr er fort, »wie schön, dass Sie meiner Verlobten zu später Stunde Gesellschaft leisten.« Er deutete eine Verbeugung vor Floras Freundin an.

»Ihr habt uns einen gehörigen Schrecken eingejagt«, sagte Flora. »Ich habe Paula eingeladen, um ihr von der Neuigkeit zu berichten, deshalb sind wir noch hier. Paula, das ist Sally, mein kleiner Bruder.« Voller Stolz zeigte Flora auf ihren Bruder, der prompt errötete, als Paula ihm die Hand reichte. Wohl in einem Anflug von Hilflosigkeit gab er ihr einen Handkuss. Sie war sichtlich amüsiert und sagte nichts zu seinem merkwürdigen Verhalten.

»Ich habe schon viel von dir gehört.« Paula ließ offen, was genau sie damit meinte.

»Nur Gutes, nehme ich an?«, fragte Leonhard stellvertretend für seinen künftigen Schwager, der den hochroten Kopf gesenkt hielt.

»Natürlich.« Paula lächelte.

Flora, die ihren Bruder kannte, blieb nicht verborgen, dass Sally ihre Freundin jetzt so unauffällig wie möglich, aber dennoch voller Neugier, musterte. Sein Gesicht nahm langsam wieder eine normale Färbung an.

»Ich bin zuversichtlich, dass Sie und Flora den Laden zum Erfolg führen werden«, sagte Paula an Leonhard gewandt. »Herzlichen Glückwunsch zu der Entscheidung, das Geschäft von Herrn Holst zu übernehmen. Wenn ich irgendwie behilflich sein kann«, sie warf Flora einen Blick zu, »stehe ich gern zur Verfügung.«

»Vielen Dank«, erwiderte Leonhard.

»Ich werde dann jetzt auch zusehen, dass ich nach Hause komme«, bemerkte Paula. »Es ist spät geworden, und ich …«

»Fahren wir zusammen«, schlug Leonhard vor. Durch eines der kleinen Ladenfenster deutete er nach draußen. »Unsere Kutsche steht vor der Tür, wir setzen Sie gern zu Hause ab.«

Paula nahm das Angebot gerne an. Flora löschte das Licht, und einen Augenblick später standen sie auf der Ossenreyer Straße.

»Wie war der Besuch bei Hammerschmidt?«, fragte Flora, als sie wenig später zu viert in der Kutsche saßen.

»Erfolgreich«, antwortete Leonhard, während er einen lobenden Blick von Sally erntete.

»Dein Verlobter ist ein äußerst guter Stratege, wenn es um Verhandlungen geht.«

»Das glaube ich gern.« Flora lächelte Leonhard zu. »Dann bekommen wir die benötigten Waren gleich aus Rostock, ohne über den Zwischenhandel zu gehen?«

Leonhard nickte. »Richtig, liebe Bella. Der gute Herr Hammerschmidt lässt sich auf das Experiment ein, uns aus erster Hand zu beliefern. Und es ist mir gelungen, sehr attraktive Konditionen auszuhandeln.«

»Ein paar Mal wären die beiden um ein Haar im Streit und ohne Ergebnis auseinandergegangen.« Sallys Wangen glühten vor Aufregung, als er von den Verhandlungen zwischen Leonhard und dem Tuchmacher berichtete. »Sie haben um jeden Taler gerungen, doch am Ende fanden sie eine Lösung, die für beide Seiten Erfolg versprechend ist.«

»Ich bin stolz auf dich, Leo.« Flora nahm seine Hand und drückte sie so fest, als wolle sie sie nie mehr loslassen. »Was kann jetzt noch schiefgehen?«

»Unterschätze nie die Risiken einer Geschäftsgründung, Bella.« Leonhard war ernst geworden. »Dennoch glaube ich fest an deine Ideen, die den Einzelhandel garantiert revolutionieren werden.«

# Kapitel 24

In den nächsten Wochen arbeiteten Flora, Leonhard und Sally von früh bis spät. Der Laden war komplett entkernt worden, inzwischen hatten Flora und Sally für neue Farbe gesorgt, während sich Leonhard um das Büro im hinteren Bereich gekümmert hatte. Ihm war es auch gelungen, seinen alten Freund Johann Heinrich Dumrath, einen angesehenen Tischlermeister, für die neue Einrichtung des Ladens zu gewinnen. Dumrath betrieb eine Möbelfabrik und hatte seinen Sohn Oscar entsandt, der nach einigen Besuchen im Geschäft die maßgenaue Einrichtung geplant hatte. Zu dritt standen sie an diesem Morgen im Laden und betrachteten die Entwürfe des Tischlers. Oscar Dumrath, ein hünenhafter, kahlköpfiger Mann von Anfang dreißig mit einem imposanten Backenbart, breitete die Pläne aus und erklärte Leonhard und Flora, wie er sich den Laden künftig vorstellte.

Neben den Regalen gab es Verkaufstische, auf denen sie die Waren präsentieren konnten, es gab einen kleineren Tresen, der für mehr Platz auf der kleinen Verkaufsfläche sorgte, und es gab eine Säule für hängende Artikel wie Borden, Riemchen und Gürtel.

»Sie sind ein Genie«, schwärmte Leonhard, nachdem er einen Blick auf die Skizze geworfen hatte. Voller Begeisterung klopfte er dem Schreinermeister auf die Schulter. »Genau so habe ich mir die neue Einrichtung des Ladens vorgestellt, so ist es modern und kundenfreundlich.« Er schaute auf und sah Flora an. »Wie findest du die Zeichnungen?«

Floras Herz schlug vor Freude Purzelbäume. »Sie sind großartig! Ich kann es kaum erwarten«, rief sie.

Oscar Dumrath schien sichtlich erleichtert über den Zuspruch zu sein. Zufrieden setzte er einen Zwicker auf die Nasenspitze, der Flora an einen ihrer ehemaligen Lehrer erinnerte.

Leonhard schaute sich im Laden um. Sein Blick war ernst, als er zu den kleinen Fenstern sah. »Lediglich die Lichtverhältnisse erscheinen mir nicht ausreichend.«

»Vielleicht können wir dem mit hellen Farben und vielen Lampen entgegenwirken«, überlegte Dumrath, verstummte jedoch, als Leonhard den Kopf schüttelte.

»Das meine ich nicht.« Er trat an die Fenster und blickte mit einem etwas verkniffenen Blick auf die Straße hinaus. Flora trat an seine Seite, um zu sehen, wovon er sprach. Auf der Straße herrschte reges Treiben. Männer und Frauen eilten vorüber, Fuhrwerke passierten einander auf dem Kopfsteinpflaster, und niemand schenkte dem Laden Beachtung. Für die Menschen auf der Straße schien er gar nicht zu existieren. Auch als Leonhard den Arm hob, um den Menschen zu winken, nahm ihn niemand wahr.

»Wir sind unsichtbar.« Leonhard stierte hinaus, ohne sich zu ihr umzuwenden. »Siehst du es auch, Bella?« Er zeigte auf die Straße hinaus. »Da sind unzählige Leute unterwegs. Sie gehen einer Beschäftigung nach, sind auf dem Weg zu einem Ziel, vielleicht kehren sie gerade nach Hause zurück, womöglich suchen sie aber auch ein Geschäft für Weiß- und Posamentierwaren. Aber sie laufen an unserem Laden vorbei, fast so, als gäbe es ihn überhaupt nicht.«

»Sie werden schon wissen, dass das Geschäft existiert«, vermutete Flora, ahnte aber, worauf Leonhard hinauswollte.

»Das mag sein. Aber sie nehmen uns nicht bewusst wahr.«

»Und wie willst du das ändern?« Flora grinste. »Soll ich mich auf die Straße stellen und ihnen zurufen, dass sich hier unser Laden befindet?«

Leonhard schüttelte den Kopf. »Sie sollen an unserem Geschäft vorbeigehen und es richtig wahrnehmen, unsere Waren von der Straße aus betrachten können, sie sollen neugierig werden auf das, was wir ihnen zu bieten haben.«

»Und den Laden, von Neugier getrieben, betreten?«

Leonhard nickte. »Und zwar ohne Kaufzwang, Flora. Ich möchte, dass die Menschen hier hereinkommen und sich ganz unverbindlich umschauen können.«

»Wie willst du das erreichen?«

Ihr Verlobter wandte sich zu Oscar Dumrath um, der über seinen Skizzen brütete. »Können wir kurz vor die Tür gehen?«

Der Tischler nickte. »Selbstverständlich.« Er rollte seine Zeichnungen ein und war bereit, doch Leonhard schien noch etwas zu beschäftigen. Er spazierte durch den Laden wie ein dozierender Professor, hatte die Hände auf dem Rücken verschränkt und den Blick gesenkt. Es dauerte einen Moment, bis er mit seinen Überlegungen weitergekommen zu sein schien. In der Mitte des Ladens blieb er stehen und sah erst Flora, dann Dumrath an. »Es liegt daran, dass der Laden düster erscheint, ganz gleich, wie freundlich man ihn auch einrichten und wie hell man ihn streichen mag.« Er suchte nach den richtigen Worten. »Es dringt nicht genügend Licht ins Innere, wenn Sie mich verstehen.«

Dumrath setzte den Zwicker ab und sah jetzt auch nach draußen. Fuhrwerke, die auf der Straße vorbeirumpelten, nahm man nur als Ausschnitt durch die kleinen Fenster wahr. Leonhard hatte recht, niemand schaute durch die Fenster ins Geschäft. Der Schreinermeister nickte verstehend.

Flora nahm Leonhards Hand. »Du möchtest das Geschäft vergrößern?« Sie runzelte die Stirn. »Wie soll das gehen, Leo?«

»Optisch, meine ich.« Ihr Verlobter zeigte auf die Fenster. »Sie sind zu klein. Das sind im Grunde bessere Schießscharten, Bella, aber keine Fenster, die diesen Namen verdient haben.«

»Dann brauchen wir größere Fenster«, sprudelte es aus Flora heraus. »So kommt Licht in den Laden, und ich kann unser Sortiment angemessen in den Fenstern präsentieren.«

Als sie ihren Mann mit vor Aufregung geröteten Wangen ansah, nickte er. »Genau wie in dem Laden in Berlin, von dem ich dir erzählt habe.«

Sie hing an seinen Lippen.

»Wenn wir Sonnenlicht im Geschäft haben, wirkt alles gleich offener und freundlicher. Die Kunden werden sich in der angenehmen Atmosphäre wohlfühlen.« Er war ganz begeistert von Floras Idee. »Wenn man so will, schlagen wir zwei Fliegen mit einer Klappe.«

Oscar Dumrath, der, während Flora und Leonhard sich beratschlagten, Notizen gemacht hatte, schaute auf und klemmte sich den Stift hinter das rechte Ohr. »Wollen wir also größere Fenster in die Hausfront einsetzen?«

Flora dachte darüber nach. »Das wird unser Budget nicht hergeben, fürchte ich.« Sie wusste, dass große Fenster ein Vermögen kosteten, und gab Leonhard ein unauffälliges Zeichen, doch er zerstreute ihre Bedenken mit einer Handbewegung und wandte sich an den Tischler. »Kommen Sie«, sagte er, »wir sollten uns ein Bild verschaffen.« Er trat an die Tür und hielt sie Flora und Dumrath auf. »Nach Ihnen.«

Draußen angekommen, waren sie kurz vom gleißenden Sonnenlicht geblendet, dann wechselten sie auf die gegenüberliegende Straßenseite. Drüben angekommen, schaute Flora ihrem Verlobten dabei zu, wie er die Hände zu einem Rechteck formte, um wie durch einen Kasten hindurchzuschauen. »Durch diesen Rahmen betrachtet«, sagte er, während er die Hände vor das Gesicht hielt, »wirkt alles sehr minimalistisch, zu klein für unsere großen Pläne.« Leonhard ließ die Hände sinken und schaute erst Flora, dann den

Tischler an. »Der Laden in Berlin wirkte größer, gefälliger, freundlicher, ja, einladender. Man präsentierte sogar einen Teil des Sortiments im Fenster.« Wieder gestikulierte Leonhard. Er zog eine imaginäre Linie, die vor dem Laden verlief. »Die Leute, die dort entlangflanieren, sollen sehen, was wir im Sortiment haben, egal, ob wir geöffnet haben oder nicht. Sie sollen hineinschauen können.«

Oscar Dumrath hing gebannt an den Lippen seines Kunden und nickte verstehend. »Sie meinen so eine Art Schaufenster?«

Leonhard sah ihn mit einem verzückten Lächeln an. »Sie verstehen, was ich meine.« Begeistert klatschte er in die Hände. »Sie sind nicht nur ein Meister Ihres Fachs, sondern auch der deutschen Sprache – das Wort Schaufenster gefällt mir ausnehmend gut.« Leonhard nickte Flora zu. »Unser Geschäft benötigt …«, er machte eine bedeutungsvolle Pause, bevor er das neue Wort wiederholte, »es benötigt *Schaufenster*, in denen sich unsere Kunden schon von der Straße aus einen Eindruck von unserem Sortiment verschaffen können. Ich möchte, dass der Laden gleich von der Straße aus einladend wirkt.«

»Ich verstehe schon, was du meinst, aber bist du sicher, dass wir uns das leisten können?« Flora hatte Zweifel, ob ein so teurer Umbau finanziell sinnvoll war.

»Die kleinen Fenster müssen einfach verschwinden«, fand Leonhard. »Ich bin sicher, die dadurch gewonnene Kundschaft gleicht die Investition wieder aus.« Jetzt wandte er sich Dumrath zu. »Meinen Sie, Sie könnten diese Schießscharten für uns entfernen?«

Der Tischler wiegte den Kopf, überlegte einen Moment, und nickte schließlich. »Man müsste sich zunächst einen Überblick über das Balkenwerk verschaffen, denn die Stabilität des Hauses sollten wir nicht riskieren.«

»Ich bin sicher, Sie finden einen Weg, guter Mann«, entgegnete Leonhard leichthin. Flora betrachtete ihn verliebt, denn ihr Verlobter war voller Tatendrang. Er schien eine feste Vorstellung vom künftigen Erscheinungsbild des Ladens zu haben. Und er war davon überzeugt, dass Dumrath seine Träume wahr werden lassen konnte. Leonhard hatte eine Vision, die er möglichst schnell in die Tat umsetzen wollte.

»Davon ist auszugehen«, sagte Dumrath voller Zuversicht. »Sie werden den ersten Laden in Stralsund besitzen, der seine Kunden mit großen Schaufenstern förmlich zu einem Besuch des Ladens einlädt.« Der Tischlermeister lächelte. »Damit werden Sie beide Stralsunder Geschichte schreiben.«

»Das wird sich zeigen.« Leonhard übte sich in Bescheidenheit, doch Flora kannte ihn gut genug, um zu wissen, dass er recht stolz auf ihren Einfall war.

Dumrath zog einen Stift hinter seinem rechten Ohr hervor und kritzelte den Umriss des Hauses auf ein Stück Papier. Während er eine grobe Zeichnung von der Fassade anfertigte, wandte sich Leonhard Flora zu. »Wir müssen uns noch mehr Gedanken machen, wie wir die Kundschaft überzeugen können, bei Tietz zu kaufen.«

Flora ging nicht auf seine Bemerkung ein. Sie nutzte die Gelegenheit, ihren Verlobten zur Seite zu nehmen.

»Das wird sicher unerschwinglich sein, wenn wir die gesamte Fassade des Hauses umbauen lassen, mehr Kundschaft hin oder her«, flüsterte sie ihm besorgt ins Ohr.

»Ach was«, erwiderte Leonhard. »Ich kenne den Vater unseres Meistertischlers sehr gut. Er schuldet mir noch einen Gefallen und wird uns mit dem Preis für die Arbeit sicher entgegenkommen.« Verschwörerisch zwinkerte er ihr zu. »Lass mich nur machen, liebste Bella. Ich möchte, dass du einen schönen Laden bekommst.«

»Einen Laden, der den Namen Tietz trägt und der von einer Baumann geleitet wird«, bemerkte sie ein wenig enttäuscht. Sie war traurig, dass sie im Vorfeld nicht über den Namen des Geschäfts gesprochen hatten, und fühlte sich ein wenig übergangen. Doch Leonhard erinnerte sie an das Offensichtliche. »Wenn der Laden eröffnet, sind wir verheiratet, und du wirst ohnehin meinen Namen tragen.«

»Ich wäre dann so weit«, riss die Stimme des Tischlermeisters sie aus ihrem Gespräch. Flora und Leonhard schauten auf die Skizze, die Oscar Dumrath angefertigt hatte. Darauf war der Umriss des Hauses von Albert Holst zu erkennen. Im oberen Stockwerk und unter dem Dach hatte sich nichts verändert, und trotzdem wirkte das Haus größer. Im Erdgeschoss, dort, wo es jetzt nur eine kleine Tür und zwei winzige Fenster gab, befanden sich ein großer Eingang und zwei bodentiefe Fensterflächen, die genügend Platz boten, um auserwählte Waren zu präsentieren.

»Ich freue mich, Ihnen vorstellen zu dürfen: Das Weißwarengeschäft Leonhard Tietz und die ersten Schaufenster der Stadt.« Dumrath war sichtlich gespannt auf die Reaktion seiner Auftraggeber.

»So machen wir es«, sagte Leonhard, nachdem er sich mit einem Blick auf seine Braut davon überzeugt hatte, dass auch Flora von dem Entwurf des Tischlers begeistert war. Floras Bedenken waren tatsächlich wie weggefegt, und sie nickte enthusiastisch. »Das sieht großartig aus!« Der Laden wirkte nun gefälliger, fast so, wie sie sich die großen Geschäfte in Berlin vorstellte, von denen Leo ihr in den letzten Tagen immer vorgeschwärmt hatte.

»Vielen Dank für das Lob, doch es ist nur ein erster Entwurf.« Oscar Dumrath verbeugte sich leicht. »Ich empfehle Ihnen zuvor die Expertise eines Architekten, mein Herr.«

»Ich kenne Ernst von Haselberg recht gut«, überlegte Leonhard. Er schaute Dumrath amüsiert an, als der Tischler große Augen machte.

»Ist das nicht der Stadtbaumeister von Stralsund?«

»Eben«, nickte Leonhard, »eben, mein Freund.« Er wandte sich Flora zu. »Das Beste ist gerade gut genug für uns, nicht wahr, Bella?«

Flora nickte zustimmend, doch insgeheim sorgte sie sich ein wenig, weil Leonhard so freimütig mit seinem Geld umging. Sie hoffte, dass er mit seinen hochfliegenden Plänen, seinem Traum vom Besten vom Besten, nicht über das Ziel hinausschoss.

»Dann sollten wir Maß nehmen und kalkulieren«, sagte Dumrath. »Wir werden Ihre Wünsche im Detail in die Planungen einbeziehen, und sobald auch der Architekt seine Meinung kundgetan hat, können wir ans Werk gehen.«

*

Am Abend saßen sie zu dritt in der Stube und überlegten, wie man die Stralsunder Kundschaft davon überzeugen konnte, künftig bei Tietz zu kaufen. Floras Wangen glühten vor freudiger Erregung, während sie Sally und Leonhard berichtete, worüber sie sich Gedanken gemacht hatte. Sie sprühte vor Ideen und konnte den Tag der Eröffnung kaum erwarten.

Leonhard saß in seinem Ohrensessel am Fenster und legte die Fingerspitzen beider Hände nachdenklich aneinander. Er war weniger aufgeregt und sichtbar um Sachlichkeit bemüht, ohne aber den Tatendrang der Geschwister zu dämpfen. »Wir müssen alles daransetzen, um uns von der Konkurrenz abzuheben«, stellte er klar und blickte erst Flora, dann Sally an. »Nachdem der Laden mit viel Aufwand baulich verändert wurde, müssen wir in der Gunst der Stralsunder Käufer ganz oben stehen. Der Umbau kostet eine Menge Geld, doch betrachte ich die Neugestaltung als nötige Investition.«

»Um mehr Aufmerksamkeit von der Kundschaft zu bekommen,

müssen wir so ziemlich alles anders machen, als es Herr Holst zuletzt getan hat.« Flora seufzte. Seine altbewährte Art, einen Laden zu führen, hatte ihr gefallen. Doch nur freundlich zur Kundschaft zu sein, schien bei Weitem nicht zu genügen. Und sie dachte daran, dass es Holst das Genick gebrochen hatte, seinen Kunden lange Zahlungsziele einzuräumen, während zugleich die Lieferanten darauf bestanden, pünktlich bezahlt zu werden. »Und wir können es uns gerade in der Anfangszeit nicht erlauben, lange auf den Ausgleich der Rechnungen unserer Kundschaft zu warten.«

»Also lassen wir nicht anschreiben?«, fragte Sally, der auf dem Sofa herumlümmelte. Flora betrachtete ihren kleinen Bruder. So kindlich er manchmal auch war, so reif konnte er sich verhalten. In den vergangenen Tagen war ihr aufgefallen, dass er arbeiten konnte wie ein Erwachsener. Er war ausgesprochen fleißig und ehrgeizig und hatte sich als ein geschickter Handwerker erwiesen. Auch Leo hatte sich mehrfach lobend über seinen jungen Schwager in spe geäußert.

Leonhard betrachtete Sally, tauschte einen Blick mit Flora und schüttelte den Kopf. »Wir werden auf Barzahlung bestehen.«

»Dafür locken wir die Kundschaft mit den günstigen Preisen, die du mit Hammerschmidt aushandeln konntest«, setzte Flora nach.

»So ist es«, stimmte Leonhard ihr sichtlich stolz zu. »Natürlich müssen wir gut kalkulieren, um auch etwas zu verdienen.« Er erhob sich, trat nachdenklich an das Kabinett, öffnete es und nahm seinen geliebten Reisesekretär heraus. Mit der Schatulle trat er wieder an den Tisch. Er setzte sich, klappte den kleinen Sekretär auf und legte ein Blatt Papier auf die Schreibunterlage. Mit einer feierlichen Miene öffnete er das kleine Tintenfass und tunkte die Feder hinein. Dann schaute er sich erwartungsvoll um. »Also«, sagte er an Flora und Sally gewandt. »Was haben wir?« Als Sally schwieg und auch Flora nicht wusste, wo sie anfangen sollten, schrieb Leonhard:

»Große Schaufenster zur optimalen Präsentation ausgesuchter Waren.« Flora trat an den Sessel und blickte ihm über die Schulter. Seine Schrift war schwungvoll und wirkte elegant. Zärtlich streichelte sie ihm durch das dichte, dunkle Haar.

»Im Laden Warentische und eine Säule, ebenfalls zur Warenpräsentation«, zählte sie auf. Leonhard schaute mit einem liebevollen Lächeln zu ihr auf und notierte das.

Jetzt richtete sich auch Sally auf. Mit zwei Fingern trommelte er auf der Melone herum, die neben ihm lag. »Barzahlung, kein Anschreiben mehr möglich.«

»Dafür bieten wir ein breit gefächertes Warensortiment, das wir auf direktem Wege beim Hersteller beziehen und so günstigste Preise anbieten können«, fügte Flora hinzu, während ihre Hand auf Leos Schulter ruhte. Nickend notierte er das. Danach tauchte er die Feder ins Tintenglas. »Fällt uns noch mehr ein?« Nachdem Flora nichts mehr beizutragen hatte und auch Sally den Kopf schüttelte, fuhr Leonhard fort: »Was haltet ihr davon, wenn wir die Waren zu Festpreisen verkaufen?«

Flora gefiel der Vorschlag. »Niemand handelt mehr, jeder bezahlt sofort – was aber, wenn die Ware nicht gefällt oder sich zu Hause als unpassend erweist? Das hat bei Holst schon oft zu Klagen geführt.« Sie dachte einen Moment lang nach und gab sich schließlich selbst die Antwort. »Vielleicht sollten wir unseren Kunden gestatten, die gekaufte Ware umzutauschen.«

Leonhard nickte. »Dagegen ist sicher nichts einzuwenden.« Er schaute zur Decke und schien nach den passenden Worten zu suchen. »Volles Umtauschrecht«, sprach er dann aus, was ihm im Kopf herumgeisterte. »Jeder kann die Ware bei Nichtgefallen oder Fehlkauf in unbeschädigtem und sauberem Zustand zurückgeben und erhält dafür sein Geld zurück.« Die Idee schien ihm zu gefallen, das sah Flora ihm an, während er weiterschrieb.

Auch Flora war begeistert. »So etwas hat es noch nie gegeben, wir werden die Ersten sein.«

»Wenn es mit ein paar guten Ideen so einfach ist, ein erfolgreiches Geschäft zu führen, warum hat der alte Holst sie dann nicht lange vor uns umgesetzt?« Sally kratzte sich am Hinterkopf. »Kein Wunder, dass er pleite ist.«

Für die Bemerkung fing er sich einen strafenden Blick von Flora ein. Als sie an den Vorbesitzer ihres Ladens dachte, überkam sie das schlechte Gewissen. Sie wollte ihn heute eigentlich im Spital besuchen, hatte es aber schlichtweg nicht geschafft. Sie nahm sich vor, ihm morgen einen Besuch abzustatten.

»Wir sollten den Blick in die Zukunft richten«, erinnerte Leonhard die Geschwister.

»Wenn ihr das mit den großen Fenstern wirklich macht, dann wird das sicher viele Menschen dazu reizen, den Laden von innen zu bewundern«, vermutete Sally.

»Sie sind herzlich eingeladen, sich im Innern umzuschauen«, antwortete Flora und wandte sich an ihren Verlobten. »Den Kaufzwang gibt es bei uns nicht – wir locken die Leute über das Schaufenster in den Laden, dann dürfen wir sie nicht zwingen, auch einen Kauf zu tätigen. Sie sollen sich in Ruhe umschauen, wir schaffen durch eine ansprechende Präsentation Kaufanreize.«

»Genau.« Leonhard nickte und machte weitere Notizen. Als er zu Flora aufblickte, stand eine Falte auf seiner hohen Stirn. »Darin sind wir, fürchte ich, nicht die Ersten: Ähnlich ist es bereits bei Wertheim der Fall. Dort gibt es ebenfalls keinen Kaufzwang mehr.«

»Was schert uns Wertheim?« Sally stöhnte. »Die meinen, ihnen gehört die halbe Stadt. Wir machen unser eigenes Ding, aber viel besser.«

Leonhard musste lachen. »Da sprichst du mir aus der Seele: Machen wir es wie die werten Wertheims, nur eben noch etwas besser.« Er erhob sich und trat an das Grammofon. Mit feierlicher Miene legte er eine Platte auf und betätigte die Kurbel am vorderen Teil des hölzernen Kastens. Kurz darauf ertönte Orchestermusik aus dem riesigen Metalltrichter. Leonhards Miene entspannte sich. »Darauf trinken wir.« Er trat an das Kabinett, nahm drei Gläser heraus und schenkte ihnen einen Weinbrand ein. Flora konnte sehen, dass Sally nicht ganz wohl bei dem Gedanken war, Alkohol zu trinken, doch er schien sich damit abzufinden, für diesen besonderen Anlass eine Ausnahme zu machen, und nahm das kleine Glas dankend an. Trotz aller Euphorie sah Flora, dass ihn etwas bewegte. Tiefe Sehnsucht lag in seinem Blick, und sie ahnte, dass er seine Anna vermisste. Vielleicht sollte sie später, wenn Sally zu Bett gegangen war, mit Leonhard sprechen. Womöglich bestand eine Chance, dass Anna ihnen als Ladenmädchen zur Hand gehen konnte. Noch war sie zur Sommerfrische auf Rügen. Wenn sie erst einmal daheim in Schweinfurt war, würde Sally sie wohl niemals wiedersehen. Es galt also, keine Zeit zu verlieren. Vielleicht sollten sie die junge Frau auf Rügen besuchen, um sie kennenzulernen. Wenn sie einen guten Eindruck machte, konnte man ihr möglicherweise eine Anstellung im Geschäft anbieten. Die Vorstellung, dass Sally und Anna ihnen gemeinsam zur Hand gingen, gefiel Flora, je länger sie darüber nachdachte, immer besser. Es war nur fraglich, ob sie sich gleich zu Beginn überhaupt Angestellte leisten konnten.

Leonhard hob das Glas und riss Flora so aus ihren Überlegungen. »Auf das Kaufhaus Tietz«, sagte er mit festlicher Stimme und blickte in die kleine Runde. »Möge es unserer Kundschaft schon bald ein einzigartiges Kauferlebnis ermöglichen – und natürlich auch unseren Lebensunterhalt sichern.«

»Auf uns«, fügte Flora hinzu und schenkte ihrem Verlobten einen liebenden Blick, den er lächelnd erwiderte. Sie prosteten sich zu und tranken.

# Kapitel 25

Sallys Herz klopfte wie verrückt, als er einige Tage später wieder die große Empfangshalle des *Hotel Putbus* betrat. Sie lag, gestützt von massiven Steinsäulen, am oberen Ende der breiten Treppe, die in das Innere des mondänen Hauses mit Seeblick führte. Seichte Musik drang an seine Ohren, es war Sally, als würde er in eine andere Welt eintauchen. Sekundenlang blieb er stehen und saugte die Atmosphäre in sich auf. Kaum zu glauben, dass er erst vor einer Woche hier gewesen war. Da war er noch der wilde Junge aus dem fernen Birnbaum in Posen gewesen. Jetzt war er ein Mann, der wusste, was er wollte. Sally atmete tief durch. Es fühlte sich gut an, feste Ziele zu verfolgen.

Portiere in schmucken, weinroten Uniformen standen Spalier und grüßten leutselig, doch Sally war viel zu aufgeregt, um ihnen Beachtung schenken zu können. Er war voller Hoffnung, Anna gleich wiederzusehen. In der weitläufigen Halle herrschte ein munteres Treiben. Gut gelaunte Badegäste verließen das Haus, um den Tag am Strand zu genießen, andere kamen in freudiger Erwartung auf etwas Freizeit auf Rügen gerade in Straßenkleidung an. Sie hatten Gepäck im Schlepptau und sprachen an der Rezeption vor, um sich vom adretten Concierge ihre Zimmerschlüssel aushändigen zu lassen. Während man sie in das große Gästebuch eintrug, nahmen sich zwei Portiere des Gepäcks an, um es den neuen Gästen über die große Treppe in eines der beiden oberen Stockwerke zu tragen.

In einer Ecke saß ein Pianist und spielte voller Gefühl eine leichte, beschwingte Melodie. Kurz blieb Sally stehen und sah ihm beim Spiel zu. Er liebte das Klavierspiel und hatte nicht umsonst eine Lehre als Klavierbauer angefangen. Schade, dass Lindner ihm keine zweite Chance gegeben hatte, doch nun hatte sich eine ganz andere Perspektive für ihn eröffnet. Er würde während seiner Ausbildung viel unterwegs sein und auf den Reisen eine Menge lernen. Und er war bestrebt, ein guter Kaufmann zu werden. Unter Leonhards Fittichen würde ihm das ganz sicher auch gelingen.

»Mein Herr, kann ich etwas für Sie tun?«

Die Stimme eines Concierge riss ihn jäh aus seinen Gedanken. »Ich suche Anna«, sagte Sally mit zitternder Stimme. »Wo finde ich sie?«

»Verzeihung, mein Herr?« Das Gesicht des Hotelangestellten verdüsterte sich schlagartig.

Sallys Aufregung wuchs ins Unermessliche. »Anna ...« Er brach ab. Siedend heiß fiel ihm ein, dass er Annas Nachnamen nicht kannte. *Ich bin er derartiger Trottel*, schalt er sich in Gedanken. *Was tue ich hier bloß?*

»Schon gut, vergessen Sie es.« Um seine Verlegenheit zu verbergen, stürmte Sally aus dem Hotel. Er musste sie auf eigene Faust suchen. Während er den Weg zur Strandpromenade einschlug, stellte er fest, wie wenig er eigentlich über das Mädchen wusste, in das er sich im Laufe eines einzigen Tages unsterblich verliebt hatte.

*

Dumrath leistete ganze Arbeit. Innerhalb weniger Tage hatte er die alte Ladeneinrichtung entfernt. Flora und Leonhard wünschten sich ein helles Elfenbein als Wandfarbe und eine halbhohe Holzvertäfelung, um den unteren Bereich der Wände zu schützen. Die hohe Decke leuchtete nun in einem strahlenden Weiß, und die Arbeiten an der Fassade gingen schneller voran, als Dumrath es selbst vermutet hatte.

Während Flora im Büro beschäftigt war, befand sich Leonhard bei einem Geschäftstermin mit einem Fuhrmann, der ihm die Waren von den Herstellern zu den Lieferanten fahren sollte. Gerne hätte er seine eigenen Eltern mit dem Warentransport beauftragt, doch Birnbaum lag rund dreihundert Kilometer entfernt und sie schieden somit aus. Er benötigte ein Fuhrunternehmen in Stralsund.

Gestern erst hatte er seinem Freund Emil Weyerbusch in Elberfeld einen langen Brief geschrieben, in dem er ihm über die Gründung ihres eigenen Ladens berichtete und den Wunsch äußerte, die Knöpfe bei ihm zu bestellen. *In der gewohnten Qualität und zu den besten Bedingungen*, hatte er dem Fabrikanten im Tal an der Wupper seine Wünsche mitgeteilt. Flora konnte es kaum erwarten, den Laden endlich zu eröffnen, doch ein wenig Zeit brauchte es noch, bis alles vorbereitet war.

»Gut Ding will Weile haben«, hatte Leonhard ihr mit einem sanften Lächeln gesagt, als sie ihm von ihrer Ungeduld berichtet hatte. Er war großartig darin, geduldig zu bleiben, und Flora wusste natürlich, dass es gerade jetzt gut und richtig war, nichts zu überstürzen. Bei der Suche nach einem geeigneten Ladenmädchen hofften sie auf Anna. Ihr kleiner Bruder hatte sich auf Geheiß seines künftigen Schwagers auf den Weg nach Rügen gemacht, wo er Anna von ihrer Idee überzeugen wollte. Flora war gespannt, ob Anna ihm nach Stralsund folgen würde.

Sie blickte verwundert auf, als das kleine Glöckchen über der Ladentür klingelte. Sie war das einzige Erinnerungsstück, das sie von ihrem Vorgänger übernommen hatten. »Ich komme!«, rief Flora nach vorn und erhob sich von ihrem Stuhl. Von der langen Schreibarbeit brannten ihre Augen. Sie drückte kurz den Rücken durch und ging dann in den Verkaufsraum. Der Duft nach frischer Farbe hing noch im Raum. Um ein Haar wäre sie vor Schreck zurückgewichen. Der Besucher stand mit einem breiten Grinsen mitten im Raum und schaute sich um. »Schön ist es geworden.«

Oscar Dumrath befand sich vor dem Laden, um dort an den neuen Fenstern zu arbeiten. Er hörte nicht, was drinnen geschah.

»Was willst du hier?«, herrschte Flora den ungebetenen Gast an.

»Wer wird denn gleich so unfreundlich sein?« Julius Holst schüttelte betont langsam den Kopf. »Tse, tse, tse«, machte er spöttisch. »Ich werde mich ja wohl im Laden meines Vaters umsehen dürfen, oder ist das verboten?«

»Es ist nicht mehr der Laden deines Vaters«, herrschte Flora ihn wütend an.

Julius schob sich die speckige Mütze in den Nacken und strich sich über das unrasierte Kinn. »Und genau da liegt das Problem«, sagte er gefährlich leise. »Du stehst in meinem Erbe, liebste Flora.«

»Ich bin nicht deine liebste Flora, und das hier ist ganz bestimmt nicht dein Erbe.« Sie überlegte, ihn einfach stehen zu lassen und Hauptwachtmeister Holzapfel zu alarmieren.

»Als Sohn von Albert Holst steht mir der Laden zu – oder zumindest ein Anteil davon.«

»Dein Vater liegt im Krankenhaus, und du solltest endlich aufhören, ihn unter Druck zu setzen.« Flora schäumte vor Wut. »Ein feiner Sohn bist du – du machst deinen Vater krank!« Ohne dass sie es wollte, hatte sie die Stimme gehoben.

»Willst du etwa behaupten, ich sei schuld daran, dass mein Vater nicht mehr lange zu leben hat?«

»Du bist zumindest nicht ganz unbeteiligt«, rief Flora hitzig. »Du solltest dich schämen. Und jetzt raus hier!« Sie riss den Arm hoch und zeigte auf die Ladentür. »Raus, sonst hole ich die Polizei!«

Jetzt endlich schien Dumrath mitbekommen zu haben, dass etwas nicht stimmte. Er hatte seine Arbeit an der Fassade unterbrochen und steckte den Kopf durch die Ladentür. »Alles in Ordnung, Frau Baumann?«

»Nein«, entgegnete Flora aufgebracht. »Werfen Sie den Kerl raus!«

»Wird erledigt, Werteste.« Oscar Dumrath war kein Mann großer Worte. Er baute sich bedrohlich vor Julius Holst auf, packte ihn am Kragen und zog den Störenfried an die frische Luft. Als er, völlig verdattert, draußen auf den Stufen stand, verpasste der Tischler ihm einen festen Tritt in den Hintern. Holst junior strauchelte, ruderte wild mit den Armen durch die Luft und konnte einen peinlichen Sturz nur in letzter Minute verhindern. Dennoch bot er einen absolut lächerlichen Anblick.

»Das wäre erledigt.« Dumrath kehrte in den Laden zurück. Er klopfte sich den Dreck von den Händen. Flora beruhigte sich nur langsam. Sie dankte dem starken Handwerker für seine Hilfe. »Er wird wiederkommen«, sagte sie leise, »da bin ich mir sicher.«

*

»Du wirkst reifer«, bemerkte Anna mit einem süffisanten Lächeln auf den Lippen, während sie Sally von oben bis unten begutachtete. Er hatte sie in der Badeanstalt gefunden, wo sie es sich mit einem großen Handtuch auf einer Liege gemütlich gemacht hatte. Bevor er sich ihr genähert hatte, war er stehen geblieben, um sie zu beobachten. Sie war wunderschön, und am liebsten wäre er sofort zu ihr gestürmt, um sie in den Arm zu schließen und ihre Haut mit Küssen zu bedecken. Doch er hielt sich zurück und wartete einen Moment ab, um sich zu vergewissern, dass sie allein war. Erst als er davon überzeugt war, war er durch den Sand an ihre Liege getreten. Nachdem er sich vernehmlich geräuspert hatte, war sie aus dem Dämmerschlaf erwacht, hatte überrascht zu ihm aufgeblickt und dann ihre Meinung zu seinem Äußeren zum Besten gegeben.

Er wusste nicht, was sie meinte, und schaute an sich herunter. Erst dann verstand er, worauf sie anspielte. »Ich lege Wert auf meine Kleidung«, sagte er stolz.

»Den Eindruck hatte ich offen gestanden beim letzten Mal nicht.« Ihre Stimme klang amüsiert, aber nicht spöttisch.

*Sie könnte mich beleidigen oder beschimpfen, ohne dass ich ihr böse wäre*, durchzuckte es Sally. Sein Mund war trocken, er sehnte sich nach einem Schluck Wasser.

»Ich will es so ausdrücken: Du bist erwachsen geworden«, präzisierte sie jetzt, ohne den Blick von ihm abzuwenden. »Jedenfalls hat es den Anschein.« Das, was sie sah, schien ihr zu gefallen. »Warum bist du zurückgekommen?« Da war es wieder, das süffisante Lächeln, das er so an ihr mochte. »Oder bist du hier, um mich wieder zu malen?« Bevor er antworten konnte, fuhr sie fort: »Du hast die Bilder doch niemandem gezeigt, oder?« Echte Sorge lag nun in ihrem Blick, und Sally bekam den Eindruck, dass sie es bereute, sich von ihm malen zu lassen. Zumindest die Aktzeichnung hätte sie wohl am liebsten ungeschehen gemacht, doch dafür war es nun zu spät. Er hatte sie gesehen, wie Gott sie erschaffen hatte.

»Anna, wo denkst du hin?« Sally schüttelte energisch den Kopf. Dabei fiel ihm die Melone vom Kopf. Mit einer etwas ungelenken Bewegung fing er den Hut in der Luft auf, bevor er den Sand berühren konnte. »Natürlich habe ich niemanden dieses Bild sehen lassen.« Das entsprach streng genommen der Wahrheit, denn den Akt hatte er seiner Schwester nicht gezeigt.

»Gut.« Sie schien ihm zu glauben. »Schön, dass du zurückgekommen bist. Was führt dich also auf die Insel, wenn nicht das glühende Verlangen, mich wieder zu malen?«

Sally wusste nicht recht, was er antworten sollte. Er senkte den Blick. »Das würde ich gern in Ruhe mit dir besprechen.« Er blickte sich um. Am Horizont schälte sich die Silhouette von Stralsund aus dem Dunst. »Aber nicht hier, Anna.«

*

Er *würde* zurückkommen. Selbstredend. Wütend stapfte Julius Holst hinunter zum Hafen. Unterwegs hatte er ein paar spielende Kinder verprügelt, einfach so, um seine Wut abzulassen. Das Schimpfen einer resoluten Frau war an ihm abgeprallt, erst als sie sich schützend vor den Kindern aufgebaut hatte, war er weitergezogen. Eine Stunde lang war er ziellos durch das Hafenviertel gestreift, bevor es ihn zum Wasser zog. Die Wellen der Ostsee glänzten in der Sonne, die Speichergebäude spiegelten sich auf der Wasseroberfläche. So stand er einen Augenblick da, um das emsige Treiben am Kai zu beobachten. Nachdem er die Atmosphäre in sich aufgesaugt hatte, beruhigte er sich ein wenig und schlenderte weiter.

Besser ging es ihm zwar immer noch nicht, aber es tat gut, in seine gewohnte Welt einzutauchen. Er erreichte den Schwedenkai und setzte sich auf eine Holzkiste, die seine Männer neben einem Frachter aus Dänemark bereitgestellt hatten. Die Mannschaft der *Cassiopeia* war damit beschäftigt, ihre Ladung aufzunehmen. Dabei wurden die Dänen, grobschlächtige Gestalten mit schmutziger Kleidung, von den Tagelöhnern unterstützt. Julius hielt Ausschau, ob der junge Bruder der neuen Ladenbesitzerin sich unter ihnen befand. Das war nicht der Fall – wie es schien, traute er sich gar nicht mehr an den Schwedenkai. *Gut so*, dachte Holst grimmig. Er war gerade in der Stimmung, ihm noch eine Abreibung zu verpassen. Doch wenn man ihn wieder bei der Polizei anschwärzte, würde er zurück ins Zuchthaus wandern, und danach stand ihm so gar nicht der Sinn.

Es half nichts, er musste sich einen handfesten Plan zurechtlegen, um an seinen Anteil des Ladens zu kommen. Julius Holst würde nicht kampflos aufgeben. Er war davon überzeugt, noch ein wenig Geld aus dem Verkauf des Ladens seiner Eltern schlagen zu können. Vielleicht war es unklug gewesen, seinen Vater in Bedrängnis zu bringen. Wenn er erst das Zeitliche segnete, würde er vom Erbe nichts abbekommen, außer Schulden blieb wohl ohnhin nicht viel übrig.

Andererseits hatte dieser Tietz ihm sicherlich eine ansehnliche Summe für den Kauf des Ladens bezahlt. Und *das* würde sein Erbe werden, davon war Julius überzeugt. Es konnte nicht angehen, dass er bei allem Ärger, den er mit seinem Vater gehabt hatte, leer ausgehen sollte.

Julius dachte nach und fasste einen folgenschweren Entschluss. Dann erhob er sich von seiner Holzkiste und rieb sich das Hinterteil. Er spürte noch immer den Tritt dieses Handwerkers, der bei Flora Baumann arbeitete. Auch bei ihm würde er sich für den derben Rauswurf aus seinem Elternhaus rächen. Doch eines nach dem anderen.

*

Sie hatten sich im schattigen Schlossgarten des Hotels einen freien Tisch ausgesucht, von dem aus sie auf die See blicken konnten. Dichte Büsche umrahmten das Gartenrestaurant, darüber bildeten alte Kiefern ein grünes Dach. Adrett gekleidete Kellner wieselten zwischen den Tischen umher, um die anwesenden Gäste zu bedienen. Dabei knirschte der Kies unter ihren blank polierten Schuhen. Die Luft roch salzig, über dem Strand kreiste eine Schar Möwen auf der Suche nach Beute.

»Bekomme ich eine heiße Schokolade?«, fragte Anna und schenkte ihm einen unschuldigen Blick.

Sally nickte, während er die blütenreine Tischdecke glatt strich. »Und ein Stück des wundervollen schwedischen Apfelkuchens mit Schlagsahne.« Bei seinem ersten Besuch hatte er gehört, dass der schwedische Apfelkuchen eine Spezialität des Restaurants war.

»Fein.« Sie beugte sich, so gar nicht damenhaft, über den Tisch und stützte das Kinn mit beiden Händen ab, ohne ihn aus den Augen zu lassen. »Also«, sagte sie. »Warum bist du zurückgekommen?«

Sally zupfte an imaginären Flusen auf dem Tischtuch. Er wusste nicht, wie er das Gespräch anfangen sollte, und suchte noch nach den rechten Worten, als ein schlanker Kellner an den Tisch trat, um sich nach ihren Wünschen zu erkundigen. Sally bestellte ihnen heiße Schokolade und zwei Portionen des schwedischen Apfelkuchens.

Als der Bedienstete in Richtung Küche verschwunden war, nahm Anna den Faden wieder auf. »Ich weiß es«, behauptete sie und schenkte ihm einen koketten Augenaufschlag. »Weil du Sehnsucht nach mir hattest.« Es war keine Frage, sondern eine Feststellung.

Sally errötete. Obwohl er unter anderen Umständen nicht so schnell in Verlegenheit geriet, spürte er jetzt, wie ihm das Blut ins Gesicht schoss. »Ja«, sagte er leise, ohne zu ihr aufzuschauen. »Das war es auch.«

Anna kicherte. »Auch?« Sie nahm seine Hand wie selbstverständlich, und um ein Haar hätte er sie erschrocken zurückgezogen, besann sich aber im letzten Moment. »Was war es noch?«

Am liebsten hätte er ihr auf der Stelle seine Liebe gestanden, doch er traute sich nicht. Dafür war es vielleicht auch noch etwas zu früh. »Meine Schwester eröffnet mit ihrem Verlobten ein Geschäft für Posamentier- und Weißwaren.«

Jetzt lachte Anna lauthals. Die Gäste an den Nebentischen schauten teils amüsiert, teils empört zu ihnen hinüber. »Und du bist auf der Flucht, weil du fürchtest, ihnen helfen zu müssen?«

»Unsinn«, sagte er lauter, als er es gewollt hatte. »Sie suchen ein Ladenmädchen.«

»Ist das dein Ernst?« Jetzt machte Anna große Augen. Sie drückte seine Hand fester. »Und ich soll …« Sie suchte die richtigen Worte. »Wo ist der Laden?«

Sallys Blick glitt zur Ostsee hinaus. Mit dem Kinn deutete er in Richtung Festland. »Stralsund.«

Anna nickte schweigend. Sie schien nachzudenken. »Ich müsste meine Heimat verlassen.«

»Ja.« Jetzt schaute er ihr tief in die blauen Augen. »Wäre es ein Problem für dich, Schweinfurt hinter dir zu lassen?«

Anna schüttelte den Kopf. »Ich fühle mich sehr wohl hier, und das Klima an der See bekommt mir«, sagte sie voller Überzeugung. »Wenn ich es im Leben zu etwas bringen möchte, dann kann ich nicht in meinem verträumten Schweinfurt bleiben.«

»Das heißt, du bist einverstanden?«

Just in dem Augenblick, als Anna ihm antworten wollte, brachte der Kellner Kuchen und zwei Tassen mit heißer Schokolade. »Lassen Sie es sich recht gut schmecken, meine Herrschaften«, sagte er mit feierlichem Ton in der Stimme, so, als würde er den jungen Leuten ein Festmahl servieren. Er verbeugte sich, wartete, bis Sally sich bedankt hatte, und machte mit einer zackigen Bewegung kehrt, um am Nebentisch eine Bestellung aufzunehmen.

Anna schien seine Frage vergessen zu haben. Sie beugte sich über den Kuchen und fächerte sich den Duft zu. Tatsächlich fand auch Sally, dass der Kuchen herrlich roch. Er beschloss, ihr Zeit zu lassen, und begann zu essen. Die Apfelspalten waren in Zimt eingelegt worden und mit einer feinen Schicht Puderzucker bestäubt, die ihn an den ersten Pulverschnee eines neuen Winters erinnerte. Der Kuchen schmeckte phantastisch. Während er sich an dem fruchtigen Aroma erfreute, überlegte Sally, ob er seine Frage wiederholen sollte.

»Ich könnte mir vorstellen, Schweinfurt zu verlassen«, sagte sie unvermittelt. »Mein Herz hängt nicht daran, ich bin offen für Neues.« Sie strich mit den Fingerkuppen gedankenverloren über die filigrane silberne Kuchengabel. »Natürlich müsste ich vorher meine Eltern fragen.«

Sally konnte sein Glück kaum fassen. »Das wäre wunderbar.« Er strahlte wie ein Honigkuchenpferd und wäre am liebsten von seinem Stuhl aufgesprungen, um mitten im Schlossgarten einen Freudentanz aufzuführen.

»Aber du bist sicher nicht nur nach Altefähr gekommen, um mich als Ladenmädchen anzuwerben.« Jetzt beobachtete sie ihn wachsam.

Sally nickte. »Es geht mir um dich, Anna.« Er griff zu der Tasse aus feinstem Porzellan und nippte an seiner heißen Schokolade. »Ich muss zugeben, dass ich dich neulich vermisst habe, kaum dass ich die Fähre nach Stralsund betreten habe.« Er seufzte und lächelte ihr zu. Sollte er ihr jetzt seine Gefühle gestehen? »Du bedeutest mir sehr viel, Anna, meine Gedanken waren in den letzten Tagen ständig bei dir. Morgens, wenn ich die Augen öffne, bist du mein erster Gedanke. Ich frage mich, was du wohl gerade tust, wie es dir geht. Und abends, wenn ich zu Bett gehe, gilt dir auch mein letzter Gedanke. Dann würde ich so gern wissen, ob du einen schönen Tag hattest und wie es dir ergangen ist. Ich würde gern deine Stimme hören, deine Hand halten und dir in die Augen sehen, an deiner Seite einschlafen, und …« Er brach ab. »Was rede ich nur?« Sein Gefühlsausbruch war ihm unangenehm.

Anna lächelte ihn sanft an. Sie legte die Gabel an den Tellerrand und ergriff beide Hände des Jungen. Er zuckte diesmal nicht zurück und erwiderte ihren Blick.

»Danke für deine ehrlichen Worte«, sagte sie. »Du musst wissen, dass es mir ähnlich ergangen ist, nachdem du nach Hause gefahren bist, Sally.« Jetzt war es an ihr, leicht zu erröten. »Wie geht es jetzt weiter mit uns?«

Sally hatte sich das selbst gefragt, aber nicht wirklich damit gerechnet, dass Anna ihm diese Frage stellen würde. Er war aufgeregt und musste das Zittern seiner Stimme unterdrücken, als er ihr antwortete: »Du kommst mit mir nach Stralsund. Dort stelle ich dir meine Schwester und ihren Verlobten vor. Wir zeigen dir das Geschäft, und dann kannst du dich entscheiden, ob du bleiben möchtest.« Er atmete tief ein, nachdem er geendet hatte. Nervös achtete Sally auf jede Regung in ihrem Gesicht.

Jetzt, so hatte er den Eindruck, fiel jede Spannung von ihr ab. Sie nickte und lächelte ihm zu. »Das klingt traumhaft.«

Sally konnte nicht anders. Er hob ihre Hand zu seinem Mund und hauchte einen Kuss auf ihren Handrücken. Ihre Haut duftete wunderbar nach Jasmin und war herrlich weich, was sicher nicht nur am Baden in der Ostsee lag. »Anna«, sagte er mit heiserer Stimme, »ich liebe dich.«

Sie schaute ihn glücklich an und schien über seine Offenbarung nicht im Geringsten erstaunt zu sein. »Mir geht es genauso, Sally Baumann.« Sie seufzte sehnsüchtig. »Seit du die Insel verlassen hast, habe ich jede Nacht von dir geträumt. Ich habe mir nichts mehr gewünscht, als dass du zurückkommst.« Als er schwieg, fuhr Anna fort: »Ich liebe dich auch, Sally.«

# Kapitel 26

Anna war beeindruckt vom Stralsunder Hafen. Auch nach Einbruch der Dunkelheit herrschte hier noch reges Treiben. Fasziniert beobachtete sie die großen Segelschiffe, die hier lagen und sich sanft auf den Wellen des Hafenbeckens wiegten. Allzu gern hätte sie sich noch ein wenig am Schwedenkai umgeschaut, doch Sally hielt es für besser, seine Freundin von diesem Ort wegzubringen. Nicht auszudenken, wenn sie jetzt Julius Holst über den Weg liefen.

»Du solltest erst einmal die Stadt sehen«, sagte er ihr. »Sicher wirst du begeistert sein von der Nikolaikirche!«

Anna schien jedoch andere Sorgen zu haben. »Wo darf ich denn übernachten? Du lebst bei deiner Schwester und deinem künftigen Schwager – sie werden kaum einem fremden Mädchen Unterschlupf gewähren.«

Darüber hatte Sally gar nicht nachgedacht, als sie am frühen Abend die Fähre zum Festland bestiegen hatten. Ein wenig zerknirscht suchte er eine Lösung, fand jedoch keine und hoffte, dass Flora und Leonhard eine Idee hatten, wo Anna heute übernachten konnte. Sally trug Annas Reisetasche, schließlich wusste er, was sich gehörte. Und er war froh, dass Annas Eltern keine Bedenken geäußert hatten, als sie ihnen ihren Wunsch vorgetragen hatte, sich die Stelle als Ladenmädchen in Stralsund anzuschauen. So war vereinbart worden, dass die Eltern sie, sobald sich die Sommerfrische ihrem Ende entgegenneigte, in der Stadt besuchen wollten, um dann eine endgültige Entscheidung über die Zukunft ihrer ältesten Tochter zu treffen.

»Stralsund ist viel größer als Schweinfurt«, stellte Anna fest. Er fand süß, wie sie das R in Stralsund rollte, und lächelte milde. »Eine richtige Weltstadt.«

»Ich bin auch froh, dass ich Birnbaum verlassen habe, dieses verschlafene Nest.«

Anna war stehen geblieben. »Du hast mir noch gar nicht erzählt, warum du deinen Heimatort verlassen hast.«

Sally zuckte unmerklich zusammen. Er hatte nicht vorgehabt, Anna von seinem schrecklichen Fauxpas in Birnbaum zu erzählen. Im Nachhinein könnte er sich ja selbst dafür ohrfeigen, dass er ausgerechnet auf die Tochter des Rabbis ein Auge geworfen hatte. Nicht eben eine Glanzleistung, doch Sally war erwachsen genug, um zu seinen Dummheiten zu stehen.

»Also?« Anna hatte offenbar nicht vor, ihre Frage fallen zu lassen. Sie stand da und musterte ihn aufmerksam.

»Ich habe … ich habe eine Dummheit gemacht«, erwiderte Sally ausweichend und machte Anstalten, weiterzugehen. Doch sie streckte die Hand aus und hielt ihn am Ärmel fest.

»Was war das für eine Dummheit?«

»Ich habe etwas mit der Tochter des Rabbiners von Birnbaum gehabt.« Jetzt war es raus. Sally senkte den hochroten Kopf.

»Du hast … was?« Anna machte große Augen, in ihrem Blick lag das pure Entsetzen.

»Ich habe … nun, es ist nicht zu … gekommen.« Sally stammelte herum. »Es war eine Dummheit«, wiederholte er. »Normalerweise ist es nicht meine Art, aber sie hat mich …«

»Provoziert?«, fragte Anna scharf. »Gereizt?«

Sally dachte angestrengt nach. Egal, was er jetzt antwortete, er fühlte sich, als stecke sein Kopf in einer Schlinge. »Sozusagen.«

»Und was ist mit mir?« Anna betrachtete ihn mit wachsamem Blick. »Habe ich dich auch … gereizt? Provoziert?« Ihr Griff an seinem Handgelenk wurde fester.

»Nein, Anna.« Sally lächelte sie schuldbewusst an. »Ich habe mich ernsthaft in dich verliebt.«

»Das soll ich dir glauben?«

»Anna, als ich dich zum ersten Mal sah …«

»… hast du ein ziemlich belämmertes Gesicht gemacht«, beendete sie den von ihm angefangenen Satz. »Ist schon gut, Sally. Mir ist klar, dass es für dich auch ein Leben vor mir gab. Dennoch muss ich mich auf dich verlassen können.«

»Das kannst du.« Er war ernst geworden und bekam es mit der Angst zu tun. Was, wenn Anna im letzten Augenblick einen Rückzieher machte, weil sie ihn für einen Schürzenjäger hielt, dem auch sie zum Opfer gefallen war? Es würde ihm das Herz brechen, wenn sie jetzt kehrtmachte, um nach Altefähr zurückzufahren. Einen Vorteil hatte er: Heute legte keine Fähre mehr ab, die sie zurück nach Rügen brachte.

»Ich bleibe«, sagte sie mit sanftem Unterton in der Stimme, so, als hätte sie seine Gedanken gelesen. Sie lockerte den Griff und nahm seine Hand fest in ihre. »Sally, ich will gar nicht wissen, was du vor mir getan hast … das heißt, ich will es schon wissen, aber, nein.« Sie brach ab und kicherte. »Solange ich mich jetzt auf dich verlassen kann, fühle ich mich gut bei dir.«

Sally war es, als würde gleich ein ganzer Sack Steine von seinem Herzen fallen. Er atmete hörbar aus. »Das kannst du«, schwor er ihr. »Ich verspreche dir, dass ich dir gehöre und nichts tun werde, was dir nicht behagt.« Es tat gut, dieses Gelübde abzulegen. Sie schien von seinen Worten überzeugt zu sein und nickte. »Gut«, sagte Anna, »dann lass uns weitergehen. Ich bin schon so gespannt auf deine Schwester und ihren Verlobten.«

*

»So«, sagte Flora mit einem erleichterten Seufzer auf den Lippen, während sie das Heft zuschlug und den Stift beiseitelegte. »Unsere Gästeliste.«

Leonhard, der neben ihr am Sekretär saß, nickte zufrieden. »Ich werde gleich morgen die Einladungen schreiben und verschicken.« Er griff in eine Schublade und sah nach, ob sie noch genügend Briefumschläge hatten. »Und ich werde mich um einen Rabbiner kümmern, der die Trauung vornimmt.«

Floras Herz vollführte einen Freudensprung. Sie konnte es kaum erwarten, Leonhard endlich das Jawort zu geben. *Bis es so weit ist, muss das Kleid fertig sein*, dachte sie in einem Anflug von Panik. In den letzten Tagen hatte sie keine Gelegenheit gefunden, an ihrem Hochzeitskleid zu arbeiten. Die bevorstehende Eröffnung des Ladens nahm sie ganz und gar in Anspruch.

Als sie sich von ihrem Stuhl erhob, peinigte sie ihr Rücken. »Ich werde alt«, lachte sie und rieb sich die schmerzende Stelle.

Leonhard, der gerade etwas erwidern wollte, verstummte, als es an der Tür klingelte. »Das wird Sally sein.«

»Ich öffne ihm.« Flora schickte sich an, die Stube zu verlassen. An der Zimmertür angekommen, blieb sie kurz stehen und wandte sich zu Leonhard um. »Ich bin ja so neugierig auf seine Anna.« Sie erzählte ihrem Verlobten nichts davon, dass sie Sallys große Liebe schon auf den Zeichnungen gesehen hatte, die er von ihr im Hotel auf Rügen angefertigt hatte. Und sie sagte ihm erst recht nichts davon, dass Sally begonnen hatte, auch sie zu malen.

*

Leonhard ließ sich zwar nichts anmerken, doch bei ihren Seitenblicken, die Flora ihm immer wieder zuwarf, sah sie, dass er angetan war von der jungen Frau, die Sally da mitgebracht hatte. Leonhard ließ sie erzählen, von ihrem Leben, ihren Wünschen und von ihren Vorstellungen für ihr Leben. Wenn er ihr Fragen stellte, waren sie ausschließlich beruflicher Natur. Er schien Annas Beziehung zu Sally ganz bewusst auszuklammern.

Sie saßen im Wohnzimmer um den Tisch, Flora hatte die Petroleumlampen angezündet, die nun einen warmen Lichtschein verbreiteten.

»Sie könnten sich also vorstellen, bei uns als Ladenmädchen zu arbeiten?«

Anna nickte voller Überzeugung. »Ich stelle es mir äußerst reizvoll vor, bei der Eröffnung eines neuen Geschäfts vom ersten Tag an dabei zu sein. Sicher darf ich, wenn die Herrschaften es gestatten, meine Ideen mit einbringen.«

»Darauf setzen wir sogar«, bekräftigte Flora. »Natürlich haben wir bereits ein Konzept erarbeitet, sind jedoch für Anregungen immer offen, denn nur, wenn alle zufrieden sind mit ihrer Arbeit, erreichen wir auch den gewünschten Erfolg.«

»Wo werden Sie in den nächsten Tagen wohnen?« Leonhard sprach damit ein Thema an, mit dem die junge Frau bereits gerechnet zu haben schien. Flora blieb nicht verborgen, dass Anna leicht errötete. Sie warf Sally einen Hilfe suchenden Blick zu.

»Ich denke, wir werden heute erst einmal unser Sofa als Schlafgelegenheit zur Verfügung stellen können«, schlug Flora vor, um ihren Bruder und Anna aus der unangenehmen Situation zu befreien. Obwohl sie etwas voreilig geantwortet hatte, schien Leonhard keine Einwände gegen ihren Vorschlag zu haben. Er nickte nur.

»Macht das denn keine Umstände?« Anna schaute ihre Gastgeber mit großen Augen an. Pure Dankbarkeit lag in ihrem Blick.

»Absolut nicht, seien Sie unser Gast, Fräulein, und morgen werden wir uns um eine adäquate Bleibe für Sie kümmern.« Leonhard lächelte ihr aufmunternd zu.

»Das ist sehr nett«, erwiderte Anna, ein wenig peinlich berührt.

»Siehst du«, meldete sich Sally jetzt zu Wort. »Ich hab es dir gesagt.«

»Was hast du ihr gesagt?« Flora richtete sich im Stuhl auf.

»Dass ihr schon in Ordnung seid.« Sally grinste schief, und weder Flora noch Leonhard konnten ihm böse sein. Flora erhob sich, um eine Decke und ein Kissen zu holen, das sie dem Gast auf dem Sofa ausbreitete. Leonhard hob die gesellige Runde auf, und Sally zog sich in seine Kammer zurück. Flora hatte ein Auge darauf, dass Anna und er einander nicht heimlich zu nahe kamen. Sie war noch in der Küche beschäftigt, als sich Leonhard zu ihr gesellte. Er trug bereits sein Nachtgewand und setzte sich auf die Holzbank am Fenster. Still beobachtete er sie bei der Arbeit.

»Und?«, fragte Flora schließlich, während sie das gespülte Geschirr in den Schrank räumte. »Was hältst du von ihr?«

»Sie macht einen guten Eindruck«, fand Leonhard. Er sprach leise, und Flora wusste nicht, ob er das tat, um niemanden in der Wohnung zu wecken, oder weil weder Sally noch Anna sie belauschen sollten. »Ich könnte mir gut vorstellen, dass die beiden eines Tages heiraten werden, Bella.«

Flora musste lachen. »Das kann ich mir bei meinem kleinen Bruder noch gar nicht vorstellen.« Sie unterbrach ihre Arbeit und gesellte sich zu Leonhard auf die Holzbank. »Und außerdem«, sagte sie, bevor sie ihn küsste, »außerdem sind wir als Erstes an der Reihe, was das Heiraten betrifft.«

Dagegen hatte Leonhard nichts einzuwenden. Er legte einen Arm um ihre Schulter, zog sie zu sich heran und schaute ihr tief in die Augen. »Das ist wahr«, wisperte er in ihr Ohr und erzeugte eine angenehme Gänsehaut. »Ich kann den Tag kaum erwarten, an dem du meine Frau wirst.«

# Kapitel 27

»Ich kann es immer noch nicht glauben, dass dir deine Eltern erlaubt haben, nach Stralsund zu kommen, um im Laden meiner Schwester zu arbeiten.« Sally strahlte am nächsten Vormittag wie ein Honigkuchenpferd, als sie aus dem großen Haus traten, in dem die Wohnung von Flora und Leonhard lag.

Sie hatten sich gute Sachen angezogen, Sally trug seinen Sommeranzug und die Melone, während Anna zu dem mintgrünen Kleid einen weit ausladenden Hut trug. Am liebsten hätte Sally sie auf der Stelle geküsst, doch so etwas schickte sich nicht auf der Straße.

»Sie haben sich die Entscheidung nicht so leicht gemacht, wie du es empfunden hast«, stellte Anna klar. »Aber es liegt Mutter und Vater am Herzen, dass ich meinen eigenen Weg gehe. Sie werden mich besuchen, wenn sie sich auf der Heimreise nach Schweinfurt befinden.«

»Ich freue mich, die beiden wiederzusehen«, antwortete Sally und war sich darüber im Klaren, dass er damit ein wenig flunkerte. Der Besuch von Annas Eltern geschah nicht nur aus gesellschaftlichem Anlass; sicher wollten sie sehen, ob sich ihre älteste Tochter bereits eingelebt hatte – und ob sie glücklich mit ihrer Entscheidung war. Doch noch war es nicht so weit. Jetzt waren sie erst einmal auf der Suche nach einem Zimmer, in dem Anna für die nächste Zeit bleiben konnte. Sicher kein leichtes Unterfangen, doch glücklicherweise hatte Leonhard seinem künftigen Schwager freigegeben, um Anna zu begleiten und ihr seelischen Beistand zu leisten. Leonhard hatte ihnen beim Frühstück von einem Bekannten erzählt, der ein Zimmer zur Untermiete frei hatte. Das Haus, in dem der Mann, nach Leonhards Auskünften ein Lehrer, lebte, lag nur wenige Straßen weiter. Sie erreichten schnell ihr Ziel. Vor dem Haus mit der tiefroten Backsteinfassade angekommen, blieb Anna ehrfurchtsvoll stehen und schaute in die Höhe. »Da wären wir also.«

»Ja.« Ein seltsames Gefühl beschlich Sally. Am liebsten hätte er Anna gar nicht hergegeben. Sie allein in einem fremden Haus zu wissen, machte ihm Bauchschmerzen. Doch die Wohnung von Leonhard und Flora war auf Dauer zu klein für vier Personen. Und die beiden duldeten es nicht, dass Anna und er in einem Zimmer übernachteten. So hatte Leonhard ihm die Adresse von Doktor Auer aufgeschrieben. Er suche jemanden für seine Kammer, hatte er dem jungen Paar gesagt.

Davon kündete auch der handgeschriebene Zettel am Tor des Hauses, den Sally jetzt las.

*Möbliertes Kabinett an fleißiges Dienstmädchen zu vergeben, Kost und Logis werden erstattet. Interessierte mögen sich bei Doktor Auer melden, um alle weiteren Einzelheiten mündlich zu erörtern.*

»Wir sind falsch«, stellte Sally ernüchtert fest. »Man ist auf der Suche nach einem Dienstmädchen, nicht nach einer Untermieterin.«

Anna schüttelte den Kopf. »Wenn dein Schwager ihn kennt, wird es schon seine Richtigkeit haben.« An ihrer Miene bemerkte Sally, dass sie entschlossen war, die Dinge positiv zu sehen.

»Also gut«, sagte er und deutete auf das Tor. »Dann komm.«

Im Haus wurden sie von Carl Auer empfangen. Bei dem Lehrer handelte es sich um einen stattlichen Endfünfziger, der fast zwei Köpfe größer war als Sally. Sein buschiger, bereits ergrauter Bart rahmte das gerötete Gesicht mit den stahlgrauen Augen, die das junge Paar wachsam musterten. Sally räusperte sich, bevor er sich und seine Freundin vorstellte.

»Ich vermiete nicht an ein unverheiratetes Paar«, stellte Doktor Auer mit tiefer Stimme klar. »Unten steht, dass ich ein Dienstmädchen suche – gegen freie Kost und Logis.« Er klemmte sich einen vergoldeten Zwicker auf die dicke Nase und musterte die jungen Leute voller Argwohn.

»Darüber sind wir uns im Klaren«, versicherte Sally ihm. »Doch wir kommen von Herrn Tietz, der uns Ihre Adresse nannte. Meine Verlobte wird, ebenso wie ich, für ihn arbeiten.« Er wunderte sich insgeheim darüber, wie leicht ihm das Wort *Verlobte* über die Lippen kam, und ignorierte den Blick von Anna, die auf der Stelle errötete.

»Soso«, brummte Carl Auer schließlich. »Leonhard schickt euch.« Er wiegte den massigen Schädel. »Das ist natürlich etwas anderes.«

»Ja, das Geschäft eröffnet schon in wenigen Tagen«, brachte sich nun Anna in das Gespräch ein.

»Ich hörte bereits davon«, nickte Auer, während sich seine Miene ein wenig aufhellte. Er gab seinen Besuchern ein Zeichen und machte den Eingang zur Wohnung frei. »Kommt herein.«

Sie folgten dem Lehrer in einen langen Korridor, von dem aus mehrere Türen abgingen, die allesamt verschlossen waren. Zu gern hätte Sally einen Blick in die Zimmer geworfen, doch Auer war bereits vor einer Tür am hinteren Ende des Flurs stehen geblieben. Er legte die Hand auf die Klinke. »Da wären wir.«

Als er die Tür aufstieß, warf die Sonne ihr gleißendes Licht in einem Lichtbalken auf den Flur hinaus.

Carl Auer machte eine einladende Geste. »Schau dich um, dies wäre dein Refugium.« Anna schob sich an ihm vorbei und ließ das kleine Zimmer auf sich wirken. Als sie sich zu Sally, der im Eingang neben Doktor Auer stehen geblieben war, umsah, strahlte sie. »Es ist wunderschön.«

Sally schob sich ebenfalls an dem Lehrer vorbei in den Raum seiner »Verlobten«. Rechts neben dem Fenster stand ein einfaches Bett, unter dem Fenster ein Ankleidestuhl. An der gegenüberliegenden Wand befand sich ein wackliger Holztisch, davor ein weiterer Stuhl. Neben dem Tisch gab es einen Schrank für Annas Habseligkeiten. Die Tapete mit dem floralen Muster verlieh dem Raum ein freundliches Aussehen. Die Einrichtung war einfach, aber sauber.

»Also gefällt es dir, junge Dame?«, fragte Carl Auer mit einem väterlichen Lächeln.

Anna nickte. »Es ist wie für mich gemacht.«

»Das ist gut.« Auers Miene verdunkelte sich kurz. »Eigentlich«, brummte er unter seinem Bart, »suche ich ein Dienstmädchen, das mir in der Wohnung zur Hand geht. Putzen, Wäschewaschen und das Essen zubereiten.« Er seufzte. »Also kein Mädchen, das hier nur zum Schlafen herkommt.«

»Ich bin zwar kein Dienstmädchen, aber ich werde Ihnen bei den täglichen Dingen gern helfen.«

Sally sah ihr an, wie sehr sie sich ins Zeug legte, um Doktor Auer von sich zu überzeugen. Ihre Wangen glühten vor Aufregung, und er bemerkte, dass sie sich hier wohlfühlte.

»Na gut«, stimmte Auer schließlich zu, »dann werden wir es miteinander versuchen.«

»Sie werden sehen, dass ich fleißig und strebsam bin und gute Manieren habe.«

»Was ich nur bestätigen kann«, beeilte sich Sally, hinzuzufügen.

Auer betrachtete ihn nachdenklich. »Herrenbesuch«, sagte er mit strengem Blick zu Sally, »ist übrigens nicht erlaubt.« Jetzt musterte er seine neue Mieterin. »Wenn du gegen das Verbot verstößt, fliegst du sofort raus.«

Sally spürte den Kloß, der sich in seiner Kehle bildete. Er fragte sich, wo und wann er mit seiner Anna allein sein konnte, doch Anna schien das Besuchsverbot nicht zu stören.

»Selbstverständlich«, nickte sie, »ich werde Sie nicht enttäuschen und Sie werden es nicht bereuen, mich aufgenommen zu haben.«

»Dann werde ich aber eine kleine Miete in Rechnung stellen, da du kein Dienstmädchen bist und einer anderen Beschäftigung nachgehst.«

»Selbstverständlich.« Über die Höhe der Miete waren sie sich schnell einig. Leonhard hatte seinem künftigen Ladenmädchen schon die Höhe ihres Gehalts genannt.

»Bezahlt wird die Miete postnumerando.« Doktor Auer betrachtete seine neue Untermieterin, fast so, als wäre er sich noch nicht sicher, dass er mit ihr eine gute Wahl getroffen hatte. Sally sagte nichts dazu, denn er wollte Anna die Freude über das Zimmer nicht verderben.

»Das passt mir gut«, hörte er sie sagen. »Dann werde ich die Miete gleich von meinem ersten Monatslohn bezahlen können.«

Auer nickte mit ernster Miene. »Wenn du nicht bezahlst, werden sich unsere Wege trennen müssen.«

Anna lachte. »Das wird nicht passieren«, versicherte sie ihm. Sie bemerkte nicht, wie wenig begeistert Sally davon war, sie nicht besuchen zu dürfen. Und so redete er sich ein, dass sie auch für dieses Problem eine Lösung finden würden. Ihm stand ja auch der Auszug bevor, denn es war keine Dauerlösung, bei Flora und Leonhard zu leben. Er fühlte sich jetzt reif genug und freute sich schon darauf, in sein neues, eigenes Leben zu starten. Am liebsten mit Anna an seiner Seite.

*

»Leo, bitte – was soll das?« So weit Flora ihre Augen auch öffnete, sie sah nichts außer Schwärze, was daran lag, dass Leonhard ihre Augen mit einem dunklen Tuch verbunden hatte, als er sie in den Laden führte.

»Es ist eine Überraschung, Liebste.« Sanft führte er sie in die Mitte des Ladens. Sally, der ihnen zu später Stunde aufgesperrt hatte, lehnte grinsend auf dem frisch gestrichenen Tresen und zwinkerte seinem künftigen Schwager verschwörerisch zu.

Flora wusste nicht, was Leonhard vorhatte, ließ sich aber widerstandslos führen. »So«, sagte er, »da wären wir.«

Sie blieb stehen und spürte, wie Leonhard die Schleife an ihrem Hinterkopf löste. Er hatte sie zu einem abendlichen Spaziergang eingeladen, der sie zur Ossenreyer Straße geführt hatte. Unter einem Vorwand hatte er sie dann dazu überredet, noch kurz im Laden nach dem Rechten zu schauen, bevor er ihr die Augen verbunden hatte.

Leonhard nahm ihr das Tuch ab. Es dauerte einen Moment, bis sich ihre Augen an das schummrige Licht im Ladenlokal gewöhnt hatten. Sie erschrak, als sie die beiden Gestalten schemenhaft erkannte, die regungslos im Geschäft standen.

»Was um Himmels willen …«, stammelte sie, erst dann erkannte sie, dass es sich bei den beiden Fremden um übergroße Puppen handelte, um einen Mann und eine Frau.

Beide Puppen waren schlank, und ihre Köpfe hatten keine Gesichter, was ihnen ein unheimliches Aussehen verlieh. Die Haut der Figuren schimmerte in mattem Grauweiß und erinnerte Flora an Papier.

»Das, meine Liebste, sind Schneiderpuppen«, eröffnete Leonhard ihr feierlich. »Ich konnte einen befreundeten Schneider dazu überreden, sie mir zu überlassen, obwohl er sich nur ungern von den beiden trennte.«

Flora kannte solche Puppen. Sie wurden zur Anprobe von zahlreichen Schneidern genutzt und waren oft aus einem festen Drahtgeflecht. »Leo«, sagte sie, »was wollen wir denn damit?«

»Findest du nicht auch, dass sie sich hervorragend als Dekoration eignen?«

»Nein.« Flora schüttelte den Kopf und sah, wie Leonhard ihrem Bruder einen Seitenblick zuwarf. Sally zuckte unbeholfen die Schultern. Leonhards Überraschung war nicht geglückt. »Leo, was machen wir mit zwei großen Puppen im Geschäft, wo wir doch sowieso kaum genügend Platz für unsere Waren haben?«

»Sie werden uns als Blickfang dienen.« Er trat zwischen die beiden und legte ihnen jovial jeweils einen Arm um die Pappmaschee-Schultern. »So was hat nicht jeder.«

»Eben. Und das hat seinen guten Grund.« Flora hatte Mühe, ihre Enttäuschung zu verbergen. Sie empfand die großen Figuren als abscheulich und fürchtete, dass sie die Kundschaft eher vergraulten, als sie anzulocken.

Es war nicht zu übersehen, dass Leonhard von ihrer Reaktion enttäuscht war. Offenbar hatte er erwartet, dass sie sich über die skurrilen Puppen freute. Er trat zu ihr und betrachtete seine Errungenschaften mit etwas Abstand. »Ich finde sie ganz hübsch.«

»Schönheit liegt bekanntermaßen im Auge des Betrachters«, entgegnete Flora. »Ich werde sehen, was ich mit den beiden anstellen kann. Mir fällt sicher etwas ein.«

Damit gab Leonhard sich zufrieden. »Davon bin ich überzeugt, Bella.« Er gab Sally, der betroffen geschwiegen hatte, ein Zeichen. »Es ist spät geworden«, sagte er, »wir sollten Feierabend machen für heute.«

Sally nickte. »Ich werde die beiden Gesellen ins Kontor bringen, bis Flora eine Verwendung für sie gefunden hat.«

»Einverstanden.« Leonhards Stimmung war immer noch gedämpft. Während er Sally half, die Puppen ins Lager zu schaffen, seufzte Flora. Was, um Himmels willen, sollte sie mit zwei gruseligen Schneiderpuppen anfangen?

*

Anna war bereit für den Beginn ihres neuen Lebens. Obwohl Sally einige Jahre jünger war als sie, war sie schon jetzt sicher, an seiner Seite alt werden zu wollen. Die Tatsache, dass ihre Eltern keine Einwände gegen die Anstellung als Ladenmädchen in Stralsund gehabt hatten, beflügelte sie förmlich.

Die Abendsonne ließ das Mobiliar der kleinen Kammer golden glühen. Es dauerte nicht lange, bis sie ihre mitgebrachten Habseligkeiten in den Schrank geräumt und sich das Bett mit frisch duftenden Laken bezogen hatte. Anna saß ein wenig unschlüssig auf der Bettkante und blickte sich um. Das war also ihr erstes eigenes Zimmer. Jetzt war sie erwachsen. Als sie an Sally dachte, überkam sie die Sehnsucht. Wie schön wäre es, wenn er jetzt bei ihr sein könnte. Doch Doktor Auer hatte ja klargestellt, dass Herrenbesuch unerwünscht war. Also mussten sie sich irgendwie anders arrangieren. Anna war sicher, dass sie einen Weg finden würde, und beschloss, die Dinge einfach auf sich zukommen zu lassen.

Sie spürte, dass sie schläfrig wurde. Hinter ihr lag ein arbeitsreicher Tag, den sie an der Seite von Flora Baumann im Geschäft an der Ossenreyer Straße verbracht hatte, um sich anlernen zu lassen. Gemeinsam hatten sie die neuen Regale bestückt, und immer wieder hatte Flora ihr von den verschiedenen Stoffen und ihrer Herstellung erzählt. Jetzt wusste Anna, wie man auf den ersten Blick Perlmuttknöpfe von solchen aus Pappe und Blech unterscheiden konnte, sie kannte unterschiedlichste Bändersorten und Litzen, wusste über Garn Bescheid und konnte sogar einige Arten der Bandweberei erklären.

Anna freute sich auf die Ladeneröffnung. Gemeinsam mit Flora würde sie sich um die Kunden kümmern, während Sally und Leonhard dafür sorgten, dass das Kontor nicht leer wurde. Die Männer würden oft auf Reisen sein, während sie mit ihrer Arbeitgeberin den Laden am Laufen hielt. Schon jetzt mochte sie Flora, und wäre sie nicht ihre Chefin gewesen, hätte sie sich gut vorstellen können, mit ihr befreundet zu sein. Obwohl Flora nur wenige Jahre älter war, so konnte sie noch viel von ihr lernen.

Nachdem sie am Abend nach Hause gekommen war, hatte sie sich um die Wohnung ihres Vermieters gekümmert und ihm ein Abendessen bereitet, an dem sie selbst hatte teilnehmen dürfen. Carl Auer war ein wortgewandter und gebildeter Mann, der seinen Schülern sicher eine Menge Wissen vermitteln konnte. Doch es war noch zu früh, um ihn richtig einschätzen zu können. Nun musste sich zeigen, ob sie sich auch über einen längeren Zeitraum hinweg so gut verstanden, dass sie gemeinsam unter einem Dach leben konnten. Zumindest so lange, bis sie etwas anderes gefunden hatte. Oder bis Sally ihr einen Antrag machte und sie als verheiratetes Paar in eine gemeinsame Wohnung ziehen konnten. Anna musste leise lachen, als sie daran dachte. Noch war es viel zu früh, um über eine Hochzeit zu sprechen. Doch sie konnte sich gut vorstellen, mit dem wilden Jungen verheiratet zu sein. Immerhin hatte er sie bei Doktor Auer schon als seine Verlobte vorgestellt. Es klang in ihren Ohren gut und richtig. Sie lächelte glücklich, und nur die Sehnsucht nach ihrer Familie trübte gelegentlich ihr Glück.

Anna erhob sich vom Bett und nahm ihr Nachtgewand aus dem Schrank. Sie zog sich um und schlüpfte unter die Bettdecke. Kurz fröstelte sie, dann wärmte sich das Bett auf. Von hier aus konnte sie sehen, wie die Schatten über Stralsund länger wurden. Von ihren Gedanken fortgetragen, dauerte es nicht allzu lange, bis sie eingeschlafen war.

*

»Morgen treffe ich mich mit Meister Dumrath, um die Arbeiten abzunehmen.« Leonhard saß guter Dinge am Tisch und sah Flora dabei zu, wie sie im Topf rührte. Es roch in der Küche verführerisch nach Kräutern und Gewürzen. Sally hatte bereits den Tisch gedeckt und ging seiner Schwester zur Hand. Er war wortkarg und in sich gekehrt. Flora vermutete, dass er in Gedanken bei seiner Anna war. Für ihren kleinen Bruder war es eine aufregende Zeit: Die erste feste Freundin, mit der es ihm ernst zu sein schien, eine Lehre und die Arbeit im neuen Laden. Flora fand, dass er sich allen Herausforderungen gut stellte. Nur der Gedanke daran, dass er mit Mutter und Vater zerstritten war, behagte ihr nicht. Sie hoffte, dass sie sich eines Tages aussprachen und wieder versöhnten.

Die brennende Kerze auf dem Küchentisch zauberte Sally ein geheimnisvolles Muster auf das nachdenkliche Gesicht.

»Es war eine gute Idee, ihn mit dem Umbau des Ladens zu beauftragen«, nahm Leonhard den Faden wieder auf, als ihm niemand antwortete. »Er hat aus dem kleinen Geschäft ein Schmuckstück gemacht. Holst wird es nicht wiedererkennen, wenn er heimkehrt.« Er wurde ernst. »Wie geht es ihm überhaupt?«

Flora zuckte die Schultern. »Nach wie vor ist er sehr schwach, aber er genießt die Ruhe im Spital, wo man sich vorbildlich um ihn kümmert.«

»Hoffentlich erholt er sich bald«, sagte Sally, während er seiner Schwester eine Suppenkelle reichte.

»Ja, das hoffe ich auch.« Flora verspürte immer wieder Angst um den alten Mann, die gelegentlich die Vorfreude auf die bevorstehende Geschäftseröffnung überschattete. Sie beschloss, ihm heute, sobald sich Gelegenheit bot, einen weiteren Besuch abzustatten. Schweigend servierte sie die dampfende Kartoffelsuppe, dann setzte sie sich zu den Männern an den Tisch.

»Übrigens war ich heute bei Doktor Benthien, um sein Honorar zu begleichen«, sagte Leonhard. »Der Arzt ist ein guter Mann, dem die Gesundheit seiner Patienten wirklich am Herzen liegt, keiner dieser Quacksalber, die nur einen schnellen Taler machen wollen.« Er stach zur Betonung mit dem Löffel in die Luft, dann widmete er sich seiner Suppe.

»Den Eindruck hatte ich auch.« Flora nickte. »Dennoch hoffe ich, dass wir seine Dienste so schnell nicht wieder in Anspruch nehmen müssen.«

# Kapitel 28

Am nächsten Morgen traf sich Leonhard wie angekündigt mit Oscar Dumrath am Laden. Sally befand sich auf einem Botengang, Flora würde nachkommen, sobald sie die Wohnung auf Vordermann gebracht hatte. Auch in hektischen Zeiten legte sie größten Wert auf Reinlichkeit.

»Es sieht großartig aus.« Leonhard trat einen Schritt zurück und stand nun mitten auf der Straße, wodurch er im nächsten Moment den Beschimpfungen eines Kutschers ausgesetzt war, der ihn um ein Haar überfahren hätte. Nur ein beherzter Riss an den Zügeln seines Fuhrwerks konnte Schlimmeres verhindern. Leonhard indes hatte gar nicht mitbekommen, dass er um ein Haar von den Radreifen der Kutsche überrollt worden wäre.

Rasend vor Begeisterung stand er auf dem Kopfsteinpflaster und betrachtete die neu gestaltete Fassade des Hauses. Dumrath und seine Leute hatten in den letzten Tagen ganze Arbeit geleistet und dem Laden zwei großflächige Fensterflächen verpasst.

»Sie sollten vorsichtiger sein, wenn Sie die Eröffnung Ihres Ladens noch erleben wollen«, empfahl der Tischler ihm. Er zog Leonhard am Ärmel seines dunkelgrauen Gehrocks auf den Bürgersteig und somit aus dem Gefahrenbereich. Ein Mann, der einen schweren Handkarren mit Gemüse über das Kopfsteinpflaster schob und beinahe noch Leonhards Hacken erwischte, schüttelte erbost den Kopf und hob drohend die Fäuste. »Keine Augen im Kopf, Mann?«

»Sie wohl auch nicht«, gab Leonhard dem Bauern zurück und ignorierte ihn schon im nächsten Augenblick wieder. Er war begeistert von der Arbeit des Tischlers. Ein wenig erinnerte ihn der eigene

Laden jetzt an das Geschäft, das er in Berlin gesehen hatte. Ihr Laden war ein wenig kleiner, doch er würde fürs Erste genügen, um Fuß zu fassen, da war er sicher. »Wo bleibt denn Flora?«, fragte er mehr zu sich selbst als an Dumrath gewandt. Er konnte es kaum erwarten, seiner Verlobten den renovierten Laden zu zeigen. Wie gerufen fuhr Flora schon im nächsten Augenblick auf dem Veloziped vor. Mit einem eleganten Schwung stieg sie vom Rad und schob es die letzten Meter am Lenker weiter. »Das ist wunderschön geworden«, sagte sie, nachdem Leonhard sie begrüßt hatte. Er nickte zustimmend und legte einen Arm um ihre Schultern. »Hast du schon eine Idee, was du in den *Schaufenstern*«, das Wort sprach er mit einem Seitenblick auf Dumrath voller Stolz aus, »präsentieren möchtest?«

»Ich dachte an einige Bahnen Stoffe, die du von Hammerschmidt gekauft hast, vielleicht einige Borden und Spitzen«, antwortete Flora. »Ich kann es kaum erwarten, die Schaufenster zu dekorieren!«

»Wenn du dabei so liebevoll vorgehst wie bei der Einrichtung unserer Wohnung, habe ich keine Zweifel daran, dass deine Warenpräsentation die Kauflust unserer Kundschaft entflammen wird.«

*

Flora wagte kaum, ihr Veloziped an die frisch gestrichene Fassade des Ladens zu lehnen, um beide Hände frei zu haben, obwohl sie wusste, dass die Farbe längst getrocknet war.

Danach gesellte sie sich wieder zu den Männern. »Sie haben Wundervolles geschaffen«, lobte sie Oscar Dumrath. Der Tischler verbeugte sich und dankte ihr für den Zuspruch. »Es war mir eine Ehre, Frau Tietz.«

»Baumann«, verbesserte Flora den Handwerker. Sie lächelte Leonhard zu. »Noch, denn im Oktober werden wir heiraten.«

»Dazu wünsche ich Ihnen schon mal alles Gute.«

Flora bedankte sich und schenkte Leonhard ein glückliches Lächeln.

Dumrath räusperte sich ein wenig verlegen. »Der Geschäftseröffnung steht nun nichts mehr im Wege. Sicher wird meine Frau auch das eine oder andere Mal bei Ihnen hereinschauen.«

»Sie ist herzlich eingeladen«, antwortete Flora. »Sicher wissen Sie schon, dass bei uns kein Kaufzwang herrschen wird.«

»Das sagte Ihr Mann … Verlobter bereits, ja. Eine revolutionäre Idee!«

Flora ließ die beiden Männer draußen zurück und betrat das Ladenlokal. Ihre Fingerkuppen glitten über die weiße Holzverkleidung, die einst dunkelbraun gewesen war. Jetzt wirkte das Geschäft so viel heller und freundlicher.

Flora schloss die Ladentür hinter sich. Beim Klang des kleinen Glöckchens dachte sie ein wenig wehmütig an Albert Holst. Mehrmals hatten Leonhard und Dumrath die kleine Ladenglocke im Zuge der Renovierungsarbeiten abhängen wollen, doch sie hatte sich hartnäckig gegen das Vorhaben der Männer gewehrt. Flora fand es wichtig, dass ein Gegenstand im Laden noch an den Vorbesitzer erinnerte. Es war, als würde der Geist des Ladens so erhalten bleiben. Auch in drei Tagen, wenn sie das Geschäft eröffneten, würde das kleine Glöckchen die Kunden begrüßen und an die guten alten Zeiten von Albert Holst erinnern.

Donnerstag war der große Eröffnungstag, in drei Tagen also schon. Flora verdrängte die sentimentalen Gedanken und konzentrierte sich auf die letzten Vorbereitungen, die sie noch zu erledigen hatte. Ihr Weg führte sie hinter die neue Verkaufstheke, auf der majestätisch die schwere Kasse thronte, Leonhards besonderer Stolz. Sein Onkel Hermann hatte auf seiner Amerikareise den Prototyp der ersten Registrierkasse im Saloon von James Ritty gesehen und war vollkommen begeistert von der Idee, die Einnahmen sicher in einer Kasse aufzubewahren. Das Bargeld war in der dunkelbraunen, hölzernen Schublade gut aufgehoben, und der Kunde sah beim Bezahlen den Preis für seinen Einkauf auf der großen Anzeige im Kopf der Kasse. Ein Patent hatte der Betreiber des Saloons erst Monate nach seiner Erfindung angemeldet, so dass es zahlreiche geschäftstüchtige Zeitgenossen gab, die das Prinzip der Registrierkasse nachgebaut hatten und sie nun auch in Europa an Gastwirte und Ladenbesitzer verkauften.

Begeistert von den Erzählungen seines pfiffigen Onkels, hatte Leonhard ihnen eine Kasse aus brüniertem Metall von einem Schlosser nachbauen lassen. *Ja*, dachte Flora, *alles in unserem kleinen Laden ist wunderschön und hochmodern.* Verzückt schaute sie sich im Geschäft um und konnte es kaum fassen, dass es in wenigen Tagen schon losging.

Die Tische und die Säulen hatte sie in den letzten Tagen schon mit Waren bestückt. Es gab Stoffe in allen Farben zu bewundern, sogar für die Musterkarten mit den Besatzbändern zum Verzieren von Kissen, Tischtüchern und Bekleidung hatte sie eine ansprechende Art der Präsentation an den Säulen gefunden. In den Fächern jenseits des Tresens befanden sich Reißverschlüsse, Knöpfe und Borden in jeglicher Art.

Nur die beiden Schaufenster waren noch kahl, und das wollte Flora jetzt ändern. Zunächst breitete sie dunkle Stofftücher aus, um anschließend einige ausgesuchte Artikel daraufzulegen. Dazu legte sie eine Präsentationspappe mit Knöpfen unterschiedlichster Farben und Materialien. Nachdenklich begutachtete sie ihr Werk und stellte fest, dass noch etwas fehlte. Doch so lange sie auch ihre Arbeit betrachtete, ihr fiel nicht ein, was es war.

»Vielleicht«, überlegte sie laut, »sollte ich eine der tiefblauen Stoffbahnen aus dem Lager holen. Sie werden bei Sonneneinstrahlung im Fenster herrlich samten schimmern.« Auf dem Weg ins Kontor bemerkte sie, dass die Männer sich in das kleine Büro zurückgezogen hatten. Ihre tiefen Stimmen drangen nur gedämpft durch die geschlossene Tür.

Während sich das Büro links befand, lag der Eingang ins Kontor auf der rechten Seite des Korridors. Flora schritt die langen Regale ab, auf der Suche nach dem gesuchten Material. Als sie es fand, kam ein genervtes Stöhnen über ihre Lippen. Genau vor dem Regal, in dem die Stoffbahn lagerte, standen die beiden Schneiderpuppen.

»Müsst ihr ausgerechnet hier herumlungern?«

Erwartungsgemäß erhielt Flora keine Antwort. Die Pappkameraden hatte sie mit schwarzen Samttüchern verhüllt, um sie vor Staub zu schützen – und um ihnen nicht in die augenlosen Gesichter schauen zu müssen. Ein wenig unheimlich war ihr der Anblick der beiden Pappgesellen im schummrigen Licht des fensterlosen Lagers schon. Bei jedem Luftzug wehten die Tücher, und es hatte den Anschein, als würden die Puppen unter ihren Abdeckungen zu einem geisterhaften Leben erwachen.

Bevor Flora sich ängstigen konnte, riss sie der Puppe, die ihr am nächsten stand, das Tuch herunter. Das gesichtslose Wesen schien an ihr vorbei in die Ferne zu blicken.

»Dann mal los«, sagte sie, um sich selbst Mut zu machen, »jetzt werden wir zusehen, dass ihr etwas zu tun bekommt.« Beherzt packte sie zu und schlang ihren Arm um die Taille der Pappfrau, um sie in den Laden zu tragen. Danach marschierte sie entschlossen zurück ins Kontor und griff sich auch den Pappmann. Ein wenig atemlos stand sie vor den Figuren und betrachtete sie prüfend. Flora kam eine Idee, was sie mit den Puppen anstellen konnte. Sie zog zunächst der Frau ein weinrotes Kleid an, bevor sie den Mann in einen taubengrauen Anzug steckte und ihm zuletzt eine farbig passende Melone auf den Kopf setzte. Dann wuchtete sie die Frau ins rechte und den Mann ins linke Schaufenster. Nachdem sie beide Puppen so ausgerichtet hatte, dass es für den Betrachter den Anschein machte, die beiden würden sich anblicken, war Flora zufrieden. Zwischen den Puppen befanden sich jetzt die Auslagen der Schaufenster, und die beiden dienten als Blickfang – so, wie Leonhard es sich gewünscht hatte. Flora trat aus dem Geschäft, um ihr Werk von der Straße aus begutachten zu können. Wer mit gesenktem Blick am Laden vorbeihuschte, würde den Eindruck bekommen, dass es sich bei den Gestalten im Fenster um echte Menschen handelte. Neugierig würde er stehen bleiben und so gleich die Auslagen im Fenster entdecken.

Als Flora sich abwenden wollte, scharten sich schon ein paar Kinder vor dem Schaufenster. Sie zeigten aufgeregt auf die Puppen.

»Du bist grandios, liebste Bella.« Fast lautlos war Leonhard neben sie getreten. Erschrocken fuhr sie herum. »Ich habe Dumrath eben verabschiedet, wir haben dich weder im Lager noch im Laden gesehen.«

»Ich war hier draußen«, erwiderte Flora. Sie bemerkte, dass ihr Verlobter die beiden Schneiderfiguren fasziniert ansah.

»Gefällt es dir?« Sie nahm seine Hand.

»Du bist grandios«, wiederholte er lächelnd. »Auf diese Idee wäre ich nie gekommen.« Ausladend breitete er die Arme aus. »Du hast die Schneiderfiguren zu Schaufensterpuppen gemacht.«

Flora nickte und dachte kurz über seine Worte nach. *Schaufensterpuppen*, das hatte sie noch nie zuvor gehört. Es klang wie selbstverständlich, so als gäbe es das Wort schon seit Langem. »Also bist du einverstanden damit, dass die Puppen im Schaufenster stehen?«

Leonhard nickte. »Die beiden machen neugierig«, sagte er und ließ den Blick über die vor dem Laden versammelten Menschen schweifen. Er nahm sie in den Arm. »Sieh dich nur um, Liebste: Die Menschen bleiben jetzt schon stehen und betrachten unsere Auslagen.«

Als Flora sich umsah, sah sie, was Leonhard meinte. Zu den neugierigen Kindern hatten sich Erwachsene gesellt, die interessiert innegehalten hatten, um sich vom präsentierten Sortiment einen Eindruck zu verschaffen. Einige waren in muntere Gespräche vertieft und hatten lobende Worte für Floras Art der Warenpräsentation übrig. Sie waren offenbar angetan von dem Angebot der frischgebackenen Geschäftsleute.

»Leo«, hauchte Flora ihrem Verlobten ins Ohr, »du hattest recht: die Puppen sind großartig!«

Er schmunzelte, dann sagte er mit theatralischer Stimme: »O Augenblick, verweile doch, du bist so schön!«

»Wie bitte?« Flora musterte ihn, als hätte er den Versand verloren.

»Das sagt Goethe im *Faust*«, erklärte Leonhard ihr, während er auf die Puppen im Schaufenster zeigte. »Eine nahezu perfekte Symbiose von Schönheit und Vergänglichkeit.«

»Die beiden?« Flora legte die Stirn in Falten.

»Sie sind in der Lage, das Schöne festzuhalten, weit über einen flüchtigen Augenblick hinaus«, behauptete Leonhard. »Sicher werden sie uns wertvolle Dienste leisten, Bella.« Er wandte sich zu dem versammelten Publikum um. »Werte Damen und Herren, wie Sie sehen, entsteht hier ein völlig neues Geschäft. Schon übermorgen werden Sie hier all das erstehen können, was Sie benötigen, um Ihre Kleidung zu nähen und zu schneidern. Feinste Materialien zu einem günstigen Preis, Sie werden den Laden betreten dürfen, um sich umzuschauen, ganz ohne Kaufverpflichtung. Nutzen Sie die Gelegenheit und statten Sie uns einen Besuch ab, wir freuen uns schon jetzt!«

»Und diese Dinger da?«, fragte ein alter Mann, der sich auf einen Stock stützte. »Was zeigen die?«

»Beste Konfektion zu günstigsten Preisen«, erläuterte Flora. »All das werden Sie in unserem Geschäft erwerben können: Neueste Mode aus Berlin, Paris und Mailand! Wahre Meisterwerke der namhaften Modeschöpfer.«

Leonhards verwunderten Seitenblick ignorierte sie. In einem Moment der Inspiration hatte sie soeben beschlossen, Bekleidung für Damen und Herren ins Warenangebot aufzunehmen. Die Kleider, die sie den Puppen angezogen hatte, stammten aus einer Mustersendung eines befreundeten Schneiders, der mit zahlreichen Materialien arbeitete, die sie in ihrem Sortiment führten. Sicher war es gut, wenn sie ihrer künftigen Kundschaft eine breit gefächerte Auswahl anbieten konnten – darunter eben auch fertig geschneiderte Kleidung.

*

Gegen Mittag ließ sie Leonhard allein zurück. Er erwartete eine Lieferung von Nähgarnen. Sally war auch noch nicht zurückgekehrt, er wollte seine Anna abholen, damit sie ihnen nachmittags bei den letzten Vorbereitungen zur Hand gehen konnte. Leonhard hatte für sie einen Arbeitsvertrag vorbereitet, der die Arbeitszeiten und das Gehalt detailliert aufführte und so beiden Seiten Sicherheit geben sollte. Mit Annas Unterschrift würde ihre Anstellung als Ladenmädchen ganz offiziell werden. Flora freute sich darauf, mit Anna zusammenzuarbeiten. Sie mochte die junge Frau sehr und war guter Dinge, dass sie sich blendend verstehen würden.

Ein eigenartiges Gefühl beschlich Flora, als sie sich auf das Veloziped schwang, um unter den neugierigen Blicken einiger Fußgänger in Richtung Heiliggeistspital davonzuradeln. Der seichte Wind schob eine Wolkenwand vom Meer über das Festland, Regen kündigte sich an. Dabei hatte Flora so sehr auf Sonnenschein am Tag der Eröffnung gehofft. Sie konnte es nicht ändern, und auch die

Aussicht auf Regen konnte ihre Vorfreude auf den großen Tag nicht trüben. Im Spital angekommen, lehnte sie das Rad an die Fassade, um den Rest des Weges zu Fuß zurückzulegen.

Als sie sich im Schwesternzimmer nach Albert Holst erkundigte, bemerkte sie die verschlossenen Mienen der Krankenschwestern. »Es geht ihm nicht gut«, beschied man Flora. »Vielleicht sollten Sie von einem Besuch Abstand nehmen, er benötigt dringend Ruhe.«

Flora zeigte sich verständnisvoll, obwohl ihre Sorge um den alten Mann wuchs. »Was ist mit ihm?«

»Er hatte gestern Abend noch Besuch von seinem Sohn.« Die Schwester machte ein besorgtes Gesicht. »Offenbar hat ihm der Besuch entgegen unserer Erwartung nicht gutgetan, denn danach war Herr Holst sehr aufgewühlt und klagte wieder über Herzschmerzen.«

*Julius*, dachte Flora zornig. Wie hat er seinen Vater hier gefunden? Eigentlich hätte er den Aufenthaltsort von Albert Holst nicht erfahren sollen. Wie war das passiert?

»Gab es Streit?«, fragte sie.

»Möglich, Herr Holst wollte nicht darüber sprechen, und uns blieb nichts anderes zu tun, als ihm seelischen Beistand zu leisten und ihm ein Mittel zur Beruhigung zu verabreichen.«

»Haben Sie vielen Dank.« Flora verabschiedete sich von der Schwester. Der Gedanke, dass Julius seinen Vater offenbar böswillig ins Grab bringen wollte, machte sie rasend vor Wut.

*

Lange würde er es nicht mehr machen, da war Julius sicher. Und dann würde er sich das Erbe holen, koste es, was es wolle. Dann musste er nicht mehr im Hafen schuften oder sich mit den versoffenen Tagelöhnern herumärgern, die unzuverlässig und faul waren. Die Spatzen hatten es von den Dächern gepfiffen, dass der alte Holst sich im Spital aufhielt und auf eine baldige Genesung hoffte. Julius hatte keine Zeit verloren, um ihn dort zu besuchen. Dass das Gespräch nicht so gut verlaufen war, wie er es sich erhofft hatte, lag ausschließlich an seinem alten Herrn, der sich störrisch wie ein alter Esel gezeigt hatte. Einmal mehr waren sie im Streit auseinandergegangen. Doch Julius wusste nun alles, was für ihn und sein Vorhaben von Belang war. Jetzt galt es, die nächsten Schritte vorzubereiten.

Von seinem Vater hatte er erfahren, dass er das Geschäft verkauft hatte. Also war wieder Geld in der Kasse. Sein alter Herr war offenbar endlich schuldenfrei und konnte ihn auszahlen. Doch Albert Holst weigerte sich standhaft. Nun würde Julius es aussitzen. Die Tage des Alten waren gezählt.

Sich nach dem Tod seines Vaters mit Leonhard Tietz und seiner Verlobten herumzuärgern, bereitete ihm keine großen Sorgen. Die beiden würde er schnell dazu bringen, ihm seinen Anteil auszuzahlen. Er hatte ein paar schlagkräftige Argumente, dachte er mit einem diabolischen Grinsen auf den Lippen. Doch er würde es natürlich erst im Guten versuchen, er war ja nicht herzlos.

Er hockte sich auf einen Stapel Holzkisten am Kai und blickte hinaus auf den Strelasund. Kein Wind wehte, und entsprechend lag die See wie ein Spiegel vor ihm. Julius seufzte, als sich Schritte näherten und jemand seinen Namen rief.

*Es riecht förmlich nach Ärger*, dachte er und zündete sich mit gespielter Gelassenheit eine Zigarette an.

*

»Sag mal, was fällt dir eigentlich ein, deinen Vater dermaßen aufzuregen?« Flora war außer sich vor Wut. Vom Spital aus war sie direkt zum Hafen gefahren. Julius lungerte etwas abseits auf einem

Stapel Kisten herum und rauchte. Ihr Rad hatte sie an einem Mauervorsprung abgestellt, wo es von einigen Kindern neugierig beäugt wurde. Jetzt klapperten die Sohlen von Floras Schnürstiefeln über das unebene Kopfsteinpflaster des Hafens und zogen die neugierigen und teils lüsternen Blicke der Männer auf sie.

Als Flora sich mit in die Hüften gestemmten Händen vor Julius aufbaute, sah er amüsiert zu ihr auf. Er hatte offensichtlich weder Angst noch ein schlechtes Gewissen.

Immerhin war sie eine zierliche Frau und körperlich schwächer als er. So hockte er weiter lässig auf den Kisten, paffte den Rauch in den Himmel und betrachtete Flora abschätzig. »Er hat mich übergangen«, stellte er in provokant ruhigem Tonfall klar. »Ich bin der Nachfolger, der das Geschäft führen sollte. Stattdessen hat er es dir gegeben. Du wirst, wenn du dich geschickt anstellst, daraus eine Goldgrube machen.«

»Was man von dir nicht behaupten kann«, entgegnete Flora mit spitzer Stimme. »So weit hättest du es niemals gebracht.«

»Warum nicht?« Julius pustete den Rauch in Kringeln empor.

»Niemals würde es dir gelingen, den Laden auf Vordermann zu bringen, um damit deinen Lebensunterhalt zu verdienen.« Flora überhörte den anzüglichen Pfiff eines Tagelöhners, der sich offenbar darüber amüsierte, wie sie seinem Vorarbeiter die Leviten las. Schadenfroh grinste er zu ihnen herüber. »Du hast keinerlei Respekt vor deinem Vater, und sein Gesundheitszustand interessiert dich nicht im Geringsten.«

»Und selbst wenn es so wäre.« Julius Holst zuckte gleichgültig die Schultern. »Was ginge es dich an?«

Flora war sprachlos. So etwas hatte sie noch nicht erlebt. »Er ist dein Vater«, erinnerte sie ihn. »Und du riskierst einen weiteren Herzanfall. Soll er sterben, weil er sich so über seinen missratenen Sohn ärgert?«

»Krank war er schon vorher.« Er winkte gelangweilt ab. »Aber wenn du willst, dass ich euch in Ruhe lasse …« Julius Holst klemmte die Zigarette in den Mundwinkel, hob die Hand und rieb bezeichnend Daumen und Zeigefinger aneinander, »dann solltest du dir überlegen, wie du mich abfinden kannst.«

Flora war empört. »Wie bitte?«

»Mit einer angemessenen Summe würde ich euch in Ruhe lassen.«

»Sonst was?«

Julius lachte. Er nahm einen letzten Zug von seiner Zigarette und schnippte den Stummel auf das staubige Pflaster. »Das werdet ihr dann erleben.« Er rutschte von den Kisten, klopfte sich den Dreck vom Hosenboden und stapfte breitbeinig auf den Schuppen zu, in dem die Vorarbeiter ihre Arbeit verrichteten. Fassungslos sah Flora ihm hinterher, bis er im Stall verschwunden war. »Na warte«, murmelte sie. »Du wirst mich noch kennenlernen, Julius Holst.«

*

Als Flora abends einen ruhigen Moment fand, arbeitete sie an ihrem Hochzeitskleid. Sally und Leonhard waren noch unterwegs, so dass sie ungestört arbeiten konnte. Sie saß am Küchentisch und hatte Nadel und Faden, aber auch Fingerhut und die Schneiderkreide bereitgelegt und die Stoffteile so auf dem Tisch ausgelegt, dass sie zu einem Puzzle wurden, an dem sie erahnen konnte, wie ihr Kleid einmal aussehen würde. Sie fragte sich, wie Leonhard reagieren würde, wenn er sie zum ersten Mal in ihrem Hochzeitskleid sah.

Morgen stand wieder das Hausorchester bei Paula Biel an. Sie würden sich im Musikzimmer der vornehmen Villa treffen, und Flora würde sicherlich die neugierigen Fragen der anderen Mädchen über die anstehende Hochzeit beantworten müssen. Es waren nur noch ein paar Tage, bis es so weit war und sie Leonhards Namen tragen würde.

*Tietz*, dachte sie mit einem verliebten Lächeln. *Flora Tietz*. Das klang noch ein wenig ungewohnt, aber dennoch gut. Immer wieder sprach sie ihren zukünftigen Namen halblaut aus, und sie bemerkte, dass er ihr immer leichter über die Lippen kam. Leonhard hatte mit den Vorbereitungen zu tun, es galt, einen Shidduch abzuschließen, eine Übereinkunft, die einem Ehevertrag ähnelte. Auch wenn er der Meinung war, dass sie das eigentlich nicht benötigten, war es ihm wichtig, der jüdischen Tradition zu folgen. Um den Shidduch zu verfassen, hatte er sich Hilfe bei einem Schadchen, einem jüdischen Ehevermittler, gesucht. Er wollte, obwohl sie nicht sonderlich streng gläubig lebten, eine perfekte jüdische Hochzeit organisieren und investierte viel Zeit und Kraft in sein Vorhaben, die alten Traditionen aufrechtzuerhalten.

Flora ließ ihn gewähren und war stolz auf ihren Verlobten, der zwischen den Hochzeitsvorbereitungen und der Ladeneröffnung absolute Perfektion anstrebte. Dabei arbeitete er unermüdlich, und ein wenig hoffte Flora darauf, dass spätestens nach der Hochzeitsfeier ein wenig Ruhe einkehrte in ihrem turbulenten Leben.

Während sie die Einzelteile ihres Kleides vernähte, sehnte sie sich nach einer dieser neumodischen Nähmaschinen, von denen ihr Leos Onkel Hermann berichtet hatte. Wie einfach und wie schnell musste das Nähen von Kleidern mit einer Nähmaschine gelingen. In Amerika hatte der Erfinder Isaac Merritt Singer eine Fabrik gebaut, in der er Unmengen von Nähmaschinen herstellen ließ. Onkel Hermann war viel in der Welt herumgekommen, besonders viel hatte er aber bei seinem Amerikaaufenthalt erlebt. Flora mochte den Onkel ihres Verlobten sehr, er war ein angenehmer Zeitgenosse und hatte immer viel von seinen abenteuerlichen Reisen zu erzählen. Und er war so ziemlich der Einzige in der Familie, der sich mit Leonhards Bruder Oscar verstand und ihm als Mentor zur Seite stand. Oscar geriet wegen seiner revolutionären Gedanken und Weltansichten immer wieder mit seinem Onkel Chaskel in Streit, doch er scherte sich nicht um die alten Konventionen. Flora war gespannt, wie er sich auf der Hochzeit benehmen würde, und hoffte, dass es nicht wieder zum Streit kam.

Sie selbst freute sich auf den Besuch ihrer Eltern, wenngleich Sally natürlich andere Gefühle hegte. Er hatte Amalie und Abraham seit seiner Abreise aus Birnbaum nicht mehr zu Gesicht bekommen. Flora hoffte, dass Sally sich auf der Hochzeit mit den Eltern vertragen würde. Vielleicht war das Fest ein guter Anlass für beide Seiten, Frieden zu schließen.

Und sie freute sich sehr auf ihren Bruder Max, den sie schon seit Ewigkeiten nicht mehr gesehen hatte. Julie, Wilhelm und Alex, ihre anderen Geschwister, hatten ihr Kommen ebenfalls angekündigt.

Die Zeit bis zur Hochzeit würde wie im Flug vergehen, da war Flora sich sicher. Allein die bevorstehende Geschäftseröffnung würde dafür Sorge tragen, da sie fast all ihre Energie beanspruchte. Nun galt es, für Sally ein Zimmer anzumieten, damit sie die Wohnung wieder für sich allein hatten. Ja, es war eine aufregende Zeit, doch Flora genoss sie in vollen Zügen.

*

Anna war angetan von Doktor Auer. Ihr Vermieter war ein besonnener und belesener Mann, der nicht mit seinem umfassenden Wissen angab oder seine Mitmenschen von oben herab behandelte. Er war ein aufmerksamer Beobachter und ein guter Zuhörer, strahlte in den Gesprächen, die sie bisher geführt hatten, eine angenehme Ruhe und Gelassenheit aus.

Auch wenn es vielleicht noch etwas früh für ein endgültiges Urteil war, so schätzte Anna ihn als einen sehr angenehmen Zeitgenossen ein, jemanden, von dem sie noch viel lernen konnte. Doch besonders in den Abendstunden, wenn sich Carl Auer zur Nachtruhe verabschiedete und sie allein war, vermisste sie Sally. Sie wusste, dass er heute noch lange im Laden war, um die Eröffnung vorzubereiten. Dennoch fragte sie sich, ob er sie wohl auch vermisste. Am späteren Abend, so hatte er ihr verraten, würde er weiter an dem Porträt von Flora arbeiten, das er seinem Schwager zur Hochzeit schenken wollte.

Ihre Wangen röteten sich, als sie daran dachte, wie er sie damals gemalt hatte. Auf Rügen, in seinem Hotelzimmer im *Putbus*.

Sie erinnerte sich gern an diesen Moment der innigen Zweisamkeit. Anna war schwer verliebt in den wilden Jungen, dem sie erst vor so kurzer Zeit im Frauenbereich des Strandes begegnet war. Plötzlich kamen ihr Zweifel, ob er sich tatsächlich aus Versehen dort aufgehalten hatte. Sally hatte es faustdick hinter den Ohren, das wusste sie. Doch gerade das Verwegene in seinem Wesen war es, was sie derart an Sally faszinierte. Er war alles andere als langweilig, hatte immer gute Laune und war voller Tatendrang, führte interessante Gespräche mit ihr und besaß darüber hinaus noch gute Manieren. Nur der Umstand, dass er Jude war, bereitete ihr ein wenig Sorge. Sie hatte nicht mit ihren Eltern darüber gesprochen und fürchtete, dass ihr Vater damit ein Problem haben könnte. Doch Anna hatte nicht vor, ihre noch frische Liebe aufzugeben, nur weil Sally einer anderen Religion angehörte. Dennoch würde sie ehrlich zu ihren Eltern sein und ihnen die Wahrheit sagen, wenn sie danach fragten. Und Anna war sicher, dass sie notfalls auch gegen den Willen ihrer Eltern um ihre Liebe kämpfen würde.

*

»Stell dich nicht so an und sitz still«, ermahnte Sally sie, während er seine Schwester mit verkniffener Miene über den Rand der Zeichenmappe hinweg betrachtete. Dann widmete er sich wieder seiner Zeichnung und ließ den Stift über das Papier fliegen. Mit ernstem Gesichtsausdruck saß er in Leonhards Lieblingssessel am Fenster, während sein Blick immer wieder zwischen dem Papier und seinem Modell, das in angespannter Haltung auf dem Sofa saß, hin- und herwanderte.

»Selbstverständlich.« Flora musste sich ein Lachen verkneifen. Sie hatte die Hände über den Knien gekreuzt und mit durchgedrücktem Rücken Haltung angenommen. »So in etwa?«

»Jaja, perfekt. Nicht bewegen, Schwesterherz.« Eilig kritzelte Sally weiter, klemmte sich den Stift in den Mundwinkel und radierte über das Blatt, wischte mit den Fingerkuppen und zeichnete mit einem anderen Stift nach. »Es soll doch gut genug werden, dass Leonhard seine Frau darin erkennt.«

»Das möchte ich doch hoffen.« Flora lächelte. »Du bist ein Künstler, Sally. Ich werde dich bei nächster Gelegenheit Antonie Biel vorstellen. Sicher kann sie deine Werke im Rahmen einer Ausstellung einem kunstliebenden Publikum präsentieren.«

»Dafür bin ich noch lange nicht gut genug«, wandte Sally ein.

»Sei nicht so bescheiden, deine Bilder von Anna sind einzigartig, Brüderchen.«

Er ließ die Mappe sinken. »Meinst du?«

»Aber natürlich. Du bist ein Naturtalent.« Jetzt schien es ihn nicht mehr zu stören, dass Flora eine andere Position auf dem Sofa eingenommen hatte. Er lächelte. »Na gut«, sagte er. »Vielleicht hast du recht, und ich sollte wirklich etwas selbstbewusster werden.«

»Du bist nicht mehr der verrückte kleine Junge aus Birnbaum«, erinnerte Flora ihn. »Du bist erwachsen geworden, wirst deine Lehre anfangen und dich in deiner Freizeit künstlerisch betätigen.«

Sally nickte. »Und mich um meine Freundin kümmern, die neu in der Stadt ist.«

Jetzt musste Flora lachen. »Du klingst, als wärst du in Stralsund aufgewachsen.«

Sally stimmte in ihr Lachen ein. Er zuckte jedoch gleich darauf zusammen, als ein Schlüssel in der Wohnungstür gedreht wurde. »Leonhard kommt«, zischte er seiner Schwester erschrocken zu. »Schnell, lassen wir alles verschwinden.«

»Mist.« Flora sprang vom Sofa auf und half ihrem Bruder dabei, seine Zeichenutensilien zusammenzuräumen. Hastig warfen sie alles in die abgewetzte Ledertasche und versteckten sie hinter der Tür, die sich gerade öffnete. In dem Augenblick, als ihr Verlobter den Kopf zur Tür hereinsteckte, waren alle verräterischen Spuren verschwunden.

»Hier steckt ihr beiden also.« Lächelnd trat Leonhard in die Stube. Obwohl er Flora gewohnt liebevoll begrüßte und er seinem Schwager zunickte, blieb Flora nicht verborgen, dass ihn etwas betrübte.

»Was ist los?«, fragte sie besorgt.

Er sank seufzend in seinen Sessel und blickte zu Sally und ihr auf. »Ich war eben bei den Brüdern Wertheim.«

»Und?« Sally zog sich den Stuhl des Sekretärs heran. »Die sind doch keine Konkurrenz für uns.« Als sein Schwager nicht gleich antwortete, setzte er nach: »Oder?«

Leonhard zuckte die Schultern. »Lass es mich so ausdrücken: Sie bieten ihren Kunden volles Umtauschrecht an.«

»Aber das war unsere Idee«, warf Flora ein.

»Leider sind unsere Ideen nicht geschützt«, murmelte Leonhard zerknirscht. »Und die Wertheims scheinen sich ebenfalls Gedanken zu machen, wie sie künftig Kunden gewinnen und halten können.«

»Aber wir haben doch noch viel mehr geplant. Das Betreten des Geschäfts ohne Kaufzwang beispielsweise.« Flora setzte sich zu ihm auf die Sessellehne und betrachtete ihn von der Seite.

»Ach, Bella«, seufzte er und blickte zu ihr auf. »Ich muss euch leider sagen, dass man auch bei den Wertheims ohne Kaufabsichten ins Geschäft darf. Ich selbst war dort, um den Laden zu besichtigen, habe mich als Kunde ausgegeben und durfte mich ungehindert umschauen.«

»Haben sie uns etwa belauscht?« Sally sprang auf. Ruhelos wie ein Tiger in seinem Käfig marschierte er durch die Stube. »Wie ist das möglich?«

»Ich weiß es nicht.« Leonhards Stimme klang dünn, sein Blick ging ins Leere. »Es scheint, als hätten sie alle Alleinstellungsmerkmale, die wir ersonnen haben, schon jetzt in die Tat umgesetzt.«

»Aber wir werden es besser machen«, behauptete Sally.

»Und wie stellst du dir das vor?«

Flora fuhr mit einer Hand durch Leonhards dichtes Haar. Ihre Blicke trafen sich. »Mit viel Herz und noch mehr Verstand, Leo.« Sie war nicht bereit, ihre Träume zu Grabe zu tragen, noch bevor sie den kleinen Laden eröffnet hatten. »Und ich bin sicher, uns fallen noch mehr Vorteile ein, die unsere Kundschaft dazu bewegen, bei uns zu kaufen und nicht bei den Wertheims.«

*

Am Abend saß Flora allein in der Küche, um an ihrem Hochzeitskleid zu arbeiten. Sie vernähte die florale Spitze mit dem seidenglänzenden Stoff und war froh, einen Fingerhut übergezogen zu haben, denn ihre Gedanken schweiften immer wieder von der Arbeit ab. So war sie unkonzentriert und stach mehrmals in den Fingerhut. Das Gespräch mit Leonhard hatte ihren Tatendrang so kurz vor der Eröffnung des Geschäfts gebremst. Wie konnte es sein, dass Wertheims alles, was sie sich ausgedacht hatten, schon heute in die Tat umsetzten? Es konnte doch kein Zufall sein, dass die Brüder ihre Ideen kopierten. Kurz dachte sie darüber nach, ob es jemanden gab, der sie belauscht oder ausspioniert haben könnte, verwarf den Gedanken aber schnell wieder. Sie hatten mit niemandem über ihr Konzept gesprochen, und auf Leonhards Notizen hatte keiner außer ihnen Zugriff. Trotzdem wollte Flora nicht an Zufälle glauben. So oder so gab es jetzt, wo Wertheims ihre Ideen schon in die Wirklichkeit umgesetzt hatten, keinen Grund mehr, sie noch weiter geheim zu halten. Ganz im Gegenteil: Die ganze Stadt musste erfahren, warum die Menschen künftig bei Tietz kaufen sollten. Sie grübelte, wie man möglichst viele Stralsunder erreichen konnte, und hatte schließlich einen Einfall. Hastig packte sie das Nähzeug in die Schatulle und legte die Stoffteile ihres Kleides zusammen. Anschließend begab sie sich in das Schlafzimmer, um ihren Verlobten zu wecken. Es gab Arbeit, und Flora hatte nicht vor, sich von den Brüdern Wertheim die Butter vom Brot nehmen zu lassen.

Leonhard schaute sie verschlafen an, als sie ihn so sanft wie möglich weckte. »Was ist los?«, murmelte er, als er sich im Bett aufrichtete. »Brennt es?«

»Nein«, sagte Flora. »Aber wir müssen noch arbeiten.« Sie riss die Bettdecke fort und entlockte ihm damit einen Laut des Protestes.

»Was soll denn das?« Er gestikulierte wild. »Sally könnte aufwachen.«

»Soll er doch«, antwortete Flora keck. »Wenn wir uns alle Gedanken machen, kann das nur gut für uns und den Laden sein. Und nun komm schon, es gibt viel zu tun!«

# Kapitel 29

In der Mittagspause marschierte Sally zum Hafen. Er hatte sich die Tasche mit den Zeichenutensilien unter den Arm geklemmt und versuchte das mulmige Gefühl, das ihn beschlich, je näher er dem Schwedenkai kam, zu verscheuchen. Es war seltsam, hierher zurückzukehren, möglicherweise Julius Holst zu begegnen und eine Konfrontation zu riskieren. Doch der Wunsch, am Hafen zu malen, überwog. Und so ging er selbstbewusst über den Schwedenkai und blickte hinaus auf den Strelasund, der in der Mittagssonne glänzte. Die Schiffe wiegten sich leicht im Takt der seichten Wellen, Segel flatterten im Wind, und die Masten der Frachter knarzten vernehmlich. Es herrschte das übliche hektische Gewimmel am Kai. Grob aussehende Männer waren damit beschäftigt, Kisten und Säcke über die Gangway eines Schiffes aus Dänemark zu schleppen, andere schoben Handkarren über den Anleger, ohne Sally Beachtung zu schenken. Sie alle waren wie winzig kleine Zahnräder im mächtigen Getriebe der internationalen Seefahrt. Die starken Männer stellten dabei keine Fragen, sondern packten dort an, wo es vonnöten war.

Sally stoppte für einen Moment seine Schritte und ließ die Atmosphäre des Hafens auf sich wirken. Jetzt konnte er kaum glauben, dass er bis vor wenigen Tagen auch ein Teil dieses Getriebes gewesen war, dass er sich hier sein täglich Brot verdient hatte. Es roch nach Ruß und Dampf, aber auch nach Fisch und Gewürzen. Ein eigenartiges Intermezzo, dem man wohl nur in einem Hafen begegnete, dachte Sally, während er sich auf eine Mauer hockte, um seinen Block und die Stifte aus der Tasche zu holen. Danach fischte er nach dem Wurstbrot, das seine Schwester ihm am Morgen eingepackt hatte. Er biss hinein und schloss genießerisch die Augen. Kauend schlug er den Block auf und ließ den Blick über den Schwedenkai schweifen. Kurz zweifelte er daran, dass es ihm gelingen würde, die Stimmung hier einzufangen und auf das noch leere Blatt Papier zu bannen. Doch Flora hatte ihn ermuntert. Er sei ein Naturtalent, hatte sie gesagt. Ihre Worte erfüllten ihn mit Stolz, und er begann, seine Umgebung zu skizzieren. Fasziniert betrachtete er den Stift in seiner Hand, der wie von selbst über das Papier flog.

Er zeichnete die Schiffe am Kai, umriss die Stapel von Kisten und Säcken, sogar einige bereitstehende Handkarren zeichnete er, wobei er die Speichergebäude im Hintergrund kleiner werden ließ. Auch zwei Möwen kreisten in seinem Bild am fast wolkenlosen Himmel über dem Hafenbecken. So bemerkte er nicht, dass sich ein grauer Schatten über das Blatt legte.

»Du machst das gut.«

Sally erschrak, als ihn die tiefe Stimme jäh aus der Konzentration riss. Um ein Haar hätte er den Stift fallen lassen. Mit klopfendem Herzen blickte er auf und sah in das faltige und unrasierte Gesicht von Konrad. Erleichtert atmete er auf. »Du bist das.«

Konrad zuckte die Schultern. »Wer sonst?« Jetzt lachte er meckernd. »Oder hast du Angst vor mir?«

»Vor dir nicht.« Als Sally bemerkte, dass Konrad versuchte, einen genaueren Blick auf das Bild zu erhaschen, bedeckte er die Skizze.

»Ich verstehe.« Konrad blickte sich um. »Du hast Angst vor deinem Vorarbeiter.«

»Er ist nicht mehr mein Vorarbeiter.«

»Das kann ich gut verstehen.« Konrad nickte wissend. »Er ist ein ungehobelter Kerl. Also, was treibt dich hierher?«

»Das hier.« Jetzt gab Sally den Blick auf das Papier doch frei.

Stolz registrierte er Konrads anerkennendes Nicken, während er die Skizze betrachtete. Dabei kam er Sally so nahe, dass er seinen von Alkohol und Tabakrauch duftenden Atem wahrnahm. Doch er wollte den alten Seebären nicht beleidigen, indem er den Kopf abwandte, und atmete stattdessen flach.

»Zeichnest du viel?«

»Ich versuche es.« Sally grinste. »Meine Schwester«, ergänzte er, »hat gemeint, ich hätte Talent.«

»Das hast du in der Tat«, stimmte Konrad ihm zu. »Hast du mal darüber nachgedacht, deine Werke auszustellen?«

Jetzt musste Sally lachen. »Das Gleiche hat mich meine Schwester auch schon gefragt. Ich glaube aber, dass es dafür noch zu früh ist. Ich muss meine Zeichen- und Maltechnik noch verbessern.«

Konrad schüttelte den Kopf und deutete auf den Zeichenblock. »Darf ich?«

»Sicher.« Sally reichte ihm die Skizze und war gespannt, was sein Gegenüber sagen würde, wenn er sich das Bild näher ansah.

Interessiert betrachtete Konrad die Zeichnung und verglich sie mit der Umgebung. »Das ist gut«, brummte er, während er Sally den Block zurückgab. »Sehr gut, Junge.« Dann erhob er sich. »Komm mit.« Er deutete in die Richtung, wo seine Behausung lag.

»Viel Zeit habe ich nicht, das ist meine Mittagspause.« Er griff nach seinem Wurstbrot und biss noch mal hinein. »Eigentlich muss ich schon wieder zurück in den Laden.«

Konrad kicherte. »Du arbeitest jetzt als Ladenmädchen?«

»Das ist eine lange Geschichte.« Sally glitt von der Mauer und folgte Konrad. Dabei hielt er das Pausenbrot in der einen, die Tasche mit den Zeichenutensilien in der anderen Hand.

Im Halbdunkel von Konrads Hütte angekommen, trat der alte Mann an einen wackligen Schrank, ging davor in die Hocke und schien etwas zu suchen. »Setz dich«, forderte er Sally auf, ohne sich zu ihm umzudrehen.

Sally hockte sich an den Tisch. »Was hast du vor?«, fragte er kauend.

»Moment, gleich hab ich – hier, nein, jetzt aber.« Konrad richtete sich zu seiner vollen Größe auf und trat an den Tisch. Er hielt eine Mappe in den groben Händen, legte sie vor Sally hin und klappte sie auf. Mit stolzer Miene präsentierte er ihm kolorierte Zeichnungen. Die Motive zeigten zahlreiche Schiffe, die Silhouetten von fremden Städten und einige unbekleidete Frauen.

»Das ist großartig«, staunte Sally. »Ich wusste nicht, dass du auch malst.«

»Ich male nicht mehr«, erwiderte Konrad ein wenig betrübt. »Ich habe gemalt. Früher, als ich noch zur See gefahren bin. Immer wenn wir mit dem Schiff irgendwo vor Anker gingen, nutzte ich die freie Zeit, um meine Technik zu perfektionieren.« Er lachte. »Nicht mit dem gewünschten Erfolg, wie du siehst.«

»Doch, doch«, beteuerte Sally, während er sich durch die Werke blätterte und immer wieder anerkennend nickte. »Das ist großartig.«

»Findest du?«

»Und ob. Wir sollten gemeinsam eine Ausstellung ausrichten.« Er war beflügelt von der Idee, musste sich nun aber von Konrad verabschieden, da die Zeit drängte. Sicher vermisste Flora ihn schon im Laden. »Ich muss los«, sagte er mit bedauerndem Blick, »aber ich komme wieder, und dann sehen wir, was wir gemeinsam bewegen können.« Er erhob sich und verabschiedete sich hastig von dem kauzigen Kerl, den er inzwischen ins Herz geschlossen hatte.

*

Es fühlte sich eigenartig an, endlich wieder ohne eine besorgt dreinblickende Krankenschwester an seiner Seite draußen zu sein. Sekundenlang war der alte Mann von der Mittagssonne geblendet. Er hob die freie Hand und schirmte die Augen ab. So stand er da und blinzelte, während er tief durchatmete und die frische Luft in seine Lunge sog. Albert Holst griff den Trageriemen seiner Tasche fester, als er sich in Bewegung setzte. Die Sommersonne wärmte ihn, während er den Wandelgang des Spitals durchschritt. Ohne sich noch ein letztes Mal umzuschauen, suchte er den Weg in die Innenstadt und erreichte schon bald die imposante Nikolaikirche. Unterwegs spürte er, wie ihm das Laufen mit jedem Schritt, den er tat, leichter fiel. Er fühlte sich, als würde heute sein neues Leben beginnen. Der Aufenthalt im Spital, die Distanz von seinem frustrierenden Alltag mit all den Schrecken der vergangenen Monate hatten ihm gutgetan.

Gedankenverloren trottete er durch die belebten Straßen und erreichte schließlich den Marktplatz. Die Giebelhäuser, die den Platz flankierten, schienen sich in den Schatten der Nikolaikirche zu ducken. Zwischen den hölzernen Marktbuden herrschte ein munteres Treiben. Bunte Fähnchen flatterten im sanften Sommerwind. Männer und Frauen huschten zwischen den Ständen umher, während die Marktbeschicker ihre Waren lautstark feilboten.

Hier roch es nach frisch gebackenem Brot, exotisch anmutenden Gewürzen, Fisch und geräuchertem Fleisch. Holst verspürte dennoch keinen Hunger – man hatte ihn erst nach dem Mittagsmahl aus dem Spital gehen lassen. Jetzt sagte er sich, dass so die Freiheit roch. Mit einem Lächeln auf den Lippen schnupperte er genießerisch.

Als gerade ein bunt gekleideter Straßenmusikant seinen Weg kreuzte, riss ihn das wütende Kreischen einer Frau vom Gemüsestand aus den Gedanken. Die alte Frau schickte dem Musikanten wilde Flüche hinterher und behauptete, dass der Mann mit der Flöte ihre Kundschaft vertrieb.

Holst musste an die Sage vom Rattenfänger aus Hameln denken. Eine gewisse Ähnlichkeit mit dem Mann aus der Geschichte konnte man diesem Straßenmusikanten hier nicht absprechen. An seinem bunten Gewand befanden sich unzählige kleine Glöckchen, die munter im Takt seiner ausladenden Schritte klimperten und so sein Flötenspiel begleiteten.

Holst lachte auf, als die Alte vom Gemüsestand dem Flötenspieler einen hellroten Apfel hinterherwarf, der ihn nur um Haaresbreite verfehlte und den Musikanten nicht im Geringsten zu beeindrucken schien.

*Das Leben ist schön*, dachte Holst amüsiert, als er seinen Weg fortsetzte. Ihn zog es nach Hause, einem Ort, mit dem er fortan weniger schwere Gedanken verbinden würde. Zwar würde die neue Leichtigkeit seine Margarete nicht zurückbringen, aber die schwere Last des Ladens, der keinen Gewinn abwarf, hatte ihm das junge Paar abgenommen. Flora Baumann und Leonhard Tietz würden fortan tagein, tagaus hinter der Theke stehen und dem Laden zu neuem Leben verhelfen.

Dieser Leonhard schien ein gutes Gespür dafür zu haben, wie man einen Laden in den Erfolg führte. Und seine Braut war pfiffig, wenn es darum ging, den Laden ansprechend zu dekorieren und ihren Mann zur gebotenen Vorsicht anzuhalten. Auch im Umgang mit den Kundinnen hatte Flora in der Zeit bei ihm viel lernen können. Für die junge Frau empfand er fast väterliche Gefühle. Sie war ein guter Mensch. Für Holst bestand kein Zweifel daran, dass die beiden das rechte Rüstzeug mitbrachten, um in den kommenden Jahren erfolgreiche Geschäftsleute zu werden. Die tiefe Trauer, die ihn bisher immer befallen hatte, wenn er an den Verkauf des Ladens dachte, war verflogen. Holst war mit sich im Reinen, der Erlös aus dem Verkauf des Geschäfts half ihm, schuldenfrei in seinen verdienten Lebensabend aufzubrechen. Zum ersten Mal in seinem Leben freute sich Holst auf seinen Ruhestand.

# Kapitel 30

Leonhard liebte den Geruch von Papier und Druckerschwärze. Eine Woche war vergangen, seitdem er mit Flora und Sally in der Stube gesessen hatte, um die Besonderheiten ihres Ladens zusammenzufassen, die Umbauarbeiten standen nun kurz vor dem Abschluss. Schon jetzt ließ sich erkennen, wie sich das kleine Kaufhaus seiner Kundschaft präsentieren würde. Das Lager hinter dem Ladenlokal platzte bereits aus allen Nähten. Wann immer es möglich gewesen war, hatte er ohne Zwischenhandel direkt bei den Herstellern seine Waren bezogen. Und durch die festen Preise, die kein Feilschen zuließen, konnte er nicht nur schätzen, was der Laden an Umsatz abwerfen würde, sondern exakt planen. Das verlieh ihm schon vor der großen Eröffnung einen Vorteil. Bald war es endlich so weit – die Eröffnung stand unmittelbar bevor. Aus diesem Grunde hatte es Leonhard heute in die Büroräume der *Stralsundischen Zeitung* verschlagen. Kurz dachte er an seine Überlegungen zurück, sich selbst mit einer Zeitung zu verwirklichen. Leonhard war wortgewandt und hatte ein Gespür für Themen, die Menschen bewegten. Doch nun hatte er andere Pläne. Er würde Jakob Engels die alleinige Herrschaft der Stralsunder Presselandschaft überlassen. Aber er hatte einen Weg gefunden, mit Engels zu kooperieren. Die Zeitung war ein mächtiges Instrument, das er jetzt für seine Mission nutzen wollte.

Er war so in seine Gedanken versunken, dass er nicht gehört hatte, wie sich hinter ihm Schritte näherten, und zuckte zusammen, als das tiefe Organ von Doktor Jakob Engels ertönte.

»Werter Herr Tietz, was kann ich für Sie tun?«

Ein wenig erschrocken fuhr Leonhard herum und blickte in das runde Gesicht von Jakob Engels, dem Herausgeber der *Stralsundischen Zeitung*. Dessen Büro hatte er bei seiner Ankunft verwaist vorgefunden. So war er davon ausgegangen, dass Engels kurz nebenan in der Druckerei war, um seine Mitarbeiter mit Arbeit zu versorgen. Auf dem Schreibtisch befanden sich unzählige beschriebene Papierbögen, ein imposantes Tintenfass und eine große Feder, die in einem Köcher aus Messing steckte. An der äußersten linken Ecke diente ein hölzerner Globus als Blickfang. Die Kugel war in liebevoller Handarbeit koloriert worden. Links befand sich ein Regal, das unter der Last der Bücher fast zusammenzubrechen schien, rechts gab es eine Landkarte, die den Strelasund abbildete und von unzähligen winzigen Nadeln perforiert war. Leonhard fragte sich, welche Punkte die Nadeln markierten.

Jetzt stand Jakob Engels vor ihm. Lautlos, so hatte es für Leonhard den Anschein, war er hinter ihm aufgetaucht. Mit seiner massigen Gestalt füllte er fast den gesamten Türrahmen aus. Er trug eine dunkelbraune Schürze über dem strahlend weißen Hemd, der Stehkragen war frisch gestärkt, das Halstuch lag locker um den Kragen. Engels' Haar war schlohweiß, dicht und wellig, ebenso wie sein Vollbart, an dem er jetzt herumzupfte, während er seinen Gast durch die dünnen Gläser des Zwickers begutachtete.

»Herr Engels, wie schön, Sie zu sehen.« Leonhard räusperte sich und überspielte so den kleinen Schrecken, den Engels ihm eingejagt hatte. »Ich würde gern ein Inserat für die Zeitung am 14. August aufgeben.« Er zog den Briefbogen hervor, auf dem er sich am Vorabend mit Flora den Text der Zeitungsannonce notiert hatte. Wortlos reichte er den Zettel dem Zeitungsbesitzer, der sich damit an seinem schweren Holzschreibtisch am Fenster niederließ. Das Blatt Papier schien fast in seinen großen Händen zu verschwinden. Jakob Engels las die Zeilen mehrmals langsam und halblaut, dann schaute er zu seinem Besucher auf und bedachte Leonhard mit einem bewundernden Blick. »Sie sollten bei der Zeitung arbeiten, Herr Tietz. Ihr Sprachgefühl ist großartig.«

»Sie sind also zufrieden?« Leonhard lächelte. Er drehte den Rand seines Zylinders zwischen den Fingern.

»Absolut. Ich hätte den Text nicht besser verfassen können.« Jakob Engels legte den Zettel auf seinen Schreibtisch und las den von Leonhard und Flora verfassten Text noch mal langsam vor:

*Hiermit möchte ich dem hochgeehrten Publikum aus Stralsund und Umgebung die Mitteilung machen, dass ich am heutigen Tage die Firma*

***Leonhard Tietz,***

*Ossenreyer Straße 31*

*im Hause des Herrn Albert Holst*

*ein **Garn-, Knopf-, Posamentier- und Wollwarengeschäft***

***en gros & en détail,***

*verbunden mit einer besonderen Abteilung*

***Spezialität***

*sämtlicher Artikel zur Damen- und Herrenschneiderei eröffnet habe. Langjährige Tätigkeit in einer **Wollstrickgarnfabrik** als auch in einem **Export- und Engros-Haus** für oben benannte Artikel berechtigen mich zu der Hoffnung, allen Ansprüchen genügen zu können. Indem ich Sie ganz ergeben bitte, mein Unternehmen durch Ihre Zuwendung zu unterstützen, spreche ich die Versicherung aus, dass ich durch **reelle Bedienung und billigste Preise** stets bemüht sein werde, Ihr Vertrauen zu gewinnen und zu erhalten.*

*In Hochachtung und Ergebenheit,*

***Leonhard Tietz***

Engels nickte anerkennend, als er zu Leonhard aufschaute. »Ehre wem Ehre gebührt, meine Verlobte und ich haben den Text gemeinsam verfasst«, gestand Leonhard. »Und wir dürfen mit dem Erscheinen des Inserates rechnen, ja?«, fragte er, nur, um sicherzugehen.

»Natürlich, Herr Tietz.« Engels nickte. »Die Rechnung lasse ich Ihnen zukommen.«

»Einverstanden.«

»Sagen Sie, mein Herr«, fuhr Engels interessiert fort. »Sie gehen das Wagnis ein, den heruntergewirtschafteten Laden des Herrn Holst fortzuführen, habe ich das«, er tippte auf den Anzeigentext, »richtig verstanden?«

»Teilweise«, sagte Leonhard. »Teilweise. Wir werden das Geschäft in seinen Räumlichkeiten führen, allerdings haben wir den Laden selbst modernisiert und uns Gedanken gemacht, um die Kundschaft langfristig an uns zu binden.«

»Das klingt interessant.« Der Herausgeber der *Stralsundischen Zeitung* nahm das Manuskript in die Hand und überflog die Zeilen noch einmal. »Was sind das für Ideen, mein Herr?«

»Ich biete meinen Kunden Festpreise, sie dürfen meinen Laden frei vom Kaufzwang betreten und die Ware bei Nichtgefallen umtauschen.«

»Wo sind die Nachteile für Ihre Kundschaft?« Doktor Engels hob eine Augenbraue.

»Es gibt eigentlich keine«, behauptete Leonhard mit einem gewinnenden Lächeln auf den Lippen. »Um meinen Kunden beste Preise garantieren zu können, muss ich zwar auf Barzahlung bestehen, und Feilschen ist auch nicht möglich, aber ich denke, dass das im Endeffekt für alle Parteien von Vorteil ist.«

Engels hatte einen Stift ergriffen und kritzelte sich Notizen auf einen Bogen Papier. Seine Schrift war geschwungen und wirkte elegant. Allerdings konnte Leonhard nichts von dem lesen, was Engels sich notiert hatte. »Das klingt vielversprechend«, räumte der Zeitungsherausgeber schließlich ein. Er blickte zu Leonhard auf. »Warum ist noch niemand vor Ihnen auf diese Ideen gekommen, mein Herr?«

Leonhard lachte. »Das dürfen Sie mich nicht fragen.«

»Wie dem auch sei: Ich wünsche Ihnen schon jetzt viel Erfolg und gute Geschäfte.« Engels stand auf und reichte Leonhard die Hand. Sein Händedruck war fest, aber nicht unangenehm.

Mit einem guten Gefühl verabschiedete sich Leonhard und trat hinaus auf die Straße. Er setzte seinen großen schwarzen Zylinder auf den Kopf und zog ihn weit in die Stirn. Die breite Krempe verhinderte, dass ihn die Sonne blendete. Eigentlich hatte er mit der Kutsche in die Ossenreyer Straße zurückfahren wollen, doch das Wetter war an diesem Tag sehr schön und ein kleiner Fußmarsch würde ihm sicher guttun.

Er pfiff ein leises Lied und betrachtete die Menschen, die ihm auf der Straße begegneten, heute besonders aufmerksam. Jeder Mann und jede Frau, die ihm entgegenkamen, konnten morgen schon seine Kunden sein.

Leutselig lüpfte er den Zylinder und grüßte freundlich. Es fühlte sich gut an, den Leuten von Stralsund bald ein völlig neues Angebot machen zu können. Kurz dachte er an Sallys Worte. Die Familie Wertheim betrieb bereits einen Laden in Stralsund. Auch sie hatten sich Gedanken gemacht, wie man Kunden gewinnen konnte. Für ihre Ideen hatten die Wertheims Frankreich bereist, um sich dort von den großen Markthallen inspirieren zu lassen.

Doch Leonhard war sicher, dass er gemeinsam mit seiner Verlobten den Wertheims immer einen Schritt voraus sein würde. Flora war nicht nur schlau und fleißig, sie hatte auch ein gutes Gespür dafür entwickelt, wie man die Waren angemessen präsentierte und so die Kauflust der Leute weckte. Nein, Leonhard hatte keine Zweifel daran, dass sie mit ihrer Art, ein Geschäft zu führen, Erfolg haben würden.

*

Die Idee von diesem Tietz war ebenso einfach wie genial. Jakob Engels hielt das Manuskript des Inserates und den Zettel mit seinen Aufzeichnungen in Händen und studierte die Worte immer und immer wieder. Festpreise, Barzahlung, Umtauschrecht – die richtigen Ideen zur richtigen Zeit.

Engels stand mit dem Papier am Fenster seines Büros und schaute Tietz nach, der sich mit ausladenden Schritten entfernte, dabei immer wieder freundlich den Hut lupfte, wenn ihm Passanten entgegenkamen. Ein weltoffener, modern denkender Mann war dieser Leonhard Tietz. Doch sosehr ihn seine Kundschaft auch für seine Innovationen schätzen würde, so sehr würden ihn seine Konkurrenten hassen. Es lag für Engels auf der Hand, dass sich viele Kunden in den nächsten Wochen für einen Gang zu Tietz entscheiden würden. Damit kehrten sie möglicherweise bestehenden Geschäften den Rücken, und das würde anderen Händlern zum Nachteil gereichen. Einer, dem diese Ideen nicht behagen dürften, fiel Engels sofort ein. Georg Wertheim war sicher nicht bereit, seine Kundschaft an Tietz zu verlieren. Doch was konnte Engels als Herausgeber einer Zeitung tun, um das zu verhindern? Seit Jahren verband ihn eine innige Freundschaft zum jüngsten Wertheim-Bruder. Sie waren gemeinsam aufgewachsen und hatten dieselbe Schule besucht. Engels war sein Begleiter gewesen, als Georg das Geschäft seiner Eltern Seite an Seite mit seinem Bruder übernommen hatte. Hier standen Existenzen auf dem Spiel, darüber war Jakob Engels sich klar.

Nein, Freunde ließ man nicht im Stich. Kurz überlegte Jakob Engels, dann faltete er das Manuskript fein säuberlich zusammen. Er strich mit den Fingerkuppen die Kanten glatt und steckte den Papierbogen in seine Jackentasche. Dann riss er sich vom Fenster los, durchmaß sein Büro und nahm den Hut vom Haken. Er fühlte sich geradezu dazu verpflichtet, Georg Wertheim einen Besuch abzustatten, bevor es zu spät war. Wenige Minuten später verließ er die Druckerei und sah zu, dass er eiligen Fußes in die Mühlenstraße kam. Als seine Hand in die Jackentasche fuhr, fühlte er das Papier, auf dem Tietz seine Anzeige formuliert hatte.

# Kapitel 31

Zwei Tage später war der große Tag gekommen. Flora hatte kaum geschlafen vor Aufregung, doch müde war sie nicht, als sie sich schon in den Morgenstunden auf das Rad schwang, um zur Ossenreyer Straße zu fahren. Noch herrschte kaum Betrieb in den Straßen der Stadt, noch schliefen die meisten Menschen. Der Morgen war frisch, und sie hatte sich eine Jacke übergezogen, bevor sie das Haus verlassen hatte. Der Fahrtwind kühlte ihre vor Aufregung erhitzten Wangen. Im Osten graute der Morgen, und Flora freute sich, dass es heute endlich so weit war. Leonhard hatte ihr versichert, in einer knappen Stunde auch nachzukommen, Sally und Anna würden ebenfalls gleich dabei sein. Flora hoffte, in der Stunde vor der Ladenöffnung noch ein wenig Zeit zu finden, um noch einmal Luft zu holen vor dem großen Ansturm. Doch als sie mit dem Rad um die Straßenecke bog, sah sie schon von Weitem die Menschentraube, die sich bereits vor dem Laden gebildet hatte.

Ungeduldig warteten die Leute auf die Neueröffnung des Geschäfts. Flora verlangsamte die Fahrt und rieb sich mit einer Hand die Augen, doch das Bild blieb – sie träumte nicht. »Ich werde verrückt«, murmelte sie und schüttelte ungläubig den Kopf. Dass der erste Tag im Laden turbulent werden würde, war ihr klar gewesen, doch dass sich die Menschen schon im Morgengrauen vor dem Laden versammelten, hätte sie niemals vermutet.

Als sie sich dem Haus näherte, erkannte sie Albert Holst, der den Oberkörper aus dem Fenster über dem Laden streckte und mit den Armen ruderte. »Wo bleibst du denn, Mädchen?«, rief er gegen das Gemurmel der Menge an. »Die Leute warten schon auf euch!«

»Gleich geht es los!«, rief sie zu ihm hinauf. Sie sprang vom Veloziped und bahnte sich einen Weg durch die Menschenmenge. Nur zögerlich machten ihr die Leute Platz. Erst als ein dicker Mann murmelte, dass es sich bei der jungen Frau mit den braunen Haaren wohl um das Ladenmädchen handele, gaben sie ihr den Weg frei. Sie stellte das große Rad ab und klimperte mit dem schweren Schlüssel der Ladentür, und nun schienen die Leute zu begreifen, dass Flora die Ladenbesitzerin war.

»Wir öffnen eigentlich erst in einer Stunde«, sagte sie laut, während sie den Schlüssel ins Schloss schob. »Aber da Sie nun schon einmal hier sind und so lange gewartet haben, mache ich eine Ausnahme, meine werten Herrschaften.« Sie stand vor dem Laden und wünschte sich Leonhard herbei. Doch ihr Verlobter wusste noch nicht, auf welches Interesse seine Zeitungsannonce bei der Stralsunder Bevölkerung gestoßen war. Also blieb ihr nichts anderes übrig, als sich allein um die Kundschaft zu kümmern. »Ich heiße Sie herzlich willkommen in unserem neuen Geschäft«, verkündete sie. »Kommen Sie herein, schauen Sie sich um und überzeugen Sie sich von unseren höchst attraktiven Angeboten und von unserem breiten Sortiment.«

»Wer gibt dem Ladenmädchen das Recht, hier Entscheidungen zu treffen?«, raunte eine Frau ihrer Begleiterin ins Ohr. Doch sie hatte laut genug gesprochen, dass Flora sie hören konnte. Als sie sich zu der Dame umwandte, erkannte sie, dass es sich um die Kundin handelte, der sie vor einigen Wochen den Stoff für ihr neues Kleid verkauft hatte. Dabei war sie dem Wunsch der Frau, anschreiben zu lassen, nicht nachgekommen. Eine äußerst unangenehme Person, erinnerte sich Flora, doch sie hatte nicht vor, sich von ihr den Tag verderben zu lassen, und schenkte ihr ein entwaffnendes Lächeln.

»Wer sagt denn, dass ich das Ladenmädchen bin?«, antwortete

sie kokett und erntete dafür ein zustimmendes Lachen der anderen Menschen. »Heute darf ich Sie als Ladenbesitzerin begrüßen, meine Dame.«

»Ach was.« Die Frau ließ sich nicht beirren. Sie schnaubte humorlos und zog wie zum Gegenbeweis einen Papierfetzen hervor, um ihn in die Höhe zu halten. Flora erkannte die Anzeige, die Leo bei Jakob Engels aufgegeben hatte. »Das Inserat«, sagte sie unbeeindruckt, »hat mein Verlobter aufgegeben.« Als die unangenehme Frau sie nur mit einem zweifelnden Blick bedachte, fuhr Flora fort: »Wir werden den Laden gemeinsam führen, deshalb darf ich Sie auch im Namen meines künftigen Mannes Leonhard Tietz herzlich willkommen heißen.«

»Damit dürften alle Unklarheiten beseitigt sein.« Unbemerkt war Albert Holst hinter Flora aufgetaucht. Er wirkte zum ersten Mal seit Langem entspannt und ausgeschlafen. Gewinnend lächelte er in die Menschenmenge, bevor er Flora verschwörerisch zuzwinkerte. »Und ich möchte die Gelegenheit nutzen, mich ganz offiziell von meiner jahrelang treuen Kundschaft zu verabschieden.« Er machte eine Pause und kratzte sich am Kinn. Jetzt sah Flora, dass die Augen des alten Mannes feucht schimmerten. »Es ist an der Zeit, die Geschicke meines Ladens der nächsten Generation anzuvertrauen. Lassen Sie sich überzeugen von den Ideen und Konzepten, die Flora Baumann und Leonhard Tietz sich ausgedacht haben, um Sie zufriedenzustellen, meine Damen und Herren.« Er nickte Flora zu. »Brauchst du mich hier noch?«

Flora schüttelte mit einem seligen Lächeln den Kopf. »Nein«, flüsterte sie ihm zu. »Danke. Danke für alles, was Sie für uns getan haben, Herr Holst.«

Er winkte ab. »Schon gut, Mädchen, schon gut.« Schnell wandte er sich um und betrat das Geschäft. Ohne sich noch einmal zu ihr umzusehen, ging er in seine Wohnung im oberen Stockwerk.

Flora war zutiefst gerührt, hatte aber nicht die Zeit, ihm zu folgen und ihn in die Arme zu schließen. Sie musste sich um ihre Kundschaft kümmern. »Dann darf ich Sie jetzt zu einer Besichtigung einladen«, sagte sie laut, stellte die Ladentür auf und trat ins Geschäft. »Bitte folgen Sie mir, meine Damen und Herren, schauen Sie sich um, es besteht kein Kaufzwang, und sollten Sie etwas erwerben wollen, versichere ich Ihnen, die besten Preise anbieten zu können.«

Ihr Herz schlug vor Aufregung, als die Menschen, die so lange und geduldig gewartet hatten, zum ersten Mal den kleinen Laden betraten und sich voller Neugier umschauten. Wie lange hatte sie auf diesen Augenblick hingearbeitet?

# Kapitel 32

Die Menschen strömten den ganzen Tag über in den kleinen Laden, und zeitweise hatten Flora, Anna, Sally und Leonhard Schwierigkeiten, sich einen Weg durch die Kundinnen zu bahnen. Dabei war es auffällig, dass nur wenige Männer den Weg ins Geschäft fanden, doch das war dem Sortiment ihres Ladens zuzuschreiben. Schon gegen Mittag taten Flora die Füße weh, doch sie wurde nicht müde, die interessierten Käufer willkommen zu heißen und sie mit Herz und Verstand zu beraten. Albert Holst wäre sicher stolz auf sie gewesen. Sie fragte sich, wie es dem Vorbesitzer ihres Ladens wohl gerade ging. Vermutlich saß er oben in seiner kleinen Wohnung und grübelte über den Verkauf seines geliebten Geschäfts.

Flora suchte Leonhard und fand ihn an einer der Verkaufssäulen. Hier beriet er gerade eine füllige, ältere Dame. Wortgewandt präsentierte er ihr einige Bordüren, die sie zum Besatz ihrer selbst genähten Kissen benötigte. Als Leonhard bemerkte, dass Flora ihn sprechen wollte, entschuldigte er sich. »Gern dürfen Sie sich selbst einen Überblick über unser Sortiment an Bordüren verschaffen, schauen Sie sich ganz in Ruhe um und entscheiden Sie. Ich darf mich kurz empfehlen und stehe Ihnen selbstredend gleich wieder zur Verfügung.« Er deutete eine Verbeugung an und ließ die Frau allein.

»Ist etwas passiert?«, raunte er Flora zu, als sie ein wenig abseitsstanden.

»Ich frage mich, wie es Herrn Holst wohl geht.«

»Ich für meinen Teil habe ihn schon seit Tagen nicht mehr zu Gesicht bekommen«, überlegte Leonhard.

»Heute Morgen war er kurz hier, aber seitdem habe ich ihn auch nicht mehr gesehen.« Flora spürte, wie sie eine Gänsehaut bekam.

»Er wird seinen wohlverdienten Ruhestand genießen und überlässt uns die Arbeit.« Leonhard schien im Gegensatz zu ihr keine Bedenken zu haben, weil der alte Ladenbesitzer nun allein in seiner Wohnung saß. Flora behagte der Gedanke nicht, dass Holst unter seiner Einsamkeit ausgerechnet heute, an ihrem ersten Tag, litt. In den letzten Tagen vor der Eröffnung hatte sie kaum Zeit gefunden, nach dem alten Mann zu schauen, und das bereute sie jetzt. Ein ungutes Gefühl breitete sich in ihr aus.

»Ich werde nach ihm schauen«, sagte sie. »Danach ist mir sicher wohler.«

»Wie du meinst.« Leonhard nickte verständnisvoll.

Flora murmelte eine Entschuldigung, dann bahnte sie sich den Weg zum hinteren Bereich des Ladens. Von dem Korridor hinter dem Stoffvorhang zweigte eine Tür ins Treppenhaus ab. Sie zog den Riegel am Kastenschloss zurück und trat in den kühlen Hausflur. Das Stimmengewirr der Menschen im Laden drang nur noch gedämpft an ihre Ohren. Die frische Luft im Treppenhaus kühlte ihre erhitzten Wangen. Nachdem sie einen Moment innegehalten hatte, legte sie eine Hand auf den hölzernen Handlauf der Treppe und stieg über die ausgetretenen Stufen ins erste Stockwerk. Die Wohnungstür war nur angelehnt. Flora zögerte und lauschte in Albert Holsts Refugium.

»Herr Holst?«, fragte sie zaghaft, als sie von drinnen kein Geräusch hörte. Zögerlich klopfte sie an die Wohnungstür.

Als sie keine Antwort erhielt, wagte sie einen neuen Versuch. Sie klopfte erneut, diesmal ein wenig energischer, und rief seinen Namen.

»In der Küche«, ertönte schließlich die Antwort des alten Mannes. »Ich kann gerade nicht weg.«

Die Anspannung wich von Flora, sie atmete ein paarmal tief durch, dann setzte sie einen Fuß über die Türschwelle. Der Duft nach gebratenem Fleisch hing in der Luft. Sie traf Albert Holst in der kleinen Küche an. Er bereitete sich ein Mittagessen zu. »Fleisch«, sagte er lächelnd, als er sie bemerkte. »Ich habe mir zur Feier des Tages etwas gegönnt.«

Flora lächelte. »Das freut mich. Was gibt es denn zu feiern?«

»Den Tag meiner Freiheit, Kind. Ich bin so froh, dass ich endlich ein freier Mann bin. Und heute beginnt unten im Laden ein neues Leben – euer Leben.«

»Ich dachte, Sie sind deshalb vielleicht traurig.« Flora trat näher und warf einen Blick in den Topf. Er hatte reichlich Kräuter und Gewürze hinzugegeben, so dass allein der wundervolle Geruch seiner Mahlzeit ihren Hunger weckte.

»Ach was«, sagte er sichtlich amüsiert, »es geht mir besser denn je.« Holst, der ihren hungrigen Blick bemerkt hatte, machte eine einladende Geste. »Komm«, sagte er, »setz dich und iss etwas mit, dann reden wir in Ruhe.«

*

»Wenn das so weitergeht, sind wir in zwei Tagen ausverkauft.« Leonhard stand hinter Flora im Büro und sah ihr dabei zu, wie sie Inventur machte. Es war eine Stunde nach Ladenschluss, einige Tage nach der großen Eröffnung, und sie hatten Sally und Anna in den Feierabend geschickt. Leonhard hatte den Laden gefegt und war sich auch nicht zu schade gewesen, mit einem feuchten Tuch über die Ladentheke zu wischen – sonst die Aufgabe des Ladenmädchens, doch Anna hatte sich ihren Feierabend nach einem ereignisreichen Tag mehr als verdient, zumal sie sich noch um Carl Auer kümmern musste. Ihr Vermieter wartete auf sein Abendmahl.

Trotzdem hatte Anna mehrfach gefragt, ob es wirklich in Ordnung wäre, wenn sie jetzt schon ginge. Sallys Freundin war ein Goldstück, sie arbeitete von früh bis spät und kümmerte sich anschließend noch um die Wohnung ihres Vermieters. Da blieb nur wenig Zeit für Sally. Flora hatte sich vorgenommen, den beiden am kommenden Sonntag einen Ausflug zu ermöglichen.

»Die Lieferanten kommen kaum mit unseren Bestellungen nach«, bemerkte Leonhard, der Flora über die Schulter sah und die Liste studierte. »Und dann noch diese unerträglichen Lieferzeiten«, stöhnte er. »Uns muss etwas einfallen, die Prozesse zu beschleunigen.«

Flora nickte. »Dafür«, sagte sie und deutete auf die Kasse, »haben wir einen ansehnlichen Umsatz erwirtschaftet, und jeden Tag wird es ein wenig mehr.« Ihre Ängste, dass sie trotz aller Ideen und Fleiß ein ähnliches Schicksal wie Albert Holst erleiden könnten, waren verflogen. Seit Tagen strömten die Kunden in ihr kleines Geschäft, und es wurden, so hatte Flora den Eindruck, immer mehr.

»Wir machen alles richtig«, lächelte Leonhard und legte ihr eine Hand auf die Schulter. Als er sich über sie beugte, spürte sie seinen Atem in ihrem Nacken. Sie erschauderte und sehnte die Berührung seiner Lippen auf ihrer Haut herbei.

»Unsere Mühen haben sich gelohnt«, flüsterte er gleich neben ihrem Ohr, bevor er seinen Mund auf ihre Halsbeuge senkte und sie wohlig erschauern ließ. »Und um die Sache mit dem Nachschub werde ich mich gleich morgen kümmern, versprochen.« Er nahm ihr den Schreiber, den sie in der Hand hielt, ab und schlug die schwere Kladde mit den Bestellungen zu. »Morgen ist auch noch ein Tag«, flüsterte er, dann spürte sie seine warmen Lippen in ihrem Nacken. Genussvoll schloss Flora die Augen und ließ ihn gewähren. Zärtlich strichen seine Hände über ihre Schultern und ließen sie die Hektik des zurückliegenden Tages schnell vergessen.

Als sie sich zu ihm umdrehte, fanden sich ihre Lippen zu einem leidenschaftlichen Kuss. »Wir sind allein«, sagte Leonhard, als er ihren zweifelnden Blick sah. »Niemand stört uns, Bella.« Damit schmolz ihr Widerstand wie Wachs in der Sonne, und sie gab sich seinen Liebkosungen hin.

*

Am nächsten Tag musste Leonhard gegen Mittag los. Er traf sich mit einem namhaften Bankier aus Berlin, danach hatte er ein Treffen mit einem Geschäftsfreund, dessen Name Flora nichts sagte. Dieser Friedrich Lager hatte mit Weiß- und Posamentierwaren nichts zu schaffen, sonst würde Flora ihn sicher kennen. Ihr sollte es recht sein, bestimmt würde Leonhard ihr später vom Grund seines Treffens berichten.

So verbrachte sie den Tag nur mit Anna und Sally im Geschäft. Dabei kam keine Langweile auf, denn ständig hielten sich Kundinnen im Laden auf, die sich beraten ließen und anschließend ihre Einkäufe tätigten. Von ihrem Recht, den Laden zu verlassen, ohne etwas gekauft zu haben, machten nur wenige Kunden Gebrauch.

Während sich die jungen Frauen um die Wünsche der Kundschaft kümmerten, war Sally damit beschäftigt, die Regale ständig neu aufzufüllen.

»Das Material wird langsam knapp«, raunte er Flora einmal zu. »Die Kunden reißen uns die Ware förmlich aus den Händen.«

Flora nickte mit einem glücklichen Lächeln. »Ist doch gut so.«

»Ja«, stimmte er ihr zu, während er die Leiter erklomm, die er an eines der deckenhohen Regale gelehnt hatte, »das ist der wohlverdiente Lohn für all unsere Mühen.«

*

Nachdem Anna die Wohnung des Lehrers auf Vordermann gebracht hatte, bereitete sie sich ein schnelles Frühstück zu. In der Küche fand sie ein Stück Brot, Butter und Schinken, der so verführerisch duftete, dass ihr das Wasser im Mund zusammenlief. Sie hatte es gut getroffen bei Carl Auer. Nur der Umstand, dass der Lehrer keinen Herrenbesuch duldete, trübte die Freude über die ansonsten gute Unterkunft. Sie bedauerte, in den Abendstunden auf Sallys Gesellschaft verzichten zu müssen. Tagsüber fanden sie kaum Zeit für einen Augenblick unter sich, dabei hätte sie ihm so viel zu sagen gehabt. Und abends fiel sie erschöpft ins Bett, so dass sie keine Energie hatte, sich irgendwo draußen mit Sally zu treffen.

Doch Anna wollte nicht klagen, sie war dankbar für ihre Anstellung und die schöne Unterkunft. Sollte es Sally wirklich ernst mit ihr sein, würde er sicher schon bald eine Lösung finden. Sie wollte ihn nicht unter Druck setzen.

Nachdem Anna gefrühstückt hatte, räumte sie den Tisch ab und spülte das benutzte Geschirr, dann griff sie nach ihrer Tasche und verließ die Wohnung.

Sie freute sich auf den Arbeitstag im Laden. Inzwischen war Leonhard Tietz damit beschäftigt, neue Lieferanten zu gewinnen. Das Geschäft lief erstklassig, von morgens bis abends suchten die Kunden den neuen Laden an der Ossenreyer Straße auf, um sich mit Stoffen, Garnen und anderen Materialien einzudecken. Schon jetzt waren zahlreiche Regale im Lager leer, und die Lieferanten kamen kaum nach, um die von Leonhard eingehenden Bestellungen abzuarbeiten. Sally half seiner Schwester, wo er nur konnte, während Anna schon seit dem ersten Tag als fleißiges Ladenmädchen hoch in der Gunst der Kunden stand. Die Arbeit bereitete ihr viel Freude, sie liebte den Umgang mit Menschen und war kreativ, wenn es darum ging, die Kundinnen hinsichtlich der Farbgebung eines Kleides oder des Zubehörs zu beraten. Ja, sie hatte sich gut eingelebt im Alltag des Posamentierwarengeschäfts von Leonhard Tietz und seiner Verlobten.

Als Anna um die Ecke bog, bemerkte sie einen auffällig schlanken und hochgewachsenen Mann im teuren Anzug, der sichtlich interessiert vor dem Laden stand und die Auslagen der beiden Schaufenster musterte. Während Anna sich ihm näherte, verlangsamte sie ihre Schritte, um den Fremden besser beobachten zu können. Der schwarze Zylinder auf seinem Kopf verlieh dem Mann ein aristokratisches Aussehen. Seine Bewegungen wirkten vornehm, so als handele es sich bei ihm um einen Adligen. Während er vor dem Laden stand, lag seine rechte Hand auf einem Gehstock, der mit einer Schicht schwarz glänzenden Klavierlacks versehen war und ebenso edel wirkte wie alles an ihm.

Als er sich zu ihr umwandte, sah Anna, dass der Mann nicht viel älter war als sie selbst. Seine Bekleidung wollte nicht recht zu ihm passen, erinnerte sie Anna doch an den Sonntagsanzug ihres Vaters.

Auch er betrachtete sie sichtlich interessiert und deutete ein Nicken an, als sie sich ihm näherte.

Anna grüßte ihn freundlich, doch er lächelte nur. Als sich Anna daranmachte, die Ladentür aufzusperren, riss sich der vornehme Mann vom Anblick des Schaufensters los und machte Anstalten, ihr in den Laden zu folgen.

»Entschuldigung«, sagte Anna schnell. »Wir haben noch geschlossen.«

Der Mann hielt inne und zog die Mundwinkel herunter. »Mein verehrtes Fräulein«, sagte er, wobei seine Stimme nasal klang und seine kalten Augen für Annas Geschmack etwas zu lange auf ihr ruhten, »Sie werden doch einen potenziellen Kunden nicht davon abhalten wollen, das Geschäft zu betreten.« Er schien seinen Unmut nur schwer unterdrücken zu können.

»Es tut mir leid«, sagte Anna, während sie mit sich rang. Kurz überdachte sie die Situation. Leonhard, Flora und Sally würden erst in einer halben Stunde kommen, wenn der Laden offiziell seine Pforten öffnete. Sie war heute früh dran und wollte die Zeit nutzen, um die Lagerbestände zu prüfen. »Wir öffnen erst in einer halben Stunde.«

»Darf ich mich wenigstens ein wenig umschauen?« Jetzt lächelte der aristokratische Mann gewinnend. »Ich bin schrecklich neugierig.«

»So leid es mir tut, ich habe strengste Anweisungen, die ich zu befolgen habe, und ich darf Sie noch nicht hereinlassen.« Anna hielt dem bohrenden Blick ihres Gegenübers stand und baute sich demonstrativ im Eingang zum Laden auf. »Ich muss Sie bitten, uns während der Öffnungszeiten zu besuchen, mein Herr.«

Der Fremde nickte nachdenklich und schenkte Anna ein feines Lächeln. »Respekt, Fräulein«, sagte er leise und wandte sich um. Auf dem Bürgersteig angekommen, drehte er sich noch einmal zu ihr um, tippte sich mit zwei Fingern zum Gruß an die Krempe des schwarzen Zylinders, schwang seinen Gehstock und zog hocherhobenen Hauptes davon, ohne sich noch einmal zu ihr umzudrehen. Auch im Gehen strahlte er eine majestätische Haltung aus. Anna fragte sich, was ein Mann seines Standes zu früher Stunde schon in einem Laden für Kurzwaren suchte. Auch wenn er noch recht jung war, gab es sicherlich Dienstmädchen, die ihm seine Wünsche von den Lippen ablasen, die für ihn kochten, nähten und einkauften. Anna wurde das Gefühl nicht los, dass mit diesem Mann etwas nicht stimmte. Warum bekundete er ein solches Interesse an dem Laden? Sosehr sie sich den Kopf zermarterte, ihr wollte keine Erklärung einfallen.

Die Aufregung über das seltsame Treffen fiel nur langsam von ihr ab. »Puh«, kam es über Annas Lippen, nachdem der Mann endlich um die nächste Häuserecke verschwunden war. Sie atmete tief durch und schloss den Laden auf. Während sie einen Fuß über die Schwelle setzte und das kleine Glöckchen des Herrn Holst über ihrem Kopf läutete, fragte sich Anna, ob es richtig war, einen offenbar wohlhabenden Kunden auf einen späteren Zeitpunkt zu vertrösten und ihn fortzuschicken. Sie beschloss, Flora später davon zu berichten. Im Laden drückte sie die Tür zu und schloss sofort hinter sich ab. Ein Teil von ihr fürchtete sich davor, dass der seltsame Mann zurückkam.

*

Je länger er darüber nachdachte, umso mehr wurde ihm klar, dass ihm die junge Frau gefiel. Bei ihr handelte es sich offenbar um ein Ladenmädchen, die morgens als Erste kam, um den Laden für den Tag herzurichten. Sie imponierte ihm. Sie hatte ihn vehement abgewiesen, dabei hätte er sich so gern umgeschaut, wollte sich einen Überblick über das Sortiment und die Auswahl der feilgebotenen Artikel verschaffen, ja, vielleicht sogar eine Kleinigkeit erwerben. Doch das Mädchen hatte ihn weggeschickt.

Während er hocherhobenen Hauptes durch die Straßen marschierte, lauschte er dem monotonen Klackern der eisernen Spitze seines Gehstocks und dachte nach. Die junge Frau war freundlich, aber bestimmt in ihrer Wortwahl gewesen und hatte sich nicht von ihm beeindrucken oder gar verängstigen lassen. Ein tolles Mädchen und bildhübsch dazu. Fieberhaft überlegte er, wie er sie für sich gewinnen könnte.

Inzwischen hatte er die Mühlenstraße erreicht und verlangsamte seine Schritte, um an der imposanten Fassade des Geschäftshauses hinaufzuschauen. »Es besteht kein Zweifel«, murmelte er zu sich selbst, »das größte Detailgeschäft gehört uns.« Dann schritt er auf den Seiteneingang zu, um das Gebäude zu betreten. Dabei stieß er um ein Haar mit einem zierlichen Ladenmädchen zusammen, dem die Begegnung sichtlich unangenehm war. »Verzeihung, mein Herr«, entschuldigte sie sich mit gesenktem Blick, und als er nichts erwiderte, blieb sie stehen und sah ihn nun direkt an. »Oh, guten Morgen, Herr Wertheim.«

*

Als Flora wenig später den Laden betrat, bemerkte sie gleich, dass mit Anna etwas nicht stimmte. So verschlossen und in sich gekehrt kannte sie das Mädchen gar nicht. Sie wartete auf den richtigen Moment, um sie darauf anzusprechen, und bereitete alles für den Tag vor. Leonhard und Sally waren noch unterwegs, sie hatten eine Besorgung zu erledigen, um die sie ein großes Geheimnis gemacht hatten. Flora fragte sich, was die Männer jetzt schon wieder ausheckten, und war bereit, sich von Sally und Leonhard überraschen zu lassen.

Während Anna vorn im Laden war, um die Regale aufzuräumen, hatte Flora das Münzgeld für die Kasse gezählt. Die ersten Tage hatten die Erkenntnis gebracht, dass eine ausreichende Menge an Wechselgeld unerlässlich war. Nun nahm sie das Holzkästchen mit den Münzen, verließ das Büro und begab sich zum Ladenlokal. Anna zeigte sich weiterhin wortkarg. Da ihnen nur wenige Minuten blieben, bis der Laden seine Türen öffnete, beschloss Flora einen Vorstoß. Nachdem sie die Schublade mit den Münzen in die Kasse geschoben hatte, trat sie neben das Ladenmädchen.

»Stimmt etwas nicht?«

Als Anna sich zu ihr umwandte, hatte ihr Gesicht eine tiefrote Färbung angenommen. »Ich glaube, dass ich einen schrecklichen Fehler gemacht habe.«

Also hatte Floras Gefühl sie nicht getrogen. »Anna, du arbeitest zuverlässig, wir wissen deine Arbeit als Ladenmädchen sehr zu schätzen, und die Kunden lieben dich. Was auch immer geschehen ist, ich bin sicher, es war nicht so schlimm.«

Bei Floras lobenden Worten erhellte ein zaghaftes Lächeln Annas hübsches Gesicht. »Das weiß ich sehr zu schätzen«, sagte sie. »Dennoch habe ich heute Morgen vielleicht falsch gehandelt.«

Flora nahm Annas Hand und drückte sie. »Erzähl es mir.«

Erst stockend, dann mit jedem Satz fließender, erzählte Anna von der seltsamen Begegnung mit dem Mann vor dem Laden. »Ich habe ihn nicht hereingelassen, weil wir noch nicht geöffnet hatten«, schloss sie ihre Ausführungen und nagte nervös auf ihrer Unterlippe.

»Du hast alles richtig gemacht«, bestärkte Flora sie. »Es ist gefährlich, stell dir vor, so ein Mann führt Böses im Schild, dann bist du mit ihm allein im Geschäft.« Sie drückte Anna an sich und war froh, dass nichts Schlimmes geschehen war. »Ich habe mir schon Sorgen gemacht.«

»Dann bist du mir nicht böse?«

»Nein, natürlich nicht.« Flora schüttelte lächelnd den Kopf. »Wo kämen wir denn da hin? Dann dauerte es nicht mehr lange und wir müssten den Kaufladen auch zur nachtschlafenden Stunde aufsperren, nur weil sich jemand mal umschauen möchte.«

»Wer schaut sich um?«

Von den beiden Frauen unbemerkt, war Leonhard im Laden erschienen. Er zog fragend die Augenbrauen hoch. »Worum geht es?«

Flora berichtete ihrem Verlobten, was Anna widerfahren war. Leonhard hörte ihr aufmerksam zu, und sie sah ihm an, dass es hinter seiner Stirn arbeitete.

»Was hast du, Leo?«, fragte Flora schließlich.

Leonhard wandte sich an Anna. »Sag, wie sah der Mann aus?«

Anna beschrieb ihnen einen jungen, hochgewachsenen Mann mit Zylinder, der aus gutem Hause zu stammen schien.

»Ich glaube, ich weiß, wer uns da aufgesucht hat«, murmelte Leonhard schließlich. »Du hast alles richtig gemacht, indem du ihm den Zutritt verwehrt hast.«

»Wer verwehrt hier wem was?« Mit dem hellen Klingeln des Glöckchens erschien Sally im Geschäft. Er war sichtlich gut gelaunt, und als er seine Anna sah, glühten seine Wangen vor Freude. Sie lächelten sich an.

»Das spielt jetzt keine Rolle«, antwortete Leo hastig. »Bist du bereit? Wir müssen eine Lieferung am Bahnhof abholen, da benötige ich dringend deine Hilfe.«

»Selbstredend«, nickte Sally und hauchte Anna einen Kuss auf die Wange.

»Wollt ihr die Stoffballen mit einem Handkarren hierherschaffen?« Flora verstand nicht recht, was Leonhard vorhatte.

»Das, meine Liebste, ist unsere Überraschung.« Er zwinkerte Sally vergnügt zu. »Wir haben eine Lösung für unsere Transportprobleme gefunden.«

»Was denn für eine Lösung?«, fragte Flora neugierig.

»Kommt mit, wir zeigen euch unsere Neuerung.« Leonhard gab Sally ein Zeichen, dieser hielt die Ladentür auf und machte eine ausladende Geste. »Bitte sehr, die Damen.«

Gemeinsam traten sie auf die Straße.

»Und?«, fragte Flora und wusste nicht, was Leonhard so angepriesen hatte. Ein Fuhrwerk stand vor dem Laden und versperrte die Sicht.

»Wir können ab sofort unsere eiligen Lieferungen selbst abholen«, verkündete Leonhard mit Stolz in der Stimme. Er trat auf den Planwagen zu. »Der Wagen gehört uns.«

»Wie bitte?« Flora glaubte an einen Scherz, doch wusste sie, dass ihr Verlobter selten zu scherzen pflegte. Sie nahm das Fuhrwerk in Augenschein. Zwei prächtige Kaltblüter waren angespannt, der

Wagen selbst verfügte über eine hölzerne Ladefläche, die sich vom Kutschbock aus bis zum Heck erstreckte. Darüber hatte man eine graue Segeltuchplane über die bogenförmig angelegten Spriegel des Aufbaus gespannt, die auch den Kutschbock überdachte und so ermöglichte, dass der Fahrer des Gespanns bei Regen einigermaßen trocken blieb. Im hinteren Bereich gab es eine hölzerne Klappe, die ein Herausrutschen der Ladung verhinderte. Es schien, als sei beim Bau des Wagens an alles gedacht worden.

»Das, Flora, ist unser erster eigener Pferdelastwagen«, verkündete Leonhard ihr. Stolz breitete er die Arme aus.

»Deshalb also die Geheimniskrämerei.« Langsam dämmerte es Flora, warum ihr der Name des Geschäftsfreundes, mit dem Leonhard sich am Morgen getroffen hatte, nichts gesagt hatte.

»Dieser Lager«, sagte sie, »hat dir das Fuhrwerk verkauft?«

Leonhard nickte. »Er betreibt sein Geschäft an der Langenstraße, gleich neben dem Haus von Doktor Benthien. Ich bin zufällig darauf aufmerksam geworden, als ich die Rechnung für die Behandlung von Herrn Holst bezahlte.« Er zwinkerte ihr vergnügt zu. »Da kam mir spontan die Idee, uns einen eigenen Wagen zu beschaffen, mit dem wir unser Material selbst befördern können.«

»Leo«, sagte Flora leise, »können wir uns das denn leisten?« Sie betrachtete die beiden Pferde, die geduldig auf die erste Ausfahrt warteten und leise schnaubten.

»Aber sicher, Bella. Unsere Umsätze gehen weit über meine kühnsten Erwartungen hinaus, und nach dem Gespräch mit dem Bankier bin ich zuversichtlich, dass wir mit dem Planwagen viel Geld für Fuhrleute sparen können, die uns beliefern.«

»Und wer soll …«

»Na ich«, rief Sally fröhlich. Er deutete auf seine Brust. »Wer sonst? Auf den Reisen kann ich viel lernen und bekomme Einblick in die Fabriken, die für uns arbeiten.«

Flora warf erst ihrem Bruder, dann Leonhard einen zweifelnden Blick zu. Ihr Verlobter nickte. »Stimmt«, sagte er. »Ich habe mir überlegt, dass Sally das Geschäft von der Pike auf lernen sollte. Dazu gehört auch, in die Arbeitsweisen der anderen Firmen zu schauen. Er wird so Materialkunde erlangen, wie man sie auf keiner Schule der Welt bekommen kann.«

Je länger Flora über die Idee nachdachte, umso besser gefiel ihr der Gedanke. »Also gut«, sagte sie. »Dann sind wir von nun an flexibler und können sogar die Lieferzeiten verkürzen.«

»Das ist das erklärte Ziel«, nickte Leonhard, dem die teils unzumutbaren Lieferzeiten einiger Lieferanten schon lange ein Dorn im Auge waren. »Wir befähigen Sally so weit, dass er irgendwann einmal eine Dependance unseres Geschäfts führen kann.« Er lächelte seinem künftigen Schwager zu.

Flora schmiegte sich an Leonhards Brust. »Eine zweite Niederlassung?« Sie schaute zu ihm auf. »Meinst du nicht, da bist du ein wenig voreilig?«

Leonhard zuckte mit den Schultern. »Wenn es so weitergeht mit dem Geschäft, dann wird unser Laden schon bald zu klein sein.«

Flora widersprach nicht. Bisher war alles eingetroffen, was er vorausgesagt hatte. An manchen Tagen glaubte sie fast, dass ihr Leo hellseherische Fähigkeiten hatte.

*

»Von wem sprach Leonhard?« Anna schaute Flora fragend an, als diese in den Laden zurückkehrte. Gerade verließ eine füllige Dame mit einem vollen Korb das Geschäft. »Er sagte, dass er eine Ahnung habe, bei wem es sich um den seltsamen Mann handelt, der heute Morgen Einlass begehrte.«

Es dauerte einen Moment, bis Flora dem Mädchen folgen konnte.

Zu sehr war sie noch mit der Anschaffung des Planwagens beschäftigt. »Wie bitte?«

»Der Mann, der heute Morgen vor dem Laden stand, als ich herkam«, erinnerte Anna sie geduldig. »Leonhard hat angedeutet, ihn zu kennen.«

»Ach so.« Jetzt verstand Flora. »Ich weiß es nicht, Anna. Oft liebt er es, die Dinge unnötig geheimnisvoll zu machen«, sagte sie schmunzelnd, während sie beschloss, ihn zu einem späteren Zeitpunkt danach zu fragen.

*

»Du liebst sie sehr, oder?« Leonhard erklomm den Kutschbock und griff nach den Zügeln. Er schnalzte, nachdem Sally sich zu ihm gesellt hatte, und die beiden Kaltblüter trotteten los. In gemächlichem Tempo rollte das Fuhrwerk die Ossenreyer Straße hinunter. Leonhard genoss die Fahrt mit dem Planwagen, den er erst vor zwei Tagen frisch überholt aus der Wagenwerkstatt an der Langenstraße abgeholt hatte. Dabei waren ihm der Zustand der mit Eisen belegten Speichenräder, ein bequemer Kutschbock und die wetterfeste Plane wichtig gewesen. Er legte Wert auf Qualität, doch der gebrauchte Wagen würde fürs Erste genügen. Die beiden stattlichen Kaltblüter hatte er zusammen für hundert Taler bei einem Bauern erstanden. Leonhard träumte vom Kauf einer eigenen Kutsche, doch zunächst standen die Bedürfnisse des Geschäfts vornean.

Sally stellte sich dumm. »Wen liebe ich?« Er schob sich die Mütze, die er seit einigen Tagen wieder trug, in den Nacken. »Anna?«

»Wen sonst?« Leonhard grinste, ohne den Blick von der Straße zu nehmen.

»O ja, sehr sogar.«

»Wirst du sie heiraten?« Mit einem Seitenblick auf seinen künftigen Schwager stellte Leonhard fest, dass der Junge errötete.

»Sicherlich werde ich ihr irgendwann einen Antrag machen, denn ich will den Rest meines Lebens mit ihr verbringen«, sagte Sally mit einem überzeugten Nicken. »Und ich werde alles richtig machen und zunächst bei den Eltern um die Hand ihrer Tochter anhalten.«

»Sehr gut.« Leonhard war zufrieden. Er hatte ein gutes Gefühl, was Sallys weitere Entwicklung anging. Und sobald er seine Lehre abgeschlossen hatte, würde er ihm eine verantwortungsvollere Aufgabe im Geschäft zukommen lassen. Welche das war, wusste er noch nicht, doch schon nach den ersten Tagen im Laden war er sicher, dass sie bald schon expandieren mussten. Das Geschäft lief gut, und die Kunden kauften ihnen die Regale leer. Deshalb bestand Leonhards Hauptaufgabe darin, neue Ware zu bestellen. Ein wenig ärgerte er sich an manchen Tagen darüber, nicht selbst im Laden zu stehen, um die Kundschaft zu bedienen, doch das Geschäft war bei Flora und Anna in besten Händen. Er vertraute den beiden und wusste, dass sie die Kunden zu ihrer vollsten Zufriedenheit bedienten.

Sally hatte sich als eine Art »Mädchen für alles« bewiesen, er war fleißig, arbeitete schnell und zuverlässig und verfügte über eine überraschend hohe Auffassungsgabe. Oft genug arbeitete der Junge bis zur Erschöpfung. Er wollte es zu etwas bringen, das hatte er in letzter Zeit bewiesen.

»Ja, ich will um Annas Hand anhalten«, sagte er gerade, als Leonhard das Fuhrwerk über den gut ausgebauten Knieperwall steuerte. Von hier aus zweigte in wenigen Metern der unbefestigte Bahnweg ab. Die Federn des Fuhrwerks ächzten auf dem unebenen Weg. Leonhard hielt die Zügel fest in der Hand. »Doch zunächst bist du an der Reihe.«

Leonhard lachte. »Das habe ich längst erledigt, mein Lieber. Und schon bald werde ich deine Schwester ehelichen. Erst gestern war ich beim Rabbiner und habe das große Fest mit ihm geplant.«

# Kapitel 33

»Ein gewisser Leonhard Tietz eröffnet in der Ossenreyer Straße 31 ein Geschäft für Weiß- und Posamentierwaren.« Johanna Bolten ließ die Zeitung vom Vortag sinken und blickte ihren Mann Heinrich, der sich gerade über der kleinen Waschschüssel in der Nische des Hotelzimmers rasierte, über den Rand des dicht bedruckten Papiers an. »Wer ist dieser Leonhard Tietz?« Eine steile Falte hatte sich auf ihrer Stirn gebildet. »Warum betreibt er das Geschäft meines Vaters?«

Geschäfte hatten Heinrich Bolten mit seiner Frau nach Stralsund geführt. Am Nachmittag stand das Treffen mit einem Kunden an, den er künftig betreuen sollte. Dafür hatte das Ehepaar die anstrengende Reise von Schwerin nach Stralsund in Kauf genommen. Hier residierten sie während Heinrichs geschäftlicher Besprechungen im *Hotel Strelasund* mit Blick auf den Fährhafen. Als Johanna sich erhob und an das Fenster trat, schälten sich im Hintergrund die Umrisse der Rügener Küste aus dem Morgendunst. Gerade lief ein mächtiges Segelschiff ins Hafenbecken ein. Das Segeltuch reflektierte das grelle Sonnenlicht und blendete sie für einen Augenblick. Johanna erkannte die Mannschaft an Deck und glaubte sogar, die Befehle des Kapitäns hören zu können.

Heinrich brummte etwas Unverständliches, tauchte das Rasiermesser in die Waschschüssel und fuhr sich mit der Klinge über das Kinn, wobei er vor dem kleinen Spiegel eine Grimasse schnitt, die Johanna unter anderen Umständen zum Lachen gebracht hätte. Doch in diesem Augenblick überwog die Sorge um ihren Vater. Sie hatte sich vorgenommen, ihn heute im Laufe des Tages zu besuchen, während Heinrich seinen Geschäftstermin wahrnahm. Doch das rätselhafte Inserat bereitete ihr Sorgen. Schuldgefühle plagten sie, weil sie sich viel zu lange nicht bei ihrem Vater gemeldet hatte. »Was hat diese Annonce zu bedeuten, Heinrich?«, fragte sie, als er nicht gleich antwortete. »Meinst du, er lebt nicht mehr?«

Heinrich wusch sich das Gesicht und rubbelte es mit dem bereitliegenden Tuch vom Waschtisch trocken. Seine dunklen Haare standen ihm wirr vom Kopf ab. Sein Oberkörper war unbekleidet, doch das schien ihn nicht davon abzuhalten, zu ihr ans Fenster zu treten. »Mach dir keine Sorgen, Johanna.« Zärtlich küsste er sie auf die Stirn. »Wir werden Albert heute Abend einen Besuch abstatten und nach ihm sehen. Gestern, bei unserer Ankunft, war es einfach zu spät, um unangemeldet bei ihm aufzutauchen. Ich bin sicher, es geht ihm gut.« Heinrich verband ein gutes Verhältnis mit seinem Schwiegervater, er mochte den alten Kauz, und sie sah, dass auch sein Gesicht voller Sorge war, seinen Worten zum Trotz. In ihren Augen sammelten sich Tränen. Dass auch Heinrich sich sorgte, verstärkte ihre eigene Angst.

»Ich hoffe, wir kommen nicht zu spät.« Ihr Vater war ein einsamer alter Mann und ihr Bruder Julius sicher nicht in der Lage, ihm die nötige Unterstützung zu geben.

»Ich könnte mir gut vorstellen, dass ihm die Arbeit im Geschäft zu viel wurde und er sich aus Altersgründen von dem kleinen Laden, der sowieso nie viel Gewinn abgeworfen hat, getrennt hat.« Heinrich nahm ihre Hände und blickte ihr tief in die Augen. »Es wird alles gut«, sagte er. Dann nahm er ihr die sorgsam gefaltete *Stralsundische Zeitung* aus der Hand, faltete sie so, dass die Anzeige von Leonhard Tietz am oberen Rand sichtbar blieb und betrachtete die Annonce nachdenklich. »Womöglich« sagte er dann, »handelt es sich bei diesem Herrn Tietz ja um den Nachfolger deines Vaters.«

Heinrich lächelte seine Frau aufmunternd an. »Wir werden es herausfinden, Johanna.«

Sie nickte und schmeckte den salzigen Geschmack ihrer Tränen, als sie mit der Zunge über die Lippen fuhr. »Hoffentlich«, murmelte sie leise und betete, nicht zu spät nach Stralsund gekommen zu sein. »Hoffentlich.«

*

»Es sieht traumhaft aus!«, rief Paula entzückt, als Flora sich, anfangs noch zögernd, aus dem Umkleideraum wagte, in den sie sich zurückgezogen hatte, um das Hochzeitskleid anzulegen. Ihr Herz schlug vor Aufregung bis zum Hals. Flora war gespannt gewesen, ob ihrer Freundin das selbst genähte Kleid gefallen würde. Doch all ihre Zweifel waren nun verflogen. Langsam drehte sie sich im Kreis und erfreute sich an dem verzückten Gesichtsausdruck ihrer Freundin. Flora hatte sich unter einem Vorwand aus dem Laden geschlichen. Leonhard musste nicht wissen, dass sie sich mit Paula traf, um ihr das Kleid für den großen Tag zu präsentieren. Nur Anna und Sally waren eingeweiht, doch sie würden Flora sicher nicht verraten.

Um ungestört zu sein, hatte Flora sich auf den Weg zur Stadtvilla der Familie Biel gemacht. Paulas Vater war nicht im Haus, die Mutter saß weltvergessen im Garten und malte einen großen Holunderbusch. So waren die beiden Freundinnen allein.

»Es gefällt dir?«, fragte Flora zaghaft.

»Ob es mir gefällt!?« Paula legte den Kopf schräg und betrachtete sie, als habe sie den Verstand verloren. »Es gefällt mir nicht nur – es ist großartig! An dir ist eine begnadete Schneiderin verloren gegangen.« Sie trat näher und strich mit den Händen über den wallenden, strahlend weißen Stoff, sie prüfte die Nähte und die Knöpfe, die Flora seinerzeit zum Laden von Albert Holst geführt hatten. So hatte alles begonnen, und innerhalb weniger Wochen hatte sich damit Floras gesamtes Leben geändert.

»Du wirst die schönste Braut Stralsunds sein«, war Paula sicher. Ihre blauen Augen leuchteten, und erleichtert stellte Flora fest, dass Paula tatsächlich begeistert von ihrem Hochzeitskleid war. »Weißt du«, sagte sie gerade, »wenn ich eines Tages den richtigen Mann finde, dann musst du mein Hochzeitskleid nähen, Flora!«

»Das werde ich«, versprach sie und hätte am liebsten die ganze Welt umarmt. Nun hatte sie die Gewissheit, dass sich all ihre Mühen, die Rückenschmerzen und die brennenden Augen im Licht der Petroleumlampe in den Nächten und die Stiche in den Fingerkuppen beim Nähen gelohnt hatten. »Glaubst du, es gefällt Leo?«

»Aber sicher! Er wird mindestens so begeistert sein wie ich, Schätzchen.«

»Dann bin ich beruhigt.« Flora umarmte ihre beste Freundin. »Ich habe eine Bitte«, sagte sie. »Möchtest du mich zum Traualtar begleiten?«

Paula schaute sie entgeistert an. »Ich habe nicht vor, zu heiraten«, sagte sie. »Zumindest jetzt noch nicht. Meine Mutter hat es auch lange ohne Mann an ihrer Seite ausgehalten.«

»So meine ich das nicht.« Flora lachte amüsiert. »Ich hätte dich gern als meine Trauzeugin dabei.«

»Aber ich bin keine Jüdin«, wandte Paula ein. »Die Bräuche sind mir nicht bekannt, und ich weiß nicht, ob ich …«

»So viele Unterschiede gibt es gar nicht«, versprach Flora ihr. »Der Pfarrer heißt Rabbiner, die Zeremonie läuft ein wenig anders ab, aber eine Hochzeit ist immer eine Hochzeit.«

Paula, die sich auf einen Stuhl niedergelassen hatte, nickte. »Na gut.« Sie erhob sich und schaute Flora tief in die Augen. »Natürlich bin ich gerne deine Trauzeugin.« Es folgte eine herzliche Umarmung. »Ich bin so stolz auf dich, Flora.« Jetzt glitzerten Tränen in ihren Augen. »Bald bist du verheiratet«, sagte sie. »Werden wir dann noch Freundinnen sein?«

»Aber selbstverständlich«, versprach Flora. »Warum sollte sich nach meiner Hochzeit etwas ändern?«

*

Am späten Nachmittag stattete Flora Albert Holst einen Besuch ab. Der alte Mann war sichtlich erfreut, sie zu sehen, und führte sie in die Küche. Im Laden herrschte gerade etwas weniger Betrieb, so dass Sally und Anna sich um die Kunden kümmern konnten. Leonhard war damit beschäftigt, die Lieferung, die sie am Bahnhof abgeholt hatten, einzulagern und die Bestandslisten zu aktualisieren.

»Ich habe eben einen Tee aufgesetzt«, sagte Holst lächelnd, während er sein ehemaliges Ladenmädchen in seine bescheidene Bleibe bat. »In England sagen sie, es ist Tea Time.«

Davon hatte Flora bereits gehört. Paulas Vater war bekennender Freund der britischen Bräuche. Auch im Hause Biel wurden die englischen Gepflogenheiten zelebriert. Dass Albert Holst sich mit der englischen Teezeremonie auskannte, wunderte sie jedoch. Flora nahm am Küchentisch Platz und beobachtete ihn dabei, wie er die Kanne mit dem dampfenden Heißgetränk auf den Tisch stellte, Tassen, kleine Löffel und eine Dose mit Zucker aus dem Schrank nahm. Bevor er sich zu ihr setzte, stellte er ein kleines Milchkännchen dazu. »Das gehört ebenfalls zu den englischen Gepflogenheiten«, sagte er lächelnd. »Wusstest du, dass die Engländer ihren Tee mit Milch trinken?« Als Flora nichts darauf erwiderte, fuhr er fort: »Wir hatten eine englische Schwester im Spital, die uns die Teezeremonie nahegebracht hat.«

Holst machte einen ausgesprochen munteren Eindruck auf

Flora. »Wie ist es Ihnen ergangen?« Sie betrachtete ihn so unauffällig wie möglich. Holst wirkte ausgeschlafen, auch die dunklen Ringe unter seinen Augen waren verschwunden. Das viel zu lange, ergraute Haar hatte man ihm geschnitten, auch eine Rasur hatte man ihm spendiert. Die Zeit im Spital schien ihn förmlich verjüngt zu haben. Es war kaum noch etwas von dem gebrechlichen alten Mann, den das Leben schwer gezeichnet hatte, zu erkennen.

»Es fühlt sich gut an, wieder zu Hause zu sein.« Er schenkte ihnen Tee ein und setzte sich zu ihr. Mit feierlicher Miene kippte er sich einen Schuss Milch in den Tee und beobachtete die Wölkchen, die sich an der Oberfläche bildeten. »Du auch?« Es glich einem Ritual.

Flora schüttelte den Kopf. Sie liebte ihren Tee mit einem Löffel Zucker, mehr benötigte sie nicht. »Ich freue mich, Sie wieder im Haus zu wissen.«

»Dann wagt es wenigstens niemand, hier einzubrechen.« Holst kicherte. »Das Haus steht nicht mal nachts leer.« Er wurde ernst und blickte zum Fenster. »Sie sollen endlich die Elektrizität in Stralsund einführen, damit jedes Haus Strom hat und damit Licht.« Der alte Mann schaute Flora nachdenklich an. »Die Zeit von Petroleum und Gas ist bald vorbei, Mädchen, und dann wird der Fortschritt nicht mehr aufzuhalten sein.«

Flora brannte eine Frage unter den Nägeln, doch sie wagte es nicht, Holsts Überlegungen zu unterbrechen. So gab sie ihm Zeit, seine Gedanken auszusprechen.

»Ich gehöre zum alten Eisen«, sinnierte er mit krächzender Stimme. »Euch jungen Leuten gehört die Welt.«

Flora hörte ihm aufmerksam zu.

»Es wird eine Zeit kommen, in der elektrisches Licht in jedem Haus eine Selbstverständlichkeit ist, in der jedes Kind eine Schule besuchen kann und in der es fließendes Wasser in jedem Haushalt gibt. Die Telegraphenleitungen liegen bereits, und nun könnt ihr darauf hoffen, dass man bald damit beginnt, Fernsprechapparate anzubieten.«

»Sie sind ein kühner Visionär«, stellte Flora lächelnd fest, während sie ihre Tasse in den Händen drehte.

»Du wirst dich irgendwann an meine Worte erinnern, Kind«, prophezeite Holst ihr mit einem nachsichtigen Lächeln. »Ich werde das wohl nicht mehr erleben, aber deine Generation wird vom Fortschritt und der Automatisierung profitieren.«

»Der Tee mundet hervorragend«, wechselte Flora das Thema.

Holst nickte. »Im Spital habe ich bis zu zweihundert Tassen Tee am Tag trinken müssen. Diese Unmengen sind mir offenbar gut bekommen, ich fühle mich wie nach einem Bad im Jungbrunnen.«

»Ich bin froh, dass es Ihnen besser geht.« Flora griff zur Zuckerdose und versüßte sich den Minztee.

Holst verzichtete auf den Zucker. Er nahm die Tasse und pustete in den Tee, bevor er in kleinen Schlucken trank. »Übrigens«, sagte er, »habe ich mich endlich mit Julius geeinigt.«

»Sie haben Frieden geschlossen?« Flora war überrascht und erleichtert zugleich. Sie hatte keine Lust, noch einmal mit diesem Nichtsnutz aneinanderzugeraten.

Holst schüttelte den Kopf. »Das habe ich nicht gesagt, allerdings konnten wir uns über eine Entschädigung einigen.«

Jetzt verstand Flora. »Also haben Sie ihn ausbezahlt?«

Holst nickte. »Weißt du, Kind, ich bin zu alt für diesen ewigen Streit. Und unter normalen Umständen hätte ich ihm den Laden auch überlassen.« Er fixierte einen imaginären Punkt im groben Holz der Tischplatte und hing einen Augenblick seinen Gedanken nach. »Aber es waren keine normalen Umstände«, fuhr er anschließend fort. »Ich hatte viel Zeit zum Nachdenken.« Er suchte Blickkontakt zu Flora und betrachtete sie mit ernster Miene. »Wenn mir eines im Spital bewusst geworden ist, dann die Tatsache, dass die letzten Jahre meines Lebens wahrlich kein Zuckerschlecken waren. Mein Gesundheitszustand war ernst, und ich habe mich dessen nicht angenommen, ja, habe es leichtsinnig ignoriert. Das war ein Fehler. In meinem Alter sollte man mit der verbleibenden Zeit besser haushalten.« Er kicherte wieder, als hätte er einen köstlichen Witz gemacht. »Und so konnte ich mich mit Julius einigen. Das, mein Kind«, er hob die Hand und deutete auf Flora, »habe ich dir zu verdanken. Du bist im richtigen Augenblick in mein Leben getreten.« Jetzt wurde er ernst. »Es war die rettende Lösung für mich, dass ihr beiden euch für den Laden interessiert, dass ihr die Kraft und die Ideen einbringen könnt, die mir in der letzten Zeit fehlten.«

»Ich bin sicher, dass wir ein gutes Auskommen mit dem Geschäft haben werden«, sagte Flora. »Auch wenn die Brüder Wertheim einige unserer Einfälle bereits umgesetzt haben.« Flora berichtete ihm von Leonhards Sorgen nach dessen Besuch im Geschäft der Wertheims.

Die Augen von Albert Holst verengten sich zu schmalen Schlitzen. »Hattet ihr einen Spion?«

»Nicht dass ich wüsste.« Flora schüttelte den Kopf und trank von ihrem Tee. Dann lächelte sie. »Aber wir sind sicher, dass Wertheim keine Konkurrenz für uns ist.«

»Das ist die richtige Einstellung«, lobte Holst sie. »Außerdem handeln die Wertheims mit Bekleidung, ihr Angebot richtet sich also an eine andere Käuferschicht.«

Flora wagte nicht, auszusprechen, dass sie auch mit Mode handeln wollte. Sie wechselte das Thema. »Wie geht es jetzt weiter mit Ihnen?« Als sie seinen verwunderten Gesichtsausdruck sah, setzte sie nach: »Gibt es jemanden, der sich um Sie kümmert?«

Holst schüttelte den Kopf. »Nein«, sagte er leise. »Wer will sich schon um einen alten Mann wie mich kümmern?«

»Ich bin für Sie da, wenn Sie Hilfe benötigen, und Leonhard sicher auch.«

»Das weiß ich, Kind.« Holst lächelte glücklich. »Es tut gut, solch junge und fleißige Menschen im Haus zu wissen.«

*

»Hier muss es sein.« Johanna war vor ihrem Elternhaus stehen geblieben. Eine Sorgenfalte stand auf ihrer Stirn. »Ich erkenne es kaum wieder.« Das Haus, in dem sie aufgewachsen war, erschien ihr nun vollkommen fremd. Nur zögernd lichtete sich der Nebel von ihren Kindheitserinnerungen. Dort oben, am Fenster der Stube, hatten ihre Eltern immer gestanden und auf sie gewartet, wenn sie wieder einmal mit Verspätung heimkam.

»Ein seltsames Gefühl«, murmelte Johanna, als Heinrich ihre Hand nahm und ihr aufmunternd zulächelte. Er stand neben ihr und sah an der Fassade des Hauses in der Ossenreyer Straße hinauf. »Oben hat sich nicht viel verändert«, stellte er nüchtern fest. »Nur das Geschäft sieht ganz anders aus.« Er deutete auf die Schaufenster, in denen man von der Straße aus einen Blick auf das Sortiment der neuen Ladeninhaber werfen konnte. Eine edle schwarze Kutsche fuhr in gemächlichem Tempo an ihnen vorbei, der Mann auf dem Bock verrenkte sich im Vorbeifahren den Nacken, um einen Blick auf das prächtige Schaufenster zu werfen.

Jetzt tauchte auf der gegenüberliegenden Straßenseite eine Frau mit einer weißen Schürze auf, die lautstark ihr Kind zurechtwies und Johanna und Heinrich kurz ablenkte. Dann widmeten sie ihre Aufmerksamkeit wieder dem Haus, in dem Johanna aufgewachsen war. »Es wirkt viel größer und freundlicher«, stellte sie anerkennend fest. Sie musste sich eingestehen, dass der kleine Laden modern und einladend wirkte. Da war nichts mehr von dem grauen, dunklen Ambiente des Ladens, mit dem ihre Eltern ihren Lebensunterhalt verdient hatten. Jetzt fühlte man sich vom Anblick des Geschäfts geradezu magisch angezogen. Kurz überlegte sie, dann kam sie zu dem Schluss, dass es an den neuen, großen Fenstern liegen musste. »Dieser Leonhard Tietz scheint Großes mit Vaters kleinem Laden vorzuhaben.«

»Wir werden es herausfinden.« Heinrich winkte sie zum Hauseingang. »Komm schon.« Plötzlich schien er es eilig zu haben, seinen Schwiegervater zu sehen. Johanna folgte ihm ins Haus. Es roch nicht mehr so wie früher – der Duft ihrer Kindheit und all die damit verbundenen Erinnerungen schienen für immer verschwunden zu sein. Ein eigenartiges Gefühl beschlich sie, als sie die knarzenden Holzstufen nahm, die hinauf in die Wohnung ihres Vaters führten.

*

Das Klopfen an der Wohnungstür ließ Albert Holst aufblicken. »Wer kann das sein?«

Flora vermutete, dass es sich bei dem Besucher um Leonhard handelte, der nach dem Rechten sehen wollte. »Ich geh schon«, sagte sie und erhob sich von ihrem Platz. Sie trat wie selbstverständlich an die Tür, um sie zu öffnen, und schaute überrascht in das Gesicht einer Frau in ihrem Alter und in das eines Mannes um die dreißig Jahre. Sein Anzug saß wie angegossen, er wirkte sehr selbstbewusst und gepflegt. Die Frau trug ein mintfarbenes Kleid, dazu einen kleinen Hut und eine Tasche am Arm.

»Ja, bitte?«, fragte Flora und staunte über die erschrockenen Gesichter der beiden. »Was kann ich für Sie tun?«

»Wer sind Sie?«, fragte die Frau, ohne auf Floras Frage einzugehen. Sie wirkte verwirrt und überrascht gleichermaßen.

»Flora Baumann«, sagte Flora, »und Sie sind …«

»Heinrich Bolten«, stellte sich der Mann vor. Sein Lächeln wirkte distanziert. »Und meine Frau, Johanna Bolten. Sehr angenehm.«

»Johanna?«, rief Holst aus der Küche, der das Gespräch offenbar mitgehört hatte. »Bist du das?«

»Ja!« Die Besucherin lachte erleichtert auf. »Gott sei Dank«, rief sie und schob sich wie selbstverständlich an Flora vorbei in den kleinen Flur der Wohnung.

»Mein Kind!« Holst erschien im Korridor und schloss die junge Frau überglücklich in die Arme. »Wie geht es dir?«

Bevor Johanna Bolten etwas erwidern konnte, sah ihr Mann den Moment gekommen, die Situation aufzuklären. »Wir wollten unserem Herrn Papa und Schwiegervater einen Besuch abstatten und waren überrascht, als wir das Haus kaum wiedererkannten.«

»Es ist viel passiert, Kinder«, stimmte Holst den beiden zu. Als er sich Fora zuwandte, glänzten seine Augen feucht. Flora hatte das Zusammentreffen der Familie schweigend verfolgt. »Das ist Johanna, meine liebe Tochter«, erklärte Holst stolz. »Und das hier«, er zeigte auf seinen Schwiegersohn, »ist Heinrich, ein angesehener Advokat. Die beiden leben in Schwerin, und wir haben uns schon eine Ewigkeit nicht mehr gesehen.«

»Viel zu lange«, stimmte Johanna ihm zu. »Wie geht es dir, Vater?«

»Jetzt wieder gut.« Er nickte Flora zu. »Und das habe ich der bezaubernden Flora hier zu verdanken.«

Neugierig betrachteten Johanna und Heinrich sie. Flora errötete und senkte kurz den Blick. »Jeder hätte das getan«, behauptete sie schnell.

Heinrich Bolten nickte anerkennend. »Es scheint sich zwischenzeitlich tatsächlich viel ereignet zu haben«, bemerkte er, nachdem er über die Schwelle getreten war und die Wohnungstür hinter sich schloss. Dann wandte er sich an seinen Schwiegervater. »Magst du uns berichten, wie es dir in den letzten Monaten ergangen ist?«

»Gern.« Holst überlegte kurz. »Das ist aber eine längere Geschichte.« Er machte eine einladende Geste. »Kommt erst einmal in die Küche. Es gibt Tee, fast so, als hätte ich euch erwartet.« Das Paar folgte dem alten Mann in die Küche. Man hatte sich viel zu erzählen, das war offensichtlich.

Flora, die im Korridor stehen geblieben war, hielt den Zeitpunkt für gekommen, die Familie allein zu lassen. »Ich muss auch wieder in den Laden zurück«, erklärte sie, an Holst gewandt. »Sie sind ja nun in den besten Händen.«

Albert Holst nickte. »Allerdings«, sagte er. »Das bin ich.« Flora verabschiedete sich von Johanna und Heinrich Bolten, dann machte sie, dass sie die drei allein ließ. Sicher gab es viel zu erzählen.

*

»Du scheinst ja bester Dinge zu sein.« Lautlos war Leonhard hinter sie getreten. Flora befand sich gerade im Kontor und suchte eine bestimmte Garnsorte, die sie zur Präsentation im Laden bereithalten wollte. Flora hatte ein Lied gesummt, während sie die Regale durchsuchte. Erschrocken verstummte sie jetzt.

Leonhard lehnte lächelnd im Türrahmen. Er hatte die Arme vor der Brust verschränkt und beobachtete seine Braut mit einem verliebten Gesichtsausdruck.

»Und du hast mich zu Tode erschreckt.« Vorwurf lag in Floras Stimme. Ihr Herz raste, sie war in Gedanken gewesen und hatte ihren Verlobten nicht kommen hören.

»Das tut mir leid.« Leonhard zog sie an sich, gab ihr einen sanften Kuss und bat um Verzeihung.

Flora konnte ihm einfach nicht böse sein. Sie strahlte in an. »Du hast recht«, sagte sie, »ich bin guter Dinge. Unser Herr Holst hat soeben Besuch bekommen.«

Als Leonhard fragend die Stirn in Falten legte, berichtete sie ihm vom Eintreffen der Tochter und des Schwiegersohns. »Das sind, ganz im Gegenteil zu diesem Nichtsnutz Julius, sehr anständige Leute«, schloss sie ihre Ausführungen.

»Es freut mich, dass sie sich um ihn kümmern«, bemerkte Leonhard.

»Mich beschäftigt aber auch etwas«, erwiderte Flora, während sie ihm in das kleine Büro folgte. Er nahm am Schreibtisch Platz und blickte hinaus in den Hinterhof.

Flora lehnte sich lässig an die Schreibtischkante. »Wer war dieser Mann, der unsere arme Anna derart aus der Fassung gebracht hat, dass sie gleich ein schlechtes Gewissen bekam?«

»Ich weiß es nicht.« Leonhard sah zu ihr auf. »Ich war nicht dabei, aber so, wie Anna ihn beschrieb, drängt sich mir ein Verdacht auf: Wertheim.«

»Ist das dein Ernst?«, fragte sie verblüfft.

Leonhard nickte. »In der Tat, Bella, in der Tat. Anna beschrieb diesen Unbekannten als einen hochgewachsenen, jungen Mann mit dunklen Haaren, aristokratischen Zügen und vornehmer Kleidung. Mir fällt nur ein Mensch ein, auf den diese Beschreibung passt und der einen Grund hat, so dringend in unseren Laden zu wollen: Georg Wertheim. Gemeinsam mit seinem Bruder führt er das Geschäft in der Mühlenstraße.«

»Ich kenne es, aber was sollte ihn zu uns treiben?«

»Ich denke, er ist ein belesener Mann, und die Lektüre der Stralsundischen Zeitung gehört zu seiner täglichen Routine, um das Leben in der Stadt immer im Blick zu behalten.«

»Das Inserat«, erkannte Flora. »Du meinst, er hat unsere Annonce gelesen und sieht uns als Konkurrenz?«

»Das könnte ich mir gut vorstellen. Immerhin unterscheidet sich das Sortiment der Wertheim-Brüder nur auf den zweiten Blick von unserem Angebot.«

»Und sie bieten ihren Kunden ähnliche Vorteile an wie wir.« Flora fiel es wie Schuppen von den Augen. »Wie konnten wir das aus den Augen verlieren?«

»Ich habe es nie ganz aus den Augen verloren und immer darüber nachgedacht, wie wir uns weiter von Wertheim abheben können.« Leonhard lehnte sich in dem knarrenden Stuhl zurück und verschränkte die Arme hinter dem Kopf. »Es gibt nur einen Weg.« Nun legte er eine bedächtige Pause ein, die er nutzte, um auf jede Regung in Floras Gesicht zu achten. »Den Weg nach oben«, fuhr er dann fort. »Nach ganz oben.«

»Wie sollen wir das schaffen?« Flora seufzte. »Wertheims Geschäft ist größer, viel größer.«

»Noch, liebste Flora, noch. Sie haben ein größeres Sortiment, handeln mit Damenbekleidung. Ich denke, wir sollten ihnen künftig einen Schritt voraus sein.«

»Wie soll uns das gelingen?«

»Das werden wir uns in der nächsten Zeit einfallen lassen«, erwiderte Leonhard. »Aber ich habe nicht vor, mir von den Brüdern Wertheim das Geschäft kaputtmachen zu lassen.«

»Ich frage mich immer noch, wie er unsere Ideen klauen konnte«, seufzte Flora. Sosehr sie auch darüber nachdachte, wollte ihr nicht einfallen, wie dieser Georg Wertheim schon vor ihrer Eröffnung von dem Konzept erfahren konnte, das sie sich ausgedacht hatten. Plötzlich hatte sie eine Idee. »Ich glaube, ich kenne eine Lösung.« Sie stieß sich vom Schreibtisch ab. »Meinst du, es ist möglich, dass ich ein Stündchen freibekomme?«

»Warum nicht?« Leonhard erhob sich von seinem Schreibtischstuhl. »Du bist die Chefin.«

Flora lachte. »Da hast du natürlich recht. Ich kann tun und lassen, was ich will.« Dann gab sie ihm einen flüchtigen Kuss auf die Wange und verließ das Büro. Es gab etwas zu klären, das ihr keine Ruhe ließ.

*

»Welch betörender Besuch in meinem bescheidenen Haus.« Jakob Engels trat mit einem charmanten Lächeln auf den Lippen näher und schickte sich an, Flora einen Handkuss zu geben. Die Dielen unter seinen Schuhen knarzten leise bei jedem Schritt.

»Sparen Sie sich die aufgesetzte Freundlichkeit.« Flora zog rasch die Hand zurück, die er bereits ergriffen hatte. Sie blendete das Stampfen der Druckmaschinen in der angrenzenden Halle aus und konzentrierte sich auf das vor ihr liegende Gespräch. Eigentlich erweckte er nicht den Eindruck, unseriöse Geschäfte zu machen, schon gar nicht mit seinen eigenen Kunden. Doch eine andere Möglichkeit gab es nicht. Wertheim musste aus der Zeitung erfahren haben, mit welchen Neuheiten sie die Kundschaft an ihren kleinen Laden binden wollten. Und zwar vor dem regulären Erscheinen. Deshalb war sie gleich nach ihrem Gespräch mit Leonhard hergekommen, um eine ernste Unterhaltung mit dem Herausgeber der *Stralsundischen Zeitung* zu führen. Jetzt war sie beeindruckt von der Souveränität, die Engels ausstrahlte. Es war, als könnte ihm nichts etwas anhaben, er strahlte Stärke und Überlegenheit aus.

Kurz überkamen Flora Zweifel. Sie war nicht mehr sicher, ob es eine gute Entscheidung gewesen war, hierherzukommen, um die Konfrontation zu suchen. Doch Flora war bemüht, sich die innere Unruhe nicht anmerken zu lassen.

»Mit wem habe ich die Ehre?«, fragte Doktor Jakob Engels sichtlich interessiert. Er musste sich in einem anderen Raum befunden haben, als Flora sein Büro betreten hatte. Ihr Blick blieb an der hölzernen Weltkugel hängen, die auf dem schweren Schreibtisch am Fenster thronte, dann konzentrierte sie sich wieder auf den Anlass ihres Besuches. »Flora Baumann ist mein Name«, stellte sie sich vor und beobachtete den Herausgeber der Zeitung, wie er sein Büro mit weit ausladenden Schritten durchquerte, um sich an seinen Schreibtisch zu setzen. Der Stuhl ächzte unter seinem Gewicht. Engels war ein stattlicher Mann, Flora schätzte ihn auf Anfang fünfzig. Er betrachtete seine Besucherin durch die dünnen Gläser des Zwickers und zog die Stirn in Falten.

»Kennen wir uns?«, fragte er gedehnt. Das weltmännische Lächeln auf seinen Lippen verblasste langsam. Er schien zu ahnen, dass seine Besucherin ihm Ärger machen wollte.

»Noch nicht«, antwortete Flora. »Aber ich fürchte, wir werden uns jetzt kennenlernen.« Das Herz klopfte ihr bis zum Hals. »Ich bin die Verlobte von Leonhard Tietz.«

Die Miene des Verlegers hellte sich auf. »Ach so«, murmelte er. »Der gute Herr Tietz, wir kennen uns schon eine Ewigkeit.«

»Das kann nicht sein«, behauptete Flora. »Wir leben noch nicht allzu lange in Stralsund.«

Jetzt schien Engels den Ernst der Lage verstanden zu haben. Er beugte sich vor und faltete die massigen Hände auf der Tischplatte. »Was führt Sie zu mir?« Er machte eine einladende Geste und zeigte auf den Besucherstuhl vor seinem Schreibtisch. Flora schüttelte den Kopf. Sie zog es vor, stehen zu bleiben.

»Ja«, sagte sie zornig. »Der gute Herr Tietz mit den guten Ideen, für die Sie sich bei der Aufgabe unseres Inserats brennend interessiert haben.«

»Meine Neugier ist berufsbedingt«, entschuldigte sich Engels. »Es ist nun mal meine Aufgabe, Neuigkeiten zu verbreiten.« Er schenkte Flora ein gewinnendes Lächeln, das sie aber nicht erwiderte.

»Verbreiten Sie diese Neuigkeiten auch bei unserer Konkurrenz?« Sie hatte gefährlich leise gesprochen und spürte, wie ihr das Blut ins Gesicht stieg. »*Vor* der Veröffentlichung in Ihrer Zeitung?«

»Wie bitte?« Engels fuhr hoch. Das freundliche Lächeln auf seinen Lippen war wie weggewischt.

»Diese Neuigkeiten, über die Leonhard vertraulich mit Ihnen gesprochen hat«, half sie ihm mit bebender Stimme auf die Sprünge. »Umtauschrecht, Barzahlung, der Wegfall des Kaufzwangs bei Betreten des Geschäfts. All das.«

»Ach so.« Engels erhob sich. Er marschierte durch das Büro, den Blick gesenkt, und schien nachzudenken. Am Fenster blieb er stehen und wandte sich zu Flora um.

»Mir war nicht bewusst, dass diese Details vertraulich waren«, sagte er leise.

»Es ist unser Geschäftskonzept, Ideen, mit denen wir uns von der Konkurrenz unterscheiden wollen.« Flora hielt seinem Blick stand. »Sie sind doch ein erfahrener Journalist, Herr Engels. Da muss Ihnen niemand explizit erklären, dass Sie mit den vertraulichen Informationen nicht bei der Konkurrenz hausieren gehen, oder?« Ihre Stimme hatte einen schneidenden Unterton angenommen. »Sie waren es, der nichts Besseres zu tun hatte, als Wertheim zu erzählen, was wir vorhaben.« Es war eine Feststellung, keine Frage, so dass Engels keinen Raum für Ausflüchte hatte.

Er schwieg.

»Warum haben Sie das getan?« Flora trat einen Schritt näher.

»Wertheim und ich sind Freunde«, murmelte Engels. »Wir kennen uns seit unserer Jugend, unsere Väter waren befreundet.«

»Leonhard ist doch auch Ihr Freund.« Flora spürte, wie sich Tränen in ihren Augen sammelten. »Jedenfalls haben Sie das behauptet.« *Bleib jetzt stark*, ermahnte sie sich. *Nur keine Schwäche zeigen.*

»Das ist er auch.« Engels seufzte. »Ich schätze Ihren Verlobten sehr, meine Dame, und ich war mir offensichtlich nicht der Tragweite bewusst, als ich Georg Wertheim berichtete, was Ihr Verlobter plant.«

»Sie sollten sich schämen.« Flora hatte genug gehört. Doktor Jakob Engels, der Herausgeber der angesehenen *Stralsundischen Zeitung*, hatte nichts Besseres zu tun gehabt, als in der Geschäftswelt herumzuposaunen, was sie und Leonhard vorhatten. Ein gefundenes Fressen für die Brüder Wertheim.

»Ich werde Sie besuchen, um über Ihr Geschäft zu berichten!«, rief Engels. »Und die Annonce werde ich Ihrem Verlobten nicht in Rechnung stellen.«

»Darum geht es doch gar nicht!« Tränen quollen aus ihren braunen Augen. Flora senkte den Blick. »Es geht um das Vertrauen, das Sie missbraucht haben.«

»Sie haben recht.« Er wirkte zerknirscht. »Ich hätte mich integer verhalten müssen. Es tut mir leid.«

Flora hatte genug gehört. Erregt machte sie auf dem Absatz ihrer Schnürstiefel kehrt und stürmte aus dem Büro. Dabei nahm sie das Gefühl mit, dass Jakob Engels diesen Fehler nie wieder begehen würde. Ob sie das friedlich stimmen konnte, vermochte sie in diesem Moment nicht zu beurteilen. So schwang sie sich auf das Veloziped und fuhr, so schnell es ging, zurück in die Ossenreyer Straße.

*

»Das hast du ihm wirklich gesagt?« Leonhard schaute sie ungläubig an.

»Natürlich«, sagte Flora. »Wie kann er unsere Ideen an die Konkurrenz ausplappern, was fällt ihm ein?«

»Ich dachte, dass ich ihm vertrauen könnte.«

Nach ihrem Besuch bei Jakob Engels war Flora in den Laden zurückgekehrt. Doch anstatt sich sofort um die Kundinnen zu kümmern, überließ sie Sally und Anna das Feld. Sie ignorierte die fragenden Blicke ihres Bruders und seiner Freundin, denen nicht verborgen geblieben war, dass mit ihr etwas nicht stimmte. Leonhard hatte sie im Kontor hinter dem Laden angetroffen, um ihm vom Besuch bei Engels und dem Verlauf des unerfreulichen Gespräches zu berichten. Mit betroffener Miene schloss Leonhard sie in seine Arme. Flora schmiegte sich an ihn und genoss seine Nähe. Jetzt ließ sie ihren Tränen freien Lauf. »Das kann er doch nicht machen«, schluchzte sie, während er ihr zärtlich über das dunkle Haar strich. »Er kann Wertheim doch nicht brühwarm berichten, wie wir unsere Kunden an unser Geschäft binden wollen.«

»Ich kann es auch nicht fassen.« Leonhard sprach leise. Auch er schien sichtlich betroffen zu sein, dass Engels sein Vertrauen derart missbraucht hatte. »Doch nun ist es geschehen. Wertheim und wir haben dieselben Vorteile.«

»Was machen wir jetzt bloß?«, fragte Flora und schüttelte den Kopf. »Wir wollten doch einzigartig sein.«

»Das sind wir auch, Bella«, flüsterte er an ihrem Ohr. »Wir werden immer einzigartig sein, und schon bald werden alle Menschen wissen, dass sie besser bei Tietz kaufen sollten.«

Flora löste sich von ihm. »Wie meinst du das?«

Jetzt lächelte er. »So wie ich es sage.«

»Aber Wertheim ist viel größer als wir, er hat sicher auch das größere Warensortiment und kann seinen Kunden noch mehr bieten als wir.«

»Dann bleibt uns nur eine Möglichkeit.«

»Und die wäre?« Flora wusste nicht, worauf ihr Verlobter hinauswollte. Sie löste sich von ihm, als er die Arme ausbreitete. »Sieh dich um«, sagte er. »Das Lager platzt aus allen Nähten. Die Kunden treten sich vorn im Laden fast auf die Füße.«

»Und?«

»Das Geschäft wird von der Kundschaft gut angenommen. Wir bestellen täglich neue Waren, Sally ist fast jeden Tag mit dem Fuhrwerk unterwegs, um die Lieferungen abzuholen. Doch wir kommen kaum hinterher. Deshalb gibt es nur eine Lösung.«

»Und die wäre?«

»Wertheims Geschäft ist riesengroß im Vergleich zu unserem Laden.«

»Mach es nicht so spannend«, erwiderte Flora ungeduldig. »Was hast du nun schon wieder vor?«

»Wir werden umziehen.«

»Was?«

»Wir brauchen einen größeren Laden.«

Als sie zu ihm aufschaute, lächelte er geheimnisvoll. Sie kannte dieses Lächeln allzu gut. Immer wenn Leonhard es aufsetzte, hatte er bereits eine Idee. Sie liebte ihn für seinen Mut und seinen Ideenreichtum. Für ihn schien es keine ausweglosen Situationen zu geben. Und sie war sicher, dass sie gemeinsam alle Probleme meistern würden.

Flora trocknete sich die Tränen an einem mit Spitze besetzten Taschentuch, atmete tief durch und erwiderte sein Lächeln. Sie genoss die Erleichterung, die von ihr Besitz ergriff. Mit einem glücklichen Lächeln auf den Lippen stellte sie sich auf die Zehenspitzen, um ihn zu küssen. »Ich liebe dich, Leo.«

*

Am späten Nachmittag war Anna allein im Laden. Leonhard und Sally waren unterwegs, um Waren zu beschaffen, und Flora besuchte ihre Freundin Paula. Wie Flora ihr erzählt hatte, war sie im Hause Biel Teil eines Damenhausorchesters, das sich regelmäßig zum gemeinsamen Musizieren traf. Ein wenig war Anna neidisch auf die Schwester ihres Freundes. Flora Baumann war eine moderne und emanzipierte Frau, die mutig und selbstbewusst durch die Welt ging. So wollte sie auch sein.

Da im Geschäft nicht viel Betrieb herrschte, schaffte Anna die Arbeit ohne große Anstrengung. Nachdem sie einer Kundin Stoff und Spitzenband für ihr neues Kleid verkauft hatte und ein Mann im Auftrag seiner Frau Fransenstoff für den Besatz der neuen Kissen erworben hatte, wurde es schlagartig ruhig. So nutzte Anna die Zeit, um die Regale im Laden aufzufüllen. Bei der Arbeit summte sie gut gelaunt ein altes Lied, hing ihren Gedanken nach und freute sich, wie schnell sie sich in ihrem neuen Leben in Stralsund zurechtfand. Dabei war ihr natürlich die Liebe zu Sally ein großer Ansporn. Er war ein toller Mann, der mit beiden Beinen im Leben stand. Dass er noch vor wenigen Wochen ein wilder Hitzkopf gewesen war, der den Frauen reihenweise die Köpfe verdreht hatte, wusste sie nur aus Erzählungen von Flora. Vielleicht, so dachte sie, war es ihr guter Einfluss, der dafür gesorgt hatte, dass Sally zu einem bodenständigen Mann geworden war. Natürlich war es auch hilfreich, dass Leonhard Tietz ihn unter seine Fittiche genommen hatte und Sally bei ihm in die Lehre ging.

Die Zeit in ihrem Elternhaus schien ihr Jahre zurückzuliegen, ihre alte Heimat Schweinfurt war in weite Ferne gerückt. Als sie an der Seite ihrer Geschwister und der Eltern von Süddeutschland aus nach Rügen aufgebrochen war, hatte sie nicht geahnt, dass sie so schnell nicht heimkehren würde. Es hatte ja niemand ahnen können, dass sie sich auf der Insel in der Ostsee Hals über Kopf in einen Mann verliebte, der sie in ein neues Leben entführte. Sally hatte es geschafft, dass sie keine Sekunde gezögert hatte, als er ihr anbot, im Laden seines künftigen Schwagers als Ladenmädchen zu arbeiten. Neben der Tatsache, dass sie so immer in Sallys Nähe sein konnte, war es besonders reizvoll für sie gewesen, den Laden mit aufzubauen. Wie vielen Ladenmädchen war es schon vergönnt, sich vom ersten Tag an um einen innovativen neuen Laden zu kümmern?

Das war eine glückliche Fügung des Schicksals, da war Anna sicher. Sie dankte Gott dafür, dass sie Sally begegnet war und ihre Eltern sie hatten ziehen lassen. Und sie würden Anna ja auf dem Heimweg besuchen, um zu sehen, wie es ihr in der Zwischenzeit ergangen war. Anna freute sich schon auf ihre Stippvisite in Stralsund.

Gerade in dem Moment, als sie eine neue Rolle der feinen Brüsseler Spitze auf die Rolle an der Verkaufssäule auffädeln wollte, ertönte das kleine Glöckchen über der Ladentür.

»Guten Tag und herzlich willkommen«, sagte Anna, die gerade mit dem Rücken zur Ladentür stand. Nachdem sie das Spitzenband auf die dafür vorgesehene, eiserne Halterung gerollt hatte, wandte sie sich um – und erschrak.

Vor ihr stand der hochgewachsene Mann im teuren Anzug, der neulich schon vor den regulären Öffnungszeiten den Laden in Augenschein nehmen wollte. Den Zylinder hatte er vom Kopf genommen, um ihn mit beiden Händen an der Krempe vor dem Bauch zu halten. Seine Haare trug er streng zurückgekämmt. Den Gehstock hatte er sich lässig an den Ellenbogen gehängt. Anna schien es, als wurde der vornehme Mann von einer seltsamen Aura umgeben, die sie nicht einordnen konnte. Etwas Unnahbares ging von dem aristokratischen Mann aus.

Der Besucher schien Annas Angst nicht bemerkt zu haben. »Guten Tag, meine Dame«, sagte er freundlich, während seine Augen ruhelos im Laden herumirrten. Er sah sich aufmerksam um, drehte sich im Kreis und betrachtete die Auslagen voller Interesse. »Es ist ja einiges zu haben«, stellte er schließlich fest und nickte anerkennend. »Kaufen werde ich jedoch nichts.« Sein Lächeln erlosch, als er Anna anschaute. Seine Augen wirkten kühl und berechnend. Der Blick jagte Anna noch mehr Angst ein.

»Hören Sie, es tut mir leid, dass ich Sie vor ein paar Tagen nicht ins Geschäft gelassen habe, doch ich hatte meine Anweisungen«, versuchte sie schnell, sich zu entschuldigen.

»Wissen Sie«, sagte der geheimnisvolle fremde Mann leise, »das hat mir sehr imponiert.«

Anna fand, dass da ein lauernder Unterton in seiner Stimme lag, den sie nicht einzuschätzen vermochte. Obwohl der Mann äußerst freundlich war, wirkte er unheimlich. Sie schaute an ihm vorbei und hoffte, dass ein anderer Kunde den Laden betrat. Der Gedanke, mit dem Fremden allein zu sein, bereitete ihr Angst. »Es imponiert Ihnen, dass ich Sie nicht in den Laden gelassen habe?«, fragte sie, um Zeit zu gewinnen.

Der Mann nickte bedächtig. »Ich mag es, wenn sich Menschen strikt an Regeln halten.« Sein Blick schweifte wieder durch den Laden. Er schaute an ihr vorbei zu dem Vorhang, der den Laden von den dahinterliegenden Räumen trennte. »Sind Sie allein?«

Ein Schauer rann über Annas Rücken. Am liebsten wäre sie an ihm vorbei aus dem Geschäft gerannt, doch sie würde den Laden niemals unbeaufsichtigt zurücklassen. So überlegte sie fieberhaft, was sie dem Besucher antworten konnte. Es wäre dumm, ihm die Wahrheit zu sagen, denn dann würde er sich in Sicherheit wiegen und sie war ihm ausgeliefert. Doch zu lügen erschien ihr töricht. Niemand war da, der ihr zu Hilfe eilen konnte.

»Ja«, sagte sie wahrheitsgemäß, als sie dem bohrenden Blick des Fremden begegnete. »Ich bin allein.« Sie versuchte vergeblich, das Zittern in ihrer Stimme zu unterdrücken. »Warum?«

»Weil ich Ihnen ein Angebot machen möchte.« Er lächelte wieder, trat einen Schritt näher und legte den Zylinder auf den blitzblanken Verkaufstresen. Den Gehstock hängte er an die Kante. Er schwang leicht hin und her. Anna starrte den Stock an, den er genauso gut als Waffe einsetzen konnte. Wenn er jetzt noch die Ladentür abschloss, war sie verloren. Sie sah zur Tür. Wie immer steckte der Schlüssel im Schloss.

»Was … was ist das für ein Angebot?«, fragte Anna mit belegter Stimme.

»Der Laden«, sagte er, ohne ihre Frage zu beantworten, »macht einen äußerst aufgeräumten und sauberen Eindruck. Sie sind offenbar fleißig, und Sie arbeiten sehr ordentlich.«

»Vielen Dank für das Lob.«

»Und Sie, Sie gefallen mir, meine Dame.«

Anna bezweifelte, dass er seine Worte ehrlich meinte, und wich einen halben Schritt zurück. »Ich habe einen Freund.«

»So meine ich das nicht.« Der Fremde lachte amüsiert. Er legte die Hände auf den Tresen. Seine Hände machten einen gepflegten Eindruck, sie schienen noch nie harte Arbeit verrichtet zu haben. »Sie gefallen mir als Ladenmädchen.« Der schlanke Mann machte eine ausladende Geste. »Sie scheinen alles gut im Griff zu haben, Sie füllen die Regale rechtzeitig auf und halten die Einrichtung sauber, und Sie sind loyal und befolgen zuverlässig Ihre Anweisungen. Das gefällt mir.«

Anna wusste nicht recht, was sie ihm darauf antworten sollte. So zog sie es vor, zu schweigen.

»Sind Sie glücklich hier, meine Dame?« Er musterte sie abschätzend. Anna blieb ihm die Antwort schuldig.

»Ich meine, Sie machen gute Arbeit, das ist offensichtlich. Doch der Laden … er ist winzig klein. Sie haben wahrlich Größeres verdient.« Der lauernde Unterton in seiner Stimme war verschwunden. »Ich meine es ernst, Sie brauchen eine echte Herausforderung.«

»Wie meinen Sie das?« Anna traute dem Fremden nicht. »Ich meine, neulich waren Sie noch ungehalten, als ich Sie nicht ins Geschäft gelassen habe.«

»Und genau das hat mir imponiert.«

»Warum das?« Anna zog die Stirn in Falten.

»Weil Sie sich an die Regeln halten, die man Ihnen vorgibt«, wiederholte er. »Es ist an der Zeit, dass man Ihnen eine Chance gibt. Sie sollten mehr Verantwortung tragen und sich einbringen können.«

»Wie soll das funktionieren?«

»Kommen Sie zu mir. Ich biete Ihnen eine Stellung als Ladenmädchen in meinem Geschäft an.«

»Wollen Sie mich etwa abwerben?« Anna schaute ihn empört an.

»Ich bin immer auf der Suche nach loyalen Mitarbeitern«, erklärte er unbeeindruckt und hielt ihr die rechte Hand entgegen. »Und über die Bezahlung, sollte das Ihr Problem sein, ließe sich natürlich verhandeln.«

Annas Blick haftete auf seiner ausgestreckten Hand, doch sie machte keine Anstalten, einzuschlagen. »Ich werde …«, setzte sie gerade an, als die Ladentür schwungvoll aufgestoßen wurde.

»Hallo, Anna«, rief Sally vergnügt. Er trug einen schweren Stoffballen auf der Schulter und stockte, als er die eigenartige Situation registrierte. »Alles in Ordnung bei dir?«, fragte er, während er den Stoffballen auf den Tresen schob und sich die Finger an der Kleidung abwischte.

»Natürlich geht es ihr gut«, zischte der fremde Mann, ohne sich umzuschauen. Offensichtlich missfiel es ihm, gestört zu werden. Sie hingegen atmete erleichtert auf. »Sally«, rief sie erleichtert, »schön, dass du kommst.«

»Ich habe den Wagen voller Stoffe.«

»Und gleich werden wir gemeinsam abladen«, rief eine zweite

Stimme hinter Sally. Leonhard trat in den Laden und blieb wie angewurzelt stehen, als er Anna mit dem fremden Mann sah. Es schien, als wäre er vor eine unsichtbare Wand gelaufen.

»Wertheim«, rief er aus, »Sie hier?«

Der Angesprochene erwiderte nichts. Im Zeitlupentempo drehte er sich zu Leonhard um und betrachtete ihn wie ein lästiges Insekt. »Sie stören, mein Herr.«

»Oh, ich bitte vielmals um Verzeihung, möchte jedoch anmerken, dass Sie sich in *meinem* Geschäft befinden.«

»Er wollte mich abwerben«, rief Anna nun. Die Anspannung fiel von ihr ab.

»Sie wollen ... was?« Sally machte große Augen. »Was soll das?«, blaffte er den Geschäftsmann an. Drohend hob er die Fäuste. »Ich kann Ihnen mal den Hintern versohlen, wenn Sie nicht ...«

»Sally, ich muss doch sehr bitten«, mischte sich Leonhard hastig ein, dem die ganze Situation denkbar unangenehm war. Er machte einen Schritt vor und legte die Hände auf die ausgestreckten Fäuste seines Schwagers in spe. »Lass gut sein.«

»Wie du meinst.« Seufzend und enttäuscht ließ der Hitzkopf seine Fäuste sinken.

»Bitte vielmals um Verzeihung, Herr Wertheim«, beeilte sich Leonhard zu sagen.

»Wertheim?« Erst jetzt registrierte Anna, wen sie da vor sich hatte. Als der fremde Mann nicht widersprach, begann sie zu begreifen. »Sie sind der Wertheim, dem der Laden an der Mühlenstraße gehört?« Jetzt verstand sie, warum er sie unbedingt abwerben wollte.

»Sagen wir es so: Ich bin einer der Wertheims.« Jetzt lächelte der vornehm gekleidete Mann gewinnend, doch niemand erwiderte sein Lächeln. Er deutete verlegen eine Verbeugung an. »Angenehm. Georg Wertheim. Ich führe das Geschäft meiner Eltern gemeinsam mit meinem Bruder Wilhelm.« Er schien jetzt fast erleichtert zu sein, dass er erkannt worden war, und wandte sich Leonhard zu. »Woher kennen Sie mich, mein Herr?«

»Das …« Leonhard rieb sich die Hände und senkte kurz den Blick, »das tut nichts zu Sache, Herr Wertheim.«

Mit dieser Antwort schien der Konkurrent nicht zufrieden zu sein, doch er verzichtete auf einen Einwand. Feindselig beäugte er Sally, der ihn nicht aus dem Blick ließ.

»Sie sollten solche Menschen nicht in Ihrem Geschäft arbeiten lassen«, riet Georg Wertheim Leonhard. »Solche Hitzköpfe sind eine Gefahr für unsere Gesellschaft.«

»Was geht Sie das an, welche Mitarbeiter ich beschäftige?«, entgegnete Leonhard.

»Wir sind immer auf der Suche nach gutem Personal«, beharrte Wertheim mit einem Seitenblick auf Anna. »Solche wie er hingegen«, er zeigte auf Sally, »sind gemeingefährlich und haben nichts im Einzelhandel zu suchen.«

»Momentchen mal«, rief Leonhard sichtlich erbost dazwischen. »Erst klauen Sie uns unsere Ideen, dann erdreisten Sie sich, hier aufzutauchen, um unser Ladenmädchen abzuwerben?« Wütend stemmte er seine Hände in die Hüften. Dermaßen außer sich hatte Anna ihren Arbeitgeber noch nie erlebt. Sein Gesicht hatte eine tiefrote Färbung angenommen, und trotz seiner geringen Körpergröße wirkte er gefährlich. Das schien auch Wertheim zu bemerken, denn er wich einen Schritt zurück, wobei sein Blick zwischen Sally und Leonhard hin- und hersprang.

»Raus«, zischte Leonhard und deutete mit dem ausgestreckten Arm zur Tür. »Verschwinden Sie, bevor ich mich vergesse.«

»Gut.« Georg Wertheim zuckte in gespielter Gleichgültigkeit die Schultern, setzte den Zylinder auf und nahm den Gehstock vom Tresen, um den Laden zu verlassen. In der Tür blieb er noch einmal stehen. Mit versteinerter Miene wandte er sich an Leonhard. »Wenn Sie meinen, werter Herr Tietz, mir Konkurrenz machen zu müssen, werden Sie das bitterlich bereuen.«

»Warum sollte ich das tun?«

»Die Kunden lieben und schätzen unser Geschäft seit vielen Jahren. Wir werden uns diese Zuwendung nicht von Ihrer …«, er blickte sich im Laden um, »… Ihrer fixen Idee zerstören lassen.« Ohne eine Antwort abzuwarten, verließ er den Laden. Sally nahm Anna in den Arm. Seite an Seite standen sie vor dem Schaufenster und sahen Georg Wertheim dabei zu, wie er in eine schwarz glänzende Kutsche stieg, die vor dem Laden auf ihn gewartet hatte. Neben dem Gespann wirkte der Planwagen von Leonhard fast schon ärmlich. Doch Anna wusste, dass sie niemals für Wertheim arbeiten würde.

*

»Du hast ja schon erwähnt, den Mann, von dem Anna uns berichtet hatte, anhand ihrer Beschreibung erkannt zu haben.« Flora stand abends am Herd und rührte im großen Topf, der in der Feuerluke steckte. Es duftete herrlich nach einer kräftigen Gemüsesuppe. »Woher wusstest du, um wen es sich handelt?« Sie stand mit dem Rücken zum Tisch am Herd und kümmerte sich um das Essen.

Während die Männer bei einem Glas Wein am Küchentisch saßen und sich unterhielten, ging Anna Flora zur Hand. Nachdem sie das Besteck aus dem Fach genommen hatte und die Servietten gefaltet waren, trat sie an das Wandregal und betrachtete das teure Porzellan. Liebevoll strichen ihre Fingerkuppen dabei über die filigranen Malereien in tiefem Dunkelgrün. Sie zeigten florale Muster, dazu gab es einen hauchdünnen, goldenen Streifen am Rand der Teller. »Das ist traumhaft schön«, bemerkte sie schwärmerisch, so, als hätte sie es heute zum ersten Mal gesehen.

»Das ist Portland-Porzellan«, erklärte Flora.

Leonhard schaute auf. »Onkel Hermann hat es von einer Englandreise mitgebracht und uns zur Aussteuer geschenkt.« Er lächelte. »Ein vorgezogenes Hochzeitsgeschenk, sozusagen.«

Vorsichtig, damit nichts zu Bruch ging, nahm Anna vier Teller aus dem Regal und deckte damit den Tisch. Flora wusste, dass sie gern bei ihnen zu Gast war. Auch um ein wenig Zeit in Sallys Nähe zu verbringen, liebte sie die Abende in der großen Wohnung.

»Wie schön«, sagte Anna, während sie noch immer fasziniert die filigranen dunkelgrünen Muster auf dem strahlend weißen Porzellan betrachtete. »Es muss sündhaft teuer gewesen sein.«

Leonhard lächelte. »Mit der Industrialisierung können sich immer mehr Menschen echtes Porzellan leisten. Es wird in großen Fabriken hergestellt.«

»Warum können wir nicht auch Porzellan in unserem Laden anbieten?«, fragte Anna, während sie die Teller auf dem Küchentisch verteilte.

»Ich habe noch nie darüber nachgedacht«, entgegnete Leonhard nachdenklich. Flora, die sich zu ihnen umwandte, lächelte. So, wie ihr Verlobter das Geschirr gerade betrachtete, dauerte es sicher nicht mehr lange, bis er auch Haushaltswaren ins Sortiment aufnahm. Wahrscheinlich fragte er sich gerade, warum er noch nicht auf diese Idee gekommen war.

»Weil wir uns auf Kurzwaren und Textilien spezialisiert haben«, antwortete sie lachend, bevor ihr Verlobter es tun konnte. »Wir können schließlich nicht alles anbieten.«

»Warum nicht?« Leonhard nahm einen Schluck Rotwein und wechselte einen schnellen Blick mit Sally. »Wenn die Leute Porzellan kaufen wollen, sollten wir nicht zögern, es ihnen anzubieten.«

»Manchmal bist du mir unheimlich«, antwortete Flora, als sie den großen Topf vom Feuer nahm und ihn auf das Brett stellte, das Anna in die Mitte des Tisches gelegt hatte.

»Warum unheimlich, Bella?« Leonhard hob eine Augenbraue und betrachtete sie. »Was spricht dagegen, wenn wir die Wünsche der Kundschaft erfüllen?«

»Der Platz«, sagte Flora. Sie machte sich daran, die tiefen Teller zu füllen. Anna hatte Brot geschnitten, das sie nun zu der Suppe servierte. Sally hockte schweigend auf der Bank und blickte Anna verliebt an, als sie sich ihm gegenüber auf dem Stuhl niederließ.

Flora nahm ebenfalls ihrem Verlobten gegenüber Platz. »Unser Laden ist klein, hast du das vergessen?«

»Noch, Bella, noch.« Leonhard war ernst geworden. »Wenn die Geschäfte weiterhin so gut laufen, werden wir uns nach einem anderen Ladenlokal umsehen müssen.«

»So weit ist es aber noch lange nicht.« Flora schüttelte den Kopf. »Außerdem haben wir den alten Laden gerade erst aufwendig umbauen und modernisieren lassen.« Sie war froh, dass sie mit dem Laden ein gutes Auskommen hatten, und Leonhard dachte schon an den nächsten Schritt. Sie bewunderte seinen Mut, sorgte sich aber manchmal, dass er zu viele Risiken einging. Schließlich hing ihre ganze Existenz von seinen Entscheidungen ab. »Aber ich habe dir eben noch eine ganz andere Frage gestellt.«

Sie aßen minutenlang schweigend, und Leonhard schien ihre Bemerkung überhört zu haben. Flora hatte nicht vor, das Gespräch einschlafen zu lassen. »Woher«, nahm sie den Faden auf, als Leonhard sich beharrlich in Schweigen hüllte, »woher kanntest du Wertheim?«

»Ich war dort.« Er hatte leise gesprochen und hielt den Blick gesenkt.

»Wie bitte?« Flora glaubte es kaum. »Wo warst du?«

»Bei Wertheim«, eröffnete Leonhard ihr. »Ich wollte mich in seinem Laden umsehen – habe ich das nicht erzählt?«

»Möglich«, murmelte Flora, »was hat dich dazu bewogen?«

»Meine Neugier«, erwiderte er wahrheitsgemäß. »Ich wollte einfach sehen, wie man ein größeres Geschäft führt.« Jetzt lächelte er sie an. »Eigentlich ist es nicht meine Art zu spionieren, Bella. Du kennst mich.« Er zwinkerte ihr zu. »Die Suppe ist übrigens vorzüglich.«

»Du bist ein Schmeichler«, stellte sie fest, während sie löffelte.

»Aber er hat recht«, mischte sich jetzt auch Sally ein. »Du bist eine gute Köchin, Flora.« Er schaufelte die Suppe gierig in sich hinein, und als er dabei laut schmatzte, fing er sich von seiner Schwester einen tadelnden Blick ein. Schnell murmelte er eine Entschuldigung und angelte sich eine Brotscheibe aus dem Korb. »Ich finde die Idee übrigens ganz gut«, murmelte er kauend.

»Wie bitte?« Flora legte den Löffel beiseite und tupfte sich mit der Serviette die Lippen ab, bevor sie einen Schluck Wasser trank. Sie sah ihren Bruder fragend an.

»Leo hat auch mit der anderen Sache recht«, sagte Sally und sah seinen Schwager von der Seite an. Leonhard tat so, als ginge ihn die Unterhaltung nichts an, und aß stumm weiter. Nur an seinem feinen Lächeln erkannte Flora, dass er dem Verlauf der Unterhaltung bei Tisch zufrieden folgte. »Lass uns überlegen, wie wir das Angebot erweitern können.«

»Mit Porzellan aus England vielleicht?« Flora schüttelte den Kopf. An manchen Tagen waren die Flausen ihrer Männer zu albern.

Erst jetzt hielt Leonhard den Augenblick für gekommen, sich an der Unterhaltung zu beteiligen. »Es gibt da die Firma Villeroy und Boch«, bemerkte er, »sie fabrizieren Haushaltsgüter aus Steingut im großen Stil.«

»Und?« Flora sah ihn mit wachsamem Blick an. Wenn er sich etwas in den Kopf gesetzt hatte, führte er seine Pläne meistens auch schneller aus, als es ihr lieb war.

»Ich könnte mit den Herren in Kontakt treten und sehen, welche Möglichkeiten sich bieten.« Leonhard zwinkerte ihr vergnügt zu, dann bedachte er Anna mit einem dankbaren Blick. »Für gute Ideen bin ich immer zu haben.« Er wandte sich seinem Schwager zu. »Ich werde Boch einen Brief schreiben und nach Dresden fahren, wo sich der deutsche Sitz der Firma befindet.«

Sally, der offenbar nicht so recht wusste, was er darauf antworten sollte, nickte stumm.

Flora gab es auf, ihr Veto einzulegen. Sie vertraute Leonhard bei seinen Planungen, auch wenn Steingüter und Haushaltswaren nicht in das Sortiment von Tietz passten. Es war ein sinnloses Unterfangen, Leonhard seine Ideen auszureden. »Wie du meinst«, sagte sie. »Wir werden sehen, wie sich der Laden weiterentwickelt.«

»Ja, Bella«, nickte er zufrieden. »Das werden wir.« Er legte sein Besteck fort und erhob sich. »Jetzt ist mir nach Musik«, rief er und verließ die Küche. Flora hörte, wie er sich in der Stube an dem Grammofon zu schaffen machte. Als die Orchestermusik durch die Wohnung hallte, kehrte er zum Tisch zurück. Zufrieden mit sich und seiner kleinen Welt hob er das Glas. »Auf uns«, sagte er, »lasst uns anstoßen auf das Tietz und unsere guten Ideen, auf dass die Wertheim-Brüder gegen uns keine Chance haben.«

# Kapitel 34

Ein paar Tage später drohte der kleine Laden wieder aus allen Nähten zu platzen. Die vorwiegend weibliche Kundschaft tummelte sich an der Theke und zwischen den Regalen, um das Warenangebot in Augenschein zu nehmen. Dabei lobten sie immer wieder die übersichtliche Präsentation des Sortiments und die klar verständlichen Preisschilder an den Artikeln, die keine Fragen offenließen.

Anna und Flora kümmerten sich um die Kundschaft, während Sally ständig neue Waren aus dem Kontor holen musste, um die Regale neu zu bestücken und so den Wünschen der Damen nachzukommen. Flora betrachtete ihren kleinen Bruder, der unermüdlich schleppte und dabei immer ein paar nette Worte für die Kundinnen auf den Lippen hatte. *Er ist ein Charmeur, der gut bei den Frauen ankommt*, stellte Flora fest.

Leonhard saß hinten im Büro, um den Brief an die Porzellanfabrik zu schreiben. Noch immer war er davon überzeugt, dass sich auch Haushaltswaren in ihrem Geschäft gut verkaufen ließen. Flora hingegen fragte sich bei aller Freude über die geplante Vergrößerung des Sortiments, wohin sie die Waren im Laden packen sollte. Es wurde langsam eng im ehemaligen Geschäft von Albert Holst. Vor lauter Elan verlor Leonhard manchmal das Auge für die Praxis.

Es war ein grauer, verregneter Spätsommertag. Der Wind wehte von der nahen See ins Landesinnere und ließ die ersten bunten Blätter von den Bäumen taumeln, die das Kopfsteinpflaster der Straßen in der Hansestadt in eine Rutschbahn verwandelten. Der Regen rann in dichten Bahnen an den beschlagenen Schaufenstern hinunter, doch weder Anna noch Flora hatten Zeit, sich um die Kapriolen des Wetters zu scheren.

»Vielen Dank«, sagte Flora gerade zu einer jungen Dame, die einen ganzen Korb voller Bänder eingekauft hatte, um sie zu Hause zu verarbeiten. Flora begleitete sie zur Ladentür, verabschiedete sich von der Kundin und hielt ihr die Tür auf.

Jetzt fiel ihr Blick hinaus auf die Straße. Dort hetzten die Menschen heute umher, die Köpfe tief zwischen die Schultern gezogen. Einige hatten Regenschirme bei sich, die aber wegen des Windes kaum Schutz boten. Niemand kümmerte sich um den anderen, alle sahen zu, dass sie schnell nach Hause kamen.

Da war ein Mann auf der gegenüberliegenden Straßenseite, der ihre Aufmerksamkeit erregte. Regungslos stand er da, die Beine breit, die Arme vor der muskulösen Brust verschränkt. Obwohl ihm die Haare strähnig in die Stirn hingen und der Regen ihm über das Gesicht rann, so dass sich an Nase und Kinn Tropfen bildeten, schien ihn der Regen nicht zu stören. Seine Kleidung war durchnässt, er stand in einer Pfütze, doch auch das schien er nicht zu bemerken. Sein Blick war starr auf das Haus von Albert Holst gerichtet, und das bereitete Flora Angst. Sie hatte Julius Holst sofort erkannt und fürchtete neuen Ärger. Obwohl ihn sein Vater zwischenzeitlich ausgezahlt hatte, war er hergekommen. Flora ging zur Ladentür, öffnete sie und trat einen Schritt nach draußen.

»Julius«, rief sie zu ihm hinüber. »Was soll das?« Der Regen kühlte ihre erhitzten Wangen.

Jetzt ging ein Ruck durch den Hafenarbeiter. Er ließ die Arme sinken und wandte ihr den Kopf zu. Langsam und ganz so, als würde es nicht in Strömen regnen, trottete er über die Straße.

»Was willst du hier?«, fragte Flora und duckte sich, so gut es ging, in den Hauseingang. Sie fürchtete, dass es nun neuen Ärger geben würde.

Seine Miene war starr wie eine Maske, und Flora bekam es mit der Angst zu tun. »Ich möchte mich verabschieden«, sagte er sehr zu ihrer Verwunderung.

»Du gehst?«

Er nickte langsam. »Es ist kein Platz für mich in der Stadt, doch bevor ich gehe, wollte ich mich von meinem Elternhaus verabschieden.« Ein Lächeln erhellte sein Gesicht. »Einen letzten Blick auf das Haus werfen, in dem ich aufgewachsen bin.« Kurz wirkte er melancholisch und weckte so prompt Floras Mitgefühl. »Dein Vater ist sicher oben.«

»Nein.« Julius schüttelte den Kopf. »Ihm sollte ich lieber nicht mehr begegnen.«

»Aber … warum?«

»Es ist einfach besser so.« Nervös stampfte er von einem Fuß auf den anderen und wich ihrem fragenden Blick aus. »Ich habe dem alten Herrn genug Scherereien gemacht in letzter Zeit. Und dadurch, dass er mich ausbezahlt hat, kann ich nun ein neues Leben beginnen.« Er seufzte. »Und jetzt möchte ich ihn nicht mehr in unnötige Aufregung versetzen.«

Flora musterte ihn. Vielleicht hatte er recht, doch sie konnte nicht glauben, dass dieser wilde Kerl endlich zur Vernunft gekommen war. Deshalb blieb sie wachsam.

»Bitte richte ihm von mir einen Gruß aus«, bat Julius sie. »Was mich betrifft, so werde ich ihn vermutlich nicht mehr lebendig sehen. Doch er soll wissen, dass mir alles leidtut. Richte ihm das bitte aus.«

»Das werde ich tun.« Flora nickte. »Und du willst wirklich nicht …«

»Nein, besser nicht«, unterbrach er sie. Dann wandte er sich zum Gehen. »Ich werde die Stadt verlassen und euch nicht länger behelligen.«

»Wie du meinst.« Flora wusste nicht recht, was sie sagen sollte. »Dann leb wohl, Julius. Ich wünsche dir alles Gute!«

»Danke.« Er erwiderte ihr Lächeln, tippte sich mit zwei Fingern an die nicht vorhandene Hutkrempe und marschierte los. Lange stand Flora im Hauseingang, um ihm hinterherzublicken. Dieser Julius war eine traurige Gestalt, und sie hoffte inständig, dass er aus seinen Fehlern gelernt hatte und endlich zur Vernunft gekommen war.

»Flora, kommst du?«, riss die warme Stimme von Leonhard sie aus ihren Gedanken. »Warum um Himmels willen stehst du da im Regen?«

»Ich komme«, antwortete Flora schnell und kehrte in den Laden zurück. Vielleicht würde sie Leonhard später berichten, was sich soeben zugetragen hatte.

*

Es kostete Flora Überwindung, die Wohnung von Albert Holst aufzusuchen. Sie hatte Julius versprochen, seinem Vater den letzten Gruß auszurichten, wenngleich sie auch immer noch nicht verstanden hatte, warum er sich nicht selbst von ihm verabschieden wollte.

Zaghaft klopfte sie an die Wohnungstür und wartete auf sein knorriges »Herein«, bevor sie über die Schwelle trat. Holst saß an seinem Küchentisch und starte hinaus aus dem Fenster.

»Was wollte er?«, fragte er, ohne sich zu ihr umzuwenden.

»Wie bitte?« Flora trat näher und schaute auf die Teetasse, die er mit beiden Händen umklammerte, als müsse er sich daran wärmen. Kurz dachte sie an Annas Vorschlag, Porzellan ins Sortiment aufzunehmen.

»Dieser Taugenichts«, brummte Holst. »Er war eben da.«

»Sie haben …«

»Ja, ich habe ihn gesehen, wie er dort unten stand und sich nicht ins Haus getraut hat.« Jetzt schaute Holst zu Flora auf. Dunkle Ringe lagen unter seinen Augen, seine Haut war aschgrau. Ihm war anzusehen, dass der Anblick seines Sohnes schon genügte, um ihn wieder um Jahre altern zu lassen. Vermutlich war die Entscheidung von Julius, ihm nicht mehr unter die Augen zu treten, die richtige gewesen.

»Also«, sagte er gedehnt, »was wollte er?«

»Er wird die Stadt verlassen.« Unaufgefordert setzte sie sich zu ihm an den Tisch. »Julius möchte ein neues Leben beginnen.«

»Soso«, sagte Holst nachdenklich. »Tut er das?«

»Und er hat mich gebeten, Ihnen seine Grüße auszurichten, es sei besser, wenn er Sie nicht noch mal aufrege.«

Holst stierte in seine Teetasse und dachte angestrengt nach. »Vermutlich«, brummte er schließlich, »ist es das auch.« Jetzt schaute er Flora an. Da war der Ansatz eines Lächelns in seinen Augen. »Ich habe übrigens auch eine Neuigkeit für dich.«

Diesmal war es an Flora, ihn gespannt anzuschauen.

»Die Kinder haben mir ein Angebot gemacht«, eröffnete er ihr und meinte damit seine Tochter und den Schwiegersohn. »Sie bewohnen eine große Villa, sind noch kinderlos und langweilen sich offensichtlich.« Holst kicherte. »Und nun ist ihnen nichts Besseres eingefallen, als sich einen alten Kerl ins Haus zu holen.«

Flora staunte. »Sie sollen zu Ihrer Tochter ziehen?«

»So ist es.« Der alte Mann nickte. »Jedenfalls haben sie mir das so vorgeschlagen. Ich werde auch nicht jünger, und ich lebe allein hier.« Grinsend tippte er sich an die Schläfe. »Und das soll angeblich dumm machen.«

»Herr Holst, das ist doch nur ein Gerücht«, behauptete Flora, konnte sich aber ein Lächeln nicht verkneifen. Der alte Knabe würde ihr fehlen. »Werden Sie das Angebot annehmen?«

Holst trank einen Schluck Tee und machte es spannend. Dann setzte er die massive Steintasse auf der Tischplatte ab, fuhr mit der rechten Hand über das einfache Tischtuch und nickte. »Ich denke schon.« Nachdenklich blickte er Flora an. »Das Ganze hat doch eigentlich nur Vorteile: Ich bin nicht mehr allein, die beiden haben, wenn sich irgendwann Nachwuchs einstellt, einen liebevollen Großvater, der sich um die Kinder kümmert, und hier …« Er breitete die Arme aus. »Hier wird eine Wohnung frei.«

»Wir haben eine sehr schöne Wohnung«, sagte Flora, »sosehr ich das Angebot auch zu schätzen weiß, ist ein Umzug nicht geplant.« Jetzt musste sie lachen. »Leo und ich, wir träumen zwar von einer Villa, doch ich fürchte, das muss noch warten.«

»Ich dachte dabei auch nicht an dich und deinen künftigen Mann«, entgegnete Albert Holst.

»Ich verstehe nicht.«

»Dein Bruder, dieser Hitzkopf, und seine Freundin«, half er ihr auf die Sprünge. »Sie könnten meine Wohnung übernehmen.«

»Aber Sally und Anna sind doch gar nicht verheiratet.«

»Papperlapapp«, winkte Holst ab. »Es sind moderne Zeiten angebrochen, und die Eheurkunde ist keine unbedingte Voraussetzung mehr für einen Mietvertrag. Mein Angebot steht jedenfalls.« Er leerte die Tasse und erhob sich. Sein Rücken schien zu schmerzen, denn er rieb ihn und zog sekundenlang eine Grimasse. »Richte den jungen Leuten einen schönen Gruß von mir aus, wenn sie sich die Miete leisten können, würde ich nächsten Monat schon ausziehen.«

*

»Und das hat er wirklich gesagt?« Sally konnte nicht glauben, was ihm seine große Schwester da beim Abendessen verkündete. Mit großen Augen schaute er Flora, die ihm schräg gegenübersaß, an. Dann nahm er Annas Hand und drückte sie fest.

»Er hat euch seine Wohnung angeboten, ja.« Flora biss in ihr Brot und kaute, bevor sie fortfuhr. »Die einzige Voraussetzung ist, dass ihr euch die Miete leisten könnt.« Jetzt warf sie ihrem Verlobten einen Blick zu. »Das können sie doch, oder?«

Leonhard wiegte nachdenklich den Kopf. »Sally bekommt nicht allzu viel Geld während seiner Lehre, doch danach verdient er natürlich deutlich mehr.« Er wandte sich an Sally. »Dann bist du schließlich ein gelernter Kommis. Und du, werte Anna, könntest deinen Arbeitgeber ja nach einer kleinen Lohnerhöhung fragen, vielleicht lässt er sich erweichen. Fleißig und ordentlich bist du ja.« Er lachte. »Sogar so fleißig, dass es Georg Wertheim nicht verborgen geblieben ist und er dich abwerben wollte.«

Annas Wangen hatten eine tiefrote Färbung angenommen. Sie musterte Sally. »Wollen wir das Wagnis eingehen?«

»Mir wäre wohl bei dem Gedanken, unserem künftigen Vermieter sagen zu können, dass wir verlobt sind.« Er kaute auf der Unterlippe und schien nach den richtigen Worten zu suchen. Hastig trank er einen Schluck des koscheren Weins, tupfte sich den Mund an der Serviette ab und erhob sich vom Tisch. »Eigentlich«, sagte er, »wollte ich das ja machen, wenn wir unter uns sind.« Sally warf Flora und Leonhard einen Seitenblick zu. »Das richtet sich nicht gegen euch, aber es wäre mir unangenehm, in eurer Anwesenheit eine Absage zu bekommen.« Ohne eine Antwort abzuwarten, umrundete er den Küchentisch, nahm Annas Hand, ging vor ihr in die Knie und blickte ihr tief in die Augen. »Meine liebe Anna«, sagte er mit feierlichem Unterton in der Stimme. »Als ich dich damals in Altefähr zum ersten Mal sah, war ich auf der Stelle fasziniert von dir, begeistert von deiner Schönheit und angetan von deinem Wesen. Wir können über dieselben Dinge lachen und über dieselben Dinge weinen und uns über dieselben Dinge ärgern. Wir lieben das Meer, die Natur und die Kunst, wir ergänzen uns im Geschäft, sind innerhalb kürzester Zeit einfach unzertrennlich geworden.« Er machte eine Pause und holte tief Luft. »Deshalb, liebste Anna, möchte ich dich hiermit fragen, ob du meine Frau werden möchtest?«

Sekundenlang herrschte gespannte Stille in der Küche. Flora warf Leonhard einen Blick zu. Damit, dass ihr kleiner Bruder, den sie über alles liebte, seiner Freundin, die er eigentlich nur als eine Urlaubsbekanntschaft mitgebracht hatte, einen Heiratsantrag machte, hatte sie nicht gerechnet. Am liebsten wäre sie aufgesprungen, um ihren Bruder in den Arm zu schließen und um ihn für seine Entscheidung, Anna einen Antrag zu machen, zu loben. Doch sie nahm sich zusammen, um dem jungen Paar den Zauber des Augenblicks nicht zu zerstören.

»Sally«, sagte Anna mit Freudentränen in den Augen. »O mein Sally, nie habe ich einen Mann so geliebt, wie ich dich liebe.«

»Und?«, fragte Sally. Gebannt hing er an ihren Lippen.

»Ja«, sagte Anna, »ja, Sally Baumann, ich möchte deine Frau werden.«

Mit einem Freudenschrei sprang Sally auf, zog Anna vom Stuhl und küsste sie überschwänglich.

Leonhard warf Flora einen freudigen Blick zu, dann räusperte er sich und erhob sich. Er nahm Haltung an, als Anna und Sally sich zu ihm umblickten. »Dann darf ich euch herzlich gratulieren zu eurer Entscheidung, den Rest eures Lebens miteinander zu verbringen.« Er legte eine Pause ein, bevor er fortfuhr. Flora, die ebenfalls aufgestanden war, klopfte das Herz. Sie umarmte die beiden Frischverlobten fest und war froh, dass ihr kleiner Bruder endlich erwachsen geworden war.

Leonhard räusperte sich. »Ich wünsche euch viel Glück für euren gemeinsamen Lebensweg und eine grandiose Hochzeitsfeier.« Er legte eine Pause ein und zwinkerte Flora zu. »Aber nicht so grandios wie unsere.«

Sally und Anna lachten und strahlten um die Wette. »Lass uns ihre Hochzeit genau beobachten«, schlug Sally Anna schließlich vor. »Wir müssen doch sehen, ob wir es nicht doch besser machen können.«

Prompt erntete er für seine vorlaute Bemerkung einen freundschaftlichen Klaps von Flora. »Das wird nur schwer umzusetzen sein, mein freches Bruderherz.«

*

Sally und Leonhard waren Holst bei der Räumung der kleinen Wohnung über dem Geschäft behilflich, auch der Schwiegersohn des alten Mannes war immer dabei, wenn es darum ging, schwere Möbel zu tragen, die sie auf das Fuhrwerk verfrachteten, das die meisten Einrichtungsgegenstände morgen nach Stralsund bringen sollte. Sally würde allein fahren. Er hatte sich freiwillig bereit erklärt, Albert Holst zu helfen – wohl nicht ganz uneigennützig, denn je schneller Holst bei seinen Kindern einzog, umso früher konnte er mit Anna die Wohnung beziehen. Nur mit dem Ohrensessel wussten weder er noch Albert Holsts Schwiegersohn Heinrich etwas anzufangen. So entschied man sich dazu, das gute Stück in den Laden zu bringen. Leonhard hatte von den Überlegungen nichts mitbekommen. Er war mit einem Fuhrmann verabredet, der künftig ihre Waren transportieren sollte. Das eigene Fuhrwerk war gut, doch es würde langfristig wohl nicht genügen, um die Materialien ins Kontor des kleinen Ladens zu befördern.

Flora wurde den Verdacht nicht los, dass sein Treffen nur ein Vorwand war und dass er sich davongemacht hatte, um letzte Vorbereitungen für die Hochzeit zu treffen. Doch sie wollte sich überraschen lassen und stellte ihm keine Fragen. So waren die letzten Tage vor der Hochzeit eine Zeit der kleinen Geheimnisse, die sie sich aber allzu gern zugestanden.

»Meine Güte, was soll ich denn damit?«, fragte Anna erschüttert, als die Männer den Sessel am frühen Abend eines langen Arbeitstages von der Wohnung des alten Mannes herunter ins Erdgeschoss schafften.

»Niemand will ihn haben«, erklärte Sally leichthin und setzte sich auf die Armlehne. »Und zum Wegwerfen ist er zu schade.«

Gerade kehrte Flora aus dem Lager zurück in den Laden. Sie hatte den letzten Satz ihres Bruders mithören können. »Ich habe eine Idee«, sagte sie, während sie das sperrige Möbelstück betrachtete. »Bringt es ins Büro«, bat sie die Männer. »Leonhard liebt diese Art von Sitzgelegenheit. Zu Hause hat er einen ähnlichen Sessel, den er zu seinem Lieblingsplatz in unserer Wohnung erkoren hat.«

»Na gut.« Sally gab Heinrich Bolten ein Zeichen. Gemeinsam schafften sie den Sessel in das kleine Büro, wo sie ihn in der Ecke neben der Tür platzierten. Wenn Leonhard sich in einer ruhigen Minute entspannen wollte, konnte er den Raum überblicken und von dort aus sogar aus dem Fenster zum Hof schauen. »Das wird ihm gefallen«, sagte Flora, als sie sich das Werk der Männer zufrieden betrachtete. So langsam wurde der kleine Laden ihr zweites Zuhause. Das Büro wirkte durch den Sessel gleich ein wenig wohnlicher und diente jetzt auch als Ruheraum für Leonhard und sie. Flora hoffte, dass er sich über den Sessel freuen würde, sobald er zurückkehrte.

# Kapitel 35

Es war wohl einer der letzten warmen Tage des Jahres und wie gemacht für die Hochzeitsfeier. Die tief stehende Herbstsonne tauchte den Hinterhof der Synagoge an der Langenstraße in ein goldenes Licht und wärmte die ungeduldig wartenden Gäste, die sich rund um den strahlend weißen Hochzeitsbaldachin versammelt hatten, unter dem die Trauung gleich stattfinden sollte. Die *Chuppa* war von vier mit Blumengirlanden verzierten Säulen getragen und wiegte sich leicht im Wind, der von der Ostsee über die Stadt wehte.

Floras Aufregung stieg ins Unermessliche. In der vergangenen Nacht hatte sie aus lauter Vorfreude kaum ein Auge zugetan. Zahlreiche Familienmitglieder waren aus Birnbaum angereist, um bei der Hochzeit dabei zu sein. Noch hielt sich die Braut im Hintergrund, von wo aus sie die Szenerie aber bestens beobachten konnte.

»Gleich ist es so weit«, raunte Paula ihr ins Ohr. Sie lächelte ihr aufmunternd zu.

»Ich zähle schon die Sekunden«, erwiderte Flora leise, während sie ihre beste Freundin von der Seite betrachtete. Paula trug ein festliches, mit Rüschen und Spitze besetztes, blassblaues Kleid, dazu einen weißen Hut mit breiter Krempe. Sie würde eine wunderbare Trauzeugin abgeben.

Flora ließ den Blick über die Schar der Gäste schweifen. Von Leonhard war nichts zu sehen. Auch er hielt sich noch versteckt. Erst als die feierliche Musik einsetzte, konnte sie ihn sehen. Er sah wunderschön aus, und Flora hätte sich glatt auf der Stelle noch einmal in ihn verliebt – wenn sie es nicht schon wäre. Ihr Bräutigam war in einen hellgrauen Anzug und ein weißes Hemd gekleidet. Auf dem Haupt trug er zur Feier des Tages, so wie alle anderen anwesenden Männer, die Kippa als traditionelle Kopfbedeckung. Seine guten Lederschuhe glänzten, als hätte er sie eben noch mit einer Speckschwarte eingerieben. Hoheitsvoll schritt er voran, schien jeden Schritt mit Bedacht zu setzen und lächelte in froher Erwartung. Die Hände hatte er hinter dem Rücken verschränkt. An seiner Seite befand sich sein Onkel Hermann, den er gebeten hatte, sein Trauzeuge zu sein. Eigentlich war das unüblich, denn die Trauzeugen durften nach jüdischem Glauben nicht aus der Familie stammen. Doch Leonhard war es eine Herzensangelegenheit gewesen, dass Hermann Tietz ihn zur *Chuppa* führte. Kurz blieb Leonhard stehen, um seinen Blick über die Anwesenden schweifen zu lassen. Er schien Flora zu suchen, wollte wohl einen ersten Blick auf seine Braut werfen.

»Versteck dich«, flüsterte Paula, die Leonhard ebenfalls beobachtet hatte. Sie schob Flora hinter eine der massiven Steinsäulen der Synagoge.

Flora folgte der Anweisung und hielt den Atem an, so als könne sie sich damit unsichtbar machen. Leonhard sollte sie noch nicht sehen. Gerade tuschelte er mit seinem Onkel Hertie.

Die Gäste verstummten, als die getragene Musik lauter wurde, und versuchten, einen ersten Blick auf die Braut zu erhaschen. Am Baldachin angekommen, wurde Leonhard vom Kantor der Synagoge erwartet, der ihm zunickte und hebräische Hymnen sprach.

Hermann Tietz war vor der *Chuppa* stehen geblieben, während Leonhard unter das wallende Stoffdach trat.

Flora hielt den Atem an, während sie um die Säule herumspähte, um das Geschehen unter dem Baldachin beobachten zu können.

»Es ist so weit, Liebes.« Paula lächelte ihr sanft zu.

Sie legte ihr den Schleier vor das Gesicht. Es war, als würde sie in einer Wolke versinken. Flora atmete tief durch. »In Ordnung, es kann losgehen.« An der Seite ihrer Freundin betrat sie mit gesenktem Blick die Bildfläche, bevor sie es wagte, aufzuschauen. Ein Raunen ging durch die Hochzeitsgäste, einige klatschten sogar, als sie einen ersten Blick auf die Braut werfen konnten.

Ihre Familien bildeten ein Spalier. Während Leonhards Familie sich links aufgestellt hatte, um den Weg zum Baldachin zu säumen, bildeten die Baumanns auf der rechten Seite eine Reihe. Von Paula geführt, schritt sie durch das Spalier und hätte um ein Haar schon jetzt geweint vor Freude, als sie die Tränen in den Augen ihrer Mutter sah. Sie nickte Sally zu, der mit Anna an seiner Seite beim Rest der Familie stand. Flora war glücklich, dass sich ihr Bruder noch am Vorabend mit den Eltern ausgesprochen und versöhnt hatte. Obwohl es Mutter und Vater nicht behagte, dass seine neue Freundin keine Jüdin war, akzeptierten sie seine Liebe. Auch Max, ihr großer Bruder, war gekommen. Er hatte extra, um der Trauung beiwohnen zu können, eine Geschäftsreise nach Berlin unterbrochen.

Flora schritt langsam auf die *Chuppa* zu, wo sie bereits von ihrem Bräutigam erwartet wurde. »Jetzt musst du allein weiter«, sagte Paula. Flora nickte. Nachdem sie ihr ein letztes Mal zugelächelt hatte, blieb die Freundin an der Seite von Hermann Tietz stehen und sah zu, wie Flora unter das Stoffdach des Traubaldachins trat. Die Musik war verstummt, und nur das Kreischen einiger Möwen am Himmel untermalte die festliche Szene.

Leonhard nahm sie unter der *Chuppa* in Empfang, während die Gebete des Kantors verstummten. Auch die Gäste schienen gebannt den Atem anzuhalten. Kurz war es so still auf dem Hof der Synagoge, dass man eine Stecknadel hätte fallen hören.

Die Wangen ihres Künftigen glühten vor Aufregung. Am liebsten wäre ihm Flora auf der Stelle um den Hals gefallen, doch sie nahm sich zusammen und beschloss, die alten Traditionen zu achten. Sie wandte den Blick nach vorn, wo der Kantor jetzt vom Rabbiner der Gemeinde, einem Mann von Anfang sechzig mit wallendem grauen Bart und einem mächtigen schwarzen Hut auf dem Kopf, abgelöst wurde. Mit bedächtigen Bewegungen trat er an den mit einem weißen Tuch verhüllten Tisch unter der *Chuppa*. Nachdem der Geistliche das Paar begrüßt hatte, bat er um Gottes Segen für die beiden, während Flora und Leonhard nur noch Augen füreinander hatten.

Mit monotonem Klang verlas der Rabbiner die *Ketubba*, in der alle Eherichtlinien nach altem jüdischen Glauben verankert waren. Leonhard hörte ihm zu, wobei er Flora unverwandt ansah. Nachdem der Rabbiner geendet hatte, rollte er die *Ketubba* zusammen, dann überreichte er dem Bräutigam das Papier. Leonhard nahm das Schriftstück, um es an Flora weiterzureichen. Als er ihre Hand ergriff, um ihr den Ring überzustreifen, stellte Flora fest, dass auch er leicht zitterte. Während er ihr tief in die Augen sah, sprach er: »Durch diesen Ring bist du mir angelobt nach dem Gesetz Moses und Israels«, die Formel, die ihr Glück besiegelte. Sekundenlang ruhten seine Fingerkuppen auf dem glänzenden Ring.

Der Rabbiner begann, seinen Segen zu sprechen. Dabei hielt er einen goldenen Becher Wein in beiden Händen, der den Kelch des Lebens symbolisierte. Er überreichte den Becher zuerst Leonhard, der ihn nahm und zu den Lippen führte, um einen Schluck von dem Wein zu trinken. Anschließend durfte auch Flora davon trinken.

Der Kelch war schwer, so dass sie ihn mit beiden Händen halten musste. Der Wein schmeckte nach frischen Früchten, und sie wusste nicht, ob es daran lag, dass sie in diesem Augenblick überglücklich war, oder ob es dem Umstand geschuldet war, dass der Wein so gut war – sie nahm einen zweiten und sogar einen dritten Schluck aus dem schimmernden Becher. Das anfängliche Tuscheln unter den Gästen wich einem amüsierten Lachen. Niemand war Flora böse, weil sie mehr Wein getrunken hatte, als es die Zeremonie üblicherweise vorsah. Unterdessen sprach der Rabbiner unbeirrt die sieben Hochzeitsgebote, bei denen er auch die Namen einiger anwesender Familienmitglieder verlas. Danach durften Leonhard und Flora erneut einen Schluck von dem Wein trinken. Während sie tranken, wickelte der Rabbiner ein leeres Glas in eine strahlend weiße Stoffserviette, das er mit einer ausholenden Geste zu Boden warf. Das Glas sprang in tausend Scherben und erinnerte traditionell an die Zerstörung der jüdischen Tempel von Jerusalem.

»Masel tov!«, rief der Rabbi und löste so mit seinem Ruf die gespannte Stille vor der *Chuppa*. Einige Gäste klatschten Beifall, sie lachten und erwiderten den Ruf des Rabbiners. Flora stellte sich auf die Zehenspitzen, als Leonhard Anstalten machte, sie zum ersten Mal als verheiratetes Ehepaar zu küssen. Er nahm ihr Kinn in die Hand und hauchte ihr erst einen zarten, fast schüchternen Kuss auf die Lippen, doch Flora ließ ihn nicht fort. Sie schlang beide Arme um ihren Mann und erwiderte den Kuss leidenschaftlich. Es fühlte sich für Flora an, als würde dieser wundervolle Augenblick nie vergehen. Sie freute sich unendlich darüber, dass ihre Liebe nun offiziell vom Rabbiner besiegelt war. Wenn sie könnte, würde sie für immer in diesem Moment verharren, doch sie hatten noch so viel zu tun. Es war nicht der richtige Zeitpunkt zum Rasten, und das war auch genau richtig so. Sie hatten noch viel vor.

»Auf geht's«, raunte Leonhard Flora ins Ohr. »Jetzt gehen wir in den Jichud-Raum.« Er lachte. »Ich für meinen Teil habe einen Bärenhunger.« Leonhard nahm ihre Hand. »Lass uns das Fasten brechen, Frau Tietz.«

Sie hatte keine Einwände, auch ihr Magen knurrte schon seit dem Morgen. »Und es gibt Geschenke«, sagte Flora und zwinkerte ihrem Mann zu. Jetzt war sie also Frau Flora Tietz.

*

Die Hochzeitsfeier wurde ein rauschendes Fest. Es gab viel zu essen, zu trinken, und ein kleines Orchester spielte bis tief in die Nacht. Flora hatte jede einzelne Minute genossen, und sie war froh, dass Sally und ihre Eltern sich endlich versöhnt hatten, so dass sie unbeschwert beisammen sein konnten. Vater schien sichtlich beruhigt, als Sally ihm seine Verlobte vorstellte. Anna knickste gut erzogen und beantwortete die Fragen von Abraham Baumann offensichtlich zu seiner Zufriedenheit. Später am Abend sah Flora Sally und ihren Vater in ein inniges Gespräch verwickelt. Sie war dankbar, dass endlich wieder Frieden herrschte bei den Baumanns.

Es war ein gutes Gefühl, die große Familie um sich zu haben. Alle waren gekommen, Abraham und Amalie, ihre Eltern, ihre Brüder Wilhelm und Max sowie ihre zwei Jahre ältere Schwester Julie, die im vergangenen Jahr ausgerechnet ihren Schwager Alex Tietz geheiratet hatte. Sie gehörten alle zusammen, die Baumanns und die Familie Tietz aus Birnbaum, waren ein Völkchen für sich, in dem Flora sich sehr wohlfühlte. Hermann Tietz, oder »Onkel Hertie«, war gekommen, um dem Brautpaar zu gratulieren – allerdings nicht ausschließlich zu ihrer Hochzeit, sondern auch zu dem mutigen Entschluss, den kleinen Laden von Albert Holst zu übernehmen und ihn zum Erfolg zu führen. Er war, wie Leonhard, Geschäftsmann mit Leib und Seele und bezeichnete sich selbst gern als risikobereit. Für ihn war die Geschäftswelt ein gigantisches Spielfeld, bei dem man alles verlieren, aber auch viel gewinnen konnte, wenn man es richtig anstellte. Vorhin hatte er von Leonhards Bruder Oscar berichtet, der gerade auch den Aufbau eines eigenen Geschäftsmodells plante. Onkel Hertie hatte ihm seine Unterstützung zugesagt und meinte damit nicht nur seine guten Ideen, sondern auch finanzielle Hilfe.

So zeigte er sich auch interessiert an Leonhards Ausführungen. Ihm entging nicht, dass Leo oft seinen Rat suchte.

»Ich bin sicher, dass wir hier und da zusammenarbeiten können«, brummte Onkel Hermann. »Sicher wird das Geschäft bald schon zu klein«, fügte er hinzu, als Leonhard ihm vom großen Sortiment vorschwärmte, das sie für ihre Kundschaft bereithielten.

»Ein größerer Laden muss erst einmal finanziert werden«, wandte Flora ein. »Der Gedanke an das Risiko bereitet mir Kopfzerbrechen.«

»Ach was.« Hermann winkte ab. »Wenn es hieran scheitert«, er rieb bezeichnend Daumen und Zeigefinger aneinander, »bin ich gern bereit, euch unter die Arme zu greifen.« Er suchte Blickkontakt zu Leonhards Bruder. »Dem guten Oscar habe ich auch schon geholfen.« Er lachte und war sicher, dass es nichts gab, was sie alle gemeinsam als Familie nicht schaffen würden. Und für Flora gab es keinen Grund, seine Worte anzuzweifeln. Es fühlte sich gut an, eine Tietz zu sein.

*

»Das ist wunderschön, Bella.« Leonhards Wangen hatten eine tiefrote Färbung angenommen, als er das Bild betrachtete, das Sally von seiner Frau gemalt hatte. Am meisten schien er verwundert darüber zu sein, dass er nichts davon mitbekommen hatte, dass seine Braut für Sally Modell gestanden hatte.

»Wer ist schöner?« Flora tippte auf die Leinwand. »Sie oder ich?« Leonhards Blick wechselte zwischen ihr und dem Gemälde, er tat so, als müsse er lange überlegen. »Das Original gefällt mir immer um Längen besser«, behauptete er schließlich. »Dennoch ist Sally ein gewisses Talent im Malen nicht abzusprechen.«

»Das meint Paulas Mutter auch.«

»Wie bitte?«

»Antonie Biel ist eine der modernsten Malerinnen der Stadt,

Leo. Sie hat angeboten, einige von Sallys Werken bei ihrer nächsten Ausstellung in Berlin zu präsentieren.«

»Nicht, dass dein Bruderherz noch unter die Künstler geht?« Leonhard legte die Stirn in Falten. »Gerade jetzt, wo er sich so gut im Berufsleben zurechtfindet nach all der stürmischen Zeit, die hinter ihm liegt und …«

»Er wird schon seinen Weg finden«, beruhigte ihn Flora. »Er weiß, was er will. Bei uns ist er erwachsen geworden, Leo.«

»Das ist gut. Ich habe Großes vor mit ihm.« Seine Gesichtszüge entspannten sich. Leonhard riss sich vom Anblick des Gemäldes los, das Flora gestern mit Sallys Hilfe an der rechten Wand der Stube aufgehängt hatte. Er sank in seinen Sessel und blickte gedankenverloren zum Fenster hinaus. »Die Geschäfte laufen gut, ich könnte mir vorstellen, dass wir schon bald mehr Personal einstellen müssen.«

Flora setzte sich zu ihm auf die Sessellehne und nahm seine Hand. »Ich bin sehr glücklich mit dem, was wir aus dem alten Laden von Herrn Holst gemacht haben.«

Als er zu ihr aufsah, strahlte er. »Das bin ich auch. Vor allem aber bin ich glücklich, dass wir deinen Traum verwirklichen konnten und nun beide eine neue Herausforderung für unser berufliches Leben haben.« Er wurde ernst, bevor er fortfuhr. »Flora«, sagte er, »nun bist du so in die täglichen Abläufe im Laden eingebunden, bleibt denn da noch Zeit für unsere Familie?«

»Wie meinst du das?«

Leonhard druckste ein wenig herum. »Nun ja«, fuhr er schließlich fort, »wir sind doch jetzt verheiratet, und wir werden irgendwann Kinder haben.«

»Dann werde ich natürlich weniger im Geschäft arbeiten«, versprach Flora ihm. »Und ich werde unseren Kindern eine gute Mutter sein, sorg dich also nicht.«

»Natürlich wirst du das sein, Liebste, das hätte ich nie infrage gestellt. Morgen werde ich übrigens Onkel Hermann, Oscar und deinem Bruder Max unseren Laden zeigen.«

»Ich bin gespannt, was sie dazu sagen werden.« Flora hielt seine Hand, schmiegte sich an ihn und genoss Leos Nähe. Es tat so gut, endlich seine Frau zu sein. »Max spielt mit dem Gedanken, nach Afrika zu gehen.«

»Warum das?«

Als sie zu Leonhard aufblickte, stand eine Sorgenfalte auf seiner Stirn. »Er will sich beruflich weiterentwickeln, hat er gesagt.«

»In Afrika gehen die Uhren doch ganz anders«, behauptete Leonhard mit einem zweifelnden Blick. »Das sollte er sich gut überlegen.«

»Wenn er von seiner Reise irgendwann heimkehrt, wird er ein erfahrener Geschäftsmann sein, und wenn er für uns arbeiten sollte, profitieren wir von seinem Wissen«, behauptete Flora. Es imponierte ihr, dass Max dem vertrauten Leben in Preußen den Rücken kehren wollte, um sich auf eine Mission ins Unbekannte zu begeben.

»Sicher hast du recht«, stimmte Leonhard ihr zu. »Dann bleibt uns nur zu hoffen, dass es dann der richtige Moment ist und wir ihn gut gebrauchen können.«

»Das wird sich schon zeigen«, versprach Flora ihm, während sie ihm liebevoll durch das dunkle Haar strich. »Wie so vieles, das in der nächsten Zeit geschehen wird.«

# Kapitel 36

Max Baumann sah sich aufmerksam um, bevor er das Wort ergriff. Flora kannte ihren Bruder als einen besonnenen Menschen, der nicht gleich drauflosplapperte, sondern erst nachdachte. Während sie ihn beobachtete, musste sie schmunzeln. Wie immer war das dunkle Haar ihres Bruders viel zu lang und stand ihm strubbelig vom Kopf ab, der Bart hätte auch mal wieder gestutzt werden können. Wäre da nicht diese unendliche Güte in seinen braunen Augen, würde man ihn für einen verwegenen Zeitgenossen halten, mit dem man nicht gern Geschäfte machte.

»Es ist schon ein wenig eng hier«, bemerkte er, während er den Blick über die Regale des Ladens schweifen ließ.

»Das, wertester Schwager, ist unser Hauptproblem«, stimmte Leonhard ihm zu. Flora, die sich hinter der Theke aufgebaut hatte, lauschte dem Gespräch der Männerrunde. Auch Onkel Hermann und Leos Bruder Oscar hatten es sich nicht nehmen lassen, Floras ganzen Stolz ein paar Tage nach der Hochzeit in Augenschein zu nehmen. Oscar wirkte interessiert, während Onkel Hertie, wie immer adrett im dunklen Dreireiher und mit breiter, taubengrauer Krawatte bekleidet, nichts von seinen Gedanken preisgab. Er analysierte den Laden nach den Kriterien, die er in Amerika erlernt hatte. Nüchtern, sachlich. »Ihr habt viele Ideen gut umgesetzt«, lobte er schließlich mit anerkennender Miene. »Doch dürften die vorhandenen Räumlichkeiten schon in Kürze tatsächlich nicht mehr ausreichen, um die Erweiterung eures Sortiments umzusetzen.«

Leonhard machte eine bedauernde Miene, als er Floras trauriges

Gesicht sah. »Flora hängt sehr an diesem kleinen Laden, doch ich fürchte, dass wir nicht umhinkommen, uns nach einer anderen Lokalität umzuschauen.«

»Man könnte natürlich das Geschäft in kleinerem Rahmen fortführen – damit beraubt man sich aber auch der Möglichkeit einer Umsatzsteigerung«, überlegte Oscar Tietz.

»Denkst du denn, dass die Kunden unseren Umzug an eine neue Adresse mitmachen würden, oder müssen wir dann ganz von vorne anfangen?« Flora stützte das Kinn nachdenklich in die Hände. »Ich hätte so gern Bekleidung im Sortiment, damit sich Arbeiter, aber auch das Bürgertum bei uns einkleiden können.« Der Gedanke, ihren Traum schon bald wieder aufgeben zu müssen, um an einem anderen Ort weiterzumachen, behagte ihr nicht. Sie war vorsichtig und konnte das Risiko nicht einschätzen.

»Ihr habt euch in kürzester Zeit einen Namen in Stralsunds Geschäftswelt gemacht«, schmunzelte Hermann Tietz. »Ich denke nicht, dass ihr Kundschaft verliert, wenn ihr euch nach einem anderen Ladenlokal umschaut.«

»Oder man betreibt beide Standorte«, überlegte Max und kratzte sich am Hinterkopf. Flora schmunzelte. Obwohl Max älter war als Nesthäkchen Sally, ähnelten sich die beiden in ihrer Stimme und in zahlreichen Gesten, die sie von ihrem Vater Abraham übernommen zu haben schienen. Ihr Vater fehlte in der Runde, doch ihn und Amalie hatte es einen Tag nach der Hochzeit schon wieder zurück nach Birnbaum gezogen, wo man den Fuhrbetrieb nicht länger als nötig allein lassen wollte.

»Zwei Standorte im selben Ort mit demselben Namen zu betreiben, ist wohl keine gute Idee.« Onkel Hertie schüttelte den Kopf. »Das verunsichert die Menschen. Wenn ihr euch dazu entscheidet, in einem anderen Laden anzufangen, um die Kundschaft gleich mit einem größeren Warenangebot zu locken, wäre es nicht gut, zwei

Standorte zu betreiben. Dann käme Lieschen Müller zum Beispiel hierher, um sich Kochgeschirr zu kaufen, das ihr aber nur im anderen Laden anbietet. Sie würde enttäuscht den Laden verlassen und womöglich zur Konkurrenz gehen, um dort ihre Geschäfte zu tätigen.«

»Ich verstehe deinen Gedankengang.« Leonhard betrachtete seinen Onkel und zupfte sich den Bart. Er sah seinen Schwager, den Onkel und seinen Bruder an und nickte schließlich. »Wenn wir uns verändern, sollten wir das mit unserer üblichen Konsequenz tun.«

Jetzt lächelte Max Baumann etwas enttäuscht. »Schade, ich dachte, ich könnte euch auch unterstützen.«

»Das kannst du, werter Schwager«, sagte Leonhard schnell. »Ich bin schon jetzt sicher, dass wir die Arbeit schon in Kürze nicht mehr allein schaffen werden und Leute wie dich gut gebrauchen können.«

Hermann Tietz nickte zustimmend. »Ihr werdet Kaufleute und Ladenmädchen benötigen – und Schneider und Näherinnen.«

Für die kühne Voraussage erntete er einen fragenden Seitenblick von seinem Neffen. »Näherinnen und einen Schneider?« Leonhard runzelte die Stirn. »Bisher kaufen unsere Kunden die dazu benötigten Materialien bei uns ein, den Rest erledigen sie in Eigenarbeit.«

Hermann Tietz betrachtete seinen Neffen mit einem süffisanten Gesichtsausdruck. »Wertheims bieten Mode an.« Jetzt zwinkerte er Flora vergnügt zu. »Und wenn ich es eben richtig verstanden habe, ist es Flora ein Herzenswunsch, Bekleidung anzubieten.«

»Und?« Leonhard verstand nicht, worauf sein Onkel hinauswollte.

»Wenn du mit den Brüdern Wertheim mithalten möchtest und gleichzeitig dein Sortiment erweitern willst, solltet ihr in Erwägung ziehen, auch Kleidung ins Programm aufzunehmen.«

Flora strahlte. Sie träumte schon seit Wochen davon, die Kollektionen der berühmten Modeschöpfer aus London, Sankt Petersburg, Paris und Wien zu verkaufen. Mit Erfindung der Nähmaschinen wuchsen Konfektionsfabriken wie Unkraut aus dem Boden – und sie machten Mode bezahlbar.

»Wollen wir wirklich ins Modegeschäft einsteigen?« Leonhard schien Zweifel zu haben. »Ich fürchte dann einen Rückgang der Artikel zum Selbstnähen und Schneidern, die unser Sortiment bestimmen.«

Max schüttelte den Kopf. »Ich könnte mir vorstellen, dass sich beides gut ergänzt.«

Flora war froh, dass ihr Bruder ihre Meinung teilte. Sie warf ihm einen dankbaren Blick zu. »Wir sollten es versuchen«, sagte sie an Leonhard gewandt.

»Ich kann euch bei der Suche nach einem neuen Ladenlokal behilflich sein«, schlug Hermann Tietz nun vor.

»Dann lass es uns wagen«, beschloss Leonhard.

Flora überlegte. Während ihr der Gedanke, sich von dem kleinen Laden in der Ossenreyer Straße bald schon wieder trennen zu müssen, nicht behagte, könnte die Idee vom Verkauf weiterer Waren durchaus von Erfolg gekrönt sein. Und sie würde künftig die neueste Mode anbieten können. Ein verlockender Gedanke, der ihre Zweifel schmelzen ließ. »Also gut«, sagte sie schließlich. »Wir platzen hier aus allen Nähten.« Flora seufzte. »Schauen wir uns also schweren Herzens nach einem größeren Kaufladen um.« Dass es ihr jetzt gar nicht mehr so schwerfiel, musste sie Leo ja nicht gleich auf die Nase binden.

Plötzlich wurden ihre Knie weich, und sekundenlang tanzten Lichtblitze vor ihren Augen. Das Wasser sammelte sich in ihrem Mund, begleitet von unerträglichen Magenkrämpfen. Flora war bemüht, sich nichts anmerken zu lassen. Nachdem sie eine Entschuldigung gemurmelt hatte, verließ sie die Herrenrunde und verschwand durch die Hintertür des Ladens. Hastig überquerte sie den Hof und riss die Tür des Toilettenhäuschens auf. Kraftlos ging sie auf die Knie und übergab sich über dem hölzernen Oval. Dabei bäumte sich ihr zierlicher Körper auf, und sie fühlte sich, als müsse sie jeden Moment sterben. Krämpfe schüttelten sie, während sie spuckte.

Erst nach dem dritten Anfall spürte sie eine Hand auf der Schulter, die sie erschrocken herumfahren ließ. Hinter ihr stand Onkel Hertie. Der große, vornehme Mann schien in ernster Sorge zu sein. »Alles in Ordnung?«

»Ja, es geht schon wieder.« Flora stemmte sich schwerfällig in die Höhe. Er reichte ihr die Hand, sie griff dankbar danach. Als sie auf unsicheren Beinen vor ihm stand, spürte sie den kalten Schweiß auf ihrer Stirn und murmelte eine Entschuldigung. Flora war sicher, einen grauenhaften Anblick zu bieten, und schämte sich.

»Du bist blass.« Onkel Hermann reichte ihr ein seidenes Taschentuch. Dankbar nahm sie es an und tupfte damit ihr Gesicht ab.

»Ich habe womöglich etwas Falsches gegessen. Der Fisch vom Markt gestern ...«

»Das wird es wohl nicht sein.« Jetzt lag ein wissendes Lächeln auf den Lippen von Leonhards Onkel. »Wie dem auch sei, geht es dir jetzt etwas besser?«

Hastig nickte Flora. Sie fühlte sich unwohl, weil Onkel Hermann sie in dieser beschämenden Situation angetroffen hatte. Unbemerkt war er ihr zur kleinen Toilette auf dem Hinterhof gefolgt und hatte sie in dieser geradezu erniedrigenden Situation angetroffen. Doch er machte sich nicht lustig über sie. »Ich habe schon im Laden bemerkt, dass es dir nicht gut geht, Flora.«

»Die letzten Tage waren anstrengend.« Sie nickte und senkte den Blick.

»Das glaube ich dir gern.« Hermann Tietz trat einen Schritt zurück und zwinkerte ihr durch die dünnen Gläser seiner Brille zu. »Aber das geht mich nichts an. Du solltest einen Arzt konsultieren, der dich untersucht, Flora.«

»Einen Arzt?« Sie schüttelte den Kopf. »Aber ich bin nicht krank, Onkel Hermann.«

»Das sagt auch niemand. Kennst du einen Mediziner?«

»Ja.« Flora nickte und spürte, wie sie langsam wieder zu Kräften kam. Nur der Durst blieb. »Ich werde zu Doktor Benthien gehen, wenn du dann beruhigt bist.«

»Das solltest du tun.« Hermann Tietz drehte sich um. »Komm«, sagte er, ohne sich zu ihr umzuwenden. »Du musst etwas trinken.«

Flora fehlte die Kraft, ihm zu widersprechen. Sie würde auf seine Worte hören und einen Termin bei Doktor Benthien vereinbaren. Es würde sicher nicht schaden, sich dem Arzt anzuvertrauen, der schon Albert Holst zu einem neuen Leben verholfen hatte.

# Kapitel 37

Leonhard war zu beschäftigt gewesen, um ihr irgendwelche Fragen zu stellen, als Flora den Laden am Nachmittag verließ. Er schrieb gerade eine Stellenausschreibung, mit der er ein Lehrmädchen suchen wollte, das sie künftig im Laden unterstützen sollte. Das Inserat wollte er am Abend bei Jakob Engels in Auftrag geben, damit es in der kommenden Ausgabe der *Stralsundischen Zeitung* erscheinen konnte. Floras Rat, ein Lehrmädchen im Geschäft von Georg Wertheim zu suchen, fand er nicht sehr lustig. Stattdessen hatte er beschlossen, Engels eine zweite Chance zu geben. Immerhin war er Herausgeber von Stralsunds größter Zeitung. Die Wahrscheinlichkeit, dass eine Annonce von Erfolg gekrönt wurde, war entsprechend hoch.

Leos Onkel Hermann hatte darauf bestanden, dass Flora den Weg nicht mit ihrem geliebten Veloziped zurücklegte, sondern das Haus von Doktor Benthien zu Fuß aufsuchte. Er fürchtete einen erneuten Schwindelanfall, der unwillkürlich zum Sturz mit dem Rad führen würde.

Unterwegs dachte sie an die Herrenrunde im Laden. Das Gespräch hatte sie innerlich aufgewühlt. Flora war hin- und hergerissen. Der Gedanke an einen größeren Laden war sehr verlockend, und dennoch scheute sie das Risiko immer noch ein wenig. Während sie durch die lebendigen Straßen der Hansestadt lief, kreisten ihre Gedanken um die bevorstehende Veränderung. Sie fragte sich, wann ein wenig Ruhe in ihrem Leben einkehren würde. Sie sehnte sich nach Frieden und Geborgenheit. Sosehr sie Leonhard vertraute und sich auf sein kaufmännisches Gespür verließ, so sorgte sie sich doch, dass auch ihm ein Fehler bei den Planungen ihrer geschäftlichen Zukunft unterlaufen könnte. Wenn ihre Vermutung stimmte, würde sie schon bald mehr Ruhe benötigen. Ihre Wangen färbten sich vor Aufregung, und sie war gespannt, was bei der Untersuchung von Doktor Benthien herauskommen würde. Schon seit ein paar Tagen plagte sie eine Übelkeit in den Morgenstunden, die sie sich nicht erklären konnte. Natürlich hatte sie eine Ahnung, woran es liegen konnte. Nachdenklich strich sie sich mit der rechten Hand über den Bauch. Wenn sie mit ihrer Vermutung richtiglag, dann waren sie bald zu dritt. Flora fragte sich, wie Leo diese Nachricht aufnehmen würde. Er wünschte sich schon, seitdem sie verlobt waren, einen Stammhalter. Bei Doktor Benthien würde sich gleich herausstellen, ob sein sehnlichster Wunsch schon in ein paar Monaten in Erfüllung ging.

Am Alten Markt blieb sie kurz stehen, um das geschäftige Treiben an den Marktständen zu beobachten. Lautstark boten die Händler ihre Waren feil und buhlten um zahlungskräftige Kundschaft. An den Ständen gab es viel Obst und Gemüse, aber auch Korbwaren und Bekleidung zu erwerben. Flora mochte das Flair des Marktplatzes im Schatten der Nikolaikirche. Als die Turmuhr die volle Stunde schlug, legte sie den Kopf in den Nacken und blickte an der imposanten Front des Gotteshauses empor. Die neun Arkadenpfeiler, die das Hauptschiff mit dem Seitenschiff verbanden, wirkten wie winzige Torbögen, die sich ehrfürchtig vor dem aus Backstein gemauerten Hauptturm zu ducken schienen. Von dort oben aus musste man einen traumhaften Blick auf die Stadt zur einen und auf die Ostsee zur anderen Seite hin haben. Doch jetzt war keine Zeit zum Träumen. Doktor Benthien erwartete sie bereits.

*

»Manchmal«, sagte er mit bedeutungsschwangerer Miene, »manchmal ergeben sich die Dinge schneller, als man es plant.« Unaufgefordert setzte sich Hermann Tietz in den Sessel, der in der Ecke neben dem kleinen Ofen des Büros stand. Er schlug die Beine übereinander, zupfte einen imaginären Fussel von seiner schwarzen Hose, betrachtete seine blank polierten Schuhe und legte die Fingerspitzen beider Hände aneinander.

Leonhard, der gerade einen Brief an ihren Lieferanten für Brüsseler Spitze geschrieben hatte, in dem er um bessere Konditionen bei größeren Abnahmemengen bat, schaute interessiert auf. »Was meinst du, Onkel Hertie?« Er sah seinen Onkel an. Hermann Tietz war groß und von schlanker Statur, das kurze dunkle Haar ergraute bereits, ebenso der prächtige Schnurrbart, den er jetzt scheinbar gedankenverloren zwirbelte, während er sich in dem Büro mit der niedrigen Decke umschaute. »Erst kürzlich sprachen wir davon, dass dein Laden hier zu klein ist für die Dinge, die ihr vorhabt.«

»Das stimmt, doch zunächst müssen wir uns mit dem begnügen, was uns zur Verfügung steht.« Leonhard zuckte die schmalen Schultern.

»Du kennst mich doch, Neffe.« Hermann Tietz legte den Kopf schräg. »Ich habe viele Kontakte in der Stadt und habe mich umgehört.«

»Was ist dabei herausgekommen?« Leonhard konnte nicht leugnen, dass seine Neugier geweckt war. Er legte den Stift in das kleine Fach seines Reisesekretärs und verschränkte die Arme vor der Brust.

»Es gibt in Stralsund einen Kaufladen, der Anfang kommenden Jahres frei wird, weil sich die derzeitigen Besitzer aus Altersgründen aus dem Geschäftsleben zurückziehen wollen.«

»Ähnlich, wie es hier bei Albert Holst der Fall war«, entgegnete Leonhard.

»Genau.« Hermann nickte. »Der Laden weist allerdings die doppelte Verkaufsfläche auf und böte genügend Platz, um euer Sortiment zu vergrößern. Ihr müsstet nicht länger nur Knöpfe und Bänder anbieten, sondern ihr könnt künftig mit Geschirr, Töpfen, mit Konfektionsware und allen Dingen des täglichen Gebrauchs handeln.« Hermann Tietz richtete sich im Sessel auf. »Und damit habt ihr einen entscheidenden Vorteil gegenüber den Brüdern Wertheim.«

»Der Gedanke, werter Onkel, klingt in der Tat verlockend.« Leonhard überlegte. »Allerdings müssen wir umsichtig haushalten, und der Ankauf weiterer Artikel wäre mit einem gewissen Risiko verbunden.«

»Das ich bereit wäre, mitzutragen.« Hermann faltete die Hände in seinem Schoß. »Auch deinem Bruder Oscar bin ich bei der Gründung seines Geschäfts behilflich. Also – warum sollte ich dir keine Hilfe zukommen lassen?« Er lächelte seinen Neffen liebevoll an. »Immerhin seid ihr Brüder und meine Neffen, die sehr ehrgeizige Ziele vor Augen haben.« Nun lachte er. »So wie ich es als junger Mann auch hatte. Deshalb möchte ich euch unterstützen und werde eure Pläne fördern, Leonhard.«

Leonhard wusste nicht recht, wie er seine Freude in Worte fassen sollte. Zwar war er nur selten um eine Antwort verlegen, doch diesmal fehlten ihm die Worte.

»Ich …«, stammelte er, »ich finde das äußerst großzügig, Onkel Hermann, und ich werde …«

»Papperlapapp«, machte Hermann Tietz und winkte ab. »Der jungen Generation gehört die Zukunft. Die Welt ist im Wandel, das habe ich auf meinen vielen Reisen mit eigenen Augen gesehen und miterlebt. Wenn ihr jungen Geschäftsleute jetzt nicht auf Zack seid, wird der Zug ohne euch abfahren, und das werde ich zu verhindern wissen.« Wieder ertönte sein schallendes Lachen. Er erhob sich und machte Anstalten, zu gehen. »Ich muss wieder los. Also wirst du expandieren und diesen Wertheims zeigen, wie es richtig gemacht wird?«

Lange musste Leonhard nicht überlegen, was er antworten sollte. »Selbstredend«, sagte er, »ich bin dir unendlich dankbar für deine Hilfe – und Flora wird sich freuen, wenn sie endlich Bekleidung in unser Sortiment aufnehmen kann.«

Hermann Tietz blieb im Türrahmen stehen und blickte seinen Neffen an. So groß und stattlich wie Onkel Hertie war, füllte er den Rahmen fast aus. »Also soll ich mit den Leuten in Kontakt treten, die sich von ihrem Laden trennen?«

Leonhard nickte dankbar. »Sehr gern.« Er erhob sich von seinem Stuhl. »Warte«, rief er aufgeregt, »ich begleite dich natürlich.«

»Nichts da.« Hermann hob abwehrend seine Hände. »Du bleibst erst einmal hier und wartest auf die Rückkehr deiner Frau.«

»Aber … aber warum denn?« Enttäuschung machte sich in Leonhard breit.

»Du solltest auf Flora warten.« Hermann setzte eine geheimnisvolle Miene auf. »Ich könnte mir gut vorstellen, dass sie dir etwas zu sagen hat.« Bevor Leonhard ihm weitere Fragen stellen konnte, verabschiedete sich Hermann Tietz, um einen verwirrten Leonhard zurückzulassen.

*

Auf dem Rückweg überlegte Flora, wie Onkel Hertie auf den Verdacht gekommen war, der sich nun bestätigt hatte. Er hatte sie natürlich in einer peinlichen Situation angetroffen und so vermutlich seine Rückschlüsse gezogen. Hermann Tietz war lebenserfahren, das musste man ihm zugestehen, doch dass er mit seiner Vermutung recht behalten sollte, hatte sie kaum zu hoffen gewagt.

Mit freudig geröteten Wangen kehrte Flora wenig später an die Ossenreyer Straße zurück, wo sich kurz vor Ladenschluss Anna und Sally um die Kundschaft kümmerten, während sie Leonhard im Büro bei der Buchhaltung antraf. Sein ständiger Begleiter, der kleine Reisesekretär, stand aufgeklappt auf dem Schreibtisch am Fenster. An Leos zufriedenem Gesichtsausdruck sah sie, dass der Laden weiterhin gute Gewinne abwarf. Zum ersten Mal seit Langem war der Erfolg des Geschäfts für sie zweitrangig. Sie trug sein Kind unter der Brust, und dieser Umstand würde ihr gesamtes Leben auf den Kopf stellen. Am liebsten hätte sie die Neuigkeit sofort herausposaunt, doch Flora wollte den richtigen Augenblick abwarten, um Leonhard die frohe Botschaft zu überbringen. Sie wusste nicht recht, wie sie anfangen sollte, als er von der Arbeit aufblickte und den Schreiber zur Seite legte.

»Bella«, sagte er und nahm ihre Hand, als sie an seine Seite trat. »Wir stehen gut da«, sagte er und tippte auf seine Unterlagen. »Die Umsätze steigen nahezu täglich an.«

»Dann haben wir alles richtig gemacht.« Floras Wangen glühten. Etwas unschlüssig stand sie an Leos Seite und schaute sich im Büro um, als würde sie es heute zum ersten Mal sehen. Da war der alte Ohrensessel in der Ecke, den Alfred Holst bei seinem Umzug nach Schwerin nicht mitgenommen hatte. Anna und Sally wollten ihn auch nicht, und so hatte sich Leonhard des guten Stücks angenommen. Oft saß er nach Ladenschluss darin, um die Tagesberichte zu lesen, manchmal gönnte er sich dazu sogar ein Glas Whisky. Doch um diese Tageszeit war es zu früh für Alkohol, fand Flora.

»Willst du mir etwas sagen?« Leonhards Miene war besorgt. Er schien zu spüren, dass etwas in ihr vorging.

»Ja.« Flora nickte und nagte aufgeregt auf der Unterlippe. Dann durchquerte sie das Büro und sank mit einem Seufzer in den bequemen Sessel. Sie legte die Hände in den Schoß und blickte zu ihrem Mann herüber, der sich erhoben hatte, um mit dem Stuhl in der Hand an ihre Seite zu kommen. Er setzte sich, betrachtete sie, sprang wieder auf und schloss die Tür des Büros. Die Hand lag noch auf der abgewetzten Messingklinke, während er seine Frau betrachtete. Die Geräusche aus dem Laden klangen nun gedämpft und wie aus weiter Ferne an ihre Ohren, und er kehrte zu seinem Stuhl zurück, den er sich ihr gegenüber aufgestellt hatte. Bei jedem seiner Schritte knarzten die Holzdielen des Bodens unter seinen Füßen.

»Ist es …« Leonhard unterbrach sich und schien nach den rechten Worten zu suchen, bevor er fortfuhr. »Ist es etwas Schlimmes?« Eine steile Sorgenfalte stand auf seiner Stirn.

Jetzt musste Flora lachen. »Nein«, sagte sie, »wie kommst du denn darauf?«

»Nun«, sagte er, während er sich wieder zu ihr setzte, »du warst, wenn ich das richtig verstanden habe, bei Doktor Benthien.«

»Das stimmt.« Flora beugte sich vor und nahm seine Hand. »Das bedeutet aber nicht, dass man zwangsläufig krank sein muss.«

»Ich fürchte, das verstehe ich nicht ganz, Bella.« Er schien wirklich verwirrt zu sein. Flora empfand Mitleid. Sie hatte nicht vorgehabt, ihn zu verunsichern oder ihm Angst zu machen. »Lass es mich erklären, Liebster.«

»Bitte tu das.«

»Seit zwei Monaten sind wir nun verheiratet«, begann Flora. »Du bist der Mann meines Lebens, und ich bin die glücklichste Frau auf der Welt.« Flora nahm seine Hand, die in ihrer lag und küsste sie. Sie spürte, dass sich ihre Augen mit Tränen der Rührung füllten. »Wir werden Seite an Seite durchs Leben gehen, durch gute und durch schlechte Zeiten. Wir werden alle Höhen und Tiefen meistern, bis dass der Tod uns scheidet.«

»Das klingt fast wie die Worte des Rabbiners«, murmelte Leonhard, der sich sichtlich unwohl in seiner Haut fühlte.

»Leo, ich will dich nicht länger als nötig auf die Folter spannen«, sagte Flora. »Bald wird unser Glück vollständig sein.« Liebevoll strich sie über ihren Bauch, doch Leonhard schien nicht zu verstehen, wovon sie sprach.

»Ist es das denn noch nicht?« Er runzelte die Stirn.

Flora schüttelte den Kopf, dann nickte sie hastig. »Doch«, lachte sie, »und dennoch … Leo, mein Mann, Liebster – wie soll ich es dir nur sagen? Bald schon sind wir nicht mehr zu zweit.«

Sekundenlang stand die Stille zwischen ihnen. Flora achtete auf jede Regung im Gesicht ihres Mannes. Erst schien er nicht zu begreifen, dann löste sich seine Anspannung, er strahlte, und dann hielt ihn nichts mehr auf seinem Stuhl. »Moment«, rief er und wanderte durch den kleinen Raum, »bedeutet das … heißt das, dass wir ein Kind bekommen?« Als Flora nicht gleich antwortete, gab er sich selbst die Antwort. »Natürlich«, rief er. »Deshalb warst du bei Doktor Benthien!« Er nickte. »Als Arzt ist er sicherlich auch bei der Geburtshilfe eine unverzichtbare Hilfe – das ist er doch, Bella, das ist er doch, oder?« Er setzte seine Wanderung durch das Büro fort. »Nun sag schon, Flora – du bekommst ein Kind?«

Jetzt erhob auch Flora sich. »Ja«, sagte sie überglücklich. »Wir bekommen ein Kind, Liebster. Es wird die Krönung unseres Glückes sein.« Sie hielt ihn am Arm fest, zog ihn zu sich und schmiegte sich an seine Brust. »Wir werden Eltern, Leo, Vater und Mutter!«

»Wir bekommen einen Stammhalter.«

»Das steht nicht fest«, bremste Flora seinen Eifer. »Vielleicht ist es auch ein Mädchen, und dann …«

»Dann werde ich es genauso lieben wie einen Sohn«, versprach Leonhard ihr. »Es wird ein Tietz, egal ob es ein Junge oder ein Mädchen ist.«

Flora überlegte, wie ihr Kind wohl aussehen würde. Ob es ihre Stupsnase erben würde oder Leonhards wachsamen Blick, ob es seine filigranen Hände oder ihre kleinen Füße haben würde. Ihr Herz schlug Purzelbäume vor Freude und Aufregung.

»Ich wage es kaum zu glauben.« Leonhard legte seinen Kopf an ihren, küsste zärtlich ihr Haar und fuhr mit der Hand über ihren Rücken. »Wir werden Eltern«, flüsterte er an ihrem Ohr. Und als sie sich nach einer gefühlten Ewigkeit von ihm löste, um ihn anzusehen, sah sie Freudentränen in seinen Augen stehen. »Bald sind wir zu dritt«, sagte Leonhard leise.

Flora nickte. »So ist es.« Und sie konnte es von diesem Moment an kaum erwarten, bis sie ihr Kind zum ersten Mal im Arm hielt. Schon jetzt wusste sie, dass es das schönste Kind der Welt sein würde.

ENDE